U0463827

历代词选六百首品读

编选／品读　纪宝成　侯书栋

團结出版社

序

词，《说文解字》释义："意内而言外也。从司从言。"段玉裁注曰："意者，文字之义也。言者，文字之声也。词者，文字形声之合也。"此倚声之道，可借用《道德经》所言"有无相生，难易相成，长短相形，高下相倾，音声相和，前后相随"。有无相生者，乃声言有尽而意情无穷；难易相成者，乃起于教坊而兴于庙堂；长短相形者，乃句式参差字数不一；高下相倾者，乃感发比兴深浅远近；音声相和者，乃词不离曲可付诸管弦；前后相随者，乃词人代出而词脉不绝。兴于唐五代，盛于两宋，延续于金元明，复振于清，千载之下，蔚为大观。

词乃中华古典文学之精粹形式，为汉语言文字最精致之运用。所谓"声有飞沉，响有双叠""异音相从谓之和，同声相应谓之韵"等等，固然普遍存在于汉语言文字所内生且与汉语言文字精妙契合之中华古典诗词歌赋，而于词中尤得最完美之体现。由此，词方能与时俱进，具无穷生命力而时时焕发出绚丽光彩。

词之为体，吐纳珠玉，舒卷风云，通于性灵。读词品词，其间俯仰天地，往来古今，阅人生百态，览自然万端，感大道幽思，得趣有五：风雨江山，词心湛然，涵之泳之，心有戚戚，此一趣也；纵览今古，词人桀然，引为知己，对影三人，此二趣也；清凄壮婉，词境莹然，有我无我，浑然坐忘，此三趣也；独立苍茫，词意恍然，穷思苦索，若有所得，此四趣也；忧愤缠绵，词情婉然，身世家国，辄有寄托，此五趣也。其所憾者，唯声谱不传，后人难识音声真面目。

本书于词之万芳丛林细览精择，恭录历代词家二二五人，词作六百零二首，并从个人视角予以品读，皆是有感而发，并非专门研究。乐斋者，天地一布衣；退园者，江湖一散客，虽喜词读词品词，且广参选本，斟酌词话，然终非专业人士，学识积累与鉴赏能力有限，疏漏在所难免。心中惴惴不安者，在于选词未必精谨，当有遗珠之憾；品读未必精到，难免不周之失。以不自量力之力，成煞有介事之事，定有粗疏偏颇之处，恳请读者教正。本书得以问世，端赖古人今人诸家之功，与呼延华、江元勋、黄朴民、华干林、柳思维、胡娟、蒋利华、符爱霞、宋振琨诸君及团结出版社襄助之力，密不可分。

品词之事无他，徒借以沟通造化，排解幽怀，舒张襟抱，怡养性情，清静志趣而已。抑或还可从中感悟“登山则情满于山，观海则意溢于海”之慨乎?

己亥孟春识于京华。

纪宝成　侯书栋

目录

唐·五代　五十八首

和凝（一首）

鹿虔扆（一首）

顾敻（二首）

李珣（二首）

孙光宪（三首）

冯延巳（九首）

林逋（一首）

范仲淹（二首）

柳永（十四首）

张先（四首）

晏殊（十首）

宋祁（一首）

张昇（一首）

欧阳修（十二首）

苏轼（二十六首）

苏辙（一首）

黄裳（一首）

黄庭坚（九首）

晁端礼（一首）

朱服（一首）

秦观（十四首）

赵鼎（一首）

向子諲（二首）

李重元（一首）

陈与义（一首）

张元幹（五首）

杨无咎（二首）

岳飞（二首）

黄公度（二首）

张孝祥（六首）

辛弃疾（二十七首）

周晋（一首）

黄昇（二首）

张绍文（一首）

文及翁（一首）

刘辰翁（五首）

周密（六首）

明代　四十一首

清代　一一三首

宋琬（二首）

余怀（一首）

邓汉仪（一首）

徐之瑞（一首）

柳如是（一首）

宋徵舆（一首）

尤侗（一首）

徐灿（二首）

史惟圆（一首）

贺双卿（一首）

过春山（一首）

左辅（一首）

张惠言（四首）

改琦（一首）

邓廷桢（二首）

周济（一首）

周之琦（一首）

龚自珍（二首）

唐·五代 五十八首

李白（二首）

［作者简介］李白（701—762），字太白，号青莲居士，又号“谪仙人”。祖籍陇西郡成纪县（今甘肃天水市秦安县），生于蜀郡绵州昌隆县（一说生于西域碎叶）。唐代伟大的浪漫主义诗人，被称为“诗仙”。有《李太白全集》传世。

忆秦娥 箫声咽

箫声咽，秦娥梦断秦楼月。秦楼月，年年柳色，灞陵伤别。　乐游原上清秋节，咸阳古道音尘绝。音尘绝，西风残照，汉家陵阙。

【品读小记】

此词巨笔如椽，非天才心灵不可得也。近人吴梅《词学通论》断言“太白此词，实冠今古，决非后人可以伪托”（近人胡适等以为是后人混入的作品）。境界阔大，气韵沉雄，融自然、人生、历史于一炉，足见“太白纯以气象胜”（近人王国维语），足当“百代词曲之祖”（宋黄昇语）。

“年年柳色，灞陵伤别”，李白《灞陵行送别》诗云：“送君灞陵亭，灞水流浩浩。上有无花之古树，下有伤心之春草。”此离别，乃是一种文化历史意义上的离别，堂庑甚大。尤其“西风残照，汉家陵阙”八字，统揽兴废之叹，勾起中华文化最深处的集体意识，最为论者激赏。近人王国维谓之“寥寥八字，遂关千古登临之口”；周汝昌先生称之“乃觉凝时空于一点，混悲欢于百端，由秦娥一人一时之情，骤然升华而为吾国千秋万古之心”（《诗词赏会》）。清黄苏《蓼园词评》论曰：“按此乃太白于君臣之际，难以显言，因托兴以抒幽思耳……叹之乐游原，极为繁盛。今际清秋古道之音尘已绝，惟见淡风斜日，映照陵阙而已。叹古道之不复，或亦为天宝之乱而言乎。然思深而托兴远矣。”

菩萨蛮　平林漠漠烟如织

平林漠漠烟如织，寒山一带伤心碧。暝色入高楼，有人楼上愁。　　玉阶空伫立，宿鸟归飞急。何处是归程？长亭接短亭。

【品读小记】

李白诗多恣意汪洋，奇雄瑰丽，而词则苍寥沉郁，或见诗、词本体之差异，豪情入诗，愁绪成词，不同体裁抒发不同性情。清陈廷焯《白雨斋词话》云：“太白《菩萨蛮》、《忆秦娥》两阕，神在个中，音流弦外，可以是为词中鼻祖。寻词之祖，断自太白可也，不必高语六朝。”

此篇以秋林、寒山、高楼、宿鸟渲染离愁别绪。“伤心碧”三字，点出暮色神髓。“暝色入高楼，有人楼上愁”，仿似今人卞之琳《断章》“你站在桥上看风景 / 看风景的人在楼上看你”，时空错置，万物相对，天人之间得以愁情相沟通。而“玉阶空伫立，宿鸟归飞急”，“空”“急”二字比用，更见游子思归不得之彷徨无措。“何处是归程？长亭接短亭”，化用南北朝庾信《哀江南赋》“十里五里，长亭短亭”，时间之愁与空间之愁交织，愁上加愁。其意境与西人特拉克尔的名句“灵魂，大地上的异乡者”相类。

词魂，乃大地上的忧郁者，正如清纳兰性德所言“我是人间惆怅客，知君何事泪纵横”，古今中外，词魂一也。

张志和（一首）

［作者简介］张志和（732—774？），字子同，初名龟龄，号玄真子，自称烟波钓徒，祁门县灯塔乡张村庇人，祖籍今浙江金华。唐肃宗时曾任翰林待诏，后隐居江湖。著有《玄真子》。

渔歌子　西塞山前白鹭飞

西塞山前白鹭飞，桃花流水鳜鱼肥。
青箬笠，绿蓑衣，斜风细雨不须归。

【品读小记】

明张岱《夜航船》述及张志和，云："唐张志和母，梦枫生腹上而产志和。母亡，不复仕。自号烟波钓徒。"

此词得太和之元气，通造化之生机，清丽自然，高洁超逸。轩冕之人，辄生隐逸之心；岩穴之士，益固出世之志。誉之"风流千古"（清刘熙载语），诚不虚也。尤以"斜风细雨不须归"句，乃生命体悟和审美体验之断言，令词增添力量，引发共鸣，"无心于道道自得"（唐诗僧贯休语），故为人传诵。所以"不须归"者，有山前白鹭为伴，有桃花流水可赏，有鳜鱼肥美可食，有箬笠蓑衣可用，纯然与天地融为一体，不自外，故不须归。此种宁静，与英人华兹华斯所言"我何尝见过、感受过如此深沉的宁静／河水随心随意轻轻流淌"相类。清刘熙载《艺概》云："太白《菩萨蛮》、《忆秦娥》，张志和《渔歌子》，两家一忧一乐，归趣难名。"清陈廷焯《云韶集》云："此中自有真乐，难与俗人言也。"可谓知张志和者。

刘禹锡（三首）

[作者简介] 刘禹锡（772—842），字梦得，《唐书》称其彭城（今徐州）人，实中山无极（今属河北）人，祖籍洛阳。晚年任太子宾客，世称“刘宾客”。其诗各体皆工，尤擅民歌体、乐府诗。有《刘梦得文集》流传。

竹枝　山桃红花满上头

山桃红花满上头，蜀江春水拍山流。
花红易衰似郎意，水流无限似侬愁。

【品读小记】

化俗为雅，雅俗兼得，刘禹锡为第一人。此词妙用比兴，随手拈来，恰如其分。花红似郎意，而“山桃红花满上头”中的“满”字，见郎意热烈直露，然易去易衰不久长；水流似侬愁，而“蜀江春水拍山流”中的“拍”字，见女子之缠绵柔忍，且一往情深，无隔无阻，也期望情郎像山那样忠贞坚定。两相比较，品出一丝不平之气与淡淡哀怨。用蜀山蜀水比兴爱情，唐白居易《长恨歌》亦有“蜀江水碧蜀山青，圣主朝朝暮暮情”。而英人多恩则用“圆规”意象比喻爱情：“你坚定，我的圆才能画得好 / 我才能终止在出发点。”无论是山水还是圆规，爱情只有相互激发、谐和，才能趋向圆满。

竹枝　杨柳青青江水平

杨柳青青江水平，闻郎江上唱歌声。
东边日出西边雨，道是无晴还有晴。

【品读小记】

此词名句“东边日出西边雨，道是无晴还有晴”中，“晴”与“情”谐音双关，诵之朗朗上口，思之意蕴宏富，用之绵绵不竭。以之写景妥帖自然，以之寓情活泼生动，以之表意委婉精妙，以之说理深刻明晰，故为后世传诵。

用文字谐音表情达意，乃民歌惯用技法，如《西洲曲》“低头弄莲（怜）子，莲子清如水。置莲怀袖中，莲心彻底红”，《作蚕丝》“春蚕不应老，尽夜常怀丝（思）”，《子夜歌》“理丝（思）入残机，何（误）不成匹”等等。唐李商隐有“春蚕到死丝（思）方尽，蜡炬成灰泪始干”，唐温庭筠亦有“井底点灯深烛（嘱）伊，共郎长行莫围棋（违期）”。

忆江南　春去也，多谢洛城人

和乐天春词　依《忆江南》曲拍为句

春去也，多谢洛城人。弱柳从风疑举袂，丛兰裛露似沾巾。独坐亦含嚬。

【品读小记】

朱光潜先生将移情称为“宇宙的人情化”——“本来只有物理的东西可具人情，本来无生气的东西可有生气”。刘禹锡另有一首《忆江南·春去也，共惜艳阳年》亦别有风致。词曰：“春去也，共惜艳阳年。犹有桃花流水上，无辞竹叶醉尊前。惟待见青天。”此词代春为之，可视为移情的典型作品。开篇“春去也”，掷地有声，即掀高潮。人有情，春亦有情；人惜春，春也惜人。后撷取“弱柳”“丛兰”，匠心独运。柳，留也；丛兰，则暗寓高洁之态，唐李白有“为草当作兰”句。青春易逝，弱柳挥别，丛兰垂泪，顾盼流丽，依依不舍，“似沾巾”，唐王勃有“儿女共沾巾”，姿态怦然。近人俞陛云先生《唐五代两宋词选释》曰:“此独言春将去而恋人，柳飘离袂，兰浥啼痕，写春之多情，别饶风趣，春犹如此，人何以堪!”清况周颐《蕙风词话》云:“唯其出自唐音，故能流而不靡。所谓‘风流高格调’，其在斯乎?”

白居易（三首）

［作者简介］白居易（772—846），字乐天，号香山居士，又号醉吟先生，祖籍太原，生于河南新郑。三十六岁即官拜左拾遗，后贬江州司马，又移忠州、苏州、同州刺史，以刑部尚书致仕（即享受刑部尚书待遇退休）。伟大的现实主义诗人，有《白氏长庆集》传世。

忆江南　江南好

江南好，风景旧曾谙。日出江花红胜火，春来江水绿如蓝。能不忆江南？

【品读小记】

色彩影响心境。白居易当然熟谙“暮春三月，江南草长，杂花生树，群莺乱飞”的江南景象，但最触动心弦的却是“红胜火”“绿如蓝”的绚丽缤纷的色彩。红与绿相映生辉，令人感受到盎然春意和勃勃生机，江花本红，而日出红上加红，故能胜火；江水本绿，而春来绿上加绿，故能如蓝。此中生趣，或为江南最动人之处。明卓人月汇选、徐士俊参评的《古今词统》云：“非生长江南，此景未许梦见。”白居易甚爱红绿搭配，其《秋思》有“夕照红于烧，晴空碧胜蓝”之句。西人特拉克尔也多用颜色表现其心境与意象，如“我的嘴咬住红色浆果/树叶之间光影摇晃/金色尘埃久久沉落/沙沙地落到褐色土地上”。

忆江南　江南忆

江南忆，最忆是杭州。山寺月中寻桂子，郡亭枕上看潮头。何日更重游？

【品读小记】

北宋钱易《南部新书》载："杭州灵隐寺多桂，寺僧曰：'此月中种也。'至今中秋望夜，往往子堕，寺僧亦尝拾得。"杭州秋之佳处，白居易宦游之胜意，俱在"山寺月中寻桂子，郡亭枕上看潮头"中。前者山定人动，后者人定潮动，有仁山智水，动静相宜，能不忆乎、不冀重游乎？本书所选两阕《忆江南》均以问句结拍，恰如清刘熙载《艺概》所言："收句非绕回即宕开，其妙在言虽止而意无穷。"

长相思　汴水流

汴水流，泗水流，流到瓜洲古渡头。吴山点点愁。
思悠悠，恨悠悠，恨到归时方始休。月明人倚楼。

【品读小记】

此词写闺怨，为代言体。"汴水流，泗水流"，流，留也。汴、泗尚有汇合处，情人竟无相逢时，可悲、可叹、可恨。以江水写愁情，不独白居易、李煜等，俄人莱蒙托夫亦有佳句，其《美人鱼》"在蔚蓝的江上这样歌唱/美人鱼怀着难言的悲伤/江水哗哗，回旋流淌/云影天光随波纹跳荡"。

"吴山点点愁"，"宋人不能道，结得孤凄。一片神行"（清陈廷焯《云韶集》）。"思悠悠，恨悠悠"，悠，忧也。"恨到归时方始休"，此处"归时"，既是离人归家之时，或许亦可理解为人生暮年归去之时，相思一生，恨怨一生。空剩"月明人倚楼"，以景结情，愁情高远。明月高楼也是词中常用意象，如宋范仲淹"明月楼高休独倚，酒入愁肠，化作相思泪”。近人俞陛云《唐五代两宋词选释》评曰：“此词若‘晴空冰柱’，通体虚明，不着迹象，而含情无际。由汴而泗而江，心逐流波，愈行愈远，直到天末吴山，仍是愁痕点点，凌虚着想，音调复动宕入古”，当属精当。而又曰：“结句盼归时之人月同圆，昔日愁眼中山色江光，皆入倚楼一笑矣”，恐与词旨有异。

温庭筠（六首）

［作者简介］温庭筠（约812—约866），本名岐，艺名庭筠，字飞卿，并州（今太原）祁县人。富有天才，文思敏捷，每入试，押官韵，八叉手而成八韵，所以也有“温八叉”或“温八吟”之称。他累应进士试不第，做过县尉之类小官，好讥刺权贵，终身潦倒。杰出的词作开拓者，匠心卓越，“花间派”代表人物，对后世影响深远。后人辑有《温庭筠诗集》《金荃词》。

菩萨蛮　小山重叠金明灭

小山重叠金明灭，鬓云欲度香腮雪。懒起画蛾眉，弄妆梳洗迟。　　照花前后镜，花面交相映。新帖绣罗襦，双双金鹧鸪。

【品读小记】

温庭筠为词之大家，乐斋居士纪宝成君《七绝 歌温庭筠》诗曰：“芊绵流丽婉而含，创古开先正始堪。菩萨蛮兮更漏子，空灵更有梦江南。”按西人奥利金之说，每个文本均有“字面的意思”和“寓意的意思”，与庄子“得意而忘言”异曲同工。温庭筠之词，或谓“精艳绝人”（清刘熙载语），或谓“深美闳约”（清张惠言语），前者可视为“字面”的意思，后者可视为“寓意”的意思。

从字面看，直写“懒起画蛾眉，弄妆梳洗迟”一事，通体一气，精雅明艳。“小山重叠金明灭”，“小山”，即“小山眉”，为一种眉的样式；“重叠”，即蹙眉之意，已见愁情。“金明灭”，即额头的装饰“额黄”。“照花前后镜，花面交相映”，既美且孤，不可方物，词人亦有“鸾镜与花枝，此情谁可知”句。“新帖绣罗襦，双双金鹧鸪”，以鹧鸪双双反衬佳人形单影只，这也是懒起梳妆的缘由之一。

从寓意看，清张惠言《词选》谓温庭筠《菩萨蛮》一十四首“皆感士不遇之作”，近人吴梅以为张之论断“盖就其寄托深远者言之”“自抒性灵，旨归忠爱”，可谓见仁见智。明汤显祖《玉茗堂评花间集》评温词云：“温如芙蓉浴碧，杨柳浥青，意中之意，言外之言，无不巧隽而妙入。”

菩萨蛮　玉楼明月长相忆

玉楼明月长相忆，柳丝袅娜春无力。门外草萋萋，送君闻马嘶。　　画罗金翡翠，香烛销成泪。花落子规啼，绿窗残梦迷。

【品读小记】

此词点点相思，句句柔情，温婉悱恻，动人心弦。近人唐圭璋《唐宋词简释》称其“通体景真情真，浑厚流转”。起句“玉楼明月长相忆，柳丝袅娜春无力”：春日迟迟，意绪慵懒，非春无力，盖因长相忆费尽心神，实乃心无力。“画罗金翡翠，香烛销成泪”：温庭筠多用“金翡翠”“金鹧鸪”等，意象富丽；香烛成泪，人亦憔悴。结拍句“花落子规啼，绿窗残梦迷”：子规啼，催归也；绿窗残梦，已成为一种意象类型，离思凄婉，幽远朦胧。如宋贺铸“绿窗残梦闻鶗鴂”，宋周密“袅袅绿窗残梦断，红杏东风”等。清陈廷焯《白雨斋词话》云：“此种词，第自写性情，不必求胜人，已成绝响。后人刻意争奇，愈趋愈下，安得一二豪杰之士，与之挽回风气哉。”

清平乐　洛阳愁绝

洛阳愁绝，杨柳花飘雪。终日行人恣攀折，桥下水流呜咽。　　上马争劝离觞，南浦莺声断肠。愁杀平原年少，回首挥泪千行。

【品读小记】

南朝江淹《别赋》云:“黯然销魂者,惟别而已矣。”此词写离愁别绪,虽“呜咽”“断肠”,但有磊落浑厚之气。清陈廷焯《云韶集》评此词:“上半阕最见风骨,下半阕微逊。上三句说杨柳,下忽接‘桥下水流呜咽’六字,正以衬出折柳之悲,水亦为此呜咽。如此着墨,有一片神光,自离自合。”

“上马争劝离觞”,用谐音手法,离觞,离伤也。“回首挥泪”尤见情深性笃。游子离家,不忍在亲人面前显露悲伤,多于无人处痛泣,可见写情细微处。恰如近人俞陛云《唐五代两宋词选释》所言:“结句尤佳。临歧忍泪,恐益其悲,更难为别。至别后回头,料无人见,始痛洒千行之泪,洵情至语也。”

梦江南 千万恨

千万恨,恨极在天涯。山月不知心里事,水风空落眼前花,摇曳碧云斜。

【品读小记】

明汤显祖《玉茗堂评花间集》评曰:“风华情致,六朝人之长短句也。”起句即直抒胸臆,似脱口而出,可见“恨极”。但千恨万恨,“恨无知音赏”(唐孟浩然《夏日南亭怀辛大》),世上无人可解也就罢了,就连可以引为知己、寄托情怀的山月、风花,都不解、不赏、“不知心里事”,更是恨上加恨啊!在词人眼中,山月总是不识趣,当知心事而不知。如唐诗僧皎然《待山月》:“夜夜忆故人,长教山月待。今宵故人至,山月知何在。”结拍句“摇曳碧云斜”,化用唐李白《荆门浮舟望蜀江》“摇曳楚云行”,顾盼生姿,长吟远慕。

梦江南 梳洗罢

梳洗罢，独倚望江楼。过尽千帆皆不是，斜晖脉脉水悠悠。肠断白蘋洲。

【品读小记】

人生需要仪式感。“梳洗罢，独倚望江楼”即成为望远怀人、待君归来的一种常见且神圣的仪式。“梳洗罢”，精心准备，盛装而来，足见仪式之庄重，抱有极大希望得见归人。“过尽千帆皆不是”，从清晨等到黄昏，数尽千帆，唯恐错过，但皆非所待，与“朝朝江口望，错认几人船”（句出唐刘采春《啰唝曲六首》），“同一结想”（明汤显祖《玉茗堂评花间集》）。以“千帆”映衬“独倚”，更显思妇孤单落寞，有情之物唯剩斜晖脉脉、江水悠悠，反倍增愁怀。青春年少读此词，临江而立，勾连情思，尤以“斜晖脉脉水悠悠”句，令人黯然伤魂，欲罢不能。“肠断白蘋洲”者，乃不忍见离别之地。近人李冰若以其“一语点实，便无余韵，惜哉惜哉”（《花间集评注》），此论非也。“斜晖脉脉”句已余味不尽，此结拍句一声断喝，戛然而止，令梳洗、独倚、千帆等等全无意义，所谓希望越大，失望越大，以至绝望矣！明沈际飞《草堂诗余别集》评曰：“痴迷，摇荡，惊悸，惑溺，尽此二十余字。”

更漏子 玉炉香

玉炉香，红蜡泪，偏照画堂秋思。眉翠薄，鬓云残，夜长衾枕寒。　梧桐树，三更雨，不道离情正苦。一叶叶，一声声，空阶滴到明。

【品读小记】

近人唐圭璋《唐宋词简释》评此词：“此首写离情，浓淡相间，上片浓丽，下片疏淡。”尤其下片“梧桐滴雨”经温庭筠之手，又成为影响颇广的意象类型，为后世沿用。宋李清照“梧桐更兼细雨，到黄昏、点点滴滴”，南宋蒋捷“一任阶前、点滴到天明”，北宋聂胜琼“枕前泪共阶前雨，隔个窗儿滴到明”等等，均受温庭筠启发，可见其化茧成蝶的原创力。不过，以下片整幅写此一意象，却有疏淡有余而丰蕴不足之嫌。清陈廷焯《白雨斋词话》评论道:“飞卿《更漏子》三章，自是绝唱，而后人独赏其末章‘梧桐树’数语。胡元任云:‘庭筠工于造语，极为奇丽，此词尤佳。’即指‘梧桐树’数语也。不知梧桐树数语，用笔较快，而意味无上二章之厚。胡氏不知词，故以奇丽目飞卿，且以此章为飞卿之冠，浅视飞卿者也。后人从而和之，何耶?”

皇甫松（二首）

［作者简介］皇甫松（生卒年不详），一名作嵩，字子奇，自号檀栾子，睦州新安（今浙江淳安）人，晚唐名相牛僧孺之甥，似终身未仕。其词仅存二十余首，载《花间集》《尊前集》中。

采莲子 菡萏香连十顷陂

菡萏香连十顷陂，小姑贪戏采莲迟。
晚来弄水船头湿，更脱红裙裹鸭儿。

【品读小记】

好一幅活泼有趣的“小姑采莲图”！“更脱红裙裹鸭儿”，憨态可掬，不仅活现唐时少女无拘无束之天性，更显露出小姑爱护幼雏的蕙心兰质。至若“红裙”“裹”字，可见小姑是爱美之人，但为保护鸭儿，用之如包袱，可见善良本心。明汤显祖《玉茗堂评花间集》曰：“人情中语，体贴工致，不减觌面见之。”

梦江南 兰烬落

兰烬落，屏上暗红蕉。闲梦江南梅熟日，夜船吹笛雨萧萧。人语驿边桥。

【品读小记】

此词寥寥数语，尽显江南梅雨时节迷离惝恍之意象，实景耶？梦境耶？俱成化境。“人语驿边桥”为点睛之笔，似真似幻，似有若无，更添朦胧静谧之美，格调在唐温庭筠“人迹板桥霜”之上。近人俞陛云《唐五代两宋词选释》评此词:“调寄《梦江南》,皆其本体。江头暮雨,画船闻歌,语语带六朝烟水气也。”近人唐圭璋《唐宋词简释》云:“然今日空梦当年之乐事,则今日之凄苦,自在言外矣。”

韦庄（五首）

［作者简介］韦庄（约836—约910），字端己，长安杜陵（今西安市附近）人，韦应物四世孙。五十九岁举进士，七十二岁助王建创建“前蜀”小朝廷。卒谥文靖。词作卓越，“花间派”代表人物，与温庭筠并称“温韦”。有《浣花集》流传。

浣溪沙　惆怅梦余山月斜

惆怅梦余山月斜，孤灯照壁背窗纱。小楼高阁谢娘家。
暗想玉容何所似？一枝春雪冻梅花。满身香雾簇朝霞。

【品读小记】

韦庄词清艳绝伦。乐斋居士《七绝 歌韦庄》诗曰：“自然婉秀骨清空，妙境浑成淡白中。莫道黄莺弦上语，开山朗笔不他同。”世人多以“温韦”并提，议论二者异同之见迭出。约略论之，温（庭筠）词绮丽，多女性视角；韦（庄）词疏朗，多男性视角。温词以形写意；韦词以意赋形，如“一枝春雪冻梅花”，冰清玉洁，宛若仙姝。清张潮《幽梦影》云：“所谓美人者，以花为貌，以鸟为声，以月为神，以柳为态，以玉为骨，以冰雪为肤，以秋水为姿，以诗词为心，吾无间然矣。”而“一枝春雪冻梅花”足以当之。近人李冰若《花间集评注》云：“‘梨花一枝春带雨’‘一枝春雪冻梅花’，皆善于拟人，妙于形容，视‘滴粉搓脂’以为美者，何啻仙凡。”结拍句“满身香雾簇朝霞”，如此绚丽，当惊为天人。唐杜甫有“香雾云鬟湿，清辉玉臂寒”，北宋晁补之有“脸色朝霞红腻，眼色秋波明媚”。

菩萨蛮　红楼别夜堪惆怅

红楼别夜堪惆怅，香灯半卷流苏帐。残月出门时，美人和泪辞。　琵琶金翠羽，弦上黄莺语。劝我早归家，绿窗人似花。

【品读小记】

韦庄多用“惆怅”，可谓“惆怅王子”也。如“惆怅梦余山月斜”“惆怅夜来烟月”“惆怅晓莺残月”“惆怅香闺暗老”等。此词开篇又直言“惆怅”，殷殷思妇意，拳拳故国心，令人唏嘘。“琵琶金翠羽，弦上黄莺语”，亦为韦庄钟爱，其另有“花间任醉黄莺语”“绿槐阴里黄莺语”等。“金”与“黄”也暗合。近人胡适先生《词选》称韦词“技术朴素，多用白话”。如“劝我早归家，绿窗人似花”，浅白似寻常语，而家之温馨清雅，人之情意拳拳，可见一斑。清纳兰性德有“绿窗红泪，早雁初莺”。清陈廷焯《词则》云：“深情苦调，意婉词直，屈子《九章》之遗。词至端己语渐疏，情意却深厚。虽不及飞卿之沉郁，亦古今绝构也。”

菩萨蛮　劝君今夜须沉醉

劝君今夜须沉醉，樽前莫话明朝事。珍重主人心，酒深情亦深。　须愁春漏短，莫诉金杯满。遇酒且呵呵，人生能几何。

【品读小记】

唐罗隐《自遣》云：“今朝有酒今朝醉，明日愁来明日愁。”有两“今朝”、两“明日”。而此词上下片用两“须”两“莫”，既是劝人，亦是自宽；看似达观，实则苦怀，“似直而纡，似达而郁，最为词中胜境”（清陈廷焯语）。今人叶嘉莹先生《唐宋词十七讲》言：“韦庄在如此短的一首小令中，竟然用了两个‘须’字，两个‘莫’字，口吻的重叠成为这首词的特色所在，也是佳处所在。”“遇酒且呵呵，人生能几何”，与魏武帝（曹操）“对酒当歌，人生几何”之沉雄相衬，别是一番酸楚滋味。近人顾佛影《填词百法》评韦词“《菩萨蛮》诸阕，殆词中之《古诗十九首》也”，当不为妄论。

思帝乡 春日游

春日游，杏花吹满头。陌上谁家年少，足风流？
妾拟将身嫁与，一生休。纵被无情弃，不能羞。

【品读小记】

女子痴情决绝语者，有“山无陵，天地合，乃敢与君绝”之坚定，有“须作一生拚，尽君今日欢”之勇毅，有“愿得一心人，白头不相离”之忠贞，有“只愿君心似我心，定不负相思意”之纯婉。两情相交，无怨者易，无悔者难。此词“妾拟将身嫁与，一生休。纵被无情弃，不能羞”，柔中带刚，痛快淋漓，既无怨又无悔矣。

鹤冲天 街鼓动

街鼓动，禁城开，天上探人回。风衔金榜出云来，平地一声雷。　莺已迁，龙已化，一夜满城车马。家家楼上簇神仙，争看鹤冲天。

【品读小记】

词人以生动的笔触，描述了科考放榜时朝野欢腾的景象，体现了古代士子“万般皆下品，唯有读书高”的精英意识。上下两片结句“平地一生雷”“争看鹤冲天”，乃画龙点睛之笔。

薛昭蕴（一首）

［作者简介］薛昭蕴（生卒年不详），字澄州，河中宝鼎（今山西荣河县）人，王衍时，官至侍郎，当为前蜀时人。

浣溪沙　倾国倾城恨有馀

倾国倾城恨有馀，几多红泪泣姑苏，倚风凝睇雪肌肤。
吴主山河空落日，越王宫殿半平芜，藕花菱蔓满重湖。

【品读小记】

此词写西施故事，将王朝兴亡感慨与哀婉同情熔为一炉，于咏史怀古中寄托身世之叹，意蕴深郁。“倾国倾城恨有馀”，佳人沉浮于历史漩涡之中，不由自主，遗恨不尽。唐韦应物有“世事波上舟，沿洄安得住”，宋张孝祥有“倾国倾城恨无语”，皆道尽个中况味。奈何沧海桑田，吴越俱成陈迹，五湖烟水迷茫，几近虚无。“藕花菱蔓”四个“草”头字并用，草木繁盛更显历史兴废之沧桑。近人李冰若《花间集评注》云：“伯主雄图，美人韵事，世异时移，都成陈迹。三句写尽无限苍凉感喟，此种深厚之笔，非飞卿辈所企及者。”

毛文锡（二首）

［作者简介］毛文锡（生卒年不详），字平珪，高阳（今属河北）人，一说南阳人（今属河南），五代前蜀官翰林学士承旨，拜司徒。后蜀复仕。有《前蜀纪事》《茶谱》流传。

醉花间　休相问

休相问，怕相问，相问还添恨。春水满塘生，鸂鶒还相趁。
昨夜雨霏霏，临明寒一阵。偏忆戍楼人，久绝边庭信。

【品读小记】

清刘熙载《艺概》言作词之法："一转一深，一深一妙，此骚人三昧，倚声家得之，便自超出常境。"此词即得转深之妙，从起句"休相问"巧设悬疑，层层铺垫，末尾点破，似"意识流"笔法。"春水满塘生"，不唯水生，思绪亦饱满，唐严维有"柳塘春水漫，花坞夕阳迟"。"鸂鶒还相趁"，鸳鸯成双，反衬思妇孤单。近人萧继宗《评点校注花间集》评曰："全词无一懈笔，无一赘字。极得温柔醇厚之旨，须于言外求之。'春水'两句，看似写景，而情寓于中，极易为读者所忽，故人但赏其后半耳。""昨夜雨霏霏"，知春水满塘缘由。至"临明寒一阵"，已觉身心俱冷。再至结拍句"偏忆戍楼人，久绝边庭信"，则翻牌揭底，生死不知，无限牵挂。清陈廷焯《云韶集》曰："此种起笔，合下章自成章法，自是一时兴到之作，婉妙无比。后人屡屡效之，反觉数见不鲜矣。"

应天长 平江波暖鸳鸯语

平江波暖鸳鸯语，两两钓船归极浦。芦洲一夜风和雨，飞起浅沙翘雪鹭。 渔灯明远渚，兰棹今宵何处？罗袂从风轻举，愁杀采莲女！

【品读小记】

此词笔法与上一首《醉花间》相似，一转一深，层层叠进。起句“鸳鸯语”“两两钓船”者，皆和谐团圆之景。渐次，芦洲一夜风雨，雪鹭飞起，已见别意。至“渔灯明远渚”，则当归时刻，离情感伤顿起。“兰棹今宵何处？”漂泊迷茫，不知栖止何处，仿似宋柳永“今宵酒醒何处？”而至结拍句“愁杀采莲女”，主人公采莲女方登场，即于情绪高蹈时结束，悲怀顿溢。

清况周颐《餐樱庑词话》评论曰：“毛文锡《应天长》云：‘渔灯明远诸，兰棹今宵何处？’柳屯田云：‘今宵酒醒何处？杨柳岸，晓风残月’，毛词简质而情景具足，后人但能歌柳词耳。‘知者亦不易’，诚哉是言。”

牛希济（一首）

［作者简介］牛希济（生卒年不详），陇西（今甘肃）人，词人牛峤之侄。前蜀累官翰林学士、御史中丞。后唐拜雍州节度副使。今有王国维辑《牛中丞词》。

生查子 春山烟欲收

春山烟欲收，天澹星稀小。残月脸边明，别泪临清晓。　语已多，情未了，回首犹重道：记得绿罗裙，处处怜芳草。

【品读小记】

此词写情人黎明惜别，极富现代性，历经千年仍如目见，足证爱情中亘古不变之情愫。写法则以小见大，“语已多”，只撷取“记得绿罗裙，处处怜芳草”一句，期勿相忘、勿相负也！“回首犹重道”更见一往情深。

此情此景，凡深爱而别离之恋人，无不有切骨同感。如英人哈代《月台上》写离别“一个穿薄毛衣的小白点/在愈来愈小的月台上远去”。“绿罗裙”与“白毛衣”，异曲同工。近人李冰若《花间集评注》云：“‘记得绿罗裙，处处怜芳草’，词旨悱恻温厚，而造句近乎自然。岂飞卿辈所可企及？‘语已多，情未了，回首犹重道’，将人人共有之情，和盘托出，是为善于言情。”信哉斯言。

欧阳炯（一首）

［作者简介］欧阳炯（896—971），益州华阳（今四川双流）人。曾在前蜀任中书舍人，后蜀累官至门下侍郎同平章事。降宋后授左散骑常侍。曾为《花间集》作序，词在其中。

江城子　晚日金陵岸草平

晚日金陵岸草平，落霞明，水无情。六代繁华，暗逐逝波声。空有姑苏台上月，如西子镜，照江城。

【品读小记】

金陵怀古词多矣，此词喻“姑苏月”为“西子镜”鉴照江城，画面开阔而又聚焦，别出机杼。“晚日金陵岸草平”，一片荒芜气息。宋仲殊有“岸草平沙。吴王故苑，柳袅烟斜”。“暗逐逝波声”，紧扣“水无情”也。“空有姑苏台上月，如西子镜，照江城”，化用唐李白“只今惟有西江月，曾照吴王宫里人”。

近人李冰若《花间集评注》云：“此词妙处在‘如西子镜’一句，横空牵入，遂尔推陈出新。”《圣经》有言：“日光之下，并无新事。”虽有前朝镜鉴，依旧重蹈覆辙，故言“空有”，无尽感喟。清陈廷焯《词则》评此词：“与松卿（词人牛峤，有《江城子》云‘越王宫殿，蘋叶藕花中’）作同一感慨，彼于怨壮中寓风流，此于伊郁中饶蕴藉。”

和凝（一首）

［作者简介］和凝（898—955），字成绩。郓州须昌（今山东东平）人。在梁、唐、晋、汉、周五代均曾为官，有“曲事相公”之称。曾取古今史传所讼断狱、辨雪冤枉等事，著《疑狱集》两卷。

春光好　蘋叶软

蘋叶软，杏花明，画船轻。双浴鸳鸯出绿汀，棹歌声。　春水无风无浪，春天半雨半晴。红粉相随南浦晚，几含情。

【品读小记】

一幅明媚的画船游春图。春光烂漫，物我合一，人在画中，人在情中。“春水无风无浪，春天半雨半晴”，得春之神韵，“写出春光骀宕之状”（近人李冰若《花间集评注》），人处其中，意畅情怡。

鹿虔扆（一首）

[作者简介] 鹿虔扆（生卒年不详），后蜀时进士，累官为学士，加太保。后蜀亡后不仕。

临江仙　金锁重门荒苑静

金锁重门荒苑静，绮窗愁对秋空。翠华一去寂无踪。玉楼歌吹，声断已随风。　　烟月不知人事改，夜阑还照深宫。藕花相向野塘中，暗伤亡国，清露泣香红。

【品读小记】

兴亡之词，多善比对。此词有黍离之悲。上片“金锁重门”“绮窗”“翠华”“玉楼歌吹”与“荒苑”“秋空”“寂无踪”“已随风”等相对比，于繁华中生出一派苍凉之气。下片“烟月不知人事改，夜阑还照深宫”，语本唐李玖“春月不知人事改，闲垂光影照洿宫”，烟月懵懂，藕花暗伤，清露低泣，自然之物似是有情，更显兴亡铁律无情，颇为凄清哀婉。

清况周颐《餐樱庑词话》云：“鹿太保，孟蜀遗臣，坚持雅操。其《临江仙》含思凄婉，不减李重光‘晚凉天净月华开。想得玉楼瑶殿影，空照秦淮’之句。”近人李冰若《花间集评注》云：“此阕之妙，妙在以暗伤亡国托之藕花。无知之物，尚且泣露啼红，与上句‘夜阑还照深宫’相衬而愈觉其悲惋。”

顾敻（二首）

［作者简介］顾敻（生卒年不详），前蜀时官至茂州（今属四川）刺史。入后蜀，累官至太尉。

诉衷情　永夜抛人何处去

永夜抛人何处去？绝来音。香阁掩，眉敛，月将沉。　争忍不相寻？怨孤衾。换我心，为你心，始知相忆深。

【品读小记】

这首闺情词，围绕突兀而起的首句“永夜抛人何处去”这一提问展开，描述了一位愁肠百结、通宵难眠的女子，对远去而又“绝来音”丈夫的真挚感情和莫名担忧。该小令语言质朴，用笔细密，刻画人物形象生动鲜明，于不经意中见情致。“换我心，为你心，始知相忆深”大白话式的结拍句，被清王士禛《花草蒙拾》赞为“自是透骨情语”。该词不事雕琢，或可看作词的原有本色之一。

玉楼春　月照玉楼春漏促

月照玉楼春漏促，飒飒风摇庭砌竹。梦惊鸳被觉来时，何处管弦声断续？　惆怅少年游冶去，枕上两蛾攒细绿。晓莺帘外语花枝，背帐犹残红蜡烛。

【品读小记】

这首闺怨词，生动刻画出一位春夜怀人思远、通宵难眠的少妇形象，写得虚实互见，情景相生。近人俞陛云以为佳处在结句：“已莺啼破晓，而残烛犹明，锦衾待旦，其独眠人起可知。”（《唐五代两宋词选释》）实则上片歇拍句亦佳，鸳鸯绣被反衬妇人独眠，管弦惊梦窥见少年游冶，见虚实相映之细微处。

李珣（二首）

［作者简介］李珣（生卒年不详），字德润，祖先为波斯人，家于梓州（今四川三台），曾于五代后蜀为官，蜀亡不仕，隐遁山林。“花间派”重要词人。

渔歌子 荻花秋

荻花秋，潇湘夜，橘洲佳景如屏画。碧烟中，明月下，小艇垂纶初罢。 水为乡，蓬作舍，鱼羹稻饭常餐也。酒盈杯，书满架，名利不将心挂。

【品读小记】

雨中、雪霁、云天、夜阑诸意蕴，与隐逸情怀有天然关联。此词铺陈月夜橘洲之静谧，展现渔父隐逸生活之从容。渔父乃隐逸之象征。历来岩穴之士，寄情渔父，有飘然出世、超然物外之丰神。庄子之“渔父”法天贵真，屈原之“渔父”不凝滞于物，唐张志和之“渔父”冲淡高远，唐柳宗元之“渔父”孤寒清幽，甚或南唐李后主亦有“一壶酒，一竿身，快活如侬有几人”之奢望。

是词“碧烟中”“明月下”“水为乡”“蓬作舍”“酒盈杯”“书满架”等三字骈用，真正“慢生活”也。“水为乡，蓬作舍，鱼羹稻饭常餐也”，与词人《南乡子》“春酒香熟鲈鱼美，谁同醉？缆却扁舟蓬底睡”意境相类。尤以“书满架，名利不将心挂”，可见乃识字渔父，能求名求利而不挂心，岂不更为高洁？

巫山一段云　古庙依青嶂

古庙依青嶂，行宫枕碧流。水声山色锁妆楼，往事思悠悠。　云雨朝还暮，烟花春复秋。啼猿何必近孤舟，行客自多愁。

【品读小记】

一片古意！古庙，乃巫山神女祠；行宫，乃楚灵王细腰宫。不惟吊古伤今，词风亦是古拙有力。上片用“依”“枕”“锁”，下片用“还”“复”“自”等字，炼字精妙，虚实并举，节奏起伏，串珍珠为项链，如歌行板耳边作响。“云雨朝还暮”，用巫山神女典故，与古庙对应。“烟花春复秋”，暗用楚灵王宴乐之事，与行宫对应。近人萧继宗《评点校注花间集》评曰：“‘朝还暮’与‘春复秋’，同言时间，然一系‘云雨’，一系‘烟花’，古今虚实，故自不同。”“啼猿何必近孤舟”，词人《河传》有句“依旧十二峰前，猿声到客船”。清陈廷焯《云韶集》评结拍句：“啼猿二语，语浅情深。不必猿啼，行客已自多愁，又况闻猿啼乎！”

孙光宪（三首）

［作者简介］孙光宪（901—968），字孟文，自号葆光子，陵州贵平（今四川仁寿县境）人。唐时即为官，累官荆南节度副使；入宋后授黄州刺史。通经史，著作甚丰。今存《北梦琐言》一卷。

浣溪沙　蓼岸风多橘柚香

蓼岸风多橘柚香，江边一望楚天长。片帆烟际闪孤光。
目送征鸿飞杳杳，思随流水去茫茫。兰红波碧忆潇湘。

【品读小记】

清陈廷焯评孙词“气骨甚遒，措语亦多警炼”。此词将惜别之情融于辽阔绚丽秋景，颇为含蓄悠远。虽属晚唐词，兼备盛唐风。上片“片帆烟际闪孤光”，为人称道，如清陈廷焯《云韶集》以为“压遍古今词人”，又说：“‘闪孤光’三字警绝，无一字不炼，绝唱也。”唐杜甫《桔柏渡》有“孤光隐顾眄，游子怅寂寥”，或为宋张孝祥“孤光自照”所本。“目送征鸿飞杳杳，思随流水去茫茫”，化用魏晋嵇康“目送归鸿，手挥五弦”，征鸿流水，皆远遁也。结拍句中“兰红波碧”四字，可谓得潇湘神髓。

思帝乡　春日游

如何？遣情情更多！永日水堂帘下，敛羞蛾。　六幅罗裙窣地，微行曳碧波。看尽满池疏雨，打团荷。

【品读小记】

愁情无可遣，徘徊无所展。“六幅罗裙窣地”，唐王昌龄《采莲曲》有“荷叶罗裙一色裁”，以团荷类比罗裙，匠心独运，精妙非凡。次用“微行曳碧波”形容罗裙窣地，风采顿现。近人萧继宗《评点校注花间集》云：“罗裙窣地微行，而以‘曳碧波’三字状之，语妙。”“疏雨打团荷”，以自然之雨比兴繁乱的心绪之雨，“以景结情最好”（宋沈义父语）。宋刘攽《雨后池上》有“东风忽起垂杨舞，更作荷心万点声”，意境相仿。清张潮《幽梦影》云：“雨之为声有二：有梧蕉荷叶上声，有承檐溜筒中声。”按此，梧桐滴雨，疏雨团荷，非但境妙，声亦尤佳。“看尽”“满池”，可见愁绪深沉，伫立长久，与“永日”呼应。

风流子　楼倚长衢欲暮

楼倚长衢欲暮，瞥见神仙伴侣。微傅粉，拢梳头，隐映画帘开处。无语，无绪，慢曳罗裙归去。

【品读小记】

这首小令仅用寥寥数笔，便形神兼备地刻画出“神仙伴侣”生动而又隐逸的形象。其“无语，无绪”的气质和风貌，颇耐人品味。这种神仙的艺术形象对后世文学产生一定影响。清陈廷焯《云韶集》评曰：“情态逼真，令人如见，结三语有无限惋惜。”

冯延巳（九首）

［作者简介］冯延巳（903—960），又名延嗣，字正中，五代广陵（今江苏扬州）人。仕南唐为相。工诗词，词坛开拓性大家，成就卓越，对后世有重要影响。有《阳春集》流传。

鹊踏枝 谁道闲情抛掷久

谁道闲情抛掷久？每到春来，惆怅还依旧。日日花前常病酒，敢辞镜里朱颜瘦。 河畔青芜堤上柳，为问新愁，何事年年有？独立小桥风满袖，平林新月人归后。

【品读小记】

冯氏与温（庭筠）、韦（庄）并称为五代三大词家，开一代风气之先。乐斋居士《七绝 歌冯延巳》诗曰："思深辞丽笔清妙，鼎足三分一大家。满目琳琅芳草路，一池春水乱飞花。"此词所写"惆怅"，乃一种永恒的人类情绪，闲情、春来，均可触发。"日日花前常病酒，敢辞镜里朱颜瘦"，暗扣闲情，却已由惆怅转为愁苦，唐李商隐有"人闲微病酒"。清陈廷焯《白雨斋词话》解上片："始终不渝其志，亦可谓自信而不疑，果毅而有守矣。"又云："可谓沉著痛快之极，然却是从沉郁顿挫来。浅人何足知之。"下片由院内走到户外，本拟消愁，却见"青青河边草，绵绵思远道"，反添新愁。末句"独立小桥风满袖，平林新月人归后"，可谓神来之笔（有版本为"独上小楼"，意境略逊）。近人熊十力言："摄心归寂，内自反观，迥然明觉，孤特无倚，是谓'独立'。"境界清雅，丰神流露，人物与风物已融为一体，似乎得见一丝欣悦，惆怅得到些许消解。清陈廷焯

《云韶集》曰："'独立'二语，仙境？凡境？断非凡笔。"

鹊踏枝　六曲阑干偎碧树

六曲阑干偎碧树，杨柳风轻，展尽黄金缕。谁把钿筝移玉柱，穿帘海燕双飞去。　满眼游丝兼落絮，红杏开时，一霎清明雨。浓睡觉来莺乱语，惊残好梦无寻处。

【品读小记】

近人俞陛云谓冯延巳"姑以愁罗恨绮之词，寓忧盛危明之意耳"。上片阑干曲折，杨柳清秀，弄筝惊燕，恰似梦境。"穿帘海燕双飞去"，"双飞"乃正中常用意象，如"卷帘双鹊惊飞去""双燕飞来垂柳院""双燕归栖画阁中"等等。下片"满眼游丝兼落絮，红杏开时，一霎清明雨"，檃括唐温庭筠《菩萨蛮》"南园满地堆轻絮，愁闻一霎清明雨。雨后却斜阳，杏花零落香"。以"浓睡觉来莺乱语，惊残好梦无寻处"作结，怅惘空落，自发幽怀，清陈廷焯《白雨斋词话》谓之"忧谗畏讥，思深意苦"。全词写景优美，用词清丽，如"碧树""黄金缕""红杏"等，"金碧山水，一片空蒙"（近人谭献语）。清陈廷焯《云韶集》："雅秀工丽，是欧公之祖。字字和雅，字字秀丽，词中正格也。"

鹊踏枝　烦恼韶光能几许

烦恼韶光能几许？肠断魂消，看却春还去。只喜墙头灵鹊语，不知青鸟全相误。　心若垂杨千万缕，水阔花飞，梦断巫山路。开眼新愁无问处，珠帘锦帐相思否？

【品读小记】

全词以"烦恼韶光能几许"发问。上片在现实中被动等待：看却春去而人不归，烦恼也；灵鹊报喜而青鸟无信，烦恼也。敦煌词有“叵耐灵鹊多谩语，送喜何曾有凭据？”下片于梦境中主动追觅：欲籍杨花寻佳侣，无奈水阔难飞，巫山梦断，惊醒梦中人。待也不是，求也不得；醒也烦恼，梦也无凭，故有“开眼新愁无问处”之叹！结拍句又发出“珠帘锦帐相思否”的疑问，全词以问起、以问结，真肠断魂消也。

清平乐 雨晴烟晚

雨晴烟晚，绿水新池满。双燕飞来垂柳院，小阁画帘高卷。　黄昏独倚朱阑，西南新月眉弯。砌下落花风起，罗衣特地春寒。

【品读小记】

淡淡清清静静，凉凉寞寞，花落春寒心惊。“通篇俱以景物烘托人情，写法极高妙”（近人唐圭璋《唐宋词简释》）。“绿水新池满”，相思浓郁也。“双燕飞来垂柳院”，反衬孤单也。“小阁画帘高卷”，期盼归人也。“西南新月眉弯”，团圆尚需时日也。“砌下落花风起”，伤华年不再也。“罗衣特地春寒”，非为春寒，亦是心寒也。近人俞陛云《唐五代两宋词选释》评曰：“纯写春晚之景。‘花落春寒’句，论词则秀韵珊珊，窥词意或有忧谗自警之思乎？”

谒金门 风乍起

风乍起，吹皱一池春水。闲引鸳鸯香径里，手挼红杏蕊。　斗鸭阑干独倚，碧玉搔头斜坠。终日望君君不至，举头闻鹊喜。

【品读小记】

朱光潜先生尝言诗“使人到处都可以觉到人生世相新鲜有趣，到处可以吸收维持生命和推展生命的活力”。此篇名句“风乍起，吹皱一池春水”，着一“乍”字，仿见青萍微动，一片神行；以水之皱喻人之愁，一片空明。明刘基《谒金门》“风袅袅，吹绿一庭秋草”，脱胎于此，亦是可喜。于人所常见之景，翻然出新，恰如西人罗丹所说：“生活中不是缺少美，而是缺少发现美的眼睛。”发现生活之美，此乃诗人天职与价值所在！近人俞陛云《唐五代两宋词选释》评曰：“‘风乍起’二句破空而来，在有意无意间，如絮浮水，似沾非著，宜后主盛加称赏。此在南唐全盛时作。”此句还涉一词林故事，宋马令《南唐书》载：“元宗（李璟）尝戏延巳曰：‘吹皱一池春水，干卿何事？’延巳答曰：未若陛下‘小楼吹彻玉笙寒’。元宗悦。”

三台令　明月　明月

明月，明月，照得离人愁绝。更深影入空床，不道帷屏夜长。长夜，长夜，梦到庭花阴下。

【品读小记】

月团圆，人离散。非经生死别离，难以体味月夜怀人之空寂孤愁，如三国魏曹植“明月照高楼”，如北宋苏轼“明月夜，短松冈”，莫不如是。“更深影入空床”，照无眠也，恰如北宋晏殊“明月不谙离恨苦，斜光到晓穿朱户”。“不道帷屏夜长”，隐忍不发，亦无人可道，何必道哉！清陈廷焯《别调集》云：“‘不道’一语，中含无数曲折。”所谓“离人愁绝”，长夜漫漫，终于睡去，或许只能在庭花荫下的梦境中稍得慰藉。清陈廷焯《云韶集》评曰：“孤眠情况，别恨离愁，一一如见。”

长相思　红满枝

红满枝，绿满枝，宿雨厌厌睡起迟。闲庭花影移。
忆归期，数归期，梦见虽多相见稀。相逢知几时？

【品读小记】

这首伤春怀远闺情词，生动刻画出了一位外表柔弱而感情世界十分热烈的女子形象。上片写景：词人以简洁细腻、含蓄婉曲的笔法，展现出女主人公在大好春光中的寂寞愁苦和百无聊赖。下片抒情：词人以明白晓畅、直抒胸臆的笔法，点出女主人公愁苦原因："梦见虽多相见稀"，语白意深，与丈夫聚少离多，苦苦相期，进而发出了"相逢知几时"的慨叹。这首小令，上片写人物的外在表现，用笔空灵，下片写其内心世界，用笔质朴，两者和谐地统一于一体，塑造出令人印象深刻的人物形象。这种初期词作的笔法，对后来词风的发展产生了一定影响。

喜迁莺　雾濛濛

雾濛濛，风淅淅，杨柳带疏烟。飘飘轻絮满南园，墙下草芊绵。　燕初飞，莺已老，拂面春风长好。相逢携酒且高歌，人生得几何。

【品读小记】

一派大好春光，"拂面春风长好"，正是游园最佳时节。当此时也，"相逢携酒且高歌"，此乐何极！词人不由得发出"人生得几何"的慨叹。

南乡子　细雨湿流光

细雨湿流光，芳草年年与恨长。烟锁凤楼无限事，茫茫。鸾镜鸳衾两断肠。　魂梦任悠扬，睡起杨花满绣床。薄悻不来门半掩，斜阳。负你残春泪几行。

【品读小记】

这是一首闺怨词，上片忆过往，下片思当前。语言质朴，形象生动，情景交融，意蕴幽长。尤开篇“细雨湿流光”句，令人耳目一新，颇具想象力和张力。近人王国维《人间词话》赞曰：“五字皆能摄春草之魂者也。”

李璟（一首）

［作者简介］李璟（916—961），初名景通，字伯玉。943年于金陵嗣位称帝，在位十九年。后因受后周威胁，向周称臣，改称国主，史称南唐中主。

浣溪沙 菡萏香销翠叶残

菡萏香销翠叶残，西风愁起绿波间。还与韶光共憔悴，不堪看。

细雨梦回鸡塞远，小楼吹彻玉笙寒。多少泪珠何限恨，倚栏干。

【品读小记】

于是词，北宋王安石赞赏“细雨梦回鸡塞远，小楼吹彻玉笙寒”句（见南宋胡仔《苕溪渔隐丛话》），近人王国维则推崇“菡萏香销翠叶残，西风愁起绿波间”句，其《人间词话》谓之“大有众芳芜秽、美人迟暮之感。乃古今独赏其‘细雨梦回鸡塞远，小楼吹彻玉笙寒’，故知解人正不易得”。

窃以为两句各有意境，见仁见智而已。“菡萏”句意在境先，胜在意，翠叶销残，绿波风起，非但有美人迟暮之感，更有祸福相倚、盛衰相替之深慨，为“还与韶光共憔悴，不堪看”之铺垫。“细雨”句境在意先，胜在境，化用唐李商隐“怅望银河吹玉笙，楼寒院冷接平明”，为“多少泪珠何限恨，倚栏干”之铺垫，且为北宋秦观《如梦令》“指冷玉笙寒，吹彻小梅春透”所本，结构精妙，可见一斑。清黄苏《蓼园词评》云：“‘细雨梦回’二句，意兴清幽，自系名句。”清陈廷焯《白雨斋词话》云：“‘还与韶光共憔悴，不堪看。’沉之至，郁之至，凄然欲绝。”言“凄然欲绝”，实与此词清绮高华、庄严空远之境不符。全篇虽写愁情，但哀而不伤，并无衰颓之气，反有一缕清气与贵气。

徐昌图（一首）

[作者简介] 徐昌图（生卒年不详，约965年前后在世），莆田（今属福建）人，一作莆阳人。初仕闽、南唐，入宋后命为国子监博士，迁殿中丞。

临江仙 饮散离亭西去

饮散离亭西去，浮生长恨飘蓬。回头烟柳渐重重。淡云孤雁远，寒日暮天红。　　今夜画船何处？潮平淮月朦胧。酒醒人静奈愁浓。残灯孤枕梦，轻浪五更风。

【品读小记】

徐昌图生于五代末离乱之际，晚年则已入宋。这首别样反映离愁别绪的羁旅词，就多了一层社会离乱的凄凉。

上片写离别，却无点墨写离别，而是直入“饮散离亭西去”。紧接着慨叹出本词主旨：“浮生长恨飘蓬”，沉重、茫然而又无可奈何。词人在“烟柳”“淡云”“孤雁”“寒日”“暮天红”构成的孤凄悲凉画面中出发西去，却频频回首东望，人去而意留。等待词人的依然是居无定所、事事难料的漂泊之旅。下片由“今夜画船何处”的问句引领，合乎逻辑地想象出“朦胧”月色下孤寂愁苦的行舟预期。“孤灯”二结拍句以景写情，表明词人断定自己又将有一个难眠之夜了。

该词构思新颖，用笔婉丽，以景寓情，以情驭景，意象纷呈，沉郁蕴藉，佳作也。

李煜（十一首）

［作者简介］李煜（937—978），初名从嘉，字重光，号钟隐、莲峰居士，彭城（今徐州）人。南唐中主李璟第六子，史称李后主。在位十五年。宋破金陵（今南京），出降被俘至汴京（今开封），封违命侯，后因感怀故国的名词《虞美人》而被宋太宗毒杀。精音律，擅书画，工诗词，词坛大家。国亡后的词作极富感染力，有极高的艺术成就。

破阵子　四十年来家国

四十年来家国，三千里地山河。凤阁龙楼连霄汉，玉树琼枝作烟萝，几曾识干戈？　一旦归为臣虏，沈腰潘鬓消磨。最是仓皇辞庙日，教坊犹奏别离歌，垂泪对宫娥。

【品读小记】

鼎革之际，有亡国者，有失家者，有殒身者。唯重光以帝王之位，成亡国、失家、殒身者，其悲尤切，其痛尤深，托之以词，自成高品，“词中之帝，当之无愧色矣”（晚清王鹏运语）。近人王国维《人间词话》云：“词至李后主而眼界始大，感慨遂深，遂变伶工词而为士大夫之词。”乐斋居士《七绝　歌李煜》诗曰：“绝代词才薄命王，沉雄深惋亦铿锵。自如挥洒开宏旨，从此名家列队长。”

此词上片写家国繁盛景象。起句“四十年来家国，三千里地山河”，足见帝王之气象，南唐国祚近四十年，李后主降宋时近四十岁，亦映衬亡家亡国之悲哀。这种时空耦合的句法，或为宋岳飞“三十功名尘与土，八千里路云和月”所本。“几曾识干戈”，可怜生在帝王家，此生身之误也，“故生于深宫，长于妇人之手，是后主为人君所短处，亦即为词人所长处。”（王国维语）下片写臣虏之悲，今昔对比，凄苦尤深。末句“最是仓皇辞庙日，教坊犹奏别离歌，垂泪对宫娥”，此句正在无所用意，猝然相遇，即以成章，不假雕饰，足见其真性情。有论者讥其不挥泪于宗社而挥泪于宫娥。此乃外于词道之论。“若以填词之法绳后主，则此泪对宫娥挥为有情，对宗社挥为乏味也。”（清梁晋竹《两般秋雨庵随笔》）近人唐圭璋《唐宋词简释》云：“后主聪明仁恕，不独笃于父子昆弟夫妇之情，即臣民宫娥，亦无不一体爱护。故江南人闻后主死，皆巷哭失声，设斋祭奠。而宫娥之入掖庭者，又手写佛经，为后主资冥福。方可见后主感人之深矣。”

浪淘沙　帘外雨潺潺

帘外雨潺潺，春意阑珊。罗衾不耐五更寒。梦里不知身是客，一晌贪欢。　　独自莫凭栏，无限江山，别时容易见时难。流水落花春去也，天上人间。

【品读小记】

李后主词历来为论者推重。王国维《人间词话》评重光时尝言“词人者，不失其赤子之心者也”。以“赤子之心”语重光，最为贴切。又言：“主观之诗人，不必多阅世。阅世愈浅，则性情愈真，李后主是也。”

此词写身世之感，故国之思，亡国之恨。歇拍句“梦里不知身是客，一晌贪欢”，性情流露，纯出于自然，甚是凄清哀绝，寓空幻之感，非他人所能发。末句“流水落花春去也，天上人间”，寓感尤深：一者，言江山再难重见，升华“别时容易见时难”；二者，流水落花，尚有归处，而一国之君，天上人间，无处容身；三者，伤天人永隔，乃自悼之意，近人唐圭璋《唐宋词简释》云：“承上申说不久于人世之意，水流尽矣，花落尽矣，春归去矣，而人亦将亡矣”；四者，体悟缘起性空，恰如《金刚经》云：“一切有为法，如梦幻泡影、如露亦如电，应作如是观。”今人叶嘉莹先生以为李后主“写出了所有人类共同的悲哀”（《唐宋词十七讲》）。

虞美人 春花秋月何时了

春花秋月何时了？往事知多少。小楼昨夜又东风，故国不堪回首月明中。 雕栏玉砌应犹在，只是朱颜改。问君能有几多愁？恰似一江春水向东流。

【品读小记】

此词为李煜绝命之笔，甚是凄美沉静，且笔力沉雄。近人唐圭璋以为上一首《浪淘沙·帘外雨潺潺》“殆后主绝笔”，实则仍囿于生死之见。此词明言“故国”“朱颜改”，且李后主又于七夕命故伎作乐，太宗闻之大怒，赐牵机药以死之，当为绝命之词，且于生死已置之度外矣！清况周颐云“余谓花王中之樱花，甚似人王中之李重光，高出庸主万万”（《餐樱庑随笔》），然也，且其词境亦似樱花飘落，美得纯粹，美得绝望。句句珠玉，但为泪血凝成；娓娓道来，却是如泣如诉，此乃“生命之书”。

清陈廷焯《云韶集》曰：“一声恸歌，如闻哀猿，呜咽缠绵，满纸血泪。”王国维《人间词话》云：“尼采所谓：‘一切文学，余爱以血书者。’后主之词，真所谓以血书者也……后主则俨有释迦、基督担荷人类罪恶之意，其大小固不同矣。”丹麦哲人克尔凯郭尔也有此论：“我决心只读死囚犯写的书，或者读以某种方式拿生命冒险的人写的书。”尤以“问君能有几多愁？恰似一江春水向东流”，以春水喻愁，虽非始自李后主，然李后主使之臻于化境，实与佛法所言“苦海无边”相印证。李后主喜耽佛学，世味澹如，经此大悲大痛，深悟佛法所言悲苦、空幻与无常。

清平乐　别来春半

别来春半，触目柔肠断。砌下落梅如雪乱，拂了一身还满。　　雁来音信无凭，路遥归梦难成。离恨恰如春草，更行更远还生。

【品读小记】

近人唐圭璋《唐宋词简释》云："此首即景生情，妙在无一字一句之雕琢，纯是自然流露，丰神秀绝。"落梅如雪，本为优美，"落花纷纷，人立其中；境乃灵境，人似仙人"（近人唐圭璋语），而着一"乱"字，且"拂了一身还满"，以之喻"柔肠断"，可见愁肠千结，挥之不去。结拍句以春草喻离恨，"更行更远还生"，此六字状春草，俨然一广袤帝国也。情状甚似，余恨不绝，境界绵邈，不愧名句。北宋欧阳修"离愁渐远渐无穷"、北宋秦观"恨如芳草，萋萋刬尽还生"等，皆脱化于此。

乌夜啼　林花谢了春红

林花谢了春红，太匆匆。无奈朝来寒雨晚来风。　　胭脂泪，相留醉，几时重。自是人生长恨水长东。

【品读小记】

中国当代作家木心先生《文学回忆录》评李煜词"纯发乎至性，直抒心怀，内在的醇粹，如花如玉"，此词可见一斑。晶莹剔透，妙手天成。"林花谢了春红"，化用唐杜甫"林花著雨胭脂湿"，信手拈来，辄成佳构。风雨相摧，林花凋谢，强调"春红"，更显惋惜。"无奈朝来寒雨晚来风"，社稷已倾，华年不再，佳日难返，从此后，自早至晚，整日尽在凄风苦雨中。"了""太""无奈""来""相""自是"等虚词，百转千回，一喟三叹。结拍句"自是人生长恨水长东"，两个"长"字连用，将凄苦之情由整日延至一生，万劫不复，怆然绝望，正如法人缪塞所言“最美丽的诗歌是最绝望的诗歌”。近人唐圭璋《唐宋词简释》评此句：“以水之必然长东，喻人之必然长恨，语最深刻。‘自是’二字，尤能揭出人生苦闷之义蕴。”章回小说大家张恨水之名，盖出自此句。今人叶嘉莹先生评曰：“李后主他从林花这么小的一个形象，写到整个人生、整个有生命的，包括草木在内，它的生命的短暂无常以及经受摧残和苦难的哀伤。”(《唐宋词十七讲》)

乌夜啼　无言独上西楼

无言独上西楼，月如钩。寂寞梧桐深院锁清秋。

剪不断，理还乱，是离愁。别是一般滋味在心头。

【品读小记】

全词字字如金，句句动人，非李煜不能为也！“无言独上西楼”，非但无言，且亦无人，“六字之中，已摄尽凄婉之神”（近人俞平伯语）；“月如钩”“锁清秋”“剪不断”之中连用颇具金属质感的“钩”“锁”“剪”等字，顿觉一股铁冷之气。以“剪不断，理还乱”喻离愁，可见愁如乱麻，千头万绪。明明已点出“是离愁”，却仍言“别是一般滋味在心头”，可见“伤心人固别有怀抱”（近人俞陛云语）。近人唐圭璋《唐宋词简释》评此句：“所谓‘别是一般滋味’，是无人尝过之滋味，惟有自家领略也。后主以南朝天子，而为北地幽囚；其所受之痛苦，所尝之滋味，自与常人不同。心头所交集者，不知是悔是恨，欲说则无从说起，且亦无人可说……究竟滋味若何，后主且不自知，何况他人？此种无言之哀，更胜于痛哭流涕之哀。”

捣练子　深院静

深院静，小庭空，断续寒砧断续风。无奈夜长人不寐，数声和月到帘栊。

【品读小记】

此词境界幽谧，构思精妙。“通首赋捣练，而独夜怀人情味，摇漾于寒砧断续之中，可谓极此题能事”（近人俞陛云《唐五代两宋词选释》)。“深院静，小庭空”，营造一“虚”势，“已写出幽悄之境”（近人俞陛云《唐五代两宋词选释》)，由“断续寒砧断续风”来填补。“无奈夜长人不寐”，构成一“待”势，由“数声和月到帘栊”来应和。南朝江淹有“秋月映帘栊”句。末句夜风、月色、寒砧声一并来到，视觉、听觉、触觉交融，在高潮中落幕。近人唐圭璋《唐宋词简释》云：“夜既长，人又不寐，而砧声、月影，复并赴目前，此境凄迷，此情难堪矣。”

浪淘沙　往事只堪哀

往事只堪哀，对景难排。秋风庭院藓侵阶。一任珠帘闲不卷，终日谁来。　　金锁已沉埋，壮气蒿莱。晚凉天净月华开。想得玉楼瑶殿影，空照秦淮。

【品读小记】

此词首句“往事只堪哀”即为词旨，清陈廷焯《云韶集》论曰：“起五字凄婉，却来得突兀，故妙。凄恻之词而笔力精健，古今词人谁不低首。”上片言“对景难排”，秋风庭院，苔藓侵阶，无人造访，所对之景岑寂幽闭，更添哀痛。下片言“往事堪哀”，所言往事即“金锁已沉埋，壮气蒿莱”，“有铁锁横江、王气黯然之慨，回首秦淮，宜其凄咽。”（近人俞陛云《唐五代两宋词选释》)。唐陈子昂亦有句“拔剑起蒿莱”。“晚凉天净月华开”，自带神性，已有超越悲哀、飞升玉宇之远韵，又将思绪拉回，并为后句铺设。“想得玉楼瑶殿影，空照秦淮”与五代词人鹿虔扆之“烟月不知人事改，夜阑还照深宫”有异曲同工之意。

望江南　多少恨

多少恨，昨夜梦魂中。还似旧时游上苑，车如流水马如龙。花月正春风。

【品读小记】

梦中旧时愈繁盛，醒来今日愈沉痛，两相对比，恨意自见；或许是梦中之梦，梦魂中已有恨意也。“车如流水马如龙”句，化用《后汉书》“车如流水，马如游龙”，传诵至今。近人俞陛云以为：“‘车水马龙’句为时传诵。当年之繁盛，今日之孤凄，欣戚之怀，相形而益见。”(《唐五代两宋词选释》)“花月正春风”句，着一“正”字，似仍沉醉梦中不愿醒来。只言梦中之乐，而对现实处境不置一语，大量留白，言有尽而意无穷。近人唐圭璋《唐宋词简释》评曰：“此首忆旧词，一片神行，如骏马驰坂，无处可停。”又云：“此类小词，纯任性灵，无迹可寻，后人亦不能规摹其万一。”当为至评。

望江南　闲梦远

闲梦远，南国正清秋。千里江山寒色远，芦花深处泊孤舟。笛在月明楼。

【品读小记】

此词写南国秋色，紧扣一“清”字，因身不能至，唯心向往之，有清远空灵之境。“千里江山寒色远”乃一总括，铺陈画图底色，见秋之清峭。“芦花深处泊孤舟”，乃一聚焦，怀隐逸之思，见秋之清寂。“笛在月明楼”，乃一渲染，似是对“泊孤舟”的回应（泊舟之幽人在明月楼中吹笛），但只闻笛声，不见人影，情思幽渺，见秋之清怨。笛声多表哀怨之情。魏晋时向秀闻“邻人有吹笛者，发音寥亮。追思曩昔游宴之好，感音而叹”，作《思旧赋》。唐李白之句

“黄鹤楼中吹玉笛”，唐高适之句“月明羌笛戍楼间”，皆高古之至。

阮郎归　呈郑王十二弟

东风吹水日衔山，春来长是闲。落花狼藉酒阑珊，笙歌醉梦间。　　珮声悄，晚妆残，凭谁整翠鬟？留连光景惜朱颜，黄昏独倚阑。

【品读小记】

这首小令系词人自述帝王春日的闲适生活，却艺术地表现出人所共有的惜春、“惜朱颜”、“留连光景”之普遍情感。“东风吹水日衔山”，意境辽阔，堪称佳句。

宋代 三五五首

历代词选六百首品读

第贰辑

寇准（一首）

［作者简介］寇准（961—1023），字平仲，华州下邽（今陕西渭南）人。北宋政治家，太平兴国五年（980）进士，知巴东县，曾两度入相，封莱国公。追谥忠愍。有《巴东集》流传。

阳关引 塞草烟光阔

塞草烟光阔，渭水波声咽。春朝雨霁，轻尘歇，征鞍发。指青青杨柳，又是轻攀折。动黯然，知有后会甚时节。　更尽一杯酒，歌一阕。叹人生，最难欢聚易离别。且莫辞沉醉，听取阳关彻。念故人，千里自此共明月。

【品读小记】

此词脱化于唐王维《渭城曲》，化诗为词，言送别之情，兼有庙堂之忧，别有一番滋味。南宋胡仔言“寇莱公《阳关引》，其语豪壮。送别之曲当为第一”（《苕溪渔隐丛话·后集》），似有过誉之嫌，豪或有之，壮则未必。然此词承上启下，别于前人送别词惺惺之态，“塞草烟光阔，渭水波声咽”，自有格调，且隐含边防荒疏之虑。清陈廷焯《云韶集》评此句：“起十字魂销。笔致疏散，自是宋派。”结拍句“千里自此共明月”，化用南朝谢庄《月赋》“隔千里兮共明月”，与唐张九龄“海上生明月，天涯共此时”意境相仿。

王禹偁（一首）

[作者简介] 王禹偁（954—1001），字元之，济州巨野（今属山东）人。太平兴国八年（983）进士，曾任翰林学士等。为官敢言，屡遭贬谪，晚年被贬于黄州，世称王黄州。有《小畜集》流传。

点绛唇　感兴

雨恨云愁，江南依旧称佳丽。水村渔市，一缕孤烟细。　天际征鸿，遥认行如缀。平生事，此时凝睇，谁会凭阑意。

【品读小记】

此词写江南水乡风景，是宋初最早的小令之一，格调清新沉郁，高旷开阔，一扫此前“词为艳科”之创作传统或倾向。清陈廷焯《云韶集》评曰：“情词凄婉，笔墨秀丽。只是无可说处。笔力精健可喜。”

“雨恨云愁”，开篇即以比兴手法点明词旨。“江南依旧称佳丽”，暗用南朝谢朓“江南佳丽地，金陵帝王州”，“依旧”二字，颇有感慨。水村孤烟、天际征鸿两帧景致，为凭栏所见，自带寂寥萧索之态。胸怀大志，却因直言敢谏而屡遭贬谪的词人，以“天际征鸿”自喻，抒发了“燕雀安知鸿鹄之志”之深意，慨叹有意振翅搏击万里长空，却“谁会凭阑意”！以意结景，首尾呼应，有孤高不平之气。词人《三黜赋》自言其志“吾当守正直兮佩仁义，期终身以行之”。

潘阆（一首）

［作者简介］潘阆（?—1009），字梦空，一说字逍遥，号逍遥子，大名（今属河北）人，一说扬州人。曾居钱塘（今杭州）。两次坐事亡命，漂泊多年。真宗时释其罪，任滁州参军。

酒泉子　长忆观潮

长忆观潮，满郭人争江上望。来疑沧海尽成空，万面鼓声中。　弄涛儿向涛头立，手把红旗旗不湿。别来几向梦中看，梦觉尚心寒。

【品读小记】

夏历八月中旬的钱塘江观潮，历来为一盛事。南宋朝廷更将八月十八日定为“潮神生日”，举行观潮大典。届时，临安都城（今杭州）居民便往往“倾城而出”争睹盛况（参见南宋吴自牧《梦粱录·观潮》）。

潘阆的这首小令，以回忆的形式生动地记述了这一壮景盛况。上片全景式写观潮。词人以超凡的想象力，说犹如水上长城的来水，排山倒海般轰轰隆隆地汹涌而来。其势，疑是整个大海倒空了水，全部集中到大潮中来；其声，则如万面大鼓擂响，震得地动山摇。下片特写式写弄潮。重点描述勇敢的“弄涛儿”挺立潮头的健体英姿，他们神勇争雄，竟可做到“手把红旗旗不湿”！显示出何等的精神风貌！如此惊心动魄的壮观场面令词人刻骨铭心，竟致“别来几向梦中看，梦觉尚心寒”。全词由观潮而弄潮，从大自然的壮景到人的壮举，构思新颖厚重，立意空阔豪迈，词风雄奇俊逸，或开豪放词之先河。而结拍二句，是否也融入了词人的某种人生感慨，亦未可知。

林逋（一首）

［作者简介］林逋（967—1028），字君复，后人称和靖先生，奉化（今属浙江）人，一说钱塘（今杭州）人。隐居西湖孤山，终生不仕不娶，唯喜植梅养鹤，人称“梅妻鹤子”。

长相思　吴山青

吴山青，越山青，两岸青山相对迎，争忍有离情？　君泪盈，妾泪盈，罗带同心结未成，江边潮已平。

【品读小记】

春秋战国时，吴越两国以钱塘江为界，大抵江北为吴，江南属越。这首小令以似水柔情，经典地写出钱塘江上绿水青山之中的“离别情”。

上片，概括描述自古以来“两岸青山相对迎”的离别场面。下片，则是全词重点，具体描述一对“罗带同心结未成”（罗带，青年女子丝织腰带，常用来打同心结送男方作定情信物）的青年男女，在江边难舍难分的悲剧性泣别场景。该小令构思简洁，重点突出，情景交融，形象鲜明生动（“君泪盈，妾泪盈”），表意深婉含蓄。尤以景语“江边潮已平”作结，寄情无限，韵味悠长。论者多认为林逋的这首小令已现婉约派之先声。明杨慎《词品》评此词“甚有情致”。清彭孙遹《金粟词话》云：“林处士梅妻鹤子，可称千古高风矣。乃其惜别词，如‘吴山青，越山青’一阕，何等风致。”

范仲淹（二首）

[作者简介] 范仲淹（989—1052），字希文，苏州吴县人。大中祥符八年（1015）进士，官至参知政事，“庆历新政”主持者。北宋著名政治家、文学家。谥号“文正”，世称“范文正公”。后人辑有《范文正公诗余》。

苏幕遮 怀旧

碧云天，黄叶地。秋色连波，波上寒烟翠。山映斜阳天接水。芳草无情，更在斜阳外。　黯乡魂，追旅思。夜夜除非，好梦留人睡。明月楼高休独倚。酒入愁肠，化作相思泪。

【品读小记】

这是一首倾诉无法排解的乡愁离情的词章，字字珠玑，于温婉悱恻之中寓洒脱磊落之气，清谭献称之“大笔振迅”（《谭评〈词辨〉》）。

开篇即由上而下，由近及远以天、地、原野、烟波，勾画出一幅色彩斑斓、广袤明净的阔大秋景图。通过化用《楚辞·招隐士》“王孙游兮不归，春草生兮凄凄”，南唐李煜《清平乐》“离恨恰如春草，更行更远还生”，从中引出“更在斜阳外”的“芳草无情”，点出作者的乡愁无限。下片又化用南朝江淹《别赋》“黯然销魂者，唯别而已矣”和唐李白《宣州谢脁楼饯别校书叔云》“举杯消愁愁更愁”，通过好梦难成、明月倚楼、借酒消愁的精妙烘托，曲折细致地抒发了自己无可奈何、无法排解的羁旅思乡之情。“酒入愁肠，化作相思泪”，设语巧妙。全词情景交融，清丽绵密，联想丰富，含蕴悠长。化用前人语，不露痕迹。其“碧云天，黄叶地”也为《西厢记》所化用。

渔家傲　塞下秋来风景异

塞下秋来风景异，衡阳雁去无留意。四面边声连角起，千嶂里，长烟落日孤城闭。　浊酒一杯家万里，燕然未勒归无计。羌管悠悠霜满地，人不寐，将军白发征夫泪。

【品读小记】

词人在仁宗朝曾任陕西经略安抚副使，带兵守边拒西夏。有此生活基础，才填出了这首两宋堪称第一的边塞绝妙好词，自有苍凉悲壮、沉雄高迈之气象。

上片写景，首句一个“异”字领起荒远“塞下”之风貌，再通过层层深入、精到典型的物象选择，展现出苍凉雄浑的深秋画面。下片写人，艰苦孤寂的生活，建功报国的渴望，思乡念归的苦闷，交织成沉郁悲壮的复杂情怀。

这首词在当时是一种反映现实生活的大胆探索，对于后来拓展词作的题材具有引领作用。王国维《人间词话》评李白《忆秦娥》词时，论及“后世唯范文正之《渔家傲》……差足继武，然气象已不逮矣”。实则“千嶂里，长烟落日孤城闭”境界阔大，不输“西风残照，汉家陵阙”。近人唐圭璋《唐宋词简释》云：“千嶂落日，孤城自闭，其气魄之大，正与‘风吹草低见牛羊’同妙。”

柳永（十四首）

［作者简介］柳永（约987—约1053），崇安（今福建武夷山）人。原名三变，字景庄，后改名永，字耆卿，排行第七，又称柳七。仕途坎坷，官至屯田员外郎，世称“柳屯田”。词作大家，词坛翘楚，创作大量慢词，系慢词第一人，艺术成就卓越，对词的发展贡献巨大。有《乐章集》传世。

雨霖铃　寒蝉凄切

寒蝉凄切，对长亭晚，骤雨初歇。都门帐饮无绪，留恋处、兰舟催发。执手相看泪眼，竟无语凝噎。念去去、千里烟波，暮霭沉沉楚天阔。　多情自古伤离别，更那堪、冷落清秋节！今宵酒醒何处？杨柳岸、晓风残月。此去经年，应是良辰、好景虚设。便纵有、千种风情，更与何人说？

【品读小记】

这首真挚动人的伤离别词，是柳永广为流传的代表作之一，也是宋词中堪称“送怀于千载之下”（南朝刘勰《文心雕龙·诸子》）的千古传诵的名篇。

上片写作者与恋人临别之情景。通过“寒蝉凄切”等典型场景烘托，以及情感“留恋”与“兰舟催发”矛盾的渲染，描述了词人离开汴京（今河南开封）泛舟南下时，与恋人难舍难分而又无可奈何的动人情景，由表及里地直逼出“执手相看泪眼，竟无语凝噎”一语，朴实、生动、细腻，实乃传神之笔！下片头句“多情自古伤离别”，不仅把个人离别时“特殊性”的一己私情，扩展提升到人皆有之的、永恒的“普遍性”离人心理，也以此引出下片写别后情景的推想。

“今宵酒醒何处？杨柳岸、晓风残月”，情景交融，最能触动离愁别绪，后七字被后人誉为“古今俊句”（清贺裳《皱水轩词筌》）“千古名句”（近人陈匪石《宋词举》）。“此去经年”四句，更进一步推想此后惨不成欢的孤寂生活：“良辰好景”无人共赏，形同“虚设”；“千种风情”无人共语，情何以堪！

全词情凄景清，融景入情，融情入景，“状难状之景，达难达之情”（近人冯煦《蒿庵论词》），形象鲜明生动，令人有身临其境之感。作者艺术手法高超，时间上，由“今宵”到“经年”；表述上，由“无语凝噎”到“更与何人说”，层层深入，由表及里，老笔纷披，尽情倾吐，实是余恨无穷，而后人读之则是余味不尽。清郑文焯《批校乐章集》曰：“柳词浑妙深美处，全在景中人，人中意。”此词即为一例。乐斋居士《七绝　歌柳永》诗曰：“倜傥风流才艺绝，移商换羽执红牙。一词不合龙颜愠，成就空前一大家。”

凤栖梧　伫倚危楼风细细

伫倚危楼风细细，望极春愁，黯黯生天际。草色烟光残照里，无言谁会凭阑意。　　拟把疏狂图一醉，对酒当歌，强乐还无味。衣带渐宽终不悔，为伊消得人憔悴。

【品读小记】

近人唐圭璋《唐宋词简释》评此词：“此首，上片写景，下片抒情。‘伫倚’三句，写远望愁生。‘草色’两句，实写所见冷落景象与伤高念远之意。换头深婉。‘拟把’句，与‘对酒’两句呼应。‘强乐还无味’，语极沉痛。‘衣带’两句，更柔厚。”

最应体会的是，词通常以含蓄为佳，但亦有作决绝痛快语而妙者。此词上片含蓄温婉，下片却风格反转。主人公（他或她）相思之情喷涌而出，借酒浇愁也“无味”了，于是丢开酒杯，呼喊出“衣带渐宽终不悔，为伊消得人憔悴”！完全是直抒胸臆，对爱情如此执着与激烈，可谓惊心动魄。王国维在《人间词话》中则把这两句引入他所论的古今之成大事业、大成就者必经三种境界：宋晏殊之“昨夜西风凋碧树，独上高楼，望尽天涯路”(《蝶恋花》)，此第一境也。北宋柳永之“衣带渐宽终不悔，为伊消得人憔悴”《蝶恋花》，此第二境也。南宋辛弃疾之“众里寻他千百度，蓦然回首，那人却在、灯火阑珊处”(《青玉案》)，此第三境也。这也从另一侧面说明这首词的抽象概括力不同凡响。

卜算子　江枫渐老

江枫渐老，汀蕙半凋，满目败红衰翠。楚客登临，正是暮秋天气。引疏砧、断续残阳里。对晚景、伤怀念远，新愁旧恨相继。

脉脉人千里。念两处风情，万重烟水。雨歇天高，望断翠峰十二。尽无言、谁会凭高意？纵写得、离肠万种，奈归云谁寄。

【品读小记】

这是一首暮秋时节羁旅行役中伤高念远之作。上片写景为主，景中见情；下片抒情为主，情中有景。通篇情景交融，一气而下，千回百转中弥漫着离愁别绪，最后“离肠万种”在纵然写得也无法寄达的无可奈何中结拍，余味悠长。清蔡嵩云《柯亭词论》曾以这首“穷极工巧”之词为例，指出“柳词胜处，在气骨，不在字面。其写景处，远胜其抒情处。而章法大开大阖，为后起清真、梦窗诸家所取法，信为创调名家”。

戚氏　晚秋天

晚秋天。一霎微雨洒庭轩。槛菊萧疏，井梧零乱惹残烟。凄然。望江关，飞云黯淡夕阳间。当时宋玉悲感，向此临水与登山。远道迢递，行人凄楚，倦听陇水潺湲。正蝉吟败叶，蛩响衰草，相应喧喧。　　孤馆度日如年。风露渐变，悄悄至更阑。长天净，绛河清浅，皓月婵娟。思绵绵。夜永对景，那堪屈指，暗想从前。未名未禄，绮陌红楼，往往经岁迁延。　　帝里风光好，当年少日，暮宴朝欢。况有狂朋怪侣，遇当歌、对酒竞留连。别来迅景如梭，旧游似梦，烟水程何限？念利名、憔悴长萦绊。追往事，空惨愁颜。漏箭移，稍觉轻寒；渐呜咽，画角数声残。对闲窗畔，停灯向晓，抱影无眠。

【品读小记】

柳永精通音律，多才多艺，但仕途坎坷，直到四十七岁才考中进士，多年沉沦下僚。一生漂泊，浪迹江湖，离合悲欢是生活常态。

这首长达二百一十二字的长调慢词《戚氏》（北宋最长词），就是一首客馆秋怀的羁旅词。

全词三片，上片就“晚秋天”白天庭轩所见及登高远望所见，写到行人前路凄楚，悲秋情绪“喧喧”而来。中片就夜晚孤处客舍所见，写到追怀昔游的“未名未禄”而“经岁迁延”的蹉跎时光，情思切切。下片接写昔游，从“当年少日”写到“追往事，空惨愁颜”，点出“念利名、憔悴长萦绊”，终至沦落为眼下彻夜难眠的天涯孤客，令人颇感泣诉难禁。

全词将悲秋情绪中漂泊无着的孤寂凄苦，与“追往事”的仕途失意交融在一起，将自己受名缰利锁束缚的内心世界坦坦荡荡地和盘托出，意味悠长，令人深思。通篇用笔极有层次，写景，抒情，表意，均在无拘无束、一气呵成、舒卷自如的奔放铺叙中真切地展现出来，尽显谋篇布局“为情而造文”（南朝刘勰《文心雕龙·情采》）之功，具有强大的艺术感染力。宋王灼《碧鸡漫志》引前人评曰：“《离骚》寂寞千年后，《戚氏》凄凉一曲终。”此说或觉牵强，似也不无来由。

望海潮 东南形胜

东南形胜，三吴都会，钱塘自古繁华，烟柳画桥，风帘翠幕，参差十万人家。云树绕堤沙，怒涛卷霜雪，天堑无涯。市列珠玑，户盈罗绮竞豪奢。　　重湖叠巘清嘉。有三秋桂子，十里荷花。羌管弄晴，菱歌泛夜，嬉嬉钓叟莲娃。千骑拥高牙。乘醉听箫鼓，吟赏烟霞。异日图将好景，归去凤池夸。

【品读小记】

这是一首称颂杭州气象万千的千古名篇。上下片均围绕着“形胜”“繁华”一路写景叙事，写钱塘西湖自然美景，写“十万人家”都市风貌，写游人尽情欢乐，写长官与民同乐，一派辽阔宏大、清丽富庶、和乐升平景象。柳永是长调词的开创者，这是他早期长调词代表作之一。

全词工于铺叙，精于取景，观察细腻，用笔活泼，情景交融中随性挥洒，尽情驰骋。南宋陈振孙评说该词“音律谐婉，语意妥帖，承平气象，形容曲尽”(《直斋书录解题》)。然也！结拍两句虽有投赠长官之意，但整篇全无阿谀奉承之嫌，而是一篇艺术感染力很强的都市佳作。据南宋罗大经《鹤林玉露》载：“此词流播，金主亮闻之，欣然有慕于‘三秋桂子，十里荷花’，遂起投鞭渡江之志。”可见该词当时流传之广，影响之巨。

曲玉管 陇首云飞

陇首云飞，江边日晚，烟波满目凭阑久。立望关河萧索，千里清秋，忍凝眸？　　杳杳神京，盈盈仙子，别来锦字终难偶。断雁无凭，冉冉飞下汀洲，思悠悠。　　暗想当初，有多少、幽欢佳会，岂知聚散难期，翻成雨恨云愁！阻追游。每登山临水，惹起平生心事，一场消黯，永日无言，却下层楼。

【品读小记】

此词为登临望远、触景抒怀之作。铺叙自然，言尽意深，曲折委婉。上片写景，起句暗引南朝柳恽《捣衣诗》“亭皋木叶下，陇首秋云飞”，点明时间、地点，历史沧桑，扑面而来。烟波满目，关河萧索，清秋无尽，令人感伤，“忍凝眸”结上启下。中片叙事，神京遥渺，佳人离散，音信杳然。“别来锦字终难偶”，用《晋书》窦滔妻苏氏织锦为回文旋图相赠典故，“终难偶”，一语双关，既难相遇，又难相匹。“杳杳”“盈盈”“冉冉”“悠悠”等叠字连用，气韵深婉。“思悠悠”亦是承上启下。下片抒怀，由幽欢难再，聚散无期，进阶为平生心事，一场消黯。“永日无言，却下层楼”，既与首句呼应，又留余味不尽。

八声甘州　对潇潇、暮雨洒江天

对潇潇、暮雨洒江天，一番洗清秋。渐霜风凄紧，关河冷落，残照当楼。是处红衰翠减，苒苒物华休。唯有长江水，无语东流。　　不忍登高临远，望故乡渺邈，归思难收。叹年来踪迹，何事苦淹留？想佳人、妆楼颙望，误几回、天际识归舟。争知我，倚阑干处，正恁凝愁！

【品读小记】

读此词，直如饮冰吸露，觉背脊升起一股清冷之气。起句“对潇潇、暮雨洒江天，一番洗清秋”，江天澄澈，清秋高远，造境极佳，非此或难罩盖全篇。“渐霜风凄紧，关河冷落，残照当楼”，有唐杜甫“无边落木萧萧下”之苍凉，为北宋苏东坡所赞赏，言“此语于诗句不减唐人高处”（宋赵令畤《侯鲭录》）。“是处红衰翠减，苒苒物华休”，柳永乃叠字高手，“苒苒”二字，足以容纳“衰”“减”“休”之过程，炼字精警。“唯有长江水，无语东流”，恒久与短暂相对，无言可说。上片了结，觉天地有大、人间小我、万事休休之慨。下片写登临所思。桑梓旷渺，羁旅难归，徒令佳人误识归舟，有自责之意。“想佳人”句，与唐温庭筠“梳洗罢，独倚望江楼。过尽千帆皆不是，斜晖脉脉水悠悠”命义相似，知有故土红颜相知相忆，遂有暖意。结拍句君亦思我，我亦思君，“三更同入梦，两地谁梦谁”？（《苏武牧羊》歌词）清陈廷焯《云韶集》评此词：“风韵苍凉，虽令太白、飞卿执笔，亦不过如此。即杜少陵‘今夜鄜州月’之意。”

夜半乐　冻云黯淡天气

冻云黯淡天气，扁舟一叶，乘兴离江渚。渡万壑千岩，越溪深处。怒涛渐息，樵风乍起，更闻商旅相呼。片帆高举。泛画鹢、翩翩过南浦。　　望中酒旆闪闪，一簇烟村，数行霜树。残日下，渔人鸣榔归去。败荷零落，衰杨掩映，岸边两两三三，浣纱游女。避行客、含羞笑相语。　　到此因念，绣阁轻抛，浪萍难驻。叹后约丁宁竟何据。惨离怀，空恨岁晚归期阻。凝泪眼、杳杳神京路。断鸿声远长天暮。

【品读小记】

此词有三妙，令人击节叹赏。

一者，起转承合之妙。清周济《宋四家词选》尝言“柳词总以平叙见长，或发端，或结尾，或换头，以一二语勾勒提掇，有千钧之力”。上片起句“冻云黯淡天气”，从天上写起，为冷淡凝重之语。中片过拍“望中酒旆闪闪”，着“望中”二字，远望、近观、细赏三者俱足。下片过拍“到此因念”，点明言情抒怀，既是行旅至此，亦是心思至此。结拍“断鸿声远长天暮”，与起句呼应，又回到天上，见悠远未竟之意，皆有力道。

二者，用典精巧之妙。此词写于越地，皆用属地典故入词，无痕无迹，精妙绝伦。如“冻云黯淡天气”，化用唐方干《冬日》“冻云愁暮色，寒日淡斜晖”，方干客死会稽，越地也。且怀才不遇，求名难遂，与柳永境遇相似。“乘兴离江渚”，用《世说新语》载魏晋名士王子猷雪夜访戴安道典故，乘兴而来，兴尽而返。王子猷居山阴，越地也。“渡万壑千岩”，用《世说新语》载东晋画家顾恺之赞赏会稽山水“千岩竞秀，万壑争流”，越地也。“越溪深处”，即若耶溪，西施浣纱处，中片有“浣纱游女”，皆越地也。“樵风乍起”，用《后汉书》引《会稽记》典故，汉郑弘采薪遇神人，实现若耶溪载薪顺风之愿望。郑弘乃会稽山阴人，越地也。以上种种，近人沈祖棻《宋词赏析》说：“若是囫囵看过，未免有负他的匠心。”真乃知柳永也。

三者，疏宕曲折之妙。清陈廷焯对此评析精到，其《云韶集》云：“此词措词之妙不待言，须观其层折。始而渡江直下，继而江尽沿溪而行……继而望见酒旆，继而望见游女，一层进一层。因游女而触动离情，继而下泪，继而断鸿声远而日已暮矣。层折之妙，空绝今古。”

满江红　暮雨初收

暮雨初收，长川静、征帆夜落。临岛屿、蓼烟疏淡，苇风萧索。几许渔人飞短艇，尽载灯火归村落。遣行客、当此念回程，伤漂泊。　　桐江好，烟漠漠。波似染，山如削。绕严陵滩畔，鹭飞鱼跃。游宦区区成底事，平生况有云泉约。归去来、一曲仲宣吟，从军乐。

【品读小记】

写羁旅行役之愁、漂泊游荡之苦，柳永素为高手。上片写孤岛夜泊，“蓼烟疏淡，苇风萧索”，境界萧冷，当归也；“几许渔人飞短艇”，归心似箭也；“尽载灯火归村落”，以温暖之景映衬自己漂泊无着。下片“游宦区区成底事，平生况有云泉约”点明词旨，节奏激越，用东汉严子陵、魏晋陶渊明、东汉王仲宣典故，一抒隐逸情怀，显出厌倦宦游、决意归隐之志。或有论者以为柳永非真心归隐，而是希冀如东汉王粲从军一样，得到明主重用。实则“从军乐”或寄寓人情恋土、不乐从征之意。北宋文莹《湘山野录》载：“范文正公谪睦州，过严陵祠下。会吴俗岁祀，里巫迎神，但歌《满江红》，有‘桐江好，烟漠漠。波似染，山如削。绕严陵滩畔，鹭飞鱼跃’之句。公曰：‘吾不善音律，撰一绝送神。’曰：‘汉包六合罔英豪，一个冥鸿惜羽毛。世祖功臣三十六，云台争似钓台高。’吴俗至今歌之。”

少年游 参差烟树灞陵桥

参差烟树灞陵桥，风物尽前朝。衰杨古柳，几经攀折，憔悴楚宫腰。 夕阳闲淡秋光老，离思满蘅皋。一曲阳关，断肠声尽，独自凭兰桡。

【品读小记】

近人夏敬观《手评乐章集》云：“耆卿词，当分雅、俚二类。雅词用六朝小品文赋作法，层层铺叙，情景兼融，一笔到底，始终不懈。”此词当属雅词，上片以怀古之思写景，下片以写景之意怀古，用典庄重，意韵高古，流有晚唐余韵。清陈廷焯《云韶集》评此词：“描写秋色，怀古情伤，柳词见长专在此等处。”

竹马子 登孤垒荒凉

登孤垒荒凉，危亭旷望，静临烟渚。对雌霓挂雨，雄风拂槛，微收烦暑。渐觉一叶惊秋，残蝉噪晚，素商时序。览景想前欢，指神京，非雾非烟深处。 向此成追感，新愁易积，故人难聚。凭高尽日凝伫，赢得消魂无语。极目霁霭霏微，暝鸦零乱，萧索江城暮。南楼画角，又送残阳去。

【品读小记】

士子多有悲秋之叹，而夏秋之交，草木由盛而衰，更易动人心魄。词人于夏秋之际，登临孤垒，“新愁易积，故人难聚”，词作感慨万端，为悲秋词典雅端重者。

上片写登临所见暑退秋来的萧凉之景。“雌霓挂雨，雄风拂槛”，写景奇特，用语考究，北宋苏轼有“垂天雌霓云端下，快意雄风海上来”。“指神京，非雾非烟深处”，化用唐彦谦“万户千门迷步武，非烟非雾隔仪形”，仿如唐白居易“花非花，雾非雾”，既有庄严神圣之意，又有朦胧难见之愁。柳永词多用“神京”等语，如“杳杳神京”“神京风物如锦”“杳杳神京路”等，凝成一种特别的帝京情结。

下片写悲秋怀人之情。“凭高尽日凝伫，赢得消魂无语”，愁绪堆积，无话可讲，亦无人可语。“雾霭霏微”“暝鸦零乱”与上片“非雾非烟”“残蝉噪晚”相呼应，构思精巧。

采莲令　月华收

月华收，云淡霜天曙。西征客、此时情苦。翠娥执手送临歧，轧轧开朱户。千娇面、盈盈伫立，无言有泪，断肠争忍回顾。　一叶兰舟，便恁急桨凌波去。贪行色、岂知离绪，万般方寸，但饮恨，脉脉同谁语。更回首、重城不见，寒江天外，隐隐两三烟树。

【品读小记】

此词写黎明时夫妇离别的“此时情苦”，与五代词人牛希济《生查子》对比，更为雅致精细，可窥见宋词比五代词发展深化之处。

上片写离别情景，月华云天，映衬“翠娥”芳洁之情；“无言有泪”与“轧轧”声呼应，尽显“翠娥”依依不忍之痛。下片写别后踏上征途，“一叶兰舟，便恁急桨凌波去”，舟行飞速，而人恨其速。行色匆匆，一别“翠娥”，未曾想，离愁别恨，涌上心头。“更回首，重城不见”与上片“断肠争忍回顾”呼应，别时不忍回首，此时回首不见佳人，一片孤愁！末句“寒江天外，隐隐两三烟树”以景结情，余味不尽。

鹤冲天 黄金榜上

黄金榜上，偶失龙头望。明代暂遗贤，如何向。未遂风云便，争不恣狂荡。何须论得丧？才子词人，自是白衣卿相。　　烟花巷陌，依约丹青屏障。幸有意中人，堪寻访。且恁偎红翠，风流事，平生畅。青春都一饷。忍把浮名，换了浅斟低唱！

【品读小记】

当代作家木心先生曾言“每个大艺术家生前都公正地衡量过自己”。柳永此词，即是一位天才词人的艺术自觉和词史宣言。“才子词人，自是白衣卿相”，不仅仅是词人的自我解嘲，其实更可看作对古今伟大词人做出的最好评价。词人《西江月》亦有：“我不求人富贵，人须求我文章。风流才子占词场。真是白衣卿相。”纵然，“学而优则仕”是古代士子的精神主流，词人亦不能例外，故有“黄金榜上，偶失龙头望”之语。但当功名与风流不能兼得时，“忍把浮名，换了浅斟低唱”，也算是失落无奈中的一丝慰藉吧。

此词也给柳永的仕途带来了影响，南宋吴曾《能改斋漫录》载：“仁宗留意儒雅，务本向道，深斥浮艳虚薄之文。……及临轩放榜，特落之（柳永），曰：‘且去浅斟低唱，何要浮名！’景祐元年方及第。”明张岱《夜航船》载：“柳耆卿为屯田员外郎，初名三变，自作词云：‘才子词人，自是白衣卿相。’后有荐于朝者，仁宗曰：‘此人风前月下，且去填词。’由是不得志。自称奉圣旨填词柳三变。”

诉衷情近 雨晴气爽

雨晴气爽，伫立江楼望处。澄明远水生光，重叠暮山耸翠。遥认断桥幽径，隐隐渔村，向晚孤烟起。　　残阳里。脉脉朱阑静倚。黯然情绪，未饮先如醉。愁无际。暮云过了，秋光老尽，故人千里。竟日空凝睇。

【品读小记】

这首登临思远念故人故乡的词作，乃柳永晚年作品。上片写词人“伫立江楼”之所望，下片写词人“朱阑静倚”之所思，通篇弥漫“未饮如醉”之所愁。词人眺望看到的景象，境界寥廓却凄清冷落；词人沉思时，呈现的则是情绪黯然、低沉伤感之氛围。之所以如此，皆因已是迟暮之年却“故人千里”（也许还蕴含“故乡千里”吧）。“愁无际”，一切景物、氛围也就都染上了浓浓的“愁”，所谓“景与情合”也；而愁无解，词人也就无可奈何地只能“竟日空凝睇”了！清陈廷焯评论此词“词中有画。此情此景，黯然销魂”（《别调集》）。全词情景交融，以景寄情，形象逼真，感情真挚，表达了常人难以表达的情感，具有跨越时空的艺术魅力。

张先（四首）

［作者简介］张先（990—1078），字子野，乌程（今浙江湖州吴兴）人，天圣八年（1030）进士，曾任安陆县知县、渝州知州等，人称“张安陆”。著名词家，成就卓越，与柳永齐名；又因词中三处善用“影”字，世称“张三影”。

天仙子　水调数声持酒听

时为嘉禾小倅，以病眠不赴府会

水调数声持酒听，午醉醒来愁未醒。送春春去几时回？临晚镜，伤流景，往事后期空记省。　沙上并禽池上暝，云破月来花弄影。重重帘幕密遮灯，风不定，人初静，明日落红应满径。

【品读小记】

此词为叹老伤春之作。青春一去不返，往事成空，徒然“空记省”；世事难料，来者难期，终至“愁未醒”。“云破月来花弄影”，为千古传诵佳句。明沈际飞《草堂诗余正集》评曰:“心与景会，落笔即是，着意即非，故当脍炙。”近人王国维《人间词话》言其“着一‘弄’字而境界全出矣”。近人沈祖棻《宋词赏析》则认为“其好处在于‘破’、‘弄’二字，下得极其生动细致”。论者多赏其动词运用之妙，而将云、月、花等主语集于一句之中，则是境界灵动的前提。有说词人曾因其词作中“余平生所得意”之三影而自谓‘张三影’。另二影是:《归朝欢》“娇柔懒起，帘押卷花影”。《剪牡丹》“柳径无人，堕飞絮无影”。其实作者还有“影”之佳句，如《青门引》“那堪更被明月，隔墙送过秋千影”。《木兰花》“中庭月色正清明，无数杨花过无影”。然皆无过“云破月来花弄影”味极隽永之境界。

木兰花 乙卯吴兴寒食

龙头舴艋吴儿竞，笋柱秋千游女并。芳洲拾翠暮忘归，秀野踏青来不定。　　行云去后遥山暝，已放笙歌池院静。中庭月色正清明，无数杨花过无影。

【品读小记】

动静有致，乃此词特点。上片“动”：清明时节，江南水乡，小伙子龙舟竞渡和姑娘春游踏青，充满青春活力。下片“静”，词人眼中一片闲适恬淡的静谧月夜。从白天写到夜晚，从热烈明快写到宁静闲逸，恰到好处地体现和表达了这位八十六岁高龄文人雅士的心理活动，及其对生活的理解和热爱。而“中庭月色正清明，无数杨花过无影”，堪与作者“云破月来花弄影”相媲美，清朱彝尊《静志居诗话》赞赏此句：“叹其工绝，在世所传‘三影’之上。”窃以为“云破月来花弄影”胜在姿态；“无数杨花过无影”胜在意蕴；而“中庭月色正清明”则胜在境界。

一丛花令 伤高怀远几时穷

伤高怀远几时穷？无物似情浓。离愁正引千丝乱，更东陌、飞絮濛濛。嘶骑渐遥，征尘不断，何处认郎踪！　　双鸳池沼水溶溶，南北小桡通。梯横画阁黄昏后，又还是、斜月帘栊。沉恨细思，不如桃杏，犹解嫁东风。

【品读小记】

此词为歌颂真挚爱情之佳作。上片伤别，下片思远，由景见情，情景交融，深入细致地表达了女主人公对爱情的执着，对幸福的向往。结拍句“沉恨细思，不如桃杏，犹解嫁东风”，比喻新奇。南宋范公偁《过庭录》载：永叔（欧阳修）尤爱之，恨未识其人。子野家南地，以故至都谒永叔，阍者以通，“永叔倒屣迎之，曰：此乃‘桃杏嫁东风’郎中。”然而，“桃杏嫁东风”须与“沉恨细思”相连，方显其深度，否则易流于浮艳。“沉恨细思”亦与“无物似情浓”相呼应，点出情之分量。

青门引　春思

乍暖还轻冷，风雨晚来方定。庭轩寂寞近清明，残花中酒，又是去年病。　　楼头画角风吹醒，入夜重门静。那堪更被明月，隔墙送过秋千影。

【品读小记】

浓浓的怀人情愫，淡淡的思人忧伤，丝丝的幽人春愁，尽在清丽词句中。“乍暖还轻冷，风雨晚来方定”，一往一返，一转一深，韵味自现。“那堪更被明月，隔墙送过秋千影”，语清纯而意深致，佳句也。清黄苏《蓼园词评》评此词：“落寞情怀，写来幽隽无匹，不得志于时者，往往借闺情以写其幽思。角声而曰‘风吹醒’，‘醒’字极尖刻。末句那堪送影，真是描神之笔，极希微窅渺之致。”

晏殊（十首）

［作者简介］晏殊（991—1055），字同叔，抚州临川城（今属江西）人。少以神童召试，赐同进士出身，仕真宗、仁宗两朝，官至同平章事兼枢密使。范仲淹、韩琦、欧阳修等都出自他门下。谥号元献。词作大家，造诣精深。与其第七子晏几道被称为词坛“大晏”“小晏”，对后世有重要影响。有《珠玉词》传世。

浣溪沙　一曲新词酒一杯

一曲新词酒一杯，去年天气旧亭台。夕阳西下几时回？
无可奈何花落去，似曾相识燕归来。小园香径独徘徊。

【品读小记】

近人胡适先生《词选》评晏殊词“闲雅富丽之中带着一种凄婉的意味，风格自高”，此词即为典型。词人抒发了对时光流逝不复归的深深惆怅，对物是人非的莫名伤感，气度雍容，境界清幽，韵味隽永，尤以“无可奈何花落去，似曾相识燕归来”为世所传诵。不唯诗意浓郁、对仗精工，更在于具象之中的抽象，具有跨越时空的广阔容量，能引起人们结合人生经历而产生联想，激发出相同或类似感受的情怀。清刘熙载《艺概》云：“词中句与字有似触著者，所谓极炼如不炼也。晏元献‘无可奈何花落去’二句，触著之句也。”词虽小令，然结构精巧，“一曲新词”与“去年天气”新旧相对；“似曾相识燕归来”则承“旧亭台”之意；“独徘徊”又与“夕阳西下”孤日西沉的意象配合。乐斋居士《七绝　歌晏殊》诗曰：“清疏温婉祖初先，闲雅从容信手妍。独上高楼天趣见，浮生细算自超然。”

蝶恋花 槛菊愁烟兰泣露

槛菊愁烟兰泣露，罗幕轻寒，燕子双飞去。明月不谙离恨苦，斜光到晓穿朱户。　　昨夜西风凋碧树，独上高楼，望尽天涯路。欲寄彩笺兼尺素，山长水阔知何处？

【品读小记】

此词离愁轻诉，相思难排，以我观物，物我两谐。用平淡生动、充满想象力的语言，细致刻画了主人公复杂曲折的心理，含蓄蕴藉，韵味悠长。“昨夜西风凋碧树，独上高楼，望尽天涯路”，论者言其境界“高远阔大”，窃以为，不能一见“高楼”“天涯”，即言辽阔高远，于该句意境体味，仍是黯然深婉，茫然伤怀。王国维《人间词话》以其象征成大事业、大学问者第一境，即用此意。倒是末句“山长水阔知何处”，以疑问语气结拍，比“独上高楼，望尽天涯路”更具无尽遐思和寥远意味。晏殊《无题》诗亦有“鱼书欲寄何由达，水远山长处处同”，可见对此句意之钟爱。

踏莎行 小径红稀

小径红稀，芳郊绿遍。高台树色阴阴见。春风不解禁杨花，濛濛乱扑行人面。　　翠叶藏莺，朱帘隔燕。炉香静逐游丝转。一场愁梦酒醒时，斜阳却照深深院。

【品读小记】

此词上下两片，是两个画面、两个境界、两个主人公。上片场景是郊野，倾诉着“行人”的幽怨离情；下片场景是庭院，倾诉着幽居者寂寞、凄凉的心情。全词谋篇布局十分精到，除“一场愁梦酒醒时”外都在写景，而景语又句句含情，写得迂回细腻、含蓄凝练。写暮春景色，妙在人藏景后，景示人愁，随视觉流转，层层剥落，最后见愁梦酒醒之人，定格在夕阳斜照之院。王国维说好词

“一切景语皆情语”，晏殊词当得此誉。近人俞陛云《唐五代两宋词选释》所言“此词或有白氏讽谏之意。杨花乱扑，喻谗人之高张；燕隔莺藏，喻堂帘之远隔……”，聊备此说，见此词含义之丰富性。

清平乐　红笺小字

红笺小字，说尽平生意。鸿雁在云鱼在水，惆怅此情难寄。　　斜阳独倚西楼，遥山恰对帘钩。人面不知何处，绿波依旧东流。

【品读小记】

此词上片叙事，下片写景，抒发情侣间伤离念远的真挚情怀。上片说关山阻隔而又雁杳鱼沉（“鸿雁传书”典出《汉书·苏武传》，“鱼传尺素”典出古诗《饮马长城窟行》），“说尽平生意”的“红笺小字”无以寄达，“难”也，苦也，多么惆怅！下片在化用唐崔护“人面不知何处去，桃花依旧笑春风”诗句后，结拍出“绿波依旧东流”这一以景结情的妙句。纸短情长，红笺难寄；斜阳远山，芳踪难觅。相思如绿波，绵绵流不尽。近人唐圭璋称之“一气舒卷，语浅情深”（《唐宋词简释》）。

木兰花　燕鸿过后莺归去

燕鸿过后莺归去，细算浮生千万绪。长于春梦几多时，散似秋云无觅处。　　闻琴解佩神仙侣，挽断罗衣留不住。劝君莫作独醒人，烂醉花间应有数。

【品读小记】

感叹人生苦短，主张珍惜浮生，过好每一天，是本词主旨。而艺术手法却写得清雅、含蓄、流畅、韵味长，体现了大晏一贯的艺术风格。“长于春梦几多时，散似秋云无觅处”，化用唐白居易“来如春梦几多时，去似朝云无觅处”。检点浮生，芳华刹那，佳侣难留，一时千头万绪，索性“劝君莫作独醒人，烂醉花间应有数”，劝人自劝，别有寄托。

破阵子 春景

燕子来时新社，梨花落后清明。池上碧苔三四点，叶底黄鹂一两声。日长飞絮轻。　　巧笑东邻女伴，采桑径里逢迎。疑怪昨宵春梦好，元是今朝斗草赢。笑从双脸生。

【品读小记】

宋王灼《碧鸡漫志》称晏殊词“风流蕴藉，一时莫及，而温润秀洁，亦无其比”。此词以轻灵的笔调，描绘出清明时节好风光，以及少女们“斗草”游戏中所显示出来的青春活力。上片写春景，明秀清丽，句句皆佳；下片写少女活泼欢快，历历在目，乡土气息扑面而来。清陈廷焯《云韶集》评曰：“风神婉媚，令人爱，不忍释手也。”

诉衷情 芙蓉金菊斗馨香

芙蓉金菊斗馨香，天气欲重阳。远村秋色如画，红树间疏黄。
流水淡，碧天长，路茫茫。凭高目断，鸿雁来时，无限思量。

【品读小记】

这是一首秋日怀人念远之作。作者以芙蓉、金菊、远村、红树、流水、碧天、鸿雁等铺陈秋景，由近及远，由平视到仰望，层次清晰，色彩绚丽，寓情于景，极尽相思盼归而又无可奈何之情致。篇幅虽短，但感染力强，既浅近又含蓄有味，为写景小令之佳构。

浣溪沙　一向年光有限身

一向年光有限身，等闲离别易销魂，酒筵歌席莫辞频。
满目山河空念远，落花风雨更伤春，不如怜取眼前人。

【品读小记】

这首伤别之作没有繁写离愁别绪，而是站位很高地去写人生感悟。词人说，既然年光易尽（“一向”，即“一晌”，短暂之谓也）而人生有限，“等闲离别”也会令人“销魂”，因而应格外珍惜平时的欢会之聚，应格外“怜取眼前人”。该词回曲中见恢宏，开合中见沉郁，含蓄中见通达，收放自如，颇见功力。更应指出的是，该词富哲理而颇具新意。

上片说人生苦短，理应重视团聚欢会；而别离，即使最平常的分别也会令人伤感，正所谓“黯然销魂者，惟别而已矣”（南朝江淹《别赋》）！下片则说，既然人世间存在着别离，那么与其别后念远伤春，不如现实地重视“怜取眼前人”，借用唐元稹《会真记》崔莺莺诗句“还将旧来意，怜取眼前人”。上下片两个“重视”，就是本词令人印象深刻的主旨。“满目”二句对仗工整，用笔清丽，从空间、时间两个维度阐明离别后只会是“空念远”“更伤春”，意蕴悠长，堪称佳句。近人赵尊岳《珠玉词选评》认为：“此词感慨特深，堂庑更大，忽尔拓之使远，又复收之使近，诚有拗铁为枝之幻。亦惟如此，始益见其沉郁。”

踏莎行　细草愁烟

细草愁烟，幽花怯露。凭阑总是销魂处。日高深院静无人，时时海燕双飞去。　　带缓罗衣，香残蕙炷。天长不禁迢迢路。垂杨只解惹春风，何曾系得行人住。

【品读小记】

这首秋日闺怨词用笔质朴而意韵俱佳。上片写眼前秋景，女主人公“凭阑总是销魂处”，满腔离愁别绪。下片转头句化用“相去日已远，衣带日已缓”（《古诗十九首》之一）句意，含蓄追叙离别之情思。“垂杨只解惹春风，何曾系得行人住”，发常人所未发，不仅点出离别在春日，更托出女主人公的无限哀怨。北宋李之仪《跋吴思道小词》中称晏殊词“风流闲雅，超出意表”，“字字皆有据，而其妙见于卒章。语尽而意不尽，意尽而情不尽，岂平生可得仿佛哉”！此词可作如是观。

渔家傲 画鼓声中昏又晓

画鼓声中昏又晓，时光只解催人老，求得浅欢风日好。齐揭调，神仙一曲《渔家傲》。　　绿水悠悠天杳杳，浮生岂得长年少，莫惜醉来开口笑。须信道，人间万事何时了？

【品读小记】

这首小令或可看作词人对人生苦短的慨叹，但更应从中感受到词人笑对人生的洒脱和乐观之精神。要悟透：“浮生岂得长年少”，要看透：“人间万事何时了”。因此，应当齐声高调（“揭调”）“神仙一曲《渔家傲》”！

宋祁（一首）

［作者简介］宋祁（998—1061），字子京，安州安陆（今属湖北）人。天圣二年（1024）进士，曾任工部尚书，拜翰林学士承旨。谥景文，世称“红杏尚书”。有《宋景文集》传世。

玉楼春　东城渐觉风光好

东城渐觉风光好，縠绉波纹迎客棹。绿杨烟外晓寒轻，红杏枝头春意闹。　浮生长恨欢娱少，肯爱千金轻一笑。为君持酒劝斜阳，且向花间留晚照。

【品读小记】

“红杏枝头春意闹”为千古名句，清黄苏《蓼园词评》称之：“秾丽，‘春意闹’三字，尤奇辟。”近人王国维在《人间词话》中称之：“着一‘闹’字而境界全出”。论者多言及“闹”字写出杏花争妍斗艳之生机，而从上下片结合来看，“闹”字实蕴含盛极而衰、春光易逝之虞，故下片有“浮生长恨欢娱少，肯爱千金轻一笑”等劝人洒脱旷达、惜时自乐诸句。近人唐圭璋先生评下片“一气贯注，亦是劝人轻财寻乐之意”（《唐宋词简释》）。清陈廷焯《云韶集》评曰：“红杏尚书艳夺千古。字字轻倩，语语沉着，真绝调也。”

张昇（一首）

［作者简介］张昇（992—1077），字杲卿，韩城（今属陕西）人。大中祥符八年（1015）进士，累官至同中书门下平章事，以太子太师致仕。卒谥康节。

离亭燕 一带江山如画

一带江山如画，风物向秋潇洒。水浸碧天何处断？翠色冷光相射。蓼岸荻花中，隐映竹篱茅舍。　　天际客帆高挂，门外酒旗低迓。多少六朝兴废事，尽入渔樵闲话。怅望倚危栏，红日无言西下。

【品读小记】

此词观景怀古，含蓄深沉。起句“一带江山如画，风物向秋潇洒”，似是乐景，而到结拍句“怅望倚危栏，红日无言西下”，则在乐景之上铺设一片苍凉萧远之气，隐隐有兴废之忧，余味悠长。清陈廷焯《云韶集》评此词:“起笔真似画图，句句匀贴。凭吊苍茫，唐人遗响。结句精湛收得住。”“红日无言西下”，用拟人手法，红日似能言却“无言”，兴废之慨，尽在不言中。

欧阳修（十二首）

［作者简介］欧阳修（1007—1072），庐陵（今江西吉安）人，字永叔，号醉翁，晚号“六一居士”。谥号文忠，世称欧阳文忠公。天圣八年（1030）进士，仕仁宗、神宗两朝，曾任枢密副使、参知政事、兵部尚书等，以太子少师致仕。著名政治家、文学家，唐宋八大家之一，词作造诣精深，对后世文坛、词坛有深远影响。有《六一词》传世。

采桑子　轻舟短棹西湖好

轻舟短棹西湖好，绿水逶迤。芳草长堤。隐隐笙歌处处随。
无风水面琉璃滑，不觉船移。微动涟漪。惊起沙禽掠岸飞。

采桑子　群芳过后西湖好

群芳过后西湖好，狼籍残红。飞絮濛濛。垂柳阑干尽日风。
笙歌散尽游人去，始觉春空。垂下帘栊。双燕归来细雨中。

【品读小记】

乐斋居士《七绝　歌欧阳修》诗曰：“一代文名冠天下，开先启后倚晴空。风流蕴藉清深旷，把酒东风惜乱红。”欧阳修晚年退居颍州（今安徽阜阳），作《采桑子》十首，赞颂颍州西湖千姿百态的秀丽景色。作者是为了“聊佐清欢”，却给后人留下了一组脍炙人口的山水词珍品。这里选取第一首和第四首。

“轻舟短棹西湖好”一首：通篇写景，自然生动，细致奇特，动中有静，静中有动，有声有色，生机盎然。近人俞陛云《唐五代两宋词选释》评该词下片“极肖湖上行舟波平如镜之状，‘不觉船移’

四字，下语尤妙”。“群芳过后西湖好”一首：一个“始觉春空”的“空”字，春去后的寂寞迎面扑来，幸亏还有“双燕归来细雨中”，故而“群芳过后”仍然“西湖好”。恰如南朝刘勰所云：“物色相召，人谁获安？”（《文心雕龙·物色》）近人俞陛云以为：“西湖在宋时，极游观之盛。此词独写静境，别有意味”（《唐五代两宋词选释》）。

这组词文字清新舒朗，典雅优美，想象奇特，虽皆明白如话，写来似不经意，却自见沉着，耐得住咀嚼，经得住细品；词作淋漓尽致地反映作者陶醉于大自然的恬适生活和自得的心境，其实也反映着作者在坎坷仕途后寄情山水、希冀和顺、返璞归真的生活态度。

踏莎行　候馆梅残

候馆梅残，溪桥柳细。草薰风暖摇征辔。离愁渐远渐无穷，迢迢不断如春水。　　寸寸柔肠，盈盈粉泪。楼高莫近危阑倚。平芜尽处是春山，行人更在春山外。

【品读小记】

这是一首抒发恋人离愁思绪的名篇，构思新颖，刻画细致，艺术感染力极强。上片写“行人”在旅途中的离愁，下片写思妇在家中的离愁，两地相思共深情。上片通过（残）梅、（细）柳、（薰）草、（春）水这些春天里的典型景物，营造出初春的美好景象和生机活力。而这些古诗文中与离思关合度最高的典型景物，又曲折地表达了深深的离愁别恨，以致“离愁渐远渐无穷，迢迢不断如春水”。

下片不再写“我思家”，而改写“家室思己”，家中的亲人已是柔肠寸断，暗用唐韦庄《上行杯》“一曲离肠寸寸断”，并因登高望远总是失望，而告诫自己不要再去“危阑倚”了，但还是按捺不住，可看到的却是“平芜尽处是春山，行人更在春山外”（“平芜”语出唐高适《田家春望》“出门何所见，春色满平芜”）！点墨曲笔，层层深入，形象生动。

上下两片，将离愁相思表达得淋漓尽致，含蓄味浓。尤“结语韵致更远”（明茅暎《词的》），“此淡语之有情者也”（明王世贞《艺苑卮言》），令人“不厌百回读”（明卓人月编选、徐士俊参评《古今词统》）。

朝中措　送刘仲原甫出守维扬

平山阑槛倚晴空，山色有无中。手种堂前垂柳，别来几度春风？　文章太守，挥毫万字，一饮千钟。行乐直须年少，尊前看取衰翁。

【品读小记】

平山堂为欧阳修庆历八年（1048）知扬州时所建，“壮丽为淮南第一”（宋叶梦得《避暑录话》）。这首词借送好友刘敞（字原甫）出守扬州之机，追忆自己在扬州的生活，刻画出一位才情横溢、豪情纵放的“文章太守”形象。“山色有无中”虽是化用唐王维《汉江临眺》中的成句（“江流天地外，山色有无中”），用以描述登高临远所见苍茫迷蒙的远景，但上下片一意贯通，不仅毫无斧凿痕迹，且因个中耐人寻味而令人有耳目一新之感。“手种堂前垂柳，别来几度春风”句，以末句“尊前看取衰翁”来看，或寓“树犹如此，人何以堪”之叹，故有“行乐直须年少”之劝慰。清黄苏《蓼园词评》认为：“末句感慨之意，见于言外。按君子进德修业欲及时也，无事不须在少年努力者，现身说法，神采奕奕动人。”全词风格隽朗清旷，反映出达观、豪迈、自信的人生态度。苏轼很是喜爱，其《西江月·三过平山堂下》就曾说：“欲吊文章太守，仍歌杨柳春风。”由是，平山堂“此地独以两公（欧、苏）之词传，至今读《朝中措》、《西江月》诸什，如见两公之须眉生动，偕游于千载之上也”。（清曹尔堪《汪懋麟〈锦瑟词〉序》），由此，“遂令地重”（清王士祯《花草蒙拾》）。

玉楼春 尊前拟把归期说

尊前拟把归期说，未语春容先惨咽。人生自是有情痴，此恨不关风与月。　　离歌且莫翻新阕，一曲能教肠寸结。直须看尽洛城花，始共春风容易别。

【品读小记】

这首有情人的送别佳作，好在难舍难分的委婉抒情中，表达出一种意欲冲破当时社会伦理信条的人生哲理思考，以及对于人的感情问题的见解。深沉地写出“人生自是有情痴，此恨不关风与月”“直须看尽洛城花，始共春风容易别”等名句，亦是情感体验的断言，写尽爱情中心甘情愿的微妙之处。王国维在《人间词话》中评论此词:“于豪放之中，有沉著之致，所以尤高。”欧阳修在这首小令中不同凡响地提出了严肃且带有哲理的重大社会命题，显示了词人作为政治家，不仅是一位文坛巨擘，还是一位学识丰富、眼界高超的思想家。

玉楼春 别后不知君远近

别后不知君远近，触目凄凉多少闷。渐行渐远渐无书，水阔鱼沉何处问。　　夜深风竹敲秋韵，万叶千声皆是恨。故欹单枕梦中寻，梦又不成灯又烬。

【品读小记】

清刘熙载谓“冯延巳词，晏同叔得其俊，欧阳永叔得其深”(《艺概》)。而永叔词自有其筋骨，虽出“花间”，于闺情冶艳中仍见力道。此词写别恨，层层叠进、恨上加恨之承转构造，足见一转一深之力。近人唐圭璋《唐宋词简释》点明:“分别是一恨。无书是一恨。夜闻风竹，又搅起一番离恨。而梦中难寻，恨更深矣。”此外，“渐行渐远渐无书，水阔鱼沉何处问”、“夜深风竹敲秋韵，万叶千声皆是恨”之用语意象，皆笔力铿锵之句。

蝶恋花　庭院深深深几许

庭院深深深几许，杨柳堆烟，帘幕无重数。玉勒雕鞍游冶处，楼高不见章台路。　　雨横风狂三月暮，门掩黄昏，无计留春住。泪眼问花花不语，乱红飞过秋千去。

【品读小记】

按此词又别作冯延巳词。清刘熙载《艺概》云:“余谓起收对三者，皆不可忽。大抵起句非渐引即顿入，其妙在笔未到，而气已吞。收句非绕回即宕开，其妙在言虽止，而意无尽。”此词起句、结拍句皆佳，堪称珠联璧合。起句“庭院深深深几许”，三“深”字叠用，别具一格，可见庭院幽深，似又见怨情之幽深。宋李清照赞曰:“予酷爱之，用其语作‘庭院深深’数阕。”清陈廷焯《云韶集》(列入冯延巳名下)评曰:“连用三‘深’字，妙甚。偏是楼高不见，试想千古有情人读至结处，无不泪下。绝世至文。”结拍句“泪眼问花花不语，乱红飞过秋千去”，秋千不荡而落红乱飞，既伤情伤春，又似别有寄托，清毛先舒评曰:“此可谓层深而浑成……人愈伤心，花愈恼人，语愈浅而意愈入，又绝无刻画费力之迹，谓非层深而浑成耶？”(见《古今词论》引)

诉衷情　眉意

清晨帘幕卷轻霜，呵手试梅妆。都缘自有离恨，故画作远山长。
思往事，惜流芳，易成伤。拟歌先敛，欲笑还颦，最断人肠。

【品读小记】

此词写闺怨。因“轻霜”秋冷而有“呵手”；欲借“梅妆”而傲霜，化用唐李商隐“侵夜可能争桂魄，忍寒应欲试梅妆”；以

"远山眉"又细又长比喻离恨之深长，与李白"白发三千丈，缘愁似个长"异曲同工，皆见精细之处。末句"拟歌先敛，欲笑还颦"，一放一收，欲言又止，真断人肠也！清陈廷焯《云韶集》云："结三语姿态横生。'纵画眉能解离恨否'，明知不能，偏要故画作远山之状，我与眉有仇耶。笔法真妙。真能传出痴女子心肠。"

浪淘沙 把酒祝东风

把酒祝东风，且共从容。垂杨紫陌洛城东。总是当时携手处，游遍芳丛。　　聚散苦匆匆，此恨无穷。今年花胜去年红。可惜明年花更好，知与谁同？

【品读小记】

此词佳处，不仅有佳景，有"理趣"，更有深情，情景理交融。"把酒祝东风，且共从容"，化用唐司空图《酒泉子》"黄昏把酒祝东风，且从容"句，惜春留春。词人《春日西湖寄谢法曹韵》有"异乡物态与人殊，惟有东风旧相识"。"垂杨紫陌洛城东"，词人曾任洛阳留守推官，写有"曾是洛阳花下客，野芳虽晚不须嗟"的诗句。结拍句"今年花胜去年红。可惜明年花更好，知与谁同"，既寓聚散匆匆、人生长恨之慨，又含世道必进、盈虚有度之理。北宋苏轼有"雪里盛开知有意，明年开后更谁看"，意境相类。清黄苏《蓼园词评》言此二句"忧盛危明之意，持盈保泰之心，在天道则亏盈益谦之理，俱可悟得"。清陈廷焯《云韶集》曰："字字有心。想到明年，语至情深，低徊不尽。"

南歌子 凤髻金泥带

凤髻金泥带，龙纹玉掌梳。走来窗下笑相扶，爱道画眉深浅、入时无？　　弄笔偎人久，描花试手初。等闲妨了绣功夫，笑问鸳鸯两字、怎生书？

【品读小记】

此词写新妇闺中之乐，极为灵动。“凤髻金泥带，龙纹玉掌梳”，用头饰器物指代新婚少妇，见其雍容典雅。且含有“龙”“凤”二字，隐喻夫妇恩爱。“爱道画眉深浅、入时无”化用唐朱庆馀“妆罢低声问夫婿，画眉深浅入时无”句，足见亲密之态。“笑问鸳鸯两字、怎生书”，一语双关，显俏皮之姿与爱恋之情。此词另一妙处，在于通篇写新娘，而新郎似隐还露，夫妻情笃，“一箭双雕”也。清陈廷焯《云韶集》曰：“运用成句，无害风雅，锦心绣口。其词在有意无意之间，其情有若合若离之妙。”

生查子　元夕

去年元夜时，花市灯如昼。月到柳梢头，人约黄昏后。

今年元夜时，月与灯依旧。不见去年人，泪湿春衫袖。

【品读小记】

此词语浅情浓，一派朦胧惝恍之美；去岁与今朝对比，怅然之情尤甚，写法取意唐崔郊“人面不知何处去，桃花依旧笑春风”句，而婉转铺陈，楚楚动人，显出词不同于诗的魅力。明卓人月编选、徐士俊参评的《古今词统》曰：“元曲之称绝者，不过得此法。”“月到柳梢头，人约黄昏后”，为世所传，初恋相约，情窦乍开，尽显朦胧羞涩之态。

芳草渡　梧桐落

梧桐落，蓼花秋。烟初冷，雨才收，萧条风物正堪愁。人去后，多少恨，在心头。　　燕鸿远，羌笛怨，渺渺澄波一片。山如黛，月如钩。笙歌散，梦魂断，倚高楼。

【品读小记】

这首描写女主人公思念边关亲人的小令（一说冯延巳所作），全篇以情布景，以景寓情，情景交融，揭示出处于当时情境下人性的无奈，表达了词人对女主人的深切同情。由于该词牌多三字句，歌咏节奏紧凑，更显得情切而意深。结拍句“笙歌散，魂梦断，倚高楼”的意象，令人难以忘怀。

苏舜钦（一首）

［作者简介］苏舜钦（1008—1048），字子美，开封人，曾祖父由梓州铜山迁至开封。与梅尧臣齐名，世称“梅苏”。景祐元年（1034）进士，终湖州长史。有《苏学士文集》传世。

水调歌头　沧浪亭

潇洒太湖岸，淡伫洞庭山。鱼龙隐处，烟雾深锁渺弥间。方念陶朱张翰，忽有扁舟急桨，撇浪载鲈还。落日暴风雨，归路绕汀湾。　　丈夫志，当景盛，耻疏闲。壮年何事憔悴，华发改朱颜。拟借寒潭垂钓，又恐鸥鸟相猜，不肯傍青纶。刺棹穿芦荻，无语看波澜。

【品读小记】

苏舜钦因事革职为民，在苏州造沧浪亭。其《沧浪亭记》载“予爱而徘徊，遂以钱四万得之，构亭北碕，号‘沧浪’焉”。北宋欧阳修《沧浪亭》诗，表达了对苏舜钦的同情和慰藉，其中有“丈夫身在岂长弃？新诗美酒聊穷年”。此词构造出入世与出世之间的心理矛盾，显示出情感张力，欲隐不甘，欲进不得，苦闷憔悴，当歌“沧浪之水”，当抒抑塞磊落之气。“落日暴风雨，归路绕汀湾”，颇有意境，暗寓仕途坎坷，亦是双关。词人《沧浪亭记》云“予既废而获斯境，安于冲旷，不与众驱，因之复能乎内外失得之原，沃然有得，笑闵万古”，可见沧浪亭已成为一种精神寄托。宋魏泰《东轩笔录》载：“苏子美谪居吴中，欲游丹阳，潘师旦深不欲其来，宣言于人，欲阻之。子美作《永调歌头》，有‘拟借寒潭垂钓，又恐鸥鸟相猜，不肯傍青纶’之句，盖谓是也。”

王安石（四首）

［作者简介］王安石（1021—1086），字介甫，号半山，抚州临川（今属江西）人。庆历二年（1042）进士，神宗熙宁年间两任同平章事（宰相），封荆国公，主持变法。北宋著名政治家。诗词亦为大家，成就卓越。有《临川集》传世。

桂枝香　金陵怀古

登临送目，正故国晚秋，天气初肃。千里澄江似练，翠峰如簇。归帆去棹残阳里，背西风、酒旗斜矗。彩舟云淡，星河鹭起，画图难足。　念往昔、繁华竞逐，叹门外楼头，悲恨相续。千古凭高对此，谩嗟荣辱。六朝旧事随流水，但寒烟、衰草凝绿。至今商女，时时犹唱，后庭遗曲。

【品读小记】

近人吴梅谓此词“只稳惬而已”。然此词于金陵怀古词中独树一帜。上片写金陵晚秋之景，下片抒故都吊古幽情，自有其妙处。一者，意境清远，笔力峭劲，有开风气之功；二者，妙引诸诗，浑然一体，有博采众家之长。无怪乎东坡见之，叹曰：“此老乃野狐精也！”（宋周应合《景定建康志》引宋杨湜《古今词话》）清陈廷焯《云韶集》评此词：“诗情画境，风韵自胜。凭古流连，笔力苍秀。”

菩萨蛮　数家茅屋闲临水

数家茅屋闲临水，单衫短帽垂杨里。今日是何朝？看予度石桥。　梢梢新月偃，午醉醒来晚。何物最关情，黄鹂三两声。

【品读小记】

全篇集诗句而成，剪裁得当，了然无痕，珠联璧合，别有一番风味，堪称以诗造词之佳构。如“今日是何朝？看予度石桥”（又作“花是去年红，吹开一夜风”），又赋予诗句新的生命和意境。

浪淘沙 伊吕两衰翁

伊吕两衰翁，历遍穷通。一为钓叟一耕佣。若使当时身不遇，老了英雄。　　汤武偶相逢，风虎云龙。兴王只在谈笑中。直至如今千载后，谁与争功！

【品读小记】

此词描述伊尹、吕望（姜太公）两位古代著名贤臣的非凡际遇：从“耕佣”农夫、“钓叟”渔夫，到“风虎云龙”地辅佐商汤、周武成就功业，说明识才、际遇在历史进程中的重要性。词人出身于官宦之家，此时又受皇上信任，位高权重，此词实际上也流露出词人抓住机遇，顺利推行新法时的春风得意和踌躇满志，自得、自负乃至自傲的心境隐然可见。

千秋岁引 秋景

别馆寒砧，孤城画角，一派秋声入寥廓。东归燕从海上去，南来雁向沙头落。楚台风，庾楼月，宛如昨。　　无奈被些名利缚，无奈被他情担阁！可惜风流总闲却！当初漫留华表语，而今误我秦楼约。梦阑时，酒醒后，思量着。

【品读小记】

明李樊龙《草堂诗余隽》评上片：“不着一愁语，而寂寂景色，隐隐在目，洵一幅秋光图，最堪把玩。”而于景中亦有寄托，“一派秋声入寥廓”，言人生暮年也；“东归燕从海上去，南来雁向沙头落”，言各寻归处也。下片“无奈”“可惜”“当初”“而今”，虚词连用，曲折往复，厌倦宦海沉浮，欲觅人生归宿，有功名误身之慨。无奈数句，活脱脱近似入梦、醉酒后所言俚语，实则有脱离羁绊、返璞归真之冀望。

王观（一首）

［作者简介］王观（1035—1100），字通叟，生于如皋（今属江苏），宋仁宗嘉祐二年（1057）进士。曾任江都知县，官至翰林学士，后被罢职，自号“逐客”。有《冠柳集》传世。

卜算子　送鲍浩然之浙东

水是眼波横，山是眉峰聚。欲问行人去那边？眉眼盈盈处。

才始送春归，又送君归去。若到江南赶上春，千万和春住。

【品读小记】

论者多言“水是眼波横，山是眉峰聚”设喻精巧，妙趣双关，而未见“横”“聚”二字精妙处，更体现不舍与感愁，如见泪眼横眶、愁眉聚攒。下片送春又送友，言情意如春；江南春晚，“千万和春住”，又是美好岁月如春光的祝福。送别词精妙如此，为世所称。与宋韩驹“君应万里随春去，若到桃源记归路”以及北宋黄庭坚“若有人知春去处，唤取归来同住”，皆异曲同工。

王诜（一首）

［作者简介］王诜（约 1048—1104），字晋卿，太原人，后徙开封。熙宁二年（1069 年）娶英宗女蜀国大长公主，拜左卫将军、驸马都尉。元丰二年，因受苏轼牵连贬官。元祐元年（1086）复登州刺史、驸马都尉。工书画，词作亦佳。

人月圆 元夜

小桃枝上春来早，初试薄罗衣。年年此夜，华灯盛照，人月圆时。 禁街箫鼓，寒轻夜永，纤手同携。更阑人静。千门笑语，声在帘帏。

【品读小记】

这是一首著名的元夕词。短短四十八字，生动活画出北宋京城（“禁”城）汴梁（今开封）元宵节繁华热闹之盛况。

上片写月儿圆。“春来早”既指节气，也指人气；“年年此夜，华灯盛照，人月圆时”，成为广为传颂之千古名句。下片写人团圆。既写入夜时人们一家家、一对对逛街观灯的热闹，又写更深人静后千家万户在家中团圆笑语的欢乐。通篇充盈着温暖、热烈、和谐的气息，彰显出中华传统节日的深厚意蕴和无穷魅力。

晏几道（十首）

［作者简介］晏几道（1030—1106），字叔原，号小山。晏殊第七子。虽出身官门，但不肯攀贵趋势，性情孤傲耿介，仕途坎坷。北宋词作大家，造诣精深。在词坛上与其父晏殊有“小晏”“大晏”之称。有《小山词》传世。

临江仙　梦后楼台高锁

梦后楼台高锁，酒醒帘幕低垂。去年春恨却来时。落花人独立，微雨燕双飞。　　记得小𬞟初见，两重心字罗衣。琵琶弦上说相思。当时明月在，曾照彩云归。

【品读小记】

这是一首伤旧怀人的佳作，倾诉了词人对现已离散的“小𬞟”的情愫。将现在的人去楼空、物是人非，与当年初见时的两情相悦交织铺叙，对比强烈、构思精巧，情境与人物浑然一体，具有动人心扉的艺术魅力。“落花人独立，微雨燕双飞”，明卓人月称之为“晚唐丽句”(《古今词统》)，对仗工整，流畅自然，深婉含蓄，意境隽永，有“千古不能有二”之誉（清谭献《复堂词话》)，此二句虽源于五代翁宏《春残》诗:“又是春残也，如何出翠帏？落花人独立，微雨燕双飞。寓目魂将断，经年梦亦非。那堪向愁夕，萧飒暮蝉辉。”但在翁诗中并不张人眼目，而嵌入小山词中，因前述诸句铺陈而大放异彩，臻入化境，显出词之丰神蕴藉。结句“当时明月在，曾照彩云归”，意蕴丰厚，缠绵之情、迷惘之态、惆怅之意尽在其中矣。近人冯煦说柳永能“状难状之景，达难达之情”(《蒿庵论词》),

用以观小晏此作，也不过誉。

鹧鸪天 彩袖殷勤捧玉钟

彩袖殷勤捧玉钟，当年拚却醉颜红。舞低杨柳楼心月，歌尽桃花扇影风。 从别后，忆相逢，几回魂梦与君同。今宵剩把银釭照，犹恐相逢是梦中。

【品读小记】

该词写与一往情深的歌女久别重逢的喜悦，纤绵深婉，感情真挚，意境优美，具有很强的艺术感染力。

上片写当年一见钟情，以及两人共同度过的欢乐时光。下片写词人对歌女的眷念，以及他们意外见面时的大喜过望。“舞低杨柳楼心月，歌尽桃花扇影风”，语言华美，对仗工整，形象生动地描述出过去时光的美好，北宋晁补之言此句“风调闲雅，自是一家”（见宋赵令畤《侯鲭录》）。“今宵”二句，则以特写镜头，真实具体、淋漓尽致地表达了相逢时的惊喜和兴奋。此句虽从唐杜甫《羌村三首》之一“夜阑更秉烛，相对如梦寐”句化出，但与前句意境已完全浑然一体；尤其“剩把”“犹恐”两虚词的运用，化质直于空灵，格外形象生动。清陈廷焯尤钟情于此词“曲折深婉”的后半阕，《白雨斋词话》认为“自有艳词，更不得不让伊独步”。其《词则·闲情集》又曰：“仙乎丽矣。后半阕一片深情，低回往复，真不厌百回读也。言情之作，至斯已极。”近人唐圭璋谓之“上言梦似真，今言真似梦，文心曲折微妙”（《唐宋词简释》）。

菩萨蛮 哀筝一弄湘江曲

哀筝一弄湘江曲，声声写尽湘波绿。纤指十三弦，细将幽恨传。 当筵秋水慢，玉柱斜飞雁。弹到断肠时，春山眉黛低。

【品读小记】

筝声清哀。三国阮瑀《筝赋》言:"惟夫筝之奇妙,极五音之幽微。"唐柳中庸《听筝》有句:"抽弦促柱听秦筝,无限秦人悲怨声。"此词写歌女弹筝,纤指传恨,丝弦悲咽,声声伤情,极为传神。"声声写尽湘波绿",用通感手法,将听觉转为视觉,似见湘妃斑竹之泪。通篇寄托词人对弹筝女的怜惜,从而寄托了对底层百姓的无限同情。"幽恨""断肠"诸句,或为夫子自道也。清黄苏《蓼园词评》曰:"写筝耶?寄托耶?意致却极凄婉。末句意浓而韵远,妙在能蕴藉。"

鹧鸪天　小令尊前见玉箫

小令尊前见玉箫。银灯一曲太妖娆。歌中醉倒谁能恨,唱罢归来酒未消。　　春悄悄,夜迢迢。碧云天共楚宫遥。梦魂惯得无拘检,又踏杨花过谢桥。

【品读小记】

这是一首怀人佳作。上片极写词人与歌女"玉箫"一见钟情,集酒美、歌美、人美于一境,以至于"歌中醉倒谁能恨,唱罢归来酒未消",有魏晋之风!下片写词人在歌尽人散后的纯情相思。在现实中欢会难再、美人相隔的情况下,词人寻助于精神上的解脱:在梦境中寻得自由,任由梦魂无羁无绊地去寻访日夜思念的玉箫。"梦魂惯得无拘检,又踏杨花过谢桥",佳句也!一直为人们所激赏和传诵。相传北宋著名道学家程颐竟也不无欣赏地称之为"鬼语也"。清况周颐《蕙风词话》云"小晏神仙中人""其独造处,岂凡夫肉眼所能见及",并举此二句,说"以是为至"。

木兰花　初心已恨花期晚

初心已恨花期晚,别后相思长在眼。兰衾犹有旧时香,每到梦回珠泪满。　　多应不信人肠断，几夜夜寒谁共暖。欲将恩爱结来生，只恐来生缘又短。

【品读小记】

上片言本来就相见恨晚，而又不得相守，故只得依偎旧衾，梦中追忆，珠泪盈眶。下片柔肠自诉，言尽相思之苦。“几夜夜寒谁共暖”，与上片“兰衾犹有旧时香”呼应，孤寒难耐。末句以“来生缘又短”之担心，反衬今生之情珍贵。“已恨”“长在”“犹有”“每到”“欲将”“只恐”诸虚词连用，恰恰可见近人吴梅所谓“艳词自以小山为最，以曲折娇婉，浅处皆深也”（《词学通论》）。

阮郎归　旧香残粉似当初

旧香残粉似当初，人情恨不如。一春犹有数行书，秋来书更疏。

衾凤冷，枕鸳孤，愁肠待酒舒。梦魂纵有也成虚，那堪和梦无。

【品读小记】

这是一首倾吐世态炎凉、“人情恨不如”而黯然销魂的小令。词人采用了层层开剥、步步逼迫的手法，把自己与“当初”一见钟情、尔后终日思盼的歌女的感情，从“数行书”，到“书更疏”，到“待酒舒”，最后挤压到“梦魂纵有”也是“和梦无”的完全绝望！上片写离人之薄情，下片写留人之孤冷，均情意凄婉。上片歇拍句“秋来书更疏”、结拍句“那堪和梦无”，层进而语淡，别有风致，恰如近人冯煦《蒿庵论词》谓小山词“其淡语皆有味，浅语皆有致”也。

阮郎归　天边金掌露成霜

天边金掌露成霜，云随雁字长。绿杯红袖趁重阳，人情似故乡。

兰佩紫，菊簪黄，殷勤理旧狂。欲将沉醉换悲凉，清歌莫断肠。

【品读小记】

重阳节，易触景，易怀人，易慨叹。上片“天边金掌露成霜”，借用汉武帝铜人承露典故，“露成霜”令人有高处不胜寒、万事皆空之想。“云随雁字长”，暗寓异乡离索之感。“绿杯红袖趁重阳”，着一“趁”字，满腔幽怨，欲借重阳宴饮暂予疏解。下片写宴饮之实，撩起旧日疏狂情致，无奈沉醉不足，悲凉有余，清歌仍不能宽慰断肠也。清况周颐《蕙风词话》于此词解释精详，特录于此：“‘绿杯’二句，意已厚矣。‘殷勤理旧狂’，五字三层意。‘狂’者，所谓一肚皮不合时宜，发见于外者也。狂已旧矣，而理之，而殷勤理之，其狂若有甚不得已者。‘欲将沉醉换悲凉’，是上句注脚。‘清歌莫断肠’，仍含不尽之意。此词沉着厚重，得此结句，便觉竟体空灵。小晏神仙中人，重以名父之贻，贤师友相与沆瀣，其独造处，岂凡夫肉眼所能见及。”

蝶恋花　醉别西楼醒不记

醉别西楼醒不记，春梦秋云，聚散真容易。斜月半窗还少睡，画屏闲展吴山翠。　　衣上酒痕诗里字，点点行行，总是凄凉意。红烛自怜无好计，夜寒空替人垂泪。

【品读小记】

近人沈祖棻《宋词赏析》评曰：“这首词也是写离别之感，但却更广泛地慨叹于过去欢情之易逝，今日孤怀之难遣，将来重会之无期，所以情调比其他一些伤别之作，更加低徊往复，沉郁悲凉。”此词看似忆别情，实则借离情而抒孤怀，聊以自况也。“衣上酒痕诗里字”乃词人自画像，叔原本是贵人暮子，无奈家道中落，陆沉下位，遂流连歌酒，寄情诗余，自是痴情伤心之人。“红烛自怜无好计，夜寒空替人垂泪”，化用唐杜牧“蜡烛有心还惜别，替人垂泪到天明”，拟人手法，借红烛替人流泪，映照流泪之人，两两相对，一片愁情。清陈廷焯《云韶集》论此词：“清绝，丽绝，亦复冷绝。一字一泪，一字一珠，千古有情人一齐泪下。”

蝶恋花　千叶早梅夸百媚

千叶早梅夸百媚，笑面凌寒，内样妆先试。月脸冰肌香细腻，风流新称东君意。　　一捻年光春有味，江北江南，更有谁相比。横玉声中吹满地，好枝长恨无人寄。

【品读小记】

此词咏梅，“笑面凌寒”为词眼。早梅，既有风骨，又有媚姿，形神兼备，世间罕有，故为东君属意。“一捻年光春有味”，“捻”字极传神，与东君呼应。“江北江南，更有谁相比”，宋向子谭《鹧鸪天·咏红梅》亦有“江北江南雪未消，此花独步百花饶”。结句“横玉声中吹满地，好枝长恨无人寄”，暗用《梅花落》曲名，言空自孤高，知音者稀。

木兰花　秋千院落重帘暮

秋千院落重帘暮，彩笔闲来题绣户。墙头丹杏雨余花，门外绿杨风后絮。　　朝云信断知何处？应作襄王春梦去。紫骝认得旧游踪，嘶过画桥东畔路。

【品读小记】

小晏乃言情高手，其最大特色，就是写得感情真挚、形象逼真，却很少直写，很少实语，此小令即为一例。这首词写出情人难相见、深思念，但不着一实语；明明有主人公，却始终没有直接露面。行文也如行云流水，毫无斧凿之痕迹。“紫骝认得旧游踪，嘶过画桥东畔路”，寄情之佳句也！近人陈匪石《声执》说北宋小令“砥柱中流，断非几道莫属”。此小令可证。

苏轼（二十六首）

[作者简介] 苏轼（1037—1101），字子瞻，又字和仲，号铁冠道人、东坡居士，世称苏东坡。眉州眉山（今属四川）人。二十二岁中进士，仕途坎坷，宦海浮沉。多地为官，曾官拜礼部尚书；又大起大落，一次下狱，两度被贬：第一次贬黄州（今属湖北），第二次贬惠州（今属广东）、儋州（今属海南）；官位由正三品降为九品（“琼州别驾”），降了七个品级、十四个官阶。徽宗立，始赦还，此时年已六十四岁，途中卒于常州（今属江苏），葬于颍昌。追谥文忠。古代文化巨擘，唐宋八大家之一，诗词文均造诣精深，成就卓著。词坛巨匠，对词体、词风创变贡献巨大，对后世有深远影响。有《东坡乐府》传世。

水调歌头　明月几时有

丙辰中秋，欢饮达旦，大醉，作此篇，兼怀子由。

明月几时有？把酒问青天。不知天上宫阙，今夕是何年。我欲乘风归去，又恐琼楼玉宇，高处不胜寒。起舞弄清影，何似在人间？　转朱阁，低绮户，照无眠。不应有恨，何事长向别时圆？人有悲欢离合，月有阴晴圆缺，此事古难全。但愿人长久，千里共婵娟。

【品读小记】

苏轼堪称“登山则情满于山，观海则意溢于海”（南朝刘勰《文心雕龙·神思》）的大词人。这是词人的一首世代国人耳熟能详的优美词章，是历代中秋词中最为脍炙人口的名篇。上片明写中秋赏月，实则抒发政治感受。“明月几时有”起句奇崛，乃化用唐李白《把酒问月》“青天有月来几何？我今停杯一问之”句意。苏轼一生仕途起起伏伏，此时虽不是他政治上遭受打击最重的时期，但也处在政治上失意之时。上片体现他关心朝政、希冀作为、自劝自慰、豁达洒脱的心态和入世观。虽有惆怅抑郁之感，但更多的是积极乐观之情。下片转而怀人，怀念兄弟苏辙，抑或也怀念亡妻王弗，其境界开阔，清旷高雅，感情深沉，绮丽动人，而又极富人生哲理。“高处”句、“人有”三句、“但愿”二句等，都是人们常常引用的名句。一篇词作受到历朝历代各阶层人们的普遍喜爱，实属罕见。清郑文焯《东坡乐府》叹该词曰：“发端从太白仙心脱化，顿成奇逸之笔。”近人吴梅赞苏词“超凡入圣”（《词学通论》），此一例也。乐斋居士《七绝 歌苏轼》曰：“汪洋恣肆大文豪，旷达胸怀品自高。莫叹人生多起落，大江东去古今涛。”

水调歌头 黄州快哉亭赠张偓佺

落日绣帘卷，亭下水连空。知君为我，新作窗户湿青红。长记平山堂上，攲枕江南烟雨，渺渺没孤鸿。认得醉翁语，山色有无中。　一千顷，都镜净，倒碧峰。忽然浪起，掀舞一叶白头翁。堪笑兰台公子，未解庄生天籁，刚道有雌雄。一点浩然气，千里快哉风。

【品读小记】

这是一首著名的登览抒怀词。黄州快哉亭，系苏轼友人张怀民（字偓佺）于宋神宗元丰六年（1083）在黄冈长江边建造，并由此前已贬官黄州三年的苏轼命名。此词即作于该亭。

上片写登临快哉亭所见苍茫壮阔风光，但除首二句一远眺一俯视写景外，接下来却以“长记平山堂上”所远眺之景，状快哉亭远眺之景，隐含以建造扬州平山堂的欧阳修之襟怀风雅，来喻示建造快哉亭的张怀民之襟怀风雅。由此，作者对快哉亭的赞赏、对张的友情，也就不着一墨而呼之欲出了。下片写俯视大江之景，妙处在于“忽然”句，由白头老翁驾舟乘风破浪之雄姿，引出作者对宋玉（“兰台公子”）在《风赋》中将风分为“雄风”（君王所得之风）、“雌风”（庶民所得之风）的嘲讽和批驳，进而推出体现本词主旨豪迈阳刚的结拍句；“一点浩然气，千里快哉风。”此词将写景、追忆、叙事、议论、抒情融为一体，不晦不涩，酣畅淋漓，非高手而不能；而上下片张弛有度的谋篇布局之高超，也非常人可比：不仅首二句为上下片内容之纲要，更在于上片写远眺之景，却引出一代文坛巨匠欧阳修，并在叙事抒情中暗点出题目中“赠张偓佺”之意；下片实际写俯视之景，却引出大诗人宋玉，并在议论中暗点出题目中“快哉亭”命名之由来。全词清朗、旷达、厚重、豪迈，是豪放词中的名篇。

念奴娇　赤壁怀古

大江东去，浪淘尽，千古风流人物。故垒西边，人道是，三国周郎赤壁。乱石穿空，惊涛拍岸，卷起千堆雪。江山如画，一时多少豪杰。　　遥想公瑾当年，小乔初嫁了，雄姿英发。羽扇纶巾，谈笑间，樯橹灰飞烟灭。故国神游，多情应笑我，早生华发。人生如梦，一尊还酹江月。

【品读小记】

本词乃豪放词精品中之精品，近千年来脍炙人口，广为流传，后人叹为“千古绝唱”。

“言以文远”（南朝刘勰《文心雕龙·情采》），此词当为典范。上片由写景引出写人，下片由写古人到写自己。写景，鲜明精粹，令人如临其境；写人，绘声绘色，栩栩如生。上片，“大江东去”等句句经典；下片，“谈笑间”等字字生动。人们从中看到或领悟到的，是作者对如画江山的赞美，对“风流人物”的赞颂，对建功立业的赞佩，对人生理想的追求（“神游”），对人生有限、岁月无情的惆怅，对人生坎坷、壮志难酬的慨叹。全词笔力雄健，景观宏伟壮丽，意境开阔浑厚，感慨深沉悠长。

近人王国维有言：“大家之作，其言情也必沁人心脾，其写景也必豁人耳目”（《人间词话》），此词正是这样的“大家之作”。对该词历来称颂多矣，实为俯仰天地、思接千载、大气盈地、豪气冲天之佳构，读来崇高感、使命感、悲壮感油然而生。据宋俞文豹《吹剑录》载：“东坡在玉堂日，有幕士善歌，因问：‘我词何如柳七？’对曰：‘柳郎中词只合十七八女郎，执红牙板，歌杨柳岸、晓风残月；学士词须关西大汉，铜琵琶，铁绰板，唱大江东去。’东坡为之绝倒。”这一趣闻生动表达了古人对此词意蕴和风格的深刻认识。有意思的是，黄州赤壁只是“人道是”赤壁之战地，但因此词就被冠以“文赤壁”了，而一般认为真正发生赤壁之战的蒲圻赤壁，则被冠以“武赤壁”，以示区别。还应提到，有人认为本词个别字句不太协音律，但这并不影响此词的崇高地位和光辉典范；何况，如何看待此类问题本也见仁见智。

定风波　莫听穿林打叶声

三月七日，沙湖道中遇雨。雨具先去，同行皆狼狈，余独不觉，已而遂晴，故作此词。

莫听穿林打叶声，何妨吟啸且徐行。竹杖芒鞋轻胜马，谁怕？一蓑烟雨任平生。　料峭春风吹酒醒，微冷，山头斜照却相迎。回首向来萧瑟处，归去，也无风雨也无晴。

【品读小记】

这首词记述了作者在黄州（今湖北黄冈）一次道中遇雨的过程和感受，曲折表达出他面对政治风雨、身处逆境时的人生态度：坚强旷达，开朗洒脱，“一蓑烟雨任平生”！此词写于宋神宗元丰五年（1082），他因乌台诗案死里逃生后，被贬官黄州才过去两年，生活艰难。但在这首笔调幽默诙谐甚至有点俏皮之词中，我们看到的是乐观淡定的心性、气度和胸襟，彰显出他人格的熠熠光辉，实为“辞约而旨丰，事近而喻远”（南朝刘勰《文心雕龙·宗经》）之作。清郑文焯手批《东坡乐府》评此词：“此足征是翁坦荡之怀，任天而动，琢句亦瘦逸，能道眼前景，以曲笔直写胸臆，倚声能事尽之矣。”值得一提的是，在此词之前，未见用词的形式来表达这类情感的作品，因而此词也是苏轼成功拓展、丰富词题材的一个例证。

卜算子　黄州定慧院寓居作

缺月挂疏桐，漏断人初静。时见幽人独往来，缥缈孤鸿影。
惊起却回头，有恨无人省。拣尽寒枝不肯栖，寂寞沙洲冷。

【品读小记】

这是苏轼很有名的一首咏物词。写于宋神宗元丰三年初，亦即乌台诗案后，他死里逃生被贬黄州，刚到贬所之际。该词主要写“孤鸿”，实际写“幽人”，亦即写他自己。宋黄庭坚《跋东坡乐府》云：“语意高妙，似非吃烟火食人语。非胸中有万卷书，笔下无一点尘俗气，孰能至此。”上片营造出凄清孤寂的环境，下片塑造了“孤鸿”“拣尽寒枝不肯栖”的孤高、谨慎的鲜明形象，实际表达了作者当时的处境和心境。这首短短四十四个字的小令中，却有“缺”“断”“幽”“独”“孤”“惊”“恨”“寒”“寂”“冷”等众多凄清冷凉字眼，寓意托怀可见一斑。清陈廷焯曾评此词：“寓意高远，运笔空灵，措辞忠厚，是坡仙独至处，美成、白石亦不能到也。”（《词则·大雅集》）

江城子　密州出猎

老夫聊发少年狂，左牵黄，右擎苍，锦帽貂裘，千骑卷平冈。

为报倾城随太守，亲射虎，看孙郎。　　酒酣胸胆尚开张，鬓微霜，又何妨！持节云中，何日遣冯唐？会挽雕弓如满月，西北望，射天狼。

【品读小记】

此词为豪放词精品之作，以“老夫聊发少年狂”生动开篇，“狂”为此词主旨，一洗文人孱弱阴柔之态，一抒胸中磊落豪雄之气。“牵”“擎”“卷”“射”“挽”等动词连用，画面感极强，气势壮观，动人心魄。妙用孙权射虎、冯唐持节、《楚辞》“举长矢兮射天狼”等典故用语，豪放中寓有厚重之感。此“少年狂”非矫揉造作也，乃出自东坡坦荡豁达之天性、壮志凌云之胸襟、慷慨昂扬之气度，发乎内而荡乎外，足以撼动天地、冲彻云霄。东坡于此词颇为自得，其《与鲜于子骏书》云：“数日前，猎于郊外，所获颇多。作得一阕，令东州壮士抵掌顿足而歌之，吹笛击鼓以为节，颇壮观也。”

江城子　乙卯正月二十日夜记梦

十年生死两茫茫，不思量，自难忘。千里孤坟，无处话凄凉。纵使相逢应不识，尘满面，鬓如霜。　　夜来幽梦忽还乡，小轩窗，正梳妆。相顾无言，惟有泪千行。料得年年肠断处，明月夜，短松冈。

【品读小记】

此词为东坡悼念亡妻王弗之作，真挚之意铭心刻骨，伤痛之情感人肺腑，为悼亡词中名篇。

全篇似自言自语，又似与爱妻倾诉衷肠。上片言与爱妻三重阻隔：一者，死生异路，阴阳相隔；二者，坟茔亦是千里之遥；三者，连自己竟也面目全非，相逢恐不识。此三重阻隔，设置了巨大障碍和悬念，使人顿觉极度失望和压力。而下片则通过“幽梦忽还乡”破解上片的难题，着一“忽”字，有意外之意。此“幽梦”者，梦中之梦也。“小轩窗，正梳妆”，在那么熟悉的日常生活场景中与爱妻相见，本有千言万语，但人在梦中，仍知相见是一梦，才有“相顾无言，惟有泪千行”。结拍梦中醒来，语“料得”，似稍获慰藉。“明月夜，短松冈”，以凄凉之景结沉痛之情，留有无尽悲怀。近人唐圭璋谓之“真情郁勃，句句沈痛，而音响凄厉，诚后山所谓‘有声当彻天，有泪当彻泉’也”(《唐宋词简释》)。以梦境寄托哀思，英人弥尔顿也善用之，其《梦亡妻》写道：“我仿佛看到了去世不久圣徒般的妻/回到了我身边，像阿尔塞丝蒂从坟墓/被朱庇特伟大的儿子由强力从死亡中救出。”

永遇乐　彭城夜宿燕子楼

彭城夜宿燕子楼，梦盼盼，因作此词。

明月如霜，好风如水，清景无限。曲港跳鱼，圆荷泻露，寂寞无人见。纨如三鼓，铿然一叶，黯黯梦云惊断。夜茫茫，重寻无处，觉来小园行遍。　　天涯倦客，山中归路，望断故园心眼。燕子楼空，佳人何在，空锁楼中燕。古今如梦，何曾梦觉，但有旧欢新怨。异时对，黄楼夜景，为余浩叹。

【品读小记】

燕子楼为唐代张建封爱妾关盼盼居所，张殁后盼盼念旧爱而不嫁，居燕子楼十余年，后绝食殉节。此词借夜宿燕子楼梦盼盼，穿透宇宙时空，抒发“古今如梦，何曾梦觉”的人生感喟。

上片写景记梦。近人顾随先生在《苏辛词选》中曾言“坡仙写景，真是高手，后来几乎无人能及。即如此词之‘明月’八字、‘曲港’六字、‘纨如’十四字，写来如不费力，真乃情景兼到，句意两得”。此良辰美景，落脚在“寂寞无人见”，乃人因迷而盲、视而不见也，是实写，又何尝不是梦中呢？“黯黯梦云惊断”后，接“夜茫茫，重寻无处，觉来小园行遍”，仿佛又在一梦中。下片抒发感慨。“望断故园心眼”，觅人生归宿也。“燕子楼空，佳人何在，空锁楼中燕”，首尾略似互为回文，别有滋味。清郑文焯记载“公（东坡）以‘燕子楼空’三句语秦淮海，殆以示咏古之超宕，贵神清，不贵迹象也”（《手批东坡乐府》）。“古今如梦，何曾梦觉，但有旧欢新怨”，有“休言万事转头空，未转头时皆梦”之意，言宇宙人生今古，如在一未醒之大梦中。“异时对，黄楼夜景，为余浩叹”，乃“后之视今，亦犹今之视昔”，所叹如何，任由他去。

水龙吟　次韵章质夫杨花词

似花还似非花，也无人惜从教坠。抛家傍路，思量却是，无情有思。萦损柔肠，困酣娇眼，欲开还闭。梦随风万里，寻郎去处，又还被、莺呼起。　　不恨此花飞尽，恨西园、落红难缀。晓来雨过，遗踪何在？一池萍碎。春色三分，二分尘土，一分流水。细看来，不是杨花点点，是离人泪。

【品读小记】

此词有三重境界：一者，咏杨花。“似花还似非花，也无人惜从教坠”，全摄杨花形神。二者，悯离人。“梦随风万里，寻郎去处，又还被、莺呼起”，直见离情之悲。三者，怀幽思。“不恨此花飞尽，恨西园、落红难缀”，“隐喻人亡邦瘁，怒然忧国之思”（近人俞陛云语）；“晓来雨过，遗踪何在？一池萍碎”，兼有谪迁之思，身世之感。末两句三重隐喻合一，“春色三分，二分尘土，一分流水”，春红落尽，容颜衰老，有佛法空幻之意；“细看来，不是杨花点点，是离人泪”，人间春色，杨花也罢，离人也罢，终归于尘土流水，焉能无泪乎！南宋张炎《词源》评曰：“机锋相摩，起句便合让东坡出一头地，后片愈出愈奇，真是压倒古今。”清沈谦《填词杂说》谓此词："幽怨缠绵，直是言情，非复咏物。"近人王国维则赞曰："东坡《水龙吟》咏杨花，和韵而似原唱。章质夫词，原唱而似和韵。才之不可强也如是！"又进一步说："咏物之词，自以东坡《水龙吟》为最工。"(《人间词话》)

哨遍　为米折腰

陶渊明赋《归去来》，有其词而无其声。余治东坡，筑雪堂于上。人俱笑其陋，独鄱阳董毅夫过而悦之，有卜邻之意。乃取《归去来辞》，稍加檃括，使就声律，以遗毅夫。使家僮歌之，时相从于东坡，释耒而和之，扣牛角而为之节，不亦乐乎。

为米折腰，因酒弃家，口体交相累。归去来，谁不遣君归。觉从前皆非今是。露未晞。征夫指予归路，门前笑语喧童稚。嗟旧菊都荒，新松暗老，吾年今已如此。但小窗容膝闭柴扉。策杖看孤云暮鸿飞。云山无心，鸟倦知还，本非有意。　　噫！归去来兮。我今忘我兼忘世。亲戚无浪语，琴书中有真味。步翠麓崎岖，泛溪窈窕，涓涓暗谷流春水。观草木欣荣，幽人自感，吾生行且休矣。念寓形宇内复几时。不自觉皇皇欲何之？委吾心、去留谁计。神仙知在何处？富贵非吾志。但知临水登山啸咏，自引壶觞自醉。此生天命更何疑。且乘流、遇坎还止。

【品读小记】

当代作家木心《文学回忆录》曾说："世上有许多大人物，文学、思想、艺术，等等家。在那么多人物中间，要找你自己的亲人，找精神上的血统。这是安身立命、成功成就的依托。"很显然，东晋陶渊明就是东坡的精神血统和艺术亲人之一，东坡诗云"渊明吾所师，夫子仍其后"。此词言明檃括陶渊明《归去来辞》，看似戏作，实则"六经注我"，裁羽氅为短襟，化陶意为己意，一抒胸怀。南宋刘辰翁言"词至东坡，倾荡磊落，如诗如文，如天地奇观"，信哉斯言。

满庭芳 三十三年

有王长官者，弃官三十三年，黄人谓之王先生。因送陈慥来过余，因赋此。

三十三年，今谁存者？算只君与长江。凛然苍桧，霜干苦难双。闻道司州古县，云溪上、竹坞松窗。江南岸，不因送子，宁肯过吾邦？ 扨扨，疏雨过，风林舞破，烟盖云幢。愿持此邀君，一饮空缸。居士先生老矣，真梦里、相对残釭。歌舞断，行人未起，船鼓已逢逢。

【品读小记】

此词赞王先生品性高洁，风骨凛然。故引为知音，而惜别难舍。其实于王先生身上，可见东坡影子，如镜照人兼自照。“三十三年，今谁存者？算只君与长江”，出语奇崛，顿见浩荡之气。清郑文焯手批《东坡乐府》评此词曰：“健句入词，更奇峰特出，此境匪稼轩所能梦到。不事雕琢，字字苍寒，如空岩霜干，天风吹堕颇黎地上，铿然作碎玉声。”

蝶恋花 春景

花褪残红青杏小。燕子飞时，绿水人家绕。枝上柳绵吹又少，天涯何处无芳草！ 墙里秋千墙外道。墙外行人，墙里佳人笑。笑渐不闻声渐悄，多情却被无情恼。

【品读小记】

清刘熙载《艺概》云：“词之章法，不外相摩相荡，如奇正、空实、抑扬、开合、工易、宽紧之类是已。”此词撷取暮春一景，即相摩相荡，释情造理，皆成妙谛。“花褪残红”与“青杏小”，“枝上柳绵吹又少”与“天涯何处无芳草”，“墙里”与“墙外”，“行人”与“佳人”，“多情”与“无情”等相互对立，相互映衬，自有张力。

上片写暮春之景，尤以“枝上柳绵吹又少，天涯何处无芳草”句，情理交融，别有怀抱，深婉动人，东坡妾朝云每唱至此句，“辄为掩抑惆怅，如不自胜”。下片写景中之人，墙外行人，墙里佳人。近人顾随先生不以为意，言之“如非滥俗，亦近轻薄”(《苏辛词说》)。实则以乐而不淫之情，喻般若空观之道，随缘起灭，何必执着。如近人俞陛云先生所谓“下阕墙内外之人，干卿底事，殆偶闻秋千笑语，发此妙想，多情而实无情，是色是空，公其有悟耶？”(《唐五代两宋词选释》)

浣溪沙　游蕲水清泉寺

游蕲水清泉寺，寺临兰溪，溪水西流。

山下兰芽短浸溪，松间沙路净无泥，潇潇暮雨子规啼。
谁道人生无再少？门前流水尚能西！休将白发唱黄鸡。

【品读小记】

古人常以江水东流象征年华易逝，如汉乐府《长歌行》“百川东到海，何日复西归”。此词高迈之至，反其道而行之，以“门前流水尚能西”映发“谁道人生无再少”之豪情奇思，非东坡莫能为也，其《八月十五日看潮五绝》中亦有“造物亦知人易老，故叫江水向西流”。据东坡《游兰溪》记载，黄州东南三十里为沙湖，词人买田其间，因往相田得疾，麻桥名医庞安常为其治愈，词人与之同游清泉寺，而作此词。故带有大病初愈、焕然新生的欣悦之情。结拍句劝诫“休将白发唱黄鸡”，反用唐白居易《醉歌》“黄鸡催晓丑时鸣，白日催年酉前没”句意，催人奋发之想，不畏老之将至，词人《浣溪沙》亦有“莫唱黄鸡并白发，且呼张丈唤殷兄”。清陈廷焯甚爱此词，《云韶集》谓之“愈悲郁，愈豪放，愈忠厚，令我神往”。

浣溪沙 麻叶层层苘叶光

麻叶层层苘叶光，谁家煮茧一村香？隔篱娇语络丝娘。

垂白杖藜抬醉眼，捋青捣麨软饥肠，问言豆叶几时黄？

【品读小记】

元丰元年春，东坡长徐州。时徐州大旱，东坡祷雨得应后，赴城东石潭谢雨途中，作《浣溪沙》五首，此其一。上片写煮茧络丝繁忙景象，喜民之所喜；下片写对村翁生活的关切，忧民之所忧。“问言豆叶几时黄”，家常而意切，体现出东坡“民者，天下之本；而财者，民之所以生也”的亲民爱民形象。

虞美人 有美堂赠述古

湖山信是东南美，一望弥千里。使君能得几回来？便使尊前醉倒、更徘徊。　　沙河塘里灯初上，水调谁家唱？夜阑风静欲归时，惟有一江明月、碧琉璃。

【品读小记】

宋傅幹《注坡词》卷八引《本事集》云：“陈述古守杭，已及瓜代，未交前数日，宴僚佐于有美堂。侵夜月色如练，前望浙江，后顾西湖，沙河塘正出其下，陈公慨然，请贰车苏子瞻赋之，即席而就。”陈述古为东坡好友，东坡写数首词赠别。此词作于宴席之上，将别情置于千里湖山、一江明月中，自是辽远阔大。“湖山信是东南美”，暗扣“有美堂”来历，源于宋仁宗诗句“地有吴山美，东南第一州”。结拍“惟有一江明月、碧琉璃”，水月清辉，天地澄澈，犹如药师如来之东方净琉璃世界，药师佛曾发愿“身如琉璃内外清澈”。人与天地融为一体，既象征友情高洁，又寄意深远，叶嘉莹先生谓之“隐然喻现了一种开阔的襟怀”（《论苏轼词》）。与东坡赠别述古其他词作，如《南乡子》“今夜残灯斜照处，荧荧。秋雨晴时泪不晴”、《诉衷情》“花尽后，叶飞时，雨凄凄”等凄愁相比，此篇更显慷慨。

鹧鸪天　林断山明竹隐墙

林断山明竹隐墙，乱蝉衰草小池塘。翻空白鸟时时见，照水红蕖细细香。　　村舍外，古城旁，杖藜徐步转斜阳。殷勤昨夜三更雨，又得浮生一日凉。

【品读小记】

此词为苏东坡被谪黄州时所作。于仕途蹭蹬之中，追慕庄陶，排解抑塞，聊以自宽自适耳。上片写所见之景。无论静者如林、山、竹、墙、蝉、草、池塘，亦或动者如白鸟、红蕖，皆自在也，可借之观照自身，如东坡诗云：“杖藜观物化，亦以观我生。万物各得时，我生日皇皇。”下片写观景之人。缓步于斜阳下的村舍古城，境界纯厚清异，心气落寞平和。“殷勤昨夜三更雨，又得浮生一日凉”，化用唐李涉《题鹤林寺僧舍》“因过竹院逢僧话，又得浮生半日闲”，“以故为新，夺胎换骨”（南宋魏庆之《诗人玉屑》），暂离烦忧，活在当下，怡然禅机。

临江仙　夜饮东坡醒复醉

夜饮东坡醒复醉，归来仿佛三更。家童鼻息已雷鸣。敲门都不应，倚杖听江声。　　长恨此身非我有，何时忘却营营？夜阑风静縠纹平。小舟从此逝，江海寄余生。

【品读小记】

此词写酒醉夜归之情景，抒弃世隐遁之遐思。上片酒醉归来，家童酣睡，伫立江边，静听涛声，境界极为静谧。尤以“倚仗听江声”句，画面感凸显，勾勒出一副襟怀超迈、遗世独立的自画像，且江声涤荡，引人遐思，以启下片。下片写临江所思。“长恨此身非我有，何时忘却营营”，心为形役，四大假合，取意庄禅，无奈之叹。“夜阑风静縠纹平”，宦海风波，浮沉无止，此时神与物游，仿入定境。至结句“小舟从此逝，江海寄余生”，近人俞陛云有云：“忽欲扁舟入海，此老胸次，时有绝尘霞举之思。”可见东坡对于陶朱隐遁其实亦心生向往，唯实不能至矣。宋叶梦得《避暑录话》载：“子瞻……复与数客饮江上，夜归，江面际天，风露浩然，有当其意，乃作歌辞，所谓‘夜阑风静縠纹平。小舟从此逝，江海寄余生’者，与客大歌数过而散。翌日，喧传子瞻夜作此词，挂冠服江边，拏舟长啸去矣。郡守徐君猷闻之，惊且惧，以为州失罪人，急命驾往谒，则子瞻鼻鼾如雷，犹未兴也。然此语卒传至京师，虽裕陵亦闻而疑之。”

望江南　超然台作

春未老，风细柳斜斜。试上超然台上看，半壕春水一城花。烟雨暗千家。　　寒食后，酒醒却咨嗟。休对故人思故国，且将新火试新茶。诗酒趁年华。

【品读小记】

此词可与东坡《超然台记》并读。“凡物皆有可观。苟有可观，皆有可乐，非必怪奇伟丽者也。”词人于超然台（在密州，今山东诸城）“时相与登览，放意肆志焉”。上片写春日超然台景即是可观可乐者，“半壕春水一城花”“烟雨暗千家”，简练浑秀，足以摇动心神。下片抒怀。“寒食后，酒醒却咨嗟”，所“咨嗟”者，一为登高怀远吊古。《超然台记》载：“南望马耳、常山，出没隐见，若近若远，庶几有隐君子乎！而其东则庐山，秦人卢敖之所从遁也。西望穆陵，隐然如城郭，师尚父、齐桓公之遗烈，犹有存者。北俯潍水，慨然太息，思淮阴之功，而吊其不终。”二为返乡祭祖而不得。寒食后即清明，未能回眉山祭拜。三为可“将新火”。“休对故人思故国，且将新火试新茶”，于漫漫思绪中回转，故国者，颇具历史感也。而“休对”“且将”，排遣幽思，而寻自宽自乐。近人俞陛云《唐五代两宋词选释》云：“故人故国，触绪生悲，新火新茶，及时行乐，以此易彼，公诚达人矣。”诗酒年华春未老，弃故为新莫咨嗟，“乐哉游乎”，得“超然”之真味。“方是时，予弟子由，适在济南，闻而赋之，且名其台曰‘超然’，以见余之无所往而不乐者，盖游于物之外也。”（《超然台记》）

八声甘州　寄参寥子

有情风、万里卷潮来，无情送潮归。问钱塘江上，西兴浦口，几度斜晖。不用思量今古，俯仰昔人非。谁似东坡老，白首忘机。　　记取西湖西畔，正暮山好处，空翠烟霏。算诗人相得，如我与君稀。约他年、东还海道，愿谢公、雅志莫相违。西州路，不应回首，为我沾衣。

【品读小记】

参寥子即东坡好友僧道潜。此词上片借与参寥子共赏钱塘江潮，有千古兴废往复之叹。起句“有情风、万里卷潮来，无情送潮归”，极具气势与理趣，令人有“天地不仁，以万物为刍狗”之想，无情有情，天地古今，不过如此。下片叙二人友谊，寓有悲欢离合、身不由己之叹。参寥子为诗僧，东坡曾言其“诗句清绝，可与林逋相上下，而通了道义，见之令人萧然”，可见二人相契，所谓“算诗人相得，如我与君稀”。词人反用谢安归隐雅志未遂而薨，羊昙大醉过西州门念之恸哭而去的典故，既道友情，又重申“谁似东坡老，白首忘机”之意。清郑文焯《大鹤山人词话》谓此词：“突兀雪山，卷地而来，真似钱塘江上看潮时，添得此老胸中数万甲兵，是何气象雄且桀。妙在无一字豪宕，无一语险怪，又出以闲逸感喟之情，所谓骨重神寒，不食人间烟火气者，词境至此观止矣。云锦成章，天衣无缝，是作从至情流出，不假熨贴之工。”

定风波　南海归赠王定国侍人寓娘

王定国歌儿曰柔奴，姓宇文氏，眉目娟丽，善应对，家世住京师。定国南迁归，余问柔：“广南风土，应是不好？”柔对曰：“此心安处，便是吾乡。”因为缀词云。

常羡人间琢玉郎，天应乞与点酥娘。尽道清歌传皓齿，风起，雪飞炎海变清凉。　万里归来颜愈少，微笑，笑时犹带岭梅香。试问岭南应不好，却道：此心安处是吾乡。

【品读小记】

此词既称赞王定国侍人寓娘（即柔奴）的才艺与品性，又是夫子自道也。上片写外在之美。“常羡人间琢玉郎，天应乞与点酥娘”，赞美王定国与寓娘丰神绰约，天生相配。“尽道清歌传皓齿，风起，雪飞炎海变清凉”，以驰骋之笔触，写寓娘歌声清美，也暗指其心灵之美好。下片写内在之美。“笑时犹带岭梅香”，以岭梅幽香喻寓娘之笑容，美于内而显于外。“此心安处是吾乡”，为东坡式之断言警语也，化用唐白居易“我生本无乡，心安是归处”“身心安处为吾土，岂限长安与洛阳”等句，既赞美寓娘随缘自适的高洁品性，又寄托自己随遇而安、乐天知命的旷达襟怀，恰如德人荷尔德林的诗句“人充满劳绩，但还/诗意地栖居于这块大地上”。此心安处，还关涉一禅门公案：二祖慧可求法于达摩：“弟子心不能安，求师父慈悲，为我安心。”达摩曰：“将汝心来，吾为汝安。”慧可曰：“觅心了不可得。”达摩曰：“为汝安心竟。”

临江仙　送钱穆父

一别都门三改火，天涯踏尽红尘。依然一笑作春温。无波真古井，有节是秋筠。　惆怅孤帆连夜发，送行淡月微云。尊前不用翠眉颦。人生如逆旅，我亦是行人。

【品读小记】

元祐初苏轼与钱穆父在京城同朝为官，后二人皆因敢于直言而被朝廷外放：苏知杭州，钱知越州。元祐六年（1091）初，苏奉召还京，钱也改知瀛州，二人在杭州惜别时，苏写下了这首抒发深沉人生感悟的词送钱。上片赞友，赞扬友人三年来“踏尽红尘”，失意也好，艰难也罢，“依然一笑”置之。“无波”二句（化用唐白居易《赠元稹诗》“无波古井水，有节秋竹竿”）是誉钱，也是自我写照。下片情景交融写送行，感情真挚；表达了不计得失、笑对未来的旷达人生态度，是慰钱，也是自勉。结拍句化用唐李白《春夜宴从弟桃花园序》所云：“夫天地者，万物之逆旅也，光阴者，百代之过客也。”这是词人此时持道家思想的一种流露。该词文字平白、自然，意蕴清新深沉，宣示了苏翁一生始终葆有的达观胸襟，也反映出苏词豪放之外的另类风格。

行香子　过七里濑

一叶轻舟，双桨鸿惊。水天清、影湛波平。鱼翻藻鉴，鹭点烟汀。过沙溪急，霜溪冷，月溪明。　　重重似画，曲曲如屏。算当年、虚老严陵。君臣一梦，今古空名。但远山长，云山乱，晓山青。

【品读小记】

苏轼任杭州通判时，于熙宁六年（1073）二月往巡富阳，放棹桐庐，得过富春江上著名的七里濑江段，写下了这首婉约中见清雄、清丽中见旷达的小令。该词诗情画意，是一篇美轮美奂的山水游记。

全篇精于写景：取景精准，用字精严，炼句工整，富于时空、动静变化，一派自然清新，绝无雕痕琢迹。词中所用“轻”“惊”“清”“平”“翻”“点”“急”“冷”“明”“重”“曲”“长”“乱”“青”等字，均恰到好处，换一字就会境界顿变、韵味顿减。这首词另一个引人注目之处，在于词人还信手拈来东汉严子陵在此隐居垂钓事以借古抒怀。严子陵曾助刘秀，刘称帝后请他做官，他却躲到七里滩钓鱼。对此，唐韩偓在《招隐》诗中不以为然地评价“时人未会严陵志，不钓鲈鱼只钓名”；而宋范仲淹则誉之为“云山苍苍，江水泱泱，先生之风，山高水长”(《严先生祠堂记》)。词人在这里则不动声色地称严光为“虚老”，紧接着又一句“君臣一梦，今古空名”。这一“虚”一“空”（有版本中此二字均为“虚”），表达了词人对历史上“英主”“高士”及其业绩功名的态度。细品个中意味，对理解苏轼此后人生际遇应有助益。与诸多苏词一样，该词神思飞扬，确是“吟咏之间，吐纳珠玉之声”（南朝刘勰《文心雕龙·神思》）之上佳词作也。

沁园春　孤馆灯青

赴密州，早行，马上寄子由。

孤馆灯青，野店鸡号，旅枕梦残。渐月华收练，晨霜耿耿；云山摛锦，朝露漙漙。世路无穷，劳生有限，似此区区长鲜欢。微吟罢，凭征鞍无语，往事千端。　　当时共客长安，似二陆初来俱少年。有笔头千字，胸中万卷；致君尧舜，此事何难？用舍由时，行藏在我，袖手何妨闲处看。身长健，但优游卒岁，且斗尊前。

【品读小记】

宋神宗熙宁七年（1074），时年三十九岁的苏轼改知密州（今山东诸城），在由杭州赴密州途中写下了寄其弟苏辙（字子由）的这首词。

该词融写景、叙事、抒情、议论于一体，化前人诗、文、经、史于其中，抒发了兄弟二人少年时即已确立的“有笔头千字，胸中万卷，致君尧舜”的政治抱负，“世路无穷，劳生有限”的人生慨叹，以及“用舍由时，行藏在我，袖手何妨闲处看”的政治智慧和人生态度。全词议论风生，直抒胸臆。为增强感染力和说服力，在马上的词人思绪万千而大量用典：开头写景，化用了唐温庭筠《商山早行》“鸡声茅店月，人迹板桥霜”、《诗经·郑风·野有蔓草》“野有蔓草，零露漙兮（漙，通‘团’）”之句意；文中议论，则引晋代“少有异才”陆机、陆云两兄弟以自喻自己与子由两兄弟（见《晋书·陆机传》），化用了《孟子·万章上》中伊尹“使君为尧舜之君”、《论语·述而》中“用之则行，舍之则藏，惟我与尔有是夫”等句意；结拍句又用了《家语》中“优哉优哉，聊以卒岁”、唐牛僧儒《席上赠刘梦得》诗句“且斗尊前见在身”等句意。词人用典善于改造、发挥，融会贯通而不露痕迹，可谓组合创新，自成一体。

临江仙　夜到扬州席上作

尊酒何人怀李白，草堂遥指江东。珠帘十里卷香风。花开又花谢，离恨几千重。　　轻舸渡江连夜到，一时惊笑衰容。语音犹自带吴侬。夜阑对酒处，依旧梦魂中。

【品读小记】

被谪贬黄州（今湖北黄冈）五年的苏轼，四十九岁时被从轻发落至汝州（今河南境），赴汝途中又一次路经扬州，惊喜地会见了当年共过事的吴地好友，写下了这首感情真挚而又意蕴深沉的中调词。

上片写与友人的思念之切，离恨之苦；下片写与友人的相见之欢，再别之叹。短短六十字，形象生动地描绘出“离恨”中思念的真切、连夜赶到相聚的惊喜、“自带吴侬”乡音话旧的亲切、“夜阑对酒”再离别的惆怅，词人复杂的心情和欣喜的形象跃然纸上。全词表达出对老朋友的真挚情谊，而“花开花又谢，离恨几千重”“夜阑对酒处，依旧梦魂中”上下片结句，应该不只是讲述与友人的感情，实际上也委婉含蓄地讲述词人多年来更为广泛意义上的悲欢离合，悲愤之情隐然可感。而该词开头二句化用唐杜甫《春日忆李白》

“何时一尊酒，重与细论文”，结拍二句则化用杜甫在安史之乱后回到羌村（今陕西富县南）重见家人写的《羌村三首》诗意，也赋予了这首词超出个人友谊之外的社会深沉感。

浣溪沙 咏橘

菊暗荷枯一夜霜，新苞绿叶照林光。竹篱茅舍出青黄。

香雾噀人惊半破，清泉流齿怯初尝。吴姬三日手犹香。

【品读小记】

苏轼写了不少表现日常生活情趣的词作，本词就是其中一首。这首小令，生动描述了新橘青黄时节，人们初赏生鲜新橘的情景和感受，情趣盎然。词人热爱生活之胸襟、观察生活之细致，由此词可见一斑。

少年游 润州作，代人寄远

去年相送，余杭门外，飞雪似杨花。今年春尽，杨花似雪，犹不见还家。　　对酒卷帘邀明月，风露透窗纱。恰似姮娥怜双燕，分明照、画梁斜。

【品读小记】

这首小令题为“润州（今江苏镇江）作，代人寄远”，实际上也反映了时年三十七岁（1074）的词人行役中的思家之情。上片以“飞雪似杨花”“杨花似雪”形象地表达出词人离家已一年有余，思家情切。下片则写入夜时分，词人学李太白举杯邀明月，以稍解思家之愁。全词构思别致轻灵，用语晓畅易懂，用典则含而不露，是一首易入百姓家的小词。

苏辙（一首）

［作者简介］苏辙（1039—1112），字子由，眉州眉山（今属四川）人，苏轼之弟。与苏轼同登进士，累官翰林学士、门下侍郎。因言屡遭贬谪。自号颍滨遗老。谥文定。有《栾城集》传世。

渔家傲　和门人祝寿

七十余年真一梦，朝来寿斝儿孙奉。忧患已空无复痛。心不动，此间自有千钧重。　早岁文章供世用，中年禅味疑天纵。石塔成时无一缝。谁与共，人间天上随他送。

【品读小记】

《圆觉经》云：“善男子，如昨梦故，当知生死及与涅槃，无起无灭，无来无去。”子由“以词唱佛”，检点平生，畅谈生死，明心见性，老僧入定之语也。“七十余年真一梦”，着一“真”字，觉悟朗照。全词皆梦也，无忧无乐，真如千钧，清净不动。“石塔成时无一缝”，“无缝塔”乃禅门有名公案，无得无失，无取无舍，觉性圆满；无人无我，无能无所，故有“谁与共，人间天上随他送”。南宋法应集、元普会续集《禅宗颂古联珠通集》载本觉一禅师颂曰：“欲建南阳无缝塔，般输下手实应难。本来成现何须作，到处巍然着眼看。”苏辙《读旧诗》：“早岁吟哦已有诗，年来七十才全衰。开编一笑恍如梦，闭目徐思定是谁。敌手一时无复在，赏音他日更难期。老人不用多言语，一点空明万法师。”均可作此词注解。

黄裳（一首）

[作者简介] 黄裳（1044—1130），字勉仲，延平（今福建南平）人。元丰五年（1082）进士。累官端明殿学士。卒赠少傅。有《演山词》传世。

减字木兰花 竞渡

红旗高举，飞出深深杨柳渚。鼓击春雷，直破烟波远远回。
欢声震地，惊退万人争战气。金碧楼西，衔得锦标第一归。

【品读小记】

此词为黄裳名篇，写龙舟竞渡场景，动静相宜，急缓有致，起伏得当，且颇具现代性。“红旗”“春雷”“欢声震地”等，有似曾相识之感，可见文脉流淌、今古细通之处。“惊退万人争战气”，气势迫人，赛场果如战场也。“衔得锦标第一归”，唐卢肇《竞渡诗寄袁州刺史成应元》有“向道是龙刚不信，果然夺得锦标归”，唐白居易《和春深》之十五亦有“齐桡争渡处，一匹锦标斜”。

黄庭坚（九首）

[作者简介] 黄庭坚（1045—1105），字鲁直，号山谷道人，晚号涪翁，洪州分宁（今江西修水）人。曾任国子监教授、国史编修官等职。两度被贬，卒于贬所地宜州。“苏门四学士”之一。著名诗人，为江西诗派开山之祖；亦颇负词名，成就卓著，与秦观并称“秦黄”，对后世词坛有重要影响。有《豫章集》《山谷词》传世。

水调歌头　游览

瑶草一何碧，春入武陵溪。溪上桃花无数，枝上有黄鹂。我欲穿花寻路，直入白云深处，浩气展虹霓。只恐花深里，红露湿人衣。　坐玉石，倚玉枕，拂金徽。谪仙何处？无人伴我白螺杯。我为灵芝仙草，不为朱唇丹脸，长啸亦何为？醉舞下山去，明月逐人归。

【品读小记】

宋陈师道推崇黄庭坚，称：“今代词手，惟秦七（秦观）、黄九。”乐斋居士《七绝　歌黄庭坚》诗云：“有无不可入新词？雅俗皆能信笔奇。峭拔清刚人坎坷，春归何处问黄鹂。”

这是一首在虚拟遐想中展开的托物喻志词，也是一首“思表纤旨，文外曲致”（南朝刘勰《文心雕龙·神思》）之作，反映了作者“出世”还是“入世”的矛盾心态、“愤世”又不愿“抗世”的苦闷心情。上片描述作者无限向往陶渊明《桃花源记》中超凡脱俗的武陵溪仙界，并希冀在那里有所作为；但“只恐花深里，红露沾人衣”，便令他却步，终未“出世”。下片进一步展示作者与世俗格格不入。他以洁玉自视，不愿与小人为伍；他以香草自喻，鄙弃世俗的“朱唇丹脸”；他希望有李白那种视功名为粪土的知音，但“谪仙何处”。他想到阮籍啸傲山林的自在，但又不愿像阮那样玩世不恭。怎么办呢？既出不了世，又与世俗格格不入，还不愿去抗争，那就只能葆有心灵上的一方净土吧！想到此，也就“醉舞下山去，明月逐人归”了：还是回到现实中过那种“坐玉石，倚玉枕”的清净生活吧！清黄苏《蓼园词评》评此词：“一往深秀，吐属隽雅绝伦。”

清平乐　春归何处

春归何处？寂寞无行路。若有人知春去处，唤取归来同住。

春无踪迹谁知？除非问取黄鹂。百啭无人能解，因风飞过蔷薇。

【品读小记】

这首小令之所以广为传颂，在于它惜春、寻春却不伤春；在于它想象力丰富的拟人化笔法；也在于它隐含的随遇而安的乐观情怀和人生态度。全词风格清奇，用笔轻灵，韵味浓郁而悠长。

念奴娇　断虹霁雨

八月十七日，同诸生步自永安城楼，过张宽夫园待月。偶有名酒，因以金荷酌众客。客有孙彦立，善吹笛。援笔作乐府长短句，文不加点。

断虹霁雨，净秋空，山染修眉新绿。桂影扶疏，谁便道，今夕清辉不足？万里青天，姮娥何处，驾此一轮玉。寒光零乱，为谁偏照醽醁？　年少从我追游，晚凉幽径，绕张园森木。共倒金荷，家万里，难得尊前相属。老子平生，江南江北，最爱临风曲。孙郎微笑，坐来声喷霜竹。

【品读小记】

此词笔力豪俊，气象清逸，襟怀阔达，风格傲放，恰如词人自诩“或以为可继东坡赤壁之歌”（宋胡仔《苕溪渔隐丛话》后集）。

上片写雨霁秋月。秋空澄净，远山含黛，令人心旷神怡。因八月十七，故有“桂影扶疏，谁便道，今夕清辉不足”？但这并不妨碍山谷赏月兴致，反而引发“姮娥何处，驾此一轮玉”“寒光零乱，为谁偏照醽醁”的遐想与叩问。月有圆缺，人有浮沉，何必萦怀系心？下片记赏月饮酒听曲之趣，风流如昨。尽管离家万里，桑梓飘渺，但此景此境，“难得尊前相属”，化用唐韩愈《八月十五夜赠张功曹》“沙平水息声影绝，一杯相属君当歌”，当开怀时且开怀。“老子平生，江南江北，最爱临风曲”，用语雄奇，于人生漂泊动荡中见洒脱不羁之气。清陈廷焯《云韶集》评曰：“起笔如画，笔力精紧，锋棱尽露。风流豪宕，气压千人。笔力亦复横绝。”

鹧鸪天　坐中有眉山隐客史应之和前韵，即席答之

黄菊枝头生晓寒，人生莫放酒杯干。风前横笛斜吹雨，醉里簪花倒著冠。　身健在，且加餐。舞裙歌板尽清欢。黄花白发相牵挽，付与时人冷眼看。

【品读小记】

此词为重阳应和之作。史应之为眉山人，“落魄无检，喜作鄙语，人以屠脍目之”（见《山谷诗内集》任渊注）。上片写赏菊饮酒的醉态，含有唐杜牧“尘世难逢开口笑，菊花须插满头归”句意。“风前横笛斜吹雨，醉里簪花倒著冠”，颇有魏晋风度，尽显狂士之态，“横笛簪花，仙仙”（明沈际飞《草堂诗馀正集》）。下片劝人自劝，“弃捐勿复道，努力加餐饭”（《古诗十九首》），唯愿身健食安，及时行乐，隐见桀骜不平之气。结句“黄花白发相牵挽，付与时人冷眼看”，卓然独立，睥睨俗情，“尤见牢骚，然自清迥独出，骨力不凡”（清黄苏《蓼园词评》）。

虞美人 宜州见梅作

天涯也有江南信，梅破知春近。夜阑风细得香迟，不道晓来开遍、向南枝。 玉台弄粉花应妒，飘到眉心住。平生个里愿杯深，去国十年老尽、少年心。

【品读小记】

此词作于宜州贬所，时黄庭坚已近垂暮之年，借咏梅明志遣怀。清陈廷焯《云韶集》以为："有情有景，有色有香。姿态极妍，气格亦高，此山谷本色，非秦少游词，非柳耆卿词也。"

上片写荒远天涯仍见梅开，有所慰藉。"夜阑风细得香迟，不道晓来开遍、向南枝"，更是欣喜，描摹细腻，清新婉丽。下片用典抒怀。"玉台弄粉花应妒，飘到眉心住"，用寿阳公主梅花妆的典故，梅住眉心，反衬自己远徙天涯，意味幽深。末句言距上次被贬已十年，世事颠簸，少年心气早已消磨，更显出见寄梅的意义和情趣。近人俞陛云《唐五代两宋词选释》评曰："山谷受谴之日，投床酣卧，人服其德性坚定。此词殊方逐客，重见梅花，仅感叹少年，而绝无怨尤之语，诵其词可知其人矣。"

南乡子 诸将说封侯

重阳日，宜州城楼宴集，即席作。

诸将说封侯，短笛长歌独倚楼。万事尽随风雨去，休休，戏马台南金络头。 催酒莫迟留，酒味今秋似去秋。花向老人头上笑，羞羞，白发簪花不解愁。

【品读小记】

无名氏《道山清话》记载，黄庭坚于重九日登郡城之楼。听边人相语"今岁当鏖战取封侯"，因作此词，为词人绝笔词，"倚栏高歌，若不能堪者。是月三十日，果不起"。此词中"不能堪者"，即

“万事尽随风雨去，休休”。人将老去，封侯也罢，独倚也罢，催酒也罢，一场梦幻而已，“百体观来身是幻，万夫争处首先回”（黄庭坚诗）。末三句“花向老人头上笑，羞羞，白发簪花不解愁”，与北宋苏东坡《吉祥寺赏牡丹》“人老簪花不自羞，花应羞上老人头”句意相类，寄寓无限感慨，老来簪花，也无法回到青春，也无法挽住流光，“酒味今秋似去秋”，但是人呢？或已不再是去年人。

诉衷情　小桃灼灼柳鬖鬖

小桃灼灼柳鬖鬖，春色满江南。雨晴风暖烟淡，天气正醺酣。山泼黛，水挼蓝，翠相搀。歌楼酒旆，故故招人，权典青衫。

【品读小记】

江南春色，人天皆快意。上片写天之醉。“天气正醺酣”，天之醉者，一为桃红柳绿，自然之生机，“小桃灼灼柳鬖鬖”，化用《诗经》“桃之夭夭，灼灼其华”及唐韦庄“晴烟漠漠柳毵毵，不那离情酒半酣”；二为风雨晴和，时日之微醺，“雨晴风暖烟淡”，仿似宋王安石“晴日暖风生麦气，绿阴幽草胜花时”。下片写人之醉。人之醉者，一为山水草木自相舒展，“泼”“挼”“搀”，如友映发，“水挼蓝”，化用唐白居易“直似挼蓝新汁色，与君南宅染罗裙”；二为歌楼酒旆风物闲美，如友相招。末句“权典青衫”区区四字，化用唐杜甫“朝回日日典春衣，每日江头尽醉归”，足见超旷情怀。

望江东　江水西头隔烟树

江水西头隔烟树，望不见、江东路。思量只有梦来去，更不怕、江阑住。　灯前写了书无数，算没个、人传与。直饶寻得雁分付，又还是、秋将暮。

【品读小记】

这首小令精心塑造了一位深情一片、苦苦相思的痴情人形象。其情真意切、感人肺腑的细节描写，明朗率真、朴实无华的白话风格（“直饶”，意为即使），使之成为相思词中的佳品。清陈廷焯《白雨斋词话》评此词：“笔力奇横无匹，中有一片深情，往复不置，故佳。”此词有无个中寓意，人们尽可遐想。

归田乐引　暮雨濛阶砌

暮雨濛阶砌。漏渐移、转添寂寞，点点心如碎。怨你又恋你，恨你惜你，毕竟教人怎生是。　　前欢算未已。奈向如今愁无计，为伊聪俊，销得人憔悴。这里诮睡里，梦里心里，一向无言但垂泪。

【品读小记】

这首闺怨词，生动刻画出“怨你又恋你，恨你惜你，毕竟教人怎生是”的少妇形象，朴实语言中充溢着女主人公对丈夫的真挚感情。“为伊聪俊，销得人憔悴”，直接引用了北宋柳永《凤栖梧》中的成句，也就暗含了女主人公对爱情“衣带渐宽终不悔”的忠贞。该词体现出词人惯用白话的语言风格。

晁端礼（一首）

[作者简介] 晁端礼（1046—1113），名一作元礼，字次膺。开德府清丰县（今属河南）人，因其父葬于济州任城，遂为任城人。熙宁六年（1073）进士，曾两为县令。词作尤长慢词。有《闲适集》传世。

绿头鸭　咏月

晚云收，淡天一片琉璃。烂银盘、来从海底，皓色千里澄辉。莹无尘、素娥淡伫，静可数、丹桂参差。玉露初零，金风未凛，一年无似此佳时。露坐久，疏萤时度，乌鹊正南飞。瑶台冷，栏干凭暖，欲下迟迟。　　念佳人、音尘别后，对此应解相思。最关情、漏声正永，暗断肠、花影偷移。料得来宵，清光未减，阴晴天气又争知。共凝恋、如今别后，还是隔年期。人强健，清尊素影，长愿相随。

【品读小记】

南宋胡仔《苕溪渔隐丛话》后集评曰："中秋词，自东坡《水调歌头》一出，余词尽废，然其后又岂无佳词？如晁次膺《鸭头绿》一词殊清婉，但樽俎间歌喉，以其篇长惮唱，故湮没无闻矣。"此词不若苏词横放饱满，但细腻含蓄，发平和清婉之音，亦别有风致。苏乃词之天才，晁乃词之专家。上片写月色，云收天净，皓月徐升，词人静观自得，神思杳渺。近代日人德富芦花《相模滩落日》，写日落三分多姿多情，可与晁词写月升相媲美，其中有言"纵然一个凡夫俗子，也会感到已将身子包裹于灵光之中，肉体消融，只留下灵魂端然伫立于永恒的海滨之上"。下片怀人，章法虽无新处，而情思曲婉素朴，贵在真挚。

朱服（一首）

［作者简介］朱服（1048—？），字行中，湖州乌程（今属浙江）人。熙宁六年（1073）进士。仕途坎坷。《五经七书》编撰主持人。

渔家傲 小雨廉纤风细细

小雨廉纤风细细，万家杨柳青烟里。恋树湿花飞不起，愁无比，和春付与西流水。　　九十光阴能有几？金龟解尽留无计。寄语东城沽酒市，拚一醉，而今乐事他年泪。

【品读小记】

《乌程旧志》载："朱行中坐与苏轼游，贬海州，至东郡，作《渔家傲》词。读其词，想见其人，不愧为苏轼党也。"此词原题为《春词》。上片写春景。纤风细雨，杨柳如烟，最生春愁。湿花恋树，人恋春光，在风雨之中均不可得。下片抒怀。流光易逝，人生易老，无可挽留，沽酒拼醉，乐亦是悲。末句"而今乐事他年泪"，深得人生"向死而生"的真味。清况周颐《蕙风词话》云："白石词'少年情事老来悲'。宋朱服句'而今乐事他年泪'。二语合参，可悟一意化两之法。"

秦观（十四首）

［作者简介］秦观（1049—1100），字太虚，又字少游，高邮（今属江苏）人，别号邗沟居士，世称淮海先生。元丰八年（1085）进士，仕途坎坷，宦海浮沉。“苏门四学士”之一。词作大家，成就卓越，与黄庭坚并称“秦黄”，对后世词坛有重要影响。有《淮海集》传世。

望海潮　洛阳怀古

梅英疏淡，冰澌溶泄，东风暗换年华。金谷俊游，铜驼巷陌，新晴细履平沙。长记误随车。正絮翻蝶舞，芳思交加。柳下桃蹊，乱分春色到人家。　　西园夜饮鸣笳。有华灯碍月，飞盖妨花。兰苑未空，行人渐老，重来是事堪嗟。烟暝酒旗斜。但倚楼极目，时见栖鸦。无奈归心，暗随流水到天涯。

【品读小记】

此词写洛阳旧游，抚今追昔，场景交错，“情韵极胜”（近人唐圭璋语）。上片起句“梅英疏淡，冰澌溶泄”，甚是典雅俊爽。清刘熙载《艺概》引元陆辅之词旨云：“对句好可得，起句好难得，收拾全藉出场。”秦观词起句处多佳构，如“山抹微云，天连衰草”“纤云弄巧，飞星传恨”“雾失楼台，月迷津渡”“碧水惊秋，黄云凝暮”等等，提振全篇，令人惊艳，足见词人尤重起句，且对填词之虔敬及匠心独运。后续诸句忆旧游繁盛处，历史的沧桑感、景致的宜人感、芳思的怦然感，诸感交集，难以忘怀。清陈廷焯赞赏“柳下桃蹊，乱分春色到人家”，称之“思路幽绝，其妙令人不可思议”（《白雨斋词话》）。下片换头处“西园夜饮鸣笳。有华灯碍月，飞盖妨花”，仍旧写灯火夜宴之盛，一者见游冶盛况，从早至晚，达到高潮；二者从高潮处了结，由繁盛突转凄凉，更添感染力，“惟其先用重笔，故重来感旧，倍觉凄清”（近人俞陛云语）。“重来是事堪嗟”引领后续诸句，今昔对照，繁华落尽，景物萧索，满是盛衰沧桑之慨。此词章法亦有精妙处，如上片“乱分春色到人家”、下片“暗随流水到天涯”，皆用“到”字。清周济《宋四家词选》云：“两两相形，以整见劲，以两‘到’字作眼，点出‘换’（东风暗换年华）字精神。”乐斋居士《七绝 歌秦观》诗曰：“正音本色神来笔，绝代歌吟入画中。坎坷一生酿凄婉，古藤醉卧叹途穷。”

八六子 倚危亭

倚危亭，恨如芳草，萋萋刬尽还生。念柳外青骢别后，水边红袂分时，怆然暗惊。　　无端天与娉婷，夜月一帘幽梦，春风十里柔情。怎奈向、欢娱渐随流水，素弦声断，翠绡香减，那堪片片飞花弄晚，濛濛残雨笼晴。正销凝，黄鹂又啼数声。

【品读小记】

此词写离情别恨，“寄托耶？怀人耶？词旨缠绵，音调凄婉如此”（清黄苏《蓼园词评》）。起句“倚危亭。恨如芳草，萋萋刬尽还生”，化用南唐李后主“离恨恰如春草，更行更远还生”句，似闻铁锹与草地相摩之声，又如敲重鼓，直击心魄。接着忆起离别情景，绿柳、青骢、红袂，以绚色衬托别时难舍之情与别后相思之深。过片更向前追忆，初见时惊为天人，相处时缠绵情浓，“夜月一帘幽梦，春风十里柔情”，佳对也。“怎奈向”诸句，写别后冷落难堪，黯然销魂，与首句照应。末句“正销凝，黄鹂又啼数声”，借用唐杜牧《八六子》“正销魂，梧桐又移翠阴”句法，以声结情，余响不尽。宋洪迈《容斋四笔》言末二句“语句清峭，为名流推激”。南宋张炎《词源》评此词：“离情当如此作，全在情景交炼，得言外意。”

满庭芳 山抹微云

山抹微云，天连衰草，画角声断谯门。暂停征棹，聊共引离尊。多少蓬莱旧事，空回首、烟霭纷纷。斜阳外，寒鸦万点，流水绕孤村。　　销魂。当此际，香囊暗解，罗带轻分。谩赢得、青楼薄幸名存。此去何时见也？襟袖上、空惹啼痕。伤情处，高城望断，灯火已黄昏。

【品读小记】

此词为秦观名作，“山抹微云秦学士”（北宋苏轼语）之由来。起句“山抹微云，天连衰草，画角声断谯门”，以词作画，用字精炼，以此作离别之背景，愁情倍增。“抹”字传神，唐杜牧《隋苑》“红霞一抹广陵春，定子当筵睡脸新”或为秦观所本。“多少蓬莱旧事，空回首、烟霭纷纷”，将实情虚化，尤显缥缈超逸。“斜阳外，寒鸦万点，流水绕孤村”，妙用隋炀帝“寒鸦千万点，流水绕孤村”，成千古清唱，境界更为高远，此如画美境非词不足以表达；且斜阳归山，寒鸦归巢，村人归家，流水眷恋孤村，而离人远在天涯，归处难觅，岂不悲哉！下片详述离情，清周济《宋四家词选》云“此词将身世之感，打并入艳情，又是一法”，下片尤为明显。“谩赢得、青楼薄幸名存”，化用唐杜牧“十年一觉扬州梦，赢得青楼薄幸名”。以“伤情处，高城望断，灯火已黄昏”作结，登楼远望，万家灯火温暖，而离人心情、身世之叹倍感凄清。此词当时即广为流传。明杨慎《词品》载，曾有歌妓问秦观女婿范元实“公亦解词曲否?”（范）笑答曰:“吾乃‘山抹微云’女婿也。”可见当时盛唱此词。

满庭芳 红蓼花繁

红蓼花繁，黄芦叶乱，夜深玉露初零。霁天空阔，云淡梦江清。独棹孤篷小艇，悠悠过、烟渚沙汀。金钩细，丝纶慢卷，牵动一潭星。　　时时，横短笛，清风皓月，相与忘形。任人笑生涯，泛梗飘萍。饮罢不妨醉卧，尘劳事、有耳谁听？江风静，日高未起，枕上酒微醒。

【品读小记】

此词企慕渔父隐逸之乐，隐发失意不平之气，与五代李珣《渔歌子·荻花秋》词境相合。上片起笔“红蓼花繁，黄芦叶乱，夜深玉露初零”，设色斑斓，用字工丽，造境清幽。后写扁舟一叶，独钓沙汀，萧然出尘。“金钩细，丝纶慢卷，牵动一潭星”句，用语奇崛，见胸襟高逸超迈。秦观《临江仙》亦有“微波澄不动，冷浸一天星”。下片议论，借渔父形象，暗寓“泛梗飘萍”之慨。结拍句“江风静，日高未起，枕上酒微醒”，可见仍有不能忘情者。清陈廷焯《白雨斋词话》云：“少游《满庭芳》诸阕，大半被放后作，恋恋故国，不胜热中，其用心不逮东坡之忠厚。而寄情之远，措语之工，则各有千古。”

江城子　西城杨柳弄春柔

西城杨柳弄春柔，动离忧，泪难收。犹记多情，曾为系归舟。碧野朱桥当日事，人不见，水空流。　　韶华不为少年留，恨悠悠，几时休？飞絮落花时候、一登楼。便做春江都是泪，流不尽，许多愁。

【品读小记】

近人冯煦《蒿庵论词》论秦观曰：“其淡语皆有味，浅语皆有致。”此词即是一例，用语浅淡如话，而怀人伤时，气韵流淌，自有一番生命感发。上片以泪流起（“动离忧，泪难收”），以水流收（“人不见，水空流”）；下片以时间流起（“韶华不为少年留”），以愁起收（“流不尽，许多愁”），是构思精妙、情思自然流转所成。结拍句“便做春江都是泪，流不尽，许多愁”，翻用南唐李后主“问君能有几多愁，恰似一江春水向东流”，愁情深远。清陈廷焯《云韶集》曰:“凄断。较坡老《江城子》结笔更觉沉至。”“飞絮落花时候、一登楼”句，亦有风姿，清陈廷焯《词则·大雅集》云:“‘飞絮’九字凄咽。以下尽情发泄，却终未道破。”近人沈祖棻有“一天风絮独登楼，有斜阳处有春愁”，或受秦观影响。

鹊桥仙　纤云弄巧

纤云弄巧，飞星传恨，银汉迢迢暗度。金风玉露一相逢，便胜却人间无数。　　柔情似水，佳期如梦，忍顾鹊桥归路。两情若是久长时，又岂在、朝朝暮暮。

【品读小记】

此词为写七夕、歌爱情之名篇，清陈廷焯《云韶集》曰:“笔下亦翩翩有仙气。情致语却说得秀绝。”起句“纤云弄巧，飞星传恨，银汉迢迢暗度”，即为佳句，且“巧”字与织女心灵手巧暗合。“金风玉露一相逢，便胜却人间无数”，为此词名句之一，天上人间，相爱深笃。“金风玉露”，可见感情纯洁，又惜欢会短暂。“两情若是久长时，又岂在、朝朝暮暮”，为此词另一名句，新意顿出，千百年来已成为象征爱情坚贞的一个断言情语。沈际飞、黄苏等多位论家言及，七夕诗词，往往以双星会少离多为恨，而秦观此词独谓情长不在朝暮，反弹琵琶，另翻新声，“最能醒人心目”（明李攀龙《草堂诗余隽》）。而清黄苏《蓼园词评》则以君臣之意释之:“少游以坐党被谪，思君臣际会之难，因托双星以写意。”亦见词义之丰富性。

踏莎行　郴州旅舍

雾失楼台，月迷津渡，桃源望断无寻处。可堪孤馆闭春寒，杜鹃声里斜阳暮。　　驿寄梅花，鱼传尺素，砌成此恨无重数。郴江幸自绕郴山，为谁流下潇湘去。

【品读小记】

近人冯煦《蒿庵论词》论秦观词曰:“他人之词，词才也，少游，词心也。得之于内，不可以传，虽子瞻之明隽，耆卿之幽秀，犹若有瞠乎后者，况其下邪?”此词亦为秦观名篇，乃见词心之作。非识词心不得入词境，非融词境不得见词心。清黄苏《蓼园词评》云:“少游坐党籍，安置郴州。首一阕是写在郴，望想玉堂天上，如桃源不可寻，而自己意绪无聊也。次阕言书难达意，自己同郴水之自绕郴山，不能下潇湘以向北流也。语意凄切，亦自蕴藉，玩味不尽。‘雾失’、‘月迷’，总是被谗写照。”黄说释之以谪居幽怨，然此词亦可升华为普遍性的人生情境。“雾失楼台，月迷津渡，桃源望断无寻处”，造境凄迷，归处渺茫，为人生常见之处境。“可堪孤馆闭春寒，杜鹃声里斜阳暮”，境界萧冷，寒意迫人。古今伤心人多有此体悟，近人王国维《人间词话》以为“少游词境，最为凄婉。至‘可堪孤馆闭春寒，杜鹃声里斜阳暮’，则变而凄厉矣”。凄则尤甚，厉则未必。又言“东坡赏其后二语，犹为皮相”。末句“郴江幸自绕郴山，为谁流下潇湘去”，坡翁绝爱此两句，自书于扇云:“少游已矣！虽万人何赎！”断非近人王国维所言“犹为皮相”也，一者秦观殁后，恰如郴江已不绕郴山，兀自远去，沉痛不已，有悼念之意。如清王士禛言“高山流水之悲，千载而下，令人腹痛”。二者东坡乃以己之志向、境遇解之契之，引发感慨共鸣矣。清陈廷焯《云韶集》曰:“此词骨高、韵高，少游独有千古。”

减字木兰花　天涯旧恨

天涯旧恨，独自凄凉人不问。欲见回肠，断尽金炉小篆香。

黛蛾长敛，任是春风吹不展。困倚危楼，过尽飞鸿字字愁。

【品读小记】

这首小令写离恨至深的两地相思情愁。上片写天涯人思归，愁肠百结如篆文盘香，唯有孤独更凄凉；下片写闺中人盼归，倚楼锁眉，远眺也只能目送“飞鸿”杳去，留下的是失望加忧伤。全词情景交融，鲜明生动。“任是春风吹不展”，写的是锁眉，更是浓浓的离情别绪。近人唐圭璋先生《唐宋词简释》云：“断尽炉香，过尽飞鸿，皆愁极伤极之语。”

浣溪沙　漠漠轻寒上小楼

漠漠轻寒上小楼，晓阴无赖似穷秋。淡烟流水画屏幽。
自在飞花轻似梦，无边丝雨细如愁。宝帘闲挂小银钩。

【品读小记】

秦观精于运用细小景物传神地刻画出人的情思。这首小令就是这样一幅精致的艺术品。它描写春阴中闺人莫名的漫漫幽怨、淡淡忧伤，如梦如幻，轻灵缠绵，无可消解，无止无歇。下片对偶句“自在飞花轻似梦，无边丝雨细如愁”，对仗工整，新奇组合，形神皆备，“何减（大晏）‘无可奈何花落去’二句”（世经堂康熙十七年残本《词综》），实乃佳联也！清陈廷焯《词则·大雅集》评此词：“宛转幽怨，温韦嫡派。”

如梦令　遥夜沉沉如水

遥夜沉沉如水，风紧驿亭深闭。梦破鼠窥灯，霜送晓寒侵被。无寐，无寐，门外马嘶人起。

【品读小记】

秦观一生坎坷，因党祸屡遭贬谪，长期飘零异乡，遍尝人间况味。这首小令就是写于再遭贬谪的苦旅之中。在短短三十三个字中，作者运用“遥夜”“风紧”“鼠窥灯”“寒侵被”“马嘶人起”等景观描述，生动地展现了漫漫长途的荒僻艰辛和自己的悲凉寂寞，凄楚无限，读来令人动容。

千秋岁 水边沙外

水边沙外，城郭春寒退。花影乱，莺声碎。飘零疏酒盏，离别宽衣带。人不见，碧云暮合空相对。 忆昔西池会，鹓鹭同飞盖。携手处，今谁在？日边清梦断，镜里朱颜改。春去也，飞红万点愁如海。

【品读小记】

宋元祐八年（1093）哲宗亲政，政局巨变：重新起用王安石一派，“元祐党人”尽数被逐出京城，贬谪外地。秦观初贬杭州通判，再贬处州（今浙江丽水）。就是在这种大背景下，秦观写下这首名作。该词诉说身世之痛，表达朝政上一派大失败的极度忧伤和深沉悲哀。

上片写景（是处州之景，也可理解为京师汴京之景），但触景生情。老友四散飘零，自己也是衣带渐宽（暗用《古诗十九首》“相去日已远，衣带日已缓”句意），从而引出歇拍句：“人不见，碧云暮合空相对”，一派凄迷氛围。下片先是追忆当年朝会乐聚（鹓鹭，谓朝官之行列），接着怅惘发问：“携手处，今谁在？”在认识到再也不可能翻身靠近“日边”（比京师），而只会渐渐老去他乡时，词人的满腔悲愤凝结成一句凄厉的呐喊：“春去也，飞红万点愁如海。”这一情景双绘、兴中有比的结拍句，应可比肩南唐李后主之“问君能有几多愁，恰似一江春水向东流”，沉痛万分，震撼人心，历来为人所重。此词传出后，词人的友人们深有感触，包括苏轼、黄庭坚等人都有次韵词相应。近人冯煦说秦观与晏几道都是“古之伤心人也”（《蒿庵论词》），此词当为一例。

好事近 梦中作

春路雨添花，花动一山春色。行到小溪深处，有黄鹂千百。

飞云当面化龙蛇，夭矫转空碧。醉卧古藤阴下，了不知南北。

【品读小记】

这首题为《梦中作》的小令，上片写地上的“一山春色”和“小溪深处”，下片转而先写碧空中的“飞云”轻盈，接着写自己陶醉于这种美丽的梦境之中：“醉卧古藤阴下，了不知南北。”全词“笔势飞舞”（清陈廷焯《词则·别调集》），“造语奇警”（清周济《宋四家词选》）。此词作于词人被贬官处州的生命末期，联想到他的身世之痛、自我怜惜的伤感之意，读来怎能不为之动容！作是词不久，词人又迁谪藤州，很快竟逝于藤州光华亭上。于是，人们就认为该词乃词人去世前所作谶词。北宋黄庭坚曾跋此词：“少游醉卧古藤下，谁与愁眉唱一杯？”

画堂春 落红铺径水平池

落红铺径水平池，弄晴小雨霏霏。杏园憔悴杜鹃啼，无奈春归。

柳外画楼独上，凭阑手捻花枝，放花无语对斜晖，此恨谁知？

【品读小记】

这是一首“无奈春归”的惜春词。上片暮春景象、下片人物心理的细致描述，反映出词人对美好事物的无比珍爱，对失去美好事物的深沉痛惜。明李攀龙《草堂诗余隽》评曰：“春归无奈，深情可掬。此恨谁知，何等幽思！”

醉乡春 唤起一声人悄

唤起一声人悄，衾冷梦寒窗晓。瘴雨过，海棠晴，春色又添多少。　　社瓮酿成微笑，半缺瘿瓢共舀。觉健倒，急投床，醉乡广大人间小。

【品读小记】

据载，词人被谪郴州后又谪横州（今广西横县），元符元年（1098）自郴州赴横州。横州城西有海棠桥，桥南桥北皆植海棠。一日秦观前往观赏，并醉宿祝姓书生家，次日题此词于房柱上（参见徐培均《淮海居士长短句笺注》、明胡大翼《山堂肆考·宫集》）。此词记述了词人在“荒落愈甚”之穷乡僻壤赏花留宿的情景。在那时人称为瘴疠之地赏花游春，突现了词人笑对苦难的乐观心态。尤其是词人入乡随俗，与民同乐，共用半缺的椰瓢，饮用村社社日的农家酒（“社瓮”），直至喝多了“急投床”睡去，以此引出了振聋发聩的结拍句：“醉乡广大人间小”！此乃本词之主旨也。这其中，该蕴涵多少人生辛酸和人生无奈！

赵令畤（一首）

［作者简介］赵令畤（1061—1134），涿郡（今天津市蓟州区）人。初字景贶，苏轼为之改字德麟，自号聊复翁。宋太祖次子燕王德昭（赵德昭）玄孙。绍兴初，袭封安定郡王。有《侯鲭录》传世。其词近人赵万里辑有《聊复集》。

蝶恋花　欲减罗衣寒未去

欲减罗衣寒未去，不卷珠帘，人在深深处。红杏枝头花几许？啼痕止恨清明雨。　尽日沉烟香一缕，宿酒醒迟，恼破春情绪。飞燕又将归信误，小屏风上西江路。

【品读小记】

此词写闺愁，但怨而不伤，含蓄清婉，清陈廷焯《云韶集》评此词："清丽婉约，晏、欧之嗣音也。深深曲曲，笔致凄艳。"上片言罗衣未去，珠帘不卷，非为春寒，乃为心寒。"红杏枝头花几许？啼痕止恨清明雨"，非只为惜花，也为惜己；不止恨清明雨，亦当有别恨。下片写整日百无聊赖，空寂苦闷，颇为传神。末句"小屏风上西江路"，"风华掩映，含蓄不尽"（近人俞陛云《唐五代两宋词选释》），仿佛心思已沿西江路追随离人而去。明李攀龙《草堂诗余隽》云："托杏写兴，托燕传情，怀春几许衷肠。"

张耒（一首）

［作者简介］张耒（1054—1114），楚州淮阴（今属江苏）人。字文潜，号柯山，人称宛丘先生、张右史。熙宁六年（1073）进士。“苏门四学士”之一，仕途坎坷。近人辑有《柯山诗余》。

秋蕊香 帘幕疏疏风透

帘幕疏疏风透，一线香飘金兽。朱阑倚遍黄昏后，廊上月华如昼。 别离滋味浓于酒，著人瘦。此情不及墙东柳，春色年年如旧。

【品读小记】

此词写相思之情，造境淡雅清谧，情景交融，自然工丽。起句“帘幕疏疏风透，一线香飘金兽”，仿佛相思已透露出来，宋周紫芝亦有“帘幕疏疏风透，庭下月寒花瘦”。末句“此情不及墙东柳，春色年年如旧”为点睛之笔，言此情易变，不若柳色年年不忘。看似无理之语，实则正话反说，道出一往情深的惆怅和痴心。

贺铸（十三首）

[作者简介] 贺铸（1052—1125），字方回，号庆湖遗老，祖籍山阴（今浙江绍兴），生在卫州共城（今河南辉县）。出身没落贵族家庭，初仕为武弁，四十岁时改入文阶。晚年隐居苏州常州。才兼文武，不阿权贵，一生屈居下僚。词作风格多样，造诣精深，成就卓越，对后世词坛有重要影响。有《东山词》传世。

鹧鸪天　重过阊门万事非

重过阊门万事非，同来何事不同归？梧桐半死清霜后，头白鸳鸯失伴飞。　原上草，露初晞。旧栖新垅两依依。空床卧听南窗雨，谁复挑灯夜补衣。

【品读小记】

此词悼念亡妻，哀婉真挚，深沉素朴，其情堪比北宋苏东坡《江城子》。上片写故地重游，哀思沉痛。“梧桐半死清霜后，头白鸳鸯失伴飞”，化用唐孟郊“梧桐相待老，鸳鸯会双死”，展现妻子离去后人生的荒凉孤寂。下片“原上草，露初晞”，借用唐白居易《赋得古原草送别》“离离原上草，一岁一枯荣”及汉代送葬歌《薤露》“薤上露，何易晞。露晞明朝更复落，人死一去何时归”，体现了生命短暂无常。末句“空床卧听南窗雨，谁复挑灯夜补衣”，撷取“挑灯夜补衣”的生活细节，回忆夫妻生活的情笃温馨、相濡以沫，凸显此刻空床听雨的孤寂凄凉，令人心中潸然。清陈廷焯《云韶集》曰：“方回词儿女英雄兼而有之，结二语清而有骨，亦有味。”此词与英国诗人哈代怀念亡妻《呼唤》中的诗句“果真是你的声音么？让我看看你/站在那边，一如当初我走向城关/去到你等我的地方，是啊，正如我熟悉的你，穿着初次见面那一身天然色衣衫”异曲同工。

乐斋居士《七绝 歌贺铸》云：“艳幽豪愤多情致，尽在精工婉丽中。耿直何堪梅子雨，孤高不肯嫁春风。”

踏莎行 杨柳回塘

杨柳回塘，鸳鸯别浦。绿萍涨断莲舟路。断无蜂蝶慕幽香，红衣脱尽芳心苦。 返照迎潮，行云带雨。依依似与骚人语。当年不肯嫁春风，无端却被秋风误。

【品读小记】

近人王国维于贺铸词未加青眼，《人间词话》云：“北宋各家，以方回为最次，其词如历下、新城之诗，非不华赡，惜少真味。”“惜少真味”之论见仁见智。而此词借咏莲抒发胸臆，比兴精巧，寄意深远，当属真味之词。

上片“杨柳回塘，鸳鸯别浦。绿萍涨断莲舟路”，铺陈莲花生长环境幽僻，既有“时闻风露香，蓬艾深不见”山谷幽兰品性高洁之美，也有怀才不遇、隐沦江湖之叹。“断无蜂蝶慕幽香，红衣脱尽芳心苦”，以花喻人，言不合流俗，无人荐引，年华空老，莲心凄苦。下片延伸上片之意。“返照迎潮，行云带雨。依依似与骚人语”，言历经朝暮阴晴，知音寥寥，唯引屈原为知己。末句“当年不肯嫁春风，无端却被秋风误”，化用唐韩偓“死恨物情难会处，莲花不肯嫁春风”，将莲花孤高自赏，不随波逐流，与秋风严苛，终致红衣凋落、空老秋江交织在一起，感喟尤深。清陈廷焯《白雨斋词话》对贺铸词极为称道：“方回词极沉郁，而笔势却又飞舞，变化无端，不可方物，吾乌乎测其所至。……此词骚情雅意，哀怨无端，读者亦不自知何以心醉，何以泪堕。”

行路难 缚虎手

缚虎手，悬河口，车如鸡栖马如狗。白纶巾，扑黄尘，不知我辈，可是蓬蒿人？衰兰送客咸阳道，天若有情天亦老。作雷颠，不论钱，谁问旗亭，美酒斗十千？　　酌大斗，更为寿，青鬓常青古无有。笑嫣然，舞翩然，当垆秦女，十五语如弦。遗音能记秋风曲，事去千年犹恨促。揽流光，系扶桑，争奈愁来，一日却为长。

【品读小记】

据《宋史》记载，贺铸“长七尺，面铁色，眉目耸拔。喜谈当世事，可否不少假借，虽贵要权倾一时，小不中意，极口诋之无遗辞，人以为近侠”。其侠雄豪爽之气于此词可见一斑。此词写壮士仁人功名未酬，纵酒高歌的狂放不羁之态。

上片写壮士仁人的困顿与豪情，以汉代佯装癫狂、重情谊的名士雷义自许。下片写人生短促，年华虚度的苦闷与愁情，“事去千年犹恨促”与“争奈愁来，一日却为长”形成鲜明比对，既想系揽流光、留住时日，而愁苦度日，又觉日长难挨，将矛盾复杂的心情写得入木三分。近人俞陛云评曰：“节短而韵长，调高而音凄，其雄恢才笔，可与放翁、稼轩争驱夺槊矣。”（《唐五代两宋词选释》）

凌歊 铜人捧露盘引

控沧江，排青嶂，燕台凉。驻彩仗、乐未渠央。岩花磴蔓，妒千门、珠翠倚新妆。舞闲歌悄，恨风流、不管余香。　　繁华梦，惊俄顷，佳丽地，指苍茫。寄一笑、何与兴亡！量船载酒，赖使君、相对两胡床。缓调清管，更为侬、三弄斜阳。

【品读小记】

此词为登凌歊台怀古之作，以“寄一笑、何与兴亡”为主旨，一抒幽愤。上片铺陈凌歊曾经的风流繁盛；下片写繁废兴亡，付诸一笑，不若放船载酒，仿效晋代桓伊为王徽之吹笛三调而去，任诞恣情，无拘无束。宋李之仪《跋〈凌歊引〉后》曰："凌歊台表见江左，异时词人墨客，形容藻绘，多发于诗句，而乐府之传，则未闻焉。一日，会稽贺方回登而赋之，借《金人捧露盘》以寄其声。于是昔之形容藻绘者，奄奄如九泉下人矣。至其必待到而后知者，皆因语以会其境，缘声以同其感，亦非深造而自得者，不足以击节。方回又以一时所寓，固已超然绝诣，独无桓野王辈相与周旋，遂于卒章以申其不得而已者，则方回之人物，兹可量矣。"此"不得而已者"，即壮志难酬，怀才不遇，令人扼腕！

青玉案 凌波不过横塘路

凌波不过横塘路，但目送、芳尘去。锦瑟华年谁与度？月桥花院，琐窗朱户，只有春知处。　　碧云冉冉蘅皋暮，彩笔新题断肠句。试问闲愁都几许？一川烟草，满城风絮，梅子黄时雨。

【品读小记】

此词为贺铸名篇，"贺梅子"之由来。盖男女邂逅擦肩，顿生情愫；惊鸿一瞥，怅然若失，本为人之常情。而词人神思妙笔，描摹灵感，得此佳构。

上片写偶遇佳人旖旎而诚挚的遐思。"凌波不过横塘路，但目送、芳尘去"，化用三国曹植《洛神赋》"凌波微步，罗袜生尘"句，发乎情，止乎礼，自然真诚。"不过""但目送、芳尘去"已见惆怅之情。"锦瑟华年谁与度？月桥花院，琐窗朱户，只有春知处"，遥想佳人与谁为伴，住所何处，"不独目送，亦且心随"（近人周汝昌语），赋予美好想象。下片写佳人去后的怅惘闲愁。"碧云冉冉蘅皋暮，彩笔新题断肠句"，暗用南朝江淹"日暮碧云合，佳人殊未来"、北宋柳永"夕阳闲淡秋光老，离思满蘅皋"及江淹梦郭璞授以五色笔的典故，既展现徘徊久立，佳人未再遇的怅然，又以江淹才情自许。末句“试问闲愁都几许？一川烟草，满城风絮，梅子黄时雨”，以三叠写闲愁，既见愁情之浓，又见愁情之美，还见愁情之长（晚清王闿运曰：“一句一月，非一时也。”），可谓神来彩笔。南宋罗大经《鹤林玉露》谓之：“盖以三者比愁之多也，尤为新奇，兼兴中有比，意味更长。”清黄苏《蓼园词评》以为此词“自有一番不得意，难以显言处”，又云：“言斯所居横塘，断无宓妃到。然波光清幽，亦常目送芳尘，第孤寂自守，无与为欢，惟有春风相慰藉而已。次阕言幽居肠断，不尽穷愁。惟见烟草风絮，梅雨如雾，共此旦晚耳。无非写其景之郁勃岑寂也。”

杵声齐　砧面莹

砧面莹，杵声齐。捣就征衣泪墨题。寄到玉关应万里，戍人犹在玉关西。

【品读小记】

此小令为一组六首词中第三首，写思妇之悲，犹有唐人边塞遗韵，为宋词中难得之作。“砧面莹”着一“莹”字，既见思妇劳作之艰辛，又见其感情之纯洁。“寄到玉关应万里，戍人犹在玉关西”，有“更行更远”之意，句法如北宋李觏《乡思》“人言落日是天涯，望极天涯不见家”，既是思妇悲痛心酸的原因，也侧面反映了征夫戍人的悲苦命运，令人遥思而叹。

六州歌头　少年侠气

少年侠气，交结五都雄。肝胆洞，毛发耸。立谈中，死生同。一诺千金重。推翘勇，矜豪纵。轻盖拥，联飞鞚，斗城东。轰饮酒垆，春色浮寒瓮，吸海垂虹。闲呼鹰嗾犬，白羽摘雕弓，狡穴俄空。乐匆匆。　　似黄粱梦，辞丹凤。明月共，漾孤篷。官冗从，怀倥偬。落尘笼，簿书丛。鹖弁如云众，供粗用，忽奇功。笳鼓动，渔阳弄，思悲翁。不请长缨，系取天骄种，剑吼西风。恨登山临水，手寄七弦桐，目送归鸿。

【品读小记】

这是北宋词坛难得一见的壮美爱国词章。此词创作背景，一说是暮年之作，为抗金或抗辽；一说乃中年之作，为抗西夏。论家当然可以就此继续探究，但并不影响这首词光芒四射的爱国情怀。

该词上片追忆出生军人世家的词人“少年”“侠”而“雄”的生活经历，通过一幅幅虚实结合的描绘画面，生动展现了包括词人在内的一群年轻武官，当年在京城（即“斗城”）肝胆相照、一诺千金的阳刚血性和豪饮酒垆、驰猎山野的万丈豪情，并以“乐匆匆”三字歇拍。下片以“似黄粱梦”引领，描述了词人“辞丹凤（指京城）”后长期沉沦下僚（“冗从”之谓也），过着身不由己的“落尘笼”生活，成天粗使杂役，军功报国自然无望。而在边塞有事之秋，却还是无路“请长缨，系取天骄种”（《汉书·匈奴传》：“胡者，天之骄子也。”），只能仗剑“吼西风”！由壮志难酬到满腔愤懑终至义愤填膺喷涌而出。最后词人以“恨登山临水，手寄七弦桐，目送归鸿”结拍，满腔壮烈转为满腹悲凉。“登山”句化用楚宋玉《九辩》“登山临水兮送将归”，“手寄”句乃化用魏晋嵇康《赠兄秀才入军》诗句“目送征鸿，手挥五弦”。

贺铸此长调词笔力雄健，神采飞扬，纵恣无忌，慷慨磊落，有一泻千里之气势，不可一世之气概。由于句短韵密，谐音协律，读来既如急管繁弦又似刀枪斧钺。声情激越，似天风海雨地下倒，黄河之水天上来。近人王国维论词“境界”说：“能写真境物、真感情者，谓之有境界，否则谓之无境界。”此词足当长调词、爱国词中“有境界”之上佳品也。

石州引　薄雨收寒

薄雨初寒，斜照弄晴，春意空阔。长亭柳色才黄，远客一枝先折。烟横水际，映带几点归鸿，东风销尽龙沙雪。还记出关来，恰而今时节。　　将发。画楼芳酒，红泪清歌，顿成轻别。已是经年，杳杳音尘多绝。欲知方寸，共有几许清愁？芭蕉不展丁香结。枉望断天涯，两厌厌风月。

【品读小记】

这是一首言情怀人之名作。上片主要写“春意空阔”的眼前景，歇拍二句则由当下追忆过去惜别时；下片转入叙事：当年泪别已经年，杳无音讯中只有你思我念的“共有几许清愁”！“芭蕉”句化用唐李商隐《代赠》“芭蕉不展丁香结，同向春风各自愁”，表达了词人对当年芳酒清歌中“顿成轻别”者的诚挚向往和深沉眷恋。最后两句结拍，无可奈何中伤怀不已、深情无限！此词由眼前追忆过去，再由过去回到当前，又想到日后，层次井然；由写景到叙事到抒情，景语为寄情而设，叙事为抒情而陈，三位一体，交融自然，不枝不蔓。词人在时空交替、情景交融中，笔势酣畅多姿地叙事、寄情，既真切感人，又余味无穷。近人王国维对贺铸词评价不高，说“北宋各家，以方回为最次”“惜少真味”（《人间词话》）。然此词与《青玉案·凌波不过横塘路》《六州歌头·少年侠气》等等，真个如先生所说“惜少真味”？

天香　烟络横林

烟络横林，山沉远照，迤逦黄昏钟鼓。烛映帘栊，蛩催机杼，共苦清秋风露。不眠思妇，齐应和、几声砧杵。惊动天涯倦宦，骎骎岁华行暮。　　当年酒狂自负，谓东君、以春相付。流浪征骖北道，客樯南浦，幽恨无人晤语。赖明月、曾知旧游处。好伴云来，还将梦去。

【品读小记】

这首羁旅怀人词景略情繁，重在抒情怀人，且在言情中见英气，既有曲笔写“幽恨”，更有放笔抒胸臆，不难窥见其弓刀武侠出生之本色。

上片写旅途所见所闻所思，先写旷野外、接写客舍中“共苦清秋”的悲秋情绪，“不眠思妇”的思人情愫、“岁华行暮”的惜时情怀交织其中。歇拍二句更是流露出词人厌倦游宦、浪费大好年华的悲愤和遗憾。下片感叹人生、思人怀远。年轻时的才华自负：“谓东君、以春相付”；如今却是沉沦下僚，被驱使着南北奔波流浪，形成鲜明对照，壮志难酬的人生苦闷不言自明。而现在自己形单影只，这样的苦闷又无法与自己思念的人“晤语”，暗用《诗经》“彼美淑姬，可与晤语”，这是怎样的一种幽愤啊！然而词人毕竟是“艳幽豪愤多情致”之人，他自慰：“赖明月、曾知旧游处，好伴云来，还将梦去。”深情尽在豁达之中。

贺铸工于言情。本词以健笔写柔情，已与一般婉约词大异其趣；而词人在本词中的炼字、炼句、炼意也尤见其功力。开篇以景语起，“烟络横林”三句“络”“沈”等炼字十分精当；篇末以情语结，“赖明月”三句炼意尤显韵味悠长。

蝶恋花　几许伤春春复暮

几许伤春春复暮，杨柳清阴，偏碍游丝度。天际小山桃叶步，白蘋花满湔裙处。　　竟日微吟长短句，帘影灯昏，心寄胡琴语。数点雨声风约住，朦胧淡月云来去。

【品读小记】

此词伤春怀人，造境优美，情景交融。上片写暮春白日，触景思人。杨柳葱郁，挂碍游丝，仿佛也阻碍了词人的思念，唐雍裕之

《游丝》云“游丝何所似，应最似春心”。“天际小山桃叶步，白蘋花满湔裙处”，一语双关，既见人之婀娜勤朴，又见词人爱恋不舍。下片写相思之情绵延至夜，竟日浅吟低唱，难以释怀。末句“数点雨声风约住，朦胧淡月云来去”，以景结情，清幽淡雅，余味不尽。与贺铸其他怀人词相比，此篇颇为含蓄节制。

采桑子　自怜楚客悲秋思

自怜楚客悲秋思，难写丝桐。目断书鸿，平淡江山落照中。

谁家水调声声怨，黄叶西风。罨画桥东，十二玉楼空更空。

【品读小记】

贺铸在扬州用《罗敷歌》(即《采桑子》) 词牌，写了一组词共五首，此篇为其四。这是客居悲秋词，也是极为出色的思乡但重在怀人的言情词。言情可以直抒胸臆，但尤贵含蓄蕴藉。本词就是后一类的典型之作，最大特色在于，几乎没有一句直接写思乡怀人之情，却句句思乡怀人，寓情于景，情景交融。词人不说自已秋思之悲有多浓烈，只说此情“难写丝桐”：用音乐也表达不出来啊！词人未言思念对象，只说“目断书鸿”：词人极目远眺，一直看到那可以传书的大雁从天边消失为止，其苦思苦念形象已跃然纸上。词人不说自已凄清孤苦，只说吹落叶的西风，也送来了不知谁家飞出的、音调凄清悲切的水调曲。词人不说自已如此悲苦的来由，只说顺声音的方向望去，在斑斓繁华的画桥东面“十二玉楼空更空”！到此，才明白词人原是对当年相识的歌妓深深思念，对人去楼空、聚散无常深深叹息，曾经拥有的欢乐时光已如同仙界一样虚无缥缈！可见，词人看似不动声色，却处处透露出内心“相逢畏相失”(唐崔国辅《采莲曲》) 的波澜起伏。不言愁思，而其愁思却处处、始终与所见所闻的大雁、落照、丝桐之声、西风落叶、玉楼空空相伴随。

该词也尽显炼字、炼句、炼意之深厚功力。“平淡江山落照中”，妙句也！妙在“平淡”二字，点出词人因愁思太切而无心赏景，而平淡中的“江山落照”更显“原汁原味”，意象辽远阔大，愁思也就更为悠长深沉。该词以其精湛构思、丰富联想，组合出哀丽、凄美、辽阔的境界，可谓结构绵密，清通委婉，蕴藉感人。

减字浣溪沙　闲把琵琶旧谱寻

闲把琵琶旧谱寻，四弦声怨却沉吟。燕飞人静画堂深。

欹枕有时成雨梦，隔帘无处说春心。一从灯夜到如今。

【品读小记】

这是一首闺怨词。题材普通，但匠心独运，别具一格，尤以结拍句法著称于世。

上片写少女百无聊赖的孤独、幽怨和怅惘。下片先以对仗二句的强烈对比，昭示少女热切情思与冷酷现实的矛盾，随即以“一从灯夜到如今”轻轻结拍。这读来看似寻常的七个字，顿时增强了全词前五句所表达的少女情怀：从元宵节灯夜见面以来，一直都是这样的魂牵梦绕、缠绵悱恻！清陈廷焯《白雨斋词话》云：“贺老小词工于结句，往往有通首渲染，至结处一笔叫醒，遂使全篇实处皆虚，最属胜境。”又举本词为例：“妙处全在结句，开后人无数章法。”此词用典也很自然。上片首句化用唐韦庄《谒金门·春漏促》“闲抱琵琶寻旧曲”句；下片首句则暗用楚宋玉《高唐赋》中巫山神女事：“旦为朝云，暮为行雨，朝朝暮暮，阳台之下”。

眼儿媚　萧萧江上荻花秋

萧萧江上荻花秋，做弄许多愁。半竿落日，两行新雁，一叶扁舟。　惜分长怕君先去，直待醉时休。今宵眼底，明朝心上，后日眉头。

【品读小记】

这首离别小令构思精致，用语精心。上片写景，均以情布景，匠心独具，选取“落日”“新雁”“扁舟”来渲染离别情境，离情尽在景语中。下片抒情，以别后心理活动的外化来表现思念之情，“今宵”“明朝”“后日”构成的时间链，尽显思念之情，绵延而不绝。全词无一句直写离情别绪，又无一句不显离情别绪。

仲殊（二首）

［作者简介］仲殊，生卒年不详，字师利。安州（今湖北安陆）人。本名张挥，曾举进士，后出家为僧，法号仲殊。和苏轼有交往，自缢卒于宋徽宗崇宁年间。有《宝月集》传世。

柳梢青　吴中

岸草平沙，吴王故苑，柳袅烟斜。雨后寒轻，风前香软，春在梨花。　　行人一棹天涯，酒醒处，残阳乱鸦。门外秋千，墙头红粉，深院谁家？

【品读小记】

此词写江上行舟所见吴中景致，寥寥数笔，清浅平淡，于春景之中却含萧疏清凉之境，似寓佛法成（“吴王故苑”）、住（“春在梨花”）、坏（“残阳乱鸦”）、空（“深院谁家”）之理，可窥见词僧修行功夫。清陈廷焯《云韶集》云：“好句直似六一公，与‘晓风残月’同一得别后之妙。”近人俞陛云《唐五代两宋词选释》言：“观其‘残阳乱鸦‘句，寄情在一片苍凉之境，知丽景秾春，固不值高僧一笑也。”仲殊圆寂后，宋邹浩作《闻仲殊长老化去甚异》诗，其中“空有谁家曲，人间得细听”即指此词。

南柯子　十里青山远

十里青山远，潮平路带沙。数声啼鸟怨年华。又是凄凉时候，在天涯。　　白露收残暑，清风衬晚霞。绿杨堤畔闹荷花：记得年时沽酒，那人家？

【品读小记】

于一词中见天地、见众生、见自性。“十里青山远，潮平路带沙”，见天地变动不居。“数声啼鸟怨年华。又是凄凉时候，在天涯”，见众生之苦。“白露收残暑，清风衬晚霞”，此所谓“念起即觉，觉来念去”的诗性观照。“绿杨堤畔闹荷花”，荷花在僧人心中象征自性的圆满，“记得年时沽酒，那人家?”暗扣“怨年华”，似有无常、无我之叹，窥见禅宗机锋。

晁补之（五首）

［作者简介］晁补之（1053—1110），字无咎，号归来子，济州巨野（今属山东）人。元丰二年（1079）进士。曾任吏部员外郎、礼部郎中。“苏门四学士”之一。有《鸡肋集》《琴趣外篇》传世。

摸鱼儿　东皋寓居

买陂塘、旋栽杨柳，依稀淮岸江浦。东皋嘉雨新痕涨，沙觜鹭来鸥聚。堪爱处，最好是，一川夜月光流渚。无人独舞。任翠幄张天，柔茵藉地，酒尽未能去。　　青绫被，莫忆金闺故步。儒冠曾把身误。弓刀千骑成何事？荒了邵平瓜圃。君试觑，满青镜、星星鬓影今如许。功名浪语。便似得班超，封侯万里，归计恐迟暮。

【品读小记】

《西塘集耆旧续闻》载：“晁无咎闲居济州金乡，葺东皋归去来园，楼观堂亭，位置极萧洒，尽用陶语名目之，自画为大图，书记其上。”此词乃晁补之隐居东皋时所作，清陈廷焯《云韶集》评曰：“倜傥似东坡，清隽似少游。溜漓顿挫，敲碎玉唾壶。结数语愈觉悲愤盘屈。”

上片词中有画、画中有情，写隐居之地东皋景致清新，生机勃勃，词人情怀洒脱，天地为其独赏。“一川夜月光流渚”句，犹有唐张若虚《春江花月夜》之意境。人言晁补之长于丹青，上片可视为一幅“雨霁江月图”。下片用典畅达，以“儒冠曾把身误”为主旨，抒发仕宦羁身，功名误人，年华空度，不如归隐的感慨，益坚其隐逸之志，更珍惜隐居之乐。清刘熙载《艺概》评曰：“无咎词堂庑颇大。人知辛稼轩《摸鱼儿》'更能消、几番风雨'一阕，为后来名家所竞效，其实辛词所本，即无咎《摸鱼儿》'买陂塘、旋栽杨柳'之波澜也。"

盐角儿 亳社观梅

开时似雪，谢时似雪，花中奇绝。香非在蕊，香非在萼，骨中香彻。　　占溪风，留溪月。堪羞损、山桃如血。直饶更、疏疏淡淡，终有一般情别。

【品读小记】

晁补之有多首咏梅词，此词写白梅之风致与高品，别有寄托。

上片写梅之色、香。"开时似雪，谢时似雪"，颜色洁白且始终如一。"香非在蕊，香非在萼，骨中香彻"，梅之香不在外表，而发于内在。叠句与排比手法的运用，凸显出"花之奇绝"。下片以浓艳的山桃对比，反衬出梅所具有的疏淡君子风和脱俗之致，寄托了词人高洁品性。清陈廷焯《白雨斋词话》以"浑涵"为贵，于此词颇有微词："词贵浑涵，刻挚不能浑涵，终属下乘。晁无咎咏梅云：'开时似雪，谢时似雪，花中奇绝。香非在蕊，香非在萼，骨中香彻。'费尽气力，终是不好看。"窃以为，此词固不如姜夔《暗香》《疏影》等神品，然亦能跻身咏梅佳作之列。

水龙吟 次歆林圣予惜春

问春何苦匆匆，带风伴雨如驰骤。幽葩细萼，小园低槛，壅培未就。吹尽繁红，占春长久，不如垂柳。算春常不老，人愁春老，愁只是、人间有。　　春恨十常八九，忍轻辜、芳醪经口。那知自是，桃花结子，不因春瘦。世上功名，老来风味，春归时候。纵樽前痛饮，狂歌似旧，情难依旧。

【品读小记】

此词融伤春之意、物哀之情、幽玄之理于其中，自有一番“老来风味”。

上片以天地之理映发人间春愁，首句惜春，次句惜物，三句四句言红褪柳绿，春光不老，窥见天机。尤其“算春常不老，人愁春老，愁只是、人间有”句，以“春”“老”“人”“愁”四字循环往复用之，意味悠长。下片以人间春恨感悟自然之理，看似释怀，实则伤怀。首句借酒以遣春恨，次句“桃花结子，不因春瘦”，感悟天地自然之理。三句、四句以反诸己身，明白道法自然、万物兴废之理，本应“狂歌似旧”以释怀，实则“情难依旧”更为伤感，两个截然相反的“旧”字，将一种苦、愁、恨杂糅的生命意识提升到本体论的层次。德国哲人叔本华若读此词，或可引为知音。

洞仙歌　泗州中秋作

青烟幂处，碧海飞金镜。永夜闲阶卧桂影。露凉时、零乱多少寒螀，神京远，惟有蓝桥路近。　　水晶帘不下，云母屏开，冷浸佳人淡脂粉。待都将许多明，付与金尊，投晓共、流霞倾尽。更携取、胡床上南楼，看玉做人间，素秋千顷。

【品读小记】

此词为晁补之绝笔之作。清黄苏《蓼园词评》谓此作“善救首尾者也”“甚得谋篇构局之法”“至其前阕从无月看到有月。次阕从有月看到月满人间。层次井井，而词致奇杰，各段俱有新警语，自觉冰魂玉魄，气象万知，兴乃不浅”。上片造境凄清孤寂，有一线真气充盈。下片“待都将许多明，付与金尊”句，虽有奇思妙幻，唯气势已减弱；“投晓共、流霞倾尽”，似有弃世飞升之想。此词下片不若上片佳妙，黄评似过誉也。

临江仙 信州作

谪宦江城无屋买，残僧野寺相依。松间药臼竹间衣。水穷行到处，云起坐看时。 一个幽禽缘底事，苦来醉耳边啼？月斜西院愈声悲。青山无限好？犹道不如归。

【品读小记】

此词上片写仕途、生活双重困顿，寻觅解脱之道而不得。“松间药臼竹间衣”，虽有隐士之形，而无隐士之神。“水穷行到处，云起坐看时”，化用唐王维《终南别业》“行到水穷处，坐看云起时”句，而造境相异，身隐而心未隐，仍为外物牵引。下片自我慰藉，欲坚其隐逸之志。“一个幽禽缘底事，苦来醉耳边啼？”此幽禽恰如词人自我对话，乃词人心思外化之物也。“月斜西院愈声悲”，夜深当归，时不我待，不如归去，需早日做出抉择。“青山无限好？犹道不如归”，直接引用北宋范仲淹诗句入词，“青山无限好”，与上片暗合，言空有身隐难得解脱；“犹道不如归”，一者远离谪居之地，身归故乡；二者远离仕宦之涂，心归田园，希冀唐刘长卿《送灵澈上人》“荷笠带斜阳，青山独归远”之境界。此词尽显词人内心入世与出世的纠结和不得解脱之道的苦闷。

王雱（一首）

［作者简介］王雱（1044—1076），字元泽，临川（今属江西）人，王安石之子。举进士，官龙图阁学士。世称王安礼、王安国、王雱为“临川三王”。

眼儿媚 杨柳丝丝弄轻柔

杨柳丝丝弄轻柔，烟缕织成愁。海棠未雨，梨花先雪，一半春休。　而今往事难重省，归梦绕秦楼。相思只在：丁香枝上，豆蔻梢头。

【品读小记】

此词（一说为无名氏作）写春思，情景交融，工丽晓畅，语浅情深。上片言春愁：杨柳如烟，烟缕成愁，比兴恰切。尤其“海棠”“梨花”句，深含可怜未老头先白、不能厮守终身之憾。下片写相思：往事难省，相思如梦。宋王安石因王雱体弱而将其妻另嫁他人，王雱旧情难忘。丁香豆蔻句，“丽不伤雅，托思空灵”（近人俞陛云语），既见相思之浓，又想见二人相处多么默契、美好。清黄苏《蓼园词评》曰：“按此词亦为日月易逝，而事多不偶，托闺情以写意耳。语语清新婉倩，后人争鲜斗艳，终不能及。数百年来，脱口如新。”

毛滂（一首）

［作者简介］毛滂（1056—约1124），字泽民，衢州江山石门（今属浙江）人。曾任杭州法曹、祠部员外郎、秀州知州等职。曾布罢相，滂连坐受审下狱，后流落东京。诗词文均知名于世。有《东堂词》传世。

临江仙　都城元夕

闻道长安灯夜好，雕轮宝马如云。蓬莱清浅对觚棱。玉皇开碧落，银界失黄昏。　　谁见江南憔悴客，端忧懒步芳尘。小屏风畔冷香凝。酒浓春入梦，窗破月寻人。

【品读小记】

宋徽宗政和五年（1115）冬，此前因言得罪朝廷被罢官的毛滂正待罪羁旅于杞县（今属河南），生计艰难，心境悲凄。在迎来新年元宵佳节时，词人写下这首词。

上片写“闻道”都城元夕夜的繁景盛况（“长安”代指当时京城汴京，即今开封；长安的蓬莱宫，代指汴京的皇宫）。“闻道”二字，酸楚意浓。下片写词人待罪之身的孤寂和悲凉。上下片形成强烈反差。上片的虚写是为了下片的实写，下片才是本词的重心。在下片中，词人自嘲形容“憔悴”，哪有心思去街市赏灯观景呢！在这月圆之夜，他想到的是远方家中正在伤心思念着自己的亲人，不由得愁绪万千，只有借酒浇愁。于是，词人凝练出“酒浓春入梦，窗破月寻人”的佳句，为全词结拍。这两句是说，词人要在醉梦中与亲人团聚，而那同时照着亲人的明亮月光也透过窗子寻找词人来了。多么富于想象！这一情景交融、感情丰富的结拍，使人感受到了悲苦中的几许温馨，词人获得了暂时的解脱。

李元膺（一首）

[作者简介] 李元膺，生平不详，或以为生活于哲宗、徽宗时。东平人，南京教官。近人辑有《李元膺词》。

洞仙歌 雪云散尽

一年春物，惟梅柳间意味最深。至莺花烂漫时，则春已衰迟，使人无复新意。予作《洞仙歌》，使探春者歌之，无后时之悔。

雪云散尽，放晓晴池院。杨柳于人便青眼。更风流多处，一点梅心，相映远，约略嚬轻笑浅。　一年春好处，不在浓芳，小艳疏香最娇软。到清明时候，百紫千红花正乱，已失春风一半。蚤占取韶光、共追游，但莫管春寒，醉红自暖。

【品读小记】

词序言明此词主旨，盖早春意味优于仲春。上片撷取早春佳处，杨柳梅心，以启春光之微。下片说盛衰之理，循老庄之道。“一年春好处，不在浓芳，小艳疏香最娇软”，可为词眼。明沈际飞《草堂诗余正集》云：“‘不在浓芳’，在疏芳小艳，独识春光之微；至‘已失一半’句，谁不猛省？”清黄苏《蓼园词评》言此词：“随分自得，有知足持盈之意。……知此可以养福，亦可以养德。”作此词之意乃“使探春者歌之，无后时之悔”，因有劝诫之意，故用语略显直白。若稍加含蓄，则韵味更佳。

李之仪（二首）

［作者简介］李之仪（1038—1117），字端叔，自号姑溪居士、姑溪老农。沧州无棣人（今属河北）。因罪编管太平州，遂居姑溪。终朝议大夫。有《姑溪词》传世。

卜算子　我住长江头

我住长江头，君住长江尾。日日思君不见君，共饮长江水。
此水几时休，此恨何时已。只愿君心似我心，定不负相思意。

【品读小记】

此词深得民谣精髓，以长江比兴相思，构想精妙，用语新奇，转俗为雅，朗朗上口。近人李霁野先生《唐宋词启蒙》称之为“完全是民歌格调，清新自然”。上片“真是古乐府俊语，与东坡诗‘共饮琉璃江’用意略同”（近人俞陛云语）。既言双方距离之遥，故“思君不见君”；又揭示双方内在之缘分，“共饮长江水”，有千里姻缘一江牵之意。下片深化、升华相思之情，以江水喻离恨，以“君心似我心”慰别情，与五代词人顾敻《诉衷情》“换我心，为你心，始知相忆深”用意相仿，将爱情置于千里江天阔大广远之背景中，显其纯净磊落、坚贞恒久。清陈廷焯《云韶集》评曰：“清雅芊绵，如读古乐府，结得又苦恼又温厚。”

忆秦娥 用太白韵

清溪咽，霜风洗出山头月。山头月，迎得云归，还送云别。

不知今是何时节。凌歊望断音尘绝。音尘绝，帆来帆去，天际双阙。

【品读小记】

此词写于李之仪出御史狱，编管太平州之时。言明“用太白韵”，且“音尘绝”为直接借用。上片写景，境界空灵萧冷，以霜风洗月，云归云别，似寓身世飘荡之慨。下片寄怀，“不知今是何时节”，非不知，乃不忍知也。凌歊为南朝旧迹，词人另有《临江仙·登凌歊台感怀》“偶向凌歊台上望，春光已过三分”，登高望远，音尘绝断。遥思帝京，“天际双阙”掩映在帆影之外，以处江湖之远，而怀庙堂之忧。

谢逸（一首）

［作者简介］谢逸（1068—1113，或1010—1113），字无逸，号溪堂。临川城南（今属江西）人。屡试不第，布衣终老。工诗能文，曾作蝴蝶诗三百首，世称“谢蝴蝶”。词作清丽。有《溪堂集》传世。

江城子　杏花村馆酒旗风

杏花村馆酒旗风。水溶溶，飏残红。野渡舟横，杨柳绿阴浓。望断江南山色远，人不见，草连空。　夕阳楼外晚烟笼。粉香融，淡眉峰。记得年时，相见画屏中。只有关山今夜月，千里外，素光同。

【品读小记】

此词写景怀人，风格清隽疏淡，叙述递进起伏，引人共鸣。上片写暮春村景。“望断江南山色远，人不见，草连空”，有宋陶弼《碧湘门》“天阔鸟行疑没草，地卑江势欲沉山”之意境。下片写怀思之情。由黄昏直到月升，“只有关山今夜月，千里外，素光同”，化用南朝谢庄《月赋》“隔千里兮共明月”，虽隔关山千里，但心有灵犀一“月”通。南宋胡仔《苕溪渔隐丛话》后集引《复斋漫录》云：“无逸尝于黄州关山杏花村馆驿题《江城子》词，过者每索笔于馆卒，卒颇以为苦，因以泥涂之。”乃是关于此词的人文佳话。

周邦彦（十三首）

［作者简介］周邦彦（1056—1121），字美成，号清真居士，钱塘（今杭州）人。曾历多种官职。徽宗颁布大晟乐，召邦彦提举大晟府。词作大家，精通音律，能自度曲，词风和雅，对词的发展有重要贡献，对后世词坛也有重要影响。有《清真居士集》，已佚，今存《片玉集》。

苏幕遮 燎沉香

燎沉香，消溽暑。鸟雀呼晴，侵晓窥檐语。叶上初阳干宿雨，水面清圆，一一风荷举。　故乡遥，何日去？家住吴门，久作长安旅。五月渔郎相忆否？小楫轻舟，梦入芙蓉浦。

【品读小记】

古今词人多矣！意不在词而超于词者，词之天才也，李煜、晏殊、柳永、苏轼、辛弃疾、李清照、纳兰性德等如是。意在词而融于词者，词之大家也，温庭筠、晏几道、秦观、贺铸、周邦彦、姜夔、吴文英等如是。意在词而役于词者，词之匠人也，诸多词人如是。近人胡适称周邦彦词“音调谐美，情旨浓厚，风趣细腻，为北宋一大家”。乐斋居士《七绝 歌周邦彦》诗曰：“典丽精工冠八荒，京华倦客自堂皇。美人香草音弦外，婉约清真润泽长。”

此词写思乡之情，娓娓道来，气度雍容，情思绵厚。上片撷取沉香消暑、鸟雀呼晴、水面风荷数景，看似信手拈来，实则显示了词人的眼光流转。“叶上初阳干宿雨，水面清圆，一一风荷举”句，极为清丽传神，“此真能得荷之神理者”（近人王国维语），尤其“举”字，亭亭玉立之姿、风神绰约之态顿现，犹如神助。下片写乡思，隐而不发，淡雅悠长，末句“小楫轻舟，梦入芙蓉浦”与风荷呼应，梦境与现实交错，直把异乡作故乡。清陈廷焯《云韶集》评此词：“不必以词胜而词自胜。风致绝佳，亦见先生胸襟恬淡。”

兰陵王　柳

柳阴直，烟里丝丝弄碧。隋堤上、曾见几番，拂水飘绵送行色。登临望故国，谁识，京华倦客？长亭路，年去岁来，应折柔条过千尺。　闲寻旧踪迹，又酒趁哀弦，灯照离席。梨花榆火催寒食。愁一箭风快，半篙波暖，回头迢递便数驿，望人在天北。　凄恻，恨堆积！渐别浦萦回，津堠岑寂，斜阳冉冉春无极。念月榭携手，露桥闻笛。沉思前事，似梦里，泪暗滴。

【品读小记】

此词写离情别意，百转千回，心思流荡，似是自言自语，又有“不得已”之词心萦回其中。

上片写时间维度的离别。以柳切题，“隋堤”“应折柔条过千尺”，以个人“京华倦客”之遭遇，融入古往今来离别之中，“年去岁来”，具历史纵深感。中片写空间维度的离别。“一箭风快”“回头迢递便数驿”，足见依依不舍之情，“望人在天北”，空间已远。下片写情感维度的离别。所谓“恨堆积”者，乃从情感上确认离别之事实。“沉思前事，似梦里，泪暗滴”，预示此生总是难以忘怀。词中“梨花榆火催寒食”“斜阳冉冉春无极”两句，论者言其有顿挫之力，可涵养局势，更添风致。清谭献《谭评词辨》云：“已是磨杵成针手段，用笔欲落不落，‘愁一箭风快’等句之喷醒，非玉田所知。‘斜阳冉冉春无极’七字，微吟千百遍，当入三昧，出三昧。”

齐天乐　绿芜凋尽台城路

绿芜凋尽台城路，殊乡又逢秋晚。暮雨生寒，鸣蛩劝织，深阁时闻裁剪。云窗静掩。叹重拂罗茵，顿疏花簟。尚有练囊，露萤清夜照书卷。　　荆江留滞最久，故人相望处，离思何限。渭水西风，长安乱叶，空忆诗情宛转，凭高眺远。正玉液新笃，蟹螯初荐。醉倒山翁，但愁斜照敛。

【品读小记】

起句“绿芜凋尽台城路，殊乡又逢秋晚”，着一“凋”字，即笼罩全篇，不唯景色凋尽、离情凋尽，韶华亦凋尽，为此词心眼。上片以暮雨、秋蛩、深阁、云窗铺陈孤冷气氛；以罗茵、花簟、练囊诸旧物寄托伤逝之怀。下片抒故人之思，“渭水西风，长安乱叶”（唐贾岛“秋风吹渭水，落叶满长安”）、“玉液新笃，蟹螯初荐”（《世说新语》毕卓“一手持蟹螯，一手持酒杯”）、“醉倒山翁”（《世说新语》山简“日暮倒载归，酩酊无所知”）诸句皆用典巧妙，以古人之心喻己心。近人王国维《人间词话》谓之“此借古人之境界为我之境界者也。然非自有境界，古人亦不为我用”。结句“但愁斜照敛”又着一“敛”字，令人有“顷刻一声锣鼓歇”（明憨山大师）之慨。清陈廷焯《白雨斋词话》评曰：“美成齐天乐云：‘绿芜凋尽台城路，殊乡又逢秋晚。’伤岁暮也。结云：‘醉倒山翁，但愁斜照敛。’几于爱惜寸阴，日暮之悲，更觉余于言外。此种结构，不必多费笔墨，固已意无不达。”

少年游　并刀如水

并刀如水，吴盐胜雪，纤手破新橙。锦幄初温，兽香不断，相对坐调笙。　　低声问向谁行宿？城上已三更。马滑霜浓，不如休去，直是少人行！

【品读小记】

此词感怀旧情，极为精致。上片写动作，“并刀如水，吴盐胜雪，纤手破新橙”，颇具镜头感。下片写言语，绕以“城上已三更”“马滑霜浓”“直是少人行”等缘由，言“不如休去”的挽留之意，分寸恰到好处，皆是客观原因，不直言己意而己意自在其中，极为曲婉。清谭献《谭评词辨》云：“丽极而清，清极而婉，然不可忽过‘马滑霜浓’四字。”此词亦从女子视角，窥见一位多情少年的身影。清周济在《宋四家词选》有言：“此亦本色佳制也。本色至此，便足。再过一分，便入山谷恶道矣。”

六丑　落花

正单衣试酒，恨客里、光阴虚掷。愿春暂留，春归如过翼。一去无迹。为问花何在，夜来风雨，葬楚宫倾国。钗钿堕处遗香泽。乱点桃蹊，轻翻柳陌。多情为谁追惜。但蜂媒蝶使，时叩窗隔。

东园岑寂，渐蒙笼暗碧。静绕珍丛底，成叹息。长条故惹行客。似牵衣待话，别情无极。残英小、强簪巾帻。终不似一朵，钗头颤袅，向人攲侧。漂流处、莫趁潮汐。恐断红、尚有相思字，何由见得？

【品读小记】

此词为周邦彦自度曲，原题为《蔷薇谢后作》。借花惜春，以花自比，有曲折往复、朦胧怅惘之美。

上片写人生易老，春光易逝，春花易逝。“愿春暂留，春归如过翼。一去无迹”句，力透纸背，“词家赋送春者，无此健笔”（近人俞陛云语）。“夜来风雨，葬楚宫倾国。钗钿堕处遗香泽”，笔调黯然神伤，极为哀婉，有历史沧桑感，令人“意夺神骇，心折骨惊”！下片写词人漫步东园，静观空寂，“长条故惹行客。似牵衣待话，别情无极”，不言人惜花，而言花恋人。“残英小、强簪巾帻”呼应上片“愿春暂留”；“漂流处、莫趁潮汐”呼应“春归如过翼。一去无迹”。是人是花，亦人亦花，合而为一，感怀深寄。清黄苏《蓼园词评》论此词："自叹年老远宦，意境落漠，借花起兴，以下是花是自己，比兴无端，指与物化，奇情四溢，不可方物，人巧极而天工生矣。结处意致尤缠绵无已。"

玉楼春 桃溪不作从容住

桃溪不作从容住，秋藕绝来无续处。当时相候赤栏桥，今日独寻黄叶路。　　烟中列岫青无数，雁背夕阳红欲暮。人如风后入江云，情似雨馀粘地絮。

【品读小记】

此词写离情。上片"桃溪不作从容住"，用刘晨、阮肇天台山遇仙典故，暗示别后不再重逢。"秋藕绝来无续处"，显明上句之意，有旧情难续之憾。清周济《宋四家词选》云："只赋天台事，态浓意远。""当时相候赤栏桥，今日独寻黄叶路"，今昔对比，春秋对比，更显落寂。下片"烟中列岫青无数，雁背夕阳红欲暮"，言远山迷离，徘徊日暮，见其神思萧远，青、红之绚丽，更显独寻之暗淡。末句"人如风后入江云，情似雨馀粘地絮"，天上地下，判若云泥；直下断语，足以笼盖全词；譬喻隽永贴切，升华为一种普适类型，是为名句。清陈廷焯《白雨斋词话》评曰："美成词，有似拙实工者。如《玉楼春》结句云：'人如风后入江云，情似雨馀粘地絮。'上言人不能留，下言情不能已。呆作两譬，别饶姿态，却不病其板，不病其纤，此中消息难言。"

解语花 上元

风销焰蜡，露浥烘炉，花市光相射。桂华流瓦。纤云散，耿耿素娥欲下。衣裳淡雅，看楚女、纤腰一把。箫鼓喧，人影参差，满路飘香麝。　　因念都城放夜。望千门如昼，嬉笑游冶，钿车罗帕。相逢处，自有暗尘随马。年光是也，唯只见、旧情衰谢。清漏移，飞盖归来，从舞休歌罢。

【品读小记】

此词为周邦彦在荆南作。上片写上元游冶之盛。起笔“风销焰蜡，露浥烘炉，花市光相射”即不同凡响，“不独措辞精粹，又且见时序风物之盛，人家宴乐之同”（宋张炎《词源》）。“桂华流瓦。纤云散，耿耿素娥欲下”，嫦娥呼之欲出，烘托人间胜景，其中“桂华流瓦”尤为近人王国维激赏，谓之“境界极妙”（惜以“桂华”二字代“月”耳。见《人间词话》）。“箫鼓喧，人影参差，满路飘香麝”，听觉、视觉、嗅觉一并调动，上元之盛，臻于高潮。下片紧扣“因念”二字，回想当年东京上元情景，嬉笑游冶，暗尘随马，难以忘怀。“年光是也”以下，意境陡转，铺陈极乐之境乃反衬旧情之慨、年光不永，一往情深，有顿挫迂回之妙。末句“清漏移，飞盖归来，从舞休歌罢”，有“虽万千人，吾往矣”之独来独往的气魄。清陈廷焯《云韶集》评此词：“因元宵而念禁城放夜时，屈指年光已成往事，此种着笔，何等姿态，何等情味。若的泛写元宵衣香灯彩如何艳冶，便写得工丽百二十分，终觉看来不俊。”

西河　金陵

佳丽地，南朝盛事谁记？山围故国绕清江，髻鬟对起；怒涛寂寞打孤城，风樯遥度天际。　　断崖树，犹倒倚；莫愁艇子曾系。空余旧迹郁苍苍，雾沉半垒。夜深月过女墙来，伤心东望淮水。酒旗戏鼓甚处市？想依稀、王谢邻里。燕子不知何世，入寻常、巷陌人家，相对如说兴亡，斜阳里。

【品读小记】

宋代金陵怀古词当首推北宋王安石《桂枝香》。然周邦彦此词一出，则“使介甫《桂枝香》独步不得”（见明沈际飞《草堂诗余正集》)。二者虽同为揽江山之胜，抒兴亡之感，但此词似仅限于“谩嗟荣辱”，而王安石词立意似更为高远，笔力更为雄健，色彩也更为斑斓。此词特色之一是多用旧句，即化用众多前人五七言诗句而为长短句，“檃括唐句，浑然天成”(清许昂霄《词综偶评》)，更显韵律音响之美；尤为可贵的是，化用中开出了新境、翻出了新意，而神意贯通、不露斧凿。如“夜深月过女墙来，伤心东望淮水”，虽化自唐刘禹锡诗句，但联系上下片则更显委婉多姿而凄凉，意蕴更为丰厚。此词按序先后化用：南朝谢朓《入朝曲》“江南佳丽地，金陵帝王州”；谢朓《之宣城郡出新林浦向板桥》“天际识归舟，云中辨江树”；唐刘禹锡《石头城》“山围故国周遭在，潮打空城寂寞回。淮水东边旧时月，夜深还过女墙来”；刘禹锡《乌衣巷》“朱雀桥边野草花，乌衣巷前夕阳斜。旧时王谢堂前燕，飞入寻常百姓家”等。宋张炎曾评说：“美成词只当看他浑成处，于软媚中有气魄，采唐诗融化如己出者。”(《词源》)然也。清陈廷焯更进一步说：“此词纯用唐人成句，融化入律，气韵沉雄，苍凉悲壮，真是压遍古今。金陵怀古词，古今不可胜数，要当以美成此词为绝唱。”(《云韶集》)

此词的另一特色是，虽明明在金陵怀古，却并未正面触及历史变局，通篇注重景观铺陈，力赋灵性于景物，寓沧桑之感、兴亡之叹于形象的景观描写之中，悲壮于空旷，含蓄而深沉。如此匠心独运，方成就如此之佳作。

瑞鹤仙　悄郊原带郭

悄郊原带郭，行路永，客去车尘漠漠。斜阳映山落，敛馀红、犹恋孤城栏角。凌波步弱，过短亭、何用素约。有流莺劝我，重解绣鞍，缓引春酌。　　不记归时早暮，上马谁扶，醒眠朱阁。惊飙动幕，扶残醉，绕红药。叹西园、已是花深无地，东风何事又恶？任流光过却，犹喜洞天自乐。

【品读小记】

这应是一首纪事即兴之作。上片写黄昏时分送别旧友，又复遇故交，于是“重解绣鞍，缓引春酌”；下片接着写晨来酒醒，看落花，叹身世，发隐逸之思：要“任流光过却，犹喜洞天自乐”。此应是本词之主旨也。而“叹西园、已是花深无地，东风何事又恶”？表意是惜花落、悲落花，痛恨那吹落花的东风，但词人乃是惯用比兴手法的高手，有无弦外之音？清陈廷焯说：“美成词极其感慨，而无处不郁，令人不能遽窥其旨”（《白雨斋词话》）。此词实纪何事、真实意旨为何，史上多有揣摩。

满庭芳　夏日溧水无想山作

风老莺雏，雨肥梅子，午阴嘉树清圆。地卑山近，衣润费炉烟。人静乌鸢自乐，小桥外、新绿溅溅。凭栏久，黄芦苦竹，拟泛九江船。　　年年，如社燕，飘流瀚海，来寄修椽。且莫思身外，长近尊前。憔悴江南倦客，不堪听、急管繁弦。歌筵畔，先安簟枕，容我醉时眠。

【品读小记】

无想山在溧水（在今江苏境）城南。周邦彦于哲宗元祐八年（1093）任溧水县令，时年三十九岁。这首词是词人初夏游无想山写就的一首名作。

上片写初夏之景。在“风老莺雏，雨肥梅子”的江南初夏时节，词人久久地凭栏眺望，呼吸着清新湿润的空气，欣赏着充满生机而又宁静的美景，心情愉悦而安详。突然，词人看到了周遭的黄芦苦竹，脑际回荡起唐白居易《琵琶行》中“住近湓江低湿地，黄芦苦竹绕宅生”的诗句，马上联想到自己在偏僻的“地卑”潮湿之地任职，不是浑如当年白氏被贬谪九江一样吗！不由得一下子心情沉重起来。于是，下片抒飘流之怀。感叹宦海身世，忽而自怜漂泊不定，忽而自劝要学老杜饮酒作乐（词中“且莫思”二句化用唐杜甫《绝句漫兴》“莫思身外无穷事，且尽尊前有限杯”），忽而又悲怀不胜乐，终至逼出结拍句：“歌筵畔，先安簟枕，容我醉时眠。”此意化自东晋陶渊明语：“潜若先醉，便语客：我醉欲眠，卿可去。”（《南史·陶潜传》）至此，词人这位“江南倦客”要学的是陶渊明自我解脱：还是醉眠忘忧吧！通篇笔势绵密，笔锋灵动，多转折而蕴藉含蓄，极绵密又苍郁深沉，“亦凄恻，亦疏狂”（清陈廷焯《云韶集》），无愧名作。

风流子　新绿小池塘

新绿小池塘。风帘动、碎影舞斜阳。羡金屋去来，旧时巢燕，土花缭绕，前度莓墙。绣阁凤帏深几许，曾听得理丝簧。欲说又休，虑乖芳信，未歌先咽，愁近清觞。　遥知新妆了，开朱户，应自待月西厢。最苦梦魂，今宵不到伊行。问甚时说与，佳音密耗，寄将秦镜，偷换韩香。天便教人，霎时厮见何妨。

【品读小记】

这是一首凄清宛转的怀人佳作，以细致的心理描述见长，拨人心弦。从“斜阳”到“待月”，从“池塘”边到“绣阁”下，一直因为想见意中人却始终不得见而痛苦不堪。他羡慕轻燕能自由来去“旧时巢”；他倾听绣阁上的“她”在“理丝簧”，却只能“欲说还休”；他猜测她对自己也应有所期待，却只是“遥知”；他想到前人、他人“魂梦惯得无拘检，又踏杨花过谢桥”的梦中见，自己却是“最苦梦魂，今宵不到伊行”！梦中也难见！又自问：为什么不能有“秦镜”“韩香”之幸运呢（化用唐刘禹锡《泰娘歌》“秦嘉镜有前时结，韩寿香销故衣”句意。按：此指东汉秦嘉与徐淑、晋贾充之女与韩寿恩爱事）！真是苦苦相思，欲见不能，欲罢难休！最后逼出问天的结拍句意：老天爷，你为什么让我们见一会儿工夫都不允许呢！

全词一意贯通而又层次鲜明；虽也写景，但以抒情为主；既有含蓄，又有直白；以景语起：一幅明丽生动的景观画面，以情语结：一幅激愤问天的思人画面。这些章法正是周邦彦词多样性的表现。此外，自《诗》、屈原起，常有人以美人香草等暗喻所追求的理想，作为词学大家的周邦彦，其词章或有寄托。

夜游宫　叶下斜阳照水

叶下斜阳照水，卷轻浪、沉沉千里。桥上酸风射眸子。立多时，看黄昏，灯火市。　　古屋寒窗底，听几片、井桐飞坠。不恋单衾再三起。有谁知，为萧娘，书一纸。

【品读小记】

这首词以景寓情，维妙维肖地刻画了一幅痴心郎的形象。在深秋时节，他从黄昏到上灯，冒着刺眼的冷风，在桥上“立多时”，傻傻地思念着，以致到深夜也“不恋单衾再三起”。起因就是“为萧娘，书一纸”！日夜思念着的她来信啦！清周济《宋四家词选》言：“此亦是层层加倍写法，本只‘不恋单衾’一句耳，加上前阕，方觉精力弥满。”

渡江云　晴岚低楚甸

晴岚低楚甸，暖回雁翼，阵势起平沙。骤惊春在眼，借问何时，委曲到山家。涂香晕色，盛粉饰、争作妍华。千万丝、陌头杨柳，渐渐可藏鸦。　　堪嗟。清江东注，画舸西流，指长安日下。愁宴阑、风翻旗尾，潮溅乌纱。今宵正对初弦月，傍水驿、深舣蒹葭。沉恨处，时时自剔灯花。

【品读小记】

这首词借景托喻，抒发了词人因政治风云变幻而产生的宦海浮沉、祸福不定的沧桑之慨。北宋神宗、哲宗朝期间新旧党争几度相继翻覆，新旧党人士也就随之进退升沉。这首词则写于哲宗亲政后重新起用新党之际。作为新党人士、自元祐初年被贬外放已达十年之久的词人，此时重新被召还京，水途路经荆州时写下这首借景抒怀词。

上片写春日盛景，暗喻当时有利于新党人士的“暖回雁翼”的政治氛围，以及时局骤变中新党要员纷纷趋进的政治现实，如同“千万丝、陌头杨柳，渐渐可藏鸦”一般（“藏鸦”句语本南朝梁简文帝《金乐歌》“槐香欲覆井，杨柳正藏鸦”）。下片写旅途所思所想，是全词重心所在。“堪嗟”的转头语，反映出词人并不因重返京华而满怀喜悦；“东注”“西流”“风翻”“潮溅”等流露出的却是进退难安的矛盾心态和祸福难测的恐惧心理，反映出已经历了，并且还在经历着政局翻覆巨变的词人，所持的冷静和深沉。“沉恨处”结拍二句（化用唐唐彦谦《无题》诗“满园芳草年年恨，剔尽灯花夜夜心”句意），反映了词人在夜深人静、孤独寂寞中的难言愁绪和宦途之感，满腹心事和心神不定的形象耐人品读。至此，词人在上片中提到的“借问何时，委曲到山家”，也就给人以新的想象空间。词人究竟能心安何处呢？

晁冲之（一首）

［作者简介］晁冲之，生卒年不详。字叔用，早年字用道。济州巨野（今属山东）人。其堂兄晁补之、晁说之、晁祯之均有时名。早年师从陈师道。哲宗绍圣年间新党排斥旧党受牵连而离京隐居具茨山下（今河南密县境），号具茨先生。近人辑有《晁叔用词》。

玉蝴蝶　目断江南千里

目断江南千里，灞桥一望，烟水微茫。尽锁重门，人去暗度流光。雨轻轻，梨花院落，风淡淡，杨柳池塘。恨偏长。佩沉湘浦，云散高唐。　　清狂。重来一梦，手搓梅子，煮酒初尝。寂寞经春，小桥依旧燕飞忙。玉钩栏、凭多渐暖，金缕枕、别久犹香。最难忘。看花南陌，待月西厢。

【品读小记】

清况周颐《历代词人考略》云："晁叔用慢词，纡徐排调，略似柳耆卿。"此词比之柳永词，实则其气更清，其情更婉，其味尤逶迤，与周邦彦词有异曲同工之妙。上片起句不凡，"目断江南千里，灞桥一望，烟水微茫"，时空交错，恍然有隔世之感。以下诸句尽铺陈之事，"雨轻轻，梨花院落，风淡淡，杨柳池塘"，化用北宋晏殊"梨花院落溶溶月，柳絮池塘淡淡风"句，含而不吐。"恨偏长。佩沉湘浦，云散高唐"，用郑交甫汉皋解佩及巫山神女典故，点名词旨，离散之情、沧桑之慨。下片节奏增强，目断而梦至，虚实交融，悲欢交替。青梅煮酒，似追忆或似梦中初见。"玉钩栏、凭多渐暖，金缕枕、别久犹香”，痴人语也；“最难忘。看花南陌，待月西厢”，暗扣“佩沉湘浦，云散高唐”，宋黄昇《木兰花慢》亦有“记历历前游，看花南陌，命酒西楼”，聊以自慰。

叶梦得（四首）

［作者简介］叶梦得（1077—1148），字少蕴。苏州吴县人。绍圣四年（1097）登进士第。徽宗时累官至龙图阁直学士；南渡后，官江东安抚制置大使兼知建康（今南京）府，抗金有重要贡献。晚年隐居湖州弁山玲珑山石林，故号石林居士。有《石林词》《石林诗话》等。

永遇乐　天末山横

蔡州移守颍昌，与客会别临芳观席上。

天末山横，半空箫鼓，楼观高起。指点栽成，东风满院，总是新桃李。纶巾羽扇，一尊饮罢，目送断鸿千里。揽清歌、余音不断，缥缈尚萦流水。　年来自笑无情，何事犹有，多情遗思。绿鬓朱颜，匆匆拚了，却记花前醉。明年春到，重寻幽梦，应在乱莺声里。拍阑干、斜阳转处，有谁共倚。

【品读小记】

明毛晋序《石林词》言："少蕴自号石林居士，晚年居卞山下，奇石森列，藏书数万卷。啸咏自娱，所撰诗文甚富……外《石林词》一卷，与苏、柳并传，绰有林下风，不作柔语殢人，真词家逸品也。"此词为叶梦得于蔡州移守颍昌离任时所作，襟怀高迈，直抒胸臆。上片写宴饮之情景，起句"天末山横，半空箫鼓，楼观高起"，将送别之情置于恢宏情境中，气势雄健；"指点栽成，东风满院，总是新桃李"，风景人事，一语双关；余二句见其洒脱。下片述离别之思，结构迂回巧妙，以世事无情，凸显此醉多情；以彼时异地，追忆此情此景，不舍之情油然而生。"绿鬓朱颜"，设色尤佳，或为词人所钟，其亦有“幸有碧云深处，存取朱颜绿鬓”句。

水调歌头　霜降碧天静

九月望日，与客习射西园，余偶病不能射。

霜降碧天静，秋事促西风。寒声隐地，初听中夜入梧桐。起瞰高城回望，寥落关河千里，一醉与君同。叠鼓闹清晓，飞骑引雕弓。　　岁将晚，客争笑，问衰翁。平生豪气安在，沈领为谁雄？何似当筵虎士，挥手弦声响处，双雁落遥空。老矣真堪愧，回首望云中。

【品读小记】

叶梦得词有北宋苏东坡之风。宋曾慥《乐府雅词》录此词题序为：“九月望日，与客习射西园，余偶病不能射，客较胜相先。将领岳德弓强二石五斗，连发三中的，观者尽惊。因作此词示坐客。前一夕大风，是日始寒。”此词内涵丰裕，情感错杂。秋节之至、流年之逝、筋骨之衰、老病之叹、家国之思、老骥之志，熔于一炉，沉着厚重。上片铺陈“习射”背景。起句“霜降碧天静，秋事促西风”，一片苍凉沉郁气象。“起瞰高城回望，寥落关河千里，一醉与君同”，境界辽阔，更显山河破碎之痛。“叠鼓闹清晓，飞骑引雕弓”，承上启下，有峭劲之致。下片借“习射”抒怀。借问“平生豪气安在，沈领为谁雄”，既有年老病衰，无力报国之感喟，又见“烈士暮年，壮心不已”之情怀，“其实字里行间，仍是百尺楼头气概也”（近人俞陛云语）。末句“老矣真堪愧，回首望云中”，自警自励，余味不尽。清陈廷焯《云韶集》评曰：“‘促’字炼。有笔力，有顿宕，颇似坡仙。语极悲郁，而其气勃勃，其光熊熊。”

八声甘州　寿阳楼八公山作

故都迷岸草，望长淮、依然绕孤城。想乌衣年少，芝兰秀发，戈戟云横。坐看骄兵南渡，沸浪骇奔鲸。转盼东流水，一顾功成。

千载八公山下，尚断崖草木，遥拥峥嵘。漫云涛吞吐，无处问豪英。信劳生、空成今古，笑我来、何事怆遗情。东山老，可堪岁晚，独听桓筝。

【品读小记】

寿阳楼八公山在今安徽寿县境内，淝水流经其下。此词借古喻今，一吐胸中垒块。上片怀古事。起句“故都迷岸草，望长淮、依然绕孤城”，着“迷”“孤”二字，沧桑之情跃然纸上，与五代欧阳炯“晚日金陵岸草平”意境相仿。以下诸句写淝水之战壮怀激烈，谢氏子弟雄姿英发，反衬出山河依旧而豪杰不在的现实，形成一种张力。下片叙幽怀。“尚断崖草木，遥拥峥嵘”与上片起句呼应，似乎草木有情、有力、有义。“漫云涛吞吐，无处问豪英”，神来之笔也！有历史轮替、大浪淘沙之感。“信劳生”句，看似有“是非成败转头空”的自嘲之意，实则对“无处问豪英”的憾事难以释怀。末句借用晋孝武帝疏远谢安、闻桓伊弹筝令帝见愧的典故，抒发苍茫落寞之情。全篇气韵流通，一以贯之，勃然澎湃而成。

点绛唇　绍兴乙卯登绝顶小亭

缥缈危亭，笑谈独在千峰上。与谁同赏，万里横烟浪。

老去情怀，犹作天涯想。空惆怅。少年豪放，莫学衰翁样。

【品读小记】

此词结构精致，前后勾连，起转承和，回环往复，足见功夫。“缥缈危亭”以孤高苍茫之气笼盖全篇。“笑谈独在千峰上”，涵义丰富，既为危亭，同登者稀，盖“独在”可矣。既危且独，知音难觅，共赏者谁？天地也，山河也，自况也。山河万里，烟水空茫，有唐陈子昂“念天地之悠悠，独怆然而涕下”之慨。“老去情怀”诸句，示以浅语，晓畅如话，可谓呼应“笑谈”，生动展现豪情犹在的雄心与身体衰微的惆怅，唯寄望于少年人，勿未老先衰，当作天涯之想。既勉励后学，又有“老骥伏枥，志在千里”自警之意。

万俟咏（一首）

［作者简介］万俟咏，生卒年不详。字雅言，自号词隐、大梁词隐。徽宗政和初年，召试补官，授大晟府制撰。绍兴五年（1135）补任下州文学。有《大声集》传世。

诉衷情　送春

一鞭清晓喜还家，宿醉困流霞。夜来小雨新霁，双燕舞风斜。
山不尽，水无涯，望中赊。送春滋味，念远情怀，分付杨花。

【品读小记】

这是一首记述“还家”之喜的小令。词人归途中一路或以景寄情，如“小雨新霁”“双燕舞风”，或以情意景，如“山不尽，水无涯，望中赊（赊，此处‘有余’意，引申为远、长、多等）”，始终洋溢着掩捺不住的喜悦心情。尤其结拍三句，幽默诙谐地说，那送春伤感的滋味、念远思人的忧怀，从此就拜托给飘无踪迹的杨花去发落啦！全词写得轻松明快，清新疏朗，令人印象深刻。

朱敦儒（六首）

[作者简介] 朱敦儒（1081—1159），字希真，洛阳人。绍兴五年（1135）赐进士出身，曾任兵部郎中、两浙东路提点刑狱、鸿胪少卿等职。两度致仕隐居。词作造诣精深，有《樵歌》词三卷。

水龙吟　放船千里凌波去

放船千里凌波去，略为吴山留顾。云屯水府，涛随神女，九江东注。北客翩然，壮心偏感，年华将暮。念伊嵩旧隐，巢由故友，南柯梦、遽如许。　回首妖氛未扫，问人间、英雄何处？奇谋报国，可怜无用，尘昏白羽。铁锁横江，锦帆冲浪，孙郎良苦。但愁敲桂棹，悲吟梁父，泪流如雨。

【品读小记】

这是一首忧国伤时之作，作于词人因“靖康之难”而由洛阳老家逃亡南方之后。上片写词人（自称“北客”）放船长江、顺流东下之际，面对众水（“九江”）汇流、云聚涛涌的大江，抒发出去国离乡之感。下片先写对国事的忧愤，沉痛地“问人间、英雄何处”？续写报国无门之痛，既伤感“奇谋报国，可怜无用”，又担心晋灭吴的历史会否重演。但又有什么用呢？词人只能在船上“愁敲桂棹”，像诸葛亮当年隐居南阳时悲吟《梁父》诗罢了。如此心境，也就只能以泪洗面了。全词用语通俗，真情流溢，读来令人悲叹不已。

念奴娇　垂虹亭

放船纵棹，趁吴江风露，平分秋色。帆卷垂虹波面冷，初落萧萧枫叶。万顷琉璃，一轮金鉴，与我成三客。碧空寥廓，瑞星银汉争白。　　深夜悄悄鱼龙，灵旗收暮霭，天光相接。莹澈乾坤，全放出、叠玉层冰宫阙。洗尽凡心，相忘尘世，梦想都销歇。胸中云海，浩然犹浸明月。

【品读小记】

垂虹亭位于江苏吴江长桥上。北宋王安石《送裴如晦宰吴江》云:“他时散发处，最爱垂虹亭。”此词写泛舟吴江，垂虹亭秋空月夜，意境瑰丽，仙气缭绕，似“不食人间烟火人语”。

上片铺陈心境，勾勒情景。“放船纵棹”句，点明地点、时节，且已有随心所欲之疏放，仿似宋韩维“红尘喜放船”;“帆卷垂虹波面冷，初落萧萧枫叶”，内心外境，皆有清寒之气。“万顷琉璃，一轮金鉴，与我成三客”，坐观江面开阔，水月人融为一体，仿似唐李白“对影成三人”，又似华严世界。“碧空寥廓，瑞星银汉争白”，仰观碧空星河，宇宙由来自主，人间已成宾客。下片虚实相映，内外结合，既写外在月宫冰魄、朗照乾坤，又写内在心斋修行，妄念尽去，得以“洗尽凡心，相忘尘世，梦想都销歇”。末句“胸中云海，浩然犹浸明月”为此词主旨，化外入内，采天地之灵气，如道家修丹、禅子入定，得虚静超旷境界。宋周麟之有“一读清诗百念空，炯若冰壶浸明月”，皆如宋张孝祥所言“悠然心会，妙处难与君说”。

好事近　摇首出红尘

摇首出红尘，醒醉更无时节。活计绿蓑青笠，惯披霜冲雪。
晚来风定钓丝闲，上下是新月。千里水天一色，看孤鸿明灭。

【品读小记】

朱敦儒调寄《好事近》之渔父词凡六首，此词乃其中之一。清黄苏《蓼园词评》载“希真词多尘外之想。虽杂以微尘，而其情气自不可设”。“摇首出红尘”为词眼，脱离官场桎梏，当醒便醒，遇醉辄醉，好个逍遥自在。“活计绿蓑青笠，惯披霜冲雪”，以青绿与银白两种色调，写出渔父生活的苦乐自担，树立起一种难得的主体意识。“晚来风定钓丝闲”，撷取渔父生活的一个寻常片段，着“定”“闲”二字，意不在鱼，而俯仰上下四方、六合八荒，见水月洞天、千里一色，构成极为静谧的画卷。末句“看孤鸿明灭”，于辽阔静谧的背景下植入一个动点，神思起伏，意犹未尽。

相见欢　金陵城上西楼

金陵城上西楼，倚清秋。万里夕阳垂地，大江流。

中原乱，簪缨散，几时收？试倩悲风吹泪，过扬州。

【品读小记】

此词写金陵城上所观秋景，家国之痛，溢于言表。“万里夕阳垂地，大江流”，气势阔大，王朝倾覆，如大地落日；而大江奔流，丝毫不为之止息，此句足见词人大悲之情。下片乘势直抒胸臆，故地难拾，河山难复，岂不悲愤？末句“试倩悲风吹泪，过扬州”，扬州在南宋时曾数度遭金人掳掠。作者以扬州之殇，见忧国之思，似又暗寓对朝廷不图恢复的愤懑之情。清陈廷焯《云韶集》评此词：“希真词最清淡，惟此章笔力雄大，气韵苍凉，悲歌慷慨，情见乎词。”

朝中措　先生筇杖是生涯

先生筇杖是生涯，挑月更担花。把住都无憎爱，放行总是烟霞。　　飘然携去，旗亭问酒，萧寺寻茶。恰似黄鹂无定，不知飞到谁家？

【品读小记】

此词以“筇杖”为线，寄寓旷达出尘之情怀。筇杖作为一种物件，世人皆可用；而在“先生”手中，则别具象征，已成为“先生”寸步不离的伙伴，升华为“筇杖是生涯”。筇杖可以挑月担花，雅人深致。还引申出“把住都无憎爱，放行总是烟霞”的意象，出世之态，寄意遐远。它随“先生”寻茶问酒，踪迹飘然于萧寺旗亭，侧面反映出“先生”本人自由洒脱的生活状态。末句“恰似黄鹂无定，不知飞到谁家”，为筇杖插上飞翔的翅膀，随遇而安，无拘无束，四海为家。朱敦儒《鹧鸪天》自言“我是清都山水郎，天教分付与疏狂”，“筇杖”也被赋予了主人的个性。

念奴娇　晚凉可爱

晚凉可爱，是黄昏人静，风生蘋叶。谁做秋声穿细柳，初听寒蝉凄切。旋采芙蓉，重熏沉水，暗里香交彻。拂开冰簟，小床独卧明月。　　老来应免多情，还因风景好，愁肠重结。可惜良宵人不见，角枕烂衾虚设。宛转无眠，起来闲步，露草时明灭。银河西去，画楼残角呜咽。

【品读小记】

这首怀念亡妻的悼亡词，乃语淡情浓之上佳词章。上片写夜深人静、秋声凄切之景，寓情于景。歇拍句“小床独卧明月”，点明词人内心深处的悲凉。下片写彻夜难眠之情，情中有景。“可惜良宵人不见，角枕烂衾虚设”，警策佳句也，道出本词主旨，凝聚着词人巨大的悲痛，寄托着词人无限的哀思。此句化自《诗经·唐风·葛生》“角枕粲兮，锦衾烂兮！予美亡此，谁与独旦”的诗意，上下片无缝对接，浑然无迹。全词以黄昏“可爱”景语起，以黎明“呜咽”景语结，婉转深曲的铺叙中渗透着词人无法排解的幽怀苦意，最见真情的凄婉伤感弥漫全篇，读来为之动容。此词在宋人悼亡词中别具一格，除苏轼《江城子》、贺铸《鹧鸪天》外，少有比肩者。

赵佶（二首）

［作者简介］赵佶（1082—1135），即宋徽宗，在位25年（1100—1126），国亡被俘，驾崩于囚禁地五国城（今黑龙江依兰）。工于书法、绘画，成就卓然。近人辑有《宋徽宗词》。

燕山亭　北行见杏花

裁翦冰绡，打叠数重，冷淡燕脂匀注。新样靓妆，艳溢香融，羞杀蕊珠宫女。易得凋零，更多少、无情风雨。愁苦。问院落凄凉，几番春暮。　凭寄离恨重重，这双燕，何曾会人言语。天遥地远，万水千山，知他故宫何处。怎不思量，除梦里、有时曾去。无据。和梦也、有时不做。

【品读小记】

亡国之君，前有南唐李后主，后有北宋宋徽宗，既亡其国，次亡其家，又亡其身，痛楚尤深，字字见血，非一般词家所能及，亦“所谓以血书者也”（近人王国维语）。昔人言宋徽宗乃李后主后身，若前世今生，俱是亡国亡身者，此轮回之悲最甚。此词写被掳北行途中，见杏花艳放，禁不住家国身世之感一起涌来。上片“裁翦冰绡”诸句，描摹精细绚丽，以乐景写哀，张力十足。“易得凋零”诸句，哀涌乐退，响箭离弦，悲哀不可遏抑。下片欲寄燕传恨而不能，一者双燕不曾会意；二者即使双燕可传书，无奈天高地远，故宫难觅。遂自言自语，自说自话，希望梦中能去，但梦也无法做成，绝望之情，断肠之至也。清贺裳《皱水轩词筌》谓之“其情更惨矣。呜呼，此犹《麦秀》之后有《黍离》也”。近人唐圭璋先生《唐宋词简释》言其“总是以心中有万分委曲，故有此无可奈何之哀音，忽吞咽，忽绵邈，促节繁音，回肠荡气”。

眼儿媚 玉京曾忆昔繁华

玉京曾忆昔繁华，万里帝王家。琼林玉殿，朝喧弦管，暮列笙琶。　　花城人去今萧索，春梦绕胡沙。家山何处，忍听羌笛，吹彻梅花。

【品读小记】

兴亡之词尤善比对，愈是对比鲜明，愈是动人心魄。此词与南唐李后主《破阵子·四十年来家国》同样笔法，宋徽宗困羁北地，痛忆旧京，上片往日繁华历历在目，下片今日萧索格外凄凉。尤其“朝喧弦管，暮列笙琶”与“忍听羌笛，吹彻梅花”，对比强烈，同是对音乐、对乐器的感受，昔为人君，今为囚虏，令人唏嘘不已。特别是“忍听”“吹彻”四字，直呈拘禁之悲、彻骨之凉，自是一番“萧索”。

曹组（一首）

［作者简介］曹组，生卒年不详。字彦章。颍昌（今河南许昌）人。一说阳翟（今河南禹县）人。宣和三年（1121）赐同进士出身，官至睿思殿应制。约于徽宗末年去世。近人编有《箕颍词》。

忆少年 年时酒伴

年时酒伴，年时去处，年时春色。清明又近也，却天涯为客。

念过眼、光阴难再得。想前欢、尽成陈迹。登临恨无语，把阑干暗拍。

【品读小记】

这首“天涯为客”的羁旅登临词，反映了词人“念过眼、光阴难再得”的抑郁心态，人生苦短、壮志难酬的心境跃然纸上。全词文笔生动，寄兴高远；结拍句“登临恨无语，把阑干暗拍”，凄清脱尘，耐人品味。

李清照（十五首）

［作者简介］李清照（1084—1155），号易安居士，济南章丘人。嫁金石家赵明诚。南渡后足迹遍及江浙皖赣，晚年寓于临安（今杭州）。有"千古第一才女"之称。词作大家，令慢均工，以独特风格形成"易安体"，对后世词坛有深刻影响。有《易安居士文集》《易安词》，已散佚。后人辑有《漱玉词》。

渔家傲　天接云涛连晓雾

天接云涛连晓雾，星河欲转千帆舞。仿佛梦魂归帝所。闻天语，殷勤问我归何处。　　我报路长嗟日暮，学诗谩有惊人句。九万里风鹏正举。风休住，蓬舟吹取三山去！

【品读小记】

乐斋居士《七绝 歌李清照》诗曰："清词丽句夺天工，卓立生辉百代同。悲苦伤时吟绝唱，西楼月满怅西风。"

此词风格卓异，虚实交映，似有弃世游仙之意，有唐李白《梦游天姥吟留别》之风。上片"天接云涛连晓雾，星河欲转千帆舞"，天涛云海，银河倒转，境界壮阔，意象瑰丽，令人心魂飞升，直入天帝所居之仙境，故言"仿佛梦魂归帝所"。"闻天语，殷勤问我归何处"，天帝所问，抑或是词人的迷茫疑问，借天帝问出。下片为"归何处"的作答。"我报路长嗟日暮，学诗谩有惊人句"，用楚屈原《离骚》"路长日暮"的意象和"嗟"字，以及"谩有"，点明身世坎坷，前路迷茫，空负诗才，无以凭寄。"九万里风鹏正举"，用庄子"逍遥游"典故，有弃世之思。末句"风休住，蓬舟吹取三山去"，进一步引申，已见游仙之意，幻想脱离现实的悲欢离合，为心灵之舟寻找一个归宿。

如梦令 昨夜雨疏风骤

昨夜雨疏风骤，浓睡不消残酒。试问卷帘人，却道海棠依旧。知否？知否？应是绿肥红瘦。

【品读小记】

此小令撷取生活片段，写惜春之情，短短六句，浅白晓畅，却精思灵动，曲婉有致，历来为人称颂。作为惜花爱花之人，却自始至终没有亲睹海棠。起句“昨夜雨疏风骤”，但词人没有去看风雨中的海棠，因其“浓睡不消残酒”。“试问卷帘人，却道海棠依旧”，醒后带着醉意，询问海棠的情况，也并没有亲眼去看。当卷帘人回答“海棠依旧”后，词人即予以否定，“应是绿肥红瘦”，只是词人的推断，仍没有去外面察看。惜花而终不见花，但花却已在其精细的观照之中，恐见落花而伤怀落泪，如葬芳华，非不想见，乃不忍见、不必见也。全篇意趣精微如此，何等巧妙，易为世人轻忽！清黄苏《蓼园词评》论此词:“一问极有情，答以‘依旧’，答得极澹，跌出‘知否’二句来。而‘绿肥红瘦’，无限凄婉，却又妙在含蓄。短幅中藏无数曲折，自是圣于词者。”

一剪梅 红藕香残玉簟秋

红藕香残玉簟秋。轻解罗裳，独上兰舟。云中谁寄锦书来，雁字回时，月满西楼。　花自飘零水自流。一种相思，两处闲愁。此情无计可消除，才下眉头，却上心头。

【品读小记】

此词写离愁，亦是李清照名作。上片起句“红藕香残玉簟秋”，即不同凡响，暗含“藕断丝连”之意，被称为“精秀特绝，真不食人间烟火者”（清陈廷焯《白雨斋词话》）。“轻解罗裳，独上兰舟”，排遣寂寞之情。“云中谁寄锦书来，雁字回时，月满西楼”，境界迷离惝恍。雁、月均应约而来，而唯独锦书难寄，怅惘之意油然而生。下片直抒相思，结构精巧，佳句迭现。“花自飘零水自流”，着两“自”，有无可奈何之感。“一种相思，两处闲愁”，以己度人，见爱之深笃。“此情无计可消除，才下眉头，却上心头”，妙用北宋范仲淹“都来此事，眉间心上，无计相回避”句，将眉间心上的并列关系转化为递进关系，可谓更胜一筹，历来为世称道。

醉花阴　薄雾浓云愁永昼

薄雾浓云愁永昼，瑞脑消金兽。佳节又重阳，玉枕纱橱，半夜凉初透。　东篱把酒黄昏后，有暗香盈袖。莫道不消魂，帘卷西风，人比黄花瘦。

【品读小记】

此词写重阳怀人，“情深词苦，古今共赏”（近人唐圭璋语）。上片写天气、时节、物事，皆“着我之色彩”，构造出幽淡凄清的情绪。下片写黄昏把酒消愁，有黄花“暗香盈袖”。因花瘦而联想到自己憔悴支离，比花更瘦，临风而立，黯然销魂。末句“莫道不消魂，帘卷西风，人比黄花瘦”，出语新奇，传诵至今，唯意韵略显直白。清陈廷焯《云韶集》评曰：“无一字不秀雅。深情苦调，元人词曲往往宗之。”元伊世珍《琅嬛记》载此词一佳话：“易安以重阳《醉花阴》词函致明诚。明诚叹赏，自愧弗逮，务欲胜之。一切谢客，忘食忘寝者三日夜，得五十阕，杂易安作，以示友人陆德夫。德夫玩之再三，曰：‘只三句绝佳。’明诚诘之，答曰：‘莫道不消魂，帘卷西风，人比黄花瘦。’正易安作也。”

蝶恋花 暖雨晴风初破冻

暖日晴风初破冻，柳眼梅腮，已觉春心动。酒意诗情谁与共？泪融残粉花钿重。 乍试夹衫金缕缝，山枕斜攲，枕损钗头凤。独抱浓愁无好梦，夜阑犹剪灯花弄。

【品读小记】

此词写闺情。起笔亦是从天气切入，暖晴破冻，春意萌发，天人均是如此。“柳眼梅腮”，设语奇妙，脉脉含情。“酒意诗情谁与共？泪融残粉花钿重”，直抒春怀，奔放与含蓄兼具。下片写闺阁生活的细节，因思君不在，无论是“乍试夹衫”，还是“山枕斜攲”，总是坐卧不宁，不能尽如人意。末句“独抱浓愁无好梦，夜阑犹剪灯花弄”，工巧别致，自带神韵，为论者称道。

念奴娇 春情

萧条庭院，又斜风细雨，重门须闭。宠柳娇花寒食近，种种恼人天气。险韵诗成，扶头酒醒，别是闲滋味。征鸿过尽，万千心事难寄。 楼上几日春寒，帘垂四面，玉阑干慵倚。被冷香消新梦觉，不许愁人不起。清露晨流，新桐初引，多少游春意。日高烟敛，更看今日晴未。

【品读小记】

这是一首伤别怀人词。李清照婚后与丈夫赵明诚两情相悦，生活幸福。这首词以细腻清新的笔法，将作者春日思夫盼归的种种形象栩栩如生地刻画出来，动人心弦，耐人寻味。结拍句“日高烟敛，更看今日晴未”，耐读耐品，余韵悠长。对该词历来评价甚高。明杨慎批《草堂诗余》称其“情景兼至，名媛中自是第一”。明沈际飞《草堂诗余正集》则评之为：“真声也。不效颦于汉魏，不学步于盛唐。应情而发，能通于人。”此词表达手法尤为人们看重。“宠柳娇花”，乃奇俊之语，“前此未有能道之者”（宋黄昇《唐宋诸贤绝妙词选》）。“不许”句以寻常语入音律，状实境亦苦境。“清露晨流，新桐初引”，乃直接引用《世说新语·赏誉》原句而如己出。布局精心，“起处雨，结处晴，局法浑成”（清黄苏《蓼园词选》）；虽属闺怨词，但结语“忽而开拓，不但不为题束，并不为本意所苦，直如行云舒卷自如”（清毛先舒《诗辨坻》）；“末两句宕开，语似兴会，意仍伤极”（近人唐圭璋《唐宋词简释》）。

永遇乐　落日熔金

落日熔金，暮云合璧，人在何处。染柳烟浓，吹梅笛怨，春意知几许。元宵佳节，融和天气，次第岂无风雨。来相召、香车宝马，谢他酒朋诗侣。　中州盛日，闺门多暇，记得偏重三五。铺翠冠儿，捻金雪柳，簇带争济楚。如今憔悴，风鬟霜鬓，怕见夜间出去。不如向、帘儿底下，听人笑语。

【品读小记】

这首元宵节词是李清照晚年孤苦清贫生活的写照，具体生动地反映出词人孤独寂寞、郁郁寡欢的心境，同时也展露出词人清贫不失清高、孤苦依然孤傲、忧己更忧天下的心性。“人在何处”的自问，是词人流落异乡的深切悲叹；“融和天气，次第岂无风雨”的发问，表明历尽沧桑的词人对时局不定的担忧；而“不如向、帘儿底下，听人笑语”的结拍句尤为悲怆，读来令人为之泣下！该词起句“落日熔金，暮云合璧”，化用宋廖世美《好事近》“落日水熔金，天淡暮烟凝碧”句，“虑周而藻密”（清谢章铤《赌棋山庄词话》），极工致；而结句却是百姓寻常语，极平淡，如此首尾相映，气象非凡。

点绛唇　蹴罢秋千

蹴罢秋千，起来慵整纤纤手。露浓花瘦，薄汗轻衣透。

见客入来，袜刬金钗溜。和羞走，倚门回首，却把青梅嗅。

【品读小记】

这首小令寥寥四十一字，却通过精心捕捉到的生活场景，维妙维肖地刻画出一位天真纯朴、情窦初开、几分调皮而又几分矜持的少女形象。全词取景精妙，用笔精湛，节奏轻松，风格明快，画面感极强，显示出李清照早年即已才华横溢。

声声慢 寻寻觅觅

寻寻觅觅，冷冷清清，凄凄惨惨戚戚。乍暖还寒时候，最难将息。三杯两盏淡酒，怎敌他、晓来风急？雁过也，正伤心，却是旧时相识。　　满地黄花堆积。憔悴损，如今有谁忺摘？守着窗儿，独自怎生得黑？梧桐更兼细雨，到黄昏、点点滴滴。这次第，怎一个愁字了得！

【品读小记】

这是一首广为传颂、历久弥新的李清照名词。其旨意与其说是悲秋，不如说是悲己。全词紧紧围绕“愁”字精心铺排，虚实结合地展开。开篇三句七对叠字，勾画出笼罩全篇的愁惨凄厉氛围，令人屏息凝神。后面选择清冷、寂寞、愁苦、百无聊赖的种种场景，上下片一口气逐一道来，则是上述氛围的具象化。最后顺理成章地导出堪称震撼人心的千古悲怆名句结拍：“这次第，怎一个愁字了得！”此词大气包举，纵意恣肆，撼人魂魄，感人至深，非历尽沧桑者、非大愁坎坷人生者不能发也。全词在表达上也极具特色——清新自然、朴素无华、不假雕饰、晓畅如话，非词学大家不可为也。该词连用叠字，尤为人注目。“首句连下十四个叠字，真如大珠小珠落玉盘也”（清徐釚《词苑丛谈》）；“连用十四叠字，后又四叠字，情景婉绝，真是绝唱”（明茅暎《词的》）；而“更有一奇字云：‘守着窗儿，独自怎生得黑'，'黑'字不许第二人押"（宋张端义《贵耳集》），"'黑'字警，后幅一片神行，愈唱愈妙"（清陈廷焯《云韶集》）。

满庭芳　小阁藏春

小阁藏春，闲窗锁昼，画堂无限深幽。篆香烧尽，日影下帘钩。手种江梅渐好，又何必、临水登楼。无人到，寂寥浑似，何逊在扬州。　　从来，知韵胜，难堪雨藉，不耐风柔。更谁家横笛，吹动浓愁。莫恨香消雪减，须信道、扫迹情留。难言处，良宵淡月，疏影尚风流。

【品读小记】

这首非同一般的咏梅词，托物抒怀，赞颂了一种饱经磨难却依然孤高风流的人生境界。联系到词人的身世，这首词其实是其自我写照。上片在写景中叙事，在叙事中抒情。词人在"藏春""锁昼"的小阁、画堂中，在暗淡、幽深、冷清的环境里，尽管看到了"手种江梅渐好"而带来的几许欣慰，然而，此时赏梅的心境不过一如当年南朝何逊在扬州赏梅的孤独和彷徨罢了！（按：何逊，南朝著名诗人，一生痴梅。在扬州建安王手下为官时，曾"日吟咏"一株梅下；后居洛，仍思此梅而又返扬观赏。）唐杜甫有诗云："东阁官梅动诗兴，还如何逊在扬州。"下片重在抒怀。在曲折的词意展延中，词人先是对残梅命运寄予深切的同情，继而联想到古笛曲《梅花落》而愁绪漫漫，进而又理性地自我排解，相信纵使落梅踪迹全无，其风韵情致都会长留人世间。由此，词意推进到一个新境界。词人抛开种种难以言表的复杂感受，以"良宵淡月，疏影尚风流"这样美好的意境结拍，突出梅花高雅孤傲的格调风韵，表达出作者不畏磨难、清高而积极的人生态度。

鹧鸪天 桂花

暗淡轻黄体性柔，情疏迹远只香留。何须浅碧深红色，自是花中第一流。　　梅定妒，菊应羞，画阑开处冠中秋。骚人可煞无情思，何事当年不见收。

【品读小记】

这首咏物词，罕见地赞美体柔、色淡、味香的桂花为“花中第一流”，欣赏其“情疏迹远只留香”的品性，展现出词人重视内在美的价值取向。为了推崇桂花，词人让梅妒菊羞，甚至埋怨、指摘屈原“无情思”，记载了那么多草木芳名的《离骚》中竟然不见桂花的踪影！这和宋陈与义词句“楚人未识孤妍，离骚遗恨千年”（《清平乐·咏桂》）意思相类。所有这一切，均为词人借以抒发自己傲视尘俗的高洁情怀，和低调为人做事的谦恭品格。

行香子 七夕

草际鸣蛩，惊落梧桐。正人间、天上愁浓。云阶月地，关锁千重。纵浮槎来，浮槎去，不相逢。　　星桥鹊驾，经年才见，想离情、别恨难穷。牵牛织女，莫是离中。甚霎儿晴，霎儿雨，霎儿风。

【品读小记】

此词托事言情，词人借牛郎织女的悲剧故事抒发自己与丈夫的“离情别恨”。上片由人间写到天上，下片则人间天上已融为一体，联想丰富，感叹深沉。上下片结句尤具特色，意蕴幽深，耐得品味。上片结句善用比兴，叹“天上愁浓”。下片结句匠心独运，担心牛郎织女在别离中莫不是也会遇到阴晴不定、风雨交加，来表达自己“别恨难穷”的复杂情感；而富有节奏感的叠句运用，则更强化了这种感情。如此天上别恨、人间离情交织于一体，确是“七夕”中别具一格之上品。一说此词乃南渡前词人的早年之作，系有感于当时反复元祐党人案而写的“讥切时政”之作，如无确凿考证，此说似难成立。

诉衷情 夜来沉醉卸妆迟

夜来沉醉卸妆迟，梅萼插残枝。酒醒熏破春睡，梦远不成归。

人悄悄，月依依，翠帘垂。更挼残蕊，更捻余香，更得些时。

【品读小记】

本词从残梅喷香的独特视角咏梅，委婉曲折地倾诉出词人国破家亡后的一腔愁绪。上片写词人春夜沉醉（是借酒浇愁吧！）未及卸妆即已入睡。酒力消退时，她闻到插在自己头上、已被搓揉成残叶败朵的梅花所喷发出的浓香，扰得她从回到北国故乡的梦中醒来。这一纯客观的、不着一“愁”字或“苦”字的描述，却集中表现出词人有乡不能归的深沉痛苦。下片依然不着“愁”“苦”一类字，只写在孤寂清淡的月夜，从美梦中醒来的词人百无聊赖，便两只手轻轻慢慢地“更挼”“更捻”残梅，以“更”消磨些这难挨的漫长春夜。三个“更”字相叠，蕴含无限，婉曲而又淋漓尽致地表达出词人悲凉愁苦的心境。此词咏梅而意不在梅，愁绪万端而无一字言愁，佳作也。

武陵春 春晚

风住尘香花已尽，日晚倦梳头。物是人非事事休，欲语泪先流。

闻说双溪春尚好，也拟泛轻舟。只恐双溪舴艋舟，载不动、许多愁。

【品读小记】

作此词时词人已五十三岁，不唯国已破，且夫已亡，过着流落他乡、无依无靠的日子。此词展露出词人在上述境遇中极其悲苦的心境。上片先含蓄写自己处在“风住尘香花已尽”的悲惨境地，继以直笔写自己过着“物是人非事事休，欲语泪先流”的悲痛生活。下片先写“闻道”春尚好，“也拟”去泛舟，以缓解、释放一下愁怀，岂知词人又忽然“只恐”那轻舟“载不动”自己太多太重的“愁”而作罢，词人也就依然留在凄苦之中了。词人巨大而又深沉的悲痛令人动容。值得一提的是，南唐李后主曾以“数量”言愁:“问君能有几多愁，恰似一江春水向东流。”词人这里却是以“重量”言愁:“只恐双溪舴艋舟，载不动许多愁”，自创一格而又十分自然妥帖，为人们所激赏。清陈廷焯《云韶集》评此词“又凄婉，又劲直”，至评也。

添字丑奴儿　窗前谁种芭蕉树

窗前谁种芭蕉树，阴满中庭。阴满中庭。叶叶心心，舒卷有馀情。　　伤心枕上三更雨，点滴霖霪。点滴霖霪。愁损北人，不惯起来听。

【品读小记】

这首反映词人离愁别绪的小令写得别致精细。上片写“阴满中庭”的芭蕉树何其多情，“叶叶心心，舒卷有馀情”，为下片抒情做了很好的铺垫。下片转头句即亮出词人“伤心枕上三更雨”，从而引出芭蕉树“点滴霖霪”的悲凉意境。因思念丈夫而“愁损”的词人实在无法入睡，于是干脆起得床来听，即使听不惯，也得耐着性子听这“点滴霖霪”！此时词人初到江南，对雨打芭蕉之声尚感陌生，却借这乍听殊不惯的自然之声，抒发出如此幽婉含蓄、隽永动人的情感。

吕本中（三首）

［作者简介］吕本中（1084—1145），字居仁，世称东莱先生，寿州（今安徽寿县）人。靖康初官祠部员外郎，绍兴六年（1136）赐进士出身，历官中书舍人等，因忤秦桧而被罢职。诗人，词人，道学家。有《紫微诗话》《东莱先生诗集》等。近人辑有《紫微词》。

采桑子　恨君不似江楼月

恨君不似江楼月，南北东西。南北东西，只有相随无别离。
恨君却似江楼月，暂满还亏。暂满还亏，待得团圆是几时？

【品读小记】

这首小令写漂泊中的词人对妻子的深情怀念。上片，叹夫人“不似江楼月”那样能够总是相随自己而无别离之恨；下片，叹夫人正如“江楼月”那样总是“暂满还亏”而难得团圆。词人以对“江楼月”的两种不同命意，喻示缠绵的离情别绪和对夫人的深厚感情。全词白描写法，晓畅易懂，是真情的自然流露。

南歌子　驿路侵斜月

驿路侵斜月，溪桥度晓霜。短篱残菊一枝黄，正是乱山深处、过重阳。　旅枕元无梦，寒更每自长。只言江左好风光，不道中原归思、转凄凉。

【品读小记】

这是一首抒发爱国情怀的秋日羁旅词。上片寓情于景，写词人披月戴霜的旅途艰辛，以及身处“乱山深处”“短篱残菊”的孤寂心境。下片叙事抒怀，写词人夜不能寐，表达中原故土沦落异族铁蹄下引致的深沉痛苦。词人曾因上书高宗收复中原而被罢官，这首词正是表达了自己对时局的一腔悲愤。全词情景交融，行文婉丽，风格清新，内容也较深刻。“驿路侵斜月，溪桥度晓霜”，佳句也；在“只言”“不道”的鲜明对比中以“转凄凉”而结拍，耐人寻味。

踏莎行 雪似梅花

雪似梅花，梅花似雪。似和不似都奇绝。恼人风味阿谁知？请君问取南楼月。 记得去年，探梅时节。老来旧事无人说。为谁醉倒为谁醒？到今犹恨轻离别。

【品读小记】

吕本中词结构精巧，善用对称、顶针等多种手法。此词上片梅雪并举，景致奇绝。而词人面对美景并没有欣悦，而是“恼人风味阿谁知”，设下悬念。下片点明烦恼由来。原是“人面不知何处去，桃花依旧笑春风”，触景怀人，物是人非。“到今犹恨轻离别”，层层剥落，别有滋味。

赵鼎（一首）

[作者简介] 赵鼎（1085—1147），字元镇，自号得全居士。解州闻喜（今属山西）人。宋高宗时曾任宰相，因忤秦桧被出知泉州，又谪居兴化军，移漳州、潮州安置，再移吉阳军（今海南三亚崖州）。知秦桧欲加害，三年后绝食死。孝宗接位后追赠太傅，谥忠简。有《忠正德文集》《得全居士词》传世。

满江红　丁未九月南渡，泊舟仪真江口作

惨结秋阴，西风送、霏霏雨湿。凄望眼、征鸿几字，暮投沙碛。试问乡关何处是，水云浩荡迷南北。但一抹、寒青有无中，遥山色。　天涯路，江上客。肠欲断，头应白。空搔首兴叹，暮年离拆。须信道消忧除是酒，奈酒行有尽情无极。便挽取、长江入尊罍，浇胸臆。

【品读小记】

宋钦宗靖康二年（1127），金兵破汴京（今开封），掳徽钦二帝北去。宋高宗在如此奇耻大辱中接位，却不思抗金，一味南逃求苟安。这首词，就是词人在国势风雨飘摇中，仓皇南行至长江边的仪真（今江苏仪征）江口所写下的伤情之作。上片句句写景，但以首句之首字的“惨”，以及下文中的“凄”“寒”这三个感情色彩浓烈的字为主线，串起“西风”“霏雨”“征鸿”“水云”“遥山”“迷南北”“有无中”等构成意深语痛的景境，直言不讳地表达出词人悲伤而又迷茫的心境，感情强烈，真挚动人。下片句句抒怀，铿锵有力，悲愤深沉，结拍句更是极尽夸张而又真情喷发般地发出震撼人心的

呼声:“便挽取、长江入尊罍，浇胸臆。”词人要以长江水当酒喝，来冲刷心中的愁苦和悲愤!

该词最大的艺术特色就是直抒胸臆，一泻无余，以强烈的感情、浓重的笔调，展露了这位力主抗金词人的家国情怀。明杨慎认为，在颇具盛名的赵词中，“丁未九月南渡，泊真州作《满江红》最佳”(见清沈雄《古今词话》)。

向子諲（二首）

［作者简介］向子諲（1085—1152），字伯恭，号芗林居士，临江（今江西清江）人。抗金官员。曾知潭州（今长沙）、平江（今苏州），任过户部侍郎。因忤秦桧而被免官，退闲隐居十五年。工词。有《酒边词》传世。

洞仙歌　中秋

碧天如水，一洗秋容净。何处飞来大明镜。谁道斫却桂，应更光辉，无遗照，泻出山河倒影。　　人犹苦余热，肺腑生尘，移我超然到三境。问姮娥、缘底事，乃有盈亏，烦玉斧、运风重整。教夜夜、人世十分圆，待拚却长年，醉了还醒。

【品读小记】

宋人中秋词多矣。此词却以独到的想象力翻出新意，寄托遥深。引入注目之处有二：一是上片中四、五句与六、七句问答式描述，一反惯常“斫却桂树月更明”的说法，独出机杼地提出：月亮原本就十分明亮，所谓月中“桂树”，不过是月辉普照如水“泻”下的山河在“大明镜”中的倒影而已！经这一丰富想象力的点拨，让人感到月更明更亮了。二是下片借月抒怀、托月言志。词人问给人带来清凉、洁净、美好的月亮，为什么还要有盈有亏呢？他要用玉斧“运风重整”，让明月夜夜都“十分圆”地照耀人寰！为此美好愿景，要从沉醉中苏醒，去“拚却长年”地努力奋斗！至此，词人重整山河、造福人民的抱负和盘托出。

全词构思巧妙，想象力丰富，格调高远，其蕴含的人生志向之高尚、生活激情之澎湃，尤使这首中秋词独具一格，令人印象深刻。

秦楼月　芳菲歇

芳菲歇，故园目断伤心切。伤心切，无边烟水，无穷山色。

可堪更近乾龙节，眼中泪尽空啼血。空啼血，子规声外，晓风残月。

【品读小记】

这是一曲感怀中原沦陷的悲歌。“芳菲歇”的暮春时节，词人北望故园“伤心切”；而在靖康之难中已被掳北去的钦宗生日（四月十三日，是为乾龙节）也临近了，国仇家恨更是齐聚心头。“眼中泪尽空啼血”，词人陷入深深的苦闷与悲愤之中。末句以景语结，蕴含无限愁思和痛苦，令人不忍卒读。词人在悲情中展现的爱国胸襟尤令人感佩。

李重元（一首）

[作者简介] 李重元，约1122年前后在世，生平不详。《全宋词》收其《忆王孙》词4首。

忆王孙　春词

萋萋芳草忆王孙，柳外楼高空断魂，杜宇声声不忍闻。欲黄昏，雨打梨花深闭门。

【品读小记】

这首闺情词借景抒情，深婉含蓄地表达了一位少妇晚春时节在孤寂中思念丈夫的真挚感情。句句景语，句句皆情，又巧用事典，精于烘托，实乃匠心独妙之作。结拍句“欲黄昏，雨打梨花深闭门”，余韵悠长而耐品，清黄苏《蓼园词评》称之“尤比兴深远，言有尽而意无穷”。

陈与义（一首）

［作者简介］陈与义（1090—1138），字去非，号简斋，洛阳人。宋徽宗时进士。靖康之变后官至参知政事。江西诗派后期重要诗人。有《简斋集》传世。

临江仙 夜登小阁忆洛中旧游

忆昔午桥桥上饮，坐中多是豪英。长沟流月去无声。杏花疏影里，吹笛到天明。 二十余年如一梦，此身虽在堪惊。闲登小阁看新晴。古今多少事，渔唱起三更。

【品读小记】

这首登临词，是词人从政二十五年后，于绍兴八年（1138）因病辞职，并寓居湖州青墩镇僧舍时所写。上片忆旧，在景语中抒情，以浓笔写靖康之乱前在洛阳生活时的欢乐；下片感今，在感叹中抒怀，以淡笔写历经离乱、饱经忧患的哀痛。从上下片感情的强烈对比之中，可感受词人深沉的国破家亡之恨和无限沧桑之叹。“杏花疏影里，吹笛到天明”，佳句也！以景衬人，意境优美，历来为人称颂。南宋胡仔《苕溪渔隐丛话》评曰：“清婉奇丽，简斋惟此词为最优。”

张元干（五首）

[作者简介] 张元干（1091—约 1161），字仲宗，号芦川居士、真隐山人，晚年自称芦川老隐。芦川永福（今属福建）人。靖康元年（1126），为李纲幕府僚属，协助抗金。官至将作少监。后李纲被罢，他株连获罪，绍兴元年（1131）致仕，先后闲居二十多年；绍兴二十一年（1151）甚至因填词送李纲、胡铨而被秦桧下狱、削籍。晚年漫游江南，客死他乡。词作卓越，词风多豪放悲壮，为辛派词人之先驱。有《芦川归来集》《芦川词》传世。

贺新郎　寄李伯纪丞相

曳杖危楼去。斗垂天、沧波万顷，月流烟渚。扫尽浮云风不定，未放扁舟夜渡。宿雁落、寒芦深处。怅望关河空吊影，正人间、鼻息鸣鼍鼓。谁伴我，醉中舞。　　十年一梦扬州路。倚高寒、愁生故国，气吞骄虏。要斩楼兰三尺剑，遗恨琵琶旧语。谩暗涩、铜华尘土。唤取谪仙平章看，过苕溪、尚许垂纶否。风浩荡，欲飞举。

【品读小记】

乐斋居士《七绝 歌张元干》诗曰：“刚风劲节几人同？慷慨悲歌笔力雄。大笑声中了今古，清词妙手避馋翁。”这首慷慨悲壮的爱国词作，与词人另一首《贺新郎·送胡邦衡待制》，堪称双璧姊妹篇佳作。宋高宗绍兴八年（1138）宋向金屈辱求和已成定局，但身为丞相的李纲仍上书反对秦桧议和，不久即因此被罢官。曾为李纲属官、此时也已因主张抗金而被削职寓居福建的张元干，闻讯写下这首满腔忠义、激情澎湃的词作，表达对李纲的崇敬、同情和支持，以及对时局的悲凉与不舍的期望。

上片侧重写景，融景入情。境界开阔的夜景，冷落寂寞的寒秋，词人登楼“怅望关河”，见夜幕沉沉，人们皆在酣睡中，不由得发出“谁伴我，醉中舞”的呼喊：现在，有谁能象晋代祖逖、刘琨夜半闻鸡起舞那样与我共舞呢？孤寂悲凉、期求奋发报国的心境，尽在这六字歇拍句中！下片着重叙事抒情，抒发一腔忠义之慨。词人登高倚楼望远而“愁生故国”：“十年一梦扬州路”啊！想到十年前金兵南侵、高宗退至扬州、扬州被金兵焚毁的战祸，不由得怒火中烧，直抒胸臆要“气吞骄虏”！激昂、慷慨、豪迈之情跃然纸上。词人渴望汉昭帝时派傅介子出使西域，剑斩屡屡击汉的楼兰王之壮举再现，而不希望昭君出塞、琵琶幽怨的遗恨又起（唐杜甫《咏怀古迹》“千载琵琶作胡语，分明怨恨曲中论”），表示出“愿将腰下剑，直为斩楼兰”（唐李白《塞下曲六首》其一）这种坚定的抗金志向。因此他由衷愤慨、深切同情李纲罢官犹如“谩暗涩、铜华尘土”；他真诚请求李纲是否可在浙江苕溪归隐，以利他日复出，再建抗金功业：“风浩荡，欲飞举”！热切、真诚、自信之忠义报国情思，尽在这六字结拍句中。

贺新郎　送胡邦衡待制

梦绕神州路。怅秋风、连营画角，故宫离黍。底事昆仑倾砥柱，九地黄流乱注。聚万落、千村狐兔。天意从来高难问，况人情、老易悲难诉。更南浦，送君去。　　凉生岸柳催残暑。耿斜河，疏星淡月，断云微度。万里江山知何处？回首对床夜语。雁不到、书成谁与？目尽青天怀今古，肯儿曹、恩怨相尔汝！举大白，听金缕。

【品读小记】

宋高宗绍兴八年（1138），身为枢密院编修官的胡铨（字邦衡）上书斩主和者秦桧等人，由是遭迫害，贬为福州签判；四年后又被诬陷除名，由福州押送新州（今广东新兴县）编管。当时寓居三山（今福州市）的张元幹，不顾个人安危，挥笔写下这首沉郁悲壮的词作送胡。

上片叙事抒怀。先沉痛地借梦境展现“离黍”之悲、故国之思，紧接着就发出“底事昆仑倾砥柱”的疑问。词人没有直接回答，却笔锋一转，“天意从来高难问，况人情、老易悲难诉”（化用唐杜甫《暮春江陵送马大卿公恩追赴阙下》“天意高难问，人情老易悲”句意），曲折地表示出对朝廷屈辱求和的不满和愤慨，也表示出对胡铨遭贬的不平和同情。歇拍句化用南朝江淹《别赋》“送君南浦，伤如之何”句意，悲凉而深沉。下片既融情于景，又曲折地在叙事中痛抒幽怀。在以景句勾画出秋夜送别场景之后，笔锋即转为回首旧日对床夜话“万里江山知何处”的悲凉，而此时话别，想到书信难通，心情更为沉重。而词人认为，志士话别岂可像小儿女那样“昵昵儿女语，恩怨相尔汝”（唐韩愈《听颖师弹琴》），而是要大气包举地“目尽青天怀今古”！词意一步一步转折至此，直逼出悲壮的结拍句：“举大白，听《金缕》。”此即言：别了！举杯消愁、听曲解闷吧！如此结句，余韵何其悠长！

这首含蓄隐曲的送别词，与词人此前直抒胸臆的《贺新郎·寄李伯纪丞相》，成为爱国情怀双璧姊妹篇，慷慨激昂，雄壮悲凉，时代气息浓烈，爱国情怀炽热，浩然之气力透纸背。《四库全书总目提要·芦川词》赞此二词“慷慨悲凉，数百年后尚想其抑塞磊落之气”。

石州慢　己酉秋吴兴舟中作

雨急云飞，惊散暮鸦，微弄凉月。谁家疏柳低迷，几点流萤明灭。夜帆风驶，满湖烟水苍茫，菰蒲零乱秋声咽。梦断酒醒时，倚危樯清绝。　　心折。长庚光怒，群盗纵横，逆胡猖獗。欲挽天河，一洗中原膏血。两宫何处，塞垣只隔长江，唾壶空击悲歌缺。万里想龙沙，泣孤臣吴越。

【品读小记】

本词是抒发爱国情怀的名作。宋高宗建炎三年（1129）金兵南侵，长江以北国土沦丧。这首“忠爱根于血性，勃不可遏”（清陈廷焯《词则·放歌集》）的词章，就是词人于秋天乘船逃难途中写就的。

上片写景。从天上到岸上再到湖面，勾画出一幅幅悲凉苍茫的画面。歇拍句表达了词人因国耻家仇而极端凄清愁苦的心境。下片转而抒怀。词人在伤心继而愤怒（“长庚光怒”，借太白金星的星象表白伤心极而愤怒起）之中，痛斥祸害、涂炭人民的民族败类和金人侵略者，以宏大的气魄直抒“欲挽天河，一洗中原膏血”（语本唐杜甫“安得壮士挽天河”句），收复失地的凌云抱负，又以势比人强的无奈倾吐出“唾壶空击悲歌缺”（暗用《世说新语·豪爽》王处仲“以如意打唾壶”典）这种壮志难酬的悲愤。结拍句倾诉词人因收复中原无望而怀念徽钦二帝的悲情，令人动容。这当然是忠君思想的流露。但在那个时代国家民族处于危亡之际，“忠君”与“爱国”本就难以截然分开，不应苛求古人予以贬斥，应当认为这是爱国情绪的一种宣泄，值得钦敬和褒扬。

眼儿媚　萧萧疏雨滴梧桐

萧萧疏雨滴梧桐，人在绮窗中。离愁遍绕，天涯不尽，却在眉峰。　娇波暗落相思泪，流破脸边红。可怜瘦似，一枝春柳，不奈东风。

【品读小记】

这是一首明白晓畅的闺情词。词人运用烘托、比喻、点染等手法，刻画出秋日“绮窗”思念丈夫的少妇形象。结拍句“可怜瘦似，一枝春柳，不奈东风”，比喻精妙，辞情俱佳，令人印象深刻。

满江红　自豫章阻风吴城山作

春水迷天，桃花浪、几番风恶。云乍起、远山遮尽，晚风还作。绿卷芳洲生杜若。数帆带雨烟中落。傍向来、沙觜共停桡，伤飘泊。　寒犹在，衾偏薄。肠欲断，愁难著。倚篷窗无寐，引杯孤酌。寒食清明都过却，最怜轻负年时约。想小楼、终日望归舟，人如削。

【品读小记】

这是一首记叙词人自豫章（今江南南昌）乘舟遇风浪阻于吴城山所见所思的羁旅词。

上片寓情于景。表面上状风帆漂泊之象，但“绿卷芳洲生杜若”句语本楚屈原《九歌·湘君》“采芳洲兮杜若”，就使人想到“湘君”（喻舜帝）“湘夫人”（喻娥皇女英）轰轰烈烈的爱情；而“数帆带雨烟中落”，以及下片与之呼应的结拍句，又使人想起北宋柳永《八声甘州》中的“想佳人妆楼颙望，误几回、天际识归舟”，喻示词人写风浪云山之景，都是为了烘托思念家中佳人而“伤漂泊”的愁思苦绪。下片进一步写亲人间的思念。先写“倚蓬窗无寐，引杯孤酌”的词人思亲情切，愁苦难当，尤其自责“负年时约”而未能在清明时节回家；接着又想象家中的佳人也在思念着自己：“想小楼、终日望归舟，人如削。”并以此结拍，余韵悠长。上片歇拍尾句“伤漂泊”是写词人自己，下片结拍尾句“人如削”是写词人的“她”，彼此思念情尤深，恰似宋李清照所说的“一种相思，两处闲愁”之谓也！词人是位常慷慨悲歌的爱国志士，然从这首词看，也是一位柔肠百结的多情丈夫。全词结构精巧，炼字精妙（如“削”），感情真挚，婉丽动人。

杨无咎（二首）

［作者简介］杨无咎（1097—1171），字补之，杨一作扬，一说名补之，字无咎。自号逃禅老人、清夷长者、紫阳居士。临江清江（今属江西）人。不乐仕途，以绘画自娱。有《逃禅词》传世。

柳梢青　茅舍疏篱

茅舍疏篱，半飘残雪，斜卧低枝。可更相宜，烟笼修竹，月在寒溪。　　宁宁伫立移时，判瘦损、无妨为伊。谁赋才情，画成幽思，写入新诗。

【品读小记】

这是一首清意袭人的咏梅词。上片重在写景，主要刻画盛花期已过的梅花形象，宛如一幅月下梅花图：以生在普通的“茅舍疏篱”旁“半飘残雪”的梅花为主体，辅之以修竹、寒溪，幽静朦胧、凄清高雅。下片着力抒情，写词人对梅花的无比喜爱和热忱赞赏。先是在全神贯注地赏看中幽思涌动：即使为此身体受损也在所不惜；接着词人就情不自禁地自问：有谁能赋予我才情，去画出这蕴藏着思想感情的梅花，将其美妙和精神写入新的诗篇！该词构思奇妙，用笔精炼，深刻而又含蓄地表达出词人清高幽洁的情怀和志趣。

水龙吟　西湖天下应如是

赵祖文画西湖图，名曰总相宜。

西湖天下应如是，谁唤作、真西子。云凝山秀，日增波媚，宜晴宜雨。况是深秋，更当遥夜，月华如水。记词人解道，丹青妙手，应难写、真奇语。　　往事输他范蠡，泛扁舟、仍携佳丽。毫端幻出，淡妆浓抹，可人风味。和靖幽居，老坡遗迹，也应堪记。更凭君画我，追随二老，游千家寺。

【品读小记】

咏叹杭州西湖秀美的诗词多矣！这首视角独特、构思精奇的长调，则大有为西湖“正名”之味道。开篇即声言“西湖天下应如是”！怎么“如是”呢？词人认为应当将地杰与人灵、自然风光与人文景观结合起来去认识西湖，那才是“真西子”！于是，上片虽然也主要描述西湖“宜晴宜雨”（暗用北宋苏轼《饮湖上初晴后雨》“水光潋滟晴方好，山色空濛雨亦奇”句意）的秀美风光，但声称“真西子”的自然美，其实并非墨妙笔精可以人力描摹出来的。下片则铺排西湖的人文厚重：范蠡扁舟、“和靖（指林逋）幽居”、“老坡（指苏东坡）遗迹”，认为这些都曾大为西湖增色而“也应堪记”，是“真西子”不可或缺的内涵。词人是位终身未仕的隐士，更在意西湖的人文胜迹，于是就结拍于“更凭君画我，追随二老（指林逋、苏轼），游千家寺”了。以词的形式艺术地展现词人“真西子”的“西湖观”，可谓本词的鲜明特色，给人新的美学启迪。

岳飞（二首）

［作者简介］岳飞（1103—1142），字鹏举，相州汤阴县永和乡孝悌里（今属河南）人，军事家、战略家，官至枢密副使，封武昌郡开国公。抗金名将，位列南宋“中兴四将”之首。后为秦桧害而被冤杀。谥武穆。有《岳武穆集》传世。

小重山　昨夜寒蛩不住鸣

昨夜寒蛩不住鸣，惊回千里梦，已三更。起来独自绕阶行。人悄悄，帘外月胧明。　　白首为功名。旧山松竹老，阻归程。欲将心事付瑶琴。知音少，弦断有谁听？

【品读小记】

此词曲婉深隐，乃“真有寄托之作也”（见詹安泰《词学讲义》）。清沈雄《古今词话·词话上卷》之“武穆作小重山”条目引：《话腴》曰：“武穆收复河南罢兵表云：‘莫守金石之约，难充溪壑之求。暂图安而解倒悬，犹之可也。欲远虑而尊中国，岂其然乎。’故作《小重山》云：‘欲将心事付瑶琴。知音少，弦断有谁听？’指主和议者。”盖岳飞不满朝野上下与金人议和，无奈壮志难申，苦闷孤愤、悲凉悱恻之至，故作此词予以寄托。此词情景交融，“苍凉悲壮中，风流儒雅”（清陈廷焯《云韶集》）。詹安泰《词学讲义》阐释此词：“故国怕回首，而托诸惊梦；所愿不得偿，则托诸空阶明月；咎忠贞不见谅于当轴，致坐失机宜，而托诸瑶琴独奏，赏音无人。盖托体比兴也。”斯言甚契。

满江红　写怀

怒发冲冠，凭栏处、潇潇雨歇。抬望眼，仰天长啸，壮怀激烈。三十功名尘与土，八千里路云和月。莫等闲，白了少年头，空悲切！　靖康耻，犹未雪。臣子恨，何时灭！驾长车踏破，贺兰山缺。壮志饥餐胡虏肉，笑谈渴饮匈奴血。待从头、收拾旧山河，朝天阙。

【品读小记】

此词为岳飞流传千古的名篇。浩然之气，充塞天地；壮烈之志，足昭日月；忠愤之怀，感佩人心。

上片“怒发冲冠”“壮怀激烈”，破空而来，悲愤之情和盘托出，直抒胸臆。“潇潇雨歇”，则有“风萧萧兮易水寒”之意境。“三十功名尘与土，八千里路云和月”，语气稍婉，检点平生，浅吟低唱中陡见襟怀。“莫等闲，白了少年头，空悲切”，自励励人，寄语恳切，“唤醒普天下之血性男儿，为国雪耻”（近人唐圭璋语）。下片重回慷慨激昂之调性，气冲霄汉，声遏流云，一抒耿耿孤忠、凛然正义，令人血气激荡，振奋报国御侮之志。这首词曲在抗战时期广为流传，其抗敌报国之声，感染众多中华儿女。1947 年电影《八千里路云和月》直取此词名句。20 世纪 80 年代港剧《射雕英雄传》亦以此词为插曲，一时风靡大江南北，足见其伟大的艺术感染力。清陈廷焯《云韶集》评此词：“拔剑斫地，敲碎玉唾壶，余读距跃三百，曲踊三百。‘莫等闲’二语，当为千古箴铭。何等气概！何等志向！千载下读之凛凛有生气焉。”

黄公度（二首）

［作者简介］黄公度（1109—1156），字师宪，号知稼翁，莆田（今属福建）人。绍兴八年（1138）进士，官至尚书考功员外郎。有《知稼翁词》一卷传世。

青玉案 邻鸡不管离怀苦

邻鸡不管离怀苦，又还是、催人去。回首高城音信阻。霜桥月馆，水村烟市，总是思君处。 裛残别袖燕支雨，漫留得、愁千缕。欲倩归鸿分付与。鸿飞不住，倚栏无语，独立长天暮。

【品读小记】

此词用比兴手法，婉而多讽，曲折表达出愤恨不平而又无奈，应命而又不甘的忧愁之情。清陈廷焯《云韶集》曰："寓意温婉。按《词综》云，公等第后为赵忠简所器，秦桧颇衔之，及召赴行在，随知非当路意，而迫于君命，故寓意此词，盖去就早定矣。"上片"邻鸡不管离怀苦，又还是、催人去"，既是对邻鸡催晨的烦心，也是对朝廷上秦桧势力的不满。"霜桥月馆，水村烟市，总是思君处"，似有多重意蕴，包含对亲友、对罢相的赵鼎乃至对皇帝的复杂感情。下片看似写别情，实则寄寓赴临安后难免罢官而归的无奈。结句"独立长天暮"，一片"日暮乡关何处是，烟波江上使人愁"的感喟。

卜算子 薄宦各东西

薄宦各东西，往事随风雨。先自离歌不忍闻，又何况，春将暮。
愁共落花多，人逐征鸿去。君向潇湘我向秦，后会知何处。

【品读小记】

《知稼翁词》按云：公之从弟童，士季其字也。以绍兴戊午同榜乙科及第。有和章云“不忍更回头，别泪多于雨。肺腑相看四十秋，奚止朝朝暮暮。何事值花时，又是匆匆去。过了阳关更向西，总是思兄处”。

此词抒发宦海浮沉，前程难料，离多聚少的别情，朴实自然，情意真挚。清谢章铤《赌棋山庄词话》云：“词固有兴观群怨，事父事君，而与雅颂同文者乎……薄宦东西，离歌不忍，则有黄师宪《卜算子》……。”上片“薄宦各东西，往事随风雨”，用唐李商隐《蝉》“薄宦梗犹泛，故园芜已平”句意，而喻家国之思，涵义更为深厚。下片“君向潇湘我向秦，后会知何处”，直接引用唐郑谷《淮上与友人别》“数声风笛离亭晚，君向潇湘我向秦”句，后会不知何时，更不知何处，愁情更进一层。清陈廷焯《云韶集》评曰：“分作两层，情味乃出。用唐人成语，情节却妙。”

朱淑真（四首）

［作者简介］朱淑真（约1135—1180），号幽栖居士，祖籍歙州，《四库全书》中定为浙中海宁人，一说钱塘（今杭州）人。出身仕宦家庭，因婚姻不合而长期独居娘家，忧郁终身。工诗词书画，通晓音律，宋代著名女作家，词坛著名女词人。有《断肠诗集》《断肠词》传世。

江城子　赏春

斜风细雨作春寒，对尊前，忆前欢。曾把梨花，寂寞泪阑干。芳草断烟南浦路，和别泪，看青山。　昨宵结得梦夤缘，水云间，悄无言。争奈醒来，愁恨又依然。展转衾裯空懊恼，天易见，见伊难。

【品读小记】

朱淑真生于仕宦之家，少女时曾有一段美好感情，后嫁于小吏，情趣不合，忧郁终老。其词多笼罩凄婉愁绪，清陈廷焯《白雨斋词话》论曰:“朱淑真词，才力不逮易安，然规模唐五代，不失分寸。”清沈雄《古今词话》载:“《女红志馀》曰:‘钱塘朱淑真自以所适非偶，词多幽怨。每到春时下帏趺坐。人询之，则云，我不忍见春光也。’”此词即为“不忍见春光”之作也，赏春乎？伤春也。上片借春寒写春愁，以忆前欢对比现实的离别空寂，自有一片哀婉。下片先写梦中相会，次写梦醒更添愁情，末句“天易见，见伊难”，于绝望哀语中结拍，如琴弦绷断，击人心魄。

眼儿媚　迟迟春日弄轻柔

迟迟春日弄轻柔，花径暗香流。清明过了，不堪回首，云锁朱楼。　　午窗睡起莺声巧，何处唤春愁？绿杨影里，海棠亭畔，红杏梢头。

【品读小记】

此词写春愁，寓愁情于清和婉丽的春景之中，淡雅如茶。上片“迟迟春日弄轻柔”，着一“弄”字，仪态万方。“清明过了，不堪回首，云锁朱楼”，春光稍纵即逝，值暗云低敛于朱楼之上，着一“锁”字，则将天气、心绪均囊括其中。下片揭开春愁面目，午睡初醒，万物慵懒，恰巧啼莺声声，唤起春愁，如唐人有“打起黄莺儿，莫教枝上啼”诗句。写春愁者，有南唐李后主“问君能有几多愁？恰似一江春水向东流”；有北宋贺铸“一川烟草，满城风絮，梅子黄时雨”。而朱淑真此词别开生面，写啼莺唤春愁之处所——“绿杨影里，海棠亭畔，红杏梢头”，一者见春愁无处不在；二者见美好春景却都是愁景；三者静中有动、静中有声，动静皆是愁情。清陈廷焯《云韶集》评曰:“婉丽之句自是闺阁中声。字字绮丽风流。”

菩萨蛮　咏梅

湿云不渡溪桥冷，娥寒初破东风影。溪下水声长，一枝和月香。
人怜花似旧，花不知人瘦。独自倚阑干，夜深花正寒。

【品读小记】

这首咏梅词通篇不见一“梅”字，借梅喻人，写梅亦是写人。上片以湿云、溪桥、寒月、东风、流水，调动视觉、听觉、触觉和嗅觉，构造了梅所处的环境，一派清寒静谧之幽香，令人如临其境。“一枝和月香”，算是直接写梅的词句，用通感手法，着一“和”字，新月似乎也沾染了梅花的香气；同时也借用月之清辉，映衬出梅之高洁，可谓一举两得。下片写赏梅之人。“人怜花似旧，花不知人瘦”，人比花瘦的意象，或许是女性词人独有的视角，又如宋李清照“莫道不销魂，帘卷西风，人比黄花瘦”，突显人的楚楚可怜和孤独无助。末句“独自倚阑干，夜深花正寒”，与首句“湿云不渡溪桥冷”呼应，夜深了，花感受到寒意，人亦如此。明潘游龙《古今诗余醉》论此词：“咏梅词之灵慧，当推此为第一，而更喜其不犯一梅。”

减字木兰花　春怨

独行独坐，独唱独酬还独卧。伫立伤神，无奈轻寒著摸人。
此情谁见，泪洗残妆无一半。愁病相仍，剔尽寒灯梦不成。

【品读小记】

传词人乃朱熹侄女，出身书香却嫁市井之家，终身抑郁。这首抒情小令生动刻画出词人孤寂的生活和悲怆的心境。开篇二句十一字竟用了五个“独”字，极言自己生活尽在孤寂中。白天，她在屋外“伫立伤神”，无奈风寒侵扰，“著摸”二字，极尽细微之感；回到室内，她又泪流满面，以致夜晚“剔尽寒灯梦不成”。词人的如海愁思在短短四十四字中被渲染得淋漓尽致，颇具艺术感染力。

陆游（八首）

［作者简介］陆游（1125—1210），字务观，号放翁。越州山阴（今浙江绍兴）人。孝宗隆兴初赐进士出身，曾任县主簿、州通判、知州、礼部郎中、秘书监。范成大帅蜀时，曾在幕中任参议官。晚年致仕后封渭南伯。一生忧国忧民。既是一位成就卓著的大诗人，也是一位词作大家。有《陆放翁全集》传世。

鹧鸪天　家住苍烟落照间

家住苍烟落照间，丝毫尘事不相关。斟残玉瀣行穿竹，卷罢黄庭卧看山。　贪啸傲，任衰残，不妨随处一开颜。元知造物心肠别，老却英雄似等闲！

【品读小记】

乐斋居士《七绝 歌陆游》诗曰："壮怀激烈漫笺流，沉郁悲凉是陆游。报国无门贪啸傲，一腔热血老沧洲。"陆游是一位具有强烈报国心的爱国志士，但为政敌所害，被迫长期闲居家乡山阴。这首词就是词人隐居中的作品。上片写词人"丝毫尘世不相关"而与道家相通（《黄庭经》乃道教经典）的散淡闲适的隐居生活。下片在写词人傲骨嶙峋、蔑视世俗、随遇而安的高士风范和道家情怀之后，不由得满腔激愤喷涌而出："元知造物心肠别，老却英雄似等闲！"直抒胸臆地表达出对英雄无用武之地的愤懑，对他已看透了的朝廷（"造物"）苟且偷安的强烈不满。近人王国维《人间词话》说："诗词者，物之不得其平而鸣者也，故欢愉之辞难工，愁苦之言易巧。"读陆游词尤有此叹。

钗头凤 红酥手

红酥手，黄縢酒，满城春色宫墙柳。东风恶，欢情薄。一怀愁绪，几年离索。错错错！ 春如旧，人空瘦，泪痕红浥鲛绡透。桃花落，闲池阁。山盟虽在，锦书难托。莫莫莫！

【品读小记】

这首题于绍兴沈园的著名词章，因记叙陆游自身经历的一场刻骨铭心的爱情悲剧而格外引人注目，流传久远，可谓千古伤情词也！陆游早年与表妹唐婉结婚，两情相悦，却不料其母因不喜儿媳而强行拆散。几年后的绍兴二十五年（1155），已各自成婚的陆游与唐婉在沈园不期而遇，感叹万端，无以释怀，遂题写了这首追忆幸福爱情、充满悲情苦意、展露心头创伤、控诉吃人礼教的名作。唐婉亦善词，见而和之云："世情薄，人情恶，雨送黄昏花易落。晓风干，泪痕残。欲笺心事，独语斜阑。难，难，难！ 人成各，今非昨，病魂常似秋千索。角声寒，夜阑珊。怕人寻问，咽泪妆欢。瞒，瞒，瞒！"未几，以愁怨死。

卜算子 咏梅

驿外断桥边，寂寞开无主。已是黄昏独自愁，更著风和雨。
无意苦争春，一任群芳妒。零落成泥碾作尘，只有香如故。

【品读小记】

此词乃咏梅名篇，其特点是"取神不取貌"（近人唐圭璋《唐宋词简释》）。上片着重写梅之困境，也可看作词人所遇之世道；下片着重写梅之品格，也可看作词人自述其生平。清陈廷焯《云韶集》曰："沉沦不遇者，读之一叹。寓意深长，有色有骨，盖先生自道也。"上下片内容相互呼应，相互烘托，起到共同加强此词意旨的作用。通篇句句是景物语，亦句句是情致语。词人托物抒怀言志，表达了临难不屈、处孤不馁、顽强执着、坚贞自守、不慕荣华、不随波逐流、也不忧谗畏妒的高洁情怀。末句“只有香如故”，平常语，却具非凡力量，最见“劲节”（明卓人月《词统》）。

鹊桥仙　华灯纵博

华灯纵博，雕鞍驰射，谁记当年豪举。酒徒一一取封侯，独去作、江边渔父。　　轻舟八尺，低篷三扇，占断蘋洲烟雨。镜湖元自属闲人，又何必、君恩赐与。

【品读小记】

此词为陆游罢归山阴时所作。上片起句追忆“华灯纵博，雕鞍驰射”的军旅生涯，本当建功立业，却以“谁记当年豪举”转折，顿时锣鼓消歇。“酒徒一一取封侯，独去作、江边渔父”，当年的酒徒前程各异，对比鲜明，一半封侯者居庙堂之高，一人渔父者处江湖之远，着一“独”字，见其不为当朝所用，有遗世独立之慨。下片写渔父生活，轻舟、低篷，本已狭促，却能“占断蘋洲烟雨”，“占断”与上片“独去作”相呼应，构造出天地之间、一人而已的意境。结拍句“镜湖元自属闲人，又何必、君恩赐与”，反用唐贺知章告老还会稽、唐玄宗诏赐镜湖剡溪一曲的典故，反映出对朝廷不满，一抒孤愤不平之气。明杨慎《词品》云：“放翁词，纤丽处似淮海，雄快处似东坡。其感旧《鹊桥仙》一首，英气可掬，流落亦可惜矣。”

鹊桥仙　一竿风月

一竿风月，一蓑烟雨，家在钓台西住。卖鱼生怕近城门，况肯到、红尘深处？　　潮生理棹，潮平系缆，潮落浩歌归去。时人错把比严光，我自是、无名渔父。

【品读小记】

古来贤者，多隐于渔。甫自唐张志和《渔歌子》出，历代唱和者不绝，如颜真卿、孙光宪、李珣、欧阳炯、李煜、苏轼、黄庭坚、朱敦儒、赵构等，遂蔚为大观，形成“渔父词”这一独特类型。渔父词歌隐逸之志，超然尘埃之外，多清简之风。陆游亦偏爱渔父词，存世近百五十首词中，有二十多首渔父词，此词为其中佼佼者。上片起句“一竿风月，一蓑烟雨”，与南唐李后主“一棹春风一叶舟，一纶茧缕一轻钩”异曲同工。“卖鱼生怕近城门”，可见自珍自视，托想甚高。下片“潮生理棹，潮平系缆，潮落浩歌归去”，连用三个“潮”字，“句法累如贯珠”（近人俞陛云语）。末句“时人错把比严光，我自是、无名渔父”，超脱中似仍有一丝苦涩与无奈。

鹊桥仙　夜闻杜鹃

茅檐人静，蓬窗灯暗，春晚连江风雨。林莺巢燕总无声，但月夜、常啼杜宇。　　催成清泪，惊残孤梦，又拣深枝飞去。故山犹自不堪听，况半世、飘然羁旅！

【品读小记】

清陈廷焯《云韶集》论陆游曰：“人谓放翁颓放，诗词一如其人，不知处放翁之境，外患既深，内乱已作，不得不缄口结舌，托于颓放，其忠君爱国之心实与子美、子瞻无异也。读先生词，不当观其奔放横逸之处，当观其一片流离颠沛之思，哀而不伤，深得风人大旨。”此词写词人于蜀地“夜闻杜鹃”，当为“流离颠沛之思”的典型。杜鹃者，天地间愁种子也，传为望帝之魂所化，啼声悲苦。上片铺陈夜闻杜鹃之情境，茅屋蓬窗，风雨连江，萧索之至。待到月夜风雨消歇，莺燕俱静，才引出杜鹃，映衬其啼声格外刺耳扎心。下片写夜闻杜鹃之感受。身世之感，家国之思，黯然神伤。末句以

“况半世、飘然羁旅”作结，令人唏嘘。清陈廷焯评此词“字字是血，放翁一生不遇，于情不得已时，不觉偶露”。

诉衷情 当年万里觅封侯

当年万里觅封侯，匹马戍梁州。关河梦断何处？尘暗旧貂裘。
胡未灭，鬓先秋，泪空流。此生谁料，心在天山，身老沧洲。

【品读小记】

此词为陆游晚年所作名篇，悲怆沉郁，如秋风夜雨，泣诉呼号，直抒襟怀。上片“当年万里觅封侯，匹马戍梁州”，指乾道八年（1172年）词人投身王炎幕府，从事抗金事业，化用班超投笔从戎、以取封侯的典故，再现当年壮志雄心。“关河梦断何处？尘暗旧貂裘”，可惜时势不济，报国无路，词人半年即被调离，着一“断”字，见其突兀、无奈，关河从此唯在梦中，如词人诗句“夜阑卧听风吹雨，铁马冰河入梦来”；“尘”“暗”“旧”三字连用，可见长期理想破灭、心境黯然。下片直诉衷肠。“胡未灭，鬓先秋，泪空流”，用“未”“先”“空”三虚字，层进转深，神完气足，痛苦之情溢于言表。而“此生谁料，心在天山，身老沧洲”，以“谁料”二字牵引，则将壮志难申的悲愤、身心分离的苦痛，放置在一生的时空中，读来令人扼腕叹息。

好事近 次宇文卷臣韵·十二之三

客路苦思归，愁似茧丝千绪。梦里镜湖烟雨，看山无重数。
尊前消尽少年狂，慵著送春语。花落燕飞庭户，叹年光如许。

【品读小记】

这首羁旅词，上片反映出词人深深的思乡情结：“梦里镜湖（在今绍兴市内）烟雨”；下片一句“尊前消尽少年狂”，尽现人生旅途坎坷之幽怀；而“叹年光如许”的结拍句，则委婉地表达出词人壮志难酬的人生苦闷和悲哀。至此，人们不难体会到词人“愁似茧丝千绪”所蕴含的家国情怀。

范成大（五首）

［作者简介］范成大（1126—1193），字致能，号称石湖居士。平江吴郡（今苏州）人。绍兴二十四年（1154）进士，累官至参知政事。南宋四大诗人之一，尤以田园诗著称。亦词作大家。谥文穆。有《石湖集》《揽辔录》《吴船录》等传世。

水调歌头　细数十年事

细数十年事，十处过中秋。今年新梦，忽到黄鹤旧山头。老子个中不浅，此会天教重见，今古一南楼。星汉淡无色，玉镜独空浮。　敛秦烟，收楚雾，熨江流。关河离合，南北依旧照清愁。想见姮娥冷眼，应笑归来霜鬓，空敝黑貂裘。酾酒问蟾兔，肯去伴沧洲。

【品读小记】

范成大既是宋朝一位重要的爱国主义诗人，也是一名中年后官位显赫的政治家，但终因与宋孝宗政见不合而去官，归隐苏州石湖。孝宗乾道六年（1170）曾奉命使金，坚持气节，不辱使命，既赢得金人的尊重，回国后又受到朝野的称赞。此后，历任静江（今桂林）、成都、明州（今宁波）、建康（今南京）等地行政长官，常处于牵涉之中，此词当是路经武昌时所作。这首别具一格的中秋词咏叹身世和时政，在既自得也自责的心态中抒发忧国情怀和归隐情思。

上片感叹身世和当下，写当年来到武昌“黄鹤旧山头”过中秋，既感叹过往“十年”“十处过中秋”，又以东晋庾亮自比（东晋与南宋有南北分治、偏安一隅的惊人相似），一如当年庾亮登南楼告诸佐吏“诸君少住，老子于此处兴复不浅”之雅会（见《晋书·庾亮传》），发“今古一南楼”之自得语。歇拍句写月空豪迈开朗，表达了词人自得而喜悦的心情。下片转头句承上继续写月空的明净，但词人却由喜转悲：月亮普照的大地却是“关河离合南北”，不由得“清愁”顿起。想到自己出使金国固然载誉归来，比起战国时苏秦使秦“黑貂之裘敝，黄金百斤尽”（见《战国策·秦策》）要好了很多，但终究未能完成收复中原的统一大业，谈不上成功，实际上也是“空敝黑貂裘”，因而“想见姮娥冷眼”，惭愧而自责。由此，结拍句委婉而又沉痛地表达了归隐“沧州”的念头。

全词情景交融，以情为主。中秋写月，只用上片歇拍句、下片转头句寥寥几笔，既是“江天一色无纤尘”的绝妙写景，更是自得而自责两种情思的无缝承启，笔力不凡。

眼儿媚　酣酣日脚紫烟浮

萍乡道中乍晴，卧舆中，困甚，小憩柳塘。

酣酣日脚紫烟浮，妍暖破轻裘。困人天色，醉人花气，午梦扶头。　　春慵恰似春塘水，一片縠纹愁。溶溶泄泄，东风无力，欲皱还休。

【品读小记】

一首写春慵春困的绝妙好词。上片写“道中乍晴”之状：风和日丽，穿过云隙下射的日光（“日脚”）将大地照得暖烘烘的，乍暖还寒时节穿着轻裘的词人浑身发热，花香也格外浓郁，人也就欲“困”似“醉”，昏昏欲睡了。下片写“小憩柳塘”之景：由“困”“醉”而来的“春慵”，恰似“东风无力”中的“欲皱还休”的“春塘水”，多么形象！本来无迹可寻的“春慵”由此而具象化，十分传神。从中人们不难看出，作为政治家，曾出使金国载誉归来的词人，此时是不是由“春慵”而想到进退、战和举棋不定的朝廷之现状呢？“东风无力”“一片縠纹愁”啊！

浣溪沙　江村道中

十里西畴熟稻香，槿花篱落竹丝长，垂垂山果挂青黄。

浓雾知秋晨气润，薄云遮日午阴凉，不须飞盖护戎装。

【品读小记】

这首小令表达词人出游江村道中的愉悦心境。上片写风光宜人：金灿灿的稻熟平野，硕果累累泛青黄的果林山丘，紫红木槿花、碧翠修竹林围绕的村庄，交织成夏末秋初色彩斑斓的田园风光，一派丰收景象。下片写气候宜人：“晨气润”，“午阴凉”，虽然是武装出游（此时词人当为武职官员），也可自由自在而无须遮盖“戎装”。全词以景见情，借景抒情，表达出词人热爱自然、热爱生活、热爱脚下一方热土的情怀。

忆秦娥　楼阴缺

楼阴缺，阑干影卧东厢月。东厢月，一天风露，杏花如雪。

隔烟催漏金虬咽，罗帏黯淡灯花结。灯花结，片时春梦，江南天阔。

【品读小记】

这是一首怀人念远的闺怨词。写得别具一格：不见“忧”“怨”，没有愁眉苦脸的形象，而是写宁静中的深情、温馨中的思念。上片写景，人在景外；下片写人，人在景中。写景，以静为主，静中有动；写人，若隐若现，亦真亦幻。用典，则句如己出，贴切自然（“片时春梦”二句，脱胎于唐岑参《青梦》“枕上片时春梦中，行尽江南数千里”句）。全词风格轻灵、疏朗，读来有如一缕幽香，沁人肺腑。

宜男草 舍北烟霏舍南浪

舍北烟霏舍南浪，雪倾篱、雨荒薇涨。问小桥、别后谁过，惟有迷鸟羁雌来往。 重寻山水问无恙。扫柴荆、土花尘网。留小桃、先试光风，从此芝草琅玕日长。

【品读小记】

该词大概写于范成大归隐苏州石湖之后，描述的是家居风光和寄情田园山水的生活情趣。一句“重寻山水问无恙”，道出了词人安然归来的欣慰、恬淡和自适。全词格调清新，意境疏朗，生机盎然。

杨万里（二首）

［作者简介］杨万里（1127—1206），字廷秀，吉州吉水（今属江西）人。号诚斋。因宋光宗曾为其亲书“诚斋”二字，故学者称其为“诚斋先生”。绍兴二十四年（1154）进士，历官四朝，曾知赣州，官至宝谟阁学士，谥文节。南宋大诗人，与陆游、范成大、尤袤齐名，且自成一家称“诚斋体”。有《诚斋集》传世。

昭君怨　赋松上鸥

晚饮诚斋，忽有一鸥来泊松上，已而复去，感而赋之。

偶听松梢扑鹿，知是沙鸥来宿。稚子莫喧哗，恐惊他。
俄倾忽然飞去，飞去不知何处？我已乞归休，报沙鸥。

【品读小记】

杨万里一生忧国忧民，曾因上书指摘朝政而长期被贬，终至辞官归乡吉水，家居忧愤至死。《宋史》记载词人临终前有“报国无路，惟有孤愤”之语。这首为沙鸥投宿松梢而写的小令，通过上片写沙鸥来时之惊喜，下片写沙鸥去后之惆怅，抒发的正是这种“吾与谁共”的孤愤和无奈。全词近乎白描，明白如话，绘声绘影，十分传神。

昭君怨　咏荷上雨

午梦扁舟花底，香满西湖烟水。急雨打篷声，梦初惊。
却是池荷跳雨，散了真珠还聚。聚作水银窝，泻清波。

【品读小记】

这首小令构思亦梦亦真，精巧新奇；写景绘声绘色，生动传神，可谓“独照之匠，窥意象而运斤”（南朝刘勰《文心雕龙·神思》）之作。上片写梦境中泛舟赏西湖荷海，下片写现实中家居观池荷跳雨，上下片则以“急雨”“惊梦”相贯通，自然而熨帖。该令尤以下片精彩，通过“跳”“散”“聚”“泻”四字，十分形象传神地将急雨打荷的情景呈现在读者面前；而词人由急雨惊梦之遗憾，转而咏叹荷上雨之欣喜，令人如临其境。虽小令，而大作也！

张孝祥（六首）

［作者简介］张孝祥（1132—1169），字安国，号于湖居士，历阳乌江（今安徽和县乌江镇）人。绍兴二十四年（1154）进士曾任中书舍人、建康（今南京）留守、知荆南兼湖北路安抚使、知潭州（今长沙）等。仕途坎坷，两度遭罢官。乾道五年（1169）因病退居芜湖，卒葬建康。善诗文，词作大家，造诣精深，词风近苏轼。有《于湖居士文集》《于湖词》传世。

六州歌头　长淮望断

长淮望断，关塞莽然平。征尘暗，霜风劲，悄边声。黯销凝。追想当年事，殆天数，非人力；洙泗上，弦歌地，亦膻腥。隔水毡乡，落日牛羊下，区脱纵横。看名王宵猎，骑火一川明，笳鼓悲鸣，遣人惊。　　念腰间箭，匣中剑，空埃蠹，竟何成！时易失，心徒壮，岁将零。渺神京。干羽方怀远，静烽燧，且休兵。冠盖使，纷驰骛，若为情！闻道中原遗老，常南望、翠葆霓旌。使行人到此，忠愤气填膺，有泪如倾。

【品读小记】

乐斋居士《七绝　歌张孝祥》诗曰："淋漓酣墨痛沉多，忠愤填膺奈若何。肝胆浮沉似冰雪，扣舷独啸洞庭波。"南宋孝宗隆兴元年（1163），张孝祥任建康留守；是年南宋北伐战败，朝中主和派再次得势。词人对此义愤填膺，在一次筵席上即席赋写此词。上片写淮河以北沦陷区的凄凉景象，叹息"当年事"（"靖康之难"）的无奈，感慨金兵占领者的耀武扬威（"区脱"，指土室攻防工事）。下片抒发词人报国无门、壮志难酬的忠愤和悲凉。最后三句以情结拍，悲壮淋漓，令人动容。词人面对当时严酷政治现实，在词中披肝沥胆，直抒胸襟，忠勇过人。全词在章法上一气呵成，节律紧凑，声情激越；在情感上正气凛然，义薄云天，悲壮苍凉，是一首震撼人心的爱国词章。

宋无名氏《朝野遗记》记述："张安国在建康留守席上赋此阕，魏公为罢席而入。"说魏公即抗金统帅张浚闻此词而感动得罢席。

水调歌头　闻采石战胜

雪洗虏尘静，风约楚云留。何人为写悲壮，吹角古城楼？湖海平生豪气，关塞如今风景，剪烛看吴钩。剩喜然犀处，骇浪与天浮。　忆当年，周与谢，富春秋。小乔初嫁，香囊未解，勋业故优游。赤壁矶头落照，肥水桥边衰草，渺渺唤人愁。我欲乘风去，击楫誓中流。

【品读小记】

这是宋词中难得一见的抗金凯歌词。"绍兴三十一年（1161）十一月，虞允文督建康诸军以舟师拒金主亮于东采石，战胜却之。"（见《宋史·高宗本纪》）词人得知这一振奋人心的重大喜讯，遂热情洋溢地写了这首《水调歌头》以抒发自己的爱国激情、报国豪情。该词站位高，立意远，大气复凝练，悲壮而豪迈。通篇抒情为主，叙事、写景交织其间，尤以用典精当贴切，使本词兼具时代感和历史感，既深化了主题，也更加文采焕然。下片引出三国周瑜在赤壁大败曹操，东晋谢玄、谢石在淝水大败前秦苻坚的战绩，以及南朝祖逖统兵北伐、中流击楫的壮烈，不仅丰满地表达了词人对具有历史意义的采石之战的由衷喜悦之情，也深切地表达了希望收复神州失地的壮志豪情，读来颇有"往者虽旧，余味日新"（南朝刘勰《文心雕龙·宗经》之慨。

念奴娇　过洞庭

洞庭青草，近中秋，更无一点风色。玉鉴琼田三万顷，著我扁舟一叶。素月分辉，明河共影，表里俱澄澈。悠然心会，妙处难与君说。　　应念岭海经年，孤光自照，肝肺皆冰雪。短发萧骚襟袖冷，稳泛沧浪空阔。尽吸西江，细斟北斗，万象为宾客。扣舷独笑，不知今夕何夕。

【品读小记】

本词堪称“风清骨峻，篇体光华”（南朝刘勰《文心雕龙·风骨》）之宋词名作，称之为志存高远、身修高洁、行尚高迈，而又美轮美奂之千古绝唱，或不为过。

上片主要写景，写月下洞庭的“澄澈”之美。“玉鉴琼田三万顷，著我扁舟一叶”，前句有谪仙之范，后句则乃神来之笔，颇有自然造化为我所用之意趣。“素月分辉，明河共影，表里俱澄澈”，实乃月下天光水色之绝妙描述。而“表里俱澄澈”则为全词之主旨和灵魂。这是说，词人上下前后左右一切的一切都是透明的，没一丝污浊。这是物境，更是心境。下片着重抒情，写自己内心之“澄澈”：“肝肺皆冰雪”！作为抗金主战派的词人，虽然此时因谗陷被罢官，但仍然沉着而坚定地“稳泛苍溟空阔”；更进一步，词人将自己设想为自然界的主人，他要“尽吸西江，细斟北斗，万象为宾客”。多么自信，多么豁达，多么气派！全词至此也达到情感的高潮。

该词构思宏大，情思激荡，情景交融，心物相映，运笔淋漓酣畅，用语精当洗练，豪迈中见婉约，精微中有玄妙，用典也妥帖自然（如“细斟北斗”暗用《九歌·东君》“援北斗兮酌桂浆”句意；“不知今夕何夕”，变用北宋苏轼《念奴娇·中秋》“今夕不知何夕”句）。近人王国维《人间词话》认为“文学之事”，楚屈原在《离骚》中提出的“内美”与“修能”，“于此二者不可缺一”。此词当是此二者、且“尤重内美”的完美结合了。今人袁行霈先生在评价此词情景交融写法时说:“这首词在情与景的交融上确有独到之处，天光与水色，物境与心境，昨日与今夕，全都和谐地融合在一起，光明澄澈，给人以美的感受和教育。”（北京燕山出版社《宋词鉴赏辞典》）信哉，斯言!

西江月　问讯湖边春色

问讯湖边春色，重来又是三年。东风吹我过湖船，杨柳丝丝拂面。　　世路如今已惯，此心到处悠然。寒光亭下水如天，飞起沙鸥一片。

【品读小记】

词人因坚决主张抗金、反对屈辱“议和”，而屡遭投降派构陷迫害。在历经坎坷、饱尝世态炎凉之后，词人来到三塔湖畔、寒光亭下（今属江苏溧阳），写下这首著名小令。全词情景交融，在如诗如画的优美写景中流露出浓郁的情致。上片，词人似在景中怡然自足；下片，词人似在景中闲适自得。“世路如今已惯，此心到处悠然”，警策句也！亦是本词主旨之所在。人们可从中感受到，词人表面怡然、悠然背后，却蕴含着难言的深沉的辛酸、痛苦和悲愤；词人娱情山水，恬淡中也隐然有了愤极避世、出尘归隐之意。词以景语结拍，语淡意远，飘逸辽阔，妙极!

水调歌头　金山观月

江山自雄丽，风露与高寒。寄声月姊，借我玉鉴此中看。幽壑鱼龙悲啸，倒影星辰摇动，海气夜漫漫。涌起白银阙，危驻紫金山。　　表独立，飞霞佩，切云冠。漱冰濯雪，眇视万里一毫端。回首三山何处，闻道群仙笑我，要我欲俱还。挥手从此去，翳凤更骖鸾。

【品读小记】

唐宋时的镇江金山寺耸立在大江之中，雄伟壮观。词人登金山观月的这首词，既抒发了英雄凌云之气，又尽显一派飘然出尘之姿。上片主要写景，描写月下壮丽奇幻的长江，浓墨健笔，兼以拟人化手法（“寄声”句），描绘出高驻金山的奇景，给人以亦真亦幻的艺术感受。下片着重抒情，词人沉醉在如水的月光中犹如“漱冰濯雪”，不由得尽抒飘然游仙之情思。词人想象应“三山”（传说中海上三座仙山：方丈、蓬莱、瀛洲）“群仙”之邀约，“挥手从此去，翳凤更骖鸾”（言乘坐凤羽做华盖、鸾鸟当驾力的豪车），多么奇特，多么浪漫，英气仙风，潇洒出尘矣！个中意味，令人慨叹。

西江月　阻风三峰下

满载一船秋色，平铺十里湖光。波神留我看斜阳，放起鳞鳞细浪。　明日风回更好，今宵露宿何妨？水晶宫里奏霓裳，准拟岳阳楼上。

【品读小记】

词题一作《黄陵庙》。词人因官职改任他方，于秋日由潭州（今长沙）乘水路离开湖南，傍晚遇风而泊舟湘水入洞庭湖的黄陵山下，此词即是写风阻之地的所见、所思。上片写泊舟处的美景和怡悦心境，下片写阻风中对明日的想象和憧憬。全词字里行间毫无因风耽搁行程的恼怒或沮丧，相反，却是洋溢着享受的欣喜、欣慰之情，以及对未来的美好期待，表现出词人随遇而安、乐观通达的情怀。全词一气如话，清新自然，想象力丰富。“满载一船秋色，平铺十里湖光”，对仗工整，意境优美，佳句也！而以“留我”“放起”写“波神”，以“水晶宫里奏霓裳”写美妙的波浪激荡声，妙极，为描绘本词的美好意境生色颇多。

辛弃疾（二十七首）

［作者简介］辛弃疾（1140—1207），原字坦夫，改字幼安，别号稼轩，历城（今济南）人。二十一岁即投身抗金。南渡归宋后，累官至湖南、江西安抚使等职；四十二岁遭谗落职，退居信州（今江西上饶）农村二十年之久，期间曾短暂起用为福建提点刑狱、安抚使。六十四岁再起用为浙东安抚使、镇江知府，不久又罢归。词作大家，造诣精深，成就卓越，题材多样，风格豪迈悲壮为主，极具艺术感染力，对后世词坛产生了深远影响，常与苏轼并称“苏辛”。有《稼轩长短句》传世等。

摸鱼儿　更能消、几番风雨

淳熙己亥，自湖北漕移湖南，同官王正之置酒小山亭，为赋。

更能消、几番风雨，匆匆春又归去。惜春长恨花开早，何况落红无数。春且住。见说道、天涯芳草迷归路。怨春不语。算只有殷勤，画檐蛛网，尽日惹飞絮。　　长门事，准拟佳期又误。蛾眉曾有人妒。千金纵买相如赋，脉脉此情谁诉。君莫舞。君不见、玉环飞燕皆尘土。闲愁最苦。休去倚危楼，斜阳正在，烟柳断肠处。

【品读小记】

辛弃疾乃“一代词宗”，其词为一大高峰。清陈廷焯以为“辛稼轩，词中之龙也，气魄极雄大，意境却极沉郁”（《白雨斋词话》），又言“词至稼轩，纵横博大，痛快淋漓，风雨纷飞，鱼龙百变，真词坛飞将军也”（《云韶集》）。近人胡适以为“他（稼轩）是词中第一大家。他的才气纵横，见解超脱，情感浓挚，无论作长调或小令，都是他的人格的涌现”（《词选》）。乐斋居士《七绝 歌辛弃疾》诗曰：

“万千气象写春秋，豪放辛翁壮志遒。可惜谗言常得势，伴相丘壑说风流。”此词借伤春感时忧世，寄寓身世之慨、家国之怀。

上片起句不凡，“更能消、几番风雨，匆匆春又归去”，清陈廷焯《白雨斋词话》评曰：起处“更能消”三字，是从千回万转后倒折出来，真是有力如虎。近人唐圭璋论之“起处大踏步出来，激切不平”。上片“春又归去”“惜春”“怨春”“画檐蛛网”诸句，多有论者以为象征河山沦陷、壮志难申、谗佞当道（如王闿运谓：画檐蛛网指张俊、秦桧一流人）之意。窃以为，此或为过度阐释也，上片纯是生命意象的审美及感发，飘然宇宙，不屑触尘，何必先入为主，将其牵到地下。下片方是有所寄托。“长门事”诸句，用陈皇后失宠于汉武帝，请司马相如作《长门赋》的典故，直陈“蛾眉曾有人妒”、不为当朝所用的不平之气，并警醒谄媚之人“玉环飞燕皆尘土”。末句反观己身，失志之叹，且又见对王朝气运惨淡黯然的预言，极为无奈焦忧。南宋罗大经《鹤林玉露》言：“词意殊怨。斜阳烟柳之句，其‘未须愁日暮，天际乍轻阴’者异矣。便在汉唐时，宁不贾种豆种桃之祸哉。愚闻寿皇见此词颇不悦。”

水龙吟　登建康赏心亭

楚天千里清秋，水随天去秋无际。遥岑远目，献愁供恨，玉簪螺髻。落日楼头，断鸿声里，江南游子。把吴钩看了，栏干拍遍，无人会，登临意。　休说鲈鱼堪鲙，尽西风，季鹰归未？求田问舍，怕应羞见，刘郎才气。可惜流年，忧愁风雨，树犹如此！倩何人唤取，红巾翠袖，揾英雄泪！

【品读小记】

骚人雅士，登高必赋；壮志幽怀，望远而歌。“登山则情满于山，观海则意溢于海，我才之多少，将与风云而并驱矣。”（南朝刘勰《文心雕龙》）宇宙洪荒，江山绵邈；往来古今，苍茫浩荡；区区小我，浮沉无据。一时登临，则千头万绪，感慨百端，唯思独立于天地之间，生发起宇宙生命意识。如唐杜甫“无边落木萧萧下，不尽长江滚滚来”，如唐陈子昂“前不见古人，后不见来者。念天地之悠悠，独怆然而涕下”。这首词为词人名篇之一，登建康赏心亭，能不歌乎?

上片起句“楚天千里清秋，水随天去秋无际”，清陈廷焯《云韶集》曰:“起二语苍苍茫茫，笔力雄劲可喜。落落数语，不数王粲《登楼赋》，字字是泪，结得风流悲壮。”“落日楼头，断鸿声里，江南游子。把吴钩看了，栏干拍遍，无人会，登临意”，此二句为本词精华，金瓯珠玉，纷至沓来；抑扬顿挫，荡气回肠。“无人会，登临意”，近人顾随先生谓之“此正与阮嗣宗登广武原、陈伯玉登幽州台一样气概、一样心胸也”(《苏辛词说》)，真乃辛弃疾知音！下片连续用典，“鲈鱼堪鲙”用张翰弃官归乡事，“求田问舍”用刘备评许汜见陈登事，“树犹如此”用桓温睹木伤逝事，借以寄托郁郁不平之悲。末句“倩何人唤取，红巾翠袖，揾英雄泪”，顾随先生不以为然，谓之“忒煞作态”。近人唐圭璋以为:“‘倩何人’两句，十三字，应‘无人会’句作结，豪气浓情，一时并集，如闻垓下之歌。”近人俞陛云以为:“英雄之泪，未要人怜，倘揾以红巾，或可破颜一笑，极言其潦倒，仍不减其壮怀也。”俞氏与唐氏所评较为公允，不在“红巾翠袖”，而在“英雄泪”也。

菩萨蛮　书江西造口壁

郁孤台下清江水，中间多少行人泪。西北望长安，可怜无数山。

青山遮不住，毕竟东流去。江晚正愁余，山深闻鹧鸪。

【品读小记】

郁孤台位于江西赣州，“其山隆阜，郁然孤峙，故名”(清同治《赣县志》)。此词作于辛弃疾任江西提点刑狱，经造口所作，家愁国恨，沉郁悲愤，似一声长叹，近人唐圭璋评之:“此首书江西造口壁，不假雕绘，自抒悲愤。小词而苍莽悲壮如此，诚不多见。盖以真情郁勃，而又有气魄足以畅发其情。”(《唐宋词简释》)

上片起句“郁孤台下清江水，中间多少行人泪”，郁孤台为中原百姓避兵南迁的路经之地，甚至连隆祐太后也被金兵追至造口，侥幸逃脱。故言清江水饱含多少行人泪，以江喻泪，泪水难分，极为沉痛。“西北望长安，可怜无数山”，山河沦落，故都难返，用唐李勉郁孤望阙典故，愁苦更进一层。清同治《赣县志》载:“唐李勉为州刺史，登台北望，慨然曰:‘余虽有不及子牟，心在魏阙一也，郁孤岂令名乎？’乃易匾为望阙。”下片“青山遮不住，毕竟东流去”，为此词名句，颇耐人寻味，历来重说纷纭。或阐发清周济《宋四家词选》所言“借水怨山”之意，以山水象征投降派及抗战派；或言愁情之大，与“恰似一江春水向东流”相类；或知其不可而为之，明知“大厦将倾，独木难支”，而依旧满腔热血；或引申为天下大势，浩浩荡荡，喻正义之所向。窃以为，此处不必定于一尊，多重涵义未尝不可，但与“江晚正愁余，山深闻鹧鸪”上下片结合起来看，寓意形势难以扭转更为妥帖，诗人因此倍感愁苦、悲愤。南宋罗大经《鹤林玉露》卷四“辛幼安词”条云:“盖南渡之初，虏人追隆佑太后御舟至造口，不及而还，幼安自此起兴。‘闻鹧鸪’之句，谓恢复之事行不得也。”鹧鸪者，多象征哀怨愁绪。“山深闻鹧鸪”，化用唐白居易《山鹧鸪》“啼到晓，唯能愁北人，南人惯闻如不闻”，词人北人南渡，河山难复，故园难回，更觉无限凄愁。

青玉案　元夕

东风夜放花千树，更吹落，星如雨。宝马雕车香满路。凤箫声动，玉壶光转，一夜鱼龙舞。　　蛾儿雪柳黄金缕，笑语盈盈暗香去。众里寻他千百度，蓦然回首，那人却在，灯火阑珊处。

【品读小记】

此词写元夕，一派迷离奇幻风致，且步步铺陈，层层垒高，以结拍句“蓦然回首，那人却在，灯火阑珊处”臻于化境，如幽兰绽放，神韵顿出，清彭孙遹《金粟词话》谓之“秦、周之佳境也”。千寻不遇，蓦然偶得，吾人多有此微妙经验，刻骨铭心，历久不忘，而由辛弃疾妙笔道出，悠然神会，“竟把它变成笔痕墨影，永志弗灭”（周汝昌先生语）。近人王国维加以引申，奉为事业、学问至高境界，《人间词话》有言，古今之成大事业、大学问者，必经过三种之境界：“昨夜西风凋碧树。独上高楼，望尽天涯路。”此第一境也。“衣带渐宽终不悔，为伊消得人憔悴。”此第二境也。“众里寻他千百度，蓦然回首，那人却在，灯火阑珊处。”此第三境也。此等神语，非大词人不能道。此种神味，与得道禅僧之“尽日寻春不见春，芒鞋踏遍陇头云。归来笑拈梅花嗅，春在枝头已十分”颇为相近。德人荷尔德林的诗句“精神的生成从未向人们遮蔽／如同生命之所是，人们已置身其中的生命”，可谓与词人异代异国相契者。

清平乐　独宿博山王氏庵

绕床饥鼠，蝙蝠翻灯舞。屋上松风吹急雨，破纸窗间自语。
平生塞北江南，归来华发苍颜。布被秋宵梦觉，眼前万里江山。

【品读小记】

博山位于江西境内，辛弃疾闲居带湖时常来游览。清况周颐云：“真字是词骨。情真、景真，所作为佳，且易脱稿。”此词写独宿博山旧庵，“数语写景逼真，不减昌黎《山寺》诗。语极情至”（清陈廷焯《云韶集》），构造一片荒凉萧索之境，借以检点半生，独抒人生况味，北宋苏舜钦“晚泊孤舟古祠下，满川风雨看潮生”亦与之意境相近。词人自负天下之志，而不为时所用，纵然奔波南北，仍壮怀难酬，人生境遇仿似旧庵之破败失落。饥鼠蝙蝠，似有所指。“布被秋宵梦觉，眼前万里江山”，与词人“梦中行遍，江南江北”句相类，托之于梦，虽见壮怀犹在，但更添落寞之感。清况周颐《蕙风词话》云:“吾听风雨，吾览江山，常觉风雨江山外有万不得已者在。此万不得已者，即词心也。”词人于王氏庵听风雨，览江山，词心流落，得此佳构。

鹧鸪天　代人赋

陌上柔条初破芽，东邻蚕种已生些。平冈细草鸣黄犊，斜日寒林点暮鸦。　　山远近，路横斜，青旗沽酒有人家。城中桃李愁风雨，春在溪头野荠花。

【品读小记】

辛弃疾之田园诗，清新可喜，如入画中，别具乡野风味。田园者，不仅为身之寄托，亦是心之归宿。稼轩之“稼”，即躬耕劳作之意。此词写乡村春意盎然、生机勃勃之景象。上片侧重虫鸟展示乡野之盎然生机，东邻蚕种、平冈黄犊、寒林暮鸦，一幅幅天然生机图画。下片侧重乡人之闲放自适，远山行路，野店沽酒，溪头寻春，意蕴悠远。末句“城中桃李愁风雨，春在溪头野荠花”，城乡对比，乡野之春更胜一筹，自有一番意味和情趣，清陈廷焯青睐此句，谓之“信笔写去，格调自苍劲，意味自深存”(《白雨斋词话》)。有论者以为城中桃李暗指朝廷，愁风雨暗指金兵进逼，将此词判定为“愁苦之音”，实在是牵强附会，难道就不能让词人忧国忧民之余，沉浸在田园之乐中歇歇脚、喘口气吗?

西江月　夜行黄沙道中

明月别枝惊鹊，清风半夜鸣蝉。稻花香里说丰年，听取蛙声一片。　　七八个星天外，两三点雨山前。旧时茅店社林边，路转溪桥忽见。

【品读小记】

黄沙古道位于江西铅山县黄沙岭乡，辛弃疾居铅山时，经上泸取道黄沙，路过茅店，翻越黄沙岭前往信州，途中写下这首脍炙人口的《夜行黄沙道中》。清陈廷焯《云韶集》谓之:“夜景妙绝。目中所见，随手拈来都成妙语。”此词亦庄亦谐，庄谐间杂，实则匠心独运，体悟颇深。上片“明月别枝惊鹊，清风半夜鸣蝉”，对仗极工，典雅清丽；而“稻花香里说丰年，听取蛙声一片”，却又是平常老农口吻，黄沙岭下田亩肥沃，泉水清冽，丰收年景，自是喜悦。下片“七八个星天外，两三点雨山前”，看似随手写来，化用唐卢延让“两三条电欲为雨，七八个星犹在天”句，清远疏朗，更富谐趣。“旧时茅店社林边，路转溪桥忽见”，茅店乃一村名，路转溪桥之后豁然开朗，陡然望见，惊喜不已，禅机顿现。德人荷尔德林的诗句“荏田显现，高空闪亮/清柔流云的辉煌，当远处天边/寂静的夜里数点闪烁的星星/苍穹广大，犹如云层”，其意境与此词有相似处。

贺新郎 别茂嘉十二弟

别茂嘉十二弟。鹈鴂、杜鹃实两种，见离骚补注。

绿树听鹈鴂。更那堪、鹧鸪声住，杜鹃声切。啼到春归无寻处，苦恨芳菲都歇。算未抵、人间离别。马上琵琶关塞黑，更长门、翠辇辞金阙。看燕燕，送归妾。　　将军百战身名裂。向河梁、回头万里，故人长绝。易水萧萧西风冷，满座衣冠似雪。正壮士、悲歌未彻。啼鸟还知如许恨，料不啼清泪长啼血。谁共我，醉明月。

【品读小记】

南朝江淹《别赋》云:“是以别方不定，别理千名，有别必怨，有怨必盈，使人意夺神骇，心折骨惊。”此词写别情，却不涉当下，而尽集古人别恨，包举八荒，厚重沉郁，乃一曲离别之悲歌。

上片铺陈鹈鴂、鹧鸪、杜鹃三鸟，取意《离骚》“恐鹈鴂之先鸣兮，使夫百草为之不芳”、“鹧鸪飞必南向，其志怀南，不徂北也”（《禽经》张华注）、“望帝春心托杜鹃”（唐李商隐句），言诸鸟与芳春之离别。接句“算未抵、人间离别”，由自然转人间。“马上琵琶关塞黑，更长门、翠辇辞金阙。看燕燕，送归妾”，连用昭君出塞、陈皇后失宠于汉武帝、庄姜送别戴妫等典故，言诸女与宠恩之离别。下片“将军百战身名裂。向河梁、回头万里，故人长绝”。用李陵降匈奴、苏武出使被留之典故；“易水萧萧西风冷，满座衣冠似雪。正壮士、悲歌未彻”，用荆轲刺秦易水而歌之典故，言诸壮士与故国之离别。以上种种离别，皆“使人意夺神骇，心折骨惊”。“啼鸟还知如许恨，料不啼清泪长啼血”，回应篇首，印证“算未抵、人间离别”，语极沉痛。结拍句“揭出己之独愁，是送别正意”（近人唐圭璋语）。全词写法独特，悲郁顿挫，汇古人之别恨，喻今日之离情，历来为人推崇。清陈廷焯云：“稼轩词自以贺新郎一篇为冠《别茂嘉十二弟》，沉郁苍凉，跳跃动荡，古今无此笔力。”近人王国维《人间词话》云：“稼轩《贺新郎》词送茂嘉十二弟，章法绝妙。且语语有境界，此能品而几于神者。然非有意为之，故后人不能学也。”

沁园春　灵山齐庵赋，时筑偃湖未成

叠嶂西驰，万马回旋，众山欲东。正惊湍直下，跳珠倒溅，小桥横截，缺月初弓。老合投闲，天教多事，检校长身十万松。吾庐小，在龙蛇影外，风雨声中。　　争先见面重重。看爽气朝来三数峰。似谢家子弟，衣冠磊落；相如庭户，车骑雍容。我觉其间，雄深雅健，如对文章太史公。新堤路，问偃湖何日，烟水濛濛？

【品读小记】

此词写江西灵山风景，带有辛弃疾强烈的个人色彩，赋予风景新的风貌，展现其叱咤风云的豪迈悲壮。

上片写景，层次井然，神韵直呈。起句“叠嶂西驰，万马回旋，众山欲东”，写群山，气势如虹；“正惊湍直下，跳珠倒溅；小桥横截，缺月初弓”，写水和桥，依然是兵法阵势；“老合投闲，天教多事，检校长身十万松”，以松林为军队，见其豪情，亦见其无奈。近人顾随称之为“真乃倒流三峡，力挽万牛手段”。“吾庐小，在龙蛇影外，风雨声中”，群山万松的指挥部，原来是在一蛰伏的小庐中，“龙蛇之蛰，以存身也”（《易经》）。下片聚焦“三数峰”，借谢家子弟、司马相如、太史公等古来仁人之风骨写山之磊落雍容、雄深雅健，与上片形成完美互补，形神兼备。明杨慎《词品》论曰：“且说松，而及谢家、相如、太史公，自非脱落故常者，未易闯其堂奥。”词人有词句“我见青山多妩媚，料青山见我应如是。情与貌，略相似”，为山造像，也是词人的自我写照。“新堤路，问偃湖何日，烟水濛濛”，偃湖尚有濛濛日，河山竟无收复时，山水虽佳，终有缺憾。

鹧鸪天　壮岁旌旗拥万夫

有客慨然谈功名，因追念少年时事戏作。

壮岁旌旗拥万夫，锦襜突骑渡江初。燕兵夜娖银胡䩮，汉箭朝飞金仆姑。　追往事，叹今吾，春风不染白髭须。却将万字平戎策，换得东家种树书。

【品读小记】

辛弃疾这首晚年词作，乃“有客慨然谈功名，因追念少年时事戏作”。上片，词人忆旧：英雄年少，激越昂扬；下片，词人感今：归田人老，英雄无用。上下片对比强烈，感慨淋漓。词人二十二岁（1161）时在家乡投山东义勇军耿京帐下抗金，次年奉表南下联络归宋，完成任务返北时得知耿京为投金叛将张安国杀害，即率五十余骑夜闯金营生擒张渡江南下正了国法，一时声动南北。词人追念

“少年时事”即指此壮举，也是上片所述之内容。“燕兵夜娖银胡䩮，汉箭朝飞金仆姑”二句，以兵器艺术地概括擒张的过程：金兵夜间戒备森严（“燕兵”，燕地之兵，指金兵；“胡䩮”，革制箭筒，用于装箭，还可在夜间空置当枕头卧测远处声响；“娖”，谨也，小心翼翼状），长途奔袭的汉家兵马（以“汉箭”指代辛弃疾所率轻骑兵），却在早晨以强弓利箭破阵告功（“金仆姑”，古代名箭，见《左传》）。此二句对仗工整，形象鲜明，概括力极强。下片“却将万字平戎策，换得东家种树书”，乃警策名句，流露出词人报国无门、英雄末路的无奈、无望，读来令人心酸、悲愤。清周济《介存斋论词杂著》中有曰“稼轩不平之鸣，随处辄发”，此一例也。

鹧鸪天　鹅湖归病起作

枕簟溪堂冷欲秋，断云依水晚来收。红莲相倚浑如醉，白鸟无言定自愁。　　书咄咄，且休休。一丘一壑也风流。不知筋力衰多少，但觉新来懒上楼。

【品读小记】

老病之苦，人皆难逃。虽“志在千里”，终是“老骥”；虽“壮心不已”，毕竟“暮年”。鹅湖（今江西铅山县内）当时有鹅湖寺闻名于世。这首词人自鹅湖归来病中写的小令，表达出词人经历了长期投闲置散生活，人已渐老，壮志未酬，愤懑而又自求解脱的心境，辛酸而又通达，自嘲却还自强。该词艺术手法纯熟，臻于化境：一是“信笔写去，格调自苍劲，意味自深厚”（清陈廷焯《白雨斋词话》）。如上片歇拍二句，是说物随心变，在老之将至又逢生病的词人倦眼看来，一切风物的神采也大为逊色而变形变味了，言简而情劲；下片结拍二句，则是说老之将至“懒上楼”，恰如一叶落而知秋，言简而意厚。二是用典不露痕迹。下片首三句，典出《世说新语·黜免》：“殷中军（浩）被废，在信安终日恒书空作字。……唯作‘咄咄怪事’四字而已”；又《世说新语·品藻》：“明帝问谢鲲：‘君自谓何如庾亮？’答曰：‘端委庙堂，使百僚准则，臣不如亮；一丘一壑，自谓过之’”；又《汉书·叙传》载班嗣书简云：“渔钓于一壑，则万物不奸其志；栖迟于一丘，则天下不易其乐”；又《旧唐书·司空图传》引司空图所作《耐辱居士歌》：“咄咄咄！休休休！莫莫莫！伎俩虽多性情恶，赖是长教闲处着”。词人引诸典而化为三句十三字，笔力雄健，意蕴深厚，准确而又形象地表达了词人难以言表的心境，真乃大手笔也！

水调歌头　盟鸥

带湖吾甚爱，千丈翠奁开。先生杖屦无事，一日走千回。凡我同盟鸥鸟，今日既盟之后，来往莫相猜。白鹤在何处？尝试与偕来。　　破青萍，排翠藻，立苍苔。窥鱼笑汝痴计，不解举吾杯。废沼荒丘畴昔，明月清风此夜，人世几欢哀？东岸绿阴少，杨柳更须栽。

【品读小记】

古人常用与鸥交游状寄情山水的隐居生活。唐李白诗句“明朝拂衣去，永与海鸥群”(《赠王判官时余隐居庐山屏风叠》)，北宋黄庭坚诗句“万里归船弄长笛，此心吾与白鸥盟”(《登快阁》)，都是表达人世间知音难觅，只得到自然界中寻朋觅友以求解脱的心境。宋孝宗八年（1181）冬末，本当大有作为的四十二岁的词人，却因坚持抗金的政见而被罢官归田，隐居于信州上饶郡带湖（在今上饶市）新居，从此开始了漫长的投闲置散生活。

这首词以“盟鸥”为题，作于归田带湖不久，反映的正是这种与鸥鹭为友、寄情山水的生活。词人描述自己的带湖生活，是真实质朴且自然而然的，也是闲逸浪漫又无可奈何的。虽被投闲置散，但词人壮怀依旧，总是热爱生活。他在风景如画的“千丈翠奁开”

之带湖寻找到了一丝慰藉；要与鸥鸟“来往莫相猜”；还关心“白鹤知何处”，希望“尝试与偕来”；更提出要进一步整治好新家园，要多栽些杨柳，以解决“东岸绿阴少”的问题。然而词人毕竟家国情怀深沉，他由带湖的今夕感慨世事的变迁和“人世几欢哀”，感叹被“笑汝痴计”的不为人知，悲叹自然界毕竟“不解举吾杯”。词人在带湖“一日走千回”，也只是无奈之举。由此，这首词实际上又饱含着报国无门的孤寂、抑郁、苦闷和悲愤。词人满腹诗书，用典也就信手拈来，十分自然。词中“凡我同盟鸥鸟”三句，化用了当年“齐侯盟诸侯于葵丘曰：‘凡我同盟之人，既盟之后，言归于好’”(《左传·僖公九年》)。“明月清风此夜”，则暗用北宋苏轼《后赤壁赋》“月白风清，如此良夜何”句意。

全词无华丽辞藻，质朴中尽显真诚、真实、真情。清陈廷焯《云韶集》中评论该词曰：“此词一味朴质，真不可及。……结二句，愈直朴，愈有力。”

破阵子　为陈同甫赋壮语以寄

醉里挑灯看剑，梦回吹角连营。八百里分麾下炙，五十弦翻塞外声。沙场秋点兵。　马作的卢飞快，弓如霹雳弦惊。了却君王天下事，赢得生前身后名。可怜白发生！

【品读小记】

陈同甫，即陈亮，是一位主张抗金的爱国主义思想家、文学家，辛弃疾政治上、学术上惺惺相惜的同道好友。淳熙十五年（1188）陈专程从临安到铅山访辛，二人同游鹅湖寺，同饮瓢泉水，“长歌相答，极论世事”，共商恢复中原大计。这首送陈的“壮词”，当是写于此次相会之际。该词上下片共十句，前九句一气呵成地写想象中的抗金军旅生活。上片五句写想象中“沙场秋点兵”的英姿勃发和壮观场面（“八百里”指牛，“八百里炙”即烤牛肉，典出《世说新语·汰侈》；“五十弦”指瑟，这里泛指军乐器；“麾”，军旗；“翻”，演奏），下片前四句写想象中的对敌英勇作战和得胜功成（“的卢”，古代骏马名；“天下事”，指收复中原）。这分属上下片的九句一意贯通，不可分割，且“字字跳掷而出”（清陈廷焯《云韶集》），形象生动，气势如虹，构成了英勇豪迈、沉雄悲壮的意境，确为“愿将腰下剑，直为斩楼兰”（唐李白《塞下曲六首其一》）之“壮词”也！近人郑逸梅言“马嘶西风，剑鸣鞘匣，雄心一起，便绕走通宵，不能成寐”（《幽梦新影》），可谓知音。然而，所有这一切想象中的“雄壮”，都被“可怜白发生”的末句一笔勾销、否定了！前九句五十七个字写得那样酣畅淋漓，加重了末句五个字带来的失望和沉重：理想在现实中破灭了！这是词人的艺术手法，更是残酷的客观现实，是辛弃疾、陈亮共同的悲愤和悲哀。近人夏承焘先生评价这一打破上下片常规的奇特结构时说：“这样的结构不但宋词中少见，在古代诗文中也很少见。这种艺术手法也正表现了辛词的豪放风格和他的独创精神。”

太常引　建康中秋为吕叔潜赋

一轮秋影转金波，飞镜又重磨。把酒问姮娥：被白发、欺人奈何？　乘风好去，长空万里，直下看山河。斫去桂婆娑，人道是、清光更多。

【品读小记】

辛弃疾南归后坚持抗金主张，反对妥协投降，先后上书《美芹十论》《九议》等，均无人理睬。而朝廷上弥漫着的屈辱求和气氛，则使他备受压抑。这首小令就是词人借中秋赏月为吕叔潜（生平不详）赋，以浪漫主义情怀寄托自己的一腔忠愤，以超现实的艺术境界宣示自己的理想和主张，从而缓解自己现实中的苦闷。词人不仅在上片中像屈原问天那样去把酒问月（以神话中长生不老的嫦娥为指代），“被白发、欺人奈何”？更主要的是下片，他想象自己“乘风”飞驰入月宫，“斫去”月中的“桂婆娑”，以让明月更多的清光洒向人间（语本唐杜甫《一百五日夜对月》诗句“斫却月中桂，清光应更多”）。词人不啻是在大声宣示：扫荡黑暗，追求光明！这首具有浓厚浪漫主义和爱国主义情怀的小令，构思精湛，境界宏大，色彩明丽，气象磅礴，笔势豪放，堪称名作。

丑奴儿　书博山道中壁

少年不识愁滋味，爱上层楼。爱上层楼，为赋新词强说愁。

而今识尽愁滋味，欲说还休。欲说还休，却道天凉好个秋。

【品读小记】

这首小令的上下两片分别写人生不同阶段对“愁”的不同感受。上片写少年时未经世事，不知甘苦，无愁或只是闲愁，却要“强说愁”。下片写词人在历经沧桑、饱尝人生百味之后，满怀愁苦，却“欲说还休”，也就是“强不说愁”，因为环境不允许，也无人可说呀！该词虽平白如话，却以“前是强说，后是强不说”（明卓人月编选、徐士俊参评《古今词统》）的强烈对比，深刻表达了词人内心深处的痛苦和矛盾。这首生动真切的小令，具备着超越时空的价值，流传广泛。

永遇乐　京口北固亭怀古

千古江山，英雄无觅，孙仲谋处。舞榭歌台，风流总被，雨打风吹去。斜阳草树，寻常巷陌，人道寄奴曾住。想当年，金戈铁马，气吞万里如虎。　　元嘉草草，封狼居胥，赢得仓皇北顾。四十三年，望中犹记，烽火扬州路。可堪回首，佛狸祠下，一片神鸦社鼓。凭谁问，廉颇老矣，尚能饭否？

【品读小记】

前人称辛弃疾词为“豪杰之词”（清刘熙载《艺概·词概》）、“英雄之词”（清王士祯《花草蒙拾》），这首辛词名篇就是这样一首著名的爱国词章。其要义一是表达抗敌救国的雄心壮志，二是表达恢复中原必须深谋远虑、充分准备，三是表达效劳祖国老而弥坚的忠肝义胆。辛弃疾二十二岁时在山东参加义军抗金，二十三岁（1162）勇擒叛将南渡归宋，到写这首词时已过去四十三年，词人则已是六十七岁（1205）的老人。这期间，他因坚决主张抗金反对屈辱求和而不被重用，后又被迫长期归田隐居。他六十四岁时，时任宰相韩侂胄看到蒙古崛起、金国衰弱的时局，急于抗金立功，并起用辛先后任绍兴、镇江知府为标榜。但由于如何北伐的意见不合，又将辛调职降官，辛参与复国大业的愿望再度落空，于是写下了这首震古烁今的壮美词章。

上片由京口（今镇江）北固亭而吊古，写三国时孙权（字仲谋）割据江东北拒曹魏（孙吴时期甘露寺与北固亭相邻）、南朝宋武帝刘裕（小字“寄奴”）在京口起兵北伐平定叛乱等与京口有关历史人物的英雄业绩，含蓄地表达了抗敌救国“气吞万里如虎”的勃勃雄心。下片先是继续吊古，写刘裕儿子刘义隆好大喜功而导致北伐北魏失败，词人意在训戒韩侂胄等当权者，北伐必须周密谋划、充分准备。继而悲愤地叙述了南渡四十三年因不容于投降派而报国无门，目睹了金兵渡淮“烽火扬州路”（“路”是宋区域名，扬州属当时抗金前线的淮南东路）的惨痛历史；不堪回首的是，当年击败王玄谟的北魏太武帝拓跋焘（小字“佛狸”）留下的佛狸祠遗迹（《宋书·索虏传》），现在的人们已经忘却异族入侵而在那里社祭，“一片神鸦社鼓”！词人隐约担心：沦陷区时间久了，老百姓也会安于被异族统治。由此，引出震撼人心的结拍句：“凭谁问，廉颇老矣，尚能饭否”？老骥伏枥、志在千里的英雄形象跃然纸上！

此词乃辛词名篇，英词壮采，历来评价甚高。清先著、程宏《词洁辑评》称：“升庵云：稼轩词中第一。发端便欲涕落，后段一气奔注，笔不得遏。廉颇自拟，慷慨壮怀，如闻其声。”俞陛云《唐五代两宋词简析》称此词“英词壮采，当以铁绰板歌之。”

南乡子　登京口北固亭有怀

何处望神州？满眼风光北固楼。千古兴亡多少事？悠悠。不尽长江滚滚流。　　年少万兜鍪，坐断东南战未休。天下英雄谁敌手？曹刘。生子当如孙仲谋。

【品读小记】

这是词人登京口（今镇江市内）北固山上北固亭的又一首怀古名作，主题是怀念三国时“坐断东南战未休”的孙权（字仲谋），并化用《三国志·先主传》中曹操对刘备说的话“天下英雄，惟使君（指刘备）与操耳”，来赞颂孙权抗敌卫国的业绩：天下英雄谁称得上是孙权的敌手呢？曹、刘二人而已。也就是说，曹、刘、孙三人同为天下英雄。此词意境宏大，语言流畅，文采飞扬；名为怀古，实为喻今；委婉地表达了对南宋朝廷偏安一隅的不满，意味深长地发出了“生子当如孙仲谋”的强烈呼声。近人王国维说：“东坡之词旷，稼轩之词豪。”（《人间词话》）词人的两首北固亭怀古词尤当得此“豪”字。

念奴娇　登建康赏心亭呈史致道留守

我来吊古，上危楼、赢得闲愁千斛。虎踞龙蟠何处是？只有兴亡满目。柳外斜阳，水边归鸟，陇上吹乔木。片帆西去，一声谁喷霜竹？　　却忆安石风流，东山岁晚，泪落哀筝曲。儿辈功名都付与，长日惟消棋局。宝镜难寻，碧云将暮，谁劝杯中绿？江头风怒，朝来波浪翻屋。

【品读小记】

此词与《水龙吟·登建康赏心亭》均为建康赏心亭登临怀古之作,《水龙吟》仍有意气风发之处，而《念奴娇》已尽是悲郁沉痛。词人而立之年时登建康赏心亭写下吊古伤今词，抒发忧国忧民的家国情怀和不为重用、难以报国的一腔愁绪。

上片主要写景，以山川形势、斜阳归鸟、片帆霜笛，引出兴亡满目的感慨。三国时诸葛亮曾评论金陵即建康的地理形势:“钟山龙蟠，石头虎踞，此帝王之宅。”(见《太平御览·州郡一》引张勃《吴录》)词人基于历史却提出质疑:“虎踞龙蟠何处是？只有兴亡满目。”曾经的“六朝”都已覆亡了！唐李商隐《咏史》诗曾就此感慨:“三百年间同晓梦，钟山何处有龙蟠！”他们是英雄雅士所见略同。由此再联系到时局，词人感叹“赢得闲愁千斛”！下片主要在说古论今中抒怀明志。先讲后半生寓居会稽(今绍兴)“高卧东山”的东晋名将谢安(字安石),因皇上猜忌、忠信见疑而不为世用的两则故事：一是桓伊在孝武帝面前以弹筝歌唱的形式替谢安表忠心，安感动得流泪；二是他派弟谢石、侄谢玄报国，率军取得淝水之战以少胜多的辉煌胜利，他却只能在家与客对弈，捷报传来时，他“了无喜色，棋如故。客问之，徐答云‘小儿辈已破贼’”(见《晋书·谢安传》《晋书·桓伊传》)。谢安的这种处境引起了词人的共鸣，因为词人南渡归宋后也有一直见疑于朝廷的原因而不被重用，与当年的谢安颇有相似之处。继而，词人又以寻不到传说中渔人于秦淮所得“照之尽见肺腑”的古铜镜以明心迹(见唐李濬《松窗杂录》),而感到十分遗憾，只能在暮色中孤独地借酒浇愁(“谁劝杯中绿”,直接用唐白居易《和梦得游春诗一百韵》之“行看须间白，谁劝杯中绿”)。最后，词人以暗喻国势危急的“江头风怒”二句结拍，为点睛之笔也，蕴意悠长。

全词意境沉郁悲壮，用典含蓄幽深，气势稳健豪放，委婉而又清晰地向建康行宫留守、建康知府史致道(扬州人，与辛志同道合),一诉欲在抗金斗争中建功立业之衷肠。

念奴娇 书东流村壁

野棠花落，又匆匆、过了清明时节。刬地东风欺客梦，一夜云屏寒怯。曲岸持觞，垂杨系马，此地曾轻别。楼空人去，旧游飞燕能说。　　闻道绮陌东头，行人长见，帘底纤纤月。旧恨春江流未断，新恨云山千叠。料得明朝，尊前重见，镜里花难折。也应惊问：近来多少华发？

【品读小记】

宋淳熙五年（1176）“清明时节”，词人由豫章（今南昌）前往临安（今杭州）就任大理寺少卿新职，途中再次路经东流县，引发了对往事的追忆和感叹，便书此词于某村壁上以托怀。这件往事，便是当年也在这绿水环绕的住地，词人遇“曲岸持觞（劝酒），垂杨系马”的佳人，感觉美好，但却轻易地辞别了；如今重来，却已是人去楼空（化用北宋苏轼《永遇乐·夜宿燕子楼》“燕子楼空，佳人何在？空锁楼中燕”句）。听说在繁华街道东头有人曾见过她（“纤纤月”指女人眉毛，代指佳人；也有说指女子柔足者，同样代指佳人），但这已成了“旧恨”（“轻别”）加“新恨”：即使一日相见，“料得”她也已是“镜中花难折”了；她也会惊问，你怎么已添了如许华发？词人以个人经历真实地反映了那个时代文人们寻常的感情波澜，情感细腻而真挚，此词俊逸而清新。至于是否以比兴手法而喻时政？这是仁者见仁的事。

满江红 暮春

家住江南，又过了、清明寒食。花径里、一番风雨，一番狼藉。流水暗随红粉去，园林渐觉清阴密。算年年、落尽刺桐花，寒无力。　　庭院静，空相忆。无说处，闲愁极。怕流莺乳燕，得知消息。尺素始今何处也，彩云依旧无踪迹。谩教人、羞去上层楼，平芜碧。

【品读小记】

辛弃疾词以豪放名世，《满江红》词牌则最宜表达慷慨激越之情，而词人这首伤春恨别的《满江红》，却偏偏是一首近于婉约的篇章。

上片重在写景。“花径里、一番风雨，一番狼藉。流水暗随红粉去，园林渐觉清阴密”，这样的描写，既写出了暮春的典型景观，写出了时序的推移，又何尝没有体悟到其中蕴含的深长意味呢！下片重在抒情。词人以舒缓、从容而真挚的笔调，以假托思美人而不得见为表象，来抒发自己报国无门的“闲愁”，表达对奸佞宵小（“流莺乳燕”）的痛恨，也展露希望（“尺素何处”）与失望（“彩云无迹”）的矛盾心态。最后，以“谩教人、羞去上层楼，平芜碧”的深婉句结拍，使人联想到北宋欧阳修的词句“平芜尽处是春山，行人更在春山外”！沉郁幽深，令人回味无穷。这首《满江红》写景温婉淡雅、抒情深婉纡曲，体现出辛弃疾词的另类艺术风格。南朝刘勰《文心雕龙·隐秀》说：“文之英蕤，有秀有隐。隐也者，文外之重旨也；秀也者，篇中之独拔者也。”细味此词，当得此论。

西江月　遣兴

醉里且贪欢笑，要愁那得工夫。近来始觉古人书，信著全无是处。　　昨夜松边醉倒，问松我醉何如。只疑松动要来扶，以手推松曰去。

【品读小记】

辛弃疾一生主张抗金，反对投降，立志报效祖国统一大业，但却两次因此被罢官，长期投闲置散。报国无门、壮志难酬成为他一生的痛。这首名为《遣兴》的小令，以明白如话、生动活泼的语言，以貌似轻松、且带诙谐的风格，曲折地抒发出作者极度的忧愁、极度的愤懑，同时也反映出作者独立不倚的倔强、面对现实的坚强。

鹊桥仙　己酉山行书所见

松冈避暑，茅檐避雨，闲去闲来几度？醉扶怪石看飞泉，又却是、前回醒处。　　东家娶妇，西家归女，灯火门前笑语。酿成千顷稻花香，夜夜费、一天风露。

【品读小记】

这首居家小令为辛弃疾罢官后闲居带湖家中所写，时年五十。上片写山行所见所为。一个“闲”字，“闲去闲来”是状态，透出了“志士凄凉闲处老”（南宋陆游《病起》诗句）的悲凉和忧伤；一个“醉”字，“醉扶怪石”也是状态，同样是英雄失路的写照。但辛弃疾毕竟豪杰，岂能一路悲情！下片即转入与乡民同乐的欢快情境，表现出词人热爱农村生活、热爱劳动农民的真挚感情，和期盼农民有个好收成——“酿成千顷稻花香”的美好祝愿。不纠结于个人逆境而寄情于对乡民、对民生的大爱无疆之中，这是怎样的旷达胸襟和高尚品格！该词文字浅显，格调清新，意境旷逸，用情深沉。

满江红　送李正之提刑

蜀道登天，一杯送、绣衣行客。还自叹、中年多病，不堪离别。东北看惊诸葛表，西南更草相如檄。把功名、收拾付君侯，如椽笔。　　儿女泪，君休滴。荆楚路，吾能说。要新诗准备，庐江山色。赤壁矶头千古浪，铜鞮陌上三更月。正梅花、万里雪深时，须相忆。

【品读小记】

这是一首送别词。淳熙十一年（1184）冬，辛弃疾闲居信州（今江西上饶）带湖送别李正之入蜀赴任提刑官，作是词。上片写送别。除点明友人去向、与友人之情深外，重点是临别赠言：“东北看惊诸葛表，西南更举相如檄。”这一工整联句是希望友人要像诸葛亮《出师表》表达的那样坚持北伐抗金，击溃蜀之东北方向之敌寇；要像汉司马相如《谕巴蜀檄》所论述的那样体察民情，厚待百姓，巩固好蜀之西南后方。歇拍句则表达了词人对友人建立功业的期待。下片联系到友人旅途，希望友人借此行好好领略词人也很熟悉的名胜风光，并写入新诗。这从一个侧面表达了词人的爱国热情和人文情怀。结拍句，表达了词人对未来处于“万里”之外的友人保持友谊的深切愿望。这首送别词具有鲜明的时代感，友情是与爱国情紧密相连的。尤其词人已被罢官而投闲置散，却仍以国事为重，表现出了崇高而浓烈的家国情怀。该词视野开阔，思维活跃，视通万里，思接千载；融时政、历史、自然于一体，叙事、议论、抒情、写景相交织，用笔遒劲洒脱，用典自然贴切，开创送别词新风。该词与《永遇乐·京口北固亭怀古》《摸鱼儿·更能消几番风雨》《水龙吟·登建康赏心亭》等诸多辛弃疾词一样，皆为“越世高谈，自开户牖”（南朝刘勰《文心雕龙·诸子》）之作。清陈廷焯评此词：“气魄之大，突过东坡，古今更无敌手，其下笔时，早已目无余子矣。龙吟虎啸。”（《词则·放歌集》），此见当非妄语也。

贺新郎　甚矣吾衰矣

邑中园亭，仆皆为赋此词。一日，独坐停云，水声山色，竞来相娱。意溪山欲援例者，遂作数语，庶几仿佛渊明思亲友之意云。

甚矣吾衰矣。怅平生、交游零落，只今馀几！白发空垂三千丈，一笑人间万事。问何物、能令公喜？我见青山多妩媚，料青山、见我应如是。情与貌，略相似。　一尊搔首东窗里。想渊明、停云诗就，此时风味。江左沉酣求名者，岂识浊醪妙理。回首叫、云飞风起。不恨古人吾不见，恨古人、不见吾狂耳。知我者，二三子。

【品读小记】

这是词人晚年在福建再次罢官后，闲居铅山县（今江西）瓢泉时感叹身世、寄情山水的名作。上片开篇即暗用孔子《论语·述而》“甚矣吾衰也”之句意，感叹晚年孤独，感叹年华虚度，“人间万事”只能一笑了之了。而所幸所慰者，词人还可以引青山为伴为友为知交！此时词人正独坐停云亭，因而下片换头句则化用东晋陶渊明《停云》诗意，在举杯怀人之际，抒发词人仰慕高洁之士、深恶痛绝宵小之徒的高尚情怀，并由此进而慷慨高歌“大风起兮云飞扬”，表达出始终不能放弃统一大业这一平生抱负的强烈愿望。然而，回到现实却是世无知音，故而结拍句悲叹曰：“知我者，二三子。”

此词乃辛弃疾自得之作，常在客人面前自诵其中两对警句：一是上片的“我见青山多妩媚，料青山、见我应如是”；二是下片的“不恨古人吾不见，恨古人、不见吾狂耳”。此对句托物言志，以古喻今，意蕴深厚，情趣浓郁，不仅为全词生色良多，其实也是词人人格的一种张扬。后一对句源于《南史·张融传》：帝与张论及书法时，“张常叹曰：‘不恨我不见古人，所恨古人又不见我。’”一如诸多辛词“雅量高致”（近人王国维语）一样，此词纵横恣肆，波澜起伏，挥洒自如，用典信手拈来，寄托自然熨帖，感情浓烈，兴味无穷，实乃词中上品也！清王士祯《花草蒙拾》说：“石勒云：‘大丈夫磊磊落落，终不可学曹孟德、司马仲达狐媚。’读稼轩词，当作如此观。”读此词，尤感是论之卓见。

最高楼　闻周氏旌表有期

君听取，尺布尚堪缝。斗粟也堪舂。人间朋友犹能合，古来兄弟不相容。棣华诗，悲二叔，吊周公。　长叹息、脊令原上急。重叹息、豆萁煎正泣。形则异，气应同。周家五世将军后，前江千载义居风。看明朝，丹凤诏，紫泥封。

【品读小记】

家庭是社会的细胞，任何社会都应当重视家庭人伦，重视“和乐”家庭的建设。词作将注意力关注到家庭人伦道德建设上来，在宋词中相当罕见。词人借朝廷要旌表周家“义居风”，以史为鉴，尽显“嘉善矜恶，取是舍非”（北宋司马光语，见《资治通鉴·进书表》）的价值取向，倡导《诗经·小雅·常棣》的主题：珍视兄弟情谊，善待家庭成员，建设“和乐”家庭。同时批评了“古来兄弟不相容”的恶习，如曹丕要曹植七步作诗的“煮豆燃豆萁”（《世说新语·文学》）的残忍；在褒扬周公（周文王第四子）的同时，鞭挞了周文王第三、五子管叔鲜、蔡叔度（“二叔”）的“失道”行为。通过这首小令，我们看到辛弃疾乃至那个时代治国理政的一个细微而又基础的侧面，以及当时社会风貌之一斑。

霜天晓角　旅兴

吴头楚尾，一棹人千里，休说旧愁新恨，长亭树，今如此。
宦游吾倦矣，玉人留我醉，明日万花寒食，得且住，为佳耳。

【品读小记】

这首羁旅词，上片描述词人“一棹人千里”于“吴头楚尾”（今江西北部，春秋时为吴楚两国交界处）的滚滚江流上，想到自己坎坷仕途、风雨人生，不由得感叹时光流逝，发出当年晋桓温北征时“树犹如此，人何以堪”的相同慨叹。下片首句即进而亮出“宦游吾倦矣”这一内心独白，此乃本词之主旨。继而词人不说自己“倦”后之行止，却说“玉人留我醉”，巧借晋人无名士帖“天气殊未佳，汝定成行否？寒食近，且住为佳耳”句意，化为“明日落花寒食，得且住，为佳耳”的结拍句，表明自己安于投闲置散，并以此“为佳”的生活态度。词人说得如此轻巧，内心酸楚有谁知！此词上下片结句均随手拈来晋人语，而又了无痕迹，表现出词人博学多识已臻于化境；明杨慎《词品》曾就此评曰："晋人语本入妙，而词又融化之如此，可谓珠璧相照矣。"而"之乎者也，出稼轩口，便有声有色，不许村学究效颦"（明卓人月编造、徐士俊参评《古今词统》），本词是一例。

鹊桥仙　赠鹭鸶

溪边白鹭，来吾告汝，溪里鱼儿堪数。主人怜汝汝怜鱼，要物我、欣然一处。　　白沙远浦，青泥别渚，剩有虾跳鳅舞。任君飞去饱时来，看头上、风吹一缕。

【品读小记】

善于生活者，即使身处逆境，也总能在周围环境中寻觅到自己的生活情趣而自得其乐。辛弃疾被长期投闲置散，便寄情山水林园、花鸟虫鱼而自娱身心。他与诸多隐士一样对鸥鹭总是情有独钟，曾写《水调歌头·盟鸥》声明："凡我同盟鸥鹭，今日既盟之后，来往莫相猜"。这首小令，词人又别出心裁，细细告诫"溪边白鹭"，可以去远处饱餐跳虾舞鳅，但不可捕食我家旁边的溪中鱼，说"主人怜汝汝怜鱼"，要求白鹭与词人心往一处想："要物我、欣然一处"！多么率性，多么用心，多么有趣！然而，与上文引《水调歌头》"来往莫相猜"句当另有他意一样，人们从这里也一定能体会到词人内心深处的孤寂、痛楚和无奈吧！甚至或许还能从中悟出词人扶正祛邪的热切心境吧！

程垓（二首）

［作者简介］程垓，生卒年不详，字正伯，号书舟。眉山（今属四川）人。苏轼中表程之才（字正辅）之孙。有《书舟词》（一作《书舟雅词》一卷）传世。

蓦山溪　老来风味

老来风味，是事都无可。只爱小书舟，剩围着、琅玕几个。呼风约月，随分乐生涯，不羡富，不忧贫，不怕乌蟾堕。　三杯径醉，转觉乾坤大。醉后百篇诗，尽从他、龙吟鹤和。升沉万事，还与本来天，青云上，白云间，一任安排我。

【品读小记】

这首中调，反映的是词人老来戒得、随遇而安、自得其乐、知足常乐的生活态度。“青云上，白云间，一任安排我”，何其自信，何其自在，何其自由！读此词，又读宋苏轼檃括陶渊明《归去来辞》而成就的《哨遍·为米折腰》，当可感知两者“富贵非吾志”“呼风约月”之一脉相通处。

水龙吟　夜来风雨匆匆

夜来风雨匆匆，故园定是花无几。愁多怨极，等闲孤负，一年芳意。柳困花慵，杏青梅小，对人容易。算好春长在，好花长见，元只是、人憔悴。　回首池南旧事，恨星星、不堪重记。如今但有，看花老眼，伤时清泪。不怕逢花瘦，只愁怕、老来风味。待繁红乱处，留云借月，也须拚醉。

【品读小记】

这首写于暮春时节的伤春词，曲折而又反复倾诉的是，淹留他乡，并已白发“星星”的词人思乡、叹老、伤时的情怀，“愁多怨极”地发身世之叹，悲怆凄凉，深沉厚重。“算好春长在，好花长见，元只是、人憔悴”，“如今但有，看花老眼，伤时清泪”，读来令人唏嘘不已。程垓大约是辛弃疾同时代的人，他的“伤时”不只是叹个人生不逢时，有书生老去、机会不来之慨，也隐约感到他对时事的担心和忧虑。尽管失望、隐痛如此，结拍三句（其中“留云借月”句直接用宋朱敦儒《鹧鸪天》“曾批给雨支风卷，累奏留云借月章”之成句）还是展现出一种苦中作乐的心境。

陈亮（四首）

［作者简介］陈亮（1143—1194），原名汝能，后改名陈亮，字同甫，号龙川，婺州永康（今属浙江）人。谥号文毅。永康学派代表人物。曾多次上书朝廷，力主抗金，反对议和。熙绍四年（1193）策进士，擢第一。词作慷慨豪放。有《龙川文集》《龙川词》传世。

水调歌头　送章德茂大卿使虏

不见南师久，谩说北群空。当场只手，毕竟还我万夫雄。自笑堂堂汉使，得似洋洋河水，依旧只流东？且复穹庐拜，会向藁街逢！　尧之都，舜之壤，禹之封。于中应有，一个半个耻臣戎！万里腥膻如许，千古英灵安在，磅礴几时通？胡运何须问，赫日自当中！

【品读小记】

陈亮是南宋杰出的爱国者、思想家，力主抗金复国，是辛弃疾的好友。但当时屈辱求和的主和派主导朝政，他与辛弃疾一样一直处于不得志的边缘化状态。在“不见南师久”（也就是许久没有北伐之说了）的大背景下，南宋朝廷不断向开封（金人于1161年迁都于开封）派出纳贡请和的使臣。陈对此十分不满，于是借章德茂使金，写下这篇词章相送。上片着重写词人对章这次出使的独特认识和复杂心态：应当不示弱、不认输；相信终会有把金人掳到宋京城来的一天（“会向藁街逢”）。这可以看作是向章进言献策。下片是全词的重心，向章表达了强烈的民族自豪感和抗金复国的必胜信心。非壮怀激烈，非横眉怒目，是写不出这些文字的。清陈廷焯评论说：

“同甫《水调歌头》云：‘尧之都，舜之壤，禹之封，于中应有，一个半个耻臣戎’，精警奇肆，几于握拳透爪，可作中兴露布（檄文）读。”（《白雨斋词话》）而结拍二句，则更威武雄壮，英气逼人，掷地有声。此词可谓一首气冲霄汉的爱国“壮歌”。这种读来令人感奋、摇人心旌的词章，非高格大手笔者而不能为也。

念奴娇　登多景楼

危楼还望，叹此意、今古几人曾会？鬼设神施，浑认作、天限南疆北界。一水横陈，连岗三面，做出争雄势。六朝何事，只成门户私计！　因笑王谢诸人，登高怀远，也学英雄涕。凭却长江，管不到，河洛腥膻无际。正好长驱，不须反顾，寻取中流誓。小儿破贼，势成宁问强对！

【品读小记】

这首登临怀古词雄视古今，是陈亮又一首大气磅礴、浩气冲天的爱国词章。多景楼在今江苏镇江市北固山甘露寺内，当时下临长江，登临可览壮丽江山；而遥望大江，对面就是抗金前敌重镇扬州。当时，南宋与金国隔淮河对峙，但淮河无险可守，因而南宋朝廷实际上是将长江当成了“天限南疆北界”，以为长江天堑可保南宋无虞。正是针对这种现实，词人挥笔写下这首借古讽今的名作。

上片写登临所见的山川形势，中心则是指摘、嘲讽建都建业（今南京）的“六朝”（三国时的东吴，东晋，南朝的宋、齐、梁、陈），只为朝廷私利计，毫无北伐进取之志，唯有划江自守之心，终至国破家亡。词人由此感慨万端，并问：“叹此意、今古几人曾会？”讽今之意不言自明。然词人至此意犹未尽，下片又顺势继续鉴古抒怀，具体点出东晋南渡之初，由中原南迁而来的王、谢两大族中执掌朝政大权的“新亭挥泪客”们（“新亭”，在今南京市南）惺惺作态（事见《晋书·王导传》），词人对此加以嘲讽和讥笑：他们不顾中原人民在敌人铁蹄践踏之下的水深火热，而只求划江自保，却还跑到这里来因触景怀旧而流泪！接着，词人便申明自己的主张：应当以当年祖逖“中流击楫”（见《晋书·祖逖传》）的精神，义无反顾、长驱直入地向北进击，收复中原失地；不要害怕敌人强大，应以谢石谢玄“小儿辈遂已破贼”（谢安语，见《晋书·谢安传》）的淝水之战以少胜多作为榜样。词人实际在说：行动起来吧，北上！

水龙吟　春恨

闹花深处层楼，画帘半卷东风软。春归翠陌，平莎茸嫩，垂杨金浅。迟日催花，淡云阁雨，轻寒轻暖。恨芳菲世界，游人未赏，都付与、莺和燕。　　寂寞凭高念远，向南楼、一声归雁。金钗斗草，青丝勒马，风流云散。罗绶分香，翠绡封泪，几多幽怨！正销魂，又是疏烟淡月，子规声断。

【品读小记】

这首题为《春恨》的长调，系词人游春之兴叹。“恨”，此处作“遗憾”“无可奈何”解。

上片写大好春光烂漫迷人，却“芳菲世界”无人赏，只是白白便宜了“莺和燕”，此一恨也。下片写春回大雁北归，引起词人对业已“风流云散”了的往事的追忆，不由得“念远”怀人而“销魂”，此二“恨”也。此词看上去乃伤春怀远之作。但词人是当时著名的爱国者、思想家，常以言论警策震惊天下，此词必有弦外之音。就上片而言，清刘熙载《艺概》评论说：“同甫《水龙吟》云：‘恨芳菲世界，游人未赏，都付与、莺和燕’，言近旨远，直有宗留守大呼过河之意”（南宋初年留守开封的名将宗泽病危时“但呼过河（指黄河）者三而薨”）。若此，“芳菲世界”当指中原沦陷区的大好河山，“莺和燕”当指金兵侵略者。就下片而言，北向“念远”，当然是指怀念沦陷区处于水深火热中的广大百姓。

这首词颇具婉约风格，笔法柔婉细腻，以“幽秀”（清徐釚《词苑丛谈》）之笔写出了家国情怀，笔曲而意深，含蓄而味长。豪放派词人写高格婉约词，此一例也。

桂枝香　观木樨有感寄吕郎中

天高气肃，正月色分明，秋容新沐。桂子初收，三十六宫都足。不辞散落人间去，怕群花、自嫌凡俗。向他秋晚，唤回春意，几曾幽独。　　是天上、余香剩馥。怪一树香风，十里相续。坐对花旁，但见色浮金粟。芙蓉只解添秋思，况东篱、凄凉黄菊。入时太浅，背时太远，爱寻高躅。

【品读小记】

陈亮是南宋“闲居非吾志，甘心赴国忧”（三国魏曹植《杂诗六首　其五》）之著名爱国志士。他在给吕郎中（即吕祖谦）的信中，谈到自己曾就国策上书却终难展报国之志的遭遇时，愤然不平地说：“每念及此，或推案大呼，或悲泪填臆，或发上冲冠，或拊掌大笑。”（《陈亮集》卷十九）这首也是“寄吕郎中”的咏物词，托木樨（桂花之一种）而言志，一吐胸中块垒，既明高格之用世心境，又吐难入世之幽愤牢骚。

上片望月起兴。词人见“月色分明”，便借月中有桂之传说，化用唐李贺“画栏桂树悬秋香，三十六宫土花碧”（《金铜仙人辞汉歌》）句意，以拟人化笔法孤标自许为月中桂子，要在“秋晚”时节不甘“幽独”地“不辞散落人间去”，旨在“唤回春意”，表达出词人积极用世的澄澈心境和高洁心志。下片回到现实中曲折抒情。先承上片意赞乃“天上余香”之桂花幽香“十里相续”，又物我神交地赞桂花“色浮金粟”之体色；继而宕开词境，说同样开花在秋日的芙蓉、黄菊比不了桂花能“唤回春意”，从而进一步凸显桂花之孤标；最后结拍却又猛然跌落，正言反出地说桂花其实“背时太远”，不合潮流地“爱寻高躅”，表达出词人因不肯随波逐流而终难用世的无限幽愤和自我嘲讽的无奈牢骚。该词才思横溢，雄健典雅，秀骨丰神，意远慨深，乃词中上品。

杨炎正（一首）

［作者简介］杨炎正（1145—？），字济翁，庐陵（今江西吉安）人，杨万里之族弟。庆元二年（1196）进士，曾知藤州（今广西藤县）、琼州（今海南岛），中间曾被放罢。有《西樵语业》传世。

满江红　典尽春衣

典尽春衣，也应是、京华倦客。都不记、麹尘香雾，西湖南陌。儿女别时和泪拜，牵衣曾问归时节。到归来、稚子已成阴，空头白。　功名事，云霄隔。英雄伴，东南拆。对鸡豚社酒，依然乡国。三径不成陶令隐，一区未有扬雄宅。问渔樵、学作老生涯，从今日。

【品读小记】

世路蹭蹬，命途坎坷，乃人生常有之境遇。此词检点平生，功名未竟，年华虚掷，引发身世之慨。

上片以“典尽春衣”与“麹尘香雾”、“儿女别时和泪拜”与“稚子已成阴”四帧图景今昔对比，愧叹半生潦倒，一事无成，“京华倦客”“空头白”，宋周邦彦亦有“登临望故国，谁识京华倦客”？下片“功名事，云霄隔。英雄伴，东南拆”，交代半生为之追求的壮志已成云烟，杨炎正与辛弃疾交好，此句或与辛弃疾有同感之悲。其下诸句自言隐居乡野终老之愿，欲效仿陶渊明、扬雄，却连田亩宅园也没有，只好“问渔樵、学作老生涯，从今日”，虽有不甘，终是无奈。《四库总目提要》称杨炎正词“纵横排之气，虽不足敌弃疾，而屏绝纤秾，自抒清俊，要非俗艳所可拟”。

刘过（三首）

［作者简介］刘过（1154—1206），字改之，号龙洲道人。吉州太和（今属江西）人，长于庐陵（今江西吉安），殁于江苏昆山。多次应试不第，屡陈复国方案无果，终身未仕，流落江湖以终。工词。有《龙洲集》《龙洲词》传世。

沁园春　寄稼轩承旨

寄辛承旨，时承旨招，不赴。

斗酒彘肩，风雨渡江，岂不快哉。被香山居士，约林和靖，与东坡老，驾勒吾回。坡谓西湖，正如西子，浓抹淡妆临镜台。二公者，皆掉头不顾，只管衔杯。　　白云天竺去来。图画里、峥嵘楼观开。爱东西双涧，纵横水绕，两峰南北，高下云堆。逋曰不然，暗香浮动，争似孤山先探梅。须晴去，访稼轩未晚，且此徘徊。

【品读小记】

关于作此词之缘由，宋魏庆之《诗人玉屑》载“刘改之，豪爽之士。辛稼轩帅越，刘寓西湖，稼轩招之，值雨，答以沁园春词，甚奇伟”。

起句“斗酒彘肩，风雨渡江，岂不快哉”，化用项王赐予樊哙斗卮酒与彘肩之典故，破空而来，豪爽狂放之至（清况周颐不喜此句，谓之：“至如《沁园春》‘斗酒彘肩’云云，则尤橅拟而失之太过者矣”）。以下诸句奇思妙想，时空穿越，将自己与白居易、林逋、苏东坡置于同一酒席之上，用三人之诗句，敷衍成对西湖景色品评之词句，争相比高，趣味迭出。宋俞文豹评曰：“此词虽粗刺而局高，与三贤游，固可眇视稼轩，视林、白之清致，则东坡所谓‘淡妆浓抹’，已不足道。稼轩富贵，焉能浼我哉”（《吹剑录》）。结拍句“须晴去，访稼轩未晚，且此徘徊”，呼应篇首，巧言未赴稼轩之约的原因，留恋西湖风景与前贤论辩，犹未晚也，亦暗将辛弃疾与白、林、苏相提并论，以示尊崇。据清王弈清《历代词话》载：“辛得词大喜，竟邀之去，馆燕弥月，酬赠千缗。改之竟荡于酒，不问也。”

唐多令　八月五日安远楼小集

安远楼小集，侑觞歌板之姬黄其姓者，乞词于龙洲道人，为赋此《唐多令》。同柳阜之、刘去非、石民瞻、周嘉仲、陈孟参、孟容。时八月五日也。

芦叶满汀洲，寒沙带浅流。二十年、重过南楼。柳下系船犹未稳，能几日，又中秋。　　黄鹤断矶头，故人今在不？旧江山、浑是新愁。欲买桂花同载酒，终不是、少年游。

【品读小记】

安远楼位于武昌，旧地重游，廿年忽过，故友凋零，家国堪忧，不胜感慨。上片起句“芦叶满汀洲，寒沙带浅流”，满目萧疏，奠定基调。“柳下系船犹未稳，能几日，又中秋”，时光飞逝，而人却漂泊无定，一咏三叹，颇见功夫。下片故人流散之愁，与家国之愁，悲秋之愁叠加，故言“旧江山、浑是新愁”。结拍句欲效仿少年时桂花载酒破解愁情，无奈岁月蹉跎，终是无解。清黄苏《蓼园词评》载：“沈际飞曰：情畅语俊，韵叶音调，不见扭造，此改之得意之笔。按宋当南渡，武昌系与敌纷争之地，重过能无今昔之感？词旨清越，亦见含蓄不尽之致。”

贺新郎　弹铗西来路

弹铗西来路。记匆匆、经行十日，几番风雨。梦里寻秋秋不见，秋在平芜远树。雁信落、家山何处？万里西风吹客鬓，把菱花、自笑人如许。留不住，少年去。　男儿事业无凭据。记当年、悲歌击楫，酒酣箕踞。腰下光铓三尺剑，时解挑灯夜语。谁更识、此时情绪？唤起杜陵风月手，写江东渭北相思句。歌此恨，慰羁旅。

【品读小记】

清陈廷焯《云韶集》曰："改之词，豪壮感激，升稼轩之堂，如《贺新郎》《唐多令》诸阕，俱极顿挫之致。"刘改之屡试不第，布衣终身，放浪江湖。此词以"男儿事业无凭据"为词眼，抒发壮志难酬、漂泊羁旅之感。

上片起句"弹铗西来路"，用战国时期冯谖弹铗而歌的典故，切入题旨。梦里寻秋诸句，一片萧瑟沉郁之气。人言刘过学得辛弃疾豪放，未学得辛弃疾沉郁。于此词不适用。万里西风，揽镜自怜，天秋人老，黯然神伤。下片追忆少年雄心壮志，"悲歌击楫，酒酣箕踞""腰下光铓三尺剑，时解挑灯夜语"，辄见建功立业雄豪之志，无奈不为世所用，不得立功。唯弃武归文，却又难觅知音。"唤起杜陵风月手，写江东渭北相思句"，化用唐杜甫《春日怀李白》诗句"渭北春天树，江东日暮云。何时一樽酒，重与细论文"，诸恨交叠，遂填此词，聊慰旅怀。

姜夔（十二首）

［作者简介］姜夔（1154—1221），字尧章，号白石道人，饶州鄱阳（今属江西）人。终生未仕。精通音律，词作造诣精深，自成一派，乃词坛大家，对词的发展有重要贡献，对后世词坛有相当影响。有《白石道人诗集》《白石道人歌曲》传世。

点绛唇　丁未冬过吴松作

燕雁无心，太湖西畔随云去。数峰清苦，商略黄昏雨。　第四桥边，拟共天随住。今何许？凭阑怀古，残柳参差舞。

【品读小记】

姜夔精通音律，格律严谨，意境清旷，嘱意幽深，为词之专家。清朱彝尊曰："言词必称北宋，至南宋始极其工，至宋季始极其变。姜夔最为杰出，惜乎乐府五卷，仅存二十余阕"(《古今词话》)。乐斋居士《七绝 歌姜夔》诗曰："一生傲骨伴清贫，高格江湖脱世尘。骚雅清空成一派，暗香疏影笔如神。"吴松乃唐陆龟蒙（号天随子）隐居之地，姜夔极为倾慕陆龟蒙。此词写冬过吴松所见之景，又似与天随子述说之。"燕雁无心，太湖西畔随云去"，已见庄子南华之思。"数峰清苦，商略黄昏雨"，以拟人手法写活山峰，为提振全词之妙句，最显姜夔词之格调，"商略"二字，见正仪庄严之感。"第四桥边，拟共天随住"，直抒追随天随子之愿，但着一"拟"字，仍见其内心纠结。结拍句更见进退不得的愁情。清陈廷焯《白雨斋词话》："白石长调之妙，冠绝南宋，短章亦有不可及者。如点绛唇《丁未冬过吴松作》一阕，通首只写眼前景物。至结处云：'今何许？凭阑怀古，残柳参差舞。’感时伤事，只用‘今何许’三字提唱。‘凭阑怀古’以下，仅以残柳五字，咏叹了之。无穷哀感，都在虚处。令读者吊古伤今，不能自止。洵推绝调。”

鹧鸪天　元夕有所梦

肥水东流无尽期，当初不合种相思。梦中未比丹青见，暗里忽惊山鸟啼。　　春未绿，鬓先丝，人间别久不成悲。谁教岁岁红莲夜，两处沉吟各自知。

【品读小记】

此词写离情。上片“肥水东流无尽期，当初不合种相思”，用比兴手法，肥水无尽，相见无期，悔不该当初情根深种，此乃至情之语，正话反说。“梦中未比丹青见，暗里忽惊山鸟啼”，丹青呆板，而梦境却又迷离，均不能解相思之苦，况复山鸟失伴而啼，连梦也惊破。下片“人间别久不成悲”，亦是反语，言离愁之深，几近麻木。“谁教岁岁红莲夜，两处沉吟各自知”，曾经元夕夜欢会，于今触景生情，虽不得见，而心有灵犀，聊可堪慰。

踏莎行　自沔东来，丁未元日至金陵，江上感梦而作

燕燕轻盈，莺莺娇软，分明又向华胥见。夜长争得薄情知？春初早被相思染。　　别后书辞，别时针线，离魂暗逐郎行远。淮南皓月冷千山，冥冥归去无人管。

【品读小记】

此词仍为梦中怀人之作。上片写梦中旖旎之姿、缱绻之情。“燕燕”“莺莺”，化用宋苏轼《张子野年八十五尚闻买妾述古令作诗》：“诗人老去莺莺在，公子归来燕燕忙。”“夜长争得薄情知？春初早被相思染”，拟恋人之怨语，诉相思苦处。下片乃梦醒思恋。书辞针

线，乃恋人有形之物相随，而“离魂暗逐郎行远”句，用语幽奇，恋人离魂寄托“书辞”“针线”之上伴郎远行，魂牵梦绕，心心相印也。末句“淮南皓月冷千山，冥冥归去无人管”，离魂意境清幽，化用唐杜甫《梦李白》“魂来枫林青，魂返关塞黑”句，“怜其离魂远行，冷月千山，踽踽独归之伶俜可念”（近人沈祖棻《宋词赏析》）。近人王国维独赏此二句：“白石之词，余所最爱者，亦仅二语，曰：‘淮南皓月冷千山，冥冥归去无人管。’”（《人间词话》）

扬州慢　淮左名都

淳熙丙申至日，予过维扬。夜雪初霁，荠麦弥望。入其城，则四顾萧条，寒水自碧，暮色渐起，戍角悲吟。予怀怆然，感慨今昔，因自度此曲。千岩老人以为有《黍离》之悲也。

淮左名都，竹西佳处，解鞍少驻初程。过春风十里，尽荠麦青青。自胡马窥江去后，废池乔木，犹厌言兵。渐黄昏，清角吹寒，都在空城。　杜郎俊赏，算而今、重到须惊。纵豆蔻词工，青楼梦好，难赋深情。二十四桥仍在，波心荡、冷月无声。念桥边红药，年年知为谁生？

【品读小记】

此词为姜夔名篇，写扬州遭兵乱之后的荒芜景象及沉痛心情。近人俞陛云先生《唐五代两宋词选释》评此词：“凡乱后感怀之作，词人所恒有，白石之精到处，凄异之音，沁入纸背，复能以浩气行之，由于天分高而蕴酿深也。”词前小序，颇富诗意，极为精致，有六朝之风。近人胡适先生《词选》以为“那首词的本身远不如这几句小序能使我们想象当日扬州的荒凉景象”。

上片起句“淮左名都，竹西佳处”，点明扬州曾经之繁盛。“过春风十里，尽荠麦青青”，正可见“《黍离》之悲”也。“自胡马窥江去后，废池乔木，犹厌言兵”，与起句对比强烈，荒废之景、沉痛之情俱真，清陈廷焯认为："'犹厌言兵'四字，包括无限伤乱语。他人累千百言，亦无此韵味。"（《白雨斋词话》）"渐黄昏，清角吹寒，都在空城"，气氛益增凄寂，号角空吹，而无抗击之举，哀痛更增一层。下片假托杜牧重临，实为自况，以"重到须惊"深化一层上片词旨，至"难赋深情"又翻进一层，百感交集，无以言表。"二十四桥仍在，波心荡、冷月无声"，为此词名句，读之激荡心魄，起伏曲折，特别是着一"荡"字，且在波心，"一字得力，通首光采"（清先著、程洪《词洁》），近人唐圭璋先生以为此句"以现景寓情，字练句烹，振动全篇"（《唐宋词简释》）。结拍句"念桥边红药，年年知为谁生"，草木无情，繁废不知，寄寓无限哀愁。

英人艾略特描写一战后西方世界的《荒原》"四月是最残忍的一个月，荒地上/长着丁香，把回忆和欲望/掺合在一起，又让春雨/催促那些迟钝的根芽"，与姜夔此词对读，可窥人类情感之普遍性。

齐天乐　蟋蟀

丙辰岁，与张功父会饮张达可之堂。闻屋壁间蟋蟀有声，功父约予同赋，以授歌者。功父先成，辞甚美。予裴回末利花间，仰见秋月，顿起幽思，寻亦得此。蟋蟀，中都呼为促织，善斗。好事者或以三二十万钱致一枚，镂象齿为楼观以贮之。

庾郎先自吟愁赋，凄凄更闻私语。露湿铜铺，苔侵石井，都是曾听伊处。哀音似诉。正思妇无眠，起寻机杼。曲曲屏山，夜凉独自甚情绪？　　西窗又吹暗雨。为谁频断续，相和砧杵？候馆迎秋，离宫吊月，别有伤心无数。豳诗漫与。笑篱落呼灯，世间儿女。写入琴丝，一声声更苦。

【品读小记】

蟋蟀，又名促织，常寄寓怀念征人的愁情怨绪。如《诗经》"十月蟋蟀，入我床下"，《古诗十九首》"明月皎夜光，促织鸣东壁"。

张功父有词《满庭芳·促织儿》，亦是清隽凄婉，为人称道。姜夔此词则别具一格，同写蟋蟀，不见其形，只闻其声，以音声贯注全篇，寄托愁思。

上片起笔不写蟋蟀，先言愁赋，更闻凄语，奠定全篇基调。“露湿铜铺，苔侵石井”，对仗工丽，乃人与蟋蟀交汇闻声之处。蟋蟀之声，触发思妇，“私语”化为“哀音”。下片“西窗又吹暗雨”，雨声、蟋蟀声、机杼声交织在一起，更添凄凉。“候馆迎秋，离宫吊月”，范围更拓一层，游宦离人，闻声益悲，世间愁苦万千，伤心无数。“豳诗漫与”，有论者以为“补凑处”（清周济语），实则承上转下，沟通今古。“笑篱落呼灯，世间儿女”，意境尤妙，清陈廷焯《白雨斋词话》云：“白石《齐天乐》一阕，全篇皆写怨情。独后半云：‘笑篱落呼灯，世间儿女。’以无知儿女之乐，反衬出有心人之苦，是为入妙。用笔亦别有神味，难以言传。”末句与首句呼应，又已琴声作结，布局精粹，幽思绵邈。流沙河先生《就是那一只蟋蟀》有句“就是那一只蟋蟀 / 在《豳风·七月》里唱过 / 在《唐风·蟋蟀》里唱过 / 在《古诗十九首》里唱过 / 在花木兰的织机旁唱过 / 在姜夔的词里唱过”，这只蟋蟀已成为沟通今古、跨越时空的情感象征。

一萼红　古城阴

丙午人日，予客长沙别驾之观政堂。堂下曲沼，沼西负古垣，有卢橘幽篁，一径深曲。穿径而南，官梅数十株，如椒、如菽，或红破白露，枝影扶疏。著屐苍苔细石间，野兴横生。亟命驾登定王台。乱湘流，入麓山，湘云低昂，湘波容与。兴尽悲来，醉吟成调。

古城阴，有官梅几许，红萼未宜簪。池面冰胶，墙腰雪老，云意还又沉沉。翠藤共、闲穿径竹，渐笑语、惊起卧沙禽。野老林泉，故王台榭，呼唤登临。　南去北来何事？荡湘云楚水，目极伤心。朱户黏鸡，金盘簇燕，空叹时序侵寻。记曾共、西楼雅集，想垂杨、还袅万丝金。待得归鞍到时，只怕春深。

【品读小记】

白石此词作于长沙，为“兴尽悲来，醉吟成调”之作。夏承焘认为是怀念合肥恋人，而词前小序并不见端倪，更多是游赏登临之寄慨与内在生命意识之感发。上片写游赏，以古城早梅为起点，依次写来，兴味尤浓。“池面冰胶，墙腰雪老”，炼字精到，对仗工巧，有郊寒岛瘦之妙，补充“红萼未宜簪”之春寒时节。以下诸句写游览之胜，“野老林泉，故王台榭，呼唤登临”，看似轻描淡写而饱含思古幽怀，“只三语胜人吊古千百言”（清陈廷焯语）。下片写登临，“南去北来何事”，即为“兴尽悲来”之转折，湘云楚水，天涯漂泊，此身何用？“朱户黏鸡，金盘簇燕，空叹时序侵寻”，为人日风俗（《荆楚岁时记》“人日贴画鸡于户”；《武林旧事》“春前一日，后苑办造春盘，翠缕红丝，金鸡玉燕，备极工巧”），既有时光流逝之空叹，又有众乐而己悲之感伤。结拍数句，抚今追昔，起伏曲婉，近人沈祖棻《宋词赏析》以为：“末数语，由过去想到将来，春初想到春深，极沉郁。”

暗香　旧时月色

辛亥之冬，余载雪诣石湖。止既月，授简索句，且征新声，作此两曲，石湖把玩不已，使二妓隶习之，音节谐婉，乃名之曰《暗香》《疏影》。

旧时月色，算几番照我，梅边吹笛？唤起玉人，不管清寒与攀摘。何逊而今渐老，都忘却、春风词笔。但怪得、竹外疏花，香冷入瑶席。　　江国，正寂寂，叹寄与路遥，夜雪初积。翠尊易泣，红萼无言耿相忆。长记曾携手处，千树压、西湖寒碧。又片片、吹尽也，几时见得？

疏影 苔枝缀玉

苔枝缀玉，有翠禽小小，枝上同宿。客里相逢，篱角黄昏，无言自倚修竹。昭君不惯胡沙远，但暗忆、江南江北。想佩环、月夜归来，化作此花幽独。 犹记深宫旧事，那人正睡里，飞近蛾绿。莫似春风，不管盈盈，早与安排金屋。还教一片随波去，又却怨、玉龙哀曲。等恁时、重觅幽香，已入小窗横幅。

【品读小记】

南宋绍熙二年（1191）冬，姜夔载雪到苏州石湖探访号“石湖居士”的著名诗人范成大，应邀在范家花园赏梅，如醉如痴，遂自度《暗香》《疏影》，成就了相互配合、自成一格赞颂梅花的双璧名作，一时传为佳话，历来评价甚高。宋张炎《词源》评曰：“词之赋梅，惟姜白石《暗香》《疏影》二曲，前无古人，后无来者，自立新意，真为绝唱。”清陈廷焯《词则》也说：“二章脱尽恒溪，永为千古绝调。”二词匠心独运，从不同角度赞颂梅花：《暗香》着重梅花的清冷气质，《疏影》则着重于梅花的幽静风韵。二词也都是寄情抒怀之作，沉浸着词人对恋人的离情别绪。

《暗香》上片倾诉词人旧时与“玉人”“不管清寒”赏梅的美好回忆，以及如今别离的沉重心情。词人自比南朝诗人何逊，不过自己已经老了，“都忘却、春风词笔”，而不那么在意赏梅了；不料，此时“竹外疏花，香冷入瑶席”了，清冷的暗香阵阵袭来，又使得当年与恋人携手赏梅的往事重又涌上心头。下片紧接着抒发了对恋人的深情怀念。在江南大雪纷飞的沉寂氛围中，此时此刻的词人叹息欲折梅遥寄而不能，眼下只能举杯泪洒。看到沉默无语的红梅，则又沉浸在沉重的回忆之中：当年在西湖孤山梅林梅花盛开之际别离的情景又浮现在眼前。然而梅花“又片片吹尽也”，几时才能携手共赏梅呢？就在这样的伤感中结束了全篇。全词在叙事中抒情，在抒情中叙事，而叙事又总是以景语现或伴以景语，因而艺术感染力很强。

《疏影》赞颂梅花美丽、幽静、孤高的气质，并借以寄托词人对离别恋人的情怀。上片“苔枝缀玉”三句写梅花的美好，“客里相逢”三句写梅花的孤寂（化用唐杜甫《佳人》诗句“天寒翠袖薄，日暮倚修竹”），并暗将梅花比作美人。又用美人王昭君的故事，想象她“但暗忆、江南江北”，于是便“月夜归来”，化作了幽静独处的梅花。进而推想自己在远方的恋人现在也是孤独自处吧。下片引用南朝宋武帝女儿寿阳公主“梅花妆”典故、《梅花落》古笛曲等，表达了怜惜梅花和伤感离别之情。最后以“等恁时、重觅幽香，已入小窗横幅”结拍，这是说：如果不抓住时机赏梅、惜梅，待到花落香销，再想到去“重觅幽香”，就只能见到窗上疏影，无有暗香阵阵了。以“只见疏影”表达了与恋人离别、难以再相见的深深遗憾。

宋范成大高度赞赏姜夔词，说：“白石有裁云缝月之妙手，敲金戛玉之奇声”（转引自清沈雄《古今词话》），观此二词，信然。

清周济《介存斋论词杂著》认为此“二词寄意题外，包蕴无穷，可与稼轩伯仲”。清陈廷焯《白雨斋词话》则说：“南渡以后，国事日非，白石目击心伤，多于词中寄慨，不独《暗香》《疏影》二章发二帝之幽愤，伤在位之无人也。”清宋翔凤《乐府馀论》也说：“词家有姜白石，犹诗家有杜少陵……。其流落江湖，不忘君国，皆借托比兴于长短句寄之。如《齐天乐》，伤二帝北狩也；《扬州慢》，惜无意恢复也；《暗香》、《疏影》，恨偏安也。”以此等论见再品词人这两首代表作之意蕴，自会体察到其深刻的社会意义。

琵琶仙　双桨来时

《吴都赋》云：“户藏烟浦，家具画船。”唯吴兴为然。春游之盛，西湖未能过也。己酉岁，予与萧时父载酒南郭，感遇成歌。

双桨来时，有人似、旧曲桃根桃叶。歌扇轻约飞花，蛾眉正奇绝。春渐远、汀洲自绿，更添了、几声啼鴂。十里扬州，三生杜牧，前事休说。　　又还是、宫烛分烟，奈愁里、匆匆换时节。都把一襟芳思，与空阶榆荚。千万缕、藏鸦细柳，为玉尊、起舞回雪。想见西出阳关，故人初别。

【品读小记】

这首词乃游春、“感遇”、怀人之作。上片前七句写“遇”，情皆融于景，景语皆情语也；上片歇拍三句和整个下片言“感”，怀人之情寄于思，思语则多化为景语现。词人在游春时看到画船上的歌女娥眉奇绝，酷似当年合肥情遇的女子，感而抒此怀人之作，尽显悱恻缠绵之情味，笃示执情不渝之真诚。

该词艺术造诣精深，其特色至少有三：其一，几乎句句使事用典，比兴手法精湛。诸如“桃根桃叶”：桃叶乃晋王献之爱妾，王曾作《桃叶歌》，桃根则为叶妹，宋词常用此姐妹代指歌女。“十里扬州，三生杜牧”：化用唐杜牧《赠别》、宋黄庭坚《广陵早春》二诗诗意，前者有“春风十里扬州路，卷上珠帘总不如”句，后者有“春风十里珠帘卷，仿佛三生杜牧之”句。三生者，过去、现在、未来之谓也。十里扬州，喻旧游之旖旎美好；三生杜牧，喻情深之经久不渝。“都把一襟芳思，与空阶榆荚”：化用唐韩愈《晚春》“杨花榆荚无才思，唯解漫天作雪飞”，以借喻词人空怀“芳思”。由“藏鸦细柳”想到唐王维《送元二使安西》中的“客舍青青柳色新”“西出阳关无故人”，进而写出“想见西出阳关，故人初别”的结拍句，借喻自己在“柳色依依”（见词人《淡黄柳》序）的合肥（乃南宋之边城，一如汉时阳关为边关）与故人依依惜别难忘一刻，余韵悠长。其二，“文笔清刚顿宕”（近人唐圭璋语），既以丽笔写柔情，又以健笔写柔情。上片前七句，丽笔也，深婉蕴藉；歇拍句、结拍句，健笔也，刚健硬朗。其三，以虚字传神。如似、正、渐、自、更、了、休、又还是、奈、都、与、为等，虚字叠出，如画之留白，灵气自增。近人冯煦《蒿庵论词》评白石词“笔之所至，神韵俱到”，此词当为一例。

长亭怨慢　渐吹尽枝头香絮

余颇喜自制曲。初率意为长短句，然后协以律，故前后阕多不同。桓大司马云："昔年种柳，依依汉南。今看摇落，凄怆江潭。树犹如此，人何以堪？"此语予深爱之。

渐吹尽，枝头香絮，是处人家，绿深门户。远浦萦回，暮帆零乱向何许？阅人多矣，谁得似、长亭树？树若有情时，不会得、青青如此！　　日暮，望高城不见，只见乱山无数。韦郎去也，怎忘得、玉环分付：第一是、早早归来，怕红萼、无人为主。算空有并刀，难翦离愁千缕。

【品读小记】

这首伤别寄情词，乃是词人惜别、怀念合肥情人的自度曲。上片追忆当日伤别，下片记叙当下思念。此词的一个重要特点是用典叙事寄情。上片"阅人多矣"以下：人们长亭下送别常常折柳相赠，故而长亭柳确是"阅人多矣"。由此，词人想到晋桓温"木犹如此，情何以堪"（见《世说新语·言语》）的感慨，并翻用南朝庾信《枯树赋》柳之摇落之悲的语义，发出了"树若有情时，不会得、青青如此"的呼喊！是啊，树若有情，看到那么多人伤心离别，怎么可能还长得那么青翠呢？凄怆之情，迎面扑来。清陈廷焯感言："白石诸词，惟此数语最为沉痛迫烈"（《白雨斋词话》）。下片"韦郎去也"以下引入韦皋、玉箫爱情悲剧事。《云溪友议》载：韦皋游江夏（今湖北武昌），与侍女玉箫生情，分别时玉箫以指环相赠，相约七年后再会，时过八年，韦皋未到，玉箫绝食而死。想到这种悲怆事，因而词人强调"第一是、早早归来"。词人又暗用南唐李煜"剪不断，理还乱，是离愁"的句意，写出了伤怀万端的结拍句："算空有并刀，难翦离愁千缕。"（按，并刀，并州即今太原产的刀。）词人对当年情人的思念到此推向极致。全词情感真挚，情思悠远缠绵；用典自然，每每生发新意；词意曲折而流转自如，韵味悠长而用语浅如白话，确属伤别词中之上品。

淡黄柳　空城晓角

客居合肥南城赤阑桥之西，巷陌凄凉，与江左异。唯柳色夹道，依依可怜。因度此阕，以纾客怀。

空城晓角，吹入垂杨陌。马上单衣寒恻恻。看尽鹅黄嫩绿，都是江南旧相识。　　正岑寂，明朝又寒食。强携酒、小桥宅。怕梨花落尽成秋色。燕燕飞来，问春何在？唯有池塘自碧。

【品读小记】

姜夔这首自度曲，抒发了客居“与江左异”的南宋边城合肥（当时宋、金两国以淮河为界）时的春日抒怀。江左，指江南，亦称江东。古人以东为左，西为右。全词意境凄清、孤寂。词人在幽苦中强打精神“强携酒、小桥宅”，去寻求精神慰藉，因为“怕梨花落尽成秋色”；然而，词人感受到的依然是“问春何在？唯有池塘自碧”。这既是他惆怅合肥情遇的一种感叹，也是他悲观时局的一种感慨。该词深婉蕴藉，意韵悠长。清陈廷焯《词坛丛话》说：“盖白石之妙，正如大江无风，波涛自涌。”即或此等小令，亦可体味其中。

念奴娇　闹红一舸

予客武陵。湖北宪治在焉。古城野水，乔木参天。予与二三友，日荡舟其间。薄荷花而饮，意象幽闲，不类人境。秋水且涸。荷叶出地寻丈，因列坐其下。上不见日，清风徐来，绿云自动。间于疏处，窥见游人画船，亦一乐也。揭来吴兴。数得相羊荷花中，又夜泛西湖，光景奇绝。故以此句写之。

闹红一舸，记来时，尝与鸳鸯为侣，三十六陂人未到，水佩风裳无数。翠叶吹凉，玉容销酒，更洒菰蒲雨。嫣然摇动，冷香飞上诗句。　　日暮，青盖亭亭，情人不见，争忍凌波去？只恐舞衣寒易落，愁人西风南浦。高柳垂阴，老鱼吹浪，留我花间住。田田多少，几回沙际归路。

【品读小记】

这是一首别开生面、优美动人的咏荷名作。上片写景，写荷花盛开之际，词人乘画船驶向人迹罕至的陂塘深处一路之所见：成双成对戏水的鸳鸯，无数随风翻飞的荷叶，如美人微醺玉脸飞红般的荷花，菰蒲那边飘洒过来的阵雨……歇拍句“嫣然摇动，冷香飞上诗句”，是说荷花倩影轻摇，含笑吐出阵阵幽香，引得词人不由得吟出优美的诗句，骚人雅兴深致矣！下片由此而很自然地抒情，写观荷的想象和感受：亭亭玉立的荷花犹如化身等待情人的凌波仙子，词人则生怕西风吹残荷花而惆怅生哀，以此含蓄表达出对“出淤泥而不染”的高洁荷花的深情眷念。结拍句“田田多少，几回沙际归路”是说：难以数计的荷叶，你们可曾知道，我因眷念你们不忍离去而在水边沙地归路上来回走了多少次了啊！至此，词人对荷花的一往情深表达得淋漓尽致。此词咏荷的最大特点，是不止于对其形态的描摹、环境的烘托，而是更进一步撷其神理风貌，物我交感，人荷合一，体现出独特的生活情趣和美学价值，是一首典型的“有我之境”（王国维《人间词话》）之词章。该词笔势清逸，挥洒自如，句句写景，句句抒情，想象丰富，意境深邃，俊丽而又劲健，充满诗情画意。近人唐圭璋《唐宋词简释》评曰：“此首写泛舟荷花中境界，俊语纷披，意趣深远。”

俞国宝（一首）

［作者简介］俞国宝（约 1195 年前后在世），字不详，号醒庵。江西抚州临川人。淳熙年间的太学生。生平家世未详。有《醒庵遗珠集》传世。

风入松　一春长费买花钱

一春长费买花钱，日日醉花边。玉骢惯识西湖路，骄嘶过、沽酒垆前。红杏香中箫鼓，绿杨影里秋千。　暖风十里丽人天，花压鬓云偏。画船载取春归去，馀情寄、湖水湖烟。明日重扶残醉，来寻陌上花钿。

【品读小记】

这是一幅南宋早期“暖风十里丽人天”的西湖春光图。上片描述西湖春景。杏红柳绿的大好春光，与“日日醉湖边”的人们争相赏春的盛况相交融，写得细致生动、有声有色，可谓淋漓尽致、引人入胜。“红杏香中箫鼓，绿杨影里秋千”，色彩艳丽，对仗工整，为传世名句。下片写词人恋春惜春情绪，点睛之笔是“画船载春归去，馀情寄、湖水湖烟”。当时，北方国土沦陷，而作为南宋国都的杭州却是一片歌舞升平，忘却国耻、贪图享乐的社会氛围弥漫。作者题在断桥畔小酒馆屏风上的这首中调词便是例证。它也使我们不由得想起与俞同时代的林升那首《题临安邸》：“西湖歌舞几时休”“直把杭州作汴州！”

程珌（一首）

［作者简介］程珌（1164—1242），字怀古，号洺水遗民，休宁（今属安徽）人。绍熙四年（1193）进士，累官知福州兼福建安抚使。有《洺水集》。

水调歌头　登甘露寺多景楼望淮有感

天地本无际，南北竟谁分。楼前多景，中原一恨杳难论。却似长江万里，忽有孤山两点，点破水晶盆。为借鞭霆力，驱去附昆仑。　望淮阴，兵冶处，俨然存。看来天意，止欠士雅与刘琨。三拊当时顽石，唤醒隆中一老，细与酌芳尊。孟夏正须雨，一洗北尘昏。

【品读小记】

这是一首壮怀激烈的爱国词章。上片写景言志。词人登上镇江甘露寺多景楼，四面望去，感愤“中原一恨”乃“南北竟谁分”！沿江西望，则感愤入侵者犹如万里长江上的“孤山”“点破水晶盆”。作者奋力高呼：要运用鞭策雷霆的万钧之力，将那“孤山”赶到昆仑山下去！尽显词人对侵略者的极度愤恨和收复中原的决心。下片抒怀献策。词人向淮北望去（当时淮水为宋金战时分界线），冶城（今江苏六合东，汉代吴王濞曾在此冶铸钱币兵器）、淮阴应是一派战备情景。词人感到收复中原乃人心所向（“天意”），重要的是要有像晋代祖逖（字雅士）、刘琨那样誓死北伐的爱国志士；要有足智多谋的诸葛亮式的人物进行备战的谋划（“三拊当时顽石”句，用典诸葛亮当年垒石江边列“八卦阵”备战）。剩下的就是行动了：“孟夏正须雨，一洗北尘昏。”这两句结拍，表达了处于水深火热中的中原人民，期盼南宋朝廷挥师北上的强烈愿望，抒发了词人北伐必胜的信心，掷地有声，激动人心。词意慷慨，词风豪放，内涵丰富，形象鲜明，且匠心独运，用笔奇幻，用典妥帖。一首爱国壮词也！

史达祖（四首）

［作者简介］史达祖（1163—1220？），字邦卿，号梅溪，汴（今河南开封）人。屡试不第，任过幕职。年届中年始入中书省为堂吏。力主抗金。开禧北伐失败后受株连而被流放。工词，有较高艺术价值，对后世词坛有重要影响。有《梅溪词》传世。

临江仙 闺思

愁与西风应有约，年年同赴清秋。旧游帘幕记扬州。一灯人著梦，双燕月当楼。 罗带鸳鸯尘暗澹，更须整顿风流。天涯万一见温柔。瘦应因此瘦，羞亦为郎羞。

【品读小记】

这是一首别具一格寄深情的秋夜怀人之作。上片写自己对心上人的深情。“愁与西风应有约，年年同赴清秋”，佳句也；“一灯人著梦，双燕月当楼”，其意境堪比宋晏几道《临江仙》之“落花人独立，微雨燕双飞”。下片写意念中的对方对自己的深情，细腻真切地刻画出闺中人对自己思念的心理活动，细致入微地表达出闺中人对爱情的坚贞和执着追求。全词结构精巧，用语精当，含蓄蕴藉，辞情俱到。

双双燕 咏燕

过春社了，度帘幕中间，去年尘冷。差池欲住，试入旧巢相并。还相雕梁藻井。又软语、商量不定。飘然快拂花梢，翠尾分开红影。 芳径，芹泥雨润。爱贴地争飞，竞夸轻俊。红楼归晚，看足柳昏花暝。应自栖香正稳，便忘了、天涯芳信。愁损翠黛双蛾，日日画阑独凭。

【品读小记】

一首妙笔生花的咏物词。如此形神兼备地刻画燕子生动形象，实为罕见上乘之作。上片刻画春燕归来的生动形象：欲寻亦已“尘冷”的去年旧巢，又怯生生的游移不定；试着双双并入仔细察看周围的“雕梁藻井”，叽叽喳喳地“又软语商量”个不停；大概有了定论吧，忽然快乐地掠过花树枝头，绿色的尾剪蓦地分开树头红影轻捷而去。刻画得何等仔细、准确，何其生动、传神！如此观察细致，展现了词人对大自然的钟情热爱。下片刻画燕子安家后在田野上快乐飞翔的生动形象：爱贴地争飞，“竞夸轻俊”！直到看够了“柳昏花暝”的风光，天黑了才转回家来。上片有拟人化的“商量”，下片有拟人化的“竞夸”，作者与燕子“天人合一”了！本来，随着燕子一天的活动结束可以收笔了，岂料词人天外神来一笔：“忘了天涯芳信”！燕子飞了一天当然会睡得香甜，可天涯沦落人托它们带回的家书却忘了！正是“远信还因归燕误”（宋晏几道《蝶恋花》）啊！于是，咏燕的词却以离人伤怀而结拍：“愁损翠黛双蛾，日日画阑独凭。”是归燕的疏忽呢，还是人世的辛酸呢？由此，快乐双飞的归燕，与日日独自凭栏的闺妇，形成鲜明对比。这一结拍，大大深化了该词意蕴，令人叹绝。

点绛唇　山月随人

六月十四夜，与社友泛湖过西陵桥，已子夜矣。

山月随人，翠蘋分破秋山影。钓船归尽，桥外诗心迥。　　多少荷花，不盖鸳鸯冷。西风定。可怜潘鬓，偏浸秦台镜。

【品读小记】

一首顾影自怜、老而伤怀之作。词人借月夜行舟写得别具一格。上片写月夜行舟所见：词人精选皎洁月光下，西陵湖上被翠蘋部分遮掩了的秋山倒影；点出“钓船归尽”时分夜深人静，词人却因“诗心迥”而不平静。下片对此做出交代：他专注风平浪静之湖面上的秋山倒影时，看到了荷叶下冷缩着鸳鸯的凄凉画面，更看到了自己孤独的湖面倒影——鬓发皆白的头影！词人不由得顾影自怜，感慨万千。“潘鬓”：晋朝美男子潘岳多才，他在《秋兴赋》中感叹自己鬓发斑白，后人即以“潘鬓”代指白头。而潘还中年丧妻，其悼亡诗亦凄楚感人。此时也已丧妻独居的词人以倒影引出潘郎自喻，正是为了展露他顾影而叹、悲从中来的孤苦“诗心”。此令虽短，但匠心独运，内涵丰富，意蕴悠长。

满江红　书怀

好领青衫，全不向、诗书中得。还也费、区区造物，许多心力。未暇买田清颍尾，尚须索米长安陌。有当时、黄卷满前头，多惭德。　思往事，嗟儿剧。怜牛后，怀鸡肋。奈棱棱虎豹，九重九隔。三径就荒秋自好，一钱不直贫相逼。对黄花、常待不吟诗，诗成癖。

【品读小记】

一首激愤时政、抒发襟怀的词章。上片写词人为吏的苦衷。开篇即直指韩侂胄弄权时的官场腐败：即使着一袭“青衫”的低级文官，也不是凭真才实学得来的！他自己也只是凭运气（“造物”）才得到一官半职，且烦琐公务花去了他“许多心力”。由于无暇也无力去颍水边买田置地，只能在京城路上混一饭碗。看到当年寒窗苦读的诸多圣贤书，想到如今自己的境遇和作为，实在愧疚不已！下片进一步写自己的处境和向往。先以自嘲的笔调调侃自己过去简直像稚童一样天真；继以自重的笔调诉说自己当年何苦费心力求一小官而落入“怜牛后，怀鸡肋”而进退两难的境遇，自己这个有如“怀鸡肋”的牛尾巴小官，怎么可能在虎狼当道、阻隔重重的朝廷上向前迈步呢！由此，词人转而想到了晋陶渊明《归去来兮辞》中的名句“三径就荒，松菊犹存”，还是辞去这个一钱不值的小官归隐田园吧，去过那种“采菊东篱下，悠然见南山”的自在日子，并且常常大发诗兴地“诗成癖”吧！词人就在这样的向往中结拍。综观全词，词人一腔激愤、满腹牢骚，淋漓尽致地喷涌而出；愤世嫉俗、高洁情怀，坦率真诚地一展无遗。语言质朴，无斧凿之痕；风格清新，无造作之态。抒怀佳作也。

卢祖皋（一首）

［作者简介］卢祖皋（约 1174—1224），字申之，一字次夔，号蒲江，永嘉（今属浙江）人。庆元五年（1199）进士，曾任吴江主簿、秘书省著作郎等职。有《蒲江词稿》传世。

江城子　画楼帘幕卷新晴

画楼帘幕卷新晴。掩银屏，晓寒轻。坠粉飘香，日日唤愁生。暗数十年湖上路，能几度，著娉婷。　　年华空自感飘零。拥春酲，对谁醒。天阔云闲，无处觅箫声。载酒买花年少事，浑不似，旧心情。

【品读小记】

卢祖皋词甚工，多精心结撰，词风婉秀淡雅。这首慨叹“年华空自感飘零”的词亦可作如是观。上片由春晴景象入，却从“晓寒轻”引出“日日唤愁生”的伤感，“暗数”歇拍三句则道出了个中原委：年华老去矣，“能几度，著娉婷”？下片紧接此意又深入一层：自问自答地表达出孤苦伶仃、难觅知音的凄楚（“无处觅箫声”句暗用箫史教弄玉吹箫典）。词意至此，老而孤独，情何以堪！当此感情汹涌澎湃之际，词人却用“载酒买花年少事，浑不是，旧心情”三句轻轻结拍，空灵用笔，举重若轻。该词精心细腻地表达了词人对年华空逝的伤感，实际上也委婉地反映出当时权臣（韩侂胄）弄权、朝政黑暗之中的清正之士的处境和心境。

岳珂（一首）

[作者简介]岳珂（1183—1243），字肃之，号亦斋，晚号倦翁。相州汤阴（今属河南）人。寓居嘉兴。岳飞之孙，岳霖之子。官至户部侍郎、淮东总领。有《桯史》《玉楮集》《棠湖诗稿》等传世。

祝英台近　北固亭

澹烟横，层雾敛。胜概分雄占。月下鸣榔，风急怒涛飐。关河无限清愁，不堪临鉴。正霜鬓、秋风尘染。　　漫登览。极目万里沙场，事业频看剑。古往今来，南北限天堑。倚楼谁弄新声，重城正掩。历历数、西州更点。

【品读小记】

岳珂秋日夜登北固山（在今江苏镇江）写下的这首尽显忠义慷慨的怀古词，颇有其祖父岳飞之遗风。上片看上去写景为主，实际上却景随情化，寓景于情。词人看到雾敛烟淡，并未感受到神清气爽，想到的却是此地乃英雄豪杰争雄竞霸之地；词人听到了渔人捕鱼鸣榔之声（用木条敲击船舷惊鱼入网），感受到的不是渔樵山水之乐，却是风急涛怒之情。接下来词人就顺势点明主旨："关山无限清愁，不堪临鉴。"忧国报国之情跃然纸上。而歇拍句"正霜鬓、秋风尘染"，流露出的岁月不居、壮志未酬之感慨令人心酸。下片抒情为主，寄情于叙事、议论、写景之中。人们从中感受到的是烈士暮年的壮心，无可奈何的孤独和压抑。结拍句整用宋贺铸《天门谣》结句"历历数、西州更点"，信手拈来，无缝对接"倚楼谁弄新声，重城正掩"，犹见词人功力，更是意味深长，余情悠远（西州牵出六朝故都金陵，自然意味深长）。此词眼满风云江月，心系关河沙场，思接古往今来，环境与心境交融，给人以巨大的想象空间，具有相当的艺术感染力。明杨慎《词品》评此词“与辛幼安‘千古江山’一词相伯仲”。

严仁（一首）

［作者简介］严仁（约公元1200年前后在世），字次山，号樵溪，邵武（今属福建）人。有《清江欸乃集》传世。

醉桃源 春景

拍堤春水蘸垂杨，水流花片香。弄花噆柳小鸳鸯，一双随一双。
帘半卷，露新妆，春衫是柳黄。倚阑看处背斜阳，风流暗断肠。

【品读小记】

这首小令写得自然轻快，鲜活灵动，意境悠长，十分别致，读来令人愉悦，耐人品味。上片写自然景，有声有色，有静有动，精致细巧，生机盎然。下片写景中人，露又藏，半而侧，重在风神情韵。全词尽显春天的生机、春天的情趣，以及春天闺中不露痕迹的伤怀念远之淡淡忧伤。

潘牥（一首）

［作者简介］）潘牥（1204—1246），字庭坚，号紫岩，福州富沙人，一说闽县（今福建闽侯）人。端平二年（1235）进士，曾通判潭州等。近人辑有《紫岩词》传世。

南乡子 题南剑州妓馆

生怕倚阑干，阁下溪声阁外山。惟有旧时山共水，依然，暮雨朝云去不还。　　应是蹑飞鸾，月下时时整佩环。月又渐低霜又下，更阑，折得梅花独自看。

【品读小记】

这首怀人小令情景交融，意多转折，情思委婉，读来如临其境，如沐其情。上片寓情于景，一句一转折，诉说物是人非，旧情不再，如同“暮云朝雨去不还”（暗用宋玉《高唐赋》“旦为朝云，暮为行雨”句之意）。下片前两句以想象中视觉、听觉的感受，缅怀所念之人的轻盈体态和神采，写得委婉含蓄而愈显情深；“月下”句则转写当前现实的氛围和心境，引出结句“折得梅花独自看”，尽显孤独和凄清，令人为之心动。此词并非单纯的怀人之作，应也寄托了词人身处南宋后期所怀有的山河依旧却时艰势危的凄苦心境。

刘克庄（五首）

［作者简介］刘克庄（1187—1269），字潜夫，号后村。福建莆田人。以荫补官。淳祐六年（1246）赐同进士出身，官至龙图阁学士。工词，造诣深厚，承辛派词爱国传统和豪放风格。有《后村先生大全集》传世。

沁园春　梦孚若

何处相逢？登宝钗楼，访铜雀台。唤厨人斫就，东溟鲸脍，圉人呈罢，西极龙媒。天下英雄，使君与操，余子谁堪共酒杯。车千乘，载燕南赵北，剑客奇才。　饮酣画鼓如雷，谁信被晨鸡轻唤回。叹年光过尽，功名未立；书生老去，机会方来。使李将军，遇高皇帝，万户侯何足道哉！披衣起，但凄凉感旧，慷慨生哀。

【品读小记】

这是一首别具一格的悼亡词，主旨则是抒发词人抗金报国的壮志和怀才不遇、壮志难酬的悲愤。孚若，词人同乡好友方信孺，生前主张抗金而与词人志同道合，曾出使金国，坚贞忠勇，惜英年早逝。上片写梦境：词人与方信儒在北方沦陷区相逢，一起登洛阳宝钗楼、访河北铜雀台，并用曹操语以英雄自许，尽显英雄本色、豪杰气概，淋漓尽致地一展抗敌复国的强烈愿望和志向，写得大义凛然，豪情满怀，神采飞扬，读来令人荡气回肠。下片由梦境回到现实，却是满纸悲凉，既有“叹年光过尽”、壮志难酬的悲苦，更有未遇“高皇帝”、生不逢时的愤懑。“披衣起”结拍三句，个中深沉、浓郁、真挚的慷慨悲凉，感染力极强，令人不忍卒读，读之则回味无穷。这首彰显强烈爱国、报国情怀的《沁园春》，是词人的代表作之一，也是南宋爱国词章中的名篇。

贺新郎　送陈真州子华

北望神州路，试平章、这场公事，怎生分付？记得太行山百万，曾入宗爷驾驭。今把作、握蛇骑虎。君去京东豪杰喜，想投戈、下拜真吾父。谈笑里，定齐鲁。　两河萧瑟惟狐兔。问当年、祖生去后，有人来否。多少新亭挥泪客，谁梦中原块土？算事业、须由人做。应笑书生心胆怯，向车中、闭置如新妇。空目送，塞鸿去。

【品读小记】

南宋理宗宝庆二年（1226），陈子华（名桦，字子华）奉命移知真州（今江苏仪征。当时邻近抗金前线），北上途径建阳与时知建阳县的刘克庄话别，刘填了这首充满爱国精神的词相送。该词上片围绕抗金“怎生分付”展开。词人主张依靠要求恢复中原的广大人民群众，希望陈子华要像当年抗金名将宗泽依靠太行山八字军保卫东京（今河南开封）那样去行事，就能够“谈笑里，定齐鲁”。下片无情鞭挞苟且偷生的投降派、只说不敢做的“口头革命派”，并以“算事业、须由人做”的使命感、责任感与陈共勉，尽显坚持抗金收复失地的不屈意志和殷切希望，尽显敢于担当、奋发作为的大无畏精神风貌。该词是一首议论说理抒情词。写得大气包举，意象横生，悲而不哀，愤而有慨，是一首不可多得、别具一格的阳刚之作。

满江红　金甲雕戈

夜雨凉甚，忽动从戎之兴。

金甲雕戈，记当日、辕门初立。磨盾鼻、一挥千纸，龙蛇犹湿。铁马晓嘶营壁冷，楼船夜渡风涛急。有谁怜、猿臂故将军，无功级。　平戎策，从军什。零落尽，慵收拾。把茶经香传，时时温习。生怕客谈榆塞事，且教儿诵《花间集》。叹臣之壮也不如人，今何及！

【品读小记】

一首抒怀佳作。上片前七句回忆展现了当年快意军前、奋战沙场的英勇和壮烈；歇拍二句则以猿臂善射的“汉之飞将军”李广功高而终未封侯自况，寄托自己有功反而去职的愤慨。下片主要刻画自己投闲置散中无聊消沉的生活，抒发报国无门、壮志难伸的悲愤；结拍“叹臣之壮也不如人，今何及”二句，则直接借古人言倾诉自己的满腹激愤（《左传·僖公三十年》:“使烛之武见秦君。……辞曰:‘臣之壮也，犹不如人，今老矣，无能为也已’”）。全词语言生动，形象丰满，内涵深沉。尤其令人印象深刻的，一是内容跌宕起伏，上下片都在后两句即歇拍句、结拍句发生重大语意转折，与前意形成强烈反差。二是笔调亦庄亦谐，如果说上片是“庄”，下片则是以嬉笑写激愤，以闲淡诉深沉，从而将理想与现实的矛盾更加尖锐、痛苦地呈现出来。作者如此曲折表达出的深沉爱国情怀，每每令读者为之动容。

玉楼春　戏林推

年年跃马长安市，客舍似家家似寄。青钱换酒日无何，红烛呼卢宵不寐。　　易挑锦妇机中字，难得玉人心下事。男儿西北有神州，莫滴水西桥畔泪。

【品读小记】

这是一篇题材别具一格的佳作：规劝浪子回头。上片写人：写林姓乡兄（时任节推官）长年跃马闹市、视客舍如家门的轻狂落拓情性，及其纵情游乐、纵酒与呼卢（即赌博）的放荡生活。语似有赞赏，实为惋惜、不屑、愠怒、批评。下片致意：规劝“乡兄”从偎红倚翠的病态生活中解脱出来，投入到恢复中原的事业中去建功立业，热情而严肃，义正而辞切。在前两句批评林迷恋青楼、疏远家室的错误之后（“锦妇”，指林妻，用典《晋书·窦滔妻苏氏传》；“玉人”，指林迷恋之妓女），用感情落差强烈的结拍二句发出了规箴的最强音：“男儿西北有神州，莫滴水西桥畔泪”。此前一句高扬，用辛弃疾《水调歌头·送施枢密圣与师江西》“贱子亲再拜，西北有神州”等句意；后一句下抑，水西桥指当时临安的一个“红灯区”。全词旨正意庄而辞柔，尽显作者高瞻远瞩之气概，激昂慷慨之内心，高尚清远之人格，盼浪子回头之大爱，爱国忧时之情怀，因而颇具惊顽起懦之功力。

清平乐　五月十五夜玩月

风高浪快，万里骑蟾背。曾识姮娥真体态，素面元无粉黛。
身游银阙珠宫，俯看积气蒙蒙。醉里偶摇桂树，人间唤作凉风。

【品读小记】

这首题为“玩月”的小令，描述作者以丰富的想象力遨游太空、月宫的情景，充满浪漫主义色彩。上片以“曾识”二句歇拍，耐人品味；而下片“醉里”结拍二句，则是本词的旨意所在：在这炎热的五月中旬，期盼着“人间凉风”！作者由天上想到人间，表达出对民间疾苦的关心，对清平世界的向往。他在另一首题作“玩月”的《清平乐》中，渴望“消得几多风露，变教人世清凉”，与此词一意相贯，均在轻松明快“玩月”中寄托着拯世济民之志。

李好古（一首）

［作者简介］李好古，生平不详。字仲敏。大约活动于南宋中后期。

谒金门　花过雨

花过雨，又是一番红素。燕子归来愁不语，旧巢无觅处。

谁在玉关劳苦？谁在玉楼歌舞？若使胡尘吹得去，东风侯万户。

【品读小记】

这是一首内容深刻、尖锐，而表达兼具含蓄、幽默的小令佳作，隐含宏大而严肃的社会政治主题。上片的“旧巢无觅处”，意味深长，是当时国家山河破碎、百姓流离失所的典型概括。下片头二句强烈、鲜明的发问，深刻揭示了当时艰难危局中的另一种社会现象：腐败与不公。如此对比强烈、震撼人心的发问后，作者却以俏皮幽默的笔调结拍：“若使胡尘吹得去，东风侯万户。”这是说，如果春日的“东风”能吹去“胡尘”，那就该封东风为万户侯了！实为奇特、奇妙之奇笔也！而其意味自然耐人品赏。

吴潜（三首）

［作者简介］吴潜（1195—1262），字毅夫，号履斋，宣州宁国（今属安徽）人，嘉定十年（1217）进士，理宗朝曾两度为相。力主抗金除奸，却因此受谗被贬循州（今广东惠阳），直至去世。有《履斋诗余》传世。

贺新郎　寄赵南仲端明

烟树瓜洲岸。望旌旗、猎猎摇空，故人天远。不似沙鸥飞得渡，直到雕鞍侧畔。但徙倚、危阑目断。自古钟情须我辈，况人间、万事思量遍。涛似雪，风如箭。　扬州十里朱帘卷。想桃根桃叶，依稀旧家庭院。谁把青红吹到眼，知有醉翁局段。便回首、舟移帆转。渺渺江波愁未了，正淮山、日暮云撩乱。阁酒盏，倚歌扇。

【品读小记】

宋周密《绝妙好词》评吴潜：“其词洒脱凝重，高亢雄放，多抒发报国无门之激愤。”清陈廷焯《云韶集》称：“毅夫词，笔力苍劲，满纸皆作秋声。”《四库全书总目》中《履斋遗稿提要》称为“其诗余则激昂凄劲，兼而有之，在南宋不失为佳手”。这首词寄赵南仲，即南宋武将赵葵，曾知扬州，吴潜多有寄送之作。上片起句“烟树瓜洲岸”，见迷离之思。后句遥想行伍壮烈，而大江阻隔，不能身临，念友之情油然而生。“自古钟情须我辈，况人间、万事思量遍”，乃至性之语。下片情思曲婉，“桃根桃叶”，用晋王献之挂念桃根、桃叶二妾之典；“谁把青红吹到眼，知有醉翁局段”，借用宋苏轼“知君为我新作，窗户湿青红”句意及宋欧阳修（醉翁）之典，比拟赵南仲高士之风，又见二人情谊深厚。后诸句写离别之景与离别之愁，呼应篇首。

满江红　送李御带珙

红玉阶前，问何事、翩然引去。湖海上、一汀鸥鹭，半帆烟雨。报国无门空自怨，济时有策从谁吐。过垂虹亭下系扁舟，鲈堪煮。　拚一醉，留君住。歌一曲，送君路。遍江南江北，欲归何处。世事悠悠浑未了，年光冉冉今如许。试举头、一笑问青天，天无语。

【品读小记】

一首爱国志士之间的送别词。作者时任平江（今江苏苏州）知州，在水道必经的垂虹亭款留从京城（“红玉阶”，即丹墀，这里代指宫殿）辞官而路过此地的李珙（“御带”，为武官一种荣誉性官名），写下了这首佳作。全词旷达深沉，悲愤凄劲，激昂慷慨，语言抑扬顿挫，表达了作者对志同道合友人遭遇的真切理解、深切同情和深厚友谊，对报国无门、壮志难酬的深深无奈和愤慨，忧国忧民和期求建功立业的心境跃然纸上。该词用典自然，含而不露，意味深长。如，“鲈堪煮”，暗用晋吴江人张翰辞官归故里以就家乡美味“鲈鱼烩”（《晋书·张翰传》）；“年光冉冉今如许”，则语出《离骚》“老冉冉其将至兮”“恐修名之不立”。

鹊桥仙 扁舟昨泊

扁舟昨泊，危亭孤啸，目断闲云千里。前山急雨过溪来，尽洗却、人间暑气。　暮鸦木末，落凫天际，都是一团秋意。痴儿骍女贺新凉，也不道、西风又起。

【品读小记】

这首羁旅小令托物寄怀，寓情于景，抒发了词人对时局不稳定、仕途不安定、前程不确定的落寞心境。上片写旅途中停舟览景时所呈现的放松、闲适，以及独享清新大自然的愉悦；下片笔锋一转，一时开解的心境又为萧瑟的“一团秋意”所袭扰，乐终归于忧：岁月不居，“西风又起”，感时伤怀的心境隐约其中。此小令笔调轻灵，意蕴朦胧，而韵味悠长。

刘子寰（一首）

［作者简介］刘子寰，生卒年均不详，字圻父，号篁栗翁，上饶（今属江西）人，居麻沙。宋宁宗嘉定末前后在世。有《篁嵲词》传世。

沁园春　西岩三涧

云壑泉泓，小者如杯，大者如罂。更石筵平莹，宽容数客，淙流回激，环绕飞觥。三涧交流，两崖悬瀑，捣雪飞霜落翠屏。经行处，有丹荑碧草，古木苍藤。　徘徊却倚山楹，笑山水娱人若有情。见傍回侧转，峰峦叠叠，欲穷还有，岩谷层层。仰视云间，茅茨鸡犬。疑是仙家来避秦。青林表，望烟霞缥缈，隐隐鸾笙。

【品读小记】

一篇绝好的山水游记词，充溢着“江山如有待，花柳自无私”（唐杜甫《后游》）的理趣。上片写景，重点描述雄浑壮观的“三涧交流，两岩悬瀑”之山泉气势。一句“捣雪飞霜落翠屏”，准确、生动、传神，令人如临其境。下片抒情。“笑山水娱人若有情”，新颖别致的拟人化笔法，赋山水以人格化的感情，更深刻地抒发了词人乐山乐水的浓情逸致；而“疑是仙家来避秦”，似神来之笔，用典晋陶渊明之《桃花源记》，点出词人反对战争、向往和平的时局观。本词讲究炼字、炼句，表意真切而传神，余味浓郁而悠长。

方岳（一首）

［作者简介］方岳（1199—1262），字巨山，号秋崖。祁门（今属安徽）人。绍定五年（1232）进士，累官至礼部侍郎。有《深雪偶谈》《秋崖集》传世。

水调歌头 平山堂用东坡韵

秋雨一何碧，山色倚晴空。江南江北愁思，分付酒螺红。芦叶蓬舟千重，菰菜莼羹一梦，无语寄归鸿。醉眼渺河洛，遗恨夕阳中。 蘋洲外，山欲暝，敛眉峰。人间俯仰陈迹，叹息两仙翁。不见当时杨柳，只是从前烟雨，磨灭几英雄。天地一孤啸，匹马又西风。

【品读小记】

扬州平山堂为大文豪欧阳修任扬州知州时于庆历八年（1048）所建，“壮丽为淮南第一”，极一时之盛，欧阳修曾就此堂作名篇《朝中措》一词记事抒怀，“文章太守”形象跃然纸上。其门生苏轼也曾多次拜谒平山堂，并在《水调歌头·落日绣帘卷》中写下“长记平山堂上 ”云云。从此，平山堂就与这“两仙翁”联系在一起了。这首《水调歌头》，便是一百多年后作者登览平山堂时，用苏轼那首《水调歌头》韵写就的。

上片写登览之景、羁旅之思，寄归梦难成、河洛未复的家国之悲。下片又回到眼前景，从杨柳已非、烟雨依旧中转而凭吊陈迹，在敬仰“两仙翁”的议论中寄沧桑之感叹。结拍句以景结情：匹马西风，独行于天地之间，画面感极强，令人印象深刻。全词融写景、抒情、议论于一体，情景交融，古今交集，构思严谨，讲究“点染”，有较强的艺术感染力。

吴文英（九首）

[作者简介] 吴文英（约1200—1260），字君特，号梦窗，晚年又号觉翁，四明（今浙江宁波）人。原出翁姓，后出嗣吴氏。除在苏州一度任仓台幕僚外，未曾为官，一生坎坷，足迹主要在苏杭一带。词作大家，精通音律，词风颇具特色，对后世词坛有重要影响。有《梦窗词集》传世。

齐天乐　与冯深居登禹陵

三千年事残鸦外，无言倦凭秋树。逝水移川，高陵变谷，那识当时神禹。幽云怪雨。翠萍湿空梁，夜深飞去。雁起青天，数行书似旧藏处。　　寂寥西窗久坐，故人悭会遇，同翦灯语。积藓残碑，零圭断璧，重拂人间尘土。霜红罢舞。漫山色青青，雾朝烟暮。岸锁春船，画旗喧赛鼓。

【品读小记】

论者于吴文英词见仁见智。清张惠言、近人胡适之不喜吴文英词。近人胡适之曰："近年的词人多中梦窗之毒，没有情感，没有意境，只在套语和古典中讨生活。"而清周济则推崇备至，曰："梦窗奇思壮采，腾天潜渊，返南宋之清泚，为北宋之秾挚。"清陈廷焯亦言"张惠言不知梦窗"（《白雨斋词话》）。近人吴梅谓之："貌观之，雕缋满眼，而实有灵气行乎其间。"乐斋居士《七绝　歌吴文英》曰："幽邃空灵婉丽明，丰华词藻律音精。文人落拓风云淡，纤手香凝一片情。"

此词写与好友冯深居登禹陵所见所感。上片起句"三千年事残鸦外，无言倦凭秋树"，大处着眼，小处落脚，可见功夫。"幽云怪雨。翠蓱湿空梁，夜深飞去”，用禹庙飞梁之典。“雁起青天，数行书似旧藏处”，用大禹治水毕、藏书石匮山之典。清陈廷焯《云韶集》谓：“凭吊中纯是一片感叹，我知先生胸中应有多少忧时眼泪！结足禹陵。”下片似用“意识流”的手法，串联数个登禹陵相关片段，与冯深居翦灯相谈，不忍禹庙古物凋零，秋去春来，悲欢交映，想见词人感慨深邃，“使人不易测其中之所有”（清周济语）。

浣溪沙　门隔花深梦旧游

门隔花深梦旧游，夕阳无语燕归愁。玉纤香动小帘钩。

落絮无声春堕泪，行云有影月含羞。东风临夜冷于秋。

【品读小记】

一首情意绵绵的怀人之作。上片以梦境写离别情景之刻骨铭心，下片以月夜思念写当下之情难以自持。“落絮无声春堕泪，行云有影月含羞”，佳联也！意象丰满，物我交融。而结句情余言外，耐人咀品。近人俞陛云以为此词“句法将纵还收，似沾非着，以蕴酿之思，运妍秀之笔，可平睨方回，揽裾小晏矣”（《唐五代两宋词选释》）。

风入松　听风听雨过清明

听风听雨过清明，愁草瘗花铭。楼前绿暗分携路，一丝柳、一寸柔情。料峭春寒中酒，交加晓梦啼莺。　　西园日日扫林亭，依旧赏新晴。黄蜂频扑秋千索，有当时、纤手香凝。惆怅双鸳不到，幽阶一夜苔生。

【品读小记】

这首“西园忆人之作”（近人唐圭璋《唐宋词简释》）意象精奇，感人至深。上片极其精炼地写作者与所怀之人在春天惜别，伤春复伤情，不唯“一丝柳、一寸柔情”，更是春寒病酒中却还“交加晓梦啼莺”！下片续写思念之情。词人宁愿承受睹物思人的折磨，也要“依旧”在西园寻迹，看到的却是黄蜂因秋千上“有当时、纤手香凝”而频频扑去的景象！如此奇特的实景与想象相结合，实在“是痴语，是深语”（见《谭评〈词辨〉》）也！词人从侧面迂回又画龙点睛地去写思念之情，显得别样精致，分外情深，也格外感人。结拍二句以夸张的笔调写足了念而无可及的惆怅之情。此词应看作吴文英语言凝练、运意幽曲的代表作之一。

唐多令　惜别

何处合成愁？离人心上秋。纵芭蕉、不雨也飕飕。都道晚凉天气好，有明月、怕登楼。　　年事梦中休，花空烟水流。燕辞归、客尚淹留。垂柳不萦裙带住，漫长是、系行舟。

【品读小记】

一首突出“愁”字的羁旅怀人词，写得自然浑成，别具一格。上片渲染“离人”复秋思，自然愁思无限，以致“有明月，怕登楼”。下片在慨叹年光过尽、往事如烟中，感慨自己依然客居淹留，更伊人已去，孤零独处，实在是难堪其愁啊！引人注目的是“离人心上秋”一句，用类似字谜的手法，即“愁”字乃“秋心”二字合成，用以写秋思离恨，可谓信手拈来，恰到好处。结拍二句以境结情，也颇耐人寻味。

八声甘州　陪庾幕诸公游灵岩

渺空烟四远，是何年、青天坠长星？幻苍崖云树，名娃金屋，残霸宫城。箭径酸风射眼，腻水染花腥。时靸双鸳响，廊叶秋声。

宫里吴王沉醉，倩五湖倦客，独钓醒醒。问苍波无语，华发奈山青。水涵空、阑干高处，送乱鸦、斜日落渔汀。连呼酒、上琴台去，秋与云平。

【品读小记】

此为吴文英与一众官衙幕宾游苏州灵岩的登览怀古之作。周汝昌先生评点此词"全篇以一'幻'字为眼目，而借吴越争霸的往事以写其满眼兴亡、一腔悲慨之感"；全篇"旷远高明，又复低回宛转，则此篇之词境，亦奇境也"（见北京燕山出版社《宋词鉴赏辞典》），余深以为然。开篇即气势不凡，以哲人眼光穿越茫茫时空发问：灵岩莫非是天外来物？由此着一"幻"字引领，展现出吴王夫差当年在此地藏娇、争霸的历史画卷；而词人身临其境，也有了疑似回到当年亦真亦幻的视听感觉，自然不禁会感慨系之，从而转入下片大笔淋漓的议论和慨叹。下片首先点出夫差悲剧的根源是败于自己——"吴王沉醉"，继而发问何至于此？"问苍波无语"，问苍山则山长青而人已白发。词人并不需要回答，只登高处"送乱鸦斜日落渔汀"！让过去的都过去吧！词人由是豪情顿起，"连呼酒"，上更高的琴台去，看"秋与云平"！云有多高，秋就有多高啊！多么旷达，多么高远，多么大气！怪不得清陈廷焯评此句为"超妙如神"（《白雨斋词话》）！

此词可谓奇情壮采，酣畅淋漓，在吴文英词中别开生面，另举一格。近人吴梅《词学通论》评论说："梦窗精于造句，超逸处，则仙骨珊珊，洗脱凡艳；幽索处，则孤怀耿耿，别缔古欢。"品此词当有此感。

花犯　郭希道送水仙索赋

小娉婷，清铅素靥，蜂黄暗偷晕。翠翘欹鬓。昨夜冷中庭，月下相认。睡浓更苦凄风紧。惊回心未稳。送晓色、一壶葱茜，才知花梦准。　　湘娥化作此幽芳，凌波路，古岸云沙遗恨。临砌影，寒香乱、冻梅藏韵。熏炉畔、旋移傍枕，还又见、玉人垂绀鬟。料唤赏、清华池馆，台杯须满引。

【品读小记】

此词咏水仙，用拟人手法，写其芳姿绰约，寄寓高洁之思。

上片写“花梦”。“小娉婷，清铅素靥，蜂黄暗偷晕。翠翘欹鬓”，造句典雅细密，有仙逸之气。“昨夜冷中庭，月下相认”，已暗示为梦境。“睡浓更苦凄风紧。惊回心未稳”，设一起伏，布局见匠心，层层铺设，有“千呼万唤始出来”之效果。“送晓色、一壶葱茜，才知花梦准”，夜梦晨见，似曾相识，可谓与水仙有缘，与送水仙之人有缘。下片写“花情”。以湘娥喻水仙，写“花魂”，“古岸云沙遗恨”，此六字有力道，见词人细密功夫。“临砌影，寒香乱、冻梅藏韵”，写“花韵”。“熏炉傍枕”句，写催花之法与爱花之情。末句扣题，也表对郭希道谢忱。

英人华兹华斯《水仙》中有句“水仙的欢欣却胜过水波/与这样快活的伴侣为伍/诗人怎能不满心快乐”，与词人“熏炉畔、旋移傍枕”，同享水仙带给诗人的自然快乐。

惜秋华　重九

细响残蛩，傍灯前、似说深秋怀抱。怕上翠微，伤心乱烟残照。西湖镜掩尘沙，翳晓影、秦鬟云扰。新鸿，唤凄凉、渐入红萸乌帽。　江上故人老。视东篱秀色，依然娟好。晚梦趁、邻杵断，乍将愁到。秋娘泪湿黄昏，又满城、雨轻风小。闲了。看芙蓉、画船多少。

【品读小记】

一首悲秋伤老之佳作，暗含伤国运衰微之忧思。上片悲秋，描述重阳节凄清的景象和作者凄凉的心境。词人怕登高，因为那会触景生情，“伤心乱烟残照”。“乱烟残照”，既会令词人想到晚年生活的坎坷不幸，也会勾起对时局乱象、国运衰微的忧思。不愿游湖，因为西湖美景已被漫天风沙所遮掩，这是实景，又何尝不是词人胸有块垒！更见一行大雁飞来，秋已深了，纵是节日妆扮的人也不由得凄凉生哀。词人自称“故人老”，而“东篱秀色（指菊花）”却“依然娟好”；词人想念“依然娟好”者（一说暗指已离词人而去的旧日情人）的晚梦，却又为邻家杵臼之声所惊破！此时词人的愁绪恰如满城淅淅沥沥的秋雨。然而，词人毕竟是大家，固然自己伤老悲秋，但他也看到了很多人在悠闲地赏秋：“看芙蓉、画船多少”！“老了，更要过好每一天”！这或许是词人在结拍句中所要表达的晚年生活态度。读是词，当可更好体悟何谓刘勰所云之“物以情迁，辞以情发”（《文心雕龙·物色》）了。

祝英台近　春日客龟溪游废园

采幽香，巡古苑，竹冷翠微路。斗草溪根，沙印小莲步。自怜两鬓清霜，一年寒食，又身在、云山深处。　昼闲度。因甚天也悭春，轻阴便成雨。绿暗长亭，归梦趁飞絮。有情花影阑干，莺声门径，解留我、霎时凝伫。

【品读小记】

这篇游春词作写于词人晚年，关键词是“自怜”。龟溪在今浙江德清，终生足不出江浙的词人曾多次到此。这次又到此地游春，选择已废之园，足见其情感偏好。

上片开篇三句即用了“幽”“古”“冷”三字，正面流露出凄清孤寂的心境；接二句则用少女斗草嬉戏的欢乐反衬出词人凄清孤寂的心境。这就为歇拍“自怜”三句做了铺垫。词人“自怜”什么呢？近人唐圭璋在《唐宋词简释》评这三句：“两鬓清霜”，叹人生易老；“一年寒食”，叹岁月不居；“又身在、云山深处”，叹此身远离故园。一句话，“自怜”乃老来叹坎坷身世也。下片是这种“自怜”的进一步拓展和丰满，委婉表达出对自身命运的无可奈何。自己已在无所事事中等闲度日，老天爷却还吝啬地不给人以灿烂春光，竟将春日连阴！词人的凄凉心境是何等无助！在园中远望归途，却也只能归梦如飞絮。亏得“阑干”外、门径旁的“花影”“莺声”“有情”，给了悲苦的词人以“霎时”的慰藉和愉悦。写到此便戛然而止，真是余情无限。

此词一如吴文英词的一贯风格，构思缜密，运意曲折，语言洗炼而意蕴悠长。尤其上下片两结句，均将凄清孤寂的心境化于生动形象之中，包意无穷。近人吴梅《词学通论》说吴文英词“以绵丽为尚，运意深远，用笔幽邃，炼字炼句，迥不犹人”，此词当可作如是观。

贺新郎　陪履斋先生沧浪看梅

乔木生云气。访中兴、英雄陈迹，暗追前事。战舰东风悭借便，梦断神州故里。旋小筑、吴宫闲地。华表月明归夜鹤，叹当时、花竹今如此！枝上露，溅清泪。　　遨头小簇行春队，步苍苔、寻幽别坞，问梅开未。重唱梅边新度曲，催发寒梢冻蕊。此心与、东君同意。后不如今今非昔，两无言、相对沧浪水。怀此恨，寄残醉。

【品读小记】

这首词叙事抒怀，品古伤今，抒发了作者对抗金名将韩世忠的敬仰、惋惜和深切怀念之情，倾吐了对时局艰危的无可奈何和深沉叹息，低沉中的爱国情怀卓然可见。苏州沧浪亭，曾为韩世忠投闲置散后的别墅，故作者作为幕宾陪同时任苏州知州的吴潜（号履斋）游览沧浪亭时，写下了这首爱国词章。

上片“叹当时、花竹今如此！枝上露，溅清泪”句，令人不忍卒读；下片“后不如今今非昔，两无言、相对沧浪水”句，令人长叹而悲；结拍句“怀此恨，寄残醉”，则是言外寄慨，意味深长。全词慷慨悲歌，与宋陆游悲叹“关河自古无穷事，谁料如今袖手看”（《书愤二首》）异曲同工。

周晋（一首）

[作者简介] 周晋，生卒年不详，字明叔，号啸斋，其先祖济南人，自祖秘起寓居吴兴（今浙江湖州）。绍定四年（1231）官富阳令，宝祐三年（1255），知汀州。

柳梢青 杨花

似雾中花，似风前雪，似雨馀云。本自无情，点萍成缘，却又多情。　西湖南陌东城。甚管定、年年送春。薄幸东风，薄情游子，薄命佳人。

【品读小记】

这首小令写杨花，别出心裁。妙在上片以三个排比句的明喻，描述杨花的绰约风姿；下片以三个排比句的暗喻，描述杨花随春归去的无奈命运。全词以物托怀，寓情于景，倾吐出浓郁的惜春情怀。

黄昇（二首）

［作者简介］黄昇，生卒年不详，字叔旸，号玉林，又号花庵词客，晋江（今属福建）人，一说建安（今福建建瓯）人。早弃科举，不仕。辑有《唐宋诸贤绝妙词选》《中兴以来绝妙词选》。

酹江月 戏题玉林

玉林何有，有一弯莲沼，数间茅宇。断堑疏篱聊补葺，那得粉墙朱户。禾黍秋风，鸡豚晓日，活脱田家趣。客来茶罢，自挑野菜同煮。 多少甲第连云，十眉环座，人醉黄金坞。回首邯郸春梦破，雾落珠歌翠舞。得似衰翁，萧然陋巷，长作溪山主。紫芝可采，更寻岩谷深处。

【品读小记】

玉林者，高人雅士隐逸游憩之地也。黄昇戏题自己隐居地的这首词，乃是他作为隐逸诗人的代表作之一。上片写景为主，词人以近似调侃、戏谑、自嘲的笔调，历历如画地勾勒出自己穷居林下的自然和生活风貌，清静幽寂，清寒简陋，而又自足自乐，怡然于“活脱田家趣”。下片抒情为主，词人在两组生活画面的对比中，自然地揭示出那些“甲第连云”者活得哪里比得我老翁 ，从而赞美隐居生活，表达了“长作溪山主”、终老林泉的心愿。结拍句“紫芝可采，更寻岩谷深处”，乃化用前人诗意（《乐府·采芝操》“莫莫高山，深谷逶迤，晔晔紫芝，可以疗饥”；晋陶渊明《赠羊长史》诗句“紫芝谁复采？深谷久应芜”。按：紫芝，一种野菜）。此作词雅意远，如闻其声，如见其人，令人感念而回味无穷。

南乡子　冬夜

万籁寂无声，衾铁棱棱近五更。香断灯昏吟未稳，凄清。只有霜华伴月明。　　应是夜寒凝，恼得梅花睡不成。我念梅花花念我，关情。起看清冰满玉瓶。

【品读小记】

一首隐士林泉生活之作，笔法细腻，情怀高远。上片写词人万籁俱寂中的寒夜苦吟，既有“香断灯昏”之惨淡凄清，又有“霜华伴月明”之清明旷远。下片以“睡不成”对应上片之“吟未稳”，本应是词人自况，岂料词人却拟人化地说夜寒“恼得梅花睡不成”，由是引出“我念梅花花念我，关情”这样奇幻奇妙的联想，词人将梅花引为知己，犹如林逋之“梅妻鹤子”，清高出世之情卓然可鉴。而“起看清冰满玉瓶”之结拍句，则点出词人冰清玉洁的品性和情怀。

张绍文（一首）

[作者简介] 张绍文，生卒年不详，字庶成，润州（今江苏镇江）人。《江湖后集》卷一四载其词四首。

酹江月 淮城感兴

举杯呼月，问神京何在，淮山隐隐。抚剑频看勋业事，惟有孤忠挺挺。宫阙腥膻，衣冠沦没，天地凭谁整。一枰棋坏，救时著数宜紧。　　虽是幕府文书，玉关烽火，暂送平安信。满地干戈犹未戢，毕竟中原谁定。便欲凌空，飘然直上，拂拭山河影。倚风长啸，夜深霜露凄冷。

【品读小记】

淮水是当时宋、金对峙的边界前线。词人来到淮水边城，眺望对岸长期沦陷的中原大地，不觉悲从中来，写下这首具有浓浓爱国情怀的《酹江月》。

上片从孤独地“举杯呼月”发问起，叙事、议论都交织着词人对中原的深切怀念、对收复失地的强烈愿望、壮志难酬的失意心情，以及对挽回败局的殷切期待，突出表达了词人“孤忠挺挺”的爱国情怀。下片冷静地分析当下“暂送平安信”的时局只是表面现象，而实际上危机四伏，“满地干戈”犹在，提醒当政者“毕竟中原谁定”？词人则忍耐不住地“便欲凌空”去“拂拭山河影”，收复失地，重整山河。然而，这只是一腔热望。面对主和派畏葸不前、求和怕战的冷酷现实，“倚风长啸”的词人，只能在“夜深霜露凄冷”中孤愤难平。这首词的作者生平不详，或可说明当年有识之士在社会底层中也大有人在。

文及翁（一首）

［作者简介］文及翁，生卒年不详，字时学，一作时举，号本心，绵州人，徙居吴兴（今浙江湖州）。宝祐元年（1253）进士。官至签书枢密院事。宋亡，累征不起。

贺新郎　西湖

一勺西湖水。渡江来、百年歌舞，百年酣醉。回首洛阳花世界，烟渺黍离之地。更不复、新亭堕泪。簇乐红妆摇画艇，问中流、击楫谁人是？千古恨，几时洗？　余生自负澄清志。更有谁、磻溪未遇，傅岩未起。国事如今谁倚仗，衣带一江而已！便都道、江神堪恃。借问孤山林处士，但掉头、笑指梅花蕊。天下事，可知矣！

【品读小记】

这是一首读来酣畅淋漓、令人热血沸腾的爱国词章。上片抨击、谴责南宋统治集团的偏安弊政和醉生梦死，忠愤义填膺；下片述志论政，忧国伤时，体现了一位爱国志士的雄才大略和壮志难酬的悲哀与无奈。全词委婉、抑郁、低沉，但更多的是坦直、高亢、激越。该词多用事典，贴切而自然，丰厚了内容，增强了历史感；多用问句、感叹句，极具张力和感染力；散文化、议论化倾向明显，体现了“以文为词”的辛派词特点；讲究练字、尤重炼句，形象鲜明，韵味悠长。歇拍句“千古恨，几时洗”？激愤是何等强烈！结拍句“天下事，可知矣”！感慨又是何等沉重！南宋爱国词章，此篇当属上品佳作之列。

刘辰翁（五首）

［作者简介］刘辰翁（1233—1297），字会孟，别号须溪。庐陵灌溪（今属江西吉安）人。景定三年（1262）中举，请为赣州濂溪书院山长。入元后隐居不仕。文坛颇具声望，诗词文俱佳。有《须溪先生全集》传世。

柳梢青　春感

铁马蒙毡，银花洒泪，春入愁城。笛里番腔，街头戏鼓，不是歌声。　　那堪独坐青灯，想故国、高台月明。辇下风光，山中岁月，海上心情。

【品读小记】

这首抒写亡国之痛、故国之思的小令，格调苍凉沉郁，读来令人既激愤又伤感。上片写元军铁蹄下的原南宋都城临安元宵节情景，展露出词人的凄凉、悲伤和义愤。下片则是写词人在故乡庐陵山中的亡国之思，在沉郁悲凉中表明自己的危心苦志。结拍是描述词人当下境遇的三个并列四字句：心之所系的“辇下风光”（原帝都临安的繁华景象），身之所在的“山中岁月”（不得不在家乡山里度过漫长时光），志之所向的“海上心情”（苏武当年在北海矢志守节的坚贞），是本词题旨之所在，而末句则更是点睛之笔，令人印象深刻。刘辰翁词风承接苏、辛，多慷慨悲歌，遒劲而苍凉。此词可见一斑。

摸鱼儿　酒边留同年徐云屋

怎知他、春归何处？相逢且尽尊酒。少年袅袅天涯恨，长结西湖烟柳。休回首，但细雨断桥，憔悴人归后。东风似旧。问前度桃花，刘郎能记，花复认郎否？　　君且住，草草留君剪韭。前宵正恁时候。深杯欲共歌声滑，翻湿春衫半袖。空眉皱，看白发尊前，已似人人有。临分把手。叹一笑论文，清狂顾曲，此会几时又？

【品读小记】

这首词离情别绪深厚，生活内容广泛，人生感慨深沉，风格苍凉有力，用笔曲折跌宕，用典妥帖自然，是一首饯别佳作。作者三十岁时到临安赴试进士，结识同年徐云屋。当此已是两鬓苍苍之际，共同经历了国破家亡变局之后，两人又于暮春时节客逢于“西湖烟柳”，不由得涌起当春惜春，尤忆当年同榜题名春风得意的浓情厚味。“休回首”，字字沧桑之感；“憔悴人归后”，饱含老大不堪回首之慨。作者又用唐刘禹锡“前度刘郎”、刘晨（又一“刘郎”）遇仙故事自比、自问（作者姓刘，古人常引同姓者自喻或自比），流露出对似水年华和人生坎坷的深沉叹息。作者在上片描述自己饯别友人时的所思所想之后，下片则集中用笔于情景交融的惜别。作者以“剪韭”（用唐杜甫《赠卫八处士》“夜雨剪春韭，新炊间黄粱”，喻无山珍海味）式的家常饭菜待客，足见两人的亲密无间；从“前宵”、此刻的饮宴到“临分把手”，足见两人的依依不舍。“叹一笑论文”结拍三句，是说二人在筵席上又是论文（“论文”用唐杜甫《春日忆李白》“何时一樽酒，重与细论文”句意），又是听曲（“顾曲”用典《三国志·吴志·周瑜传》：周瑜因精通音乐而有“曲有误，周郎顾”之誉。此处引申为听曲），实在是一场书生意气、情深谊厚的惜别，热烈而珍重中又期待着不确定的再会，令人思绪万千。

江城子　西湖感怀

涌金门外上船场，湖山堂，众贤堂。到几凄凉，城角夜吹霜。谁识两峰相对语，天惨惨，水茫茫。　　月移疏影傍人墙，怕昏黄，又昏黄。旧日朱门，四圣暗飘香。驿使不来春又老，南共北，断人肠。

【品读小记】

涌金门为杭州西城门，俗语有“涌金门外划船儿”。此词写西湖重游，寄寓家国之悲。上片“涌金门外上船场，湖山堂，众贤堂”，湖山堂、众贤堂为西湖著名景致，本应游人如织。而今却是“到几凄凉”，应然与实然的差距，凸显凄凉况味。“谁识两峰相对语，天惨惨，水茫茫。”“双峰插云”为西湖十景之一。双峰无言，阅尽沧桑，衬以天水戚戚，悲意更进一层。下片“月移疏影傍人墙”，呼应上片“城角夜吹霜”，有时事黯淡之感。“旧日朱门，四圣暗飘香”，宋高宗曾梦见四个金甲神人护卫，后在孤山建四圣延祥观。此句暗指护卫朝廷的四圣都得不到应有的祭祀供奉了。末句点明战乱阻隔，驿使不来，音信不通，南北之人生死犹未可知。宋陆游《出涌金门》诗“出涌金门一黯然，初来犹是绍兴前。都人百万今谁在，惟有西湖似昔年”，感慨同样深沉。

忆秦娥　烧灯节

中斋上元客散感旧，赋《忆秦娥》见属，一读凄然。随韵寄情，不觉悲甚。

烧灯节，朝京道上风和雪。风和雪，江山如旧，朝京人绝。　　百年短短兴亡别，与君犹对当时月。当时月，照人烛泪，照人梅发。

【品读小记】

该小令乃作者随韵和同乡友人邓剡（号中斋）《忆秦娥》所作。短短四十六字，集中表达了作为宋遗民凄凉惨痛的亡国心境。正所谓“情以物迁，辞以情发”（南朝刘勰《文心雕龙·物色》）也！

上片未写南宋都城临安当年上元节（即烧灯节、元宵节）“家家灯火，处处管弦”（见宋吴自牧《梦粱录》）的繁盛，而是精取当下烧灯节的一个画面：通往临安的大道上风雪载道、人迹全无，一派寒冷凄凉景象。词人眷念故国的浓烈情怀隐然可见。下片转而感叹自己和友人短短百年人生中竟会遭逢亡国之变！所幸的是，还能“与君犹对当时月”。这是聊堪自慰？实则反映伤悲更为刻骨铭心：月色依旧，照着的却只是红泪（“烛泪”）白发（“梅发”）而已，直透出势比人强的孤苦和无奈，境遇何其悲凉！爱国者忠贞感人的艺术形象也就呼之欲出了。

踏莎行　雨中观海棠

命薄佳人，情钟我辈。海棠开后心如碎。斜风细雨不曾晴，倚阑滴尽胭脂泪。　恨不能开，开时又背。春寒只了房栊闭。待他晴后得君来，无言掩帐羞憔悴。

【品读小记】

这首写雨中观海棠的咏物托怀词，意蕴深远。上片劈头一句就是“命薄佳人”，将词人观雨中海棠的情怀一语道出，并总领全词的伤感情绪。连绵不绝的斜风细雨飘洒在盛开的海棠花上，雨水顺着胭脂一般红的花瓣滴落而下，宛如流下的伤春泪水。见如此情景，怎能不“海棠开后心如碎”呢！下片转笔议论兼抒怀：总是希望海棠早日花开，岂料花开了却如此背时：遭逢连阴雨，无有赏花人；等到天晴游人来了，海棠却早已叶如“掩帐”而花容失色！上下片的两结句，即“倚阑滴尽胭脂泪”“无言掩帐羞憔悴”，典型地诠释了“命薄佳人”的不幸遭遇。美好的事物何至如此薄命？这就是本词渲染的伤感情绪的言外之意。人们可从中感发出联翩兴会吧！

周密（六首）

[作者简介] 周密（1232—1298），字公谨，号草窗，又号四水潜夫、弁阳老人、华不注山人，祖籍济南，流寓吴兴（今浙江湖州）。曾为义乌（今属浙江）县令，入元不仕。词作大家，与吴文英并称“二窗”；与王沂孙、蒋捷、张炎并称“宋末四大家”。编有《绝妙好词》。著作有《武林旧事》《齐东野语》等。

一萼红 登蓬莱阁有感

步深幽。正云黄天淡，雪意未全休。鉴曲寒沙，茂林烟草，俯仰千古悠悠。岁华晚、飘零渐远，谁念我、同载五湖舟？磴古松斜，崖阴苔老，一片清愁。　　回首天涯归梦，几魂飞西浦，泪洒东州。故国山川，故园心眼，还似王粲登楼。最负他、秦鬟妆镜，好江山、何事此时游！为唤狂吟老监，共赋销忧。

【品读小记】

这首沉痛的亡国词，是南宋后期著名词人周密的代表作。恭帝德祐二年（1276）初，元兵破南宋国都临安（今浙江杭州），大片国土相继沦丧。时任义乌（属今浙江）县令的周密，悲愤地离开了任所，返流寓地吴兴（今浙江湖州），途经他熟悉的会稽（今浙江绍兴）造访友人王沂孙，在登览当地名胜蓬莱阁时写下这首名作。

上片着重写景，并在情景交融中抒发了个人身世际遇之叹。词人在阴沉惨淡、寒气逼人的氛围中，看到贺知章当年隐居过的鉴湖水曲、王羲之当年笔下的茂林修竹，想到国破飘零的自己，不由得“俯仰千古悠悠”，很自然地堕入“一片清愁”之中。下片深沉而激愤地抒发了亡国之痛。会稽是他时常魂牵梦绕般怀念的地方，但“故国山川”，却已如王粲《登楼赋》所言“虽信美而非吾土矣，曾何足以少留”的感慨！因为江山易主，致使故乡也成了他乡！可见词人的心境何其悲凉！然而，大好河山依旧，秦望山依然形似发鬟，鉴湖水依然犹如明镜，可我怎么会在国破家亡之时来游览呢！词人无法排遣胸中忧愤，竟萌生要唤起九泉之下的贺知章共赋诗文，来一吐胸中千年恨、万古愁！这样的结拍，展现出词人的悲凉激愤是何等浓烈而深沉！

该词结构严谨，笔墨恣肆，炼字炼意，用典自然；意境沉郁苍凉，凄婉悲壮，词中佳品也。清陈廷焯《白雨斋词话》评论此词“苍茫感慨，情见乎词，当为草窗集中压卷。虽使美成、白石为之，亦无以过”。

玉京秋 烟水阔

长安独客，又见西风，素月丹枫，凄然其为秋也，因调夹钟羽一解。

烟水阔。高林弄残照，晚蜩凄切。碧砧度韵，银床飘叶。衣湿桐阴露冷，采凉花、时赋秋雪。叹轻别。一襟幽事，砌蛩能说。

客思吟商还怯。怨歌长、琼壶暗缺。翠扇恩疏，红衣香褪，翻成消歇。玉骨西风，恨最恨、闲却新凉时节。楚箫咽，谁倚西楼淡月。

【品读小记】

玉京，表面指长安，实指南宋首都临安（今杭州）。“玉京秋”系作者自度曲，此曲牌名也即本词题名，点出这是词人“独客”临安的一首悲秋之词。

该词才情横溢，匠心独运，颇具艺术魅力。举其要者，一是讲究炼字炼句。如“高林弄残照”，着一“弄”字，境界“活”了起来！如“碧砧度韵，银床飘叶”，不仅着色讲究，更讲究的是意境：

碧波荡漾着捣衣石给人以韵律美，秋叶飘落在银白色井栏上则给人带来悲秋绪，形象而贴切。二是化典用事，托词委婉而寄兴遥深。“怨歌长、琼壶暗缺”，化用宋周邦彦《浪淘沙慢》“怨歌永、琼壶敲尽缺”句，但换一“暗”字，更显“恨”之深入骨髓（“怨歌”，相思之歌，语出梁简文《筝赋》；“壶缺”，源自“唾壶击缺”，用《世说新语·豪爽》所记王敦歌“老骥伏枥”诗时击节唾壶事）。而“玉骨”。二句则是化用唐李商隐《赠四同舍诗》“玉骨瘦来无一把”，叹息自己“闲却”岁月，已是体弱力衰而功业未立。三是随情布景，借景宣情。“晚蜩（蝉）”、“砌蛩（蟋蟀）”、“桐阴露冷”、“凉花”（芦花）飘雪、秋荷“香褪”、“楚箫咽”、“西楼淡月”等，逐层烘托出浓郁的凄冷悲凉之意境，含蓄表达出词人遭逢乱世的沉郁悲怀。

全词情景交融，物我交感，声色兼胜，动静相宜，语言精炼，用典精准，既有令人伤感处，也有令人荡气回肠处，真乃大手笔也。清陈廷焯《白雨斋词话》曾称“此词精金百炼，既雄秀，又婉雅”，当为至评。

齐天乐　蝉

槐薰忽送清商怨，依稀正闻还歇。故苑愁深，危弦调苦，前梦蜕痕枯叶。伤情念别。是几度斜阳，几回残月。转眼西风，一襟幽恨向谁说。　　轻鬟犹记动影，翠蛾应妒我，双鬓如雪。枝冷频移，叶疏犹抱，孤负好秋时节。凄凄切切。渐迤逦黄昏，砌蛩相接。露洗余悲，暮烟声更咽。

【品读小记】

这首咏物词拟人化地写蝉。因古人以蝉为齐宫怨女死后的化身，故此词通篇描述的就犹如一白头宫女伤怀往事的哀痛凄苦形象，写得绘声绘色，鲜明贴切。而“故苑愁深，危弦调苦”“暮烟声更咽”“一襟幽恨向谁说”，谁能说这不是托蝉之悲而委婉地抒亡国之恨呢！

玉漏迟 题吴梦窗霜花腴词集

老来欢意少。锦鲸仙去，紫霞声杳。怕展《金奁》，依旧故人怀抱。犹想乌丝醉墨，惊俊语、香红围绕。闲自笑。与君共是，承平年少。　　雨窗短梦难凭，是几番宫商，几番吟啸。泪眼东风，回首四桥烟草。载酒倦游甚处，已换却、花间啼鸟。春恨悄。天涯暮云残照。

【品读小记】

这首悼念亡友吴文英（号梦窗）词作，自首句“老来欢意少”破空而下，凄然意境便笼罩全篇。词人悼念“故人”之浓情厚意而悲绪愁怀；追忆往昔之兴奋美好而茫然悲凉；感念物是人非之触景悲切、生情沉痛，或今昔相衬，或情景交融，无论用借指（《金奁》乃宋人所编词集，这里借指吴文英词集），或泛指（“四桥”泛指西湖苏堤），或代指（“锦鲸”语出唐杜甫《太子张舍人遗织成褥段》，这里代指故交），均思深语丽，形象鲜明，感情强烈，读来令人荡气回肠。词人当有“何时一樽酒，重与细论文”（唐杜甫《春日忆李白》）之叹了！《宋名家词评》谓此词“缠绵深至，可泣可歌”，深以为然。

献仙音 吊雪香亭梅

松雪飘寒，岭云吹冻，红破数椒春浅。衬舞台荒，浣妆池冷，凄凉市朝轻换。叹花与人凋谢，依依岁华晚。　　共凄黯。问东风、几番吹梦？应惯识当年，翠屏金辇。一片古今愁，但废绿、平烟空远。无语消魂，对斜阳、衰草泪满。又西泠残笛，低送数声春怨。

【品读小记】

雪香亭位于杭州葛岭曾为南宋皇家御花园的集芳园中，多植梅。宋亡后，荒芜一片。词人入元不仕，游此园而填此悲怜之词，以寄亡国之恨，以叹身世之悲。该词写作颇具特色。写梅而通篇不露梅，只在隐喻（如喻为椒而托出）、用典之中来表现。写改朝换代、国破家亡的沧桑巨变，只用“台荒”“池冷”引出“凄凉市朝轻换”一句轻轻勾出。写自己吊亡寄恨，却不出一语，只把梅拟人化，说它“应惯识当年”帝妃坐金辇、遮翠屏而来游幸此园的盛况，从而与当下的“废绿、平烟空远”形成强烈对照。全词情景交融，重在以景寄情。“飘寒”“吹冻”“台荒”“池冷”“废绿”“斜阳”“衰草”“空远”“残笛”集成“共凄黯”的一体意境，人与景相互移情，今与昔相互胶着，丝丝入扣，层层深入，缠绵不断，意境深远。“又西泠残笛，低送数声春怨”这一结拍句，更是令人“无语消魂”，韵味尤为悠长。清陈廷焯《词则》评此词下片有“杜诗‘回首可怜歌舞地’意，以词发之，更觉凄婉”，当为至评也。

闻鹊喜　吴山观涛

天水碧，染就一江秋色。鳌戴雪山龙起蛰，快风吹海立。

数点烟鬟青滴，一杼霞绡红湿，白鸟明边帆影直，隔江闻夜笛。

【品读小记】

这首钱塘观潮小令颇具特色。上片形容惊心动魄的狂潮涛涌绘声绘色：咆哮的浪头犹如巨龟背负雪山，又如蛰伏海底的神龙腾空而起，还如狂风将海水吹得竖了起来！该词更妙在下片不再写“涛”，却写出了钱江大潮过后风平浪静的如画风光。尤其一句“隔江闻夜笛”作结，更是神来之笔。不仅表明词人从白天观赏到夜晚，还形成了白天大潮来时轰轰烈烈、夜晚大潮已息时万籁俱寂的强烈对比，实乃意蕴无穷，尽收“言有尽而意无穷”之妙。

邓剡（二首）

［作者简介］邓剡（1232—1303），字光荐，又字中甫，号中斋。庐陵（今江西吉安）人，与文天祥为同乡和朋友。景定三年（1262）进士，曾任厓山行朝礼部侍郎。厓山兵败投海殉国，为元兵救俘，后放还。有《中斋词》传世。

唐多令　雨过水明霞

雨过水明霞，潮回岸带沙。叶声寒，飞透窗纱。堪恨西风吹世换，更吹我，落天涯。　　寂寞古豪华，乌衣日又斜。说兴亡，燕入谁家？惟有南来无数雁，和明月，宿芦花。

【品读小记】

该词是作者厓山兵败为元军所俘后过建康（今江苏南京）时所写。词人借景抒情，托物寄怀，吊古伤今，悲世哀己，倾吐了深沉的亡国之痛。全词画面凄清，形象鲜明，感情沉郁，笔法含蓄蕴藉，是一篇情景交融、情真意远的佳作。清王闿运《湘绮楼评词》云："亡国不死，仍有羁愁，一语写尽黄梨洲、王船山一辈人。"

酹江月　驿中言别

水天空阔，恨东风不借、世间英物。蜀鸟吴花残照里，忍见荒城颓壁。铜雀春情，金人秋泪，此恨凭谁雪。堂堂剑气，斗牛空认奇杰。　　那信江海余生，南行万里，属扁舟齐发。正为鸥盟留醉眼，细看涛生云灭。睨柱吞嬴，回旗走懿，千古冲冠发。伴人无寐，秦淮应是孤月。

【品读小记】

此词（一说为文天祥所作）乃作者被俘押送北上途中赠别文天祥之作，气韵沉雄，用典繁密，极为悲壮沉痛。

上片借古喻今，起句“水天空阔，恨东风不借、世间英物”即是英雄豪杰气势，暗用三国赤壁之战典故，慨叹天意不公。“蜀鸟吴花残照里，忍见荒城颓壁”，厚重深远，可比李太白“西风残照，汉家陵阙”。“铜雀春情，金人秋泪，此恨凭谁雪”，喻指嫔妃被掳，国宝被劫，此恨无人可雪。“堂堂剑气，斗牛空认奇杰”，本为奇杰，仍归于失败，着一“空”字，于文天祥、于自己，皆痛惜不已。下片与文天祥检点平生，惺惺相惜，钦慕赞叹。“那信江海余生，南行万里，属扁舟齐发”，重提文天祥被俘出逃南行抗元事。“正为鸥盟留醉眼，细看涛生云灭”，对东山再起仍抱希望。“睨柱吞嬴，回旗走懿，千古冲冠发”，用蔺相如完璧归赵、诸葛亮计退司马懿、岳飞怒发冲冠等典故，鼓舞斗志。末句“伴人无寐，秦淮应是孤月”。文天祥北上，作者留寓秦淮，结于离别之情。清陈廷焯《云韶集》（将本词列入文天祥名下）评曰：“气极雄深，语极苍秀。其人绝世，其词亦非他人所能及。击碎玉壶。结笔超远，亦凄切。”

文天祥（一首）

［作者简介］文天祥（1236—1283），初名云孙，字宋瑞，又字履善。道号浮休道人、文山。庐陵（今江西吉安）人。宝祐四年（1256）进士，官至右丞相兼枢密使。抗元名臣。被俘后坚贞不屈，囚禁四年被杀。有《文山诗集》《指南录》等传世。

酹江月　和友驿中言别

乾坤能大，算蛟龙、元不是池中物。风雨牢愁无著处，那更寒蛩四壁。横槊题诗，登楼作赋，万事空中雪。江流如此，方来还有英杰。　堪笑一叶漂零，重来淮水，正凉风新发。镜里朱颜都变尽，只有丹心难灭。去去龙沙，江山回首，一线青如发。故人应念，杜鹃枝上残月。

【品读小记】

文天祥为民族英雄，也是王国维所言词人中“以血书者”。王国维《人间词话》云：“文文山词，风骨甚高，亦有境界。远在圣与、叔夏、公谨诸公之上。”此词为文天祥和邓剡《酹江月·驿中言别》所作，亦高迈悲壮，既有被俘之沉痛，又有志士之胸襟，可与邓词对读。

上片起句不凡，“乾坤能大”四字，英气已充塞天地之间。“算蛟龙、元不是池中物。”用《三国志》“恐蛟龙得云雨，终非池中物也”之语，自励励友。“风雨牢愁无著处，那更寒蛩四壁”，而今身陷囹圄，心境为之一沉。“横槊题诗，登楼作赋，万事空中雪”，用曹操破荆州、王粲作《登楼赋》之典，英雄气概、名士风流，已成

“空中雪”，有破灭之感。“江流如此，方来还有英杰”，长江后浪推前浪，唯寄望后来之人，也是对邓词“此恨凭谁雪”的回应。下片在“堪笑一叶漂零”的凄凉语境中表明“只有丹心难灭”的心志，抱定“人生自古谁无死，留取丹心照汗青”（文天祥诗句）的以身殉国之心，与友人诀别。“江山回首，一线青如发”，化用宋苏轼“青山一发是中原”，乡国之思，喷涌而出。末句更是凄切，与词人《金陵驿》“从今别却江南日，化作啼鹃带血归”句意相类。

汪梦斗（一首）

[作者简介] 汪梦斗，生卒年不详。字玉南，号杏山，绩溪（今属安徽）人。理宗景定二年（1261）魁江东漕试。宋亡，不仕。有《北游集》传世。

南乡子 初入都门漫赋

西北有神州，曾倚斜阳江上楼。目断淮南山一抹，何由。载泪东风洒汴流。　何事却狂游，直驾驴东渡白沟。自古幽燕为绝塞，休愁。未是穷荒天尽头。

【品读小记】

入元后，汪梦斗被荐至大都，不受官而还，作《北游集》纪行。其自序云“而北乃直至秦长城下，则此游可以为北之极。且以余有生时言之，北至淮极矣，借得在全宋盛时，北亦止极白沟耳。今逾淮，又逾白沟，信乎此游为北之极。吁，其亦可喜也夫，其亦可悲也夫”。此词即为北游之中，踏入京城所作，颇有辛弃疾之风。南人北上，可领略北地江山之胜，激荡襟怀；凭临吊古，徒增故国之悲，蕴含“可喜”可悲之复杂心情。北地风光的粗犷荒凉，“未是穷荒天尽头”，与南人的家国之悲相融合，“载泪东风洒汴流”，拓展了南宋词雄浑开阔之境界。词人《摸鱼儿》亦有“吟情苦，滴尽英雄老泪”句。

汪元量（二首）

［作者简介］汪元量（1241—1317后），宫廷琴师。字大有，号水云，亦自号水云子、楚狂、江南倦客，钱塘（今杭州）人。元灭宋，随三宫被掳北上。后放还，浪迹江湖以终。有《湖山类稿》《水云集》传世。

一剪梅　怀旧

十年愁眼泪巴巴。今日思家，明日思家。一团燕月明窗纱。楼上胡笳，塞上胡笳。　玉人劝我酌流霞。急捻琵琶，缓捻琵琶。一从别后各天涯。欲寄梅花，莫寄梅花。

【品读小记】

此词为作者羁留燕地十年时所作，寄托家国之思。上片写乡愁。“十年愁眼泪巴巴”，着“巴巴”二字，足见思乡心切。“一团燕月明窗纱”，南北本是同一月，而冠以“燕月”，与“月是故乡明”比对，更显亡国之痛、思乡之浓。下片怀人。与作者《忆秦娥》“玉人何处教吹箫，十年不见心如焦。心如焦，彩笺难寄，水远山遥”词意相类，令人黯然神伤。上片之“胡笳”与下片之“琵琶”两种极具象征意义的乐器对比，只闻胡笳而难闻琵琶，能不悲乎！“捻”字指法也颇有深意，唐白居易《琵琶行》有“轻拢慢捻抹复挑”，汪元量《望江南·幽州九日》亦有“和泪捻琵琶”句。全篇“思家”“胡笳”“琵琶”“梅花”等四处重叠连用，愈节制，愈悲戚，低徊往复，遗民泪尽矣。

水龙吟　淮河舟中夜闻宫人琴声

鼓鞞惊破霓裳，海棠亭北多风雨。歌阑酒罢，玉啼金泣，此行良苦。驼背模糊，马头匼匝，朝朝暮暮。自都门燕别，龙艘锦缆，空载得、春归去。　　目断东南半壁，怅长淮、已非吾土。受降城下，草如霜白，凄凉酸楚。粉阵红围，夜深人静，谁宾谁主？对渔灯一点，羁愁一搦，谱琴中语。

【品读小记】

清陈廷焯《云韶集》评汪元量："水云词商音羽奏，一片黍离之感。"此词为作者被元军押解北上途中，夜经淮河，闻舟中宫人琴声而作，极尽亡国之痛。上片言北行之苦。起句"鼓鞞惊破霓裳，海棠亭北多风雨"。化用唐白居易"渔阳鼙鼓动地来，惊破霓裳羽衣曲"，写丧国之变。后诸句写北上途中之苦。"驼背模糊，马头匼匝"，用唐杜甫"马头金匼匝，驼背锦模糊"句意。龙艘锦缆，空载春归，象征国运倾颓，无力回天。下片抒亡国之痛。"草如霜白""粉阵红围"，意象对比强烈，"谁宾谁主"，宾主俱成南冠之囚。末句扣题，愁苦唯寄托琴声之中。

王沂孙（四首）

［作者简介］王沂孙，生卒年不详，大约生活在1230—1291年，字圣与，又字咏道，号碧山，又号中仙，因家住玉笥山，故又号玉笥山人，会稽（今浙江绍兴）人，曾任庆元路（路治今宁波鄞州）学正。工词，成就卓越，与周密、蒋捷、张炎并称“宋末四大家”，对后世词坛有相当影响。词集《碧山乐府》，一称《花外集》。

水龙吟　落叶

晓霜初著青林，望中故国凄凉早。萧萧渐积，纷纷犹坠，门荒径悄。渭水风生，洞庭波起，几番秋杪。想重厓半没，千峰尽出，山中路、无人到。　　前度题红杳杳。溯宫沟、暗流空绕。啼螿未歇，飞鸿欲过，此时怀抱。乱影翻窗，碎声敲砌，愁人多少！望吾庐甚处，只应今夜，满庭谁扫？

【品读小记】

清张惠言、周济推崇王沂孙词。近人吴梅亦以为：“大抵碧山之词，皆发于忠爱之忱，无刻意争奇之意，而人自莫及。”此词写落叶，寄托故国之悲思。

上片起句“晓霜初著青林，望中故国凄凉早”，直抒胸臆，触景生悲。“萧萧渐积，纷纷犹坠，门荒径悄”，写落叶飘零堆积之貌，令人联想到故国倾覆，民众离散。“渭水风生，洞庭波起，几番秋杪”，化用唐贾岛“秋风吹渭水，落叶满长安”及屈原“洞庭波兮木叶下”句意，将落叶之愁置于历史纵深处。下片“前度题红杳杳”用唐卢渥红叶题诗之典故，寓兴亡更替之叹。“啼螿”“飞鸿”，亦是同悲同凄。“乱影翻窗，碎声敲砌”，落叶翻飞，想见愁人心绪。末句“望吾庐甚处，只应今夜，满庭谁扫”，有无可奈何之感。清陈廷焯《云韶集》评此词“凄凉奇妙，屈宋之憾。此中无限怨情只是不露，令读者心怦怦然。结笔寂寞。”

眉妩　新月

渐新痕悬柳，淡彩穿花，依约破初暝。便有团圆意，深深拜，相逢谁在香径。画眉未稳，料素娥、犹带离恨。最堪爱、一曲银钩小，宝帘挂秋冷。　　千古盈亏休问。叹慢磨玉斧，难补金镜。太液池犹在，凄凉处、何人重赋清景。故山夜永。试待他、窥户端正。看云外山河，还老尽、桂花影。

【品读小记】

此词写新月。上片描摹新月。“渐新痕悬柳，淡彩穿花，依约破初暝”，新月初升，境界清幽。后诸句如“团圆意”“料素娥”等，虽写新月，却是满月之思。“最堪爱、一曲银钩小，宝帘挂秋冷”，乃因新月终成满月，希望之所在。近人俞陛云《唐五代两宋词选释》评上片：“若一串牟泥，粒粒皆含精采。”下片“千古盈亏休问”，却将新月满月放置一边，用语决绝。“叹慢磨玉斧，难补金镜”，有无力回天之慨。前朝皇帝赏月的宫阙犹在，而今却已物是人非，故国之悲，如漫漫长夜。“试待他、窥户端正。看云外山河，还老尽、桂花影”，似于绝望中抱有一丝希望，待到月圆之时，“云外山河”，尚留旧影，陪伴素娥终老。清陈廷焯《云韶集》评此词“句句是新月，却句句是望到十五。‘渐’字及‘便有’字用得婉约。‘千古’句忽将上半阕意一笔撇去，有龙跳虎卧之奇。结更高简”。清张惠言《词选》案语云：“此喜君有恢复之志，而惜无贤臣也。”聊备此说。

踏莎行 题草窗词卷

白石飞仙，紫霞凄调，断歌人听知音少。几番幽梦欲回时，旧家池馆生青草。　　风月交游，山川怀抱，凭谁说与春知道？空留离恨满江南，相思一夜蘋花老。

【品读小记】

这是词人为其交情深厚的好友周密所著之《草窗词》题写的小令。上片赞扬周密词作，说他的词既得南宋大词人姜白石（姜夔自号白石道人）词作之精妙，又得其师、词乐家杨缵（号紫霞翁）精通协律之真传，不但清词丽句、峭拔凄婉，而且音律协调，甚至听得懂的人都不多了，因为“翁（指杨缵）往矣，赏音寂然”（见《蘋洲渔笛谱》《木兰花慢》词序）。下片叙写二人同怀抱的深厚友谊，如“风月”“山川”之浑朴凝重；同时又化用周密《水龙吟·次张斗南韵》“怅江南望远，蘋花自采，寄将愁与”句意，表达出二人共同的“空留离恨满江南”，遗民词人亡国之恨隐然其间。近人俞陛云《唐五代两宋词选释》还特别指出：“此调与稼轩《贺新郎》词之怀同甫，玉田《琐窗寒》词之怀碧山，皆令人增朋友之重。”

齐天乐 蝉

一襟馀恨宫魂断，年年翠阴庭树。乍咽凉柯，还移暗叶，重把离愁深诉。西窗过雨。怪瑶珮流空，玉筝调柱。镜暗妆残，为谁娇鬓尚如许。　　铜仙铅泪似洗，叹携盘去远，难贮零露。病翼惊秋，枯形阅世，消得斜阳几度？馀音更苦。甚独抱清高，顿成凄楚？谩想薰风，柳丝千万缕。

【品读小记】

王沂孙身经南宋覆亡之变，词多以隐晦纡曲的咏物见长。这首咏物词，就是借咏蝉而抒发自己的家国之恨：对南宋覆亡的莫大悲恸和深深哀悼。词人以齐王后化蝉的传说开篇，定下了全篇哀苦的基调。全词写得深婉有致，跌宕多姿，波澜起伏；塑造出的“枯形阅世”“馀音更苦”的蝉，形象凄楚动人，令人不忍卒读。词人用心良苦矣！该词比兴幽深，“刻画精巧，运用生动”（清吴照衡《莲子居词话》），深得咏物词不粘不脱之妙，乃咏物词中之上品。清陈廷焯《白雨斋词话》评王沂孙咏物词乃“君国之忧，时时寄托”“笔意幽索，得屈、宋遗意”。此词确当得此评。

徐君宝妻（一首）

［作者简介］徐君宝妻，生卒年不详。南宋末年岳州（今湖南岳阳）人，姓名亡佚，《满庭芳》为其绝命词。

满庭芳 汉上繁华

汉上繁华，江南人物，尚遗宣政风流。绿窗朱户，十里烂银钩。一旦刀兵齐举，旌旗拥、百万貔貅。长驱入，歌楼舞榭，风卷落花愁。 清平三百载，典章文物，扫地俱休。幸此身未北，犹客南州。破鉴徐郎何在？空惆怅、相见无由。从今后，断魂千里，夜夜岳阳楼。

【品读小记】

家居岳州（今湖南岳阳）的徐君宝妻，南宋末被元军虏获至临安（今杭州），遭元将逼婚不从自杀身亡。这首词便是她的绝命书。上片悲愤地概述南宋覆亡大变局：元军入侵前南宋呈现的是繁荣富庶，“尚遗宣政风流”（“宣政”系徽宗时代宣和、政和两个年号的合称），一派升平气象。但这只不过是表面现象，“一旦”凶悍残暴的元军“长驱入”，昏庸无能的南宋朝廷便土崩瓦解，大好河山“风卷落花愁”，一片离乱凄凉。在看似平静的叙事中，词人压抑着多么不平静的心潮！下片先以深厚的感情沉痛悼念曾有三百年江山的大宋故国，悲叹宋代文明因野蛮凶残的民族镇压而被“扫地俱休”。接着便转入自身的境遇和态度：“幸此身未北”，不仅说明自己侥幸“犹客南州”，更申明自己思想上的坚贞、心灵上的清白；她十分想念家乡、想念丈夫，但只能是“空惆怅、相见无由”；她已抱定必死的决心，但表示死后一定也要魂归故里，“夜夜岳阳楼”！这真是字字血泪！至此，一位在顽敌面前坚贞不屈、于国于家一片痴情的伟大女性便巍然屹立在我们面前！真乃“鸷鸟之不群兮，自前世而固然”（屈原《离骚》）！该词题材宏大，构思精细，感情纯真，用语典雅流畅，风格豪迈悲壮，是一篇不可多得的事迹、真情感人肺腑的壮美词章。

蒋捷（六首）

［作者简介］蒋捷，生卒年不详，字胜欲，号竹山，宋末元初阳美（今江苏宜兴）人。先世为宜兴望族。咸淳十年（1274）进士。宋亡后隐居太湖中竹山，人称竹山先生、樱桃进士。词作卓越，与周密、王沂孙、张炎并称“宋末四大家”。有《竹山词》传世。

一剪梅　舟过吴江

一片春愁待酒浇。江上舟摇，楼上帘招。秋娘渡与泰娘桥，风又飘飘，雨又萧萧。　　何日归家洗客袍？银字笙调，心字香烧。流光容易把人抛，红了樱桃，绿了芭蕉。

【品读小记】

这是一首特别的羁旅词——一支国破家亡后颠沛流离中的心曲。南宋亡后，词人曾飘零在姑苏、太湖一带，写下了这首看似明快、实则苦涩的名篇。上片写景，但实际刻画的是心境：舟摇摇不尽、酒浇浇不灭的“一片春愁”。而这种春愁，又是在斜风细雨中，飘忽浮荡在诸如秋娘渡、泰娘桥这类秀婉妩媚的秀丽江南，更让人有情何以堪之叹。下片抒怀，慨叹流亡生涯难尽、安定生活无望，而岁月却在无情地流逝。结拍句：“流光容易把人抛，红了樱桃，绿了芭蕉。”妙句也！词人告诉人们时序已由春入夏了，但从这自然流畅、色彩绚丽的词句中，人们听到的却是词人彷徨不定、无可奈何的人生叹息。

虞美人　听雨

少年听雨歌楼上，红烛昏罗帐。壮年听雨客舟中，江阔云低、断雁叫西风。　　而今听雨僧庐下，鬓已星星也。悲欢离合总无情，一任阶前、点滴到天明。

【品读小记】

清张潮《幽梦影》言："雨之为物，能令昼短，能令夜长。"这首小令从"听雨"为线索，以高度凝练概括的艺术手段，揭示出人生道路中少年、壮年、老年三个阶段的不同心志和际遇。短短四十字，却跨越时空地简洁勾勒出了人生三部曲。词人身处社会动乱的大变局之中，壮年、老年都有那个时代的悲凉和苦闷，但细细咀嚼，人们仍可从中品味出人生跨越时空的某种共通意蕴。这尤其体现在"悲欢离合总无情"的结拍句中。该词明白如话，晓畅易懂；由于精于构思，谨于炼意，注重情景交融，因而全篇结构流畅，层次清晰，环境典型，形象生动，寓意深刻，是一篇不可多得的语言娴熟的艺术杰作。

贺新郎　梦冷黄金屋

梦冷黄金屋。叹秦筝、斜鸿阵里，素弦尘扑。化作娇莺飞归去，犹认纱窗旧绿。正过雨、荆桃如菽。此恨难平君知否？似琼台、涌起弹棋局。消瘦影，嫌明烛。　　鸳楼碎泻东西玉。问芳悰、何时再展，翠钗难卜。待把宫眉横云样，描上生绡画幅。怕不是、新来妆束。彩扇红牙今都在，恨无人、解听开元曲。空掩袖，倚寒竹。

【品读小记】

这首词表面上写美人，却曲折幽深地抒发了词人深沉的亡国之痛。上片借美人"化作娇莺"梦回凄冷"黄金屋"（暗用汉武帝"金屋藏娇"典）的黍离伤感，倾吐自己对时移世改的"此恨难平"。

“消瘦影，嫌明烛”歇拍六字，生动刻画出词人身心俱损的悲摧形象。下片写词人在宋王朝已如“碎泻东西玉”（“东西玉”，为酒器）般覆亡之后对美人的追寻，得到的却是芳踪难再、芳容难绘、物是人非，力透纸背地抒发故国难再的悲凉，和“恨无人、解听开元曲”的悲愤（“开元曲”，本指唐开元盛世的歌曲，这里代指宋鼎盛时的音乐）。“空掩袖，倚寒竹”结拍六字，知音难觅、孤臣洁士的形象跃然纸上。

清陈廷焯《云韶集》评此词：“处处飞舞如奇峰怪石，非平常蹊径也。”本词以比兴寄托手法，多虚虚实实、隐约其词之曲笔，来宣泄胸中难以言表的悲愤，给读者留下了丰富想象的余地，显示出独特的艺术魅力。明杨慎《词品》评蒋捷词“幽秀古艳”，此词当得。

霜天晓角　人影窗纱

人影窗纱，是谁来折花？折则从他折去，知折去、向谁家？

檐牙，枝最佳。折时高折些。说与折花人道：须插向、鬓边斜。

【品读小记】

这是一首大白话式的、表面上极通俗易懂的小令。此词可以解释成花的主人对欲来折花之人的心理活动：关切与豁达。但有无某种寄托？隐含着何种寄托？历来试图参透者众。一种可信的解释是：词人生逢宋元交替之乱世，在他艰难漂泊于苏杭一带时，有传闻官府要请他出仕，但不知是残存于福州、潮州一带的南宋小朝廷，抑或是蒙古人新统治者。这首词就是词人对这一传闻的答复。词人以花自喻，在从容不迫中显示出自负和清高，并告诉折花者要把“花”即他自己放到合适的位置上去：“须插向、鬓边斜。”实际情况是：词人终生“遁迹不仕”。此小令笔调幽默，活泼轻快，微言大义，令人耳目一新。

梅花引　荆溪阻雪

白鸥问我泊孤舟，是身留，是心留？心若留时，何事锁眉头？风拍小帘灯晕舞，对闲影，冷清清，忆旧游。　　旧游旧游今在否？花外楼，柳下舟。梦也梦也，梦不到，寒水空流。漠漠黄云，湿透木棉裘。都道无人愁似我，今夜雪，有梅花，似我愁。

【品读小记】

这首羁旅词记述的是词人乘船阻雪于荆溪（在今江苏南部）而孤舟夜泊的所思所想，抒发了不得不"身留"而非"心留"的惆怅情怀。该词构思新颖，笔调活泼，内容迂回跌宕，用语空灵洗炼，情与景、今与昔交错、交织、交融在一起，挥洒自如，收放有度，展现出一种冷清而又放达的清妍之美。前人评论蒋捷词，明毛晋说它"语语纤巧，字字妍倩"(《竹山词跋》)，清刘熙载说它"洗炼缜密，语多创获"。观此词，可窥全豹之一斑。然而，赏是词不应到此止。只要考虑到词人入元而终生不仕、刻骨铭心的亡国之痛等遭际，此词流露的其实有难以"心留"现实的悲凉，又有故国、故往"梦也梦也，梦不到，寒水空流"的愁苦，还唯有雪梅"似我愁"的孤愤。词人浓郁的故国情怀令人为之动容。

解佩令　春

春晴也好，春阴也好。著些儿、春雨越好。春雨如丝，绣出花枝红袅。怎禁他、孟婆合皂。　　梅花风小，杏花风小。海棠风、蓦地寒峭。岁岁春光，被二十四风吹老。楝花风、尔且慢到。

【品读小记】

这首惜春词不落俗套，新颖而深有情致。上下片描写的几乎都是平常春色，但全是以词人的主观感受和判断来布景的。由于词人观察细致入微，其感受、判断又合乎常理，用语也很直白，因而使本词有了“点拨”读者的功效，颇具感染力，令人过目难忘。清陈廷焯《云韶集》评曰:“句句劲直，词中老境。其气不可遏。”

陈德武（一首）

［作者简介］陈德武，生平不详，三山（今福建福州）人。有《白雪遗音》一卷。

水龙吟 西湖怀古

东南第一名州，西湖自古多佳丽。临堤台榭，画船楼阁，游人歌吹。十里荷花，三秋桂子，四山晴翠。使百年南渡，一时豪杰，都忘却、平生志。　　可惜天旋时异，藉何人、雪当年耻。登临形胜，感伤今古，发挥英气。力士推山，天吴移水，作农桑地。借钱塘潮汐，为君洗尽，岳将军泪。

【品读小记】

这首怀古词，是词人在南宋危亡之际写就的一篇昂扬的爱国主义佳作。上片写景怀古，重在指斥一百多年来南宋统治者沉湎享乐、不思恢复中原，而导致断送以秀丽西湖为代表的大好河山。下片伤今抒怀，重在热烈追求“雪当年耻”（“靖康之变”之旷世国耻），要“发挥英气”；词人这种郁结已久的追求化成了超现实的神力：希望有神人力士、天吴来推山填水（力士、天吴均为古代传说中的神人。《蜀王本纪》：“天为蜀王生五丁力士，能徙山。”《山海经·海外东经》：“朝阳之谷，神曰天吴，是为水伯。”），把“时人目为销金锅”的西湖（见明郎瑛《七修类稿》），改造成造福黎民百姓的农桑良田；希望借钱塘江水一洗诸多罪恶和国耻，来告慰岳飞等忠臣良将的在天之灵。全词弥漫着兴亡之慨、激愤之情和力挽危局的强烈愿望。上片多用前人意，如首句即脱胎于宋仁宗送梅挚出守杭州的诗句“地有湖山美，东南第一州”。下文则分别化用了宋柳永《望海潮·东南形胜》、宋文及翁《贺新郎·西湖》中的相关句意，并无自身特色，可以认为是“认同者述成说而不作”，意在映衬下片的伤今怀古。下片则是词人力笔之所在，发前人所未发；在充满郁愤的爱国哀思中将雪耻救国的奇思异想写得汪洋恣肆，慷慨激昂，可谓奇情壮采，是本词的题旨之所在。

张炎（五首）

［作者简介］张炎（1248—1320），字叔夏，号玉田，晚年号乐笑翁。祖籍陕西凤翔。六世祖乃宋朝著名将领张俊。1276年元兵破南宋都城临安（今杭州），祖父被磔杀，家财被抄没，从此漂泊江湖，以布衣终生。词作卓越，与周密、王沂孙、蒋捷并称“宋末四大家”，对后世词坛有相当影响。有《山中白云词》传世。

高阳台　西湖春感

接叶巢莺，平波卷絮，断桥斜日归船。能几番游？看花又是明年。东风且伴蔷薇住，到蔷薇、春已堪怜。更凄然，万绿西泠，一抹荒烟。　　当年燕子知何处？但苔深韦曲，草暗斜川。见说新愁，如今也到鸥边。无心再续笙歌梦，掩重门、浅醉闲眠。莫开帘，怕见飞花，怕听啼鹃。

【品读小记】

这首写于南宋灭亡后的词作，借西湖游春抒发亡国后的悲凉。上片实写西湖暮春之景，由淡渐浓地流露出哀婉的惜春情绪。而“更凄然”者，乃“万绿西泠，一抹荒烟”。这歇拍八字，暗点出元蒙统治、蹂躏下的西湖已是一派荒凉，词人的惜春情绪一变而为沉痛的忧伤情怀。下片叙事抒情，发今昔之叹，抒兴亡之情。大意是说：当年刘禹锡笔下的“旧时王谢堂前燕”飞到哪里去了呢？眼前的西湖已是“苔深”“草暗”（“韦曲”，唐代长安的游览胜地；“斜川”，陶渊明笔下的家乡景点；这里均代指西湖景观），无人游览，荒芜一片。听说连鸥鸟都已知新愁（而不见踪迹了）。词人再也不可能享受昔日的歌舞繁盛了，那已是梦中之事。当下只有关起门来，喝点小酒，睡个闲觉吧！词人躲避现实的心境跃然纸上。以至于词人喊出：“莫开帘，怕见飞花，怕听啼鹃。”伤感至极，悲凉至极！

这首词是所谓“清空”词派代表人物张炎的一首代表作，风格凄婉，意境空灵。乐斋居士《七绝 歌张炎》诗曰：“清空雅正自风流，倦旅天涯汗漫游。孤影寒塘天地远，芦花零落一身秋。”

甘州 记玉关、踏雪事清游

辛卯岁，沈尧道同余北归，各处杭、越。逾岁，尧道来问寂寞，语笑数日，又复别去。赋此曲，并寄赵学舟。

记玉关、踏雪事清游，寒气脆貂裘。傍枯林古道，长河饮马，此意悠悠。短梦依然江表，老泪洒西州。一字无题处，落叶都愁。

载取白云归去，问谁留楚佩，弄影中洲？折芦花赠远，零落一身秋。向寻常、野桥流水，待招来，不是旧沙鸥。空怀感，有斜阳处，却怕登楼。

【品读小记】

一首赠别词。由此词小序可知，张炎于辛卯岁（元世祖至元二十八年即 1291）与沈钦（尧道）等自元都北京归来，分处杭、越。次年，沈自杭（州）赴越（绍兴）看望张炎，“语笑数日，又复别去”。张炎即赋此曲相送。

上片前五句先追忆前年北游赴京写经之情景，清寒、冷落的景象描写中透露出词人黯然、无奈的心境。赴京写经或许被逼而去的？故“此意悠悠”句，让人想到《诗经·王风·黍离》句：“知我者谓我心忧，不知我者谓我何求。悠悠苍天，此何人哉？”词人是否也在倾诉“不知我者谓我何求”的复杂而又痛苦的心绪呢！“短梦”二句，是说北上像梦一样过去，终于南归了，然而想到一些故人长逝，涌起愧对、钦敬之情，不由得老泪纵横（按：西州，在今南京。此处暗用羊昙为悼念谢安而不入西州门事典)。由此逼出歇拍句:“一字无题处,落叶都愁。”感慨无穷,已非笔墨所能表达,就寄愁于落叶吧!下片则写当下聚首又依依惜别的情景和别后的臆想。既表达了与沈的深谊厚情,也隐约传出了知音难再的感喟。想到这几年的聚合离散,词人最后写出“空怀感,有斜阳处,却怕登楼”的结拍句,可谓百感交集,意蕴悠长。宋辛弃疾《摸鱼儿·更能消几番风雨》有句云:“闲愁最苦,休去倚危栏,斜阳正在,烟断肠处。”张炎当是化用此意作结。

清陈廷焯《云韶集》评曰:“一片凄感,似唐人悲歌之诗。”该词集写景、叙事、抒情于一体,更有时空之穿插、交集,却写得井然有序,一气直下,舒卷自如,非大手笔者不能至也。

解连环　孤雁

楚江空晚。怅离群万里,怳然惊散。自顾影、欲下寒塘,正沙净草枯,水平天远。写不成书,只寄得、相思一点。料因循误了,残毡拥雪,故人心眼。　　谁怜旅愁荏苒。谩长门夜悄,锦筝弹怨。想伴侣、犹宿芦花,也曾念春前,去程应转。暮雨相呼,怕蓦地、玉关重见。未羞他、双燕归来,画帘半卷。

【品读小记】

“孤雁”为古典诗词常用意象,如《诗经》“鸿雁于飞”,南北朝庾信“失群寒雁声可怜,夜半单飞在月边”,唐杜甫“孤雁不饮啄,飞鸣声念群”,唐陆龟蒙“我生天地间,独作南宾雁”,等等。此词咏孤雁,构思精妙,叙事跌宕,寄意细微,为张炎成名之作,世称“张孤雁”之由来。

上片描摹孤雁离群失伴,借雁喻人,顾影自怜。“楚江空晚”“正沙净草枯,水平天远”,境界空寥,衬托独雁之孤。“写不成书,只寄得、相思一点”及“料因循误了,残毡拥雪,故人心眼”

二句，用苏武牧羊典故，人雁双关，为人称道，“用雁飞成字及雁足传书二事，融化为一，不惟精巧绝伦，亦自情思宛转”（近人沈祖棻《宋词赏析》）。下片言孤雁思伴，“谩长门夜悄，锦筝弹怨”，将长门暗夜的雁声和锦筝之雁柱的乐声相结合。“想伴侣”诸句，乃孤雁与伴侣相互思念之想。“暮雨相呼，怕蓦地、玉关重见”，化用唐崔涂“暮雨相呼失，寒塘欲下迟”诗句，既望重逢，又怕相逢。清谭献评此二句“若浪花之圆蹴，颇近自然”（《谭评〈词辨〉》）。末句以双燕归来，反衬孤雁之心迹与希冀，又见雁与燕之殊途。

疏影　梅影

黄昏片月。似碎阴满地，还更清绝。枝北枝南，疑有疑无，几度背灯难折。依稀倩女离魂处，缓步出、前村时节。看夜深、竹外横斜，应妒过云明灭。　　窥镜蛾眉淡抹。为容不在貌，独抱孤洁。莫是花光，描取春痕，不怕丽谯吹彻。还惊海上然犀去，照水底、珊瑚如活。做弄得、酒醒天寒，空对一庭香雪。

【品读小记】

宋林逋“疏影横斜水清浅，暗香浮动月黄昏”已将梅影写到极致，而此词专咏梅影，别出心裁。上片以“黄昏片月”为背景，“似碎阴满地”，写梅影之形；“疑有疑无，几度背灯难折”，写梅影之韵；“依稀倩女离魂处”，将梅比倩女，将影比离魂，写梅影之姿；“竹外横斜，应妒过云明灭”，以竹、云衬托梅影，写梅影之格。下片越貌扬神，写梅影“独抱孤洁”之品性。“莫是花光，描取春痕，不怕丽谯吹彻”，“花光”者，据《永乐大典残卷》载：衡州花光山长老工画墨梅，山谷就以“花光”呼之。丽谯，高楼也。将梅影比作花光长老画中春痕，不惧高楼吹彻的《落梅风》，见梅影之泰然坚贞。“还惊海上然犀去，照水底、珊瑚如活”，“然犀”，《晋书》载温峤“至牛渚矶，水深不可测，世云其下多怪物，峤遂毁犀角而照之”。写出梅影之神魄灵动。末句“做弄得、酒醒天寒，空对一庭香雪”，幕布揭开，迷离惝恍的梅影境界，原是词人醉眼朦胧所见所感，酒醒天寒，梅影消逝，尽管一庭香雪，亦是怅然若失。近人俞陛云以为，后阕“花光”以下七句从空际传神，见灵心妙婉也。清陈廷焯《云韶集》谓此词：“起笔直写影字，正妙，不假敷佐，何等笔力。处处见笔力。清虚骚雅近似白石。”

渡江云　山空天入海

山阴久客，一再逢春。回忆西杭，渺然愁思。

山空天入海，倚楼望极，风急暮潮初。一帘鸠外雨，几处闲田，隔水动春锄。新烟禁柳，想如今、绿到西湖。犹记得、当年深隐，门掩两三株。　愁余。荒洲古溆，断梗疏萍，更漂流何处？空自觉、围羞带减，影怯灯孤。常疑即见桃花面，甚近来、翻笑无书。书纵远，如何梦也都无？

【品读小记】

此词为张炎久居山阴（绍兴），追忆杭州旧游，伤怀念远而作。

上片起句“山空天入海，倚楼望极，风急暮潮初”，远景空阔，足以勾起“渺然愁思”。“一帘鸠外雨，几处闲田，隔水动春锄”，近景为乡野所见，有唐人遗风。“想如今”“犹记得”，念及西湖旧游、故居之适，不直言兴亡之感，而黍离之悲自在其中。下片则抒怀，直言“愁余”，“荒洲古溆”，写漂泊之苦；“围羞带减，影怯灯孤”，写孤孑之凄。末二句怀人，近人沈祖棻以为败笔，“乍读之似觉新颖可喜，细玩之则浮薄少味。盖由于不换意而仅换字，故空疏而不紧凑，滑易而不警峭”（《宋词赏析》）。此论或不解张炎，无书乃伊人之误，无梦乃己身之疑，以无书反诘无梦，不怨伊人而自责，愈见思念之深婉。清陈廷焯《云韶集》谓此词：“笔力雄苍。低徊想到当年情致不乏。凄婉。一层逼一层，直是凄绝。”

无名氏（一首）

水调歌头 平生太湖上

平生太湖上，短棹几经过。如今重到，何事愁比水云多？拟把匣中长剑，换取扁舟一叶，归去老渔蓑。银艾非吾事，丘壑已蹉跎。　脍新鲈，斟美酒，起悲歌。太平生长，岂谓今日识兵戈。欲泻三江雪浪，净洗胡尘千里，不用挽天河。回首望霄汉，双泪堕清波！

【品读小记】

南宋初，宋高宗赵构、丞相秦桧等推行投降卖国路线，致已侵占中原的金兵南侵日深，甚至纵兵劫掠江南。作者于高宗建炎五年（1130）重过太湖时感叹时局，写下这首《水调歌头》（曾题写在吴江长桥上），一泻请缨无路、报国无门的愤懑与悲哀。

上片一个“愁”字引领，浓墨渲染归隐；下片一个“悲”字贯穿，揭示归隐外衣下的巨大伤悲。全词压抑与奋争、忧愁和激愤等情绪交织在一起，表意曲折而深沉。说是不关心“银艾”（官印，代指做官或官府），却又说“欲泻三江雪浪，净洗胡尘千里”（“三江”指通太湖的吴江、钱塘江、浦阳江等）；说是“烩新鲈，斟美酒”（喻归隐），却又说“起悲歌”；说是“归去老渔蓑”，却又“回首望霄汉，双泪堕清波”。总之，看似旷达遁世，实是忧国忧民。从无名氏的这首词，我们感受到南宋有识之士和广大人民希望抗金报国的英雄气概和壮志豪情，也感受到英雄失意、欲战不能的深沉悲哀。这是一首别具一格、反映当时社会心态的佳作。

无名氏（一首）

满江红 斗帐高眠

斗帐高眠，寒窗静、潇潇雨意。南楼近、更移三鼓，漏传一水。点点不离杨柳外，声声只在芭蕉里。也不管、滴破故乡心，愁人耳。　　无似有，游丝细。聚复散，真珠碎。天应分付与，别离滋味。破我一床蝴蝶梦，输他双枕鸳鸯睡。向此际、别有好思量，人千里。

【品读小记】

这首托雨寄怀咏物词。上片细致地刻画词人夜深觉雨、听雨、解雨、怨雨的感受过程，通过猜测雨声“不离杨柳外”“只在芭蕉里”，联系到人们常以杨柳烟、芭蕉雨表达离情别绪，也就感受到此时“点点”“声声”雨都唤起离愁别恨，最终托出词人此时的“愁人”本色。下片先写雨象，由中引出原来这是老天爷赋予了雨让人尝受“别离滋味”的奇想，并说这种雨既扰了自己的蝴蝶梦（暗用庄生梦蝶典），也破了他人的鸳鸯梦。那么，此时的雨要人们尝受什么“别离滋味”呢？由此逼出意味深长的结拍句：“向此际、别有好思量，人千里。”到此也就点明了“愁人”的缘由，那就是千里外国破家亡中的人民离乱苦、中原沦陷后的山河破碎恨！

这首词采用由表及里、由浅入深、抽丝剥茧的艺术手法，不动声色地由雨景到国事，由点点雨声到展示忧国忧民的内心世界，感情强烈而不浅露，景境丰富而不芜杂，非词林高手不能为也。

无名氏（一首）

阮郎归　春风吹雨绕残枝

春风吹雨绕残枝，落花无可飞。小池寒绿欲生漪，雨晴还日西。

帘半卷，燕双归。讳愁无奈眉。翻身整顿着残棋，沉吟应劫迟。

【品读小记】

这首小令写闺情，独具匠心，别具一格。明李攀龙说：“落花归燕，俱是抚景伤情之语。”（《草堂诗馀隽》卷二引）此词上片写景，正是由落花引领，句句写景，句句寓情，句句凄凉，句句低沉，透露出闺中人幽苦凄恻的心境。下片则由归燕引出，双燕归来而却人单影只，情何以堪？“讳愁无奈眉”！这是说，奈何不得双眉总是不由自主地露出愁容。好一精警句也！那么，何以排遣这莫可名状的愁绪呢？整顿残棋吧！可心绪不宁，落子游移迟缓，终难应敌。“翻身”二句反映了闺中人这种纷乱的愁绪和心境，真实而生动，贴切而形象，细致而典型，妙不可言。该小令词意清婉凄楚而形象真切可见，读来如临其境，如见其人，有一股感人的艺术力量。

元代　三十五首

元好问（三首）

［作者简介］元好问（1190—1257），字裕之，号遗山，世称遗山先生。太原秀容（今山西忻州）人。金朝正大元年（1224年），以宏词科登第，授权国史院编修，官至知制诰。金亡后被囚数年。晚年回故乡，隐居不仕。有《元遗山先生全集》《中州集》传世。

摸鱼儿 雁丘词

乙丑岁赴试并州，道逢捕雁者云："今旦获一雁，杀之矣。其脱网者悲鸣不能去，竟自投于地而死。"予因买得之，葬之汾水之上，垒石为识，号曰"雁丘"。同行者多为赋诗，予亦有《雁丘词》。旧所作无宫商，今改定之。

问世间，情是何物？直教生死相许。天南地北双飞客，老翅几回寒暑。欢乐趣，离别苦，就中更有痴儿女。君应有语：渺万里层云，千山暮雪，只影向谁去？　横汾路，寂寞当年箫鼓，荒烟依旧平楚。招魂楚些何嗟及，山鬼暗啼风雨。天也妒，未信与，莺儿燕子俱黄土。千秋万古，为留待骚人，狂歌痛饮，来访雁丘处。

【品读小记】

此词借殉情之雁事，写爱情之坚贞。近人吴梅《词学通论》曰："此词即遗山首唱也。诸人和者颇多。而裕之乐府，深得稼轩三味。"

上片起句"问世间，情是何物？直教生死相许"，脍炙人口，为歌颂爱情之名句，尤借金庸小说更为大众所知。"天南地北双飞客，老翅几回寒暑"，写双雁同栖同飞，历经风雨。"老翅"二字，显其情笃。"欢乐趣，离别苦，就中更有痴儿女"，以拟人化手法，写双雁之感情深挚。“渺万里层云，千山暮雪，只影向谁去”？一雁殁后，另一雁顿感天地空空茫茫，荒凉凄苦，已下定殉情之决心，“只影向谁去”？不啻屈夫子之天问。下片写作者对大雁殉情后的哀思。“横汾路，寂寞当年箫鼓，荒烟依旧平楚”，汉武帝《秋风辞》有“泛楼船兮济汾河”“箫鼓鸣兮发擢歌”。将殉情雁置于历史时空之中，当年汾水箫鼓连天，如今都已消歇，并不因殉情而改变什么。“招魂楚些何嗟及，山鬼暗啼风雨”，但雁之坚贞决绝，仍感天地、泣鬼神。“天也妒，未信与，莺儿燕子俱黄土”，作者坚信殉情之雁不会像黄莺燕子一样归于黄土，其英气将于天地长存。末句继续深化词旨，将作者自身与大雁相连，垒石筑“雁丘”，其情不朽。清陈廷焯《云韶集》评此词：“事奇文亦至，自是合作。……悲风飒飒天为愁。风流悲壮。”

水龙吟　素丸何处飞来

素丸何处飞来，照人只是承平旧。兵尘万里，家书三月，无言搔首。几许光阴，几回欢聚，长教分手。料婆娑桂树，多应笑我，憔悴似，金城柳。　不爱竹西歌吹，爱空山、玉壶清昼。寻常梦里，膏车盘谷，拏舟枋口。不负人生，古来惟有，中秋重九。愿年年此夕，团栾儿女，醉山中酒。

【品读小记】

作者受兵乱之苦，几经辗转，颠沛流离，孤身一人在异地为官。此词感叹身世，抒发心怀。

上片写离乱飘零之苦。起句“素丸何处飞来，照人只是承平旧”，天上明月与太平时无异，而人间却物是人非，暗含颇多感喟。后诸句写兵尘离乱，家书难得，即使短暂欢聚，终究离散。语婉情直，有切已之悲。“料婆娑桂树，多应笑我，憔悴似，金城柳”，以天上婆娑桂树，与地上憔悴金城柳对比，言人间之苦。“金城柳”，用晋桓温经金城见柳树而流泪之典故。下片抒发作者隐逸之思，及对团圆之乐和天伦之乐的向往，于战乱年代尤为难得。“膏车盘谷，拏舟枋口”，“盘谷”，为唐李愿隐居地；“枋口”，为泌水出水口，均在河南济源。“膏车”，唐韩愈《送李愿归盘谷序》：“膏吾车兮秣吾马”；“拏舟”，唐孟郊《与王二十一员外涯游枋口柳溪》：“万株古柳根，拏此磷磷溪。”“不负人生，古来惟有，中秋重九”，团圆之乐与天伦之乐，乃自古至今人生所追求的美好生活。末句见作者仍抱有“团栾儿女，醉山中酒”的希望。

清平乐　太山上作

江山残照，落落舒清眺。涧壑风来号万窍，尽入长松悲啸。

井蛙瀚海云涛，醯鸡日远天高。醉眼千峰顶上，世间多少秋毫！

【品读小记】

此词为词人登临泰山时所作，以自然之雄丽，衬世事之微屑，此为元曲常见的“叹世”主题。上片写登临泰山远眺所见，江山残照，天地清旷，万壑风号，松涛阵阵，气势极为雄浑苍凉。“涧壑风来号万窍”，用《庄子·齐物论》“夫大块噫气，其名为风。是唯无作，作则万窍怒号”之意。下片写登临所感，“井蛙”与“瀚海云涛”相比，“醯鸡”（即瓮中之蠛蠓，见《庄子》）与“日远天高”，譬喻登临泰山，世间万事皆微不足道。末句引申此意，有孔子“登泰山而小天下”、唐杜甫“一览众山小”之感。

耶律楚材（一首）

［作者简介］耶律楚材（1190—1244），字晋卿，号玉泉老人，法号湛然居士，蒙古名吾图撒合里，契丹族。初仕金，元时拜为中书令。谥文正。有《湛然居士集》等传世。

鹧鸪天　题七真洞

花草倾颓事已迁，浩歌遥望意茫然。江山王气空千劫，桃李春风又一年。　横翠嶂，架寒烟。野花平碧怨啼鹃。不知何限人间梦，并触沉思到酒边。

【品读小记】

耶律楚材有安邦定国之才，为元初重要政治家。此词写游览七真洞（故址位于北京玉泉山）所思所感，寄寓兴亡之叹。上片以道观倾塌颓败起笔，具有象征意义，金元时期，道教盛行，而七真洞仍难逃颓废命运。百余年间，幽燕之地王朝兴废，陵谷沧桑，无常变幻，令人意绪茫然。“江山王气空千劫，桃李春风又一年”，以王朝更替与冬春相易比对，并着一“空”字，更添茫然之慨。下片抬眼四望，翠嶂寒烟，意境萧索，“野花平碧怨啼鹃”，已由茫然转增悲戚矣！末句为清况周颐称道，其《蕙风词话》云：“耶律文正《鹧鸪天》歇拍云：‘不知何限人间梦，并触沉思到酒边。’高浑之至，淡而近于穆矣。庶几合苏之清、辛之健而一之。”

白朴（五首）

[作者简介] 白朴（1226—1307），原名恒，字仁甫，后改名朴，字太素，号兰谷。祖籍隩州（今山西河曲附近），后徙居真定（今河北正定县），晚岁寓居金陵（今江苏南京），终身未仕。与关汉卿、马致远、郑光祖并称为“元曲四大作家”。有《梧桐雨》《墙头马上》《东墙记》等，词集《天籁集》。

夺锦标　霜水明秋

《夺锦标》曲，不知始自何时，世所传者，惟僧仲殊一篇而已。予每浩歌，寻绎音节，因欲效颦，恨未得佳趣耳。庚辰卜居建康，暇日访古，采陈后主、张贵妃事，以成素志。按后主既脱景阳井之厄，隋元帅府长史高颎竟就戮丽华于青溪。后人哀之，其地立小祠，祠中塑二女郎，次则孔贵嫔也。今遗构荒凉，庙貌亦不存矣。感叹之余，作乐府《青溪怨》。

霜水明秋，霞天送晚，画出江南江北。满目山围故国。三阁馀香，六朝陈迹。有《庭花》遗谱，惨哀音，令人嗟惜。想当时天子无愁，自古佳人难得。　　惆怅龙沉宫井，石上啼痕，犹点胭脂红湿。去去天荒地老，流水无情，落花狼藉。恨青溪留在，渺重城，烟波空碧。对西风、谁与招魂，梦里行云消息？

【品读小记】

近人吴梅《词学通论》以为白朴“其词出语遒上，寄情高远，音节协和，轻重稳惬”。此词一反“红颜祸水”之论，为陈后主贵妃张丽华招魂，且有满目山河之叹。“自古佳人难得”，而亡国动荡之际，乱军残暴，纵帝王妃嫔，亦难逃香消玉殒，有张丽华殒命青溪，有杨玉环魂散马嵬驿，等等，如春花之凋零，对美之摧残，“令人嗟惜”。

上片写访古所见，“霜水明秋，霞天送晚”，景致清肃，似见玉人明眸。“江南江北”，南唐李后主有“江南江北旧家乡，三十年来梦一场”。“三阁余香”，指“无愁天子”陈后主所建临春、结绮、望仙三阁，余香纵还有，三阁却也无。“有《庭花》遗谱”，陈后主所作《玉树后庭花》，其中有句“花开花落不长久，落红满地归寂中”，一语成谶，竟成亡国之音。唐杜牧有“商女不知亡国恨，隔江犹唱后庭花”之慨，唐刘禹锡有“后庭花一曲，幽怨不堪听”之悲。下片寄托词人哀思，“惆怅龙沉宫井，石上啼痕，犹点胭脂红湿”，凄清入髓，唐李白有“天子龙沉景阳井，谁歌玉树后庭花”诗句。“恨青溪留在，渺重城，烟波空碧”，对美人惨遭横祸，无言浩叹。末句“对西风、谁与招魂，梦里行云消息”，用《楚辞·招魂》“魂兮归来，哀江南”，及宋玉《高唐赋》，见词人悲哀之厚重肃穆。清顾贞观亦有《金缕曲·秋暮登雨花台》，专咏张丽华事。法国诗人维庸《昔时美人歌》有“君王啊，请不必问个不休 / 究竟何处可求这些女郎 / 纵然再问，我的回答依旧 / 去岁下的雪，今又在何方”？可谓殊途同归。

沁园春　金陵凤凰台眺望

保宁佛殿即凤凰台，太白留题在焉。宋高宗南渡，尝驻跸寺中，有石刻御书王荆公赠僧诗云：“纷纷扰扰十年间，世事何常不强颜，亦欲心如秋水静，应须身似岭云间。”意者当时南北扰攘，国家荡析，磨盾鞍马间，有经营之志，百未一遂，此诗若有深契于心者，故书以自况。予暇日来游，因演太白、荆公诗意，亦犹稼轩《水龙吟》用李延年、淳于髡语也。

独上遗台，目断清秋，凤兮不还。怅吴宫幽径，埋深花草；晋时高冢，销尽衣冠。横吹声沉，骑鲸人去，月满空江雁影寒。登临处，且摩挲石刻，徙倚阑干。　　青天半落三山，更白鹭洲横二水间。问谁能心比，秋来水净？渐教身似，岭上云闲。扰扰人生，纷纷世事，就里何常不强颜。重回首，怕浮云蔽日，不见长安。

【品读小记】

宋元之际，金陵怀古词佳构迭出，熔兴废之叹、黍离之悲、家国之恨、身世之慨于一炉，如汪元量《莺啼序·重过金陵》“楚囚对泣何时已。叹人间，今古真儿戏”，梁栋《摸鱼儿·登凤凰台》“任北雪迷空，东风换绿，都付梦和醉”，王奕《木兰花慢·和赵莲澳金陵怀古》“今古兴亡无据，好将往史俱焚”，萨都剌《满江红·金陵怀古》“玉树歌残秋露冷，胭脂井坏寒螀泣”等，皆动人心魄。白朴另有《沁园春》“长江不管兴亡。谩流尽、英雄泪万行”之叹。此词登金陵凤凰台吊古抒怀。

上下片首句皆化用唐李白《登金陵凤凰台》诗：“凤凰台上凤凰游，凤去台空江自流。吴宫花草埋幽径，晋代衣冠成古丘。三山半落青天外，二水中分白鹭洲。总为浮云能蔽日，长安不见使人愁。”“横吹声沉，骑鲸人去，月满空江雁影寒”用晋向秀闻笛声怀嵇康之典和李白自称“海上骑鲸客”之谓，想见词人旷古孤愁。下片抒发“国家荡析，磨盾鞍马间，有经营之志，百未一遂”之意。化用宋王安石《赠僧》诗：“纷纷扰扰十年间，世事何常不强颜。亦欲心如秋水静，应许身似岭云闲。”末句则又以李白诗句作结，檃括太白、荆公诗之形神，天衣无缝。

沁园春　自古贤能

监察师巨源将辟予为政，因读嵇康与山涛书，有契于心者，就谱此词以谢。

自古贤能，壮岁飞腾，老来退闲。念一身九患，天教寂寞；百年孤愤，日就衰残。麋鹿难驯，金镳纵好，志在长林丰草间。唐虞世，也曾闻巢许，遁迹箕山。　　越人无用殷冠，怕机事、缠头不耐烦。对诗书满架，子孙可教；琴樽一室，亲旧相欢。况属清时，得延残喘，鱼鸟溪山任往还。还知否？有绝交书在，细与君看。

【品读小记】

入元后，白朴徙家金陵，江南行台监察师巨源荐其出仕，白朴以此词作答，“竟拟诸嵇康、山涛绝交故事，是其志尚，非同时诸子所能尽知也”（近人吴梅《词学通论》）。全词多处化用晋嵇康《与山巨源绝交书》句意，兼之今人古人同名“巨源”，类比绝妙。

上片起句“自古贤能，壮岁飞腾，老来退闲”，即老子《道德经》“功遂身退，天之道也”。“念一身九患，天教寂寞；百年孤愤，日就衰残”，用嵇康“有必不堪者七，甚不可者二”，点明缘由。“麋鹿难驯，金镳纵好，志在长林丰草间”，继续化用嵇康“虽饰以金镳，飨以嘉肴，愈思长林而志在丰草也”句意，从侧面深化自己的理由。下片“越人无用殷冠，怕机事、缠头不耐烦”，仍用嵇康“不可自见好章甫，强越人以文冕也”句意。后续诸句申明个人志向所在，“不事王侯，高尚其事”《周易》也，亦用嵇康“安能舍其所乐，而从其所惧哉”之意。结拍句“有绝交书在，细与君看”，既委婉，又决绝。

念奴娇　题镇江多景楼用坡仙韵

江山信美，快平生、一览南州风物。落日金焦浮绀宇，铁瓮独残城壁。云拥潮来，水随天去，几点沙鸥雪。消磨不尽，古今天宝人杰。　　遥望石冢巉然，参军此葬，万劫谁能发？桑梓龙荒，惊叹后、几度生灵埋灭。往事休论，酒杯才近，照见星星发。一声长啸，海门飞上明月。

【品读小记】

多景楼为镇江北固山“登览之最”，骚人志士多有所赋。上片写登临所见，襟怀充溢。起句“江山信美，快平生、一览南州风物”，或有王粲《登楼赋》“虽信美而非吾土兮，曾何足以少留”之意。后续诸句阐明首句，写山川信美，风景苍寥，古今沧桑。下片写登临所感。“遥望石冢巉然，参军此葬，万劫谁能发”？晋郭璞大将军王敦记室参军，以卜筮不吉劝阻王敦谋反遇害。《金山志》载：“郭公墓，在山（金山）之西石簰山。相传郭璞葬此，有石碣，虽水泛溢，不没。”故有“潮痕不上郭公坟”之说。“桑梓龙荒，惊叹后、几度生灵埋灭”，化用《晋书·郭璞传》“嗟乎！黔黎将湮于异类，桑梓其剪为龙荒乎”！郭璞善卜筮，曾预见桑梓遭难而南迁。郭璞之后，从古至今，又有多少国破家亡之事？“往事休论，酒杯才近，照见星星发”，词人无可奈何，唯借酒以浇胸中垒块。末句用宋吴琚《酹江月·观潮应制》“晚来波静，海门飞上明月”句，境界清冷，似有孕育一丝希冀。宋刘过有《题润州多景楼》诗：“楼高思远愁绪多，楼乎楼乎奈汝何。”可为此词做注解。

摸鱼子 七夕用严柔济韵

问双星、有情几许？消磨不尽今古。年年此夕风流会，香暖月窗云户。听笑语，知几处、彩楼瓜果祈牛女。蛛丝暗度。似抛掷金梭，萦回锦字，织就旧时句。　　愁云暮，漠漠苍烟挂树。人间心更谁诉？擘钗分钿蓬山远，一样绛河银浦。乌鹊渡，离别苦，啼妆洒尽新秋雨。云屏且驻。算犹胜姮娥，仓皇奔月，只有去时路。

【品读小记】

这是一首七夕词。上片写七夕相会，先破空而出赞颂天上牛郎织女的爱情历经千古“消磨”，至今仍为人们所熟知。继而绘声绘色写人间七夕的传统习俗：男女欢会、妇女乞巧求福的盛景。歇拍句宕开一笔，转而写离妇因丈夫远行而在七夕时的离愁别绪（用典《晋书·窦滔妻苏氏传》中苏蕙织锦为回文璇玑图诗寄夫事）。下片接此意主要写离妇之愁。说人间离妇的怀远思亲，如牛郎织女“一样绛河（即银河）银浦”（“银浦”，可作银河的“南浦”解。“南浦”，常指男女离别处），一样的“离别苦”；在“七夕”这一特别的新秋天，看到别人欢会，便不由得泪如雨下。然而，词人在结拍处却为离妇闪出一道亮色：毕竟嫦娥奔月一去不返，“只有去时路”；而“我”却还不至于如此啊！虽然孤独寂寞，“算犹胜姮娥”呢！于是张开云母画屏，准备休息吧！这种自我宽慰、自我减压，翻出“七夕”离愁的新意。这正是此首七夕词的独到之处。

王恽（三首）

[作者简介]）王恽（1228—1304），字仲谋，号秋涧，卫州路汲县（今河南卫辉市）人。累擢至翰林修撰、同知制诰。卒后追封太原郡公，谥文定。词集名《秋涧先生全集》。

浣溪沙 客亭观涨

老雨长河壮怒涛，客亭夜久听喧号。平明两涘渺江皋。
沙尾没来渔箔短，危檣看处客帆高。斜阳汀草乱青袍。

【品读小记】

王恽为元代名臣，“文章经济，照耀一时，不徒以词章著焉”（近人吴梅《词曲通论》）。清陈廷焯《云韶集》称：“仲谋词骨力甚坚，仿佛孙孟文（光宪）。”此词写“客亭观涨”所见所感，不亚于宋苏舜钦“满川风雨看潮生”之境界。

起句“老雨长河壮怒涛”，刚劲雄肆，直比苏辛，真有如唐司空图所言“天风浪浪，海山苍苍。真力弥满，万象在旁”。“客亭夜久听喧号”，雨声涛声与羁旅之思杂糅一起，恐怕久久难以入眠。“平明两涘渺江皋”，见河水漫涨，有如《庄子·秋水》“泾流之大，两涘渚崖之间，不辩牛马”之景象。元姚燧有句“山接水茫茫渺渺，水连天隐隐迢迢”，胸襟亦是阔大。下片“沙尾没来渔箔短，危檣看处客帆高”，同是一场大雨，渔人与旅客的感受并不相同，且又借人事写自然。唐郑谷句“客帆悬极浦，渔网晒危轩”有异曲同工之妙。结拍句“斜阳汀草乱青袍”，直接引用唐杜甫《渡江》“渚花张素锦，汀草乱青袍”句，时间推移，大雨放晴，渡河有望，与老杜“春江不可渡”异趣迥然。

水龙吟 春流两岸桃花

己未春三月，同柔克济河，中流风雨大作，几覆者再。感念畴昔，为赋此词。且以经事之后，重有所惜云。

春流两岸桃花，惊涛极目吞天去。孤舟缆解，棹歌声沸，渔舠掀舞。云影西来，片帆吹饱，满空风雨。怅淋漓元气，江南图画，烟霏尽，汀洲树。 天地此身逆旅，笑归来、满衣尘土。功名无子，就中多少，艰危辛苦。北去南来，风波依旧，行人争渡。听沧浪一曲，渔人歌罢，对夕阳暮。

【品读小记】

此词写作背景，小序中已言明，为追忆渡河遇险之作。德国哲学家雅斯贝尔斯认为，人处于生死、困厄之际的“临界状况”，会促使人突然觉悟，或者从中感觉到虚无，或者感觉到真实存在。如王阳明龙场悟道，如词人“且以经事之后，重有所惜云”。

此词上片起句“春流两岸桃花，惊涛极目吞天去”，看似景色艳丽，实则波涛汹涌，暗藏凶险。“孤舟缆解，棹歌声沸，渔舠掀舞”，“渔舠”乃小舟，难抵风雨。“云影西来，片帆吹饱，满空风雨”，写中流风雨大作景象。“怅淋漓元气，江南图画，烟霏尽，汀洲树”，词人并未明言“几覆者再”的危难凶急，而是感受到天地之间的淋漓元气与江南烟树的迷离秀美，似有所悟。上片写自然凶险，下片则写人世风波。“天下熙熙，皆为利来；天下攘攘，皆为利往。”恰是“北去南来，风波依旧，行人争渡”的真实写照。结拍句“听沧浪一曲，渔人歌罢，对夕阳暮”，寓有“以出世之心，行入世之事”的含义。宋赞宁大师《居天柱山》的诗句“虽逐诸尘转，终归一念醒”，或许是词人历经渡河之险与宦海风波之后的真切体悟。

鹧鸪天 赠驭说高秀英

短短罗袿淡淡妆，拂开红袖便当场。掩翻歌扇珠成串，吹落谈霏玉有香。 由汉魏，到隋唐，谁教若辈管兴亡。百年总是逢场戏，拍板门锤未易当。

【品读小记】

“驭说”即说书。此词赠予说书女艺人高秀英，称赞其技艺高超，演绎精妙。上片写高秀英说书的情景。“掩翻歌扇珠成串，吹落谈霏玉有香”，用比喻及通感手法，渲染出说书者的艺术魅力。与明张岱《柳敬亭说书》中写柳敬亭“哱夬声如巨钟，说至筋节处，叱咤叫喊，汹汹崩屋”，可谓相映成趣。下片写高秀英说书的内容。“谁教若辈管兴亡”，赋予说书人评判古今的话语权。宋罗烨《小说引子》诗句“讲论只凭三寸舌，秤评天下浅和深”和宋陆游《小舟游近村舍舟步归》诗句“死后是非谁管得，满村听说蔡中郎”，意蕴相类。结拍句“百年总是逢场戏，拍板门锤未易当”，一语双关，既含有词人兴废之叹，又暗喻说书人乃至词人自己的身世之慨和人生感悟。明憨山大师《醒世歌》曰：“休得争强来斗胜，百年浑是戏文场。顷刻一声锣鼓歇，不知何处是家乡。”不啻当头棒喝也！清况周颐《蕙风词话》言：“此词清浑超逸，近两宋风格。”

魏初（一首）

［作者简介］魏初（1231—1292），字太初，号青崖。弘州顺圣（今张家口阳原东城）人。累官至南台御史中丞。有《青崖集》传世。

鹧鸪天　室人降日以此奉寄

去岁今辰却到家，今年相望又天涯。一春心事闲无处，两鬓秋霜细有华。　山接水，水明霞。满林残照见归鸦。何时收拾田园了，儿女团圞夜煮茶。

【品读小记】

词人的一首羁旅词，为夫人生日而作，家常亲和，情真意切，摇人心旌。上片叙别离之事，一句“今年相望又天涯”，道出了多年来与家人聚少离多的辛酸和悲凉；而词人今春尤其思归与家人团聚，因为已经“两鬓秋霜细有华”了！下片抒思归之情。先在情景交融中抒发由“归鸦”而触发的当下归家之思，继而抒发出深沉的归隐之思：词人宦海倦矣，期待的不只是普通的与家人团聚于一时，而是要归隐林泉，去饱赏田园风光，去安享全家不再分离的天伦之乐！“几时收拾田园了，儿女团圞夜煮茶”，佳句也！全词风格隽朗亦幽婉，意蕴深厚且绵长。

卢挚（一首）

［作者简介］卢挚（1242—1314），字处道，一字莘老；号疏斋，又号蒿翁。涿郡（今河北省涿州市）人。任过廉访使、翰林学士。今人有《卢疏斋集辑存》。

清平乐　行郡歙城寒食日伤逝有作

年时寒食，直到清明日。草草杯盘聊自适，不管家徒四壁。
今年寒食无家，东风恨满天涯。早是海棠睡去，莫教醉了梨花。

【品读小记】

有妻则有家，妻亡则家无。这就是词人在歙城（今安徽歙县）写的这首“伤逝”悼亡词所表达出的沉痛感受。上片写往年寒食、清明节时，尽管家境穷困，但有家，亦即有妻子张罗，仍然会有“草草杯盘聊自适”（化用宋王安石诗《示长安君》“草草杯盘共笑语，昏昏灯火话平生”句意）。下片写“无家”的今年寒食清明节，妻子走了，唯有自己的愁苦、悲恨犹如东风“满天涯”！结拍二句说海棠已然“睡去”，剩下能陪伴我的梨花就不能再“醉了”！写极词人在妻子离世后的孤苦和凄凉。上下片的强烈对比极显词人对亡妻的无尽深情和对“家”的无限追怀，伤逝之情感人肺腑。全词含蓄温婉，蕴藉有致，凄恻动人。

梁曾（一首）

［作者简介］梁曾（1242—1322），字贡父，燕（今河北省）人。累官淮安路总管。晚年寓居淮南，日以书史自娱。

木兰花慢 西湖送春

问花花不语，为谁落，为谁开。算春色三分，半随流水，半入尘埃。人生能几欢笑，但相逢、尊酒莫相催。千古幕天席地，一春翠绕珠围。 彩云回首暗高台。烟树渺吟怀。拚一醉留春，留春不住，醉里春归。西楼半帘斜日，怪衔春、燕子却飞来。一枕青楼好梦，又教风雨惊回。

【品读小记】

一首惜春送春的上佳之作，别具一格。该词充满着惜春的痴情眷念，送春的潇洒不拘，留春“拚一醉”的洒脱有致，梦春“风雨惊回”的不尽怅惘。全词写得放情活脱，高迈雅致，充满逸兴奇思。“千古幕天席地”，用魏晋刘伶《酒德颂》“幕天席地，纵意所为”，引为知己。有论者说该词“将一片送春情意，抒写得如此洒落清奇，堪称在千古送春词中又开一新境”（见上海辞书出版社《元明清词鉴赏辞典》）。笔者深以为然。清徐釚甚至在《词苑丛谈》中就此词赞曰：“观此词，孰云元人诗余不如宋哉！”

刘因（二首）

［作者简介］刘因（1249—1293），理学家。字梦吉，号静修。初名骃，字梦骥。雄州容城（今河北容城县）人。元世祖至元十九年（1282）应召，为承德郎、右赞善大夫。卒谥文靖。有《静修集》，收《樵庵词》一卷。

谢池春　我本渔樵

我本渔樵，不是白驹空谷。对西山、悠然自足。北窗疏竹，南窗丛菊。爱村居、数间茅屋。　风烟草屦，满意一川平绿。问前溪、今朝酒熟。幽禽歌曲，清泉琴筑。欲归来、故人留宿。

【品读小记】

刘因，元代硕儒，陶渊明式的隐士，自号“雷溪真隐”，性格率真洒脱，《元史》称其为“宇内不常有”的精英人物。清况周颐《蕙风词话》云：“余遍阅元人词，最服膺刘文靖，以谓元之苏文忠可也。”这首中调词详细而生动地描述了词人的隐居环境，表达出词人“我本渔樵”“满意一川平绿”的“悠然自足”的隐居生活状态。从中，我们足可体悟到词人对大自然、对本色生活的热爱，及其高迈脱俗、高雅飘逸的生活情趣。明杨慎《词品》评此词“不惟有隐士出尘之想，兼如仙客御风之游矣。昔人谓‘诗情不似曲情多’，信然”。

清平乐　饮山亭留宿

山翁醉也，欲返黄茅舍。醉里忽闻留我者，说道群花未谢。

脱巾就挂松龛，觉来酒兴方酣。欲借白云为笔，淋漓洒遍晴岚。

【品读小记】

刘因的隐居山水诗词往往逸兴遄飞、豪情风发，平常景物也可发情致兴会之独到。这首题为《饮山亭留宿》的小令当为一例。自称“山翁”的词人醉饮山亭，因“群花未谢”而发逸兴，进而挂巾留宿；早晨醒来又突发奇想:“欲借白云为笔”，挥洒出山间飘忽的雾气。词人简直欲与大自然物我一体了！此小令散发出的“神与物游”（南朝刘勰《文心雕龙·深思》）之奇情逸趣，尽显词人洒脱飘逸的生活状态。

赵孟頫（一首）

［作者简介］赵孟頫（1254—1322），字子昂，号松雪，松雪道人，又号水晶宫道人、鸥波，中年曾作孟俯，吴兴人。工绘画，善楷书。累官翰林学士承旨、荣禄大夫。有《松雪斋文集》等传世。

蝶恋花 侬是江南游冶子

侬是江南游冶子，乌帽青鞋，行乐东风里。落尽杨花春满地。萋萋芳草愁千里。　　扶上兰舟人欲醉，日暮青山，相映双蛾翠。万顷湖光歌扇底，一声催下相思泪。

【品读小记】

该游春词写于宋覆亡之后，寄托的是黍离之悲、故国之思。上片叙游春事，以景寄情。被人称为“风流文采，冠绝当时”（见近人吴梅《词学通论》）的词人乃宋王室之后，此时的身份则已是“乌帽青鞋”的普通百姓，并满不在乎、不无辛酸地自嘲为“游冶子”，即浪迹江湖之浪荡子也！词人说自己“行乐东风里”，但不过是把春已去的“落尽杨花”当成了“春满地”；而看到无穷无尽的萋萋芳草，作为宋室王孙的词人心中，又不由得涌起南唐后主李煜所描述的“离恨恰如春草，更行更远还生”（《清平乐·别来春半》）那样的“愁千里”！这就含蓄而又深沉地表达出了难言的亡国之哀和故国之思。下片写游湖景，情融景中。在兰舟载醉中，在湖光山色里，在美景清歌处，结拍句托出词人沉痛的故国之思：“一声催下相思泪”！全词情景交融，浑成熨帖，情思厚重，意境悲凉，读来颇耐人寻味。

张玉孃（一首）

［作者简介］张玉孃，生卒年不详，字若琼，自号一贞居士，松阳人。宋亡后存世，未几亦卒，年二十八。有《兰雪集》传世。

浣溪沙　秋夜

玉影无尘雁影来，绕庭荒砌乱蛩哀。凉窥珠箔梦初回。
压枕离愁飞不去，西风疑负菊花开。起看清秋月满台。

【品读小记】

张玉孃是元代一位难得的女词人。这首颇具匠心的月夜怀远闺情词，写得新颖别致，深婉凄美，语丽情浓，反映出女词人精湛的写作技巧和深厚的艺术修养。“压枕离愁飞不去，西风疑负菊花开”二句，可谓妙笔生花：前一句诉离愁压枕，是表白女主人公离愁之沉重；后一句疑西风负菊，是担心远行郎会不会有负相思人。这一联温婉而意深、形象而贴切的佳句，生动细致地描绘出了女主人公的心理活动，应是本词主旨之所在。

张埜（三首）

［作者简介］张埜，生卒年不详，延祐、至治年间在世。字埜夫，号古山，邯郸人。官至翰林编修，有《古山乐府》集。

念奴娇 题钓台

钓台千尺，问谁曾占断，一江新绿。试拜先生眉宇看，何地可容荣辱。遥想当年，故人邂逅，以足加其腹。书生常事，可怜惊骇流俗。 应恨惹起虚名，平生正坐，误识刘文叔。笑杀君房痴到底，燕雀焉知鸿鹄。万叠云山，一丝烟雨，比得三公禄。高风千古，冷香聊荐秋菊。

【品读小记】

东汉严光，字子陵，曾与后为光武帝的刘秀（字文叔）同游学，刘曾多次征诏严光为官，严坚不受而长期隐居耕钓于富春江畔（钓台故址在今浙江桐庐县境）。本词以浓郁的仰慕敬佩之情，赞颂严光的高士风范。堪称名句的“万叠云山，一丝烟雨，比得三公禄”（“三公”指古代朝廷司徒、司空、太尉，乃人臣之极位），点出本词主旨，赞扬了严光不慕名利、寄情山水的价值观和高洁人格。词中用典信手拈来而又十分贴切，紧扣主题而又形象生动，为本词生色良多。如“笑杀君房”句用典：东汉初，位列三公的侯霸（字君房）派人奉书谒严光，时严箕踞抱膝读书，问来人君房状况，答“位已鼎足，不痴也”。光曰：“卿言不痴，是非痴语也。天子征我，三乃来。人主尚不见，当见人臣乎？”（晋皇甫谧《高士传》）词人据此故事，嘲笑揶揄侯霸“痴到底”了，因为“燕雀安知鸿鹄之志”，这就进一步生动昭示了严光清高的精神世界。

水龙吟 岭头一片青山

酹辛稼轩墓，在分水岭下

岭头一片青山，可能埋得凌云气。遐方异域，当年滴尽，英雄清泪。星斗撑肠，云烟盈纸，纵横游戏。漫人间留得，阳春白雪，千载下，无人继。　不见戟门华第，见萧萧竹枯松悴。问谁料理，带湖烟景，瓢泉风味。万里中原，不堪回首，人生如寄。且临风高唱，逍遥旧曲，为先生酹。

【品读小记】

这是一首凭吊伟大爱国词人辛弃疾的词章。作者高度评价辛词豪迈纵横“千载下，无人继”的巨大艺术成就，也充满对忠烈英雄壮志难酬的无限感慨。辛弃疾南渡后曾被长期投闲置散，先后安家闲居于带湖（今江西上饶市郊）、瓢泉（今江西铅山县境）达二十余年之久，最后老死葬于瓢泉附近的分水岭。上片开篇即由山色苍翠的写景中引出对辛的赞颂，一句“可能埋得凌云气”的反问，既统领全词，又深沉表达了对辛的肃然起敬：辛的英灵永在，他的凌云豪气一直在激励着后人！“星斗”句以下，则在倾怀赞叹中语含辛酸。下片继续借眼前景抒感慨情，“问谁”三句何其悲凉，“万里”三句何其悲壮！结拍三句的高歌酹酒，表达了作者对辛弃疾永恒的深深敬意。或许，此词也曲折表达了作者对当时元朝统治者的愤懑情怀。

沁园春 宿瓜洲城

瓜步城闉，烟树西津，几回往来。尽洪涛千丈，鱼龙出没；苍颜十载，鸥鹭惊猜。驿馆荒凉，征鞍牢落，寄语楼船且莫开。今宵里，要江声一枕，洗涤羁怀。　侵晨风定潮回，便挂起、云帆亦快哉。爱金山东畔，天开罨画；银山南下，地涌诗才。冲破晴岚，拂开苍藓，欲纪兹行百尺崖。还停笔，怕吟鞭犹带，京国尘埃。

【品读小记】

清陈廷焯《云韶集》曰：“古山词，揖让进退，去南宋诸家未远。”瓜州即瓜洲，在扬州南，与镇江隔江相望，是古代中国长江下游的著名津渡。词人来到瓜州写下的这首羁旅抒怀之作，就是这样一首无衰飒之气、见昂扬之态之佳构。

上片起句“瓜步城闉，烟树西津，几回往来”，点明漂泊之意。“尽洪涛千丈，鱼龙出没”，写瓜步渡江之险。唐骆宾王《渡瓜步》有句“惊涛疑跃马，积气似连牛”。“苍颜十载，鸥鹭惊猜”，化用宋辛弃疾“平生塞北江南，归来华发苍颜”及“凡我同盟鸥鹭，今日既盟之后，来往莫相猜”词句。“驿馆荒凉，征鞍牢落，寄语楼船且莫开”，则化用宋陆游“楼船夜雪瓜洲渡，铁马秋风大散关”诗句，写羁旅之苦。“今宵里，要江声一枕，洗涤羁怀”，苦中求乐，聊以自慰也，如宋苏东坡“倚仗听江声”。下片写次晨起航后的畅快之情，“天开罨画”“地涌诗才”，天地与心境均开阔。“冲破晴岚，拂开苍藓”，足见词人欣悦之情。明顾应祥有诗句“拂开苍藓看碑碣，酌取清泉洗肺肠”，可为隔代知音。结拍句“还停笔，怕吟鞭犹带，京国尘埃”，欲做还休，为矫枉过正之笔，令词风曲婉有致，风味隽永。

王旭（一首）

［作者简介］王旭，（生卒年不详，约1264年前后在世），字景初，号兰轩，东平（今属山东）人。早年家贫，教书为业。有《兰轩集》传世。

大江东去　离豫章，舟泊吴城山下作

南游三载，只江山、不负中原诗客。万里行装无别物，满意风云泉石。牛斗星边，灵槎缥缈，鬓影银河湿。哀歌谁和？剑光摇动空碧。　　回首帝子长洲，洪崖仙去，风雨鱼龙泣。海外三山何处是，黄鹤归飞无力。天下佳人，袖中瑶草，日暮空相忆。乾坤遗恨，月明吹入长笛。

【品读小记】

按天文志，牛斗两星宿在地上对应的分野是吴越扬州之地，古豫章（今江西南昌）属吴地。灵槎，乃指“汉武帝令张骞使大夏，寻河源，乘槎经月而去”（《岁时广记》引《荆楚岁时记》）遇见牛郎织女事。“帝子长洲”，乃化用唐王勃《滕王阁序》“临帝子之长洲，得天人之旧馆”。“洪崖”，仙人名，其修炼处在今南昌新建境。此词上片作者自伤身世，通过自叙羁旅行役事，慨叹唯有江山不负我，自慰“万里行装无别物，满意风云泉石”。然又在用典中发问：“哀歌谁和？”归根到底还是失意情怀满满。下片进一步借题抒怀，叹成仙无道，遁世无门，而要做唐杜甫在《佳人》诗中塑造的“天寒翠袖薄，日暮倚修竹”之空谷幽居的高洁美人形象，也只能“空相忆”。既抒发了进退不能的身世苦闷，也表达了穷且益坚、决不曲身随俗的节操情怀。结拍二句，慷慨悲歌，令人感叹。

周权（一首）

［作者简介］周权（1275—1343，）字衡之，号此山，处州（今浙江丽水）人。有《此山集》传世。

沁园春 笑此山人

笑此山人，抛却白云，又来玉京。忆太华黄河，曾观钜丽；轻衫短帽，只恁飘零。鸥鹭洲边，杉萝溪上，尽可渔樵混姓名。瓶无粟，有西山芝熟，南涧芹生。　底须役役劳形，但方寸宽闲百念轻。况末路逢人，眼应多白；东风吹我，鬓已难青。酒浪翻杯，剑霜闪袖，磊块频浇未肯平。何妨去，借《相牛经读》，料理归耕。

【品读小记】

周权一生未仕，以处士（“山人”）闻于世。此词由自嘲起，通过追忆、后悔、怨艾、反省等心理描述，倾诉了“又来玉京（京城）”的失望，悲叹世态炎凉，岁月无情。既如此，又何必“底须役役劳形”，尽管胸中“磊块频浇未肯平”，还是在百般无奈之中决计退而“料理归耕”，重过那“但方寸、宽闲百念轻”的生活。这是一首既嘲讽又严肃的剖解自我的词作，倾诉了那个时代许多知识分子壮志难酬的人生苦闷。

贯云石（一首）

[作者简介] 贯云石（1286—1324），字浮岑，号成斋，疏仙，酸斋。出身高昌回鹘畏吾人，祖父阿里海涯为元朝开国大将。原名小云石海涯，因父名贯只哥，即以贯为姓。拜翰林侍读学士、中奉大夫，知制诰同修国史。后隐居钱塘，自号“芦花道人”。有《酸斋乐府》传世。

水龙吟　咏扬州明月楼

晚来碧海风沉，满楼明月留人住。琼花香外，玉笙初响，修眉如妒。十二阑干，等闲隔断，人间风雨。望画桥檐影，紫芝尘暖，又唤起、登临趣。　　回首西山南浦，问云物、为谁掀舞。关河如此，不须骑鹤，尽堪来去。月落潮平，小衾梦转，已非吾土。且从容对酒，龙香涴茧，写平山赋。

【品读小记】

扬州明月楼，赵孟頫过扬州曾赠“春风阆苑三千客，明月扬州第一楼”盛赞。贯云石此词则宛如一幅令人流连忘返的月夜清赏图，与赵氏联有异曲同工之妙，而内涵更为丰富。上片起句即直入月朗风轻的夜景，“满楼明月留人住”，佳句也。“琼花”以下六句从不同侧面勾画隔离喧嚣尘世的明月楼别有天地，一派高雅、风流、富贵之气象。接下来词人融入其中，一“望”一“登”，铺垫了下片。下片写登楼远眺，重在抒情。既写登楼之愉悦，又寄托“不须骑鹤，尽堪来去”的神游天地、物我而一的悠然自得。“骑鹤”，南朝梁殷芸《殷芸小说》中有“腰缠十万贯，骑鹤上扬州”这一赞誉，扬州乃富贵之乡、游冶之都之一说，这里引此典自然反衬出明月楼之美、之盛、之富贵气象。“月落”三句，化用东汉王粲《登楼赋》“虽信美而非吾土兮，曾何足以少留”之句意，表达了对明月楼的不舍之情。结拍的“从容对酒”云云，则彰显出作者通脱清雅、谦和恬适的文人情怀。

李齐贤（一首）

［作者简介］李齐贤（1288—1367），字仲思，号益斋、栎翁，高丽人。谥文忠。1315 年由高丽来中国，1341 年回国。有《益斋乱稿》《栎翁稗说》等。

水调歌头　过大散关

行尽碧溪曲，渐到乱山中。山中白日无色，虎啸谷生风。万仞崩崖叠嶂，千岁枯藤怪树，岚翠自濛濛。我马汗如雨，修径转层空。　　登绝顶，览元化，意难穷。群峰半落天外，灭没度秋鸿。男子平生大志，造物当年真巧，相对孰为雄。老去卧丘壑，说此诧儿童。

【品读小记】

大散关，又称散关，位于今陕西宝鸡市西南大散岭上，古为往来秦蜀之要道，兵家必争之地。三国时曹操、诸葛亮等均曾在此用兵，南宋时曾以此关为西部边界。陆游入蜀为官时也曾在此与金兵对峙。本词上片写景，描述大散关一带山川形势，雄伟中见秀美，亲临之则艰辛。下片抒怀，由“过”散关登高远望而豪情满怀、而慷慨生哀，既抒“男子平生大志”之激烈壮怀，又发“老去卧丘壑”之隐逸清思。全词情景交融，想象力丰富，词风清新雄浑，有苏辛遗风。

张翥（三首）

［作者简介］张翥（1287—1368），字仲举，号蜕岩，又号蜕庵，晋宁（今山西临汾）人。至正初年（1341）被征召为国子助教。后升至翰林学士承旨。今存《蜕庵诗集》。词有《蜕岩词》二卷。

百字令 芜城晚望

碧天向晚，远云开疑是、江南山色。渺渺孤鸿残照外，独上高城望极。鸡散台空，萤沉苑废，龙去沟无迹。英雄安在，千秋恨血凝碧。　我欲携酒重来，佛狸祠下，字暗苍苔石。社鼓神鸦浑不见，一片青青荠麦。夜月琼枝，春风水调，肯慰淹留客。翩然归去，天风扶下双舄。

【品读小记】

广陵（今江苏扬州），自西汉以来就是古代中国位于东南地区的一大都会。南朝宋武帝大明三年（459），这座历尽沧桑的历史名城又一次遭遇兵燹之灾，当时的辞赋家鲍照目睹原本"才力雄富""歌吹沸天"的广陵，"竟瓜剖而豆分"，一片残败荒芜，写下了著名的令人心碎的《芜城赋》，从此广陵遂有"芜城"别称。从那时到词人填写这首《百字令》（即《念奴娇》）的数百年间，这座名城又已随隋、唐、宋三朝的兴衰变迁而屡经兴废。词人来此不由得登临怀古，俯仰天地，"观古今于须臾，抚四海于一瞬"（陆机《文赋》），写下了这首格调苍凉、感极而悲的词章。该词歇拍发出"英雄安在，千秋恨血凝碧"的感慨，其意与南朝鲍照《芜城赋》篇末发出的"千龄兮万代，共尽兮何言"的浩叹显然相通，人们从这两篇作品中都能感受到当时严酷的社会现实。该词上片提及的斗鸡台、放萤苑、御沟水，都是隋炀帝时繁荣扬州的标志；下片提及的佛狸祠，为北魏太武帝拓跋焘（小名佛狸）在瓜步山所建的行宫，后改为祭祀他的祠庙。词中还化用了宋辛弃疾《永遇乐》“可堪回手，佛狸祠下，一片神鸦社鼓”，宋姜夔《扬州慢》“过春风十里，尽荠麦青青”、唐徐凝《忆扬州》“天下三分明月夜，二分无赖是扬州”等语意，使全词格外沉郁苍茫。清陈廷焯《白雨斋词话》以为：“仲举词树骨甚高，寓意亦远。元词之不亡者，赖有仲举耳。”此词气象不凡，当可验此一家之论一二否?

六州歌头　孤山寻梅

孤山岁晚，石老树查牙。逋仙去。谁为主？自疏花，破冰芽。乌帽骑驴处，近修竹，侵荒藓；知几度，踏残雪，趁晴霞？空谷佳人，独耐朝寒峭，翠袖笼纱。甚江南江北，相忆梦魂赊。水绕云遮，思无涯。　　又苔枝上，香痕沁，幺凤语，冻蜂衙。瀛屿月，偏来照，影横斜，瘦争些。好约寻芳客，问前度，那人家。重呼酒，摘琼朵，插鬓鸦。唤起春娇扶醉，休孤负锦瑟年华。怕流芳不待，回首易风沙，吹断城笳。

【品读小记】

北宋诗人林逋，字君复，后世称和靖先生，曾长期在西湖孤山过着“梅妻鹤子”的隐居生活，从此孤山梅便与林逋相联系，大词人辛弃疾就曾感叹说：“自有渊明方有菊，若无和靖即无梅。”（《浣溪沙·百世孤芳》）孤山寻梅赏梅一类诗词也就蕴涵了沉郁古雅之风韵了。这首词就是其中的名篇之一。

上片写寻梅，下片则写赏梅惜梅。上片在多层次动态景物描写中，抒发了词人对幽峭孤寂中的梅花遭受冷遇的怜惜、对梅花凌寒破冰独自开之高洁品性的钦佩、对林逋超凡脱俗的深情追念。上片最后四句，则将眼前孤山之梅扩及江南江北各地之梅，进一步展现了词人钟爱梅花的无限情趣。下片先写赏梅，“又苔枝上”八句，工笔画般精细刻画出绽开不久的早梅嫩葩之优雅姿态和生机活力；“好约寻芳客”以下，细致地描绘一众赏梅的逸兴，尽显雍容潇洒。而在赏梅的风流倜傥中，笔锋转出“休孤负、锦瑟年华”，得使全篇在惜梅进而惜时的惆怅情绪中结拍，赏梅的余韵也就更加悠长。

多丽　晚山青

西湖泛舟夕归，施成大席上以“晚山青”为起句，各赋一词

晚山青，一川云树冥冥。正参差、烟凝紫翠，斜阳画出南屏。馆娃归、吴台游鹿，铜仙去、汉苑飞萤。怀古情多，凭高望极，且将尊酒慰飘零。自湖上、爱梅仙远，鹤梦几时醒？空留在、六桥疏柳，孤屿危亭。　　待苏堤、歌声散尽，更须携妓西泠。藕花深、雨凉翡翠，菰蒲软、风弄蜻蜓。澄碧生秋，闹红驻景，采菱新唱最堪听。见一片、水天无际，渔火两三星。多情月、为人留照，未过前汀。

【品读小记】

这首杭州西湖游记词，上片写登高所见所思，下片写临水所见所感。全词一方面饱蘸感情地写尽西湖晚景夜色的丰富多彩、旖旎秀美，使人在湖光山色、水天无际、卧桥危亭、翠荷烟柳、菱歌渔火、花好月明等等之中，感受到大自然的美好和人世间的愉悦。另一方面，词人又触景生情，见到吴台汉苑（按：“馆娃”“吴台”，原指吴王夫差在苏州灵岩山为西施建的馆娃宫；“铜仙”“汉苑”，原指汉武帝在长安所铸手持承露盘的金铜仙人），抒发了深沉的亡国之痛和故国之思；想到西湖上“梅妻鹤子”林逋，发出了归隐故人何去的人生感叹，使人在怀古伤今中感受到了苍凉而迷茫的另一番意境。此词文笔清丽流婉，“气度冲雅”（近人吴梅《词学通论》），将西湖美轮美奂的自然景观与词人深沉激荡的人文情怀完美地交融于一体，且“用韵尤严”，其风致神韵令人感佩称奇，实乃上佳之作也。

萨都剌（五首）

［作者简介］萨都剌（约1272—1355），字天锡，号直斋。回族（一说蒙古族）。其先世为西域人，出生于雁门（今山西代县）。累迁江南行台侍御史，左迁淮西北道经历，晚年居杭州。工书法、绘画。有《雁门集》传世。

满江红　金陵怀古

六代豪华春去也、更无消息。空怅望，山川形胜，已非畴昔。王谢堂前双燕子，乌衣巷口曾相识。听夜深、寂寞打孤城，春潮急。　思往事，愁如织。怀故国，空陈迹。但荒烟衰草，乱鸦斜日。玉树歌残秋露冷，胭脂井坏寒螀泣。到如今、只有蒋山青，秦淮碧！

【品读小记】

这是历代“金陵怀古”词乃至整个怀古诗词中的名篇之一。它与其他怀古诗词不同的显著特色，就在于它并没有对任何具体的“古”做出自己的价值判断或政治判断，也没有借古讽今或借以浇自己胸中块垒，而是在怀古中深切淋漓地抒发了“人事有代谢，往来成古今”（唐孟浩然《与诸子登岘首》）“兴废由人事，山川空地形”（唐刘禹锡《金陵怀古》）这类的浩叹，揭示出历史盛衰兴废、人事烟云飘忽，但时间却永恒、江山却永在，这一人类活动与宇宙关系的更为根本、更具普遍性的问题，构筑出一种特别的、无可奈何的悲剧氛围，因而获得了更为普遍、更为深切的共鸣。而此词出色的今与古对比、人事与山川对比的艺术手法，典型历史事件与典型景物相匹配、相映衬的艺术渲染，化用前人诗意的信手拈来、浑然天成，清醒、理性、冷峻的笔法，都使本词词风沉郁苍凉，令人悲慨无限，具有动人心魄的艺术力量。近人吴梅《词学通论》以此词为例，说萨都剌词“长调有苏辛遗响”，当评也。

念奴娇 登石头城次东坡韵

石头城上，望天低吴楚，眼空无物。指点六朝形胜地，惟有青山如壁。蔽日旌旗，连云樯橹，白骨纷如雪。一江南北，消磨多少豪杰。　寂寞避暑离宫，东风辇路，芳草年年发。落日无人松径里，鬼火高低明灭。歌舞尊前，繁华镜里，暗换青青发。伤心千古，秦淮一片明月！

【品读小记】

这篇词作与《满江红·金陵怀古》，堪称词人在古今名胜之地金陵怀古吊今的姊妹篇，同为千古名作。此词步韵宋苏轼《念奴娇·赤壁怀古》，笔力雄健，大气磅礴，颇得苏翁神髓。上片大处落笔，雄视古今，写景开阔辽远，抒怀宽广深沉。在指点历史的冷静、冷峻甚至冷酷且由豪情到悲情的笔调中，幽深、悲怆的怀古吊古情绪扑面而来，令人为之动容。歇拍句“一江南北，消磨多少豪杰”，何其沉痛！多么耐人咀嚼、回味！下片细处着墨，“寂寞”句以下五句细致的景象描写，无声地揭示了一种铁律：历史上的一切繁华乃至“万世基业”都已流逝、消失了。上片已经显露的悲情在这里继续“发酵”、丰满、延伸；转而又进一步联系到“暗换青青发”的人生之短暂，这就从悲古人转到悲自身了。于是，作者凄怆难禁的情怀为我们留下了悲凉沉重的结拍句：“伤心千古，秦淮一片明月。”令人动容，其味无穷！

木兰花慢 彭城怀古

古徐州形胜，消磨尽，几英雄？想铁甲重瞳，乌骓汗血，玉帐连空。楚歌八千兵散，料梦魂，应不到江东。空有黄河如带，乱山起伏如龙。　　汉家陵阙动秋风，禾黍满关中。更戏马台荒，画眉人远，燕子楼空。人生百年如寄，且开怀，一饮尽千钟。回首荒城斜日，倚阑目送飞鸿。

【品读小记】

这是萨都剌又一首或堪与其《满江红·金陵怀古》《念奴娇·登石头城》齐名、均系“为情而造文”（南朝刘勰《文心雕龙·情采》）的怀古佳作。彭城（即徐州）及附近一带，乃西楚霸王项羽、汉高祖刘邦于秦末起兵崛起之地，楚汉相争则以刘邦胜利而告终。词人来到徐州，很自然地以此作为凭吊对象而大发兴亡之叹。上片主要勾画项羽盛时的英雄声威，和垓下兵败的悲壮结局，就此发出了“空有黄河如带”（当时黄河流经徐州）的悲叹。下片转头即化用唐李白《忆秦娥》“西风残照，汉家陵阙”、唐杜牧《登乐游园》“看取汉家何事业？五陵无树起秋风”句意，点明当初胜利者的汉家基业也早已是“禾黍满关中”（暗用“黍离之悲”典）了！词人俯仰古今品味当年的楚汉相争，并没有评判双方的是非功过，而是慨叹胜败两者都已殊途同归于历史的“消磨”之中了。正如词人所问：“古徐州形胜，消磨尽，几英雄？”苍凉满怀的词人，不由得由此而感叹人生诸事，都会如同戏马台（项羽观看兵马操演之土台）、画眉人（汉张敞为其妻画眉）、燕子楼（唐节度使张愔为爱妾关盼盼建燕子楼）等等一样“荒”“远”“空”，在这种情绪无法排解中也就只能借酒浇愁了。然而，这种沉郁悲凉又岂是“千钟”所能解？于是逼出了形象鲜明、令人回味无穷的结拍句：“回首荒城斜日，倚阑目送飞鸿。”层层心澜，尽在“倚阑”无语中了。该词兴寄高远，情感深沉，写得既汪洋恣肆，豪放雄浑，又古朴凝重，沉郁悠长。

小阑干 去年人在凤凰池

去年人在凤凰池，银烛夜弹丝。沉火香消，梨云梦暖，深院绣帘垂。 今年冷落江南夜，心事有谁知。杨柳风和，海棠月淡，独自倚阑时。

【品读小记】

萨都剌晚年也只是位八九品的小吏，却于元宁宗至顺三年（1322）六十岁时，由京城大都（今北京）翰林国史院（此词中以“凤凰池”代指）调任设在建康（今南京）的江南诸道御史台掾史。这首《小阑干》(即《千秋岁》)，上片描述词人“去年”在京城的高雅闲逸，下片描述当下在江南的冷落孤清，这两地的生活情境形成了强烈对比，反映出词人被赶出京城的不满心境和悲凉情怀。全词构思精巧，笔法清新，寄情含蓄；结拍三句以美景抒哀情，尤令人印象深刻，所谓“以乐景写哀，以哀景写乐，一倍增其哀乐”(明王夫之《薑斋诗话》)是也。近人吴梅《词学通论》中评此词“殊清婉可诵”，笔者以为然。

卜算子 泊吴江夜见孤雁

明月丽长空，水净秋宵永。悄无乌鹊向南飞，但见孤鸿影。 自离边塞路，偏耐江波静。西风鸣宿梦魂单，霜落蒹葭冷。

【品读小记】

这首羁旅词反映了词人由京城大都（今北京）谪江南小吏后，一次途经吴江（今属江苏）夜泊中所流露出的孤寂抑郁心境，写得清婉流丽。上片写词人见孤雁的环境，朗月秋水的辽远空阔与乌鸦无踪、孤雁影单形成了强烈的对比；下片集中写秋来南飞的孤雁，展现的是西风霜冷中，夜栖于蒹葭丛中“宿梦魂单”而又“偏耐江波静”的困境。全词借孤雁以托怀，流露出词人坎坷仕途中郁郁不得志的孤寂无助和落寞悲凉。此词明显受宋苏轼《卜算子·黄州定慧院寓居作》之影响，两词同写孤雁，实际上都是写自己，皆意境苍凉，声情低回。若两词并读，会有共旨异趣之味。

倪瓒（一首）

[作者简介] 倪瓒（1301—1374），初名珽，字元镇，号云林，又署云林子、荆蛮民、幻霞子等。江苏无锡人。擅绘画。与黄公望、王蒙、吴镇合称“元四家”。有《清闷阁集》。

江城子　满城风雨近重阳

满城风雨近重阳，湿秋光，暗横塘。萧瑟汀蒲岸柳送凄凉。亲旧登高前日梦，松菊径，也应荒。　　堪将何物比愁长？绿泱泱，绕秋江。流到天涯盘屈九回肠。烟外青蘋飞白鸟，归路阻，思微茫。

【品读小记】

这是将游子情怀诉诸笔端的词作。长期流寓吴中的作者，在重阳佳节来临之际用心写出这篇语言简朴、用典自然、晓畅易懂而又功力深厚之作。值得玩味的是，这首写于金秋时节、尽显浓郁乡愁和幽深亲情的思乡之作，却选择了“满城风雨”“湿秋光”的天气入墨，“满城风雨近重阳”，佳句也。全词意象暗淡、境界凄清、格调哀婉，并在“归路阻”的满怀惆怅中结拍。这些固然构成了本词清逸淡婉的艺术风格，但也从一个侧面反映了作者“盘曲九回肠”的人生道路、“伤心莫问前朝事”（词人《人月圆》词句）的社会悲愤和长期客居他乡的苦闷生活。

明代　四十一首

历代词选六百首品读

第肆辑

谢应芳（三首）

［作者简介］谢应芳（1296—1392），字子兰，号龟巢，常州武进（今属江苏）人。隐白鹤溪上，名其室为“龟巢”，因以为号。有《辨惑编》《龟巢集》传世。

蓦山溪 遣闷，至正丙申作

无端汤武，吊伐功成了。赚尽几英雄，动不动、东征西讨。七篇书后，强辨竟无人，他两个，至诚心，到底无分晓。 髑髅满地，天也还知道。谁解挽银河，教净洗、乾坤是好。山妻笑我，长夜饭牛歌，这一曲，少人听，徒自伤怀抱。

【品读小记】

这是一首感史伤时反战词。词人生逢乱世，有感于群雄并起、兵连祸结、民不聊生，而出此乱世悲歌。上片由歌颂商汤伐夏桀、武王伐商纣“功成”起，却出人意料地揭示出由此引起了（“赚尽”）千百年来“动不动、东征西讨”的战乱。那《武经七书》(《孙子兵法》《吴子兵法》《六韬》《司马法》《黄石公三略》《尉缭子》《李卫公问对》) 关注的主要是战争韬略，并不太过问正义非正义，因而尽管商汤、周武二人“至诚心”起事，但也已淹没在众多战乱中而“到底无分晓”了。下片进而抒发了词人的反战情怀，表达了对生灵涂炭的悲愤，对和平安宁生活的向往，却又无解如何去洗净乾坤，最后也只能“徒自伤怀抱”、长歌当哭了。该词时代感强，有思想深度；语言虽近乎俚俗，主题却十分严肃。

满江红　吴江阻风

怪底春风，要将我、船儿翻覆。行囊里、是群贤相赠，数篇珠玉。江上青山吹欲倒，湖中白浪高于屋。幸年来、阮籍惯穷途，无心哭。　归去也，瓶无粟。吟啸处，居无竹。看造物、怎生安顿，老夫盘谷。第四桥边寒食夜，水村相伴沙鸥宿。问客怀、那有许多愁，三千斛。

【品读小记】

此词写吴江行舟阻风遇险所历所感，既豁达又抑塞，既豪迈又潦倒，以阮籍、陆龟蒙等先贤自况，一吐世乱穷愁之垒块。

上片写吴江阻风之事。起句“怪底春风，要将我、船儿翻覆”，直接点题，和煦的春风竟有覆舟之虞，出人意料，故言“怪”也。“行囊里、是群贤相赠，数篇珠玉”，词人与古人为友，当为先贤往圣之篇章也，亦是词人最大的财富。“江上青山吹欲倒，湖中白浪高于屋”，写风急浪高之凶险，暗寓乱世景象。“幸年来、阮籍惯穷途，无心哭”，经历过多的世间风浪，已见“怪”不怪，哀莫大于心死矣！下片“归去也，瓶无粟。吟啸处，居无竹”，用陶渊明、苏东坡之典故，有欲隐不得、进退无据之慨。“看造物、怎生安顿，老夫盘谷”，用唐韩愈“嗟盘谷之乐兮”句意，既听天由命又桀骜不驯的形象跃然纸上。清陈廷焯曰“此老豪壮风流之甚”(《云韶集》)。“第四桥边寒食夜，水村相伴沙鸥宿”，风浪催舟，至陆龟蒙隐居处，当行则行，当止则止，意图随遇而安。结拍句以“三千斛”喻愁之多，可见仍无法释怀。

贺圣朝　吴淞旧雨

马公振见访，以词留别，喜而和之。

吴淞旧雨相邻住，喜复来今雨。那时因遇，十年艰险，剑头炊黍。　如今相见，衰颜醉酒，似经霜红树。湖山佳处，登高望，远遍题诗去。

【品读小记】

这是一首友人间的唱和词，展示了乱世之秋朋友间真挚的友情。上片表达二人久别重逢的欢欣，追忆十年前相邻而居、历险遇难、共度时艰的苦难生活。下片极写今日相见的欢愉、老当弥壮的豪迈心志，以及优游林下、笑傲江湖的生活预期。全词格调高迈，境界开阔，风神高逸。清况周颐《蕙风词话》就此词“如今相见，衰颜醉酒，似经霜红树”三句评：“衰老乱离之感，言之蕴藉乃尔，令人销魂欲绝。”

梁寅（一首）

［作者简介］梁寅（1303—1389），字孟敬，号石门，新喻县（今江西省新余市）人。晚年在家乡石门书院讲学，被称为“梁五经”。有《石门词》传世。

浪淘沙　夜雨

檐溜泻泉声，寒透疏棂。愁如百草雨中生。谁信在家翻似客，好梦先惊。　　花发恐飘零，只待朝晴。彩霞红日照山庭。曾约故人应到也，同听啼莺。

【品读小记】

这首小令抒发了词人夜雨中、雨霁后的不同心境。夜间大雨如注，词人忧心如焚，尽显惜花之情。清晨雨过天晴，词人原定要与邀约而来的客人赏花，现在则只能临时改为“同听啼莺”了，反映了词人通达自如、随遇而安的心性。全词结构严谨，层层深入；景生情，情生景，情感自然流动而舒展。“愁如百草雨中生”，佳句也。

舒頔（一首）

［作者简介］舒頔（1304—1377），字道原，号贞素先生，绩溪（今属安徽省）人。归隐时曾结庐为读书舍，其书斋取名“贞素斋”。有《贞素斋集》《北庄遗稿》等传世。

小重山 端午

碧艾香蒲处处忙，谁家儿共女，庆端阳？细缠五色臂丝长。空惆怅，谁复吊沅湘？ 往事莫论量。千年忠义气，日星光。《离骚》读罢总堪伤。无人解，树转午阴凉。

【品读小记】

这首小令以吟咏端午节庆为发端，发自肺腑地抒发了对屈原伟大人格的赞颂和深沉的缅怀之情。全词结构精巧，转承有序；画面生动，感情真挚；现实与历史交融，广度与深度并重。一句“谁复吊沅湘”，叹时迁势易，令人感慨万端；一句“无人解，树转午阴凉”，无奈中的自慰，令人嗟叹不已。

邵亨贞（二首）

[作者简介] 邵亨贞（1309—1401），字复孺，号清溪。云间（今上海松江）人。曾任松江训导。终于儒官，足迹不出乡里。有《野处集》《蚁术词选》传世。

虞美人　谢张芳远惠杏花

闭门日日听风雨，不道春如许。老来犹自爱看花，及至看花双眼被愁遮。　　杏花不改胭脂面，愁里惊相见。花枝犹可慰愁人，只是鬅鬙短鬓不禁春。

【品读小记】

该词表达了深居简出的词人，接受友人赠送杏花时复杂的心理感受。愁苦、惊喜、激动、悲从中来、物是人非、岁月不居等情感，在这首小令中一层一层地展示出来，起伏跌宕地交织成慕春与嗟老的变奏曲。一词读罢，如闻宋苏轼的“人老簪花不自羞，花应羞上老人头”(《吉祥寺赏牡丹》) 的深深叹息。

扫花游　春晚，次南金韵

柳花巷陌，悄不见铜驼，采香芳侣。画楼在否？几东风怨笛，凭阑日暮。一片闲情，尚绕斜阳锦树。黯无语。记花外马嘶，曾送人去。　　风景长暗度。奈好梦微茫，艳怀清苦。后期已误。剪烛花，未卜故人来处。水驿相逢，待说当年《恨赋》。寄愁与，凤城东、旧时行旅。

【品读小记】

南金即钱应庚，词人同乡。借闺情托怀是古代诗词中常用的比兴手法，本词即以代女子言而寄己之怀抱。上片写一女子又回“凤城”（京城）追忆少年时与伴侣踏青赏春的快乐时光，但如今已物是人非。尤其想到当年与恋人的惜别:“记花外马嘶，曾送人去”，不由得伤感满怀。下片接着深化这种失望情绪：久别“长暗度”的心理煎熬，“后期已误”的怅然，以及前景未卜的怨艾，最后依然只能是怀愁空寄远。全词反映了女主人公对爱情执着热望与现实冷酷无望的鲜明对比，曲折倾吐了词人未能言明的某种情愫。全词词风清婉，韵味隽永。

刘基（二首）

［作者简介］刘基（1311—1375），字伯温，浙江文成南田（原属青田）人，故时人称刘青田，明洪武三年（1370）封诚意伯，又称刘诚意。谥号文成，后人又称刘文成、文成公。有《诚意伯文集》传世。

眼儿媚　秋思

烟草萋萋小楼西，云压雁声低。两行疏柳，一丝残照，数点鸦栖。　　春山碧树秋重绿，人在武陵溪。无情明月，有情归梦，同到幽闺。

【品读小记】

这是一首秋日怀远的闺怨词。通篇以景寄情。上片全部写景，但勾画出的是人物呼之欲出的情境；下片则已人在情景交融中。女主人公独守空闺的苦闷、幽怨、相思、爱恨交加之情，在工笔的幅幅画面和一句“人在武陵溪”的用典中表达得淋漓尽致。全词景语清丽，感情真挚，温婉动人。刘基乃明代开国元勋，此词当有所托。近人吴梅称刘基“小令颇有思致”“清逸可诵”（《词学通论》），此词应是一例。

水龙吟　鸡鸣风雨潇潇

鸡鸣风雨潇潇，侧身天地无刘表。啼鹃迸泪，落花飘恨，断魂飞绕。月暗云霄，星沈烟水，角声清袅。问登楼王粲，镜中白发，今宵又添多少？　　极目乡关何处？渺青山、髻螺低小。几回好梦，随风归去，被渠遮了。宝瑟弦僵，玉箫箫冷，冥鸿天杪。但侵阶莎草，满庭绿树，不知昏晓。

【品读小记】

刘基系辅佐朱元璋成就帝业的开国功臣，但此词作于未遇朱之前的元末乱世之际，倾诉了词人怀才不遇的悲凉心境和前途无定的迷惘心态。上片围绕“无刘表”展开。刘表，东汉末汉献帝时的荆州刺史，有礼贤下士之名。作者自叹在“鸡鸣风雨潇潇”的元末动乱中未遇刘表式的明主，因无所作为而苦恼，以致闻杜鹃而“迸泪”，看落花而“飘恨”；又以作《登楼赋》的王粲自比，在登楼所见所闻的凄凉氛围中，自问今宵又添多少白发，实在是忧伤催人老啊！大有“怅望千秋一洒泪，萧条异代不同时”（唐杜甫《咏怀古迹五首》其二）的况味。下片紧承登楼意，一句“极目乡关何处”，转而写乡情，抒发有家归不得、进退失据的落魄境遇和苦闷心情。结拍三句，则点明了词人找不到出路、“不知昏晓”的悲凉和迷惘。全词情景交融，用典自然，具有鲜明的主观感情色彩。

贝琼（一首）

［作者简介］贝琼（约1297—1379），初名阙，字廷臣，一字廷琚、仲琚，又字廷珍，别号清江。崇德人。有《清江文集》传世。

南浦　赋水光山色舟

一叶小如凫，趁几番、樵风日日来往。何处最堪看，吴门外，都是白波青嶂。斜阳半敛，采菱尚有莲娃唱。谩载得前村月，归来人家三两。　何须万斛黄龙，驾滟滪、瞿塘接天风浪。空为利名牵，谁能似、鸱夷散发湖上？秋打更好，镜中新绿东西向。雪寒夜静定多在、萧萧芦花深放。

【品读小记】

这是一首词人乘一叶小舟秋游吴门外太湖的山水词。上片写景，赞太湖水秀山明、菱歌村月，明丽、清新、旷远、和平，颇具生活气息。下片抒怀，感叹与其在有如长江三峡中“接天风浪”般的官场上“空为名利牵”，不如学当年这里的范蠡（“鸱夷”）功成身退而“散发湖上”，抒发出词人钟情渔樵生活、忘情于山水、自求澄静的价值取向。全词脱尘去俗、超然物外的意趣令人印象深刻。

杨基（二首）

［作者简介］杨基（1326—1378后），字孟载，号眉庵。原籍嘉州（今四川乐山），徙居吴中。明初为荥阳知县，累官至山西按察使，后被罚服劳役。死于工所。有《眉庵集》传世。

清平乐　狂歌醉舞

狂歌醉舞，俯仰成今古。白发萧萧才几缕，听遍江南春雨。
归来茅屋三间，桃花流水潺潺。莫向窗前种竹，先生要看西山。

【品读小记】

这首小令的中心思想，是表白“白发萧萧”的词人，在“听遍江南春雨”、饱经“狂歌醉舞”的人世风霜之后，“先生要看西山”这一归隐山林、安度晚年的心迹。全词意境苍凉而又恬淡，笔墨晓畅却意味深长。该词虽短，却在明白如话中用典甚多：东晋王羲之《兰亭集序》、陶渊明《归去来兮辞》和《桃花源记》中的词语或意境均隐现其中，而王徽之有关喜种竹、赏西山的逸事（分别见《世说新语·任诞》《世说新语·简傲》）也被词人信手拈来而不着痕迹。如此为词作增色良多的用典，非高手而不能为也。

清平乐　折柳

欺烟困雨，拂拂愁千缕。曾把腰肢羞舞女，赢得轻盈如许。
犹寒未暖时光，将昏渐晓池塘。记取春来杨柳，风流正在轻黄。

【品读小记】

该小令上片以拟人化手法，刻画出初春嫩柳的绰约风姿；下片以具体的时空环境为烘托，展露出嫩柳“风流正在轻黄”的诱人神韵。全词诗情画意，温雅芊丽，情韵悠长，乃咏柳之佳作。近人吴梅说：“眉庵词更新俊可喜，尤宜于小令，如《清平乐》、《浣溪沙》诸调，更为擅场。”信然。

高启（二首）

［作者简介］高启（1336—1374），字季迪，号槎轩，平江路（明改苏州府）长洲县人。元末隐居吴淞青丘，自号青丘子。洪武初，以荐参修《元史》，授翰林院国史编修官。后获罪被害。有《高太史大全集》《凫藻集》《扣舷集》传世。

念奴娇　自述

策勋万里，笑书生骨相，有谁曾许？壮志平生还自负，羞比纷纷儿女。酒发雄谈，剑增奇气，诗吐惊人语。风云无便，未容黄鹄轻举。　何事匹马尘埃，东西南北，十载犹羁旅？只恐陈登容易笑，负却故园鸡黍。笛里关山，樽前日月，回首空凝伫。吾今未老，不须清泪如雨。

【品读小记】

清陈廷焯《云韶集》评曰："青丘词，信笔写去，不留滞于古，别有高境。"穷则独善其身，达则兼济天下。济世与隐逸，是古代文人常有的内心冲突。此词自述平生襟抱，即体现了词人内心出世与入世的纠结。词人隐居青丘期间，嘉兴相士薛月鉴言其将飞黄腾达。词人写诗《赠薛相士》："我少喜功名，轻事勇且狂。顾影每自奇，磊落七尺长。要将二三策，为君致时康。公卿可俯拾，岂数尚书郎？回头几何年，突兀渐老苍。始图竟无成，艰险嗟备尝。归来省昨非，我耕妇自桑。击木野田间，高歌诵虞唐。薛生远挐舟，访我南渚旁。自言解相人，视余难久藏。脑后骨已隆，眉间气初黄。我起前谢生，弛弓懒复张。请看近时人，跃马富贵场。非才冒权宠，须臾竟披猖。鼎食复鼎烹，主父世共伤。安居保常分，为计岂不良？愿生毋多言，妄念吾已忘。”可见词人内心复杂的心绪，可作为本词注解。

上片即写词人“壮志平生还自负”的志向，与“风云无便，未容黄鹄轻举”壮志难酬的遗憾。下片起句即“始图竟无成，艰险嗟备尝”之意。“只恐陈登容易笑，负却故园鸡黍”，陈登，字元龙，三国时人，“登忠亮高爽，沈深有大略，少有扶世济民之志”。词人自比陈登意图建功立业，却又放不下田园隐逸生活。巧合的是，高启与陈登均殁于三十九岁，呜呼哀哉！“笛里关山，樽前日月，回首空凝伫”，借用宋姜夔“笛里关山，柳下坊陌”句，仍是显隐之思。末句反用宋刘仙伦“倚筇长叹，满怀清泪如雨”句，出世之志占了上风，“安居保常分”已渐行渐远；“鼎食复鼎烹”暗示了词人悲剧性的命运。

疏柳淡月　秋柳

残丝恨结，是弱舞初阑，困眠才歇。绿多黄少，错认早春时节。西风也送谁离别？断长条、似人攀折。谩思曾见，燕边分翠，马头吹雪。　君莫问、隋宫汉阙，总寒烟细雨，晓风残月。不带流莺，却带断蝉悲咽。老来肠绪应愁绝，江南横管吹切。莫欺憔悴，明年依旧，万荫成列。

【品读小记】

此词咏秋柳。上片写秋柳之形色。起句写风中柳姿，次写柳之颜色，再写柳条断折，“谩思曾见，燕边分翠，马头吹雪”，则忆及春柳，精湛而雄秀。下片写秋柳之寄托。以秋柳见古今兴废，人世颓唐。“总寒烟细雨，晓风残月”，用宋柳永“杨柳岸，晓风残月”句；“江南横管吹切”，有宋张先“横管孤吹，月淡天垂幕”之孤寂。末句自励自警，添一抹亮色。高启另有《秋柳》诗“欲挽长条已不堪，都门无复旧毵毵。此时愁杀桓司马，暮雨秋风满汉南”。亦是高境。

韩守益（一首）

［作者简介］韩守益，生卒年不详，字仲修，号樗寿，石首（今湖北）人。初以儒士执教于宜都。三历台谏，帝尝命力士用铁锤击令仆地。官至春坊中允，病归。有《樗寿稿》传世。

苏武慢　江亭远眺

地涌岷峨，天开巫峡，江势西来百折。击楫中流，投鞭思济，多少昔时豪杰。鹤渚沙明，鸥滩雪净，小艇鸣榔初歇。喜凭阑、握手危亭，偏称诗心澄彻。　还记取、王粲楼前，吕岩矶外，别样水光山色。烟霞仙馆，金碧浮图，尽属楚南奇绝。紫云箫待，绿醑杯停，咫尺良宵明月。拚高歌、一曲清词，遍彻冯夷宫阙。

【品读小记】

此词写长江，气势阔大，用典精当，通彻今古，有自宽自励之意。上片起句“地涌岷峨，天开巫峡，江势西来百折”，非以目见，乃以神见。“击楫中流，投鞭思济，多少昔时豪杰”，江山雄浑，自然引发英雄之思，用祖逖、苻坚典故，与宋苏东坡“大江东去，浪淘尽，千古风流人物”同感，寄寓词人报国济世之意。“鹤渚沙明，鸥滩雪净，小艇鸣榔初歇”，描摹近景，空净澄明，如洗尘心，故有“诗心澄彻”之语。下片列明词人出世入世的三种选择：一是“王粲楼前”“吕岩矶外”的归乡退避之想。二是“烟霞仙馆”“金碧浮图”的佛道隐世之想。三是“紫云箫待”“绿醑杯停”的放浪风月之想。结拍句“拚高歌、一曲清词，遍彻冯夷宫阙”否定了上述三种选择，高歌、清词暗示了词人作为谏官的铮铮忠言，其风骨犹如长江一样，百折不回，九死不悔。

唐寅（一首）

［作者简介］唐寅（1470—1523），字伯虎，一字子畏，号六如居士、桃花庵主、鲁国唐生、逃禅仙吏等，南直隶苏州吴县人。工绘画。有《唐伯虎全集》传世。

一剪梅　雨打梨花深闭门

雨打梨花深闭门，孤负青春，虚负青春。赏心乐事共谁论？花下销魂，月下销魂。　　愁聚眉峰尽日颦，千点啼痕，万点啼痕。晓看天色暮看云，行也思君，坐也思君。

【品读小记】

唐伯虎一生隐居桃花坞，狂放不羁，轻蔑世俗，诗词多见真性情。此词以思妇口吻写“闺怨”，情思婉转，直比冯延巳妙处；布局精妙，深得蒋捷真髓。“雨打梨花深闭门，孤负青春，虚负青春”，借用宋李重元“雨打梨花深闭门”词句，一语双关，佳人似梨花，离别似急雨，不仅惜春光，也叹韶华。唐伯虎《无题》诗有句“红粉啼妆对镜台，春心一片转悠哉”，亦是伤怀之作。“愁聚眉峰尽日颦，千点啼痕，万点啼痕”，用宋王观“水是眼波横，山是眉峰聚”之意，言相思之苦，泪痕千万点，恐怕是“新啼痕压旧啼痕，断肠人忆断肠人”（王实甫句）。清陈廷焯《云韶集》称此词“韵味自胜。情深如许”。

文徵明（一首）

[作者简介] 文徵明（1470—1559），原名壁（或作璧），字徵明。四十二岁起，以字行，更字徵仲。因先世衡山人，故号“衡山居士”，世称“文衡山”，长州（今江苏苏州）人。工绘画、书法。有《莆田集》传世。

满江红 拂拭残碑

题宋思陵与鄂王手敕墨本，石田先生同赋。

拂拭残碑，敕飞字，依稀堪读。慨当初，倚飞何重，后来何酷。果是功成身合死，可怜事去言难赎。最无辜，堪恨更堪悲，风波狱。 岂不念，中原蹙；岂不念，徽钦辱。念徽钦既返，此身何属。千载休谈南渡错，当时自怕中原复。笑区区、一桧亦何能，逢其欲。

【品读小记】

清徐釚《词苑丛谈》载：“夏侯桥沈润卿掘地，得宋高宗赐岳侯手敕石刻，文徵明侍诏题满江红词云……激昂感慨，自具论古只眼。”文徵明手书此词书法作品，今藏台北故宫博物院。于此词可知衡山薄罪秦桧而归本于高宗，见解独到，发一家之言。上片写愤慨之情。“倚飞何重，后来何酷”，抑扬顿挫，对高宗直接鞭挞。“最无辜，堪恨更堪悲，风波狱”，对岳飞被害无限同情痛惜。下片直陈高宗之罪。“念徽钦既返，此身何属”，徽钦二帝回归，高宗的皇帝就做不成了，必然要除去岳飞。可谓一针见血，直击要害。“千载休谈南渡错，当时自怕中原复”，词人独排众议，指出求和乃高宗本意。区区一个秦桧有何能耐，只不过逢迎高宗的旨意罢了。清陈廷焯《云韶集》言“衡山词情词凄秀，不在杨用修（杨慎）之下”。

李梦阳（一首）

［作者简介］李梦阳（1472—1529），字献吉，号空同子，祖籍河南扶沟，出生于庆阳府安化县（今甘肃省庆城县），后又还归故里。复古派前七子的领袖人物。有《空同集》传世。

如梦令　不信园林春早

不信园林春早，一夜遍生芳草。说与小童知：“池上落红休扫。”休扫，休扫，花外斜阳更好。

【品读小记】

春天不知不觉地来了，猛然间竟然“一夜遍生芳草”，池上竟然也已有了“落红”，词人惊喜之余吩咐小童休去打扫庭院，他要仔细欣赏芳草、池水、落红、斜阳构成的“花外斜阳更好”图。该词就是这样一篇生活情趣浓郁的词中小品。展示了作者积极向上的人生态度，也反映了以雄豪见长的明代诗文大家李梦阳感情细腻的另一面。

杨慎（二首）

［作者简介］杨慎（1488—1559），字用修，号升庵，后因流放滇南，故自称博南山人、金马碧鸡老兵。四川新都人，祖籍庐陵。学识广博，著作甚丰，著有《词品》等。后人辑有《升庵集》。

浪淘沙　春梦似杨花

春梦似杨花，绕遍天涯。黄莺啼过绿窗纱。惊散香云飞不去，篆缕烟斜。　　油壁小香车，水渺云赊，青楼珠箔那人家。旧日罗巾今日泪，湿尽韶华。

【品读小记】

清陈廷焯《白雨斋词话》云：“用修小令，合者有五代人遗意，而时杂曲语，令读者短气。”近人吴梅《词学通论》云：“用修乃沉酣六朝，览采晚唐，创为渊博靡丽之词。”此词写闺思。上片以杨花喻春梦，与宋苏东坡《水龙吟·次韵章质夫杨花词》“梦随风万里，寻郎去处，又还被、莺呼起”。不分轩轾。下片追忆欢会时光。用宋晏殊“油壁香车不再逢，峡云无迹任西东”句意，寄寓离别之痛。此词作于谪戍云南期间，可窥词人身世之慨。清陈廷焯《云韶集》论此词“情致自佳。凄艳之词，叔原遗响”。

临江仙　滚滚长江东逝水

《廿一史弹词》第三段说秦汉开场词

滚滚长江东逝水，浪花淘尽英雄。是非成败转头空。青山依旧在，几度夕阳红。　　白发渔樵江渚上，惯看秋月春风。一壶浊酒喜相逢。古今多少事，都付笑谈中。

【品读小记】

《廿一史弹词》为杨慎所作，此词为说秦汉开场词，后被明毛宗岗移作《三国志演义》开篇词，遂使此词广为流传。毛氏此举堪称再造此词也，非此词不足以笼盖《三国志演义》全篇；又以《三国志演义》全篇诠释此词，使此词内涵饱满厚重。因该词幸与三国乃至千年的历史沧桑相关联，遂使全词未有一人一事，而能俯仰天地，说尽古今兴亡；仅置风景几帧，便可涵纳宇宙万象，机缘巧合，亦称佳话。

吴承恩（一首）

［作者简介］吴承恩（1500—约 1582），字汝忠，号射阳山人。淮安府山阳县人。以祖先聚居枞阳高甸，故称高甸吴氏。《西游记》作者。有《射阳先生存稿》《禹鼎志》传世。

临江仙　题红梅

春气着花如醉酒，寒枝吹出芳。罗浮仙子素霓裳。丹砂先换骨，朱粉旋凝妆。　　颜色虽殊风格在，一痕水月黄昏。百花头上占排场。问他桃与李，谁敢雪中香？

【品读小记】

此词咏红梅，未着一“红”字和“梅”字，而红梅身影风骨无处不在，高明之至。“春气着花如醉酒”，写微醺之红也；“丹砂”“朱粉”，写浓艳之红也。“罗浮仙子素霓裳”“一痕水月黄昏”，化用宋周密“梦入罗浮，满衣清露暗香染”及宋林逋“暗香浮动月昏黄”句，写梅之幽香。“寒枝吹出芳”“谁敢雪中香”，写梅之风骨。“雪中香”三字，梅之坚贞高洁自现。

徐渭（一首）

［作者简介］徐渭（1521—1593），绍兴府山阴人。初字文清，后改字文长，号天池山人，或署田水月、田丹水、青藤老人、青藤道人、青藤居士、天池渔隐、金垒、金回山人、山阴布衣、白鹇山人、鹅鼻山侬等别号。擅绘画。有《徐文长集》传世。

南乡子　八月十六片石居夜泛

月倍此宵多，杨柳芙蓉夜色蹉。鸥鹭不眠如昼里，舟过，向前惊换几汀莎。　　筒酒觅稀荷，唱尽塘栖《白苎歌》。天为红妆重展镜，如磨，渐照胭脂奈褪何。

【品读小记】

徐渭钟爱十六夜月，其诗《十六夜踏灯与璩仲玉王新甫饮于大中桥之西楼》有句："树枝画月千条弦，十五不圆十六圆。"与诗相比，此词写十六西湖之月，更为典雅绯丽，有五代遗风。《西湖梦寻》载片石居"轩爽面湖，非惟心胸开涤，亦觉日月清朗"。上片写月下夜泛所见之景，月白如昼，杨柳依依，鸥鹭不眠，舟行汀渚，皆活泼而有天机。下片写月下人间欢饮场景。把酒观荷，遍唱欢歌，三国吴孙皓时有《白苎歌》，古乐府有《白苎曲》，其词之名赞美白苎之美，劝人及时行乐。良辰、美景、赏心、乐事，四者齐并。天公亦是作美，圆月如镜"如磨"，映照"红妆"。末句"渐照胭脂奈褪何"有"为乐当及时，何能待来兹"之叹。

王世贞（二首）

［作者简介］王世贞（1526—1590），字元美，号凤洲，又号弇州山人。太仓人，“后七子”领袖之一。累官刑部尚书。有《弇州山人四部稿》《弇山堂别集》《艺苑卮言》《觚不觚录》等传世。

浣溪沙　春闷

窗外闲丝自在游，隔花山鸟弄軥辀。一庭芳草怨清幽。
权把束书钩午梦，起沽村酒泼春愁。放教残日过墙头。

【品读小记】

清陈廷焯《云韶集》评王世贞词“弇州缠绵婉丽，长调虽俚俗，小令却工”。这首小令上片起于“春闷”，下片结于“春愁”。春闷者，若有若无，忽明忽暗，最是撩人心绪；春愁者，若深若浅，忽浓忽淡，最是动人心魂。“窗外闲丝自在游”，春闷也；而“杨柳清阴，偏碍游丝度”（贺铸句），春愁也。“隔花山鸟弄軥辀”，春闷也；而“春山一路鸟空啼”（李华句），春愁也。下片“权把束书钩午梦，起沽村酒泼春愁”，已言明“春愁”，而非“春闷”也，而“困人天色，醉人花气，午梦扶头”（范成大句），方为春闷也。此词题旨虽为“春闷”，却敷衍成“春愁”，乃一小疵。此外，“一庭芳草怨清幽”，未若“一楼风雨杏花寒”（王世贞句）有力道。《云韶集》评此词：“凄怨。字字和雅，可接武用修。”

临江仙　迟日三眠浑似柳

迟日三眠浑似柳，起来徐步闲庭。中年风物易关情。不知因个甚，撩乱没支撑。　　我笑残花花笑我，此时憔悴休争。来年春到便分明。五原无限绿，难染鬓千茎。

【品读小记】

人到中年，大多经历一场心灵蜕变，所谓“中年危机”。西人但丁《神曲·地狱篇》开篇即说“在人生的中途，我发现我已经迷失了正路，走进一座幽暗的森林”。《晋书·王羲之传》载：“谢安尝谓羲之曰：‘中年以来，伤于哀乐。’”唐杜甫有句“飘飘何所似，天地一沙鸥”。此词词眼乃“中年风物易关情”，睹物伤怀，亦是中年情绪。上片起句写中年体衰，虽晚起仍感无力“浑似柳”。徐步闲庭，心意慵散，“不知因个甚，撩乱没支撑”，用语浅直，活脱脱展现没着没落的心境。下片以拟人手法，写词人与残花互争憔悴，设想奇妙。辛弃疾有句“只疑松动要来扶，以手推松曰‘去’”，也是写人与自然互动的佳构。“五原无限绿，难染鬓千茎”，词人在憔悴大赛中获胜，窥见的却是内心深处的感伤。清况周颐《蕙风词话》谓此词后段“意足而笔能达，出语不涉尖”。

屠隆（一首）

［作者简介］屠隆（1544—1605），字长卿，一字纬真，号赤水、鸿苞居士，浙江鄞县人。万历五年中进士，曾任礼部主事、郎中等职。有《白榆集》《娑罗馆清言》等传世。

清江裂石 西湖

淼淼重湖，背郭斜、永日坐蒹葭。四面山青不断，楼阁外、乱水明霞。有画船锦缆载词客，金翘杂珮，强半挟吴娃。水穷处、长林古寺，夏木绿阴遮。　回首望空明，白鸥隐隐，飞来一片轻沙。把酒问西湖，今来古往都不管，兴亡旧恨年华。且与客棹扁舟，听取哀弦急筑，散发弄荷花。

【品读小记】

有宋以来咏西湖词多矣。曾任过青浦（今属上海）县令、礼部主事的屠隆所填写的这首咏西湖自度曲，则独具特色。不同以往者，虽然也表现为构思、视角、手法方面有独到之处，但更主要的，还在于词人顺景入情的感慨，抒发有某种发他人所未发之意蕴。

上片写景，描述西湖夏日风光，视角宏阔，既有“四面山青不断”等句的总括描写，又有“有画船锦缆载词客”等句的典型铺陈，颇见以少总多、执简驭繁之功力。下片首句“回首望空明”，词人将自己融入进去，看着西湖多重美景，看着由远而近飞来的白鹭，词人也不由得思绪舞蹁跹、“把酒问西湖”：你总是如此明媚多姿，总是引来游人如醉，却全然不管古往今来的兴衰成败，全然不问已然流逝的“兴亡旧恨年华”！词人以诘问西湖这种怪诞形式，令人瞩目地抒发了世事沧桑而人性如常的深沉感慨。进而，词人化用唐李白《宣州谢朓楼饯别校书叔云》“人生在世不称意，明朝散发弄扁舟”句意，写出了委婉诉心曲的结拍句：“且与客棹扁舟，听取哀弦急筑，散发弄荷花。”词人归隐山林、超然物外的心迹表露无遗了。此词以“淼淼重湖，背郭（指杭州城郭）斜”的宏阔风光起句，却以“散发弄荷花”的微观举止结尾，对比强烈，耐人寻味。而词人提问西湖，也使人想起唐孟浩然著名诗句：“人事有代谢，往来成古今。江山留胜迹，我辈复登临。”（《与诸子登岘山》）应当说，他们是心有灵犀的了。

汤显祖（一首）

［作者简介］汤显祖（1550—1617），字义仍，号海若、若士、清远道人。江西临川人。祖籍临川县云山乡，后迁居汤家山（今抚州市）。有传奇《牡丹亭》《邯郸记》《南柯记》《紫钗记》，合称《玉茗堂四梦》。诗作有《玉茗堂全集》等。

好事近　帘外雨丝丝

帘外雨丝丝，浅恨轻愁碎滴。玉骨近来添瘦，趁相思无力。
小虫机杼隐秋窗，黯淡烟纱碧。落近红灰池面，又西风吹急。

【品读小记】

善以景寄情者，乃词中上品。汤显祖的这首小令几乎句句写景，又句句映衬离愁别绪，秋闺思妇的幽思暗念之态、幽愁暗恨之情、幽苦暗悲之心全都蕴涵其中。全词清丽温婉，和美流畅，堪称有明一代婉约词中之佳品。

陈继儒（二首）

［作者简介］陈继儒（1558—1639），字仲醇，号眉公、麋公。华亭（今上海松江）人。诸生，年二十九，隐居小昆山，后居东佘山。有《妮古录》《陈眉公全集》《小窗幽记》传世。

霜天晓角　山中，次玄宰先生韶

背水临山，门在松荫里。茅屋数间而已，土泥墙，窗糊纸。　方床曲几，四面摊书史。若问主人谁姓，灌园者，陈仲子。

其二

不衫不履，短发垂双耳。邻叟偶来尔汝，九寸鲈，一尺鲤。　菱香酒美，醉倒芙蓉底。旁有儿童大笑，唤先生，看月起。

【品读小记】

这是两首另类文人即“土”文人的自画像式的词作。第一首写家居环境，第二首写衣冠行止。从实际到描述，从形式到内容，毫无修饰做作，一“土”到底，却隐隐然有一种真名士、真气象、真襟怀、真性情于其中。第一首描述了其家居与普通土陋农家的唯一区别，在于“方床（即竹床）曲几，四面摊书史”。在第二首，词人又借《虬髯客传》形容当年李世民倜傥豪放的“不衫不履”一词，来表示自己衣衫不整的疏野清狂。这就喻出普通中的不俗。但这些并不影响这两首词是集平常之心、平朴之象、平实之行于一体的不可多得的词作，其中心意旨：在那样的社会条件下要做视名利如粪土的风流隐士。“灌园者，陈仲子”，淡淡交代了词人的追求：要做战国时谢绝楚王聘相之邀，而携妻隐去为他人“灌园”的齐国高士陈仲子。“唤先生，看月起”，则是兴味盎然、意味深长的一笔：无须他人或者也无人懂得他，唯有一天真无邪的小儿大笑着“唤先生，看月起”，喊喝醉了酒的词人去赏皎洁的月亮。人们当然会想：什么时代才会产生这样的真名士呢？

孙承宗（一首）

［作者简介］孙承宗（1563—1638），字稚绳，号恺阳，北直隶保定高阳人。曾为明熹宗朱由校的老师，任兵部尚书、辽东督师、东阁大学士等。有《高阳集》传世。

柳梢青　铁马嘶云

铁马嘶云，金戈挥日，人在芳皋。阅尽空华，英雄著眼，恨满绨袍。　漫猜蜃海楼高，且听个、松风海涛。试问东方，春华秋实，几个蟠桃？

【品读小记】

这是一首投闲置散者的抒愤之作。上片叙述原本"铁马嘶云，金戈挥日"的战将，在国家危困之际，却只能“人在芳皋”，“阅尽空华”地无所作为，以致只有满腔怨愤地“恨满绨袍（一种丝织的粗厚战袍）”了！下片写无可奈何的自解自慰：要丢掉幻想，走进大自然，“且听个、松风海涛”。结拍句则化用汉武帝时东方朔的故事，似不经心地问东方朔：人间的“春华秋实”，相对西王母种的三千年才一结果的蟠桃，又值得了“几个”！言下之意，那尘世间的是非成败，相比于茫茫宇宙，又算得了什么！词人明显地试图以此化解心中的愁苦，却在更深的层面上表达出内心的愤懑与不平。

徐石麒（一首）

［作者简介］徐石麒（1577—1645），初名文治，字宝摩，号虞求，本籍胥山六都（今嘉兴），世居钟带镇画水乡（今平湖市）。清兵攻陷嘉兴，自缢死。有《官爵志》《可经堂集》传世。

拂霓裳　望中原

望中原，故宫锦树障烽烟。惊坐起，凉宵梦断蒋陵前。金人倾宝露，玉女绣苔钱。问当筵，谁能醉鼓渐离弦？　西台哭罢，三户里、识遗贤。欹皂帽，吹箫乞食总堪怜。英雄身未死，屠钓技常连。又何颜，许青门种瓜故侯田。

【品读小记】

此词作于词人（崇祯帝时曾任刑部尚书，南明时曾任吏部尚书）据守嘉兴抗清殉节前，是一首壮怀激烈、“忠愤气填膺”（南宋张孝祥《六州歌头·建康留守席上作》）的爱国篇章。

上片痛诉京城和大片国土沦陷的悲情，歇拍句化用战国末高渐离击筑高歌《易水歌》送荆轲刺秦王事典，以反诘的口气表达出词人退敌救亡复国的强烈愿望。下片进一步表达坚持抗清的主张和顽强不屈的斗争意志。先化用南宋遗民诗人谢翱在七里滩西钓台哭文天祥、秦末楚南公“楚虽三户，亡秦必楚”（见《史记·项羽传》）事典，表达出词人要在痛定思痛中组织力量投入抗清斗争；接着又借用春秋时伍子胥逃出昭关不得已“鼓腹吹篪（箫），乞食于吴市”（见《史记·范雎蔡泽列传》）之词句，表达出在国破家亡之际决不灰心丧气、苟且偷生的坚强意志。词人坚信，人民群众中蕴藏着巨大的抗清力量，“英雄身未死”，姜子牙、樊哙这些英雄豪杰不就是来自钓徒、屠夫吗！最后，词人一气呵成，以壮怀激烈的反问句结拍：（既然如此）我们又有何面目像秦末东陵侯在秦亡后于青门（都城长安的东南门，色青）外安于布衣种瓜卖瓜呢！“又何颜”三字力透纸背，摄人心魄。

此词数用典故，有正用又有反用，有实事用又有字面用，皆随心应手，恰到好处。此外，此词虚（如“望中原”）实（如“惊坐起”）结合，直笔（如“故宫烽烟”）、曲笔（如“梦断蒋陵”。蒋陵，蒋山之陵，乃三国孙权之墓，这里其实是指也位于蒋山即钟山的明孝陵）并用，增加了词作的艺术表现力。清陈廷焯《云韶集》评此词：“悲歌慷慨，自是先生胸襟。即以词论，亦是去古不远者。”

沈宜修（一首）

［作者简介］沈宜修（1590—1635），女，字宛君，江苏吴江人，文学家叶绍袁妻。有诗集《鹂吹集》传世。

踏莎行 粉箨初成

君庸屡约归期无定，忽尔梦归。觉后不胜悲，感赋此寄情。

粉箨初成，蔷薇欲褪，断肠池草年年恨。东风忽把梦吹来，醒时添得千重闷。　　驿路迢迢，离情寸寸，双鱼几度无真信。不如休想再相逢，此生拚却愁消尽。

【品读小记】

清陈廷焯《云韶集》云：“沈宛君词凄切有味，升淑真之堂。”这是一首表达姐弟情深的佳作。从序文可知，女词人沈宜修在梦中见到了久别的弟弟君庸（即明代戏曲家沈自徵），梦醒后遂填此词。上片写梦觉失落，通过描述所见景物（“粉箨”，指竹笋皮衣已成粉色，喻时已暮春），重点渲染词人的“千重闷”。下片写思念情深，写得形象生动（“双鱼”，典出汉乐府《饮马长城窟行》“客从远方来，遗我双鲤鱼。呼儿烹鲤鱼，中有尺素书”句），重点是以反语表达真情；怨语的结拍句则更显情致：“不如休想再重逢，此生拚却愁消尽。”此词不唯构思精巧、文笔清新、感情真挚，更以其题材在词中罕见而弥足珍贵。

卢象升（一首）

［作者简介］卢象升（1600—1639），字建斗，又字斗瞻、介瞻，号九台。南直隶常州府宜兴县人。明末将领。有《卢忠肃公集》传世。

渔家傲　搔首问天摩巨阙

搔首问天摩巨阙，平生有恨何时雪？天柱孤危疑欲折！空有舌，悲来独洒忧时血。　画角一声天地裂，熊狐蠢动惊魂掣。绝影骄骢看并逐，真捷足，将军应取燕然勒。

【品读小记】

这是一曲抒发抗敌卫国之志的英雄壮歌。词人乃明末重要将领，崇祯十年（1637）秋，他在入侵清兵回退后督师返镇途中，饱蘸血泪写下了两首壮怀激烈的《渔家傲》，这是其一。

上片写忧国情怀。面对“天柱孤危疑欲折”艰危国势，词人悲愤满腔，不由得像屈原“问天”一样也去“搔首问天”，表达出急切而又深沉的忧国之心。而“空有舌”句，则体现出词人抗敌主张不为朝廷采纳（暗用战国时张仪受辱后与其妻“舌尚在否”的对话事典。见《史记·张仪列传》）而有无力回天之慨，也就只能“悲来独洒忧时血”了。下片写报国壮志。词人目睹山河破碎、烽烟四起、国事日非，但仍振作奋发。“绝影”（指古代良马）以下三句是词人的想象：战马奔腾，克敌制胜，捷足先登，大功告成。这虽然只是词人内心深处的渴望，但表达出了词人一往无前的英雄气概和建功立业的报国壮志。结句“将军应取燕然勒”，虽翻用宋范仲淹《渔家傲》结句“燕然未勒归无计”，但句意已大不相同，“但使龙城飞将在，不教胡马度阴山”（唐王昌龄《出塞二曲其一》）的昂扬奋进之情跃然纸上。

陈子龙（五首）

［作者简介］陈子龙（1608—1647），松江华亭人，初名介，后改名子龙；初字人中，后改字卧子，又字懋中；晚号大樽、海士、轶符、於陵孟公等。论功擢兵科给事中，后投水殉国。有《湘真阁词》，后人辑有《陈忠裕公全集》。

点绛唇 春日风雨有感

满眼韶华，东风惯是吹红去。几番烟雾，只有花难护。
梦里相思，故国王孙路。春无主！杜鹃啼处，泪染胭脂雨。

【品读小记】

清陈廷焯《白雨斋词话》云：“明代无一工词者差强人意，不过一陈人中而已。”其《云韶集》评曰：“陈人中词，芊绵婉丽，独步一时，与伯温并驱中原。”近人吴梅《词学通论》评陈子龙“其能上接风骚，得倚声之正则者，独有大樽而已”。近人龙榆生将陈子龙冠于《近三百年名家词选》之首，谓之“词学衰于明代，至子龙出，宗风大振，遂开三百年来词学中兴之盛”。陈子龙于明清易代之际，多有“忧时托志”之作。此词惜春寄怀，有南唐李后主遗风。上片写春红狼藉，娇花“难护”，寄寓王朝倾颓，大势难挽之无奈。下片写故国之思、亡国之痛。非“春无主”，乃江山易主耳！“杜鹃啼处，泪洒胭脂雨”，有如南唐李后主“胭脂泪，留人醉，几时重”，饱含国破家亡之痛。

山花子　春恨

杨柳迷离晓雾中，杏花零落五更钟。寂寂景阳宫外月，照残红。
蝶化彩衣金缕尽，虫衔画粉玉楼空。惟有无情双燕子，舞东风。

【品读小记】

清陈廷焯《白雨斋词话》评此词："凄丽近南唐二主，词意亦哀以思矣。"上片起句"杨柳迷离晓雾中，杏花零落五更钟"，渲染一片迷离萧冷的氛围，宋初有"寒在五更头"之谣预言大宋国祚。宋晏殊有句"楼头残梦五更钟，花底离愁三月雨"，也是写春恨。"五更钟"为陈子龙多用之意象，如"一帘病枕五更钟"。"寂寂景阳宫外月，照残红"，仿似五代鹿虔扆"烟月不知人事改，夜阑还照深宫"句意，以自然之恒久，映衬盛衰兴废。下片"蝶化彩衣金缕尽，虫衔画粉玉楼空"，化用《罗浮志》载"仙蝶为仙人彩衣所化，大如盘而五色"典故，写景阳宫人去楼空的衰败景象。末句"惟有无情双燕子，舞东风"，燕子东风亦是陈子龙多用之意象，如"人自伤心花自笑，凭燕子，骂东风"。燕子与明月一样，不知人世沧桑，依旧翩翩起舞，只剩词人独自哀伤。

柳梢青　春望

绣岭平川，汉家故垒，一抹苍烟。陌上香尘，楼前红烛，依旧金钿。　十年梦断婵娟，回首处，离愁万千。绿柳新蒲，昏鸦春雁，芳草连天。

【品读小记】

绣岭宫为唐朝皇帝东巡的一座行宫，地势广阔。唐陆龟蒙有句"绣岭花残翠倚空，碧窗瑶砌旧行宫"。清王士祯《花草蒙拾》云："绣岭宫前，乐游原上，不胜开元盛日之思。"此词题为《春望》，借写绣岭宫所见所思，以汉唐喻明，有唐杜甫"国破山河在，城春草木深”之恨，陈子龙还有句“叹绣岭宫前，野老吞声，漫天风雨”。上片“汉家故垒，一抹苍烟”，堪比唐李白“西风残照，汉家陵阙”之苍凉沉郁。下片“十年梦断婵娟”当指词人与柳如是的一段恋情，引出离愁。“绿柳新蒲，昏鸦春雁，芳草连天”，以景结情，皆是离愁也。

江城子 病起春尽

一帘病枕五更钟，晓云空，卷残红。无情春色，去矣几时逢？添我千行清泪也，留不住，苦匆匆。　　楚宫吴苑草茸茸，恋芳丛，绕游蜂，料得来年，相见画屏中。人自伤心花自笑，凭燕子，骂东风。

【品读小记】

此词写“病起春尽”所见所感，寄托身世家国之思。清陈廷焯《云韶集》评此词：“情深一往。情韵凄清，自是作手。”上片写留春“不住”之哀苦，借春尽写家国倾覆，仿似南唐李后主“林花谢了春红，太匆匆”“流水落花春去也，天上人间”。“一帘病枕五更钟”，又以“五更钟”的意象写惜春之情。下片以“楚宫吴苑”起笔，既赋予历史沧桑感，又抒发亡国之悲。“人自伤心花自笑，凭燕子，骂东风”，又用“燕子东风”之意象，暗指燕子与花丛不知王朝更迭，人间换了，更显亡国人之悲哀。清陈廷焯《白雨斋词话》评下片“绵邈凄恻”。

念奴娇 春雪咏兰

问天何意，到春深、千里龙山飞雪？解珮凌波人不见，漫说蕊珠宫阙。楚殿烟微，湘潭月冷，料得都攀折。嫣然幽谷，只愁又听啼鴂。　　当日九畹光风，数茎清露，纤手分花叶。曾在多情怀袖里，一缕同心千结。玉腕香销，云鬟雾掩，空赠金跳脱。洛滨江上，寻芳再望佳节。

【品读小记】

此词题为《春雪咏兰》，承离骚香草美人之余绪，言孤忠高洁之志。上片起句“问天何意，到春深、千里龙山飞雪”，化用《楚辞·大招》“魂乎无北！北有寒山，逴龙赩只”及南朝鲍照“胡风吹朔雪，千里度龙山”句意，春深飞雪，天不假年，时运不济也，犹如屈原《天问》也！“解珮凌波人不见，漫说蕊珠宫阙”，借江妃、洛神象征明朝皇帝，君殁国破也。宋周邦彦《汴都赋》有“蕊珠广寒，黄帝之宫”。“楚殿烟微，湘潭月冷，料得都攀折”，像屈原一样的同道中人，也如兰花一样“都攀折”。下片“当日九畹光风，数茎清露，纤手分花叶”，用《离骚》“余既滋兰之九畹兮”及《招魂》“光风转蕙，氾崇兰些”句，忆念明朝君恩臣忠之义。“曾在多情怀袖里，一缕同心千结”，更深一层，言忠贞之志。陈子龙《寒食》词有“回首西陵松柏路，肠断也，结同心”句。“玉腕香销，云鬟雾掩，空赠金跳脱”，有怀才不遇，壮志难酬之叹。词人另有诗句“风流摇落无人继，独立苍茫异代心”，可为此词注解。

叶小鸾（二首）

[作者简介]叶小鸾（1616—1632），字琼章，一字瑶期，吴江（今属江苏苏州）人，文学家叶绍袁、沈宜修幼女。有集《返生香》。叶绍袁将妻女诗编成《午梦堂全集》。

踏莎行 闺情

昨夜疏风，今朝细雨。做成满地和烟絮。花开若使不须春，年年何必春来住？　楼外莺飞，帘前燕乳。东君漫把韶光与。未知春去已多时，向人犹作愁春语。

【品读小记】

一首构思新颖的伤春小令。上片伤春，重在表现为别出心裁的“怨春”。词人看到“疏风”“细雨”后满地飞絮的狼藉状，便口吐怨言：“春”应该是为花而来的，如果不能催花开放并保持花的芳容，那你年年都来干吗！下片伤春，重在表现为对“痴春”的自嘲。词人看到“莺飞”“燕乳”，忽然知觉“春去已多时”，自己却还在与他人谈论什么愁春、惜春的话，多么不识时务，多么不得体啊！

此词思虑细密而灵动，用笔灵巧复俏皮，写得十分别致。词人是位天才少女，可惜红颜薄命，逝于十七岁待嫁之时。其母沈宜修编辑了她的遗稿，有长短句九十首，名《返生香》。清陈廷焯《白雨斋词话》说：“闺秀工为词者，前则李易安，后则徐湘苹（徐灿）。明末叶小鸾，较深于朱淑真，可为李、徐之亚。”此虽一说，亦可见叶小鸾词作水准之不凡。

水龙吟 芭蕉细雨潇潇

秋思，次母《忆旧》之作，时父在都门之二

芭蕉细雨潇潇，雨声继续砧声逗。凭栏极目，平林如画，云低晚岫。初起金风，乍零玉露。薄寒轻透。想江头木叶，纷纷落尽，只余得、青山瘦。　且问沉寥秋气，当年宋玉应知否。半帘香雾，一庭烟月，几声残漏。四壁吟蛩，数行征雁，漫消杯酒。待东篱、绽满黄花，摘取暗香盈袖。

【品读小记】

该秋思词乃词人次其母沈宜修《忆旧》之作。悲秋，本是自楚宋玉赋《九辩》以来形成的中国古代士人的一种传统情结。而这首秋思词，匠心独运，工笔挥洒，在细致、周全而又精到地描绘出种种秋景、秋物、秋声、秋色之中，展现出的是“沉寥”、清爽、宜人的“秋气”，抒发出的是旷远、淡定、平和的秋情。结拍句“待东篱、绽满黄花，摘取暗香盈袖”（化用宋李清照《醉花阴》“东篱把酒黄昏后，有暗香盈袖”句意），更是一反文人悲秋之传统，表现出了这位才华卓绝的少女词人“性高旷，厌繁华、爱烟霞、通禅理”（见沈宜修《季女琼章传》）的心性志趣和积极向上的人生情怀。

张煌言（一首）

［作者简介］张煌言（1620—1664），字玄箸，号苍水，浙江鄞县人，南明抗清名将，曾任东阁大学士兼兵部尚书，后就义于杭州。乾隆时谥忠烈。有《张苍水集》传世。

满江红　示同难宾从罗子慕于武陵狱邸

萧瑟风云，埋没尽、英雄本色。最发指，酡酥羊酪，故宫旧阙。青山未筑祁连冢，沧海犹衔精卫石。又谁知、铁马也郎当，雕弓折。　谁讨贼？颜卿檄。谁抗虏？苏卿节。拚三台坠紫，九京藏碧。燕语呢喃新旧雨，雁声嘹呖兴亡月。怕他年、西台恸哭人，泪成血。

【品读小记】

近人赵尊岳《明词汇刊》称张煌言“词虽不多，风格自高抗；孤忠所托，岂偶然哉”！张煌言曾助郑成功北伐，失败后隐遁。此词当作于兵败之后。

上片“萧瑟风云，埋没尽、英雄本色”，有时不我与、复国无望之惋惜。后诸句写清入关，宫阙蒙羞，词人虽未能像霍去病一样驱逐胡虏，却如精卫一样矢志不移，而结果连连受挫。下片以颜真卿、苏武自警自励，“拚三台坠紫，九京藏碧”，“三台”对应朝廷“三公”；“九京”为晋卿大夫墓地。意指虽社稷倾覆，仍砥砺志节。“燕语呢喃新旧雨，雁声嘹呖兴亡月”，故国兴亡，物是人非，悲意袭人。末句“怕他年、西台恸哭人，泪成血”，用宋朝遗民谢翱西台哭拜文天祥典故，以文山以身许国为楷模，明徐石麒亦有“西台哭罢，三户里，识遗贤”之句。全词题旨正如词人的另一诗句“生比鸿毛犹负国，死留碧血欲支天”，英气浩然。

夏完淳（一首）

[作者简介] 夏完淳（1631—1647），原名复，字存古，号小隐、灵首（一作灵胥），乳名端哥。松江府华亭县人。抗清英雄，被捕就义。清乾隆时谥节愍。有《夏节愍公集》传世。

烛影摇红　寓怨

孤负天工，九重自有春如海。佳期一梦断人肠，静倚银釭待。隔浦红兰堪采，上扁舟，伤心欸乃。梨花带雨，柳絮迎风，一番愁债。　　回首当年，绮楼画阁生光彩。朝弹瑶瑟夜银筝，歌舞人潇洒。一自市朝更改，暗销魂，繁华难再。金钗十二，珠履三千，凄凉万载。

【品读小记】

夏完淳就义时年仅十七岁，令人唏嘘。清况周颐《蕙风词话》云：“明夏节愍完淳，年十七殉国难，词人中未之有也。其《大哀》、《九哀》诸作，庶几趾美楚骚。夫以灵均辞笔为长短句，乌有不工者乎？”清陈廷焯《云韶集》评曰：“存古词旨慷慨，不囿于时俗。”此词托男女之情，寓故国倾覆之怨。

上片“孤负天工，九重自有春如海”，起笔不凡，真乃少年英杰！“隔浦红兰堪采，上扁舟，伤心欸乃”，投身抗清事业，弃绝隐逸之想，《云韶集》论曰：“观‘隔浦’二语，何等委婉，却又何等斩绝。”“梨花带雨，柳絮迎风，一番愁债”，或见故国于风雨飘摇之中。下片忆及故国繁盛景况，绮楼画阁，歌舞欢声，均随着“一自市朝更改”，繁华难再。末句“金钗十二，珠履三千，凄凉万载”，化用唐白居易诗句“钟乳三千两，金钗十二行”及《史记》“春申君客三千余人，其上客皆蹑珠履以见赵使，赵使大惭”之典故，下片“一自”“十二”“三千”“万载”等巧妙运用，兴废之慨，对比强烈。《云韶集》评曰：“其气概悲壮，其词忠厚温柔，节愍公一生心事可见矣。黍离之慨，有不能自已者。”

清代 一一三首

钱谦益（一首）

［作者简介］钱谦益（1582—1664），字受之，号牧斋，晚号蒙叟，东涧老人。人称虞山先生。苏州府常熟县鹿苑奚浦人。为明东林党领袖之一。后降清，为礼部侍郎。有《初学集》《有学集》《投笔集》传世。

永遇乐　十七夜

白发盈头，清光照眼，老颠思裂。折简徵歌，醵钱置酒，漫浪从他说。银筝画鼓，翠眉檀板，恰称合欢佳节。隔船窗、暗笑低颦，一缕歌喉如发。　　生公石上，周遭云树，遮掩一分残阙。天上《霓裳》，人间《桂树》，曲调都清切。干戈满地，乌惊鹊绕，一寸此时心折。凭谁把、青天净洗，长留皓月。

【品读小记】

钱谦益为明末清初文坛领袖，伴随东林党命运起伏，仕清后半载即辞官，又补过自赎，从事反清复明活动，一生经历复杂，其大节有亏，多为人指摘。清丁绍仪《听秋声馆词话》云：“牧斋人品无足取，而才华自不可掩。”钱谦益于未变节时作《永遇乐》词四首，清邹祗谟《倚声初集》论曰：“托意雅深，至自有琼楼玉宇之思。”此词写八月十七夜游虎丘所见所感，寄寓身世家国之思。

上片写夜游经历。起句“白发盈头，清光照眼，老颠思裂”，似饱经风霜，放浪不羁。晚明者，可映照魏晋。后诸句以“漫浪”为核心，写虎丘游冶之盛。相传虎丘有夜游之俗，清代中秋词中多有“虎丘”意象，寄托故国之思与繁华易逝的慨叹。钱氏放浪享乐之举，不失为仕途坎坷沉浮的一种疏解。下片抒发感慨，于游乐之中见家国之忧。残阙遮掩，曲调三国清切，见忧国之心。“干戈满地，乌惊鹊绕，一寸此时心折”，化用三国曹操“月明星稀，乌鹊南飞。绕树三匝，何枝可依”？及唐杜甫诗句“心折此时无一寸，路迷何处见三秦”，直陈忧患之思与伤痛之感，“其初尚非全无心肝者，未可以纵情荒宴少之”（丁绍仪语）。末句“凭谁把、青天净洗，长留皓月”，或见钱氏有与家国共存亡的忠贞之志，无奈未能坚守到底，终成亏节，“事到抽身悔已迟，每于败局算残棋”（钱谦益诗）。

张岱（一首）

［作者简介］张岱（1597—1684），又名维城，字宗子，又字石公，号陶庵、天孙，别号蝶庵居士，晚号六休居士。山阴人。入清后隐居嵊县，著述终老。有《陶庵梦忆》《西湖梦寻》《夜航船》等传世。

念奴娇　丁亥中秋寓项里作

雨余乍霁，见重云堆垛，天无罅隙。一阵风来光透处，露出半空鸾翮。凛冽无翳，玲珑晶沁，人在玻璃国。空明如水，阶前藻荇历历。　叹我家国飘流，水萍山鸟，到处皆成客。对影婆娑，回首问、何夕可方今夕？想起当年，虎丘胜会，真足销魂魄。生公台上，几声冰裂危石。

【品读小记】

张岱前半生悠游闲逸，后半生困顿穷厄，家国之变，慨叹亦深。此词为丁亥中秋寓居绍兴项里小镇时所作，于中秋团圆之日，抒“家国飘流”之叹。

上片写月下晶莹世界，灵气充裕，仿佛梦境。起句“重云堆垛，天无罅隙”，压抑迫人，几令赏月无望。恰好“一阵风来光透处，露出半空鸾翮”，令人转忧为喜，词风亦有小品化倾向。“凛冽无翳，玲珑晶沁，人在玻璃国”，天地澄明，如登仙境，仿似宋张孝祥“素月分辉，明河共影，表里俱澄澈”。“空明如水，阶前藻荇历历”，化用宋苏东坡《记承天寺夜游》“庭下如积水空明，水中藻荇交横，盖竹柏影也”句，或有“一切有为法，如梦幻泡影，如露亦如电，应作如是观”之悟。下片写“家国飘流”之叹。“对影婆娑，回首问、何夕可方今夕”，化用宋张孝祥“扣舷独啸，不知今夕何夕”，月色愈是瑰丽晶莹，兴亡之感愈是强烈，亡国之人愈是孤寂悲戚。末二句忆及当年虎丘胜会，“冰裂危石”，响遏行云。《陶庵梦忆》记载这一盛况：“三鼓，月孤气肃，人皆寂阒，不杂蚊虻，一夫登场，高坐石上，不箫不拍，声出如丝，裂石穿云，串度抑扬，一字一刻，听者寻入针芥，心血为枯，不敢击节，惟有点头。”今昔对比，仿似一梦，令人陡生悲凉幻灭之感。恰似词人在《陶庵梦忆》自序中慨叹“因想余生平，繁华靡丽，过眼皆空，五十年来，总成一梦”。

李雯（一首）

［作者简介］李雯（1607—1647），字舒章，江南青浦（今属上海）人。清军入关时被羁留京城，被推荐授官为内阁中书舍人，充顺天乡试同考官。有《蓼斋集》传世。

风流子 送春

谁教春去也？人间恨，何处问斜阳？见花褪残红，莺捎浓绿，思量往事，尘海茫茫。芳心谢，锦梭停旧织，麝月懒新妆。杜宇数声，觉余惊梦，碧阑三尺，空倚愁肠。　　东君抛人易，回头处，犹是昔日池塘。留下长杨紫陌，付与谁行？想折柳声中，吹来不尽，落花影里，舞去还香。难把一樽轻送，多少暄凉。

【品读小记】

李雯少时与陈子龙、宋徵舆并称“云间三子”。清军入关后不得已仕清，甚为自责自愧。此词借“送春”送别故国、故人，表现出李雯对故国的眷恋和对仕清的自哀自怨。

开篇即是大问：“谁教春去也？人间恨，何处问斜阳？”大明江山，为何一败千里？斜阳者，帝国败亡之意象。“花褪残红，莺捎浓绿”，时序相移与朝代更替交织在一起，难免会“思量往事，尘海茫茫”。“芳心谢，锦梭停旧织，麝月懒新妆”，乃心灰意冷、饮恨吞声之举，叶嘉莹先生认为这表明李雯不向清朝求富贵。下片“东君”无情，难遂人愿。虽是“昔日池塘”，无奈江山易主。“留下长杨紫陌，付与谁行”？李雯质问东君，故国都城，谁来做主？明知故问，沉痛之至。大局无可更改，唯有在“折柳声中”“落花影里”，保留一份对故国、故人的怀念。“难把一樽轻送，多少暄凉”，送春不易，送故国难，清除亏节更难。清谭献《箧中词》有“同芝麓”三字（即龚鼎孳，亦是仕清之人），谭献评曰“同病相怜”。

吴伟业（二首）

［作者简介］吴伟业（1609—1671），字骏公，号梅村，别署鹿樵生、灌隐主人、大云道人，江苏太仓人。与钱谦益、龚鼎孳并称“江左三大家”。入清后历官秘书院侍讲、国子监祭酒。有传奇《秣陵春》，杂剧《临春阁》及《梅村词》传世。

贺新郎　病中有感

万事催华发！论龚生、天年竟夭，高名难没。吾病难将医药治，耿耿胸中热血。待洒向、西风残月。剖却心肝今置地，问华佗、解我肠千结。追往恨，倍凄咽。　　故人慷慨多奇节。为当年、沉吟不断，草间偷活。艾灸眉头瓜喷鼻，今日须难诀绝。早患苦、重来千叠。脱屣妻孥非易事，竟一钱不值何须说！人世事，几完缺？

【品读小记】

吴伟业为明代名臣，无奈性格懦弱，变节仕清，终成贰臣，负愧终生，其临终遗言“吾死后，殓以僧装，葬吾于邓尉、灵岩相近，墓前立一圆石，题曰诗人吴梅村之墓”。清陈廷焯《云韶集》评曰：“梅村词一片哀感，其词纤丽如揽嫱施之袂，其旨悲凉，实屈子美人香草之遗也。”词人病重时写下这首词，聚焦“追往恨”，对自己的亏缺追悔不已。

上片以西汉龚胜不应王莽所征、绝食而死的典故做对比，显出自身的懦弱。高名失节，心病难医，备感凄咽。下片以陈子龙等故人以身殉国“故人慷慨多奇节”做对比，继而用晋周觊（“岂可草间偷活”）及隋麦铁杖（“岂能艾炷灸额，瓜蒂喷鼻，治黄不差”）身历国难的典故，反思自己“草间偷活”的心路历程，说明“脱屣妻孥非易事”的仕清缘由。但旋即又否定了这一理由“竟一钱不值何须说”，最终还是直面自己的过错，正如吴氏的诗句“受恩欠债应填补，总比鸿毛也不如”。清陈廷焯《白雨斋词话》评此词：“悲感万端，自怨自艾。千载下读其词，思其人，悲其遇。固与牧斋不同，亦与芝麓辈有别。”

沁园春　观潮

八月奔涛，千尺崔嵬，砉然欲惊。似灵妃顾笑，神鱼进舞；冯夷击鼓，白马来迎。伍相鸱夷，钱王羽箭，怒气强于十万兵。峥嵘甚，讶雪山中断，银汉西倾。　孤舟铁笛风清，待万里、乘槎问客星。叹鲸鲵未剪，戈船满岸；蟾蜍正吐，歌管倾城。狎浪儿童，横江士女，笑指渔翁一叶轻。谁知道，是观潮枚叟，论水庄生。

【品读小记】

钱塘大潮，天下奇观；气势壮阔，震撼心魄；文人墨客，多有诗赋。此词为描写钱塘大潮的精彩词章之一。

上片写大潮气魄。起句“八月奔涛，千尺崔嵬”，概括大潮壮观。后诸句用洛神灵妃、河神冯夷的神话及伍子胥、吴越王钱镠的典故、撷取“怒气”二字描摹大潮样貌，“雪山中断，银汉西倾”，亦气势雄浑，与宋周密“玉城雪岭，际天而来”异曲同工。下片抒个人幽怀。“孤舟铁笛风清，待万里乘槎问客星”，有高尚其志，有“道不行，乘桴浮于海”之意。“叹鲸鲵未剪，戈船满岸；蟾蜍正吐，歌管倾城”，以海上战事未平、战船满岸，与城中追求荣利、歌舞升平相对比，似乎世人已迅速把明朝遗忘，又投身新朝的歌舞升平中。“狎浪儿童，横江士女，笑指渔翁一叶轻”，以“渔翁”自比，有“众人皆醉我独醒”和“虽千万人吾往矣”之意。末句以枚乘和庄子自况，或有“论天下之精微，理万物之是非”（枚乘《七发》）之志向。

曹溶（一首）

[作者简介] 曹溶（1613—1685），字秋岳，一字洁躬，亦作鉴躬，号倦圃。浙江秀水（今嘉兴）人。明朝官御史。清朝官至户部侍郎。开浙西词派之先河。有《静惕堂集》传世。

满江红　钱塘观潮

浪涌蓬莱，高飞撼、宋家宫阙。谁荡激，灵胥一怒，惹冠冲发。点点征帆都卸了，海门急鼓声初发。似万群、风马骤银鞍，争超越。　江妃笑，堆成雪；鲛人舞，圆如月。正危楼湍转，晚来愁绝。城上吴山遮不住，乱涛穿到严滩歇。是英雄、未死报仇心，秋时节。

【品读小记】

清陈廷焯《云韶集》云:“洁躬词直追南宋，无一字不雅。”近人吴梅称曹溶“其词虽不尽工，然颇得空灵之趣”(《词学通论》)。此词亦写钱塘观潮，与吴伟业《沁园春》堪称清代观潮词之双璧。

上片起句直言浪撼宋家宫阙，元灭宋与清灭明极为相似，借此或寓故国之念、兴亡之思。后诸句以“灵胥一怒”（相传伍子胥死后为涛神，故称“灵胥”；夏完淳亦号“灵胥”）为引领，铺陈潮声震天、万马奔腾的气势。下片换头句用“江妃笑”“鲛人舞”比喻大潮瑰丽堂皇。“城上吴山遮不住，乱涛穿到严滩歇”，写大潮气势不可阻挡，有“青山遮不住，毕竟东流去”之叹。“是英雄、未死报仇心，秋时节”，结拍句“最为崛奇”（清朱彝尊语），以拟人手法点明大潮奔腾不息的缘由，且与“灵胥一怒”相呼应，家仇国恨，迸发而出，显露出藏于心底的幽愤之情。清陈廷焯《白雨斋词话》称道此二句："沉雄悲壮，笔力千钧，读之起舞。竹垞和作，已非敌手，何论余子。"

宋琬（二首）

［作者简介］宋琬（1614—1673），字玉叔，号荔裳，山东莱阳人。顺治四年（1647）进士。历官永平道、宁绍台道。被诬下狱，事白后流寓吴越。后起为四川按察使。有《安雅堂集》《二乡亭词》传世。

鹧鸪天　遣怀

咄咄书空唤奈何，自怜身世转蹉跎。长卿已倦秋风客，坡老休嗔春梦婆。　　朝梵夹，暮渔蓑，闲中岁月易消磨。谁言白发无根蒂，只为穷愁种得多。

【品读小记】

清陈廷焯《云韶集》评曰："玉叔词凄凉婉丽，高在雅致，不作佻语。"宋琬仕途蹭蹬，曾两次蒙冤下狱，其诗句"自从系械两经春，面目黧瘦疑非人"，记录了监狱的痛苦生活。此词感慨身世蹉跎，发愁苦之音，悲从心来。

上片起句用晋殷浩临空书"咄咄怪事"典故，喻示宋琬对自身遭遇的不解和不满。接着用司马相如和苏东坡的典故，表明对宦游的厌倦和人生如梦的幻灭感。下片本想用隐逸生活、闲中岁月来缓解愁苦，就像词人的另一诗句"刀俎惊前梦，渔蓑老此身"，无奈"穷愁种得多"，导致白发丛生。全篇情绪一波三折，名为《遣怀》，实难排遣。

蝶恋花　旅月怀人

月去疏帘才数尺，乌鹊惊飞，一片伤心白。万里故人关塞隔，南楼谁弄梅花笛？　蟋蟀灯前欺病客，清影徘徊，欲睡何由得？墙角芭蕉风瑟瑟，生憎遮掩窗儿黑。

【品读小记】

宋琬历经明清之乱和两次入狱，一生漂泊，多有羁旅愁思，此词即为一例。清陈廷焯《云韶集》曰："此词最佳，在不即不离之间，非有真本领者无此贴也。"上片起句化用三国曹操"月明星稀，乌鹊南飞"句，恰如惊弓之鸟，以"一片伤心白"作结，情景交融，一片惨淡。"万里故人关塞隔，南楼谁弄梅花笛"，用晋向秀《思旧赋》典故，暗寓兴亡之感。下片"蟋蟀灯前欺病客"句，化用汉佚名《明月皎夜光》"明月皎夜光，促织鸣东壁"意象，造境凄苦，有如唐司空曙《喜外弟卢纶见宿》"雨中黄叶树，灯下白头人"之感。末句"墙角芭蕉风瑟瑟，生憎遮掩窗儿黑"（有版本为"亏伊遮掩窗儿黑"），或有畏惧小人诬告，朝廷被蒙蔽，不辨黑白之忧。且"窗儿黑"与上片"伤心白"呼应，黑也生憎、白也伤心，更见其惶恐无定。故清谭献《箧中词》曰："忧谗。"

余怀（一首）

［作者简介］余怀（1616—1696），字澹心，一字无怀，号鬘翁、广霞，又号壶山外史、寒铁道人，晚年自号鬘持老人。福建莆田黄石人，侨居南京，以布衣遗民终老。自称江宁余怀、白下余怀。有《板桥杂记》《玉琴斋词》等传世。

桂枝香 和王介甫

江山依旧，怪卷地西风，忽然吹透。只有上阳白发，江南红豆。繁华往事空流水，最飘零，酒狂诗瘦。六朝花鸟，五湖烟月，几人消受。　　问千古英雄谁又？况伯业销沉，故园倾覆。四十余年，收拾舞衫歌袖。莫愁艇子桓伊笛，正落叶、乌啼时候。草堂人倦，画屏斜倚，盈盈清昼。

【品读小记】

清吴伟业《玉琴斋词·题辞》评余怀词曰：“澹心词，大要本于放翁，而点染藻艳，出脱轻俊，又得诸《金荃》、《清真》。此繇学富而才隽，无所不诣其胜耳。”余怀曾写《四十九岁感遇词》六首，有小引云：“白香山云：‘四十九年身老日，一百五夜月明天。’苏子瞻云：‘嗟我与君皆丙子，四十九年穷不死。’余今年四十九，身既老矣，穷犹未死。追想生平，六朝如梦。每爱宋诸公词，倚而和之。聊进一杯，正山谷所云‘坐来声喷霜竹’也。”此词为六首之一，和宋王安石《金陵怀古》词，寓故国之思。

上片以“卷地西风”起笔，写江山依旧而王朝更替，明朝繁华如流水一般消逝，无人再能领略。下片写“伯业销沉，故园倾覆”

后的愁情与无奈，“莫愁艇子桓伊笛”，化用宋周邦彦词句“莫愁艇子曾系”及唐杜牧诗句“月明更想桓伊在，一笛闻吹出塞愁”，见词人愁上加愁。末句显示出余怀一种类似“非暴力不合作”的姿态，其著作多不署清朝年号，以示不忘故国也。

邓汉仪（一首）

［作者简介］邓汉仪（1617—1689），字孝威，号旧山，别号旧山梅农、钵叟。江苏泰州人，康熙十八年（1679），授中书舍人。有《淮阴集》等传世。

小重山 金陵步芝麓韵

淮水横拖柳线柔，曾闻箫鼓夜、美人游。一从好事断香钩，西窗月、不肯照梳头。　　苦雨更深秋，怎禁桐叶下、一更愁。寒潮依旧绕城流，无人处、私倚阅江楼。

【品读小记】

明灭亡不久，作者友人龚鼎孳（号芝麓）填词《小重山·重到金陵》，本词乃步其韵之和作。这是一曲明遗民慨叹故国沦亡的悲歌，笔调低沉哀婉，意境萧瑟凄清。或许是在当时严酷的政治环境下，该词未现慷慨悲歌之风骨，却也处处透着故国之情思。歇拍句秦淮河上“西窗月、不肯照梳头”，结拍句大江奔涌绕孤城的“无人处、私倚阅江楼”，耐人寻味，引人深思。

徐之瑞（一首）

［作者简介］徐之瑞（？—1672后），字兰生，号仁九。浙江钱塘人。入清，隐居山中。有词集《横秋堂词》，不传。

水龙吟　登瓜步江楼

怒涛千叠横江，是谁截断神鳌足？却思当日，风云叱咤，气吞巴蜀。江左夷吾，风流顿尽，神州谁复？但茫茫睹此，河山如故。悲何限、吞声哭。　　正拟清游堪续，剩荒台、乱鸦残木。伤心莫话，南朝旧事，春波犹绿。鼎鼎华年，滔滔逝水，浮生何促！指三山缥缈，凌云东去，醉吹霜竹。

【品读小记】

瓜步山，在今江苏南京六合区境内，当时南临长江。明王朝覆亡不久，作为明遗民的徐之瑞登上此山江楼，极目江天，遥望六朝古都建康（今南京），感江山易主，悲恨交加，遂填此沉郁苍凉之《水龙吟》。

全词以“怒涛千叠横江，是谁截断神鳌足”开篇，顿时就将当时有如惊涛骇浪般国破家亡之巨变呈现在读者面前；而暗引女娲补天的发问，则是宣示这种天崩地裂、江山易色之大变局，已无人且无力可改变！悲愤之情喷涌而出。由此，词人俯仰古今，思绪澎湃，既想到西晋初年益州（今成都）刺史王濬率大军沿长江顺流而下取金陵（今南京）、灭东吴的英雄业绩，又想到东晋初年因中原沦陷而南渡的权贵们在建业（今南京）空有“新亭对泣”（见《世说新语·言语》）、终究“风流顿尽”而神州难复的凄凉往事，再想到如今“河山如故”，却故国沦亡、神州难复的悲剧现实，怎能不“悲何限，吞声哭”！词的上片就是这样一种俯仰古今叹兴亡。下片则转而“浮生何促”叹人生。词人看到“荒台”“残木”，想到自己“鼎鼎华年”已如“滔滔逝水”，年富力强却无所作为，更无力回天，不由得“伤心莫话”，只好“指三山（传说中的蓬莱、瀛州、方丈三座仙山）缥缈，凌云东去，醉吹霜竹（竹笛）”了。词人就是以这样的结拍句凄凉地自我排解，在暂时的摆脱尘世的想象中消纳胸中郁结的万古悲愁。词人悲愤莫名，是要“逢人不说人间事，便是人间无事人”（唐杜荀鹤《赠质上人》）了。

此词上片叹兴亡，百感交集，情思澎湃，气势雄浑；下片叹人生，满目伤心，凄凉婉曲，惆怅低回。词人以这样的强烈对比笔法，抒发出自己的家国之恨和身世之慨，确有摇人心旌的独特艺术魅力，佳作也。

柳如是（一首）

［作者简介］柳如是（1618—1664），明末清初女诗人，本名杨爱，字如是，又称河东君，因读宋辛弃疾《贺新郎》中“我见青山多妩媚，料青山见我应如是”，故自号如是。浙江嘉兴人。有《湖上草》《戊寅草》《尺牍》传世。

金明池　寒柳

有恨寒潮，无情残照，正是萧萧南浦。更吹起，霜条孤影，还记得旧时飞絮。况晚来，烟浪迷离，见行客，特地瘦腰如舞。总一种凄凉，十分憔悴，尚有燕台佳句。　春日酿成秋日雨。念畴昔风流，暗伤如许。纵饶有，绕堤画舫，冷落尽，水云犹故。念从前，一点春风，几隔着重帘，眉儿愁苦。待约个梅魂，黄昏月淡，与伊深怜低语。

【品读小记】

柳如是，明清之际的江南才女、江南名妓。这首咏柳名篇，就是这位才华出众女诗人的佳作。词人曾与陈子龙有过一段刻骨铭心而又不得不无果而终的悲剧恋情。这首咏物词托柳寄兴，在缠绵婉曲中展露出对这段恋情此时此刻的幽怨难舍、悲凉凄苦、疲惫不堪的心境，可谓愁肠百结，幽恨无穷。

上片写寒柳，突出了寒柳虽曾也有过“旧时飞絮”舞春风的盛景，如今却已是“霜条孤影”，尽显“凄凉”和“憔悴”，这分明是词人自我形象的一种隐喻，在曲笔写自己。下片则顺势直写自己，突出展露的是词人旧情难忘又必须忘却的深沉痛苦和无穷幽恨。结拍时，词人又以寒柳托怀，独具慧眼、运思巧妙地让寒柳邀约暗香袭人的梅花为友，勾画出在月下“与伊深怜低语”的美妙意象。这一柳骨梅魂同气相求的温馨结拍，幽婉地展现出词人清高自洁、自怜自爱的精神风貌。

有论者认为“本词作为一篇托物寄兴词，取象精当，寄意微妙，含思婉转，意脉伸缩自如，让人回味无穷，确实是不可多得的词中珍品”(见上海辞书出版社《元明清词鉴赏辞典》)。笔者以为然。

宋徵舆（一首）

［作者简介］宋徵舆（1618—1667），字辕文，号直方，江南华亭（今上海松江）人。顺治四年（1647）进士。官至都察院左副都御史。有《林屋文稿》传世。

踏莎行　春闺风雨

锦幄销香，翠屏生雾，妆成漫倚纱窗住。一双青雀到空庭，梅花自落无人处。　回首天涯，归期又误。罗衣不耐东风舞。垂杨枝上月华明，可怜独上银床去！

【品读小记】

这首春闺伤离思远词，清丽温婉，含蓄蕴藉，情致动人。全词因情取景，因景生情，在情景交融中不言思念而念思自见，不言愁苦而苦愁满篇，不言怨恨而恨怨盈目，不言情深而深情四溢。“垂杨枝上月华明，可怜独上银床去”的结拍句，形象而生动地刻画出思妇喷涌而出的月圆人不圆、独守空房的感伤情绪和无可奈何的惆怅情怀，令人为之动容。该词可谓清人闺怨词中上品，不输南唐词风。清谭献《箧中词》就曾评此词“何减冯（延巳）韦（庄）”？

尤侗（一首）

［作者简介］尤侗（1618—1704），曾被顺治誉为“真才子”，康熙誉为“老名士”。字展成，一字同人，早年自号三中子，又号悔庵，晚号艮斋、西堂老人、鹤栖老人、梅花道人等，苏州府长洲人。康熙十八年（1679）举博学鸿儒，授翰林院检讨，参与修《明史》。有《西堂全集》传世。

行香子　春暮

紫陌金车，绿蒲兰槎，共追寻、大地芳华。看三分春色，分与谁家？有一分山，一分水，一分花。　　雨打檐牙，月落窗纱，恨韶光、转盼天涯。小庭寂寞，底事争哗？是一声莺，一声燕，一声鸦。

【品读小记】

这篇游记词通篇写景，却生动而又简洁地表达出词人赏春欢欣、伤春失落的文人情怀。上片写赏春：春色遍野，词人赞叹人们从陆路和水路纷纷“共追寻、大地芳华”；下片伤春：暮雨夜月送春归，词人悲叹“恨韶光、转盼天涯”。上下片的强烈对比，主旨当在感叹好景不长，韶光易逝。词人按照《行香子》句式的要求巧思运意，笔势空灵，文字清新，含蓄中见洒脱，简洁中显多姿，佳作也。

徐灿（二首）

［作者简介］徐灿（约1618—1698），女，字湘蘋，又字深明，号明霞，又号紫管。江南吴县人。从夫宦游，封一品夫人。有《拙政园诗馀》。

唐多令　感怀

玉笛擫清秋，红蕉露未收。晚香残、莫倚高楼。寒月多情怜远客，长伴我，滞幽州。　小苑入边愁，金戈满旧游。问五湖、那有扁舟。梦里江声和泪咽，频洒向，故园流。

【品读小记】

该感怀词表现的是词人在明亡入清后的复杂悲凉心境。明王朝覆亡，自己家境变迁（不只是由江南而幽州，更主要的是，曾被明崇祯帝下令“永不叙用”的丈夫陈之遴，此时却被清顺治朝赏识而失节在京为官），如此人生际遇使词人一腔悲愤郁结，凄凉而无奈。这些正是这首感怀词之所感。上片写词人独自吹笛于清秋月夜，思乡？忆旧？孤独莫名。下片写词人欲归不能，因为“小苑边愁（用唐杜甫《秋兴》‘芙蓉小苑入边愁’句意），金戈满旧游”；欲隐无地，因为“问五湖、那有扁舟”（暗用范蠡归隐事典）！如此无奈，深悲积怨也就只能宣泄于梦回江南故园之中，可谓悲苦难言了。全词委婉含蓄，凄苦情、沉痛感溢于字里行间。

永遇乐　舟中感旧

无恙桃花，依然燕子，春景多别。前度刘郎，重来江令，往事何堪说。近水残阳，龙归剑杳，多少英雄泪血。千古恨、河山如许，豪华一瞬抛撇。　　白玉楼前，黄金台畔，夜夜只留明月。休笑垂杨，而今金尽，秾李还销歇。世事流云，人生飞絮，都付断猿悲咽。西山在、愁容惨黛，如共人凄切。

【品读小记】

徐灿在丈夫陈之遴于崇祯十年（1637）中进士授编修后，曾与之在京城小住过一段时光，后因丈夫奔父丧南归江南。崇祯十七年（1644）清兵入关，破京城并大举南侵。不久陈失节重仕新朝，词人不得不携子女北上。这首感慨万端、题为《舟中感旧》的长调，便是词人写于这次的北上途中。江山易主、“多少英雄泪血”流尽的大变局，强烈震撼着词人；亡国之恨、身世之悲（丈夫失节等）交织并折磨着词人；如今景物依旧，却已是“满眼河山牵旧恨”（见词人同时写的《满江红·将至京寄素庵》），词人悲慨“千古恨、河山如许，豪华一瞬抛撇”！充满家国情怀，悲慨江山易主，感叹世事无常，悲怆人生多舛，都在情景交融、古今交并的词句中表达得淋漓尽致。正所谓“诗词者，物之不得其平而鸣者也”（王国维《人间词话》）而结拍句“西山在、愁容惨黛，如共人凄切”，则明白呈现出本词的悲怆基调。这首“外似悲壮，中实凄咽，欲言未言”（见清谭献《箧中词》）的《永遇乐》，是这位才华横溢女词人的名篇佳作之一。

史惟圆（一首）

［作者简介］史惟圆（1619—1692），字云臣，号蝶庵，又号荆水钓客，宜兴人。以隐逸终老。阳羡词派重要作家。有《蝶庵词》传世。

沁园春　黄鹤楼

万里澄波，汉耶江耶？登临快哉。有晴云舒卷，层层楼迥；雄风披拂，面面窗开。作赋祢生，题诗崔颢，占得人间几许才？都休问，怕苍茫吊古，触绪生哀。　仙踪一去难回。任几度、人民换劫灰。看东连吴会，寒潮断岸；西邻巫峡，暮雨荒台。倚槛多时，凭阑竟日，玉笛何人又《落梅》。斜阳外，望凌空孤鹤，为我重来。

【品读小记】

高踞于武昌黄鹤矶上的黄鹤楼，作为江南四大名楼之一有着丰厚的文化承载。三国时写作《鹦鹉赋》的祢衡性刚傲物，曾击鼓骂曹，终为江夏（今武昌）黄祖所杀；传说仙人曾在此骑鹤上天，诗才横溢的唐崔颢因以此为题材的一首《黄鹤楼》诗而名满天下，中有“昔人已乘黄鹤去，此地空余黄鹤楼”之句脍炙人口；大诗人李白到此则留下《与史郎中钦听黄鹤楼上吹笛》的佳作，内有“黄鹤楼中吹玉笛，江城五月落梅花”之名句。

词人登临黄鹤楼，面对“万里澄波”、汉水汇入大江的壮阔景象，触景生情，心潮起伏，“收百世之阙文，采千载之遗韵”（魏晋陆机《文赋》），写下了这首气势跌宕的抒怀之作。词人将上述事典融入眼前景物，将个人际遇融入人世沧桑，将自家情怀融入想象意境，俯仰顾盼，大笔挥洒，成就了这篇气象不凡、品味标高的佳作。

引人注目的是：上片“都休问”歇拍三句，说“休问”却已问，怕生哀却已哀，使人感到志存高远的词人怀才不遇的悲凉寂寞；而下片“斜阳外”结拍三句则提振全篇，希冀仙鹤凌空“为我重来”，寄托着词人美好的祥瑞愿景，使人体悟到了词人的恢宏胸襟和未泯的人生希望。

吴绮（一首）

[作者简介] 吴绮（1619—1694），字菌次，一字丰南，号听翁，又号薙叟江都人。官至湖州知府，以多风力，尚风节，饶风雅，时人称“三风太守”。有《林蕙堂集》传世。

醉花间　春闺

思时候，忆时候，时与春相凑。把酒祝东风，种出双红豆。
鸦啼门外柳，逐渐教人瘦。花影暗窗纱，最怕黄昏又。

【品读小记】

这首闺怨小令，上片以重叠、反复的渲染手法，抓住典型的爱情象征（“种出双红豆”），生动营造出浓郁感人的闺中相思氛围。下片则以昔今时空转换的简洁手法，灵动而又细致地刻画出女主人公与心上人久别后相思凄苦的心境，“最怕黄昏又”的结句尤为传神。词人因此词匠心独运而成名，曾被人冠以“红豆词人”，可见此闺怨词之不俗。

吴骐（一首）

[作者简介] 吴骐（1620—1695），字日千，号铠龙，又号九峰遗黎，江南华亭（今上海松江）人。崇祯诸生。明亡不仕，自号“九峰遗黎”，以遗民终老。有《颇颔集》传世。

踏莎行　燕来

花堕红绡，柳飞香絮，流莺百啭催天曙。人言满院是春光，春光毕竟今何处？　悄语传来，新诗寄去，玉郎颠倒无情绪。相思总在不言中，何须更觅相思句。

【品读小记】

这首小令，看似儿女情思的艳词，实则深藏怀念故国之思，遥寄民族兴衰之慨。“人言满院是春光，春光毕竟今何处”句，是词人不认可清朝统治的明确宣示；而与友人（“玉郎”）交流，“相思总在不言中”，则是思念故国这一内心悲哀的深沉流露。词人身逢明清交替，年轻时在家乡松江，其诗词就曾受知于出生入死力挽明亡、终致献身殉国的忠烈之士陈子龙，受其影响和感召，入清后拒不奉官召而归隐山野。其词风也受“以浓艳之笔，传凄婉之神”（清陈廷焯《白雨斋词话》）的明陈子龙“忧时托志”（明陈子龙《六子诗序》）的影响，此词便是一例。

严绳孙（一首）

［作者简介］严绳孙（1623—1702），字荪友，号秋水，晚号藕荡渔人。无锡县胶山严埭人。授翰林院检讨，参编《明史》。历任日讲起居注官、山西乡试正考官、右中允兼翰林院编修、承德郎等。有《秋水集》传世。

浣溪沙　瘦损腰支不奈愁

瘦损腰支不奈愁，扇欹灯背晚庭幽。不如眠去梦温柔。
昨夜凉风生玉砌，旧时明月在兰舟。一生真得几回眸！

【品读小记】

这是一首描写女性生活、表白其内心世界的小令，写得俊逸淡雅、朦胧而又真切。上片写当下的闺中相思，点睛之笔是“不如眠去梦温柔”。下片拉开了思念的时空范围：从“昨夜凉风”中的思念，到“旧时明月”中的回忆，从中引发出了“一生真得几回眸”的深沉呼唤，女主人公内心深处炽热而忧伤的情感一下子迸发了出来！如此警策之结拍句，非深切体悟而不可出。

陈维崧（五首）

［作者简介］陈维崧（1625—1682），字其年，号迦陵。宜兴人。清康熙十八年由诸生授检讨，参修《明史》。阳羡词派领袖。好男风。有《湖海楼词》《湖海楼全集》传世。

南香子 邢州道上作

秋色冷并刀，一派酸风卷怒涛。并马三河年少客，粗豪，皂栎林中醉射雕。 残酒忆荆高，燕赵悲歌事未消。忆昨车声寒易水，今朝，慷慨还过豫让桥。

【品读小记】

陈维崧乃清初词坛“大手笔”，清陈廷焯《白雨斋词话》称其词“气魄绝大，骨力绝遒”，“纵笔所之，无不雄健”。此词作于1668年作者由北京南行经邢州（今河北邢台）境之际。虽属小令，仍体现了词人“英思壮采”“沉雄俊爽”的风格。上片写邢州道上所见自然景观和人物风貌。开头两句是说秋风凄厉，犹如“并刀”削面，触目浑似狂劲“酸风”袭来（“酸风”典出唐李贺《金铜仙人辞汉歌》：“魏官牵车指千里，关东酸风射眸子。”）。邢州道上深秋时节的萧索意绪扑面而来，但词人并不因此而沮丧，而是为所见“并马三河年少客”的英武豪举所激动、所激励（“三河”，指汉代的河内、河南、河东三郡，邢州地处三河地区）。下片转而抒怀，追忆春秋时代与邢州有关历史人物的慷慨壮举。“荆高”，指当年燕国太子丹的门客荆轲及其好友高渐离刺秦王之壮烈事；作者南行经豫让桥，则忆及当年晋国上卿智伯的家臣豫让为主报仇的壮烈事（见《资治通鉴》卷一）。在这样的追怀中，表现出作者对英豪的赞赏崇敬之情，也反映出词人感伤自己的遭遇，壮怀“燕赵悲歌事未消”，决计继承其父陈贞慧（复社四公子之一）、其师陈子龙等先辈，在明亡后避世或抗清之遗志的决心和信念。全词深沉苍健，慷慨磊落。清陈廷焯《白雨斋词话》评此词上片“笔力雄劲”，评下片“不著议论，自令读者怦怦心动”，精准也！

醉落魄　咏鹰

寒山几堵，风低削碎中原路。秋空一碧无今古，醉袒貂裘，略记寻呼处。　　男儿身手和谁赌？老来猛气还轩举。人间多少闲狐兔！月黑沙黄，此际偏思汝。

【品读小记】

这是一首托物寄怀词。上片先是咏叹鹰之傲立寒山、飞掠旷野、搏击长空的雄姿，继而描写词人青年时代“醉袒貂裘”，策马呼鹰出猎的壮景；下片转而抒怀，先倾诉自己“老骥伏枥，志在千里”之意气，继而借题发挥：在“月黑沙黄”的人间社会，多么需要“雄鹰”去收拾那帮“狐兔”式的衣冠禽兽！全词运笔矫健，笔势凌厉，“声色俱厉”（清陈廷焯《白雨斋词话》），词风正气凌然、阳刚激烈、意气风发，尽显词人英武高迈、老而弥坚、疾恶如仇的心境和品格。堪称“肌丰而力沉”“骨劲而气猛”（南朝刘勰《文心雕龙·风骨》）之作。“秋空一碧无今古”“男儿身手和谁赌”，佳句也！

法曲献仙音　咏铁马同云臣赋

赤兔无成，乌骓不逝，屈作小楼檐马。碎珮琮琤，丛铃戛珪，依稀客窗闲话。更乌鹊时相触，霜欺兼雨打。　　几悲咤。想多年、战场猛气，矜蹴踏、万马一时都哑。流落到而今，踠霜蹄、寄人篱下。潦倒余生，尽闲身、蛛丝同挂。又西风唤起，仍旧酸嘶中夜。

【品读小记】

这首咏物词颇具特色：以铁马（房屋檐间下悬的铁片）喻战马，咏铁马与咏战马不脱不粘、亦实亦虚地混为一体，寄慨遥深。

上片写一代名马“赤兔”（吕布之战马）、“乌骓”（项羽之战马），有如“屈作小楼檐马”而遭逢的种种不幸，以此寄慨人才埋没的伤感。下片进一步深化，痛惜累建战功的战马到头来却备受打击和冷遇，只能“流落”“潦倒”“寄人篱下”过余生，以此抒发“鸟尽弓藏”“怀才不遇”之悲愤。词人以丰富的想象力、深沉的历史感，将铁马的处境和命运与战马的处境和命运亦真亦幻地交织在一起，实际上是他自身命运的写照，也是对他所处时局的控诉。“又西风唤起”二句结拍，余韵悠长。宋张炎《词源》上说：“末句最当留意，有有余不尽之意始佳。”此词当得。近人吴梅《词学通论》赞其年词“皆极苍凉，又极雄丽。而老辣处几驾稼轩而上之”，这一评价值得人们在品读陈维崧此类词时细细体味。

贺新郎　秋夜呈芝麓先生

掷帽悲歌发。正倚幌、孤秋独眺，凤城双阙。一片玉河桥下水，宛转玲珑如雪。其上有、秦时明月。我在京华沦落久，恨吴盐、只点离人发。家何在？在天末。　　凭高对景心俱折。关情处、燕昭乐毅，一时人物。白雁横天如箭叫，叫尽古今豪杰。都只被、江山磨灭。明到无终山下去，拓弓弦、渴饮黄獐血。长杨赋，竟何益？

【品读小记】

清陈廷焯《白雨斋词话》有多则评陈维崧，认为“清初以迦陵为巨擘”，而“患在不能郁”。如“迦陵词气魄绝大，骨力绝遒，填词之富，古今无两。只是一发无余，不及稼轩之浑厚沉郁。然在国初诸老中，不得不推为大手笔”等等。词人风格各异，难以求全责备，正如叶嘉莹先生所言“你不能要求一股水又喷射又沉淀”（《清词选讲》）。陈维崧潦倒之时，曾得到龚鼎孳资助，故有多首相赠之词。此词借景遣怀，评古论今，一抒胸中垒块。

上片写秋眺之景。起句“掷帽悲歌发”，出语雄奇，用晋人袁耽掷帽典故，既见狂放不羁之情，又感激龚鼎孳像袁耽帮助桓温那样对自己的相助。后诸句写京城秋夜所见，“秦时明月”四字，贯通千载，明月依旧而人事代谢，“我在京华沦落久”，桑梓远隔，白发陡生，岂不悲歌！下片直抒胸中愤懑之情。借战国时燕昭王筑黄金台拓纳乐毅与扬雄作《长杨赋》的典故，慨叹怀才不遇，不被当权者赏识。“明到无终山下去，拓弓弦、渴饮黄獐血”，设语巧妙，扬雄为讽谏汉成帝游猎长杨宫“淫荒田猎，陵夷而不御也”而作《长杨赋》，而词人反其意而行之，又要到无终山射猎，更为曲折含蓄。结拍句“长杨赋，竟何益”，以反问作结，可谓宋陆游诗句“早信此生终不遇，当年悔草长杨赋”的升级版，不遇于世的情感更为浓烈。

贺新郎　赠苏崑生

苏，固始人，南曲为当今第一。曾与说书叟柳敬亭同客左宁南幕下，梅村先生为赋《楚两生行》。

吴苑春如绣。笑野老、花颠酒恼，百无不有。沦落平生知己少，除却吹箫屠狗。算此外、谁欤吾友？忽听一声何满子，也非关、泪湿青衫透。是鹃血，凝罗袖。　武昌万叠戈船吼。记当日、征帆一片，乱遮樊口。隐隐舵楼歌吹响，月下六军搔首。正乌鹊、南飞时候。今日华清风景换，剩凄凉、鹤发开元叟。我亦是，中年后。

【品读小记】

小序已点明背景，苏氏为南曲第一人，左良玉守武昌时，苏氏以歌投其幕下。书赠苏氏此词，有唐杜甫《江南逢李龟年》深隐之痛。上片自嘲沦落半生，知音者稀，而听苏氏唱曲，引发身世之悲、兴亡之感。“忽听一声何满子，也非关、泪湿青衫透。是鹃血，凝罗袖”，化用唐张祜“一声何满子，双泪落君前”，乃惊心动魄之语。下片写苏昆生当年随南宁侯左良玉大军东进，月下高歌，六军动容，或如吴伟业《楚两生行》所描绘的“生来索酒便长歌，中天明月军声静”那样。末两句借唐朝安史之乱后，唯有“鹤发开元叟”和“中年后”还记当年盛况，寄寓对故国的无限思念。“正是江南好风景，落花时节又逢君”（唐杜甫），一切尽在不言中。

张渊懿（一首）

［作者简介］张渊懿，生卒年不详，字砚铭，一字元清，号蛰园，青浦人。顺治十一年（1654）举人，以江南奏销案坐废乡里，遂以翰墨自娱。有《临流诗》《月听轩诗余》传世。

渔家傲　东昌道中

野草凄凄经雨碧，远山一抹晴云积。午睡觉来愁似织。孤帆直，游丝绕梦飞无力。　古渡人家烟水隔，乡心撩乱垂杨陌。鸿雁自南人自北。风萧瑟，荻花满地秋江白。

【品读小记】

该词记述作者沿运河乘船北上行经东昌府（治所在今山东聊城）途中所见所思。写清秋之景，设色淡雅，取景丰满，笔调优美，一派诗情画意；写旅人之思，则是乡愁漫漫，如梦似幻，缠绵而又苍茫。全词情景交融，不失为羁旅行役词中佳作。“荻花满地秋江白”，化用唐白居易“枫叶荻花秋瑟瑟”，得体而有新意，佳句也。

邹祗谟（一首）

［作者简介］邹祗谟（1627—1670），字讦士，号程村，别号丽农山人，武进人。顺治戊戌进士。有《远志斋集》。又有《丽农词》二卷，与王士祯《衍波词》、彭孙遹《延露词》并称“三名家词”。

望远行　蜀冈眺望怀古和阮亭韵

今年才过清明节，又见春风催暮。酒旗篱落，画舫笙歌，都傍销魂堤树。金刹斜阳，透得红霞一抹，望中绿莎如许。送韶华岁岁，江山烟雨。　　相语，屈指兴亡多少，只柳影莺声无数。殿脚三千，桥头十五，断却隋皇归处。惟有醉翁几阕，髯公三过，妆点平山词赋。看骑鹤人来，吹箫人去。

【品读小记】

此词为邹祗谟与王士祯（号阮亭）同游扬州蜀冈时的唱和之作，发思往吊古之幽情。上片写蜀冈春暮风景，感叹韶华飞逝，今古相迭。“金刹斜阳，透得红霞一抹，望中绿莎如许”，色彩斑驳，满是历史沧桑感。下片用隋炀帝、欧阳修、苏东坡与扬州典故，显示了扬州作为兴亡之表与“文化故国”的厚重底蕴。结拍句“看骑鹤人来，吹箫人去”，感叹世道不古，俗人相侵，文人远去，风流不再。王士祯《望远行》词曰：“江楼昨夜闻哀角，潋滟斜阳将暮。淮南水驿，故国长亭，一带迷离烟树。秋月春花，岁岁天涯孤客，赢得壮怀如许。最难禁、常是梅天丝雨。谁语，独上蜀冈骋望，见乱柳、栖鸦无数。板渚人稀，玉钩梦杳，不记离宫何处。忆自吴王僭窃，阿麽游幸，几度芜城堪赋。但井栏风急，精灵来去。”

朱彝尊（五首）

［作者简介］朱彝尊（1629—1709），字锡鬯，号竹垞，又号醧舫，晚号小长芦钓师，别号金风亭长。秀水（今浙江嘉兴市）人。康熙十八年（1679）举博学鸿词科，除翰林院检讨。后入直南书房。参修《明史》。有《曝书亭集》《日下旧闻》等，选《明诗综》《词综》。词作造诣精深。

桂殿秋　思往事

思往事，渡江干，青蛾低映越山看。共眠一舸听秋雨，小簟轻衾各自寒。

【品读小记】

这首小令，是词人追忆当年与自己有亲戚关系又有隐秘恋情、此时已去世的一位美丽女子同舟共渡之事而作，词意含蓄朦胧，用笔庄严贵重，为众人所赏爱。人们赏识的主要是后两句“共眠一舸听秋雨，小簟轻衾各自寒”，表达了词人内在之愿望与外在之约束强烈相悖的苦痛心情，令人有“天教心愿与身违”的无可奈何之慨，实乃“独抒机杼”（近人吴梅语）之语也。推而广之，这何尝不是人世间诸多无奈事的文学表述呢？

卖花声　雨花台

衰柳白门湾，潮打城还。小长干接大长干。歌板酒旗零落尽，剩有渔竿。　　秋草六朝寒，花雨空坛。更无人处一凭阑。燕子斜阳来又去，如此江山！

【品读小记】

这是作者在南京雨花台吊古伤今的一首名作，词意缠绵而悲壮。词中的百门湾指不远处的秦淮河，大小长干也为当地地名。此词主旨就是通过描述南京城在历史巨变中繁华销尽、满目荒芜、一派凄凉，若隐若现地抒发了生于明清易代之际的作者，对亡国的满腔悲愤和失落情怀。本词的一个显著特点，就是不露痕迹的先后化用了前人的诗意，包括唐刘禹锡的“潮打空城寂寞回”(《石头城》)，南唐李煜的“独自莫凭栏，无限江山”(《浪淘沙》)，唐刘禹锡的“旧时王谢堂前燕，飞入寻常百姓家”(《乌衣巷》) 等名句，显得意象更加丰满，也深刻强化了词意的历史感。

消息　度雁门关

千里重关，凭谁踏遍，雁衔芦处？乱水滹沱，层霄冰雪，鸟道连句注。画角吹愁，黄沙拂面，犹有行人来去。问长途、斜阳瘦马，又穿入离亭树。　　猿臂将军，鸦儿节度，说尽英雄难据。窃国真王，论功醉尉，世事都如许！有限春衣，无多山店，酹酒徒成虚语！垂杨老，东风不管，雨丝烟絮。

【品读小记】

清陈廷焯《云韶集》云:“词至竹垞，前无古人，后无来者。博而不杂，丽而不佻，茂矣，美矣！”此词为朱彝尊公元 1665 年 2 月随曹溶西出雁门关时所作。雁门关以“险”著称，有“天下九塞，雁门为首”之说。

上片写雁门雄姿，铁钩银画，笔力苍劲。起句既交代“雁门关”之名由来，又突显其险峻。“乱水滹沱，层霄冰雪，鸟道连句注”，一片亘古荒寒之气。歇拍句点明《度雁门关》词旨，沧桑之感，扑面而来。下片抒思古幽情。“猿臂将军，鸦儿节度，说尽英雄难据”，用驻守雁门关的汉朝李广和唐朝李克用（别号李鸦儿）的典故，有成王败寇、功过是非“都如许”之慨。李克用曾逼迫唐昭宗封其为晋王，李广曾遭霸陵醉尉的呵斥。故有“窃国真王，论功醉尉，世事都如许”之议论。近人钱仲联《清词三百首》以为用李广、李克用典故“隐寓对周遇吉（明山西总兵，与李自成力战而死）、吴三桂等近人的褒贬，如果无此托意，单纯即景抒思古之幽情，词意便不深”。“有限春衣，无多山店，酹酒徒成虚语”，化用宋杨炎正“典尽春衣，也应是、京华倦客”词句，欲醉不得，更显荒寒无趣。结拍句“雨丝烟絮”，似余音绕梁，缠绵不尽。清陈廷焯《云韶集》评此词：“淋淋漓漓，以吊古之情写旅人眼中之景，无一字不精神。只‘有限、无多’四字中有多少感慨。”

青玉案　临淄道上

清秋满目临淄水，一半是，牛山泪。此地从来多古意：王侯无数，残碑破冢，禾黍西风里。　　青州从事须沉醉，稷下雄谈且休矣！回首吴关二千里，分明记得，先生弹铗，也说归来是。

【品读小记】

临淄为齐国故都，以地临淄水而得名。此词临淄怀古，感佩今昔，萧瑟之至，有秦观之风。上片写临淄道上所见之景。起句“清秋满目临淄水，一半是，牛山泪”，《晏子春秋》载：“景公游于牛山，北临其国城而流涕曰：‘若何滂滂去此而处乎？’”用此典故，即刻思接千载，古意盎然。“此地从来多古意：王侯无数，残碑破冢，禾黍西风里”，千古兴亡无凭据，任西风吹去。“禾黍西风里”，有故国难逃历史铁律之悲。下片抒吊古之情。“青州从事”，《世说新语》载：“桓公（温）有主簿，善别酒，有酒辄令先尝。好者谓青州从事，恶者谓平原督邮。”“稷下雄谈”，《史记》载：“齐宣王喜文学游说之士，于稷下设馆，招邹衍等七十六人，赐第，为上人大。不治事而议论，有稷士学士之称。”两相对比，辄见朱彝尊之好恶。“先生弹铗”，用孟尝君食客冯谖弹铗典故，抒发怀才不遇、不如归去之慨。

解佩令 自题词集

十年磨剑，五陵结客，把平生、涕泪都飘尽。老去填词，一半是、空中传恨。几曾围、燕钗蝉鬓？　不师秦七，不师黄九，倚新声、玉田差近。落拓江湖，且分付、歌筵红粉。料封侯、白头无分。

【品读小记】

此词回首半生，借“自题词集”一事，抒发壮志难酬、穷愁潦倒的身世之悲，与宋柳永可谓知音。上片写漂泊十年，功业不成，无奈“老去填词”，发牢骚语，吐胸中块垒。下片检点古代词人中的异代知音，独亲宋张炎（字玉田）。后两句有“文章信美知何用”之意，封侯无望，只能“分付、歌筵红粉”。下片不仅申明自己的词学主张，亦像张炎那样坚守其高洁之怀抱。清陈廷焯《云韶集》评此词：“字字精炼而夭矫。幻影空花，离骚变相。目光如炬，不独秦黄避席，即玉田亦当却步。”其后陈廷焯《白雨斋词话》又修正所评：“竹垞词，疏中有密，独出冠时，微少沉厚之意。其自题词集云：‘不师秦七，不师黄九，倚新声、玉田差近。’夫秦七、黄九，岂可并称。师玉田不师秦七，所以不能深厚。不知秦七，亦何能知玉田，彼所知者，玉田之表耳。师玉田而不师其沉郁，是买椟还珠也。”聊备此说，可知评词微妙处。

董元恺（一首）

［作者简介］董元恺（1630—1687），字舜民，号子康，江苏武进人，顺治十七年（1660）举人，次年即罹“奏销案”被黜。有《苍梧词》传世。

永遇乐　过虎牢关用辛稼轩韵

千古崤关，是英雄、战守纷争处。废垒寒沙，荒原宿草，精灵自来去。汜水滔滔，河流滚滚，日夜何曾少住！把当年、袁曹刘项，一样销沉龙虎。　有恨兴亡，无端成败，赢得横鞭指顾。西去荥阳，东来嵩渚，险设成皋路。风响鸣环，霜飞断簇，隐隐犹闻金鼓。惊心问，长陵抔土，今犹在否？

【品读小记】

这首用宋辛弃疾名篇《永遇乐·京口北固亭怀古》韵的词作，临境怀古，感叹兴亡，气势雄浑，气象苍茫，慷慨沉郁，寄慨遥深，风格与辛氏相近，不失为清词中的怀古佳作。词人先写自己面对崤关（在今河南洛宁北，与东面荥阳附近的虎牢关相距不远）“废垒寒沙，荒原宿草，精灵（指战死者亡灵）自来去”的古战场，感叹随着时光的流逝，袁绍、曹操、刘邦、项羽这些当年征战争雄于此地的历史人物，无论胜败，都已“一样销沉”于日夜奔流的滔滔汜水、滚滚黄河之中了！而对今日来游的词人来说，所有这一切也只是“赢得横鞭指顾”而已！接着词人又感叹自己游历这出入三秦的战略要地（词中荥阳、嵩渚、成皋均为地名，用以勾画出此间形胜），当年刘项激战的场景仿佛又浮现于眼前，由此引出深沉的结拍句:“惊心问，长陵抔土，今犹在否?”这是说，作为胜利者的刘邦，不也是躺在陵墓（长陵）中了吗?他的陵墓现在每一抔土都还安好无损吗?这一问，深化了本词主旨:兴亡如梦啊!这与明杨慎《临江仙·滚滚长江》的主旨“是非成败转头空”如出一辙。由此，这两首词可否视为主旨相同而各异其趣的异代“姊妹篇”呢?以此词比读元萨都剌《满江红·金陵怀古》，两位词人当为隔代知音!

万树（一首）

[作者简介] 万树（1630—1688），字红友，一字花农，号山翁、三野先生，宜兴（今江苏宜兴县）人。康熙年间入两广总督吴兴祚幕府作幕僚。尤精词律。有《词律》《香胆词》《拥双艳三种曲》《璇玑碎锦》等传世。

踏莎行 叶打星窗

叶打星窗，雁鸣飙馆。便凄凉煞无人管。前尘昨梦不堪提，素颜青鬓都来换。　　宝袜香存，彩笺音断。细将心事灯前算。三年有半为伊愁，人生能几三年半。

【品读小记】

以撰著《词律》而为士林所重的万树，才气横溢，长杂剧，尤工词曲。康熙年间他曾佐两广总督吴兴祚幕而远离家乡和亲人，其间填写了这首怀念妻子的小令。上片孤独话凄凉，下片细腻诉思情，令人为之动容。有论者评说该令："一首思亲怀内之词，全以内心独白道出。措语不矫饰，不夸张，不遮藏，直白，坦率，素朴，读来情真、语切、意深。""读罢此等性情凝铸的词篇，能不为之黯然销魂！"（见上海辞书出版社《元明清词鉴赏辞典》）笔者以为然。结拍句"三年有半为伊愁，人生能几三年半"，可谓倾发自肺腑之深情，诉感天动地之悲怆！

屈大均（二首）

［作者简介］屈大均（1630—1696），初名邵龙，又名绍隆，号非池，字骚余，又字翁山、介子，号菜圃。广东番禺人。曾从事抗清活动，以遗民终。后人辑有《翁山诗外》《道援堂集》等。

浣溪沙　一片花含一片愁

一片花含一片愁，愁随江水不东流。飞飞长傍景阳楼。
六代只余芳草在，三园空有乳莺留。白门容易白人头。

【品读小记】

屈大均是一位从事地下抗清复明斗争的热血志士。当来到历史上多次江山易主的故都金陵（今南京）时，便写下了这首抒发兴亡之慨的小令，语言简朴而意境深远。上片“愁随江水不东流”句，反用南唐李煜《虞美人》“问君能有几多愁，恰似一江春水向东流”句意，格外显得愁之重、慨之深。下片“白门容易白人头”句（“白门”，南京代称。因南朝宋都城建康西门，西方为金，金气白，后遂有以白门代称金陵的），巧借“白”字，说金陵即古之建康六朝兴亡的往事，往往令人愁生白发啊！以此透出现在又已沧桑巨变的弦外之音，含蓄而悲凉。

鹊踏枝　乍似榆钱飞片片

乍似榆钱飞片片。湿尽花烟，珠泪无人见。江山添将愁更满，茫茫直与长天远。　　已过清明风未转。妾处春寒，郎处春应暖。枉作金炉朱火断，水沉多日无香篆。

【品读小记】

这首看似思妇怀人的闺情词，实际上是从事地下抗清活动的词人，用思妇期盼丈夫归来暗喻期盼明王朝复归，抒发的是忠君爱国情愫。上片写思妇怀人之愁浓而广，“茫茫直与天长远”，意境苍凉；下片写思妇怀人期望的落空和破灭，“枉作金炉朱火断”（“朱火”的“朱”字应是暗喻朱明王朝），意境悲凉。全词虽皆景语、境语。却外华内实，包孕丰富，情感深沉。

彭孙遹（一首）

［作者简介］彭孙遹（1631—1700），字骏孙，号羡门，又号金粟山人，浙江海盐人。康熙十八年举博学鸿词科第一，授编修。历吏部侍郎兼翰林掌院学士，为《明史》总裁。有《南往集》《延露词》《金粟词话》传世。

柳梢青　感事

何事沉吟？小窗斜日，立遍春阴。翠袖天寒，青衫人老，一样伤心。　　十年旧事重寻，回首处，山高水深。两点眉峰，半分腰带，憔悴而今。

【品读小记】

清陈廷焯《白雨斋词话》评彭孙遹词曰：“羡门词，长调、小令均有可观，而小令为胜”“彭羡门词，意境较厚。但不甚沉著，仍是力量未足。”此词撷取“何事沉吟”的日常片段，以全词作答，层层递进，为“斜日”“春阴”沉吟，为“天寒”“人老”沉吟，为“十年旧事”沉吟，直至末句揭示憔悴失意之幽怀。清陈廷焯《云韶集》评此词：“羡门词洋溢海内，此词尤脍炙人口，然煞是凄艳，哀感入神。”清谭献《箧中词》评此词：“不嫌太尽。”

曹贞吉（四首）

［作者简介］曹贞吉（1634—1698），字升六，又字升阶、迪清，号实庵，山东安丘人。官至礼部郎中，以疾辞湖广学政，归里卒。有《朝天集》《鸿爪集》《珂雪词》传世。

蝶恋花　五月黄云全覆地

读《六一集》十二月鼓子词，嫌其过于富丽。吾辈为之，正不妨作酸馅语耳。闲中试笔，即以故乡风物谱之（其五）。

五月黄云全覆地。打麦场中，咿轧声齐起。野老讴歌天籁耳，那能略辨宫商字？　屋角槐阴耽美睡，梦到华胥，蝴蝶翩翩矣。客至夕阳留薄醉，冷淘饦馎穷家计。

【品读小记】

清陈廷焯《白雨斋词话》评曰“曹升六珂雪词，在国初诸老中，最为大雅，才力不逮朱、陈，而取径较正。国朝不乏词家，四库独收珂雪，良有以也”。

此词上片写乡村麦收情景，得其天趣。“五月黄云全覆地”，写金灿灿的麦田和打麦场，色彩明丽，令人如见荷兰画家凡·高《麦田》画作，或想起海子的诗句“在五月的麦地/梦想众兄弟”。后诸句渲染辘轴的“咿轧声”、农夫的“天籁”歌声，一派丰收热闹景象。农家风味，令人如同目见。下片写隐逸田园的词人生活片段，与上片形成“闹”与“静”的鲜明对比。午睡黑甜，黄昏留客，士人与农人的生活迥异。末句“冷淘饦馎穷家计”，为自谦之语，令人想到丰子恺画作“煨芋如拳劝客尝”的朴实，亦或隐含不事耕作、家境清寒之意。清王士祯评曹贞吉词“曹实庵不为闺襜靡曼之音，而气韵自胜，其淡处绝似宋人”(《词苑萃编》)，于此词可见一斑。

满庭芳 和人潼关

太华垂旒，黄河喷雪，咸秦百二重城。危楼千尺，刁斗静无声。落日红旗半卷，秋风急、牧马悲鸣。闲凭吊，兴亡满眼，衰草汉诸陵。　　泥丸封未得，渔阳鼙鼓，响入华清。早平安烽火，不到西京。自古王公设险，终难恃、带砺之形。何年月，铲平斥堠，如掌看春耕。

【品读小记】

此词借潼关抒吊古幽怀，抒发“刀剑化耕蚕”(辛弃疾词句)的理想。上片写潼关峻险，“太华垂旒，黄河喷雪”，气势雄浑。登临潼关，落日秋风，汉陵衰草，一派萧瑟之气。“兴亡满眼”四字，已含有潼关险不足恃之意。下片议论。用安史之乱潼关终破的事实，生发出“自古王公设险，终难恃、带砺之形”的结论。《珂雪词》所附彭孙遹(羡门)评曰：“竟以史家论断语入词，横绝今古。”末句“何年月，铲平斥堠，如掌看春耕”，更引申一层，不如还政于民，得民心者得天下也。近人吴梅评曹贞吉词云：“其词大抵风华掩映，寄托遥深，古调之中，纬以新意，盖其天分于此事独近耳。”

贺新凉 再赠柳敬亭

咄汝青衫叟！阅浮生、繁华萧瑟，白衣苍狗。六代风流归抵掌，舌下涛飞山走。似易水、歌声听久。试问于今真姓字，但回头、笑指芜城柳。休暂住，谭天口。　　当年处仲东来后，断江流、楼船铁锁，落星如斗。七十九年尘土梦，才向青门沽酒。更谁是、嘉荣旧友？天宝琵琶宫监在，诉江潭、憔悴人知否？今昔恨，一搔首！

【品读小记】

柳敬亭为明清之际的说书人，曾入宁南王左良玉幕府。文人骚客，多有诗词赠柳。《珂雪词》附曹禾《珂雪词话》云："柳敬亭以评话闻公卿，入都时邀致踵接。一日，过石林许曰：'薄技必得诸君子赠言以不朽。'实庵首赠以二阕。合肥尚书（龚鼎孳）见之扇头，沉吟叹赏，即援笔和韵，珂雪之词一时盛传京邑。学士顾庵叔自江南来，亦连和二章，敬亭名由此增重。"此词即曹贞吉赠柳敬亭两阕词其一。

上片写柳敬亭"阅浮生、繁华萧瑟，白衣苍狗"的人生经历，和"六代风流归抵掌，舌下涛飞山走"的艺术才华。"试问于今真姓字，但回头、笑指芜城柳"，暗含柳敬亭更名换姓的经历。据吴伟业《柳敬亭传》载："柳敬亭者，扬（州）之泰州人，盖曹姓。年十五，犷悍无赖，名已在捕中，走之盱眙，困甚，挟稗官一册，非所习也，耳剽久，妄以其意抵掌盱眙市，则已倾其市人。……久之，过江，休大柳下，生攀条泫然。已抚其树，顾同行数十人曰：'嘻！吾今氏柳矣！'闻者以生多端，或大笑以去。"下片写柳敬亭流落江湖，"亡何国变，宁南死。敬亭丧失其资略尽，贫困如故时，始复上街头理其故业"（黄宗羲《柳敬亭传》），"更谁是、嘉荣旧友？天宝琵琶宫监在，诉江潭、憔悴人知否"，用唐代歌者米嘉荣、乐师李龟年的典故，点明今昔之恨，于故国不能忘情。

水龙吟　春日送客过慈仁寺感旧

寻常弹指声中，优昙偶现空王地。海棠著锦，丁香衣紫，霞烘烟细。急管哀丝，青衫白袷，嬉春情味。叹秾华电掷，风流云散，容易下、中年泪。　　身是金闺倦客，赋渭城、重过萧寺。倡条冶叶，笑人岑寂，树犹如此。只有孤松，似曾扶我，当时沉醉。倩禅灯老衲，往来指点，说花荣瘁。

【品读小记】

王炜《珂雪词序》曰:“珂雪词肮脏磊落,雄浑苍茫,是其本色,而语多奇气,惝恍惚睨,有不可一世之意。至其珠圆玉润,迷离哀怨,于缠绵款至中,自具潇洒出尘之致,绚烂极而平澹生,不事雕锼,俱成妙诣。”“于缠绵款至中,自具潇洒出尘之致”,用以评此词可谓妥帖。这首起于感怀“嬉春情味”、终于“说花荣瘁”的词,令人顿起无常之思。上片追忆当年情事,可谓“缠绵款至”。“寻常弹指声中,优昙偶现空王地”,既点明题旨,又暗寓“色即是空”之慨。下片反观己身,“身是金闺倦客”“倩禅灯老衲”,可谓“潇洒出尘”。接连化用宋欧阳修“倡条冶叶姿留连,飘荡轻于花上絮”、晋桓温“木犹如此,人何以堪”、宋辛弃疾“只疑松动要来扶”诸句,实则对上片“嬉春情味”的意义进行了否定。末句“说花荣瘁”,似有《杂阿含经》所云:“凡盛必有衰,以衰为究竟……如花转萎悴,我今亦复尔”之意。《珂雪词》附李武曾(李良年)对此词评语“俯仰陈咏,如诉如怨,侬本怅人,何能再读”。

王士祯（二首）

［作者简介］王士祯（1634—1711），原名王士禛，字子真，一字贻上，号阮亭，别号渔洋山人。山东新城（今桓台）人，顺治十五年（1658）进士，康熙四十三年（1704）官至刑部尚书。雍正时避帝讳改名士正，乾隆时又改为士祯。有《衍波词》《池北偶谈》《花草蒙拾》等传世。

浣溪沙　红桥（二首）

红桥同箨庵、茶村、伯玑、其年、秋崖赋

北郭青溪一带流，红桥风物眼中秋，绿杨城郭是扬州。
西望雷塘何处是？香魂零落使人愁，淡烟芳草旧迷楼。

白鸟朱荷引画桡，垂杨影里见红桥，欲寻往事已魂消。
遥指平山山外路，断鸿无数水迢迢，新愁分付广陵潮。

【品读小记】

王士祯乃清初诗坛健将，有“盟主”之称。年轻时也喜倚声填词。这一组两首《浣溪沙》，便是词人在扬州任州府推官时所作。康熙元年（1662）六月十五日，才华横溢的词人偕袁于令（箨安）、陈维崧（其年）等一众文人雅友舟游扬州城北虹桥一带，“酒阑兴极，掾笔成小词二章，诸子倚而和之”（参见词人同时写的《虹桥游记》）。“小词二章”者即是这两首小令。这两首纪游词有如信笔写来，挥洒自如，清新淡雅，俊朗悠远，恰如近人吴梅所说“渔洋小令，以风韵胜”（《词学通论》）。

综观此二令，主旨有二。其一，是写词人与友人们陶醉于红桥一带的风物美景之中。第一首的上片三句，第二首的上下片各前二句，皆以写景为主，笔调悠闲，意境悠远。一句“绿杨城郭是扬州”，平实而亲切，自然又人文，有一种难以言喻的美妙意境和情调包蕴其中，成为广为传诵的名句。其二，是写词人及一众文友沉浸在扬州城的历史沧桑之中，惆怅岁月无情，感叹朝代兴亡。第一首下片写了隋炀帝，扬州城既是他奢华享乐之都，又是他被杀葬身之地。而当初他享乐的迷宫早已消失，埋葬他的雷塘也已遗迹难觅。词人对江山易主、改朝换代的深沉感伤或感叹，均若隐若现于三句自问自答的景物描述之中。然而，词人“欲寻”的“往事”并不会止于隋炀帝。扬州城在中国历史上数度繁荣，又数经浩劫；两千多年中也有无数墨客骚人与这座名城相联系。词中“遥指平山”之平山堂，就是大文豪欧阳修所建，他和大文豪苏轼都曾在此留下佳作和遗踪。词人必然会想到并与友人们谈及这些“往事”而感叹世事、人生，才能发出“遥指平山山外路，断鸿无数水迢迢”之惆怅和慨叹；由此也才逼出第二首结拍句“新愁分付广陵潮”。

如此看来，这一组两首词看似写得信马由缰，兴到笔随，实际上是深沉表达了词人对扬州这座名城特殊的深厚感情。正所谓“渔洋治春红桥，风流文采，照映湖山”（清况周颐《蕙风词话》）。值得一提的是，王士祯一众此行，首开扬州“红桥修禊”之雅事、盛事，“当使红桥与兰亭并传耳”（同上），至今传为美谈。

李良年（一首）

［作者简介］李良年（1635—1694），原名法远，又名兆潢，字武曾，号秋锦，浙江秀水人，世居梅里。有《秋锦山房集》传世。

踏莎行　金陵

两岸洲平，三山翠俯，江豚吹雪东流去。故陵残阙总荒烟，斜阳鸦背分吴楚。　　青雀钿钉，朱楼画鼓，冥冥一片杨花路。游人休吊六朝春，百年中有伤心处。

【品读小记】

一首倾吐故国之思的深沉词作。金陵（今南京）历史上不仅是六朝古都，也曾是明朝的故都、南都（朱棣迁都北京后改称金陵为南京）。词人正是基于这样的陵迁谷变而凭吊寄怀的。上片依情写景。描写金陵自然、人文景观的文笔客观、平淡，却浓情自见，寄慨遥深。下片在情景交融中抒怀。昔日繁华富丽（“青雀”，指华贵的青雀游船；“钿钉”，镶金嵌玉的华灯）与今日寂寞荒凉的强烈对比，暗含词人对人世沧桑的感慨；进而引出结拍句：“游人休吊六朝春，百年中有伤心处。”这是本词的主旨：词人伤感的并不是遥远的六朝兴亡旧事，而是近在“百年”中的巨变。至此，词人深沉的故国之思不加掩饰地喷涌而出！近人吴梅评价结拍二句：“胜国之感，妙于淡处描写，味隽意长。”（词学通论）可谓精当之评。

顾贞观（三首）

［作者简介］顾贞观（1637—1714），原名华文，字远平、华峰，亦作华封，号梁汾，江苏无锡人。康熙二十三年致仕，读书终老。有《弹指词》《积书岩集》等。与陈维崧、朱彝尊并称明末清初“词家三绝”。

青玉案　天然一帧荆关画

天然一帧荆关画，谁打稿，斜阳下？历历水残山剩也。乱鸦千点，落鸿孤烟，中有渔樵话。　　登临我亦悲秋者，向蔓草平原泪盈把。自古有情终不化。青娥冢上，东风野火，烧出鸳鸯瓦。

【品读小记】

清陈廷焯《白雨斋词话》评曰：“顾华峰词全以情胜，是高人一著处。至其用笔，亦甚圆朗。然不悟沉郁之妙，终非上乘。”窃以为，非不悟也，实不为也，太白子美，恣意含郁，各有擅胜。

此词以“自古有情终不化”为词眼，景语情语，融为一体。上片“天然一帧荆关画，谁打稿，斜阳下？历历水残山剩也”，用拟人手法，本来是客体的“剩山残水”却成为像荆浩、关仝那样的大画家。与“不知细叶谁裁出？二月春风似剪刀”同出机杼。近人钱仲联先生《清词三百首》云：“打稿在夕阳之下，意指已没落的王朝，水残山剩，蔓草平原，都是凭吊沧桑的话。”“乱鸦”句，则有宋秦观“斜阳外，寒鸦万点，流水绕孤村”意境。下片情绪淋漓展现，直言“自古有情终不化”，将悲秋之情、故国之情等等，升华为亘古以来的普遍情感，天荒地老，痴心不化，此情难遣。结拍句用王昭君“青娥冢”典故及唐温庭筠“野土千年怨不平，至今烧作鸳鸯瓦”

诗句，不化之情，更进一层。

金缕曲二首　季子平安否／我亦飘零久

寄吴汉槎宁古塔，以词代书。

季子平安否？便归来，平生万事，那堪回首？行路悠悠谁慰藉？母老家贫子幼。记不起，从前杯酒。魑魅搏人应见惯，总输他，覆雨翻云手。冰与炭，周旋久。　　泪痕莫滴牛衣透，数天涯，依然骨肉，几家能够？比似红颜多命薄，更不如今还有。只绝塞，苦寒难受。廿载包胥承一诺，盼乌头马角终相救。置此札，君怀袖。

我亦飘零久！十年来，深恩负尽，死生师友。宿昔齐名非忝窃，试看杜陵消瘦。曾不减，夜郎僝僽。薄命长辞知己别，问人生，到此凄凉否？千万恨，为君剖。　　兄生辛未我丁丑，共些时，冰霜摧折，早衰蒲柳。词赋从今须少作，留取心魂相守。但愿得，河清人寿！归日急翻行成稿，把空名料理传身后。言不尽，观顿首。

【品读小记】

此二词为顾贞观奔走救助被流放宁古塔（今属黑龙江）的友人吴兆骞（字汉槎）时“以词代书”所写，后经纳兰性德父子相助，终得生还。词后附顾氏自注云：“二词容若见之，为泣下数行，曰：‘河梁生别之诗，山阳死友之传，得此而三，此事三千六百日中，弟当以身任之，不俟兄再嘱也。’余曰：‘人寿几何，请以五载为期。’恳之太傅，亦蒙见许，而汉槎果以辛酉入关矣。附书志感，兼志痛云。”清袁枚《随园诗话》云：“公子能文，良朋爱友，太傅怜才，真一时佳话。”这两首词也成为象征朋友情谊之名篇，第一首代吴氏写其苦恨；第二首写二人的深厚情谊。“以词代言”，拓展了词之体制与功用。清陈廷焯《白雨斋词话》评二词：“华峰贺新郎‘寄吴汉槎宁古塔，以词代书’两阕，只如家常说话，而痛快淋漓，宛转反覆，两人心迹，一一如见。虽非正声，亦千秋绝调也”，“二词纯以性情结撰而成，悲之深，慰之至。叮咛告戒，无一字不从肺腑流出。可以泣鬼神矣”。

蒲松龄（一首）

［作者简介］蒲松龄（1640—1715），字留仙，一字剑臣，别号柳泉居士，世称聊斋先生，自称异史氏，淄川人。著有《聊斋志异》《聊斋词》。

大江东去　寄王如水

天孙老矣，颠倒了、天下几多杰士？蕊宫榜放，直教那、抱玉卞和哭死。病鲤暴腮，飞鸿铩羽，同吊寒江水。见时相对，将从何处说起？　　每每顾影自悲，可怜骯髒骨，销磨如此！糊眼冬烘鬼梦时，憎命文章难恃。数卷残书，半窗寒烛，冷落荒斋里。未能免俗，亦云聊复尔尔。

【品读小记】

蒲松龄多次参加乡试，均名落孙山，写下了多首科举不第的悲愤之词，表露了词人对科举考试爱恨交加、愁苦纠结的矛盾心情，也揭示了后期科举制度对文人的戕害。此词寄同乡友人王如水，当时也未考中。开篇“天孙老矣，颠倒了、天下几多杰士”，即为吁天之呼，直言主考官老朽昏聩，不识珠玉之才。“天孙”原指织女星，此处将主考官喻为“天孙”，将自己与王如水喻为“抱玉卞和”。“病鲤暴腮，飞鸿铩羽，同吊寒江水”，抒发了落第之后的极度沮丧之情，非有切肤之痛，难为此句。下片写出对科举考试求舍难分、无可奈何的心情。虽然考官“糊眼冬烘”，文章也是天憎命达，但蒲松龄还是不能舍弃，仍是重操旧业，荒斋苦读，希冀总有出头之日。

在《聊斋志异·司文郎》一文中，蒲松龄借宋生之口说出此意："当前蹭落，固是数之不偶；平心而论，文亦未便登峰，其由此砥砺，天下自有不盲之人。"

金人望（一首）

［作者简介］金人望，生卒年不详，字留村，又字道洲，一作道驺，江南山阳（今江苏淮安）人。康熙十一年（1672）副贡，官广西马平知县，改关中长武知县。有《瓜庐词》传世。

贺新郎　去西安

匹马轻衫发。最销魂、灞桥杨柳，秦关明月。回顾黄图连甲第，一片旌旗猎猎。压我在、百僚之末。手板倒持前且却，笑般般、终是书生怯。成底用？忙扪舌。　　霜风一阵遭踣蹶。纵阳城、考当下下，事真咄咄。穷矣男儿方失路，又恨生无媚骨。把十丈、珊瑚敲折。百二关门天堑险，幸今朝、得解鞲鹰绁。还饮我，黄獐血。

【品读小记】

金人望一生仕途不达，且两遭诖误，多有悲愤之语。此词写离开西安路途中的所遇所思，一吐愤慨不平之气。

上片起句写离别场景，回首都城，甲第连云，旌旗猎猎，令人生出“压我在、百僚之末”的憋闷感。后诸句写官场上职级卑微、唯唯诺诺、“终是书生怯”的窘状。被上级问到“成底用”时，也无言以对。下片“霜风一阵遭踣蹶”，一语双关，既写旅途困顿，又写仕途蹭蹬。“纵阳城、考当下下，事真咄咄”，用唐阳亢宗（阳城）勤政爱民，考核却只得“下下”等的典故，发出“穷矣男儿方失路”之叹，也点明“又恨生无媚骨”这一原因。后诸句言自己个性刚直（“珊瑚敲折”），而仕途险恶（“百二关门天堑险”），而今有幸解除桎梏，不如归去射猎。金人望推重辛弃疾，其《瓜庐词》自序云：“予年三十二弃帖括乞升斗，涉江越峤，携稼轩辛公词一卷为水行山宿伴。”

查慎行（一首）

[作者简介] 查慎行（1650—1727），初名嗣琏，字夏重，号查田；后改名慎行，字悔余，号他山，赐号烟波钓徒。浙江海宁人。康熙四十二年（1703）进士，特授翰林院编修，入直内廷。晚年居于初白庵，又称查初白。有《他山诗钞》《余波词》传世。

贺新郎　秋晚独上荆州城楼

飞过蛮天雨。背孤城、夕阳西下，大江东去。虎渡龙洲依然在，长是马嘶日暮。有独客、登楼怀古。豚犬英雄都不问，问成名、孺子今何处？秋太晚，散砧杵。　　山川洵美非吾土。向江陵、夹衣催换，一番寒暑。翠冷红酣微霜后，变了荆门烟树。且目送、边鸿南渡。隔岸残云流欲尽，指空蒙、下是衡阳路。愁浩浩，共谁语？

【品读小记】

荆州既有"大江东去"的自然雄浑，又有与三国时期诸多历史事件、历史人物如曹操、孙权（字仲谋）、刘表（字景升）、王粲等相联系的人文厚重。词人在羁旅途中、深秋时节、傍晚时分独登荆州城楼，观光览胜，抚今追昔，写下了这首独具特色的羁旅抒怀词。

该词集中表达的是词人双重的孤独、苦闷感。一是“山川洵美非吾土”（化用王粲当年登荆州城楼所作《登楼赋》之“虽信美而非吾土兮，曾何足以少留”句意），深秋岁晚当思归，然却思归不得归：离开了荆州一时也回不到远在浙江海宁的故乡，因为“指空蒙、下是衡阳路”。长久浪迹天涯的孤独、苦闷感，便因此油然而生。二是“问成名、孺子今何处？”对于历史上与荆州相联系的那些政治、军事人物，无论是“英雄”还是“豚犬”(语本《三国志》曹操语：“生子当如孙仲谋，刘景升儿子若豚犬耳。”)，词人都不屑一顾；向往、敬仰的，是才华出众、留下不朽《登楼赋》的“孺子”王粲。这表明词人对功名利禄的蔑视，对“千古文章事”情有独钟。然而，而今哪里还有像王粲一样的人呢？于是，又深深陷入另一种孤独、苦闷之中。在这双重孤独、苦闷感的重压下，四顾茫然，也就只能在“愁浩浩，共谁语”中结拍了。全词情景交融，出入今古，构思精巧，内容丰富，笔锋宛若游龙，意境壮阔而苍凉、深沉而厚重。

纳兰性德（十首）

[作者简介] 纳兰性德（1655—1685），叶赫那拉氏，字容若，号楞伽山人，满洲正黄旗人，原名纳兰成德，一度因避讳太子保成而改名性德。大学士明珠长子。康熙十五年进士，后授三等侍卫，寻晋一等，多次随康熙帝出巡。有《饮水词》传世。

长相思　山一程

山一程，水一程，身向榆关那畔行，夜深千帐灯。
风一更，雪一更，聒碎乡心梦不成，故园无此声。

【品读小记】

纳兰性德词以小令见长，这首《长相思》就颇具特色。1682 年作者身为一等侍卫随从康熙帝北上盛京（今沈阳）祭祖，途中写下这首小令。上片记叙行军山水途中，写“身”之外在运动，写的是目之所及；下片描述风雪夜思乡之情，写“心”之内在活动，写的是耳之所闻。“山一程，水一程”，可见跋山涉水之漫漫长途；“风一更，雪一更”，足现风啸雪飞之漫漫长夜。“夜深千帐灯”，声势甚盛，佳句也，不让“中天悬明月”（唐杜甫《后出塞》）、“长河落日圆”（唐王维《使至塞上》）之壮观境界。“故园无此声”，仿佛可听作者敝屣功名之心声。全词精巧构思，白描用语，朴素自然，内涵丰富。

浣溪沙　谁念西风独自凉

谁念西风独自凉，萧萧黄叶闭疏窗，沉思往事立残阳。

被酒莫惊春睡重，赌书消得泼茶香，当时只道是寻常。

【品读小记】

这是作者悼念亡妻卢氏的一首名作。上片写景，景中见情。通过描述“西风”“黄叶”“疏窗”“残阳”四种自然景象，烘托出“沉思往事立残阳”的歇拍句，孤寂心情直露无遗。下片记事，事中寓情。通过记述“被酒”“春睡”“赌书”“泼茶”四件家常往事，推送出含蓄隽永的“当时只道是寻常”的结拍句，悲悯情怀撼动人心。短短四十二个字的小令，将眼前情景、往事追忆、悼亡情怀浑化于一体。看似平常道来，却句句拨动人的心弦，令人感慨横生，与作者一起悲怆不已，具有深沉的艺术感染力。清况周颐将此词归入“极不经意事，信手拈来，便觉旖旎缠绵，令人低徊不尽”一类（《蕙风词话续编》），精到也。之所以能如此感人，近人王国维在《人间词话》中分析说：“纳兰容若以自然之眼观物，以自然之舌言情。……故能真切如此。”

忆秦娥　龙潭口

山重叠，悬崖一线天疑裂。天疑裂，断碑题字，苔痕横啮。

风声雷动鸣金铁，阴森潭底蛟龙窟。蛟龙窟，兴亡满眼，旧时明月。

【品读小记】

清陈维崧《词评》云：“饮水词哀感顽艳，得南唐二主之遗。”更有甚者，直言“纳兰容若，南唐李重光后身也”。而此词雄险冷峻，与李后主风格迥异。龙潭口位于今辽宁境内（一说吉林），纳兰扈从康熙巡辽东时当驻足于此。上片写山势险要，疑似天裂一线，激起词人心底波澜。“断碑题字，苔痕横啮”，肃穆苍凉，令人已有兴亡之思。下片“风声雷动鸣金铁”，因山势重叠，缝隙陡峭，故山风猎猎，如雷鸣声，如金铁声。次写水潭幽深，疑似蛟龙洞穴。末句“兴亡满眼，旧时明月”，将自然山水与历史兴亡完美结合，赋予龙潭口厚重意蕴。

临江仙　寒柳

飞絮飞花何处是，层冰积雪摧残。疏疏一树五更寒。爱他明月好，憔悴也相关。　　最是繁丝摇落后，转教人忆春山。湔裙梦断续应难。西风多少恨，吹不散眉弯。

【品读小记】

这首咏物词名为咏寒柳，却语语关人，写词人早逝的夫人卢氏。上片极为深情地写爱与恨、恶与美，读来摄人心魄。词人指斥“层冰积雪摧残”了生机盎然的绿柳，然而严寒中疏疏的柳树，却在“五更寒”时的明月清辉中呈现出清癯疏朗，明月与瘦柳相互倾慕构成了人间清朗的另一种美景！清陈廷焯说：“余最爱《临江仙》‘疏疏一树五更寒，爱他明月好，憔悴也相关’。言之有物，几令人感激涕零。”（《白雨斋词话》）下片借寒柳进一步追怀往昔，悲叹“繁丝（喻女子头发）摇落”、“春山（喻女子眉毛）”长忆、“湔裙”不再（“湔裙”是古代民俗，指女子要在正月元日至月晦在水边洗衣、酹酒，以求辟邪解厄），表达了词人对亡妻深沉的怀念和挚爱。结拍两句以景结情：西风挟愁载恨，何以吹展我紧锁的眉头！全词由寒柳起，形神兼备地写人，展现出生死不渝的爱情，格调清幽凄恻，感情诚挚深沉，可谓“凄婉不可卒读”（近人吴梅《词学通论》）。清陈廷焯说：“容若词亦以此篇为压卷”（《白雨斋词话》），又说：“似此真可伯仲小山，颉颃永叔”（《词则・大雅集》）。此固为一家之言，亦不虚也。

满江红　茅屋新成，却赋

问我何心？却构此、三楹茅屋。可学得、海鸥无事，闲飞闲宿。百感都随流水去，一身还被浮名束。误东风、迟日杏花天，红牙曲。　尘土梦，蕉中鹿；翻覆手，看棋局。且耽闲殢酒，消他薄福。雪后谁遮檐角翠，雨余好种墙阴绿。有些些、欲说向寒宵，西窗烛。

【品读小记】

友人顾贞观离京后，纳兰性德构草堂以邀之，并写下此词。上片点明“构此、三楹茅屋”的初心。“海鸥”者，闲适纯然之象征。本拟学得“海鸥”，心游世外，了无机心，无奈“一身还被浮名束”，耽误了欣赏烂漫春光，随红牙板的节拍唱曲。下片“尘土梦，蕉中鹿”，用《列子》中郑人以蕉藏鹿，“初真得鹿，妄谓之梦；真梦得鹿，妄谓之实”，喻人生如梦，虚实难辨。而世事如棋，反复多变。这正是摆脱浮名、退隐休憩的缘由。“雪后谁遮檐角翠，雨余好种墙阴绿”，这样田园生活的美好情景，或者也如蕉鹿之梦那样，似真似幻。末句期盼早日与顾贞观共剪“西窗烛”，申明词意。

水龙吟　再送荪友南还

人生南北真如梦，但卧金山高处。白波东逝，鸟啼花落，任他日暮。别酒盈觞，一声将息，送君归去。便烟波万顷，半帆残月，几回首，相思苦。　可忆柴门深闭，玉绳低、剪灯夜雨。浮生如此，别多会少，不如莫遇。愁对西轩，荔墙叶暗，黄昏风雨。更那堪几处，金戈铁马，把凄凉助。

【品读小记】

荪友即严绳孙，为纳兰性德忘年交。今人张草纫《纳兰词笺注》云：“此词语多酸楚，与严所作《进士纳兰君哀词》：‘岁四月，余将以归。入辞容若，时坐无余人，相与叙生平聚散，究人事之始终。语有所及，怆然伤怀'，及作者《送荪友》、《暮春别严四荪友》二诗内容一致，当作于康熙二十四年严绳孙第二次南归时。前已作二诗，故曰'再送'。”

上片起句“人生南北真如梦”，相聚如梦、别离如梦，人隔南北，或可梦中相遇。“白波东逝，鸟啼花落，任他日暮”，虚写严绳孙南归后的隐逸生活，也暗含纳兰性德的感伤、无奈之情（“东逝”“花落”“日暮”，语殊不祥，一月后纳兰即去世）。后诸句写严绳孙离别及归途情形，“烟波万顷，半帆残月”，有天地孤冷之感。下片写严绳孙离去后的孤独情景。“可忆柴门深闭，玉绳低、剪灯夜雨”，回忆与友人促膝长谈、相叙平生的一幕幕。“玉绳低”，指星星将落，夜已深。“愁对西轩，荔墙叶暗，黄昏风雨”，友人离去后的愁苦之情，造境凄寂，“西轩”或为严氏住处。与上片“白波东逝，鸟啼花落，任他日暮”相呼应。末句突兀而起，“金戈铁马”般风雨、远方边境的战事，更添“凄凉”，亦见思绪翻飞缠绵之处。

金缕曲　赠梁汾

德也狂生耳！偶然间、淄尘京国，乌衣门第。有酒惟浇赵州土，谁会成生此意？不信道、遂成知己。青眼高歌俱未老，向尊前、拭尽英雄泪。君不见，月如水。　　共君此夜须沉醉。且由他、蛾眉谣诼，古今同忌。身世悠悠何足问，冷笑置之而已！寻思起、从头翻悔。一日心期千劫在，后身缘、恐结他生里。然诺重，君须记。

【品读小记】

梁汾即顾贞观。此词为纳兰性德与顾贞观“念念以来生相订交”之作，“情至此，非金石所能比坚”（清丁绍仪《听秋声馆词话》）。

上片为纳兰性德自况，起二句叙述身世，以豪门为偶然也。“有酒惟浇赵州土”二句，用唐李贺“买丝绣作平原君，有酒惟浇赵州士”，广交天下宾客。“青眼高歌俱未老”二句，反用唐杜甫“青眼高歌望吾子，眼中之人我老矣”句意，言与顾贞观相交之欣喜。下片宽慰因谗去官的顾贞观，表明自己不慕荣利，与顾氏同甘苦、共进退的态度。“一日心期千劫在，后身缘、恐结他生里”，以来生订交，将双方友谊推向新高潮，成为“心有灵犀一点通”的挚友，“读此令人增风谊之垂”（近人钱仲联《清词三百首》）。顾贞观在和韵词附注中写道：“岁丙辰，容若年二十有二，乃一见即恨识余之晚，阅数日，填此曲为余题照。极感其意，而私讶他生再结殊不祥，何意为乙丑五月之谶也。”清况周颐《蕙风词话》记载后续的故事：“侍中（纳兰性德）殁后，梁汾旋亦归里。一夕，梦侍中至，曰：‘文章知己，念不去怀。泡影石光，愿寻息壤。’是夜，其嗣君举一子。梁汾就视之，面目一如侍中，知为后身无疑也，心窃喜甚。弥月后，复梦侍中别去。醒起，急询之，已卒矣。”读来令人动容。

南乡子　何处淬吴钩

何处淬吴钩？一片城荒枕碧流。曾是当年龙战地，飕飕。塞草霜风满地秋。　　霸业等闲休，跃马横戈总白头。莫把韶华轻换了，封侯。多少英雄只废丘。

【品读小记】

此词发吊古之幽情，抒霸业终归废丘之慨叹。上片写古战场之景。“何处淬吴钩”？唐李贺有“男儿何不带吴钩，收取关山五十州”诗句，有何处建功立业之问。而身临古战场后，满目荒城碧流，霜风萧萧，衰草瑟瑟，一片肃杀景象。下片抒怀。雄图霸业，终归消散；铁马秋风，难逃白头。纳兰性德用“莫把韶华轻换了，封侯”否定了“霸业”的价值，奉劝世人莫执迷功名。“多少英雄只废丘”，不仅没有回答“何处淬吴钩”的问题，反而连问题本身也推翻了。词人对功名的淡泊、对仕宦生涯的厌倦，可见一斑。

望海潮　宝珠洞

汉陵风雨，寒烟衰草，江山满目兴亡。白日空山，夜深清呗，算来别是凄凉。往事最堪伤。想铜驼巷陌，金谷风光。几处离宫，至今童子牧牛羊。　　荒沙一片茫茫，有桑乾一线，雪冷雕翔。一道炊烟，三分梦雨，忍看林表斜阳。归雁两三行。见乱云低水，铁骑荒冈。僧饭黄昏，松门凉月拂衣裳。

【品读小记】

宝珠洞位于北京西山八大处。《帝京景物略》载：“(平坡)寺上一里，宝珠洞。洞石黑，白点糁之，珠名以此。”纳兰性德当到过西山，或曾借宿僧舍，写下此词。与多数写景怀古词不同，这首词上片抒怀，下片写景，别有风致。上片起句“汉陵风雨，寒烟衰草，江山满目兴亡”，即直抒胸臆，化用宋王安石“六朝旧事随流水，但寒烟衰草凝绿”，为全篇定下“往事最堪伤”的基调。歇拍二句，化用宋秦观“金谷俊游，铜驼巷陌，新晴细履平沙”词句，与“至今童子牧牛羊”对比鲜明，兴亡感尤为浓烈。下片写景，远看荒沙茫茫，长河如线；近观林梢斜阳，炊烟升起；仰望乱云翻飞，归雁两行。透过不同角度的荒寒之景，进一步强化了兴亡之叹。末句“僧饭黄昏，松门凉月拂衣裳”，与上片“夜深清呗”相呼应，隐见纳兰性德出世之想。

沁园春　丁巳重阳前

丁巳重阳前三日，梦亡妇淡妆素服，执手哽咽，语多不复能记。但临别有云：“衔恨愿为天上月，年年犹得向郎圆。”妇素未工诗，不知何以得此也，觉后感赋。

瞬息浮生，薄命如斯，低徊怎忘。记绣榻闲时，并吹红雨；雕阑曲处，同倚斜阳。梦好难留，诗残莫续，赢得更深哭一场。遗容在，只灵飙一转，未许端详。　　重寻碧落茫茫。料短发、朝来定有霜。便人间天上，尘缘未断，春花秋叶，触绪还伤。欲结绸缪，翻惊摇落，减尽荀衣昨日香。真无奈，倩声声邻笛，谱出回肠。

【品读小记】

这首纳兰性德名作，是他众多悼念亡妻卢氏词中的代表作，也可以列为古人悼亡词中的名作之一。其妻是两广总督、兵部尚书卢兴祖的女儿，十八岁妻纳兰，康熙十六年（1677）二十一岁时病故。少年夫妻即阴阳两隔，如此薄命令纳兰十分悲伤，写出了一系列清凄婉丽的悼念词作。

该词作于卢氏去世的当年，通篇文字是不假虚饰的倾心之语，倾诉的是发自肺腑的至爱之情；上下片一气呵成，眼前与追忆相呼应，梦境与实境相比照，梦中与梦后相映衬，语浅情深，如思如叹，如泣如诉，真挚感人。“真无奈”结拍三句，说词人是在百无聊赖之中，“倩声声邻笛”谱写出了这首倾诉衷肠伤心曲，当是一字一泫然，催人泪下而余韵悠长。词人在词中信手拈来地化用前人的事典语意，丰富了词的内涵和表达能力。“红雨”指落花，语本唐李贺《将进酒》诗句“桃花乱落如红雨”；而“并吹红雨”则是化用了南唐李煜词《一斛珠》“绣床斜凭娇无那，烂嚼红茸，笑向檀郎唾”句意。“重寻碧落茫茫”，语本唐白居易《长恨歌》“上穷碧落下黄泉，两处茫茫皆不见”。“减尽荀衣昨日香”句则合用二典：东汉荀彧曾守尚书令，坐处生香，世称“荀令香”;《世说新语·惑溺》载，荀奉倩（名粲）与妻感情深厚，妻亡伤痛不已，岁余亦亡。词人用此二典是说自己走不出悲伤，已是衣香减尽，日见消瘦。近人王国维《人间词话》提出的“境界说”认为，“能写真境物、真感情者，谓之有境界”，此词堪称如此“有境界”之作了。

厉鹗（三首）

［作者简介］厉鹗（1692—1752），字太鸿，又字雄飞，号樊榭、南湖花隐等，钱塘人。浙西词派中坚人物。康熙五十九年举人，屡试进士不第。乾隆初举鸿博，报罢。有《宋诗纪事》《樊榭山房集》等传世。

百字令　秋光今夜

月夜过七里滩，光景奇绝。歌此调，几令众山皆响。

秋光今夜，向桐江，为写当年高躅。风露皆非人世有，自坐船头吹竹。万籁生山，一星在水，鹤梦疑重续。挐音遥去，西卢渔父初宿。　心忆汐社沉埋，清狂不见，使我形容独。寂寂冷萤三四点，穿过前湾茅屋。林净藏烟，峰危限月，帆影摇空绿。随流飘荡，白云还卧深谷。

【品读小记】

厉鹗词幽雅清逸。清陈廷焯《白雨斋词话》评说“厉樊榭词幽香冷艳，在清初词人中，另树一帜，可谓超人独绝者矣”。这首歌咏七里滩的《百字令》正当得此评。七里滩，位于富春江桐庐段（桐江），不仅风光奇绝，更有东汉严光（子陵）在此隐居垂钓，故历来为文人墨客所心仪。南宋遗民诗人谢翱就曾在此哭文天祥（他与朋友会聚之所即为这首词中提及的“汐社”）。

该词自始至终情景交融。江上之星月、风露、桨声（“挐音”）、帆影，岸上之烟林、危峰、深谷、茅屋、萤火，这些秋光月色下的元素构成了词人“皆非人世有”的笔下美景和观赏心境，并通过词人“自坐船头吹竹”的雅兴骚举而妙不可言地物我交融为一体。词人又心接古人，既“写当年高躅（指严光）”，又“忆汐社沉埋”，从而与古人的高风亮节化合为今古同心，以致引发出了“清狂不见，使我形容独”的幽思，最终抒发出“白云还卧深谷”的遐想。该词以生花之笔，精字炼句地描绘出了美艳奇绝的自然风光，呈现出清虚雅逸的灵妙意境，令人赏心悦目，叹为观止。清陈廷焯称赞此词“无一字不清俊”（《白雨斋词话》）。美哉是词！

忆旧游　溯溪流云去

辛丑九月既望，风日清霁，唤艇自西堰桥，沿秦亭、法华、湾洄，以达于河渚。时秋芦作花，远近缟目。回望诸峰，苍然如出晴雪之上。庵以“秋雪”名，不需也。乃假僧榻，偃仰终日，唯闻棹声掠波往来，使人绝去世俗营竞所在。向晚宿西溪田舍，以长短句记之。

溯溪流云去，树约风来，山剪秋眉。一片寻秋意，是凉花载雪，人在芦碕。楚天旧愁多少，飘作鬓边丝。正浦溆苍茫，闲随野色，行到禅扉。　　忘机。悄无语，坐雁底焚香，蛬外弦诗。又送萧萧响，尽平沙霜信，吹上僧衣。凭高一声禅指，天地入斜晖。已隔断尘喧，门前弄月鱼艇归。

【品读小记】

厉鹗是清初著名词家，词作幽香冷艳，娟然妍雅，清逸俊迈，词风与南宋“骚雅清空成一派”的词作大家姜夔（白石）相近。这篇秋游杭州西溪的纪游词，意境清远，空灵蕴藉，堪称“神与物游”（南朝刘勰《文心雕龙·神思》）之上佳之作。

上片记述寻秋之旅：一路秋色宜人的清景，秋水秋苇编织成的浓浓秋意引发出词人的片片清愁，直到暮色苍茫中“闲随野色，行到禅扉”。下片顺势转而抒感秋之怀。主旨则是展现词人在“尘喧”不到的禅寺里、在一派清幽雅洁环境中的“忘机”心性和恬淡举止。“凭高一声弹指，天地入斜晖”，则令人有睹物外之象、聆天籁之音而四大皆空之空灵疏荡感，颇有“妙处难与君说”（宋张孝祥《念奴娇·过洞庭》）之清趣无限的感叹了！清景、清愁、清趣若此，以致清谭献评论此词“白石却步”。这是说厉鹗步白石后尘已有胜蓝之誉了。

齐天乐　吴山望隔江霁雪

瘦筇如唤登临去，江平雪晴风小。湿粉楼台，酽寒城阙，不见春红吹到。微茫越峤，但半沍云根，半消沙草。为问鸥边，而今可有晋时棹？　　清愁几番自遣，故人稀笑语，相忆多少！寂寂寥寥，朝朝暮暮，吟得梅花俱恼。将花插帽，向第一峰头，倚空长啸。忽展斜阳，玉龙天际绕。

【品读小记】

这首登吴山（古代吴越两国以钱塘江为界，故有“吴山”“越峤”之说）隔江观雪景纪游词，笔法细密空灵，意境高旷清远。

上片工于写景。平常的登高观雪景，却写得饶有兴味。雪止天放晴，不写人要去登山观景，而是说竹杖（“瘦筇”）“唤”人去观赏。一个“唤”字，兴味顿起。词人在吴山上驰目于江对面“湿粉楼台”“微茫越峤”的雪原清景之中（“湿”“微”均用得精当），忽然想到东晋王子猷当年雪夜剡溪乘舟访戴之雅事（事见《世说新语·任诞》），不由得问起水边的鸥鸟：“而今可有晋时棹？”这一神来之笔，令人神情为之一振，雅趣顿浓。下片承前所提访戴意抒忆友之怀。词人在清游中忆及很久未曾谋面的友人情难自已，见到正在开发的梅花，联想到文人们“无端却被梅花恼”（宋杨万里《倦睡》句）、“为爱君诗被花恼”（宋苏轼《和秦少游梅花诗》句）等，也不由得“吟得梅花俱恼”。词人由是乘兴“将花插帽，向第一峰头，倚空长啸”！这又一神来之笔，再次令人神情为之一振，兴味何其清逸俊迈！该词从观雪景起笔，起于

“瘦筇如唤登临去”的清兴焕发，又以观雪景结拍，结于“玉龙天际绕”的神采飞扬，首尾相映，“窈曲幽深”（近人吴梅语），超尘脱俗，清空无限。

郑燮（一首）

［作者简介］郑燮（1693—1765），字克柔，号理庵，又号板桥，人称板桥先生。江苏兴化人。一生主要客居扬州，以卖画为生，“扬州八怪”之一。著有《板桥全集》。

沁园春 恨

花亦无知，月亦无聊，酒亦无灵。把夭桃斫断，煞他风景；鹦哥煮熟，佐我杯羹。焚砚烧书，椎琴裂画，毁尽文章抹尽名。荥阳郑，有慕歌家世，乞食风情。 单寒骨相难更，笑席帽青衫太瘦生。看蓬门秋草，年年破巷，疏窗细雨，夜夜孤灯。难道天公，还钳恨口，不许长吁一两声？癫狂甚，取乌丝百幅，细写凄清。

【品读小记】

写于作者四十岁前落魄时的这首以“恨”为题的长调词，是一首“信有人间行路难”（唐杜甫《将赴成都草堂途中有作五首》其四）之宣示书，充满了愤世嫉俗的悲愤，尽显铮铮铁骨的“大丈夫”浩然正气。

上片写自己愤世嫉俗的种种狂态，宣泄的是痛苦不堪的“恨”情，表达的是决不随波逐流的决绝心态。下片写自己尽管“寒骨”瘦相、穷苦潦倒、孤苦伶仃，但也决不向奉行“还钳恨口，不许长吁一两声”的文化专制主义的“天公”妥协，表现出作者可以忍受生活上的贫困，而不接受精神上备受压抑和摧残的“癫狂”个性。此词思想内容、政见主张充溢着郑板桥式的直率、大胆、无所顾忌；在创作手法上也是郑板桥式的“文章以沉着痛快为最”（见郑燮《潍县署中与舍弟第五书》），笔势如急风暴雨，痛快淋漓。而本词结拍

“癫狂甚”三句，却又舒缓沉郁，前面的冲击力转而化作我行我素的耐力和韧性：要用上百张墨线格纸去“细写凄清”，顿显襟怀冲淡而耐人品味。

贺双卿（一首）

［作者简介］贺双卿（1712？—？），初名卿卿，一名庄青，字秋碧，为家中第二个女儿，故名双卿。江苏丹阳人，四屏山下农家女。

惜黄花慢 孤雁

碧尽遥天，但暮霞散绮，碎剪红鲜。听时愁近，望时怕远，孤鸿一个，去向谁边？素霜已冷芦花渚，更休倩、鸥鹭相怜，暗自眠。凤凰纵好，宁是姻缘。　凄凉劝你无言，趁一沙半水，且度流年。稻粱初尽，网罗正苦，梦魂易警，几处寒烟。断肠可是婵娟意，寸心里、多少缠绵。夜未阑，倦飞误宿平田。

【品读小记】

贺双卿乃普通农家女，天资聪颖，少时舅父在邻家教书，便手工挣钱买书就读，勤奋有加，赢得诗词功力非凡。雍正八年（1730）十八岁时嫁给年长她十余岁的农家子，从此开始了被百般虐待的悲惨生活。一次被粗暴打骂后，她曾拊臼俯地而叹："天乎！愿双卿代天下绝世佳人受无量苦，千秋万世后，为佳人者，无如我双卿为也。"（见近人曾迺敦《中国女词人》）她的以血泪染就的缠绵悱恻凄美伤心词，不仅造诣精湛，更是对那吃人的封建礼教、夫权社会的强烈控诉。这首长调词，以生动的笔触、丰富的联想，刻画出了一只不知"去向谁边"的"孤鸿"形象：孤独、凄凉、惊恐、彷徨不安。这实际上是词人处境、心境的自况，读来令人心酸。结拍句"夜未阑，倦飞误宿平田"，率真而哀怨至深，细味起来，与南唐李煜"故国不堪回首月明中"（《虞美人》句）可有异曲同工之效？清陈廷焯《白雨斋词话》评曰："此词悲怨而忠厚，读竟令人泣数行下。"

过春山（一首）

［作者简介］过春山，生卒年均不详，字葆中，号湘云，江苏吴县人。约 1723—1775 年在世。有《湘云遗稿》传世。

台城路　登雷峰望宋胜景园故址

东风又入荒园畔，繁华已成尘土。太液芙蓉，未央杨柳，曾见当年歌舞。危栏漫抚。叹事逐飞云，梦随香雾。指点江山，斜阳一片下平楚。　　悠悠此恨谁诉。想青磷断续，还过南浦。铁马凭江，香车碾月，忍读昭仪词句。凄凉几许。但山鬼吟秋，杜鹃啼雨。回首宫斜，白杨深深语。

【品读小记】

南宋皇家园林胜景园，在西湖南岸的夕照山下、雷峰塔畔，元代已毁荒。这首凭吊故址之作，上片写旧园荒废，繁华已逝，词人叹往事逐云，旧梦随雾，发黍离之悲。化用唐白居易《长恨歌》“归来池苑皆依旧，太液芙蓉未央柳”句意，暗示千古兴亡的惊人相似，更显历史的多舛和沉重。下片抒发兴亡之恨，语气沉痛，意境凄凉。词人想象“青磷断续，还过南浦”（青磷者，鬼火也；南浦者，伤离惜别之地也。《楚辞·九歌·河伯》句“子交手兮东行，送美人兮南浦”；南朝江淹《别赋》句“送君南浦，伤如之何”），其骨肉分离、亲人永诀的惨绝人寰的意境，实在令人凄恻悲怆！词人想起元人铁蹄践踏临安时，宋度宗昭仪王德惠随同帝后妃被掳北上，曾在驿馆壁上题《满江红》中的词句“驿馆夜惊尘土梦，宫车晓碾关山月”，其惊天动地之悲情泣诉，实在令人不忍卒读！结拍句“白杨深深语”

化用《古诗十九首》之十四“白杨多悲风，萧萧愁杀人”句意，与下片转头句“悠悠此恨难诉”相呼应，且承前句之“吟”“啼”，沉郁蕴藉，韵味悠长。全词感情深沉，感慨清逸，婉曲而辞意深隐。词人在宋亡数百年后，登雷峰塔望胜景园故址，写下这首怀古佳作，或有警世之意。近人吴梅说湘云词“笔意骚雅”，“聪秀在骨，咀嚼无厌”，“不事雕琢，以气度胜”，读此词可见一斑。

左辅（一首）

［作者简介］左辅（1751—1833），字仲甫，一字蘅友，号杏庄，江苏阳湖人。累官至湖南巡抚。有《念菀斋集》传世。

南浦　夜寻琵琶亭

浔阳江上，恰三更、霜月共潮生。断岸高低向我，渔火一星星。何处离声刮起？拨琵琶、千载剩空亭。是江湖倦客，飘零商妇，于此荡精灵。　　且自移船相近，绕回阑、百折觅愁魂。我是无家张俭，万里走江城。一例苍茫吊古，向荻花、枫叶又伤心。只琵琶响断，鱼龙寂寞不曾醒。

【品读小记】

九江琵琶亭因唐白居易《琵琶行》词意而建。这首览胜怀古词，写夜寻琵琶亭而生发的、与《琵琶行》相关联的迁谪感等人生感受。上片写夜寻，写得优美、生动、传神。不仅化用了唐张若虚《春江花月夜》“海上明月共潮生”的优美句意，尤其是用《琵琶行》那“醉不成欢惨将别”“忽闻水上琵琶声”的语义，引出千载“离（别）声刮起”，词人仿佛又听到了当年“惨将别”的琵琶声，并说这是白居易（“江湖倦客”）、琵琶女（“飘零商妇”）的精灵再现，从而表达出词人对白居易的崇敬和此次夜寻的迫切。下片写登亭抒怀。词人托古伤今，表达出了与白居易的心灵相通。词人虽时为湖南巡抚，但却以东汉因朝中无以存身而亡命天涯的清流人物张俭自比，宣泄自己因某种隐情而不得不“万里走江城”的悲绪愁怀。词人不只是生发了《琵琶行》中“同是天涯沦落人”的共鸣，更因今夜再无白居易所吟诵的“如听仙乐”的“琵琶语”了，而慨叹只剩下“琵琶响断，鱼龙寂寞不曾醒”的千古悲哀（化用唐杜甫《秋兴十八》其四“鱼龙寂寞秋江冷”句意），从而点出本词主旨。该词出入今古，辞丽情哀，幽抑苍凉，寄托遥深，给人以心灵的震撼和悠长的深思。

张惠言（四首）

［作者简介］张惠言（1761—1802），原名一鸣，字皋文，一作皋闻，号茗柯，江苏武进人。嘉庆四年（1799）进士，官编修。尝辑《词选》，为常州词派之开山。有《茗柯文编》传世。

相见欢　年年负却花期

年年负却花期！过春时，只合安排愁绪送春归。
梅花雪，梨花月，总相思。自是春来不觉去偏知。

【品读小记】

身在春天不知春，春天走了才幡然觉悟，已是悔之晚矣，只能愧疚、反省了。这就是这首小令的主旨。结拍句“自是春来不觉去偏知”颇具人生哲理：一切美好的事物，往往只有在失去之后才顿觉拥有的可贵。因此，认识美好、珍惜美好、把握美好，乃是人生一大幸事！

木兰花慢　杨花

儘飘零尽了，何人解，当花看？正风避重帘，雨回深幕，云护轻幡。寻他一春伴侣，只断红、相识夕阳间。未忍无声委地，将低重又飞还。　　疏狂情性，算凄凉、耐得到春阑。便月地和梅，花天伴雪，合称清寒。收将十分春恨，做一天、愁影绕云山。看取青青池畔，泪痕点点凝斑。

【品读小记】

在众多咏杨花词中，这是一首堪与宋苏轼《水龙吟·次韵章质夫杨花词》比肩的名作，也是作为常州词派开山祖张惠言的代表作之一。该词匠心独运，赋予杨花新的品格，自成新境。

上片开篇即为杨花鸣不平：本是花，却不被看作花！紧接着就如泣如诉地揭示出杨花无依无伴、孤零零的悲凉凄苦的境遇；而歇拍两句，却又塑造出杨花心不甘、志不屈，“将低重又飞还”的奋力抗争形象。下片顺势塑造出杨花的“疏狂情性”、高洁品格、愤懑情怀，使得杨花形象更为丰富。尽管如此，结拍两句宣告杨花终究还是要“无声委地”，凝成了青青池畔的点点泪斑。作者咏叹的是杨花及其际遇，何尝又不是在暗喻逆境中坚守节操、奋争不息，而又前景堪忧的飘零者呢！因而读来令人感叹，韵味无穷。

水龙吟　夜闻海涛声

梦魂快趁天风，琅然飞上三山顶。何人唤起，鱼龙叫破，一泓杯影？玉府清虚，琼楼寂历，高寒谁省？倩浮槎万里，寻侬归路，波声壮，侵山枕。　　便有成连佳趣，理瑶丝、写他清冷。夜长无奈，愁深梦浅，不堪重听。料得明朝，山头应见，雪昏云醒。待扶桑净洗，冲融立马，看风帆稳。

【品读小记】

这是一首托物寄怀的奇思妙作，意境高阔，情感深沉。上片写词人夜闻海涛声而触发梦游海天的联想：梦魂驾长风飞越仙山（即传说中位于东海的蓬莱、方丈、瀛洲三仙山），破万里浪唤起鱼龙吟啸；神游天宇，因俯视大海而有唐李贺《梦天》“遥望齐州九点烟，一泓海水杯中泻”之豪气，又因“玉府”“琼楼”清虚孤寂，终究还是发出宋苏轼“高处不胜寒”式的“高寒谁省”之喟叹。下片则写夜闻海涛声而触发神往瑶琴的清思：即便春秋时代善鼓琴的成连及其弟子伯牙这样的高手再世，面对眼前的云涌浪飞而操琴作歌，也会因今夜“愁深梦浅”而“不堪重听”。词人的无限豪情、无端心绪、无穷心事、无奈心态，若隐若现在这两种奇思妙想之中。尤具匠心的是，上片写梦幻神游，歇拍句却是“倩浮槎万里，寻侬归路”云云，那是说，梦幻毕竟是梦幻，还是回到人间现实中来吧！下片写想象中的琴声清冷，结拍句却是“待扶桑净洗，冲融立马，看风帆稳”！这是一幅在晨光灿烂中词人从容立马看风帆高悬的壮美形象，旷达而高洁。人们从这首词中感受到的是词人不甘沉沦、直面现实、积极向上的人生态度，以及词人高迈乐观、豁达自信的非凡气质和胸襟。全词用笔奇兀妙幻，抒怀跌宕起伏，情思浓郁，余味无穷。

水调歌头　春日赋示杨生子掞（其一）

东风无一事，妆出万重花。闲来阅遍花影，惟有月钩斜。我有江南铁笛，要倚一枝香雪，吹彻玉城霞。清影渺难即，飞絮满天涯。　　飘然去，吾与汝，泛云槎。东皇一笑相语：芳意在谁家？　　难道春花开落，又是春风来去，便了却韶华。花外春来路，芳草不曾遮。

【品读小记】

张惠言曾赠送其弟子杨子掞以《春日赋示》为题的组词五首，从不同角度彰显儒家弟子在心灵品质方面的文化修养和思想境界，被叶嘉莹先生称之为“将词心与道心结合得极为微妙的好词”；“是词史中难得一见的佳作”（上海辞书出版社《元明清词鉴赏辞典》）。此为组词第一首。

上片写自然界的和谐、人与自然的和谐。先写春日“东风”天心自然地妆点出“万重花”，彰显自然的巨大力量；续写一钩斜月“闲来阅遍花影”的美妙，展示天地间一种相连相衬的境界和一份相知相赏的情谊；接着把“我”代入其中，要用“铁笛”吹奏响彻天外的花之赞歌，来酬谢天心春意的恩惠。“清影”歇拍二句，则表达了人对自然力的作用毕竟有限，无论你如何赏春、惜春，春意还是会在时光中流逝。下片则以丰富的想象力和洒脱的笔调，写“吾与汝”与春神“东皇”的交流，借“东皇一笑相语”，揭示花开花落、春风来去，并不会“了却韶华”。言外之意，只要心中有“道”，“春意”就会永在，如结拍二句云：“花外春来路，芳草不曾遮。”

这首词其实写的是词人对儒家“仁”的思想的体悟与心得，却以词的优美文体和笔法写得既婉曲又飞扬，实是难得。对这组词，清陈廷焯《白雨斋词话》赞“既沉郁，又疏快，最是高境”，近人吴梅《词学通论》誉“热肠郁思”，可谓至评。

改琦（一首）

[作者简介] 改琦（1773—1828），画家，字伯蕴，号香伯，又号七芗、玉壶山人、玉壶外史、玉壶仙叟等。擅画仕女及花草兰竹。有《玉壶山房词选》等传世。

酹江月　石湖

玉虹横卧，放湖山、闲了春风词笔。花影吹笙无觅处，何况梅边吹笛。鹤涧烟消，马塍雨黯，枨触今犹昔。旧家亭馆，旧时鱼鸟相识。　　还念谱出新声，蛾眉愁绝，醉把阑干拍。万顷清光流皓月，飞下一双鸂鶒。西望群峰，飘然引去，淼淼澄波白。人间天上，不知今夕何夕。

【品读小记】

苏州石湖是南宋大诗人范成大隐居之地，大词人姜夔于绍熙二年（1191）冬来访，应邀在范家花园赏梅，写下了著名的自度曲《暗香》《疏影》。改琦来到石湖有感于此，写下了这首怀古抒怀佳作。

上片临境怀古，在情景交融的描述中，表达了对先贤的崇敬和怀念，以及对笙笛"无觅"、风流"烟消"（鹤涧在苏州虎丘）、"雨黯"荒野（马塍在浙江余杭，姜夔去世后葬此）这种时移世转、物是人非的感伤和惆怅。上片特地化用了姜夔在《暗香》中"何逊而今渐老，都忘却、春风词笔""旧时月色，算几番照我，梅边吹笛"等，尤显对先贤感情的真挚和深沉。下片写景抒情。虽然转头承接上片意，想象了当年姜夔两词赋歌后"娥眉愁绝"之景状，但接下来就以明快、明丽的笔调吟诵石湖风光，那种感伤情怀也就消解于美丽的湖光山色之中。忘却了世俗烦恼，有如恍入仙境而“不知今夕何夕”了！“万顷清光流皓月，飞下一双鸂鶒”，多么优美的画面！何其清空秀逸！非情志雅逸者不能出。该词由追念感伤写到飘然远举，透露出词人兼画家深沉洒脱、随遇而安、热爱大自然的生活情怀。

邓廷桢（二首）

［作者简介］邓廷桢（1776—1846），字维周，号嶰筠，晚号妙吉祥室老人、刚木老人。江苏江宁人。祖籍苏州洞庭西山明月湾。官至云贵、闽浙、两江总督，与林则徐协力查禁鸦片。有《双砚斋词》。

高阳台　玉泉山燕集

径转疏花，畦连寒菜，篮舆一路秋光。琴筑声清，泠泉缓泻鸳梁。凭高莫向阑干倚，倚阑干、容易斜阳。写闲情，细把金英，浅醉瑶觞。　　欃枪未扫铙歌唱，叹军符憔悴，战垒苍凉。饮至筵开，愁听满耳伊凉。却怜老圃霜华重，怕孤他、晚节幽香。乍归来，灯火城南，澹月昏黄。

【品读小记】

道光二十年即1840年，邓廷桢任闽浙总督，次年被革职遣戍伊犁，道光二十三年释回授甘肃布政史，此时已自伊犁返京待命。这是一首感时抒怀之作。词人借参加京城一次玉泉山大臣聚会，表达了这位曾经的封疆大吏对鸦片战争结束后可悲可恨时局的悲凉和悲愤。上片写词人乘竹轿（“蓝舆”）赴会途中所见的“一路秋光”，和乐声、水声盈耳的聚会环境，重点诉说了自己宁可在乐声中细品菊花酒（“金英”是一种菊花酒），也不愿去倚阑远眺，因为那只会看到近黄昏的夕阳！这一心理活动暗示词人的悲凉心境和一腔愤懑。下片抒怀：痛诉悲愤。英军未退（“欃枪”，彗星别称，喻邪恶势力。此处暗指英军侵略者），却因朝廷一味“节制”而致“军符憔悴”“战垒苍凉”。对此，词人只能悲而

"叹"；筵席上悠扬的乐曲，在心情沉重的词人听来，都是如同悲凉古曲《伊州》《凉州》那样的悲歌，因而词人只是苦而"愁"；看到窗外霜后的老圃上唯有菊花幽放，联想到自己只属于主张积极抗英的少数派，不由得对菊花的"晚节幽香"顿生爱"怜"之意。词人随境即兴的这一叹二愁三怜，刻画出词人晚年依然要忠心报国的孤臣形象。"乍归来"结拍三句，写归途所见，留给读者一幅耐人寻味的图画：城下灯火辉煌（说明人间一切依旧），城上月色昏黄（说明天意一派朦胧）。

水龙吟 雪中登大观亭

关河冻合梨云，冲寒犹试连钱骑。思量旧梦，黄梅听雨，危阑倦倚。披鹜重来，不分明出，可怜烟水。算夔巫万里，金焦两点，谁说与，苍茫意？　　却忆蛟台往事，耀弓刀，舳舻天际。而今剩了，低迷鱼艇，模粘雁字。我辈登临，残山送暝，远江延醉。折梅花去也，城西炬火，照琼瑶碎。

【品读小记】

大观亭应是当时瓜洲（今属江苏扬州）南城上的大观楼（今已不存）。邓廷桢因禁烟抗英被革去闽浙总督，流放伊犁。在去伊犁前，词人来到长江边的瓜洲，登临大观楼写下了这首览胜怀古词。

上片在写景描境中叙事：写词人冒雪"冲寒"（"梨云"，指雪景）、骑着骏马（"连钱骑"，即连钱骢，古代一种骏马）"披鹜重来"大观楼的困顿、抑郁感受。上次来恰逢黄梅雨季，此次来又遇烟雾迷蒙，都是令人阴郁难开的景象，表现出词人不能一敞胸襟的苦闷。由此，词人仔细想想大江上游的夔门、巫峡，直到眼前的金、焦二山（在瓜洲江对岸的镇江），面对奔流不息的浩荡大江，能与谁去说那山河危局的"苍茫意"呢！下片在今昔对比中抒怀。既为自己与林则徐一起在虎门（"蛟台"在虎门附近）销烟抗英的壮举而自豪，又为如今却只能“我辈登临，残山送暝，远江延醉”而深感愤懑与不平。然而，面对报国无门的悲哀，词人依然矢志不渝，全词以折梅踏雪而去的高洁形象结拍，情景交融，正气凛然，意蕴深厚。读罢此词，怦然有“辞为肌肤，志实骨髓”（南朝刘勰《文心雕龙·体性》）之叹。

周济（一首）

［作者简介］周济（1781—1839），字保绪，一字介存，号未斋，晚号止庵。江苏荆溪人。官淮安府学教授。有《味隽斋词》《止庵词》《词辨》《介存斋论词杂著》。辑有《宋四家词选》。

渡江云　杨花

春风真解事，等闲吹遍，无数短长亭。一星星是恨，直送春归，替了落花声。凭阑极目，荡春波、万种春情。应笑人、春粮几许？便要数征程。　冥冥，车轮落日，散绮余霞，渐都迷幻景。　问收向、红窗画箧，可算飘零？相逢只有浮云好，奈蓬莱东指，弱水盈盈。休更惜，秋风吹老莼羹。

【品读小记】

与历代咏絮名篇比，这首杨花词情有独到，意有翻新；也写得婉曲中有豪宕，探微中有开阔，迷茫中有明丽。上片赞颂杨花存在的价值和魅力，下片咏叹杨花归宿的多样与无奈。“春风真解事，等闲吹遍，无数短长亭”，与宋晏殊《踏莎行》之“春风不解禁杨花，蒙蒙乱扑行人面”，意反而相映各自成趣。“一星星是恨”的杨花飘零，却翻出了杨花默然奉献的新意：始终如一地伴春、送春，直至替换了阵阵“落花声”而成为春归的最后送行者。以“春风真解事”起句，却以“秋风吹老莼羹”结拍，既是写作上的首尾相映，更示人以两种比照鲜明的意象，令人回味无穷。总之，该词“有寄托，尚蕴藉”（近人吴梅《词作通论》），是咏絮词中的又一佳作。

周之琦（一首）

［作者简介］周之琦（1782—1862），字稚圭，号耕樵，又号退庵。河南祥符人。累官广西巡抚。著有《金梁梦月词》《怀梦词》《鸿雪词》《退庵词》，总名《心日斋词》。

踏莎行　劝客清尊

劝客清尊，催诗画鼓，酒痕不管衣襟污。玉笙谁与唱销魂？醉中只想瞢腾去。　　绮席频邀，高轩惯驻，闷来却觅栖鸦语。城头一角晋阳山，怪他青到无人处。

【品读小记】

这首记事抒情词，记述了词人一次奉差山西之行的所见所思。上片借记述接待宴席热闹而疏狂的场景，抒发出了“醉中只想瞢腾去”的脱尘隐逸之思。下片一个“闷”字，表达出这次山西之行的内心感受：既厌倦邀宴频繁和上宾盈门，也感叹清净时羁旅中的孤寂情怀。结拍二句以景结情，个人隐然可感的离情别绪尤显真挚动人。细细品来，此词也描绘出了当时社会风貌之一角。近人吴梅说周之琦词“浑融深厚，语语藏锋”（《词学通论》），从此词可一窥端倪。

龚自珍（二首）

［作者简介］龚自珍（1792—1841），字璱人，一名易简，字伯定，更名巩祚，号定庵。仁和（今浙江杭州）人。晚年居住昆山羽琌山馆，又号羽琌山民。著有《定庵文集》。

鹊踏枝 过人家废园作

漠漠春芜春不住。藤刺牵衣，碍却行人路。偏是无情偏解舞，蒙蒙扑面皆飞絮。 绣院深沉谁是主？一朵孤花，墙角明如许！莫怨无人来折取，花开不合阳春暮。

【品读小记】

龚自珍所处时代乃国家处于内忧外患、大厦将倾的危局之中，而人们却多麻木不仁，依旧安享歌舞升平，以致词人路过一废园也生发出如许感慨来。上片写词人所见废园“春芜”之景象，直指大清帝国“春不住”之乱象丛生。下片写词人过园之复杂心境：先是发出废园“谁是主”的沉重质疑和无奈浩叹，接着又为“一朵孤花，墙角明如许”而眼神一亮、油然欣喜，随即却发出“莫怨无人来折取，花开不合阳春暮”的仰天悲叹，生不逢时的凄凉心境弥散开来，令人怆然。该词凡景皆情，字面上写景、写花草，却蕴藉沉郁地写尽悲凉愤懑之意。非高手，不能有如此之佳作也。

湘月 天风吹我

壬申夏泛舟西湖，述怀有赋，时予别杭州盖十年矣。

天风吹我，堕湖山一角，果然清丽。曾是东华生小客，回首苍茫无际。屠狗功名，雕龙文卷，岂是平生意？乡亲苏小，定应笑我非计。　　才见一抹斜阳，半堤香草，顿惹清愁起。罗袜音尘何处觅，渺渺予怀孤寄。怨去吹箫，狂来说剑，两样销魂味。两般春梦，橹声荡入云水。

【品读小记】

清嘉庆十七年（1812），二十一岁的龚自珍随父任徽州知府途中回到离别十年的故乡杭州，夏游西湖时写下了这首名作。

上片豪迈抒怀，一展词人少年雄心和抱负：既倾吐“屠狗功名（用西汉开国功臣樊哙事典），雕龙文卷（用战国齐人驺奭因文辞华丽而被称为‘雕龙奭’事典），岂是平生意”？也表达出词人心比天高的志向却不为人识的孤独和惆怅，词人说，连那死后埋在西湖边的老乡苏小小（南齐名妓），若地下有知，也“定应笑我非计”。下片写词人游西湖跌宕的心境：先是“惹清愁起”，继感“罗袜音尘何处觅？渺渺予怀孤寄”（前句化用曹植《洛神赋》“罗袜生尘”句；后句语本宋苏轼《前赤壁赋》“渺渺兮予怀，望美人兮天一方。”）由是，唤出名句“怨去吹箫，狂来说剑，两样销魂味”。这是说，用吹箫化去胸怀大志而不为人识的怨愤吧，用舞剑平伏汹涌澎湃的浩荡心潮吧！进一步逼出结拍二句：至于算不了什么的功名、文名这“两般春梦”，就让它们随着这船的“橹声荡入云水”中去吧！这也就是屈原所抱持的“民生各有所乐兮，余独好修以为常”（《离骚》）的高洁胸襟了。纵观龚自珍生平，可以说，该词展现的“说剑”雄姿、“吹箫”雅量伴随了他一生。而“吹箫”“说剑”名句也尤为后人称道。《湘月》者，播撒青春志之佳作也。

项廷纪（二首）

［作者简介］项廷纪（1798—1835），原名继章，又名鸿祚，后改名廷纪，字莲生。钱塘人。道光壬辰（1832）举人，春官不第。著有《忆云词》。

减字木兰花　春夜闻隔墙歌吹声

阑珊心绪，醉倚绿琴相伴住。一枕新愁，残夜花香月满楼。
繁笙脆管，吹得锦屏春梦远。只有垂杨，不放秋千影过墙。

【品读小记】

这首小令上片描述：一个“花香月满楼”的美好春夜，词人却“阑珊心绪”“一枕新愁”。何出如此状况？下片作答：不只是隔墙歌吹，吹得词人“锦屏春梦远”，更是由于那“垂杨”“不放秋千影过墙”！“秋千”，是古代闺中游戏。当想到宋苏轼《蝶恋花》中“墙里秋千墙外道，墙外行人，墙里佳人笑”的场景时，当体会宋张先《青门引》“那堪更被明月，隔墙送过秋千影”的意境时，令人一下就明白了这首小令的主旨。原来，它所抒发的或许正是苏轼词中说的那种“多情却被无情恼”的心绪，或许更是一种咫尺天涯的美好婉恨和莫名伤感。该令构思新颖，用笔轻灵，凡景皆情，含蓄不尽，耐人细品。

水龙吟　秋声

西风已是难听，如何又著芭蕉雨？泠泠暗起，澌澌渐紧，萧萧忽住。候馆疏砧，高城断鼓，和成凄楚。想亭皋木落，洞庭波远，浑不见，愁来处。　　此际频惊倦旅，夜初长，归程梦阻。砌蛩自叹，边鸿自唳，剪灯谁语？莫更伤心，可怜秋到，无声更苦。满寒江剩有，黄芦万顷，卷离魂去。

【品读小记】

这篇羁旅词由秋声而离愁，巧思翻新，别具一格。上片主要写秋声。西风、苦雨、捣衣声、更鼓声，是客观的描述；而它们“和成凄楚”，则是词人主观的感受。但词人并不止于此，而是更进一步，联想到了最早吟秋的屈原在《九歌・湘夫人》中的结句“袅袅兮秋风，洞庭波兮木叶下”、南朝梁柳恽《捣衣诗》中的佳句“亭皋木叶下，陇首秋云飞”等，想象出“亭皋木落，洞庭波远”的壮阔秋景，借而抒发了“浑不见，愁来处”的巧思异想，从而彰显出词人此时莫名的万千愁绪。下片则顺势主要写“倦旅”中的秋思。词人感受到虽有种种秋声，但它们都只是“自叹”“自唳”，何曾能与自己共“语”呢？词人“更伤心”的乃是孤独，于是发出了“可怜秋到，无声更苦”的深沉慨叹，其“秋到”的离愁别绪，也就如同寒江上可“卷离魂去”的“黄芦万顷”那样无边无际了。这一结拍句的意境，与宋秦观《千秋岁・水边沙外》体现“春去”愁绪的结拍名句“春去也！飞红万里愁如海”有异曲同工之妙。显然，这已不只是羁旅中的愁绪了，而应是人生“倦旅”的一种慨叹。

吴藻（一首）

［作者简介］吴藻（1799—1862），女。字蘋香，自号玉岑子，浙江仁和（今杭州）人。著有《花帘词》《香南雪北词》等。

行香子　长夜迢迢

长夜迢迢，落叶萧萧，纸窗儿、不住风敲。茶温烟冷，炉暗香销，正小庭空，双扉掩，一灯挑。　　愁也难抛，梦也难招，拥寒衾、睡也无聊。凄凉景况，齐作今宵。有漏声沉，铃声苦，雁声高。

【品读小记】

道光、咸丰年间杭州才女吴藻，能诗善词工画，名动一时，惜才高命蹇，三十岁后丈夫即去世，遂与世隔绝，终至皈依佛门。终身郁郁寡欢，乃一伤心人也。这首伤心人之闺怨词，浸透了“愁”字，堪比宋李清照之《声声慢》！上片写“长夜迢迢”的愁境，下片写“睡也无聊”的愁绪，凄凉寂寞，孤苦无助，确是“怎一个愁字了得”！该词尽抛脂粉气，纯用白描手法，功力深厚，虽寻常景物，寻常口语，却动人心魄。

陈澧（一首）

［作者简介］陈澧（1810—1882），字兰甫、兰浦，号东塾，世称东塾先生，广东番禺人。六应会试不中。先后受聘为学海堂学长、菊坡精舍山长。著有《东塾读书记》《汉儒通义》《声律通考》《忆江南馆词》。

百字令　江流千里

夏日过七里泷，飞雨忽来，凉沁肌骨。推篷看山，新黛如沐，岚影入水，扁舟如行绿颇黎中。临流洗笔，赋成此阕。倘与樊榭老仙倚笛歌之，当令众山皆响也。

江流千里，是山痕寸寸，染成浓碧。两岸画眉声不断，催送蒲帆风急。叠石皴烟，明波蘸树，小李将军笔。飞来山雨，满船凉翠吹入。　　便欲舣棹芦花，渔翁借我，一领闲蓑笠。不为鲈香兼酒美，只爱岚光呼吸。野水投竿，高台啸月，何代无狂客？晚来新霁，一星云外犹湿。

【品读小记】

清谭献《箧中词续》评陈澧词："兰甫先生，孙卿、仲舒之流，文而又儒，粹然大师，不废藻咏。填词朗诣，洋洋乎会于风雅，乃使绮靡，奋厉两宗，废然知反。"七里泷位于今浙江桐庐，东汉严子陵隐居地。此词写"夏日过七里泷"，清丽醇雅，逸怀思飞，众山当为之响也。词前小序亦是清新可人，有南朝吴均《与朱元思书》妙处。上片写两岸风光如画，如唐代画家李昭道"小李将军笔"。陈澧动用了全部感官感受意境之美。视觉上："江流"染碧，"叠石皴烟，明波蘸树"；听觉上："画眉声不断"，"蒲帆风急"；触觉上，随风“山雨”，“凉翠吹入”，真乃人间仙境也！下片写行舟所思，抒发“何代无狂客”之慨。“便欲舣棹芦花，渔翁借我，一领闲蓑笠”，可有隐逸之想乎！后二句用张季鹰（鲈香酒美）、严子陵（野水投竿）、谢翱（高台啸月）的典故，或弃官，或不仕，或悲怀，皆为历代“狂客”也。末句“晚来新霁，一星云外犹湿”，以景结情，意蕴悠远。清厉鹗（樊榭老仙）《百字令·月夜过七里滩》亦有“万籁生山，一星在水，鹤梦疑重续”词句，均暗用严子陵与汉光武帝共卧典故，表达对严子陵的推崇和怀念。近人钱仲联《清词三百首》曰：“樊榭一首，已是崔颢题词在上，此阕几欲突过。”

蒋春霖（三首）

［作者简介］蒋春霖（1818—1868），字鹿潭，江苏江阴人，后居扬州。咸丰中曾官至两淮盐大使，遭罢官。一生潦倒。经吴江时抱恨而卒。著有《水云楼词》。

卜算子　燕子不曾来

燕子不曾来，小院阴阴雨。一角阑干聚落花，此是春归处。

弹泪别东风，把酒浇飞絮。化了浮萍也是愁，莫向天涯去！

【品读小记】

清陈廷焯《白雨斋词话》评蒋春霖词："深得南宋之妙。于诸家中，尤近乐笑翁（张炎）。"这首小令写春愁，娓娓道来，却是哀感迫人，力透纸背。上片造境凄清岑寂，可窥其内心愁绪。"燕子不曾来"，孤苦无助也；"小院阴阴雨"，困苦无期也；"一角阑干聚落花，此是春归处"，哀叹身世也。蒋春霖另有诗句"只今花寂寞，来伴月黄昏"，异曲同工。下片一抒愁怀。飞絮是愁，化作浮萍也是愁，无根也；去天涯是愁，莫向天涯也是愁，无定也。如同清纳兰性德词句"浮萍漂泊本无根，天涯游子君莫问。"清陈廷焯《白雨斋词话》评此词："鹿潭穷愁潦倒，抑郁以终，悲愤慷慨，一发于词。如《卜算子》云……何其凄怨若此。"

唐多令　枫老树流丹

枫老树流丹，芦花吹又残。系扁舟、同倚朱阑。还似少年歌舞地，听落叶、忆长安。　哀角起重关，霜深楚水寒。悲西风、归雁声酸。一片石头城上月，浑怕照、旧江山。

【品读小记】

近人唐圭璋《蒋鹿潭评传》以为蒋春霖“一种风尘沦落之感，和无国无家的情绪，都写得深透无匹；而一腔温柔忠爱的心迹，竟与屈灵均、杜少陵如出一辙”。此词追忆旧游，感叹身世之苦，家国之乱。

上片起句“枫老树流丹，芦花吹又残”，化用唐白居易“枫叶荻花秋瑟瑟”诗句，而境界凄丽，色彩斑斓。“还似少年歌舞地，听落叶、忆长安”，追忆当年旧游，化用唐贾岛“秋风吹渭水，落叶满长安”诗句，伤今怀古，物是人非。下片将追忆拉回现实，“哀角起重关，霜深楚水寒”，境界厚重沉郁。“悲西风、归雁声酸”，化用宋周紫芝“寒蛩声酸嘶，入我肺与腑”词句，清王鹏运亦有“尽空外、归雁声酸，碧山人远莫至”词句。末句“一片石头城上月，浑怕照、旧江山”，暗指太平天国占领南京，化用宋姜夔“旧时月色，算几番照我，梅边吹笛”词句，喻家国丧乱，哀怨至深。近人唐圭璋评此词“如鹿潭此作，亦何减唐人高处”？

木兰花慢　江行晚过北固山

泊秦淮雨霁，又灯火，送归船。正树拥云昏，星垂野阔，暝色浮天。芦边，夜潮骤起，晕波心、月影荡江圆。梦醒谁歌楚些？泠泠霜激哀弦。　　婵娟，不语对愁眠，往事恨难捐。看莽莽南徐，苍苍北固，如此山川！钩连，更无铁锁，任排空、樯橹自回旋。寂寞鱼龙睡稳，伤心付与秋烟。

【品读小记】

此词风格高迥，发咽塞悲凉之音。上片写晚过北固山江上所见。“正树拥云昏，星垂野阔，暝色浮天”，化用唐杜甫“返照入江翻石壁，归云拥树失山村”及“星垂平野阔，月涌大江流”诗句，境界苍阔沉远。“芦边，夜潮骤起，晕波心、月影荡江圆”，化用宋姜夔“波心荡，冷月无声”句意，可谓婉约深至。下片写山河依旧，国运衰竭，朝廷无力，任凭外侮驰骋，而“寂寞鱼龙睡稳”，化用唐杜甫《秋兴十八首》其四“鱼龙寂寞秋江冷，故国平居有所思”诗句，不亦悲乎。近人钱仲联《清词三百首》评此词云:“是伤时感事之作。事是词中点睛之笔，是‘往事恨难捐’的往事，词写在鸦片战争结束以后。地是英侵略军进攻南京先攻陷镇江的地，秦淮、南徐、北固，交代得很清楚。描写的重心‘钩连，更无铁锁’二句，具体道出了这场战争的结局。因此，对‘鱼龙睡稳’不顾国家命运者流，发出‘伤心付与秋烟’和‘如此山川’的哀叹，这才是一篇悲壮的词史。”

边浴礼（一首）

［作者简介］边浴礼，生卒年均不详，约1858年前后在世，字夔友，一字袖石，直隶任丘人。道光甲辰进士，改庶吉士，授编修，历官河南布政使。著有《健修堂集》《空青馆词稿》。

高阳台　柳发霜髡

柳发霜髡，苔衣雨坼，夕阳红上孤城。风翦云罗，昨宵偷放新晴。秋光不管人肠断，断肠人、翻爱秋清。小银塘、凋了残荷，荒了枯萍。　　僧楼半角苍烟织，记香迷稚蝶，絮搅雏莺。一夜凉飔，阴阴换作虫声。临流悄向沙鸥说，算萧骚、谁更如卿？怅归途，枫叶芦花，无限飘零。

【品读小记】

边浴礼《空青馆词稿》小引载："边君袖石问词法于陶凫芗先生，得不传之秘。在天雄幕中，所作甚多。近游洺州，出以相示，宫商要眇，分寸吻合，并皆佳妙。"此词为悲秋之作，以"秋光不管人肠断，断肠人、翻爱秋清"为词眼。悲秋乃中国文化的传统意象，自宋玉发出"悲哉，秋之为气也！萧瑟兮草木摇落而变衰"以来，代有和声。

上片以霜柳雨苔、孤城残照、风扫云晴渲染"秋清"。"小银塘、凋了残荷，荒了枯萍"，别有一种颓败之美。之所以断肠人"翻爱秋清"，是因为秋气清肃、秋景凋荒，与内心的哀愁相契。下片以"僧楼半角"的春秋景色相对比，蝶莺不见，换作秋蛩，有流年惊换之叹。"临流悄向沙鸥说"句，化用唐杜甫"飘飘何所似，天地一沙鸥"句意，以沙鸥自比，以杜甫自况。末句"怅归途，枫叶芦花，无限飘零"，仿佛宋秦观"枫叶芦花，的是凄凉地"意境，羁旅之愁，况味无穷。

周闲（一首）

[作者简介] 周闲（1820—1875），字存伯，一字小园，号范湖居士，浙江秀水（今嘉兴）人。官新阳令、候补知州同知。因与大吏不合，遭革职后隐居吴市。擅绘画。著有《任处士传》《范湖草堂词》。

水龙吟　渡海

海门不限萍踪，危樯直驰东南去。怒涛卷雪，轻舟浮叶，乘风容与。浪叠千山，天横一发，鱼龙能舞。向船舷叩剑，舵楼酾酒，何人会，茫茫绪？　遥指虚无征路，望神州、琼烟霏雾。汪洋弱水，惊魂萦目，蓬莱犹故。绝岛扬尘，孤帆飘羽，重渊垂暮。且当杯散发，中流击楫，放斜阳渡。

【品读小记】

此词写渡海所见所感，天风海涛，昔人曾此，于忧患中振发之思。上片写渡海经过。起句写海上不受陆路所限，可以“危樯直驰东南去”，同时亦有身世漂泊无定之感。后诸句写海上行舟所见壮阔景象，激起心底豪气。故有“向船舷叩剑，舵楼酾酒，何人会，茫茫绪”？如同宋辛弃疾“把吴钩看了，栏杆拍遍，无人会、登临意”。下片渡海所感。“遥指虚无征路”句，见神州大地烟雾笼盖，难寻出路，与上片“茫茫绪”呼应。“汪洋弱水，惊魂萦目，蓬莱犹故”，化用宋苏轼“蓬莱不可到，弱水三万里”诗句，写海上行舟感受到的凶险，同时含有时局国运之忧。后句“绝岛”“孤帆”等似有“知其不可为而为之”的孤往之意。末句用“中流击楫”自励自警，振发精神。

周星誉（一首）

［作者简介］周星誉（1826—1884），初名誉芬，字叔昀，一字叔云，号芝芗，河南祥符（今开封）人，祖籍山阴。历官至两广盐运使兼署广东按察使。中法战争时，征兵筹饷以济刘永福。擅绘花卉。著有《东鸥草堂词》。

永遇乐　登丹凤楼怀陈忠愍公

登丹凤楼南望黄浦怀陈忠愍公，楼在沪城东北女墙上，宋淳熙间立。

放眼东南，苍茫万感、奔赴阑底。斗大孤城，当年曾此，笳鼓屯千骑。　劫灰飞尽，怒潮如雪，犹卷三军痛泪。满江头，阵云团黑，蛟龙敢啮残垒。　登临狂客，高歌散发，唤得英雄都起。天意倘教，欲平此虏，肯令将军死。　只今回首，笙歌依旧，一片残山剩水。伤心处、青天无语，夕阳千里。

【品读小记】

陈忠愍公即陈化成，抗英名将，任福建水师提督、江南提督，鸦片战争中为国捐躯。上海多地立有陈公祠，清龚显曾《亦园脞牍》载：“盖沪为公成仁取义之地，宜其忠魂毅魄历久如在也。”此词缅怀陈化成事迹，抒发忧国之痛，是一篇英雄主义的爱国篇章。上片以“苍茫万感”笼罩全篇。后诸句追忆当年战斗场面，“孤城”“笳鼓”（时两江总督牛鉴脱逃，吴淞遂为“孤城”），“劫灰”“怒潮”，黑云啮垒，慷慨悲壮，如同亲历。清许棫有“勇气直吞千鬼黑，劫灰都炼寸心丹”诗句。下片“高歌散发”，本希冀涌现更多陈化成式的英雄，“唤得英雄都起”。而当权者已腐朽不堪，英雄无用，清陈康祺《郎潜纪闻二笔》直陈："奈懿亲重臣，临戎丧胆，彻防媚敌，惟恐失欢，以致穷岛魍魉之徒，横行溟渤，择利而食。"故周星誉发出愤慨之声："天意倘教，欲平此虏，肯令将军死"，非天意也，而是"懿亲重臣"媚敌求和，英雄以身许国，唯尽忠职守耳！《清史稿》云："畏葸者败，忠勇者亦败。专阃之臣，忘身殉国，义不返踵，亦各求其心之所安耳。"结拍处二句"只今回首，笙歌依旧，一片残山剩水。伤心处、青天无语，夕阳千里"，对清王朝的腐朽颓败已绝望至极，抱守残缺江山，依旧笙歌，怒其不争，沉痛不已。近人钱仲联《清词三百首》认为："周星誉这阕，填补了空白，大为词史生色。"

张景祁（一首）

［作者简介］张景祁（1827—？），原名左钺，字蘩甫，一字孝威，号韵梅（一作蕴梅），又号新蘅主人。浙江钱塘人。同治十三年（1874）进士。曾任福安、连江等地知县。晚年去台湾，宦游淡水、基隆等地。著有《新蘅词》《蘩圃集》。

秋霁　基隆秋感

盘岛浮螺，痛万里胡尘，海上吹落。锁甲烟销，大旗云掩，燕巢自惊危幕。乍闻唳鹤，健儿罢唱《从军乐》。念卫霍，谁是汉家图画壮麟阁？　遥望故垒，毳帐凌霜，月华当天，空想横槊。卷西风、寒鸦陈黑，青林凋尽怎栖托？归计未成情味恶。最断魂处，惟见莽莽神州，暮山衔照，数声哀角。

【品读小记】

基隆旧称“鸡笼”，为1884年中法战争的战场之一。基隆之战，清军虽首战获小胜，无奈基隆最终失守。此词痛感国土失陷，无力回天。

上片写基隆海战经过。“万里胡尘，海上吹落”，言中法相隔万里之遥，仍侵犯清朝领土。“燕巢自惊危幕”“乍闻唳鹤”句用《左传》“夫子之在此也，犹燕之巢于幕上”及《晋书》苻坚兵败“闻风声鹤唳，皆以为王师已至”典故，写清军自乱阵脚，斗志消沉。“念卫霍”句，慨叹朝廷无人，没有卫青、霍去病这样的将领，难力挽狂澜。下片慨叹有家难归，报国无门，眼见国势倾危，心下悲郁，“归计未成情味恶”也。“卷西风、寒鸦陈黑，青林凋尽怎栖托”，有

“覆巢之下无完卵”之叹，家国之情，溢于言表。末句“惟见莽莽神州，暮山衔照，数声哀角”，神州大地，外部列强环伺，内部暮气衰颓，是“最断魂处”。清谭献《箧中词续》评此词：“笳吹频惊，苍凉词史，穷发一隅，增成故实。”

庄棫（一首）

［作者简介］庄棫（1830—1878），字希祖，号中白，一名忠棫，又号蒿庵。江苏丹徒人。曾校书淮南、江宁各官书局。有《蒿庵遗稿》传世。

相见欢　深林几处啼鹃

深林几处啼鹃，梦如烟。直到梦难寻处倍缠绵。
蝶自舞，莺自语，总凄然。明月空庭如水似华年。

【品读小记】

清陈廷焯《白雨斋词话》高度评价庄棫："蒿庵词穷源竟委，根柢盘深，而世人知之者少。余观其词，匪独一代之冠，实能超越三唐、两宋，与风、骚、汉乐府相表里，自词人以来，罕见其匹。而究其得力处，则发源于国风、小雅，胎息于淮海、大晟，而寝馈于碧山也。"这首小令写春怨，不输大、小晏。"深林几处啼鹃"，或实写，或梦境；"直到梦难寻处倍缠绵"，或梦中有梦，或梦醒回味流连，迷离惝恍。"蝶自舞，莺自语"，万物自在，无人可语，倍感孤寂。以盎然春景反衬佳人的凄然境况。"明月空庭如水似华年"，由白日到月夜，月华如水，而年华空度，容颜老去，幽情难排。庄棫另有《相见欢》一阕。陈廷焯《白雨斋词话》评曰："二词用意用笔，超越古今，能将骚雅真消息，吸入笔端，更不可以时代限也。"

翁同龢（一首）

［作者简介］翁同龢（1830—1904），字声甫，号叔平，又号松禅，别署均斋、瓶笙、瓶庐居士、并眉居士等，别号天放闲人，晚号瓶庵居士，江苏常熟人。曾任同治、光绪两代帝师。谥文恭。有《翁文恭公日记》《瓶庐诗文稿》等传世。

台城路　登咸阳原

冷云颓日咸阳道，莽然更无秋草。白阁如螺，樊川似带，阅尽兴亡多少。倚风凭吊，有词客同来，冷吟闲啸。我自工愁，绿笺悔写旧时稿。　天涯一樽醉倒，渭城春已怨，何况秋杪。官柳依然，碧梧何在，可许凤凰栖老？宦游倦了，叹绿鬓婆娑，年来渐缟。羞对秦川，北流波浩渺。

【品读小记】

这首吊古感怀词，上片反映词人只身关中的孤寂愁苦心境，下片流露词人心系帝京、希冀建功立业以效朝廷的急切心境。陕西咸阳一带有太多的历史沧桑，白阁峰、樊川水“阅尽兴亡多少”！先贤前辈、骚人墨客们也留下了大量题咏和遗迹。词人此时作为刚上任的陕西学政，行进在秋风萧瑟的咸阳古道上，看到、想到这些，不由得心潮起伏，“愁”“悔”俱来，沉重的历史责任感油然而生。“愁”的是已见颓势的家国命运，“悔”的是自己未当要任而年华虚度。这就是上片的主要内容。下片在“愁”与“悔”的铺垫下集中写了“怨”和“羞”：“官柳依然，碧梧何在，可许凤凰栖老？”此处借唐杜甫《秋兴八首（其八）》“香稻啄馀鹦鹉粒，碧梧栖老凤凰枝”句意，流露出眷念帝京、寻求庙堂建功的心迹，正所谓“借古人之境界为我之境界者也”(王国维《人间词话》)。词人自视甚高以凤凰自喻，此时却不得不在京外“宦游”，岁月则已使自己“年来渐缟”，于是发出宏图难展、“羞对秦川”这种“怨”“羞”之感叹。这固然反映了词人此时政治上的不够成熟，也反映了词人年轻时即已壮志在胸，报国强国的愿望十分强烈。写此词七八年之后，三十六岁的词人成为同治帝师。

谭献（一首）

[作者简介] 谭献（1832—1901），初名廷献，字仲修，号复堂。浙江仁和（今杭州市）人。曾任安徽歙县、全椒、合肥、宿松等县知县。有《复堂类集》。另有《复堂诗续》《复堂文续》《复堂日记补录》。词集《复堂词》。

蝶恋花　庭院深深人悄悄

庭院深深人悄悄，埋怨鹦哥，错报韦郎到。压鬓钗梁金凤小，低头只是闲烦恼。　　花发江南年正少，红袖高楼，争抵还乡好？遮断行人西去道，轻躯愿化车前草。

【品读小记】

谭献《蝶恋花》词共六章，时人激赏，这里选其五。这首闺怨词，上片写思妇思念之情，“传神绝妙”（清陈廷焯语），既写得意趣横生，又写得思绪沉郁；下片写思妇盼归之意，“沉痛已极”（同上），其惆怅心态、诚挚表白、痴情不改的誓言，“轻躯愿化车前草”，真可感天动地！清陈廷焯《白雨斋词话》说“仲修《蝶恋花》六章，美人香草，寓意甚远”。这第五篇“寓意”为何呢？或可看作在倡导一种为美好理想而坚贞不渝甚至甘愿献身的品格。就其风韵而言，近人吴梅《词学通论》则说“此等词直是温（庭筠）、韦（庄），决非专学南宋者可拟”。

王鹏运（三首）

［作者简介］王鹏运（1848—1904），字幼遐，一字幼霞，中年自号半塘老人，又号鹜翁，晚年号半塘僧鹜。广西临桂人，原籍浙江山阴。官至礼科给事中。与况周颐、朱孝臧、郑文焯合称“清末四大家”。著有《半塘定稿》。

点绛唇　饯春

抛尽榆钱，依然难买春光驻。饯春无语，肠断春归路。
春去能来，人去能来否？长亭暮，乱山无数。只有鹃声苦。

【品读小记】

匠心独运，构思奇兀，道前人所未道，寻常处出新意，平易处出奇峰，便是这首题为《饯春》小令的显著特色，为人们所激赏。上片为春光饯别。暮春正是榆钱（榆树结荚似铜钱，故有此称）落去的时节，词人开篇即说“抛尽榆钱，依然难买春光驻”，钱再多也买不来春光，此说多么平实，多么新奇，非巧思而不可道也。下片为青春饯别。转头又奇峰再起：说“春去能来”，人的青春去了还能再回来吗？表达了词人对青春不再的感伤。清刘熙载《艺概·诗概》说：“诗能于易处见工，便觉亲切有味。”用此说评价这首“于易处”见新奇的小令，也是恰当的。

浪淘沙　自题《庚子秋词》后

华发对山青，客梦零星，岁寒濡呴慰劳生。断尽愁肠谁会得？哀雁声声。　　心事共疏檠，歌断谁听？墨痕和泪渍清冰。留得悲秋残影在，分付旗亭。

【品读小记】

庚子年（1900）发生八国联军入侵北京、慈禧太后光绪帝西逃的大变局，王鹏运与友人为此秋聚，一众填词成《庚子秋词》二卷，词人便填写这首通体伤感悲怆的小令题于集后，集中反映大家共同的悲苦而又绝望的心境。词人人到暮年，岁在深秋，而又身处艰危国势，一腔愁苦便以此词字句“和泪”倾泻而出！“华发对山青”，系从南宋吴文英《八声甘州·陪庾幕诸公游灵岩》“问苍波无语，华发奈山青”句化出；“岁寒濡呴慰劳生”，语本《庄子·天运》“泉涸，鱼相与处于陆，相呴以湿，相濡以沫”句，皆悲从中来，愁苦万端。然“断尽愁肠谁会得”“歌断谁听”？这两“断”两“谁”的发问，将词人无法排解的悲苦推向极处，词人也就只能带着“悲秋残影”的意绪，去“分付旗亭”买酒一醉了。全词情境互动，用语精炼，用典传神，构成了这首沉郁苍凉而悲怆的悲情词。

玉楼春　好山不入时人眼

好山不入时人眼，每向人家稀处见。浓青一桁拨云来，沉恨万端如雾散。　　山灵休笑缘终浅，作计避人今未晚。十年缁尽素衣尘，雪鬓霜髯尘不染。

【品读小记】

这首感怀词，展露的是词人向往归隐山林的心路历程和所思所想。该词精于构思，巧于奇想。上片以“好山不入时人眼”这种正话反说的手法开篇，形象地阐述词人归隐山林的觉醒。词人生逢乱世，命运多舛，因而只有“沉恨万端如雾散”了，世事看透，不再是尘俗中的“时人”了，才能有眼识泰山，那人迹罕至的“好山”才会入眼入脑，才会有“浓青一桁拨云来”。下片以拟人化的手法与

“山灵”沟通，巧妙地道出词人归隐山林的自信。一是要求“山灵休笑缘终浅”，实即以此申明归隐不应分先后，进而表白自己现在想到归隐“今未晚”；二是申明自己是清白干净的，虽然宦海尘世肮脏多污染，自己也已“十年缁尽素衣尘”（化用魏晋陆机《为顾彦先赠妇》“京洛多风尘，素衣化为缁”句意），但是自己心灵纯洁，“雪鬓霜髯尘不染”，因而自己将会是一位高洁的隐士。此词匠心独运，别出心裁地写归隐，令人印象深刻。

黄遵宪（一首）

［作者简介］黄遵宪（1848—1905），外交家、政治家、教育家。字公度，别号人境庐主人，广东省梅州人。历充师日参赞、旧金山总领事、驻英参赞、新加坡总领事，戊戌变法期间署湖南按察使。有《人镜庐诗草》《日本国志》《日本杂事诗》传世。

双双燕　题潘兰史《罗浮纪游图》

罗浮睡了，试召鹤呼龙，凭谁唤醒？尘封丹灶，剩有星残月冷。欲问移家仙井，何处觅、风鬟雾鬓？只应独立苍茫，高唱万峰峰顶。

荒径，蓬蒿半隐。幸空谷无人，栖身应稳。危楼倚遍，看到云昏花暝。回首海波如镜，忽露出、飞来旧影。又愁风雨合离，化作他人仙境。

【品读小记】

罗浮为广东名山，中国著名道教洞天之一。道教创始人之一葛洪曾在此炼丹、著述。潘飞声字兰史，爱罗浮，曾与夫人相约隐居其中。词人题于潘之画作《罗浮纪游图》的这首长调词，借题起兴，寄托遥深。

上片劝阻隐居，委婉而真挚。词人劝潘不要“移家仙井”，因为“罗浮睡了”：不独白鹤、黄龙诸宫观沉寂如睡，葛洪炼丹、著述的胜迹也已“尘封”，“剩有星残月冷”而已。词人实即以此暗喻当时清王朝治下的中国早已繁华不再，并已在封闭中衰微没落，无力抗拒西方列强的肆虐。由此，词人劝自号“独立山人”的画作者理应众人皆醉君独醒，如同这幅画一样去“高唱万峰峰顶”！从而委婉表达出不赞同潘隐居罗浮的意愿。下片则进一步否定隐居，深沉而激愤。词人先推想隐居生活的清静悠闲，继而笔锋一转再转：先以“回首”句异想出大海中的蓬莱仙山浮海至此，进而引出了震撼人心的结拍句；说这浮海而至的仙山已为凄风苦雨所遮蔽（暗喻朝政日非，列强染指，河山蒙羞），已经“化作他人仙境”！千钧一语，力透纸背！至此，满腔悲愤的词人也就彻底否定了“空谷”“栖身应稳”。这首题画词，借题发挥，托物寄兴，抒发了这位戊戌变法重要参与者的词人开阔的眼界和不凡的气度，展现出词人开蒙发聩、唤醒国人的强烈社会责任感，和积极入世报国的坚定人生志向。

文廷式（二首）

［作者简介］文廷式（1856—1904），字道希（亦作道羲、道溪），号云阁（亦作芸阁），别号纯常子、罗霄山人。江西萍乡人。出生于广东潮州。参与维新，戊戌政变后出走日本。著有《云起轩词钞》等。

蝶恋花　九十韶光如梦里

九十韶光如梦里。寸寸关河，寸寸销魂地。落日野田黄蝶起，古槐丛荻摇深翠。　　惆怅玉箫催别意。蕙些兰骚，未是伤心事。重叠泪痕缄锦字，人生只有情难死！

【品读小记】

此词抒发了词人告别京城南下时的“伤心”情怀，眷念帝都之意、应试落第之憾、忧愤国势之情交织其中，字里行间满是惆怅和忧伤。叶恭绰就曾以“沉痛”二字评价此词（《广箧中词》）。光绪十一年（1885）词人第五次到京，次年应礼部试，不幸又一次落第。词人生逢末世，国势衰微，鸦片战争以来的国耻接踵而至，关心时政的词人满腔悲愤，一直怀有革新政治的抱负，想不到已届而立之年的他又一次应试落第，致使报国的强烈愿望又一次落空。上片写当此初夏之际，词人想到三春“韶光如梦”（暗喻盛世不再，亦喻自己韶华已逝），目睹旷野“落日”余晖，（暗喻国势衰微，亦喻自己抱负落空），由是而发出了“寸寸关河，寸寸销魂地”的深沉叹息。这些构成了上片的主要内容。下片进一步深化词人的离情别绪，自己的“伤心事”（惜别意，失落感，忧国情），即使楚辞（“蕙些兰骚”指代）中借蕙、兰抒发的幽忧隐怨也不足以表达，而是注定要终身伴随自己了，“人生只有情难死”啊！这一动情的结句，与金元好问《摸鱼儿·雁丘词》开篇句“问世间、情是何物，直教生死相许”，当有异曲同工之妙。

水龙吟　落花飞絮茫茫

落花飞絮茫茫，古来多少愁人意。游丝窗隙，惊飙树底，暗移人世。一梦醒来，起看明镜，二毛生矣。有葡萄美酒，芙蓉宝剑，都未称，平生志。　我是长安倦客，二十年、软红尘里。无言独对，青灯一点，神游天际。海水浮空，空中楼阁，万重苍翠。待骖鸾归去，层霄回首，又西风起。

【品读小记】

这是爱国志士抒发报国无门、壮志难酬的一曲悲歌。光绪十六年（1890）文廷式三十五岁时终于科考中进士并进入官场；光绪二十年大考翰詹，德宗亲擢其为一等第一名，升官至侍读学士。在当时帝、后两党之中他自为帝党，积极维新；在甲午战争中又是激烈的主战派。光绪二十二年（1896），词人终为慈禧太后所忌而被罢官并逐出京城，时年四十一岁；戊戌变法（1898）后更成为缉捕对象。此词当作于这一段时日。

上片重点在于悲叹"平生志"未酬，却“一梦醒来”已“二毛生矣”（“二毛”，指头发斑白为黑白二色，语出《左传·僖公二十二年》）！“平生志”，即词中以“葡萄美酒”“芙蓉宝剑”二句暗喻的救亡图强。前句语本唐王翰《凉州词》“葡萄美酒夜光杯”，后句语出《越绝书》中记述越王出示纯钩“其华萃如芙蓉始出”，和唐李贺《南园诗十三首》之五“男儿何不带吴钩，收取关山五十州”，此等本源句皆有卫国之豪壮语意。下片重心慨叹自己志业追求二十年（词人十八岁即第一次进京求取功名），想一心报效国家，却最终落得开革被逐、只能“无言独对，青灯一点”的下场。词人试图“神游天际”出尘世，生活在虚无缥缈之中，但他终究眷念君国欲“回首”，然而感受到的却是“又西风起”。词人悲愤深沉于中不言自明。后人对文廷式词评价甚高，近人宛敏灏说文词“兼有东坡之清旷与稼轩之雄豪”(《张于湖评传·词论》)；近人龙榆生则评这首《水龙吟》“拟之稼轩，又何多让”(《清季四大词人》)。

郑文焯（一首）

［作者简介］郑文焯（1856—1918），字俊臣，号小坡，又号叔问，晚号大鹤山人，别署冷红词客，尝梦游石芝崦，见素鹤翔于云间，因自号石芝崦主及大鹤山人。奉天铁岭人。曾任内阁中书，后旅居苏州。有《大鹤山房全集》传世。

玉楼春　梅花过了仍风雨

梅花过了仍风雨，著意伤春天不许。西园词酒去年同，别是一番惆怅处。　　一枝照水浑无语，日见花飞随水去。断红还逐晚潮回，相映枝头红更苦。

【品读小记】

赏春、惜春、伤春，乃古典诗词与生俱来的常见题材，其原因主要在于季节的轮回与人生的生命周期有某种相似之处。人们在严冬过后有喜欢明媚春天的共同情感，而对一年中生气勃勃的春日逝去，也往往产生青春不再的共同叹息和伤感。然而，人们共同的情感却会因个体感悟的不同而显示出独特的个性，反映在艺术作品中就形成了独特的艺术魅力。这篇惜春伤春词，新颖独特之处主要体现在上片开篇二句和下片结拍二句。前者说梅花落了，“风雨”“仍”在无情地继续摧残着春天的气息。想惜春伤春吗？“天不许”！这就道出了春花乃至赏花人都不能主宰自己的命运这一重大问题，从而与众多相同题材词有了明显不同。结拍二句更为悲摧：随水而去的落花又被晚潮逐回，那临水的“一枝”枝头上尚残存的红梅不是“更苦”了嘛！因为它看到了自己同样不可避免的厄运即将到来！词人在此表达了他那一代人生命的悲剧意识。词人对春逝如此感悟，应当主要是来自当时朝政日非、国运衰微、列强荼毒、民族灾难深重，词人先知先觉地感受到了末世的悲哀。由此，这首伤春词格外不同凡响，魅力袭人。近人吴梅高度评价郑文焯词："其所作词，炼字选声，处处稳洽，而语语缠绵宕动。清末论词笔之清，无逾叔问者矣"(《词学通论》)，本词乃一例也。

朱孝臧（三首）

［作者简介］朱孝臧（1857—1931），一名祖谋，字古微、藿生，号沤尹、彊村，浙江归安人。历官编修、侍讲学士、礼部侍郎。光绪三十年出为广东学政，后引疾辞官。著有《彊村语业》。

浣溪沙　独鸟冲波去意闲

独鸟冲波去意闲，坏霞如赭水如笺。为谁无尽写江天？
并舫风弦弹月上，当窗山髻挽云还。独经行地未荒寒。

【品读小记】

叶恭绰《广箧中词》评朱孝臧词："疆村翁词，集清季词学之大成。公论翕然，无待扬榷。余意词之境界，前此已开拓殆尽，今兹欲求于声家特开领域，非别寻涂径不可。故彊村翁或且为词学之一大结穴，开来启后，应有继起而负其责者，此今日论文学者所宜知也。"此词写江上行舟所思所感，风格高秀，含义深永。上片以江天为画幕、晚霞为彩墨、独鸟为寸管，绘制一幅江晚行舟图。"独鸟冲波去意闲"，去除"天地一沙鸥"之悲郁，情绪更为隐忍含蓄，颇具禅机。"为谁无尽写江天"，其中有本拟忘情而不能忘情者。下片"并舫风弦弹月上，当窗山髻挽云还"，设语精妙，风月山云俱有情，故有"独经行地未荒寒"之语，"独经"与起句"独鸟"相呼应。寒江暮色，实则荒寒苍凉，而所见天地万物皆赋有情，以其求宽解之道也。王国维《人间词话》附录评此词："彊村词，余最赏其《浣溪沙》'独鸟冲波去意闲'二阕，笔力峭拔，非他词可能过之。"

清平乐　夜发香港

舷灯渐灭，沙动荒荒月。极目天低无去鹘，何处中原一发？

江湖息影初程，舵楼一笛风生。不信狂涛东驶，蛟龙偶语分明。

【品读小记】

上片写夜发香港时的情景及感喟。起句“舷灯渐灭，沙动荒荒月”，化用唐杜甫“野日荒荒白，春流泯泯清”句，船移沙动，有“非风动，非幡动，仁者心动”之境。“极目天低无去鹘，何处中原一发？”化用宋苏轼“杳杳天低鹘没处，青山一发是中原”，桑梓遥渺，归乡情切。下片写水上行船所闻所感，聚焦“听觉”。“江湖息影初程，舵楼一笛风生”，结束宦游生涯，退隐江湖，仿似重生。“不信狂涛东驶，蛟龙偶语分明”，仍牵念国事，期待时局动荡大潮中，能有仁人志士保持清醒，指点航程。近人钱仲联《清词三百首》评此词：“这次写香港开船后所见夜景及去官北归时的心情，归宿到对国事的关切。层层深入，由景及情，由近及远。尺幅中纳入丰富的内涵，表示爱国的襟抱。笔力遒劲，语言清奇。”

金缕曲　书感寄王病山、秦晦闻

斗柄危楼揭。望中原、盘雕没处，青山一发。连海西风掀尘黯，卷入关榆悴叶。尚遮定、浮云明灭。烽火十三屏前路，照巫闾、知是谁家月？辽鹤语，正呜咽。　微闻殿角春雷发。总难醒、十洲浓梦，桑田坐阅。衔石冤禽寒不起，满眼秋鲸鳞甲。莫道是、昆池初劫。负壑藏舟寻常事，怕苍黄、柱触共工折。天外倚，剑花裂。

【品读小记】

此词用典绵密，悲意深沉。近人钱仲联《清词三百首》评此词：“这词写于日俄战争在我国东北领土爆发之初，悲慨沉郁，为作者继庚子诸作以后，又一重要主题的词史。写在广东学政任上，故从北望中原写入。上片写日俄战争本身事。下片回溯到甲午辛丑日本与中国海战的往事，前鉴犹在，触目惊心，提高了本篇爱国主义的浓度。”王病山、秦晦闻为作者友人，分别担任贵州布政使、广东提学使。

上片起句“斗柄危楼揭”，意象高迈奇瑰，暗含“斗柄北指，天下皆冬”之危冷。后诸句从象征手法，写“盘雕”环伺，海风掀尘，“关榆悴叶”，一派风云变幻之势。“十三屏”“巫闾”均为辽宁境内山名，烽火将近，忧心不已。“知是谁家月”，暗含异国列强之战却在神州大地开战，恨痛无奈。“辽鹤语，正呜咽”，用“鹤归华表”典故，喻“山河风景元无异，城郭人民半已非”之叹。下片忆及国家屡遭劫难之情形。“微闻殿角春雷发”，暗指甲午对日宣战。“总难醒、十洲浓梦，桑田坐阅”，意指世界局势已如沧海桑田之变，而当权者仍浓梦不醒。“衔石冤禽寒不起，满眼秋鲸鳞甲”，用精卫填海典故及唐杜甫“织女机丝虚夜月，石鲸鳞甲动秋风”，凭吊戊戌变法中蒙难的仁人志士，感喟国家由强转衰。“昆池初劫”，用汉武帝凿昆明池得黑灰，僧法兰言“世界终尽、劫火洞烧”之灰，喻国家所遭受的劫难。“负壑藏舟寻常事，怕苍黄、柱触共工折”，用《庄子》有力者夜半负舟而走的典故，以及共工怒触不周山的神话，意指当权者“昧者不知”，大祸将临。结拍句用语豪壮，见其浓烈爱国情。

康有为（一首）

［作者简介］康有为（1858—1927），原名祖诒，字广厦，号长素，又号明夷、更牲、西樵山人、游存叟、天游化人，广东省南海县人，人称康南海。官工部主事。参与戊戌变法，与梁启超合称“康梁”。失败后流亡海外。民国任孔教会会长。有《万木草堂诗集》传世。

蝶恋花　记得珠帘初卷处

记得珠帘初卷处，人倚阑干，被酒刚微醉。翠叶飘零秋自语，晓风吹堕横塘路。　　词客看花心意苦，坠粉零香，果是谁相误。三十六陂飞细雨，明朝颜色难如故。

【品读小记】

近人梁令娴《艺蘅馆词选》以为“盖少作也”。近人钱仲联《近百年词坛点将录》以为写戊戌失败后维新党人的命运。盖此词当为和友人乡党梁鼎芬词所作。梁词云：“又是阑干惆怅处，酒醉初醒，醒后还重醉。此意问花娇不语，日斜肠断横塘路。多感词人心太苦。侬自摧残，岂被西风误。昨夜月明今夜雨，浮生那得长如故。”此词上片“翠叶飘零秋自语，晓风吹堕横塘路”，写叶落，或隐指梁鼎芬因弹劾李鸿章被降五级调用一事。下片“词客看花心意苦，坠粉零香，果是谁相误”，写花落，似有宽慰之情，为梁氏遭遇抱不平。康有为另有诗赠梁鼎芬，诗曰：“去岁春明听晓莺，归来遽赋可怜生。布衣老大伤怀抱，忧国无端有叹声。”末句“三十六陂飞细雨，明朝颜色难如故”，化用明胡应麟诗句“三十六陂新水涨，行吟何地不堪怜”，言翠叶落花经一夜风雨，已难如枝头时，似劝解梁氏接受现实，着眼未来。

况周颐（二首）

［作者简介］况周颐（1859—1926），原名周仪，因避宣统帝溥仪讳，改名周颐。字夔笙，一字揆孙，别号玉梅词人，晚号蕙风词隐，人称况古，况古人，室名兰云梦楼，西庐等。广西临桂人，原籍湖南宝庆。官内阁中书。民国寓居上海，以遗老终。著有《蕙风词话》《新莺词》等，晚年删定为《蕙风词》。

水龙吟　己丑秋夜

己丑秋夜，赋角声《苏武慢》一阕，为半塘所击赏。乙未四月，移寓校场五条胡同，地偏，宵警鸣鸣达曙，凄彻心脾。漫拈此解，颇不逮前作，而词愈悲，亦天时人事为之也。

声声只在街南，夜深不管人憔悴。凄凉和并，更长漏短，够人无寐。灯灺花残，香消篆冷，悄然惊起。出帘栊试望，半圭残月，更堪在，烟林外！　　愁入阵云天末，费商音、无端凄戾。鬓丝搔短，壮怀空付，龙沙万里。莫漫伤心，家山更在杜鹃声里。有啼乌见我，空阶独立，下青衫泪。

【品读小记】

清况周颐《蕙风词话》尝言："真字是词骨。情真、景真，所作为佳，且易脱稿。"此词写于光绪二十一年（乙未 1895），甲午战后，割地赔款，感时忧国，触景伤情，即为情真、景真之佳作也。

上片写景逼真，历历可感。深夜闻警，彻夜不眠，悄然惊起，步出帘栊，见残月在烟林之外。起转承合，一气呵成，令人身临其境。下片写愁情忧怀。商音凄戾，非"无端"也，乃国家不幸也。

“鬓丝搔短，壮怀空付，龙沙万里”，空有报国之志，无奈老大徒伤悲。“莫漫伤心，家山更在杜鹃声里”，化用宋辛弃疾“落花时节，杜鹃声里送君归”句意，有归乡之情。末句“有啼乌见我，空阶独立，下青衫泪”，化用唐李白“玉阶空伫立”及唐白居易“江州司马青衫湿”句意，“凄彻心脾”。近人钱仲联《清词三百首》评此词：“这首词从闻警惊起写起，外界物色，内在心态，回肠九折，刻画细致。……然其真价，仍在对国事的关切。”

齐天乐　秋雨

沈郎已自拌憔悴，惊心又闻秋雨。做冷欺灯，将愁续梦，越是宵深难住。千丝万缕。更搀入虫声，搅人情绪。一片萧骚，细听不是故园树。　　沉沉更漏渐咽，只檐前铁马，幽怨如诉。倘是残春，明朝怕有，无数飞花飞絮。天涯倦旅。记滴向篷窗，更加凄苦。欲谱潇湘，黯愁生玉柱。

【品读小记】

清张潮《幽梦影》有句：“雨之为物，能令昼短，能令夜长。”用“听雨”讲述人生故事，展现人生感受，再合适不过。南宋蒋捷《虞美人·听雨》即以“听雨”为线，穿梭时空，浓缩一生际遇，诉尽人生萧索荒凉。此词亦写听雨，借雨声抒发愁怀。上片起句“沈郎已自拌憔悴，惊心又闻秋雨”，化用宋苏轼“沈郎多病不胜衣”词句，点明题旨。“做冷欺灯，将愁续梦”，化用宋史达祖“做冷欺花，将烟困柳”词句，秋灯夜雨，造境凄冷。不仅如此，除雨声之外，“更搀入虫声”，雨声虫声，混杂一起，令浪迹天涯的异乡人（“不是故园树”）倍添愁绪。下片恰似自诉愁怀，又似宽慰友人，展示心理活动。夜深雨急，幽愁如诉。“倘是残春，明朝怕有，无数飞花飞絮”，以秋写春；“记滴向篷窗，更加凄苦”，以今写昔，思绪已高远。末句欲言又止，乃因秋雨已代谱潇湘曲。

谭嗣同（一首）

［作者简介］谭嗣同（1865—1898），字复生，号壮飞，湖南浏阳人。在湖南倡办时务学堂、南学会。后四品卿衔军机章京，参与戊戌变法，失败后被杀，为“戊戌六君子”之一。有《莽苍苍斋诗》《谭嗣同集》传世。

望海潮　自题小影

曾经沧海，又来沙漠，四千里外关河。骨相空谈，肠轮自转，回头十八年过。春梦醒来么？对春帆细雨，独自吟哦。惟有瓶花，数枝相伴不须多。　寒江才脱渔蓑。剩风尘面貌，自看如何？鉴不因人，形还问影，岂缘醉后颜酡？拔剑欲高歌。有几根侠骨，禁得揉搓？忽说此人是我，睁眼细瞧科。

【品读小记】

据《谭嗣同集》载：“性不喜词，以其靡也。忆十八岁作《望海潮》词自题小照，尚觉微有气骨。”十八岁作此词，可想见谭嗣同少年即负奇志，磊落雄才也。上片“曾经沧海，又来沙漠，四千里外关河”，少年气魄不同寻常。谭嗣同曾随父居甘肃，故有此言。“骨相空谈，肠轮自转”，化用宋陆游“骨相元知薄，功名敢自期”及汉代古歌“心思不能言，肠中车轮转”句，少年哀愁与心气，溢于言表。后诸句或是“小影”中有“瓶花”装饰而生发感慨。下片以第三者眼光继续“客观地”审视“小影”。“寒江才脱渔蓑”，弃出世之念而立入世之志也。“剩风尘面貌，自看如何”？见其少年老成。“鉴不因人，形还问影”及后诸句，见其自我裁断、独立不羁的意志和勇气。古语云:“三岁看大，七岁看老”。十五年后，谭嗣同写下“我自横刀向天笑，去留肝胆两昆仑”的绝命诗，为其理想献身，可以从“拔剑欲高歌”“有几根侠骨”等词句中窥见端倪。末句“忽说此人是我，睁眼细瞧科”，似有所思、有所悟，亦有一种少年的俏皮劲儿。

梁启超（一首）

［作者简介］梁启超（1873—1929），字卓如，一字任甫，号任公，又号饮冰室主人、饮冰子、哀时客、中国之新民、自由斋主人。生于广东新会。参与戊戌变法。民国后任北洋政府司法总长、财政总长。晚年任教清华大学。有《饮冰室文集》传世。

金缕曲　瀚海飘流燕

丁未五月归国，旋复东渡，却寄沪上诸子。

瀚海飘流燕，乍归来、依依难认，旧家庭院。惟有年时芳俦在，一例差池双剪。相对向、斜阳凄怨。欲诉奇愁无可诉，算兴亡、已惯司空见。忍抛得，泪如线。　　故巢似与人留恋。最多情、欲黏还坠，落泥片片。我自殷勤衔来补，珍重断红犹软。又生恐、重帘不卷。十二曲阑春寂寂，隔蓬山、何处窥人面？休更问，恨深浅。

【品读小记】

梁启超文章功业，为近代学人翘楚，词亦深婉多致，得南宋妙处。此词以“瀚海飘流燕”自比，化用宋周邦彦“年年，如社燕，飘流瀚海，来寄修椽”词句，喻故国难回之痛、去国飘零之悲。“惟有年时芳俦在，一例差池双剪”，化用《诗经》“燕燕于飞，差池其羽”句，同道中人仍在坚守，暗扣“寄沪上诸子”词旨。下片难舍故国之情，欲修补维新，无奈功败垂成。“又生恐、重帘不卷”，暗指慈禧当政；“十二曲阑春寂寂，隔蓬山、何处窥人面”，化用唐李商隐“刘郎已恨蓬山远，更隔蓬山一万重”诗句，暗指光绪帝被囚禁的现实。末句显出无奈、悲恨之情。叶恭绰《广箧中词》云：“深心托豪素。”近人钱仲联《清词三百首》以为:“这词用比兴手法写,借燕子为喻,抒写作者感伤时事,述怀明志,系念故君,回天无力的复杂心情。……而此首乃寄托,都是体现爱国精神的好词。”

秋瑾（一首）

［作者简介］秋瑾（1875—1907），字璇卿，一字竞雄，号鉴湖女侠、汉侠儿女，初名闺瑾，小字玉姑。祖籍浙江山阴，出生于福建省云霄县城，近代民主革命志士。就义于绍兴。有《秋瑾集》传世。

鹧鸪天　祖国沉沦感不禁

祖国沉沦感不禁，闲来海外觅知音。金瓯已缺总须补，为国牺牲敢惜身！　嗟险阻，叹飘零。关山万里作雄行。休言女子非英物，夜夜龙泉壁上鸣。

【品读小记】

此词为秋瑾东渡日本后所作，勇赴国难，英气浩然，女中文天祥也。“金瓯已缺总须补，为国牺牲敢惜身”，拳拳爱国心，有如清林则徐“苟利国家生死以，岂因祸福避趋之”。“休言女子非英物，夜夜龙泉壁上鸣”，秋瑾爱佩剑，有“千金市得宝剑来，公理不恃恃赤铁”“神剑虽挂壁，锋芒已惊世”诗句。近人钱仲联《清词三百首》评此词：“表明了她为国难而勇于献身的精神，风格慷慨豪壮，语言爽朗，是表现秋瑾一生的代表作。”

王国维（三首）

［作者简介］王国维（1877—1927），字伯隅、静安，一作静庵，号观堂、永观，浙江海宁盐官镇人。以诸生留学日本，受德国叔本华、尼采思想影响较深。晚年任教清华大学，自沉颐和园昆明湖。著有《人间词话》《观堂长短句》等。

点绛唇　厚地高天

厚地高天，侧身颇觉平生左。小斋如舸，自许回旋可。
聊复浮生，得此须臾我。乾坤大，霜林独坐，红叶纷纷堕。

【品读小记】

樊志厚（王国维托名）《人间词甲稿序》云：“及读君自所为词，则诚往复幽咽，动摇人心，快而能沉，直而能曲，不屑屑于言词之末，而名句间出，殆往往度越前人。至其言近而旨远，意决而辞婉，自永叔以后，殆未有工如君者也。”此词表现了王国维的宇宙—生命意识，以及天地乃大而人间小我的悲剧精神。“厚地高天，侧身颇觉平生左”，直言天地广大，而自己偶然寄居世上，沧海一粟耳。与王国维另一诗句“侧身天地苦拘挛，姑射神人未可攀”之意味相类。“小斋如舸，自许回旋可”，恰如唐韦应物诗句“世事波上舟，沿洄安得住”，世上乐土难寻，唯寄身书斋，聊以安慰耳。“聊复浮生，得此须臾我”，老子云：“吾所以有大患者，为吾有身。”庄子曰：“夫大块载我以形，劳我以生，佚我以老，息我以死。”天长地久而浮生若梦，电光火石，实难有可留恋者，正如词人诗句“人生苦局促，俯仰多悲悸”。末句“乾坤大，霜林独坐，红叶纷纷堕”，与起句呼应，悲哀之情与肃杀之景结合，本体论上的悲情更为深刻。

浣溪沙　山寺微茫背夕曛

山寺微茫背夕曛，鸟飞不到半山昏。上方孤磬定行云。
试上高峰窥皓月，偶开天眼觑红尘。可怜身是眼中人。

【品读小记】

王国维《人间词话》云：“有我之境，以我观物，故物我皆著我之色彩。无我之境，以物观物，故不知何者为我，何者为物。”此词上片写山寺微茫，鸟栖半山，磬响云歇，乃无我之境也，物物相得，演示宇宙奥妙，其境无我，而令我陡生向往登攀之情。下片乃有我之境也，而我欲去也。“试上高峰窥皓月”，借用明张岱《夜航船》故事：“越人王冕，当天大雪，赤脚登炉峰，四顾大呼曰：‘天地皆白玉合成，使人心胆澄澈，便欲仙去！’”乃寻求解脱之道也，故有“偶开天眼觑红尘”句。“可怜身是眼中人”，本以为自身是观照红尘的仙人，而“偶开天眼”之后，才发现自己仍是红尘中的凡夫俗子，悲悯之情顿现。观照主体的错位，产生强烈的艺术效果，点明了人作为人的悲剧性，以及无法克服的生存悖论。叶嘉莹先生曰：“所以自哀而哀人者，其深切当如何耶，于是此‘可怜身是眼中人’一句，乃真有令人不忍卒读者矣。”

蝶恋花　百尺朱楼临大道

百尺朱楼临大道。楼外轻雷，不问昏和晓。独倚阑干人窈窕，闲中数尽行人小。　一霎车尘生树杪。陌上楼头，都向尘中老。薄晚西风吹雨到，明朝又是伤流潦。

【品读小记】

王国维于此词颇为自得。樊志厚（王国维托名）《人间词乙稿序》评曰："皆意境两忘，物我一体，高蹈乎八荒之表，而抗心乎千秋之间，骎骎乎两汉之疆域广于三代，贞观之政治隆于武德矣。"王国维在《人间词话》中又回应："樊抗父谓余词如……等阕，凿空而道，开词家未有之境。余自谓才不若古人，但于力争第一义处，古人亦不如我用意耳。"此第一义者，即为叩问本质、探究哲理之词境。上片写词人于大道高楼之上闲数行人，有达人观世、世皆烦恼之意。"百尺朱楼临大道"，王国维另有诗句"试问何乡堪著我？欲求大道况多歧"，其自沉前写陈宝琛诗中有"委蜕大难求净土，伤心最是近高楼"。以其境界愈高，对人生真相体会愈深，愈是痛苦不堪。"楼外轻雷，不问昏和晓"，意指烦恼、骚扰无所不在，来无凭据。据德国哲学家叔本华之论断，人之一欲既终，一欲随之，故究竟之慰藉终不可得也。故人生者如钟表之摆，实往复于痛苦与无聊之间者也。"独倚阑干人窈窕，闲中数尽行人小"，达人智者，看透世相，芸芸众生，沧海一粟。下片"陌上楼头，都向尘中老"，众生皆苦也。达人智者亦是众生的一员，虽观照人生，但也无法摆脱命运。"薄晚西风吹雨到，明朝又是伤流潦"，化用宋周邦彦词句"行人归意速。最先念、流潦妨车毂"，一样的风雨人生、生死结局（"薄晚西风吹雨到"）；一样的艰难苦痛，不得解脱。近人钱仲联《清词三百首》评此词："写居者之相思和行者之旅愁，但他已超越了一时一地一事，写的不是个人的，而是带有普遍性的悲剧。"

李叔同（一首）

［作者简介］李叔同（1880—1942），初名文涛，改名岸，幼名成蹊，学名广侯，字惜霜，号叔同。后剃度为僧，法名演音，号弘一，晚号晚晴老人，后被人尊称为弘一法师。有《弘一法师文钞》传世。

金缕曲　留别祖国，并呈同学诸子

披发佯狂走。莽中原，暮鸦啼彻，几枝衰柳。破碎河山谁收拾，零落西风依旧，便惹得离人娑婆世界有瘦。行矣临流重太息，说相思，刻骨双红豆。　　愁黯黯，浓于酒。漾情不断淞波溜。恨年来絮飘萍泊，遮难回首。二十文章尺海内，毕竟空谈何有？听匣底、苍龙狂吼。长夜凄风眠不得，度群生、那惜心肝剖？是祖国，忍孤负！

【品读小记】

光绪三十一年（1905），时年二十六岁的李叔同东渡日本留学，作此词为“留别祖国”。上片诉说去国之忧，境界凄迷的描述中尽显悲情苦意和对祖国的一往情深。下片抒发报国之志，在悲叹往事、反省又自负中尽显凌云壮志和强烈的报效祖国之使命感。结拍句“是祖国，忍孤负”是他的战斗誓言，连同前句读来令人回肠荡气，顿生“子规夜半犹啼血，不信东风唤不回”（唐王令《春晚》）之慨！而“披发佯狂走”的开篇句，引用了大臣箕子因苦谏暴君商纣王不听，“乃披发佯狂而为奴”之典（见《史记·宋微子世家》），以示自己的境遇险恶和悲壮激烈情怀，为全篇定下了基调。

吕碧城（一首）

［作者简介］吕碧城（1883—1943），字圣因，一字兰清、兰因，号明因、宝莲居士。被赞为“近三百年来最后一位女词人”。有《吕碧城集》《信芳集》《欧美漫游录》等传世。

踏莎行　水绕孤村

水绕孤村，树明残照，荒凉古道秋风早。今宵何处驻征鞍？一鞭遥指青山小。　　漠漠长空，离离衰草，欲黄重绿情难了。韶华有限恨无穷，人生暗向愁中老。

【品读小记】

这是一首羁旅抒怀词，全词情景交融，苍凉沉郁，意味隽永。词人生活在清朝末年，人们从中感受到的是世道的沉闷、人生的艰辛和“世路无穷，劳生有限”（宋苏轼《沁园春·孤馆灯青》）的伤感。上片一开头在“水绕”三句，描写旅途所见黄昏冷清、孤寂的秋景之后，一句“今宵何处驻征鞍”发问，横空出世般宕出“一鞭遥指青山小”这一形象生动的神来之笔。作者如此气度挥洒，但看到的却是黯淡前程，令人为之一震！下片在“漠漠长空，离离衰草”这种满目悲凉、意味深长的写景之后，转入了深沉的咏叹：既表达了“欲黄重绿情难了”对美好事物期待、追求和幻灭的心结，又在结拍中大笔如椽地直抒胸臆，倾吐对黑暗现实的愤懑，对人生有限的惆怅，对岁月蹉跎的痛惜，流露出沉重的济世无门、壮志难酬的伤感。全词朴实无华，言简旨远。

部分参考书目

1. 王奕清等. 钦定词谱. 北京：中国书店，2012.

2. 曾昭岷、曹济平、王兆鹏、刘尊明编撰. 全唐五代词. 北京：中华书局，1999.

3. 唐圭璋编纂，王仲闻参订，孔凡礼补辑. 全宋词. 简体增订本. 北京：中华书局，1999.

4. 唐圭璋编. 全金元词. 北京：中华书局，1979.

5. 叶恭绰编. 全清词钞. 北京：中华书局，1982.

6. 上海辞书出版社文学鉴赏辞典编纂中心编. 唐五代词三百首鉴赏辞典. 上海：上海辞书出版社，2012.

7. 上海辞书出版社文学鉴赏辞典编纂中心编. 宋词鉴赏辞典 . 上海：上海辞书出版社，2013.

8. 贺新辉主编. 宋词鉴赏辞典. 北京：北京燕山出版社，1991.

9. 上海辞书出版社文学鉴赏辞典编纂中心编. 元明清词鉴赏辞典. 上海：上海辞书出版社，2017.

10. 唐圭璋编. 词话丛编. 2 版. 北京：中华书局，2005.

11. 胡适选注. 词选. 石家庄：河北人民出版社，1999.

12. 龙榆生编选. 唐宋名家词选. 上海：上海古籍出版社，2012.

13. 龙榆生编选. 近三百年名家词选. 上海：上海古籍出版社，2014.

14. 叶嘉莹. 清词选讲. 北京：生活・读书・新知三联书店，2016.

15. 周笃文. 宋词. 上海：上海古籍出版社，2011.

16. 王兆鹏主编，郭红欣副主编. 宋词鉴赏. 武汉：长江文艺出版社，2009.

17. 程郁缀选注. 历代词选. 北京：人民文学出版社，2004.

18. 张璋选编，黄畬笺注. 历代词萃. 郑州：河南人民出版社，1983.

19. 俞陛云. 唐五代两宋词选释. 上海：上海古籍出版社，2011.

20. 吴梅著，徐培均导读. 词学通论. 上海：上海古籍出版社，2010.

21. 唐圭璋选释. 唐宋词简释. 北京：人民文学出版社，2010.

22. 李霁野. 唐宋词启蒙. 北京：北京出版社，2016.

23. 钱仲联选注. 清词三百首. 长沙：岳麓书社，1992.

24. 刘斯翰选注. 温庭筠诗词选. 香港：三联书店香港分店，1986.

25. 王兆鹏注评. 南唐二主冯延巳词选. 上海：上海古籍出版社，2002.

26. 王仲闻校订. 南唐二主词校订. 北京：中华书局，2007.

27. 亦冬译注，董治安审阅. 唐五代词选译. 南京：凤凰出版社，2011.

28. 张草纫导读. 晏殊词集·晏几道词集. 上海：上海古籍出版社，2010.

29. 薛瑞生选注. 柳永词选. 北京：中华书局，2005.

30. 刘石注评. 苏轼词选. 上海：上海古籍出版社，2002.

31. 邹同庆、王宗堂. 苏轼词编年校注. 北京：中华书局，2007.

32. 刘石导读. 苏轼词集. 上海：上海古籍出版社，2009.

33. 崔铭导读. 辛弃疾词集. 上海：上海古籍出版社，2010.

34. 陈书良笺注. 姜白石词笺注. 北京：中华书局，2009.

35. 李强导读. 姜夔词集. 上海：上海古籍出版社，2010.

36. 李强导读. 周邦彦词集. 上海：上海古籍出版社，2010.

37. 吴惠娟导读. 李清照词集. 上海：上海古籍出版社，2007.

38. 张草纫笺注. 纳兰词笺注. 修订本. 上海：上海古籍出版社，2003.

39. 陈廷焯著，彭玉平导读. 白雨斋词话. 上海：上海古籍出版社，2009.

40 陈廷焯著，孙克强、杨传庆点校整理.《云韶集》辑评. 中国韵文学刊.2010（3）-（4）；2011（1）-（2）.

41. 况周颐著，孙克强导读. 蕙风词话. 上海：上海古籍出版社，2009.

42. 沈雄著，孙克强、刘军政校注 / 导读. 古今词话. 上海：上海古籍出版社，2009.

43. 王国维著，徐调孚校注. 人间词话. 北京：中华书局，2009.

44. 先著、程洪辑，刘崇德、徐文武点校. 词洁. 保定：河北大学出版社，2007.

45. 顾随著，陈均校. 苏辛词说. 北京：北京出版社，2016.

46. 皮述平. 晚清词学的思想与方法. 北京：学苑出版社，2003.

47. 周汝昌. 诗词赏会. 北京：中华书局，2011.

图书在版编目（C I P）数据

历代词选六百首品读 / 纪宝成，侯书栋编著 . -- 北京 : 团结出版社，2019.9

ISBN 978-7-5126-7322-9

Ⅰ . ①历… Ⅱ . ①纪… ②侯… Ⅲ . ①词（文学）—作品集—中国 Ⅳ . ① I222.8

中国版本图书馆 CIP 数据核字 (2019) 第 188100 号

出　版：团结出版社
（北京市东城区东皇城根南街 84 号　邮编：100006）
电　话：（010）65228880　65244790
网　址：http://www.tjpress.com
E-mail：zb65244790@vip.163.com
经　销：全国新华书店
印　装：三河市宏盛印务有限公司

开　本：150mm × 230mm　16 开
印　张：39.25
字　数：511 千字
版　次：2019 年 9 月　第 1 版
印　次：2019 年 9 月　第 1 次印刷

书　号：978-7-5126-7322-9
定　价：98.00 元